LE CODE ROUGE

Act of Defiance

TOM CLANCY

LE CODE ROUGE

Act of Defiance

Traduit de l'anglais (États-Unis) par Étienne Gomez

Par **BRIAN ANDREWS** et **JEFFREY WILSON**

Michel Lafon

14, boulevard de la Madeleine – CS 62204
75373 Paris Cedex 08

www.michel-lafon.fr

PERSONNAGES PRINCIPAUX

• **FAMILLE RYAN**

Jack Ryan : président des États-Unis

Dr Caroline « Cathy » Ryan : première dame des États-Unis

Jack Ryan Jr : opérateur du Campus

Dr Olivia « Sally » Ryan : chirurgienne

Kathleen « Katie » Ryan : capitaine de corvette, US Navy

Kyle Ryan : lieutenant, US Navy

• **WASHINGTON**

Scott Adler : secrétaire d'État

Arnold « Arnie » van Damm : chef de cabinet de la Maison Blanche

Mary Pat Foley : directrice du renseignement national

Robert Burgess : secrétaire à la Défense

Amiral Lawrence Kent, US Navy : chef d'état-major des armées

Major général Bruce Kudryk, US Army : Comité d'état-major des armées

• **ÉQUIPE DE LA CIA**

Ginnie

Tom

James

Spencer

• LE CAMPUS

John Clark : directeur des opérations

Domingo « Ding » Chavez : directeur des opérations adjoint

Adara Sherman : officier des opérations

Bartosz « Midas » Jankowski : officier des opérations

• USS *GERALD R. FORD* (GROUPE AÉRONAVAL 12)

Vice-amiral Bentley Kiplinger, US Navy : commandant du groupe aéronaval

Capitaine de vaisseau Otis « Opey » Mackenzie, US Navy : commandant, USS *Gerald R. Ford*

Capitaine de vaisseau Sarah « Baby » Williams, US Navy : commandant en second, USS *Gerald R. Ford*

Capitaine de frégate Martin Vasquez, US Navy : commandant du groupe aérien embarqué Carrier Air Wing 8

Capitaine de frégate James « Spacecamp » Huddleston, US Navy : commandant adjoint du groupe aérien embarqué Carrier Air Wing 8

Capitaine de frégate Brian « Mr. Pibb » Hanson, US Navy : commandant en second de la flottille VFA-31

Capitaine de corvette Jaya Kumari, US Navy : officier du renseignement naval, USS *Gerald R. Ford*

Spécialiste du renseignement 2e classe Caspar, US Navy : spécialiste du renseignement 2e classe dans la cellule N2, USS *Gerald R. Ford*

• USS *WASHINGTON*, SSN 787, *« BLACKFISH »*

Capitaine de frégate Clint Houston, US Navy : commandant

Capitaine de corvette Dennis Knepper, US Navy : commandant en second

Capitaine de corvette Jackie « Juggernaut » Guevara, US Navy : officier armes

• USS *INDIANA*, SSN 789, *« BATTLE BASS »*

Capitaine de frégate Bresnahan, US Navy : commandant

Pifer, US Navy : commandant en second

Xavier Harris : technicien sonar 2e classe
Chef Schonauer : chef opérateur sonar

• K-329 *BELGOROD*
Capitaine de vaisseau Konstantin Gorov : commandant
Capitaine de frégate Youri Stepanov : premier officier
Capitaine-lieutenant Blok : officier de manœuvre
Starshina 1re classe Fiodorov : quartier-maître
Capitaine-lieutenant Ivan Tarassov : officier ingénieur

• K-560 *SEVERODVINSK*
Capitaine de vaisseau Lev Denikine : commandant
Capitaine de frégate Mats Tamm : premier officier

• RUSSIE
Nikita Yermilov : président de la Russie
Colonel général Oleg Andreïev : directeur du NCUO
Amiral Ivan Boldyrev : commandant en chef de la flotte russe
Général Aralovitch : directeur du FSB
Colonel général Nikolaï Iline (retraité) : ancien agent du KGB
Amiral Rodionov : directeur adjoint du GRU
Erik Dovjenko

• SEAL TEAM DU JSOC
Maître principal Max Harden, US Navy : chef d'équipe d'intervention SEAL
Premier maître Reed Johnson, US Navy : SEAL/médecin militaire des opérations spéciales
Premier maître Billy Harper, US Navy
Opérateur spécial 1re classe Owen Delacorte, US Navy
Opérateur spécial 1re classe Marty Rich, US Navy
Opérateur spécial 2e classe Scott Todd, US Navy
Maître principal Dwight Merrell, US Navy

• AUTRES PERSONNAGES

Capitaine de vaisseau Russ Ferguson, US Navy : commandant, Centre d'analyse militaire (NWAC) Nimitz

Spécialiste du renseignement 2e classe « Bubba » Pettigrew, US Navy : ONI

Dr Ronald Jones

Capitaine de vaisseau Pete Miller, US Navy (retraité) : directeur du Programme d'armement sous-marin (UWP) au Laboratoire de recherche navale (NRL)

Matthew Reilly : chargé de mission de la CIA (retraité)

PROLOGUE

PERSPECTIVE NEVSKI
LENINGRAD, URSS
MARDI 21 DÉCEMBRE 1984
22:31 HEURE LOCALE

Dimitri Gorov réprima l'envie de plonger les mains dans les poches de son pardessus.

Ce n'était pas seulement le froid mordant qui le faisait trembler.

La vraie coupable était la peur.

Le tête-à-tête clandestin qu'il avait ce soir-là avec son contact américain de la CIA était le résultat de plusieurs mois de préparation. Ils avaient conclu un simple accord : des informations en échange de la liberté. Dans la poche intérieure de son manteau, Dimitri avait un rouleau de microfilm qui contenait les plans et caractéristiques techniques d'*Octobre rouge* – le sous-marin nucléaire lanceur d'engins soviétique le plus avancé et le plus furtif de la classe Akula – Typhoon pour les Américains. Avec son révolutionnaire système de propulsion « chenille », *Octobre rouge* pourrait passer sans se faire détecter près de leurs réseaux d'hydrophones immergés, de leurs SH-60 Seahawks à sonars trempés et de leurs sous-marins qui patrouillaient dans l'Atlantique comme des loups de mer. Ce nouveau sous-marin, qui avait coûté au Kremlin des dizaines de milliards de roubles, était le fruit de dix années de recherche et de collaboration entre les plus grands esprits scientifiques du pays. Dimitri tirait une grande fierté de sa contribution à ce projet, mais la fierté ne changeait rien à sa situation. Elle ne mettait pas sur la table de la nourriture de qualité, elle n'offrait pas de fourrure à sa femme, et elle ne donnait pas l'occasion à son fils d'accéder à un avenir digne d'un homme.

Niet… *La fierté est la compensation que le pauvre trouve à suivre les règles.*

Dimitri était fatigué de suivre les règles.

Une rafale d'air arctique lui fouetta le visage alors qu'il prenait la direction de l'ouest, vers le centre-ville. Il n'était pas insensible à la métaphore. Même à cette heure tardive, la *rodina* revenait le harceler, essayant de le faire renoncer. Les mâchoires crispées, il ouvrit les oreilles doublées de fourrure de son *ouchanka* de laine et en noua les liens sous son menton. Comme pour réprouver son obstination, un réverbère clignota puis s'éteignit sur son passage dans la Perspective Nevski. La principale promenade de Leningrad, qui était sans doute la plus célèbre des avenues de la mère patrie, était absolument déserte. Seul les désespérés et les détraqués pouvaient se trouver dehors à cette heure et par cette météo, à cette pensée, un sourire fataliste se dessina sur son visage.

À quelle catégorie est-ce que j'appartiens ? Un peu aux deux, sans doute…

Lui qui avait vécu toute sa vie en Russie n'avait jamais mis les pieds dans cette ville autrefois connue sous le nom de Saint-Pétersbourg – nom inspiré de saint Pierre, et non de Pierre le Grand, comme le voulait une fausse idée commune – qui était à la fois la plus occidentale et la plus cosmopolite de toutes les villes russes. Elle était souvent comparée à Venise en raison de ses nombreux canaux, mais Dimitri eût été bien en peine de vérifier une telle allégation, car il n'avait jamais franchi le rideau de fer. Il restait que Leningrad était une belle ville, même sous un manteau de neige. Il était arrivé par le train un peu plus tôt dans la journée avec sa femme et son fils à la gare Moskovsky – nom qui signifiait sans doute qu'en Russie tous les chemins mènent à Moscou. Ils s'étaient promenés dans la Perspective Nevski alors que le soleil était encore haut dans le ciel et la ville, pleine d'animation. L'architecture évoquait un âge révolu – une ère de tsars et de prospérité – où les hôtels, les opéras, et même les immeubles d'habitation étaient conçus pour faire concurrence aux palais.

Une vie de conditionnement aux principes du communisme lui avait d'abord inspiré du mépris et du ressentiment à l'idée de ce gâchis, mais la beauté et les promesses contenues dans cette architecture avaient fini par imprégner et exciter son cœur amer. Cette ville d'autrefois, devenue l'ombre d'elle-même sous le soleil noir du communisme, ne représentait qu'une fraction de la fortune et des perspectives qui l'attendaient en Occident. En Amérique, terre de prospérité et de rêves, il mettrait de la viande dans les assiettes de sa famille à chaque dîner. Il porterait des jeans Levi's, des chaussures confortables, et Alina pourrait aller chaque semaine au salon de coiffure. Et, surtout, il avait hâte d'avoir le chauffage central.

En Amérique, on aura enfin chaud...

Il plissa les yeux dans le vent, guettant le lieu du rendez-vous : les grandes statues équestres à l'entrée du pont Anitchkov. À mesure qu'il se rapprochait, les *Dresseurs de chevaux* – quatre sculptures qui représentaient de jeunes hommes aux différentes étapes du débourrage d'un étalon – lui apparurent. Commande de l'empereur Nicolas Ier, l'ensemble avait été sculpté par Piotr Karlovitch Klodt. Du côté de la rue où se trouvait Dimitri, un maître équestre à genoux torse nu tirait les rênes d'un étalon qui se cabrait. Dimitri avait beau ne pas être sculpteur, il se considérait comme un artiste. Si Klodt avait sculpté le bronze, lui sculptait le fer et le titane. Si Klodt avait représenté l'homme triomphant de l'animal, son art à lui mettait littéralement l'homme en situation de dompter les mers. À ce moment précis, Marko Ramius et son équipage traversaient les profondeurs des eaux froides et sans merci de l'Atlantique Nord. Dans les entrailles d'*Octobre rouge*, ils avaient chaud, ils avaient de quoi manger, et ils étaient immunisés à la fois contre les courants et le mauvais temps. Sans le métal et la machine, ils ne tiendraient pas une journée.

« Comme j'aurais aimé monter à bord de ma création ! murmura-t-il en regardant les yeux effarouchés de l'étalon cabré. Ne serait-ce qu'une journée... Je m'en serais contenté. »

Il avait rencontré le commandant à la cérémonie de baptême. Bel homme plein d'assurance, imposant dans son uniforme de parade noir et or d'officier de marine, Ramius avait presque été trop intimidant. Réunissant tout son courage, Dimitri était néanmoins allé se présenter. Ramius lui avait offert une main de fer, mais Dimitri avait surtout été troublé par les yeux sombres et pénétrants de l'homme, qui lui avaient donné l'impression de traverser son corps pour voir le mécanisme intérieur de son âme. Dans ce moment-là, il s'était senti jugé et mis à nu comme si, d'un seul regard, Ramius avait percé à jour son plan secret de trahir la patrie. Mais quelque chose d'inattendu s'était alors produit. Ramius l'avait remercié, faisant l'éloge de son attention au détail et de son ingéniosité, ainsi que des milliers d'heures qu'il avait dédiées à la conception d'*Octobre rouge*.

« C'est le plus beau navire de guerre de la flotte soviétique, avait-il déclaré avec un mouvement de tête stoïque.

– Merci, commandant, avait répondu Dimitri en s'efforçant de l'imiter.

– Silence exceptionnel, puissance énorme, et armé jusqu'aux dents… »

Mais à ce moment-là le commandant avait ajouté avec un sourire en coin :

« Mon seul regret, c'est qu'il est tellement rempli de *gaz* qu'il change de profondeur d'immersion comme une baleine ballonnée. J'espère que vous trouverez une solution pour la classe suivante, *da* ?

– C'est bon à savoir… J'en prends note », lui avait répondu Dimitri, et l'échange s'était arrêté là.

J'ai presque du remords pour lui, songea-t-il en imaginant la fausse assurance avec laquelle l'intrépide commandant allait patrouiller les profondeurs, persuadé que son sous-marin et son équipage étaient indétectables. *Une fois que j'aurai livré ces informations aux Américains, ils sauront comment te trouver, Marko.*

Une goutte coula de son nez sur sa lèvre supérieure, le tirant de ses songes romantiques pour le ramener au nouveau voyage qu'il avait entrepris, et il l'essuya d'un de ses doigts gantés. Il releva la manche de son pardessus le temps de regarder sa montre : 22 h 42. Il n'était plus l'heure de rêvasser sur l'avenir ni de se souvenir du passé. Dans trois minutes, le contact de Dimitri viendrait le retrouver sous l'arche sud du pont, où ils pourraient s'entretenir dans l'ombre. Dimitri n'était pas un espion, même en herbe. Il n'était pas non plus un indic officiel de la CIA, réduit à une activité de façade et tenu de fournir un flux continu d'informations aux Américains. Il avait refusé cette offre d'entrée de jeu. Sa trahison serait l'affaire d'un seul moment. C'était à prendre ou à laisser.

Matthew Reilly, l'agent de la CIA, avait décidé sans hésiter une seconde que c'était à prendre.

Dimitri s'efforça de ne pas regarder derrière lui. Il n'avait certes vu personne le suivre, mais cela ne voulait rien dire. Le KGB était une menace de tous les instants. On pouvait l'observer en ce moment même, derrière un rideau dans un immeuble ou par la fenêtre teintée d'une voiture stationnée. Il avait pris de grands risques en emmenant sa famille à Leningrad. S'il se faisait prendre, le prix à payer pour lui et les siens serait trop affreux pour qu'il puisse même y songer. Alina et Konstantin se feraient torturer et exécuter. Lui, non. Pas tout de suite. Son châtiment serait de regarder. Ce ne serait qu'après avoir broyé son cœur que les sadiques du KGB s'occuperaient du reste. Il frémit et chassa ces sinistres pensées de son esprit. La partie touchait à sa fin, il n'avait pu faire autrement que de les emmener. Une fois qu'il aurait livré les schémas, la CIA s'occuperait de les faire passer à l'Ouest. Dimitri ne savait pas comment ils comptaient s'y prendre, mais Reilly le lui avait assuré : ils l'avaient déjà fait plusieurs fois sans rencontrer d'obstacles.

Il s'essuya de nouveau le nez.

Maintenant qu'il avait commencé à couler, il ne cesserait plus tant que Dimitri ne serait pas rentré quelque part pour se réchauffer.

Agacé, il traversa la Perspective Nevski avant de longer le quai de la Fontanka. Au bout de cent mètres, il atteignit un escalier de pierre qui descendait vers la berge et les docks. La Fontanka était gelée et la croûte de glace était encore recouverte de plusieurs centimètres de neige sillonnée d'ornières et de traces de pas. Manifestement, les jeunes comme les vieux goûtaient à la joie hivernale de marcher sur le fleuve gelé, car il vit des traces de pas de toutes tailles. L'ingénieur en lui hésita avant de s'engager, se demandant si la surface supporterait son poids, mais il se moqua gentiment de lui-même. La preuve empirique était sous son nez. Des centaines de personnes s'étaient promenées sur ce bras gelé de la Neva avant de repartir comme elles étaient venues.

C'est bien la chose la moins dangereuse que tu auras faite aujourd'hui, fou que tu es ! lui dit sa voix intérieure.

Non sans renifler, il s'engagea sur la glace et repartit vers le pont Anitchkov, dont chacune des trois basses arches franchissait un tiers de la Fontanka. Il remonta ainsi le long de la berge vers la voûte est, où Reilly, sans doute, l'attendait, baigné dans une ombre absolue. Le cœur battant, il traîna sur la glace ses pieds engourdis. Ce fut seulement une fois sous l'arche qu'il put distinguer, dans le noir, la silhouette accroupie dos au mur.

« J'ai faim, j'ai froid. Vous auriez deux roubles à me donner ? »

Tel était le début de la séquence défi-réponse convenue à l'avance. Sa propre réponse s'avérerait déterminante pour l'issue de ce tête-à-tête. S'il avait eu des raisons de croire qu'il s'était compromis ou bien s'il n'avait pas réussi à récupérer les plans, il était censé dire : « *Niet*, camarade, je n'ai rien à te donner », avant de continuer son chemin. Mais comme ce n'était pas le cas, il choisit l'autre option.

« La vie est dure, camarade, mais ce soir je me sens des élans de générosité. »

L'homme se redressa.

Dimitri voulut aller le saluer, mais son cœur se serra dès l'instant où il aperçut les traits de Reilly. Quelque chose clochait.

« Vous avez le matériel ? » lui demanda en russe l'homme de la CIA.

Dimitri maîtrisant très mal l'anglais, toutes les communications s'étaient faites dans sa langue maternelle.

« *Da*, répondit-il sans chercher à récupérer la cassette dans la fausse poche intérieure de son pardessus. Les dispositions nécessaires ont-elles été prises ? »

L'Américain eut un moment d'hésitation avant de prononcer les mots les plus accablants que Dimitri eût jamais entendus de toute sa vie.

« Rentrez chez vous, lui dit-il d'une voix qui trahissait sa propre déception. On annule tout. »

Ces paroles furent pour Dimitri un coup de poing en pleine poitrine, et il se sentit soudain défaillir.

« Quoi ? Je… je ne comprends pas, bredouilla-t-il.

– Je sais, et je suis désolé, mais je n'y suis pour rien. C'est venu du plus haut niveau.

– Pourquoi ? Pour votre pays, ces informations changent tout.

– On n'a plus besoin des schémas.

– Bien sûr que si ! Sans ces données, vous ne trouverez jamais *Octobre rouge*… Sans moi non plus.

– Je ne devrais sans doute pas vous le dire, Dimitri, mais vu le niveau d'autorisation qui est le vôtre, je suis sûr que vous aurez très vite fait de l'apprendre : Ramius est passé à l'Ouest. Et il nous a fourni tout ce qu'on voulait savoir sur *Octobre rouge.* »

Dimitri comprit aux yeux de Reilly qu'il ne lui mentait pas. Son rêve américain réduit en poussière, il resta immobile, comme si ses pieds étaient devenus glace.

« Mais je suis venu avec ma famille…

– Je sais.

– J'ai tout risqué pour vous.

– Même si ça ne change rien, dit Reilly d'un air solennel, je tiens à vous dire que j'ai fait tout ce que je pouvais. Le chef de poste aussi. Nous n'avons pas été écoutés. Le rapport risque-bénéfice n'est plus le même, et les hauts gradés ne veulent pas mettre en danger la vie de nos hommes, sans parler de la vôtre ou de celle de votre famille, pour des informations qu'on a déjà. Si on se sépare maintenant, vous pouvez retourner à votre vie et à votre travail et tout se passera bien. À notre connaissance, vous n'êtes pas compromis.

– Salaud d'Américain ! s'exclama Dimitri dans un cri à peine articulé. Allez vous faire foutre, vous, vos mensonges et vos fausses promesses. J'aurais dû m'en douter. Je suis un imbécile… »

Reilly pinça les lèvres.

Que signifiait cette expression ? La capitulation ? La honte ?

Dimitri vit les yeux humides de son interlocuteur, mais il ne ressentit rien. Pire, s'il avait eu un pistolet, il l'aurait tué. Il se retourna et repartit par le même chemin, sans un mot ni un regard en arrière. Ses mains tremblaient toujours, mais c'était la colère et non plus la peur qui les faisait trembler. Son fils, Konstantin, n'avait jamais su la vraie raison de leur voyage à Leningrad, mais sa femme, si. Comment pourrait-il encore la regarder en face ?

Aveuglé par la rage, il repartit le cœur serré vers leur hôtel.

Tout ça à cause de Ramius ! Comment un homme comme lui a-t-il pu passer à l'Ouest ? Un capitaine de vaisseau de la flotte du Nord !

Il s'arrêta brusquement.

Octobre rouge était en mer. Il avait quitté Poliarny le 3 décembre et son retour n'était pas prévu avant plusieurs mois. Comment le commandant avait-il pu passer à l'Ouest alors qu'il était en plongée ? Était-ce seulement possible ?

« À moins que Ramius n'ait livré *Octobre rouge* ? murmura-t-il, stupéfait à cette seule idée. Moi, je leur donne les plans. Lui, il leur donne le sous-marin. Voilà la seule explication possible au retrait des Américains. Comment a-t-il pu me faire un coup pareil ? Il nous a volé notre avenir, à moi, à ma femme, et à notre fils. Et les Américains… Ils m'avaient fait une promesse ! »

La suite des événements se déroula dans le brouillard : son esprit logique d'ingénieur n'était plus qu'une tornade de rage, de déni et de déception. Une fois rentré à l'hôtel, il raconta tout à Alina, entre colère et sanglots. Il avait vaguement conscience que son fils de dix ans l'écoutait et qu'il n'aurait pas dû dire de telles choses devant ce garçon qui l'idolâtrait, mais il n'était plus maître de lui-même. Et il ne le redevint pas après avoir ingurgité une demi-bouteille de vodka, lorsqu'il commença à errer dans les rues de Leningrad, se lamentant sur l'injustice de la vie, de Dieu et de l'URSS. Tout à coup, il se mit en tête d'aller retrouver Reilly pour négocier un nouvel accord, et il descendit par erreur sur les berges de la Neva… la confondant avec la Fontanka, bien plus étroite.

Lorsque la glace se fissura et céda sous ses pieds, la surprise et la peur le dégrisèrent immédiatement.

Le courant l'entraîna, impitoyablement, loin des regards, sous la croûte de glace vers le golfe de Kronstadt. Et, dans le néant noir et froid qui l'emportait, Dimitri Gorov maudit en silence Marko Ramius, la CIA, et la folle imprudence dont il avait fait preuve.

PARTIE I

Par la grâce de Dieu, l'Amérique a gagné la guerre froide.

– George H. W. Bush

1

MAISON DE FAMILLE DES RYAN
BAIE DE CHESAPEAKE, MARYLAND
DIMANCHE 7 AVRIL
18:15 HEURE LOCALE
ÉPOQUE ACTUELLE

D'un coup d'épaule, Jack Ryan remit en place son gilet préféré tout en regardant la baie de Chesapeake par la fenêtre de la chambre parentale. Le printemps avait beau avoir commencé depuis quelques semaines, les températures refusaient de franchir le cap des quatre degrés ce week-end-là. Cathy et les enfants le taquinaient au sujet de ce cardigan, mais n'était-ce pas là le but ? Les habitudes, les plaisanteries qu'elles inspiraient et les souvenirs qui en restaient étaient les fondements d'une famille heureuse, ce qu'étaient les Ryan. D'où l'amour qu'il avait pour cette maison. Avec Cathy, il y avait bâti une vie de souvenirs, certains pénibles, mais la plupart précieux et chaleureux.

Un délicieux mélange d'odeurs remonta de la cuisine alors que la famille se préparait à fêter l'inscription de Katie au tableau d'avancement pour le grade de capitaine de corvette, dont elle arborerait l'insigne dans les mois à venir. Il prit le temps de savourer cet instant : la chaleur du foyer, le bruit du vent dans la baie, le remue-ménage au rez-de-chaussée.

Présentement, il n'était plus le président Ryan, chef du monde libre.

Présentement, il n'était plus que Jack : un mari, un père de famille, un homme qui aimait son pays.

Son œil intérieur vit défiler une farandole de souvenirs : les réveillons de Noël avec Sally et Jack Jr les toutes premières années, avant la naissance de Katie et Kyle ; les jours où il contemplait la baie sur le porche, main dans la main avec Cathy, alors que Sally et Jack se poussaient à tour de rôle sur le pneu de la balançoire avec les petits jumeaux qui couraient à leurs côtés ; et – ce souvenir s'invita soudain dans le lot – cette affreuse nuit où Sean Miller, le terroriste de l'ULA, était venu, réduisant en miettes l'illusion de sécurité qu'ils avaient ressentie dans cette maison. Mais les beaux souvenirs l'emportaient sur la terreur de cette nuit. Des diplômes, des promotions, un mariage, des réveillons de Noël et des Thanksgiving – autant de raisons d'être reconnaissant – avaient été célébrés entre ces murs, la baie de Chesapeake leur souriant d'en bas comme pour fêter tous ces événements avec eux…

La voix de Cathy monta du rez-de-chaussée :

« Tu descends, Jack ? Ils vont arriver d'une minute à l'autre. »

Ryan s'empressa de dévaler l'escalier, heureux du dîner qui se profilait. Cathy s'affairait autour de l'îlot de cuisine. Pendant ce temps, Agatha, leur cheffe du personnel, gardait les bras croisés sans pouvoir dissimuler son exaspération vis-à-vis de la première dame.

« Elle ne veut pas que je l'aide, dit-elle à Jack avec un regard implorant.

– Vous prêchez en terrain conquis, répondit-il d'un air navré.

– Je sais que je peux donner l'impression du contraire, mais le fait est que je m'amuse, dit Cathy avec un sourire sincère. Et surtout, ça fait des années que je cuisine pour mes enfants. Je sais quels plats ils aiment, et comment ils aiment que ces plats soient préparés.

– Bien, madame, dit Agatha en s'efforçant de ne pas avoir l'air contrariée. En tout cas, sachez que je suis là si vous avez besoin d'aide. »

Mais c'était peine perdue. Ici, les Ryan voulaient faire le menu, la cuisine et la vaisselle. Pour de vrai. Ce n'était pas la Maison Blanche, mais la maison de famille – or, dans une maison de famille, c'est la famille qui effectue le travail de la maison.

« Tu fais du saumon poché ? demanda Ryan, mais les arômes lui avaient déjà donné la réponse.

– C'est le plat préféré de Katie. »

Passant les bras autour de la taille de sa femme, il lui planta un baiser sur la joue.

« Et moi, je peux faire quelque chose ? »

Cathy soupira, mais finit par enlacer son cou et lui donner un vrai baiser.

« Tu peux regarder où en est la cuisson du pain et apporter le saladier, dit-elle en retournant à son activité. Et surtout ne te prive pas d'enlever ce vieux gilet miteux !

– Miteux ? De la laine écossaise tricotée à la main ! Aujourd'hui, même en cherchant bien, on ne trouverait plus cette qualité.

– Ce n'est peut-être pas plus mal », répondit-elle, mais elle souriait, car tel était leur petit jeu.

Agatha se dirigea vers le four, mais Ryan l'arrêta d'un geste de la main.

« Je m'en occupe.

– Bon, est-ce que je pourrais au moins ouvrir une bouteille de vin pour l'aérer ? dit Agatha en attrapant un tire-bouchon dans un dernier recours pour se montrer utile.

– Bonne idée, Agatha, merci beaucoup », répondit Cathy pendant que Ryan sortait du four une plaque avec deux pains qu'il mettait sur un dessous-de-plat.

L'odeur du beurre et de l'ail fit gargouiller son estomac.

« Je le tranche ? demanda-t-il, mais la sonnerie retentit à ce moment-là et il haussa les sourcils pour demander à Cathy si elle voulait qu'il aille ouvrir.

– Vas-y, dit-elle. Je m'occupe de tout. »

Ce n'étaient pas seulement ses fonctions qui l'empêchaient de voir sa fille cadette depuis des mois alors qu'elle travaillait à deux pas du Bureau ovale. Après sa formation à l'USNA – l'École navale d'Annapolis – puis à l'école du renseignement de Dam Neck à Virginia Beach, Katie avait fait une patrouille d'exercice à Norfolk à trois heures de route de là, autant dire sur un autre continent étant donné les emplois du temps de l'un et de l'autre. Elle était maintenant très prise par son poste d'analyste du renseignement à l'ONI – le Bureau du renseignement naval – comme elle l'était avec tout dans sa vie, autrement dit avec une concentration discrète et une détermination à toute épreuve. Comme son aînée, Sally, qui aimait son travail de chirurgienne mais qui préférait ses recherches en laboratoire, ses nouvelles connaissances au niveau cellulaire lui permettant d'améliorer encore les soins qu'elle donnait aux patients, Katie portait toute son attention aux détails. Il n'y avait rien de surprenant s'ils fêtaient ce jour-là sa promotion en tant qu'analyste dans le domaine des menaces russes, promotion qui serait bientôt suivie de celle de capitaine de corvette. Elle n'était entrée à l'ONI que depuis un an et demi, après une patrouille opérationnelle sur le *Truman*, sa promotion avait donc été très rapide. Le capitaine de vaisseau Russ Ferguson, commandant du Centre d'analyse militaire Nimitz, avait confié à Jack qu'elle tenait du prodige.

Non qu'il la surveillât…

« Papa ! » cria son adulte de petite fille lorsque, arrivé dans l'entrée, il la serra dans ses bras. À cet instant-là, il n'était plus le Président et elle n'était plus officier de marine – ils étaient juste père et fille.

« Ça me fait très plaisir de te voir.

– Moi aussi, ma petite. On a eu trop à faire. On m'a dit que tu faisais des étincelles à l'ONI.

– Tu me surveilles, c'est ça ?

– Juste un petit peu, répondit-il en souriant.

– Ce ne serait pas de l'abus de pouvoir ?

– Ce le serait si je pipais les dés, mais loin de moi cette idée, protesta-t-il. Et, à ce qu'on m'a dit, tu n'en as pas besoin.

– Que dire ? J'aime beaucoup mon travail… »

Là-dessus, Katie regarda son cardigan.

« Mince, papa… Maman n'a pas encore jeté ce truc à la poubelle ?

– Elle a essayé, tu peux me croire ! »

Ils rirent et il la serra une nouvelle fois dans ses bras.

Mission accomplie.

La sonnette retentit. Lorsqu'ils se retournèrent, les services secrets avaient déjà ouvert la porte et Sally, la grande sœur de Katie, entrait main dans la main avec Davi, son mari et collègue.

« Hey, ma chérie ! s'exclama Ryan en serrant Sally dans ses bras avant de lui claquer une petite bise sur la joue.

– Ça fait plaisir de te voir, lui dit-elle, radieuse. Pas mal, ton pull de *vieux*, dis donc ! »

Il sourit et se retourna vers le mari de Sally.

« Entre, Davi.

– Comment allez-vous, monsieur le Président ? » lui demanda le Dr Davi Kartal.

Ils échangèrent une ferme poignée de main. Ryan aimait bien Davi, même beaucoup.

« Quand on est en famille chez nous, Davi, appelle-moi Jack, OK ?

– D'accord, répondit Davi, l'air penaud. Désolé. Ça fait toujours bizarre.

– Oui, je comprends, ça l'est encore pour moi aussi, lui répondit Ryan. Cathy est aux fourneaux. On va l'aider ?

– Jack vient ? demanda Katie en évoquant son aîné, Jack Jr.

– Pas sûr, dit Ryan alors que tout ce petit monde traversait la salle à manger en direction de la cuisine. Il avait du boulot, mais il espérait bien pouvoir se joindre à nous. Je n'ai pas encore eu de nouvelles de lui.

– Maman ! » cria Katie en courant vers sa mère, toujours devant son îlot de cuisine.

Ryan regarda avec affection ses deux filles en train d'embrasser leur mère. Un élan de fierté lui chatouilla la gorge en voyant les femmes pleines d'assurance qu'elles étaient devenues.

Aussi belles que leur mère.

Après les embrassades et les propos de rigueur, Cathy annonça :

« Le dîner est prêt. On ferait peut-être mieux de se mettre à table avant que ça ne refroidisse.

– Je vais t'aider, dit Katie, mais sa mère refusa d'un signe de la tête.

– Ce dîner, c'est pour toi. Tu n'es pas là pour ça.

– Compris, sœurette ? » dit Sally en attrapant le saladier.

Quelques minutes plus tard, tout le monde était assis, la large fenêtre derrière Ryan, qui était en bout de table, laissant entrer la lumière du soleil depuis la baie et faisant danser ses couleurs sur les murs de la pièce. Il allait entamer le bénédicité lorsque la sonnette retentit une nouvelle fois.

« Je rêve ou vous alliez commencer sans moi ? », dit Jack Jr depuis l'entrée.

Il débarqua dans la salle à manger, posa son sac à dos couleur marron et se glissa sur la chaise vide entre Katie et sa mère.

« Incroyable ! Tu as réussi à venir, dit Katie avec un grand sourire. Si seulement Kyle était là, ce serait parfait.

– J'ai déjà eu du mal depuis l'Interstate 495… Kyle est dans le Bahreïn ! dit Jack en laissant tomber une serviette sur ses genoux. Et surtout, après quatre années tous les deux à Annapolis, j'imagine que vous avez besoin de faire une pause.

– Peut-être, mais ça fait un bail… On n'a jamais été séparés si longtemps. Il me manque, dit Katie.

– Tu es sa jumelle, tu n'as qu'à faire appel à tes superpouvoirs. Si tu arrives à capter ses pensées, ce sera comme s'il était ici, dit Sally, déclenchant l'hilarité de tous.

– Mon petit doigt m'a dit que tu bouclais ton O-4 avant lui », dit Jack Jr au moment même où Agatha glissait devant lui un plat de saumon poché sur un lit de riz au safran.

Il faisait allusion au fait qu'elle allait bientôt passer officier supérieur.

« C'est vrai ? Mes félicitations, sœurette, c'est fantastique ! dit Sally avant d'ajouter avec un sourire espiègle : De vous deux, Kyle a toujours été le plus compétitif. J'ai hâte de voir la tête qu'il fera quand il devra se mettre au garde-à-vous devant toi !

– Moi aussi, renchérit Jack Jr dans un gloussement. À mon avis la *twin connection* va en prendre un coup !

– Eh, dit Ryan, dont les yeux s'embuaient face au spectacle de l'intimité familière qui régnait autour de la table, essayons de ne pas casser du sucre sur le dos du seul Ryan qui n'est pas là. Faisons le bénédicité, et ensuite on pourra dire une prière pour votre frère, qui n'a pas pu se joindre à nous en cette journée particulière, et pour le travail important qu'il fait avec la Task Force 59. »

Le silence se fit autour de la table, et Ryan prononça le bénédicité.

« Bénis-nous, ô Seigneur, et bénis ces dons de Ta part que nous nous apprêtons à recevoir… »

Cathy serra sa main dans la sienne. La vie était belle.

2

PORT MARITIME DE SEVERODVINSK
BAIE DE LA DVINA, MER BLANCHE
OBLAST D'ARKHANGELSK, RUSSIE
LUNDI 8 AVRIL
08:11 HEURE LOCALE

Le capitaine de vaisseau Konstantin Gorov se tenait sur la passerelle du K-329 *Belgorod*, que deux remorqueurs éloignaient du quai. Une brusque rafale de vent chassa leurs nocives émanations de diesel alors qu'ils crachotaient le long de son travers tribord. La brise de l'ouest avait des odeurs de sel et de pin, et Konstantin ferma les yeux le temps de prendre une inspiration purifiante.

C'était un de ces moments dont il aspirait à garder le souvenir.

L'officier de manœuvre, le capitaine-lieutenant Blok, qui se tenait à sa droite, ordonna le signal de marche arrière pour augmenter la distance entre l'imposant sous-marin nucléaire et le quai.

« Commandant, le bateau a appareillé, dit-il peu de temps après.

– Bien. Faites retentir trois sons brefs pour enclencher la propulsion arrière. »

Comme le voulait le protocole naval, Blok répéta cet ordre avant de le relayer dans l'interphone de la passerelle pour le central. Un moment après, la corne du sous-marin retentit trois fois, faisant écho dans le chenal et informant tous eux qui l'entendaient que le plus grand, le plus létal, le plus performant des sous-marins nucléaires de la marine russe venait de prendre la mer.

Avec ses cent quatre-vingt-quatre mètres de long, le *Belgorod* était le plus long sous-marin jamais construit : il mesurait neuf mètres de plus que le célèbre sous-marin lanceur d'engins *Octobre rouge* de la guerre froide. Au contraire d'*Octobre rouge*, qui était de la classe Akula, le *Belgorod* n'était pas un sous-marin nucléaire lanceur d'engins. Ni un sous-marin nucléaire lanceur de missiles de croisière, conçu pour porter des missiles antinavires et mer-sol comme le reste de la classe Oscar II dont il était inspiré.

Non, le *Belgorod* avait été conçu dans un tout autre objectif.

Konstantin ajusta sa casquette d'hiver pour bloquer le soleil. Normalement, à cette époque de l'année, toute la panoplie du mauvais temps était requise pour le quart sur la passerelle. Mais pas ce jour-là. Le ciel était exceptionnellement agréable au moment du départ : un peu de soleil, de légers vents venus de l'ouest, et un doux huit degrés Celsius. Les jours comme celui-là, le quart sur le kiosque était un privilège et non pas l'épreuve qu'il est d'ordinaire pour les sous-mariniers affectés à la flotte du Nord, qui avaient pour port d'attache Poliarny, au-dessus du cercle arctique.

« Manœuvre, arrêtez la marche arrière, dit Konstantin, qui surveillait leur mouvement.

– Bien, commandant, dit Blok avant d'ordonner l'arrêt total des moteurs.

– Informez le pilote du remorqueur que je compte le renvoyer quand on sera au milieu du port », dit Konstantin alors que la coque massive du K-329 se repositionnait à distance du quai.

Blok, après un moment d'hésitation, répondit :

« Mais, commandant, les remorqueurs devaient nous porter assistance jusqu'à la baie de la Dvina. Le point de séparation se trouve au-delà du goulet à l'entrée du port et *après* le premier tournant. »

Konstantin se tourna vers son manœuvre.

Du haut de son mètre quatre-vingt-sept, il faisait dix centimètres de plus que son compatriote. Sa taille ainsi que son imposante voix de baryton faisaient de lui un homme intimidant – ce dont il avait appris à tirer parti très tôt. Blok était son jeune officier le plus capable et le plus intelligent, raison pour laquelle il avait fait de lui son manœuvre lors de cette mission. Mais comme de trop nombreux officiers de sous-marin russes, Blok avait passé beaucoup plus de temps à terre qu'en mer, il était donc lent au pilotage et avait davantage besoin de pression. De ce point de vue, c'était une opportunité.

« J'en ai bien conscience, dit Konstantin, mais êtes-vous en train de me dire qu'un simple virage vous fait peur ? »

Blok, sans mot dire, pâlit un peu sous le regard de Konstantin et leva les yeux, bouche ouverte.

« C'est un simple virage à droite, ensuite on sera en mer Blanche et pendant des heures on ira en ligne droite avant le virage suivant. Vous n'aurez pas à prendre d'autre décision avant un bon moment. Ça ne vous tente pas ? »

Blok déglutit difficilement.

« *Da*, commandant, répondit-il. Je vais informer le capitaine du remorqueur. »

Konstantin réprima une envie de sourire lorsque son jeune manœuvre appela le remorqueur d'avant pour lui annoncer la nouvelle. Comme il s'y était attendu, le capitaine lui demanda des explications, mais céda devant l'autorité du commandant de sous-marin le plus chevronné de la flotte du Nord.

« Dès qu'ils auront largué les amarres, dites aux hommes de quart sur la passerelle de redescendre. »

Blok hocha la tête nerveusement.

« *Da*, commandant. »

Konstantin comprenait l'agitation du jeune manœuvre. L'embouchure du port de Severodvinsk était d'une étroitesse intimidante à cause d'une jetée qui remplissait la double fonction de brise-lame et d'embarcadère. L'entrée était même si étroite que sa largeur était à peine plus importante que la longueur du *Belgorod*. Salués pour leur propulsion nucléaire à la fois silencieuse et efficace en profondeur, les sous-marins tels que le K-329 n'étaient pas réputés pour leur manœuvrabilité. Le virage à quatre-vingt-dix degrés nécessaire pour sortir du chenal et entrer dans la mer Blanche – un jeu d'enfant pour un bateau de plaisance – était une opération à dresser les cheveux sur la tête pour un vaisseau qui faisait la taille de deux terrains de football américain. S'il prenait le virage trop tard, le *Belgorod* éventrerait l'un des deux Akulas désarmés qui avaient été mis au rancart au bout de la jetée. Une telle collision le renverrait en cale sèche au chantier naval Sevmash pour des réparations qui en retarderaient l'appareillage pendant plusieurs mois et en retireraient le commandement à Konstantin. Ce que celui-ci ne permettrait pas. Un homme incapable de faire sortir du port son propre bateau n'avait pas sa place à la barre.

« Les remorqueurs sont partis, commandant, et tout le personnel est redescendu, panneaux fermés et verrouillés, dit Blok, répétant le rapport du central qu'ils avaient entendu l'un comme l'autre dans le haut-parleur de la passerelle.

– Bien, répondit Konstantin. Manœuvre, sortez-nous du port. Vitesse quatre nœuds.

– Vitesse quatre nœuds, bien, commandant, répéta Blok avant de relayer les ordres dans son interphone. Barreur, machines avant un tiers, vitesse quatre nœuds. »

Le barreur de direction accusa réception dans le haut-parleur de la passerelle et le *Belgorod* trembla une fraction de seconde lorsque ses deux hélices s'ébranlèrent à l'arrière.

« Commandant, le bateau fait... commença Blok, mais Konstantin le coupa.

– Quand allez-vous donner ordre de tourner et jusqu'où allez-vous tourner la barre ?

– Comme le virage est calculé en fonction de la pointe à l'ouest de l'*Amiral Ouchakov*, j'allais ordonner de pousser la barre à fond au moment où le navigateur marquerait le virage.

– Vous vous écraseriez... Deuxième chance.

– Euh, dans ce cas, j'ordonnerai de virer plus tôt.

– Le virage prévu était calculé en fonction de la présence des remorqueurs, qui tiraient à l'avant et poussaient à l'arrière pour faire tourner le bateau en complément de la barre. On ne peut pas virer si tard. Il vaut toujours mieux virer trop tôt que trop tard. On peut toujours lâcher un peu la barre, mais on ne peut pas en donner plus que le maximum. Disons que, même avec la barre à droite toute, vous ne virez pas assez vite. Que pouvez-vous faire d'autre ?

– Je peux enclencher la marche arrière sur le moteur tribord, répondit Blok, une goutte de sueur coulant le long de sa tempe gauche.

– *Da*, mais ça nous ralentirait, et nous allons seulement à quatre nœuds, dit Konstantin tout en regardant la pointe, qui approchait rapidement de leur avant tribord. Sans vitesse, la barre n'est d'aucune utilité. »

Blok plissa les yeux d'un air désemparé.

« Commandant, la pointe est à trente degrés », annonça le veilleur, Matros Ivanovitch.

Le *starshiy serjant* Ivanovitch était le seul autre membre d'équipage sur la passerelle pour la veille de manœuvre et Konstantin l'avait délibérément choisi pour l'équipe de quart car le jeune homme avait du potentiel pour s'élever dans les rangs des sous-officiers.

Blok régla l'interphone.

« Barreur, à droite toute.

– À droite toute, reçu, répondit le barreur de direction. Passerelle, la barre est tout à droite.

– Bien. Navigateur, marquez le virage et confirmez notre route.

– Bien », répondit le navigateur, le capitaine de corvette Sokolov, dans l'interphone.

Sokolov aurait dû tracer notre nouvelle route et marquer le virage dès le départ des remorqueurs. Passe pour cette fois, Sokolov, songea Konstantin en le notant mentalement.

« On vire très lentement, commandant, dit Blok d'une voix qui se réduisait à un mince filet.

– *Da*, vous vous attendiez à quoi ? On n'est pas dans une Ferrari.

– Dois-je enclencher la marche arrière sur le moteur tribord ? »

Les deux Akulas désarmés amarrés au bout de la jetée attirèrent le regard de Konstantin. Ces sous-marins géants mis au rancart venaient sans cesse lui rappeler, tel un mauvais présage, cet âge d'or de la guerre froide où la flotte soviétique était forte de quatre cents sous-marins. Ses yeux suivirent le long pont des missiles, qui, au contraire des SSGN américains de la classe Ohio, se situait à l'avant du bulbe emblématique des Akulas. Il était rare qu'il ne songe pas au plus tristement célèbre d'entre eux, *Octobre rouge*. Le Kremlin avait écrit une fiction glorieuse sur ce sous-marin et sur son valeureux commandant. Selon les manuels d'histoire soviétiques, Ramius et les officiers supérieurs du bord avaient vaillamment sabordé *Octobre rouge* après un accident de réacteur pour l'empêcher de tomber aux mains des Américains. Ramius avait reçu l'ordre de Lénine à titre posthume pour son héroïsme.

Mais Konstantin savait la vérité.

Ramius n'était pas un héros digne d'être célébré, mais un traître.

Il avait beau n'avoir eu que dix ans à cette époque, il revoyait cette fatale soirée comme si elle datait de la veille. Il avait vu la colère et les sanglots de son père, qui avait fini par sortir errer dans la nuit en maudissant Ramius et la CIA. Son père qu'on n'avait plus jamais revu. Sur le moment, Konstantin n'avait pas compris, mais la confession de sa pauvre mère sur son lit de mort avait tout fait ressortir au grand jour. Les autorités n'avaient jamais retrouvé le corps de son père, ni le rouleau de microfilm qu'il avait voulu livrer aux Américains. Konstantin en était certain, car si le KGB avait su que le père avait voulu passer à l'Ouest, le fils n'aurait jamais pu monter en grade dans la marine russe. Jamais un fils de traître n'aurait pu se voir confier le commandement du sous-marin amiral de la flotte du Nord.

Niet, *mon héritage est encore sans tache… Comme l'est celui de Marko Ramius.*

« Vous m'entendez, commandant ? demanda Blok, sortant Konstantin de sa rêverie. Dois-je enclencher la marche arrière sur le moteur tribord ?

– Comme je vous l'ai dit, ça nous ralentirait et on perdrait le cap. »

Blok céda à la panique devant l'urgence de la situation.

« Alors qu'est-ce que je dois faire ?

– Le manœuvre, c'est vous. Donnez un ordre, dit Konstantin, qui ne voulait pas voler à son secours en prenant la décision pour lui.

– Commandant, je recommande… intervint le veilleur, mais Konstantin l'arrêta.

– *Niet*, laissons-lui dix secondes de plus, *serjant* Ivanovitch », dit-il en lui adressant un signe de la tête – une façon de lui dire que son intention de secourir le jeune manœuvre était à la fois justifiée et appréciée.

Un sous-marin nucléaire ne pouvait pas fonctionner efficacement si des membres d'équipage compétents en étaient réduits à se taire par crainte de recevoir un châtiment. Mais c'était un moment d'apprentissage pour Blok, et il n'était pas question de le laisser filer.

Le commandant égrena le compte à rebours dans sa tête.

Le jeune manœuvre réagit deux secondes avant de se voir relever de ses fonctions.

« Barreur, tournez le propulseur d'étrave au zéro-neuf-zéro et démarrez le moteur, dit Blok en trébuchant quasiment sur les mots dans son micro.

– Passerelle, le propulseur d'étrave est tourné au zéro-neuf-zéro et le moteur est allumé », annonça le barreur de direction un instant plus tard.

Le propulseur en forme d'ogive, accroché à la quille à l'arrière du bateau, était conçu pour les manœuvres sans remorqueurs. En dépit de sa petite hélice et de sa puissance nettement inférieure à celle des moteurs principaux, sa poussée et son long bras de levier par rapport à l'axe de rotation du bateau le rendaient plus performant que la barre à faible vitesse. Avec l'action du propulseur d'étrave, la trajectoire du *Belgorod* évolua rapidement, et la poupe de cet imposant sous-marin se mit enfin à tourner.

« Passerelle, ici navigateur, le bateau vient de retrouver sa route. Je recommande l'arrêt du propulseur d'étrave, dit Sokolov dans le haut-parleur de la passerelle peu après.

– Vérifiez par vous-même avant de faire ce qu'il vient de dire, dit Konstantin en saisissant le poignet de Blok avant que celui-ci ne puisse relayer sans réfléchir l'ordre du navigateur au barreur de direction. Regardez votre cap. Sentez le bateau. Pensez-vous que nous sommes sur la bonne route ? »

Blok regarda la pointe, puis le bout de la jetée, avant de se retourner vers le grand bâtiment du chantier naval Sevmash, qui s'alignait derrière lui.

Avec une confiance retrouvée, il actionna son micro.

« Barreur, arrêtez le propulseur d'étrave... À droite dix. »

Le barreur de direction répéta, puis dit :

« Passerelle, propulseur arrêté, la barre est dix à droite.

– Je confirme », dit Sokolov.

Konstantin croisa les bras en signe de satisfaction.

Maintenant, ils travaillent en équipe. On verra comment ils réagiront quand on devra faire face à un réel danger.

« Barreur, barre à zéro, ordonna Blok pile au moment où Konstantin l'aurait fait lui-même.

– Passerelle, la barre est à zéro.

– Bien. »

Konstantin sentit le regard de son jeune manœuvre braqué sur lui tandis que le *Belgorod* poursuivait sa route en silence, sortant de l'étroite embouchure du port de Severodvinsk. Au lieu de lui adresser les félicitations qu'il attendait, Konstantin garda les yeux fixés sur les eaux lapis-lazuli de la baie de la Dvina.

Vous vous en êtes bien tiré, Blok, mais ça ne vaut pas non plus une tape dans le dos.

Malgré son immense superficie de quatre-vingt-dix mille kilomètres carrés, la mer Blanche avait trop peu de profondeur pour que le *Belgorod* puisse y naviguer sans difficulté. Pour atteindre les coordonnées de plongée prévues au large de la péninsule de Kola, il avait sept cents kilomètres à parcourir en surface jusqu'à la mer de Barents. Pendant toute la durée de ce long et pénible voyage, il serait observé et traqué par les satellites américains.

Mais ça va, après tout ça fait partie du jeu, se dit Konstantin en inspirant l'air marin.

Faire route en surface par beau temps était une expérience rare et précieuse sur un sous-marin nucléaire. Silence total. Mer plate. Pas de gaz d'échappement nocifs. Pas de marins en train de gémir ni de se plaindre...

Moi, mon bateau et l'océan, rien de plus.

Normalement, après le virage vers le nord-est, Konstantin devait redescendre dans sa cabine pour s'occuper des paperasseries de l'état-major, mais pas aujourd'hui. Aujourd'hui, il laisserait ce genre de travail à son premier officier pour passer un peu plus de temps sur la passerelle. Il voulait savourer le moment et le graver dans sa mémoire. Car, si son plan aboutissait, ce serait la dernière fois qu'il regarderait les rives de sa patrie bien-aimée.

3

DIVISION DE LA RECHERCHE EN OPÉRATIONS DE GUERRE SOUS-MARINE (SWORD)
BUREAU DU RENSEIGNEMENT NAVAL (ONI)
CENTRE NATIONAL DE RENSEIGNEMENT MARITIME
4251 SUITLAND ROAD, WASHINGTON, DC
08:47 HEURE LOCALE

Le lieutenant Kathleen Ryan tira sur la manche de sa veste avant de se pencher sur l'écran de l'ordinateur, dépitée de voir l'analyste du renseignement 2e classe, Pettigrew, à l'aise dans son treillis alors qu'elle-même portait l'uniforme de service. Mais ce n'était pas non plus « Bubba », comme on l'appelait dans l'équipe – allusion à l'accent traînant de ce natif de l'Alabama dont l'intelligence était par ailleurs fulgurante –, qui, plus tard dans la matinée, avait rendez-vous avec l'amiral Sarah Young, vice-chef des opérations navales, pour lui parler de la menace montante des forces navales russes dans la mer Noire.

« Qu'est-ce qu'on voit là, Bubba ? demanda-t-elle en plissant les yeux devant la photo d'un sous-marin sur rails, en train de quitter une cale sèche.

– Eh bien, lieutenant Ryan, lui répondit son meilleur spécialiste du renseignement en recoiffant ses cheveux roux, ça, c'est le K-329, un nouveau sous-marin des Russkofs, inspiré de l'Oscar II. La désignation officielle, c'est "Projet 09852", mais son nom, c'est le *Belgorod.* »

Elle sourit patiemment. Jusque-là, elle n'avait entendu le mot « Russkof » que dans de vieux films.

« Oui, Bubba, je le reconnais. Ce n'est pas la première fois que je le vois, mais je suppose que vous avez une raison de me montrer cette photo en particulier ?

– Ah, mais bien sûr, lieutenant Ryan, répondit Pettigrew avant de sélectionner un détail autour de la proue et de zoomer dessus. Vous vous rappelez sans doute que dans toutes les photos qu'on avait jusque-là, le sous-marin était dans la cale sèche couverte, ce qui faisait qu'on ne voyait rien de l'avant. Là, on a une photo de la proue avant le lancement. »

Katie plissa encore les yeux.

« Il a l'air différent des autres Oscar II, mais je n'arrive pas à mettre le doigt dessus », avoua-t-elle, frustrée.

Son expertise portait sur la stratégie russe et sur les fluctuations géopolitiques. Ce qu'elle savait des sous-marins russes relevait davantage de ces domaines et, si les élèves officiers de l'USNA devaient tous maîtriser des éléments d'ingénierie, elle n'avait rien d'une experte.

« Eh bien, déjà, il est plus grand – il est plus long que les Oscar II, et selon une rumeur il a un déplacement plus important que les Typhoons eux-mêmes. Mais jusqu'à maintenant on n'avait pas vu la proue. Vous voyez ça, là… ?

– Les tubes lance-torpilles ? »

Pettigrew hocha la tête puis cliqua, ouvrant une autre fenêtre dans le coin supérieur droit de l'écran – une photo d'archive plus ancienne qu'il avait préparée à l'avance.

« Ça, c'est un Oscar II standard, et ça, ce sont les tubes lance-torpilles. Vous voyez la différence ?

– Eh bien, l'Oscar II standard en a six, dit-elle, et on dirait que *Belgorod* n'en a que deux.

– Oui, lieutenant Ryan, mais ils sont énormes. Dans les deux mètres, je dirais.

– Ce qui veut dire ? » demanda Katie en se redressant, les yeux rivés sur la photo.

Elle savait très bien que le *Belgorod* avait un statut particulier dans la marine russe. Des renseignements laissaient penser que c'était un sous-marin conçu pour des missions spéciales et non un sous-marin d'attaque rapide. Des photos de la station d'accueil à l'arrière du kiosque laissaient penser qu'il pouvait servir de bateau-mère à des mini-sous-marins, ou même à des drones autonomes. Le Pentagone craignait qu'il ne puisse lancer des drones submersibles, ce qui pouvait représenter un risque pour les câbles de communication qui passaient dans l'Atlantique ou servir au déploiement de forces spéciales russes un peu comme les Navy SEALs pouvaient lancer des mini-sous-marins depuis les valises sèches de certains sous-marins américains.

« Aucune idée, lieutenant Ryan, dit Pettigrew. Il est vrai que je ne suis pas ingénieur. Mais – il se pencha en souriant – je me dis que ces ouvertures ont pour fonction de lancer une arme qu'on ferait mieux d'apprendre à connaître assez rapidement. »

Katie hocha la tête.

« Beau travail, Pettigrew, dit-elle en lui tapotant l'épaule avant de se relever. Je vais faire remonter l'info. Peut-être qu'au prochain passage de satellite, on aura de meilleures photos qui nous permettront de clarifier les choses. Même si je suppose que la proue sera difficile à voir maintenant qu'il a été mis à l'eau. On pourra peut-être trouver plus de photos de la station d'accueil…

– Je ne crois pas, lieutenant Ryan.

– Pourquoi ? »

Pettigrew se renfonça dans son fauteuil.

« La mise à l'eau a eu lieu aujourd'hui, lieutenant Ryan. »

Il cliqua de nouveau, faisant apparaître une image satellite du sous-marin escorté par des remorqueurs dans le chenal. L'image suivante le montrait en train de quitter le port de Severodvinsk, les remorqueurs déjà derrière lui.

« Et maintenant, où est-il ? Ils l'emmènent à Poliarny ?

– Je ne sais pas, répondit Pettigrew avec un haussement d'épaules, mais l'équipe cherche la réponse par tous les canaux. »

Elle pinça les lèvres.

« Merci, Bubba, dit-elle avant de regarder sa montre. Il faut que j'y aille, mais je repasse plus tard, OK ?

– Très bien, lieutenant Ryan », répondit Pettigrew avant de se pencher à nouveau au-dessus de son clavier.

Katie sortit dans le couloir et hâta le pas pour son rendez-vous, réfléchissant aux renseignements qui venaient de lui être présentés. Lorsqu'elle arriva devant le bureau de Ferguson, le premier maître qui tenait le kiosque à la porte regarda sa montre avec toute la subtilité d'un gros matou dans un magasin de porcelaine, comme aimait le dire Pettigrew.

« Je vais voir s'il peut vous recevoir, lieutenant Ryan, dit-il avant de décrocher le combiné. Elle est arrivée, commandant... Oui, commandant. Je n'y manquerai pas, commandant. »

Il lui adressa un sourire tordu dont elle se demanda s'il trahissait son plaisir à l'idée que la jeune star montante qu'elle était puisse avoir quelques ennuis. Elle regarda une nouvelle fois sa montre : elle risquait d'avoir une minute de retard. Autant dire vingt-quatre heures pour le capitaine de vaisseau Russ Ferguson, aux yeux duquel la ponctualité n'était pas loin de la sainteté. Au niveau de l'état-major, il n'y avait que deux options : soit on était en avance, soit on était en retard.

« Entrez, lieutenant Ryan. »

Ferguson la laissa s'en tirer à bon compte avec un simple et sarcastique « Merci de m'avoir accordé un peu de votre temps » tout en lui indiquant un fauteuil à côté du sien, à une petite table de conférence où il aimait gérer ses affaires.

Elle s'installa.

« Désolée pour mon retard, commandant, dit-elle en voyant la grande aiguille franchir le chiffre 12 – techniquement, elle était juste à l'heure. Un de mes hommes me présentait de nouveaux éléments sur un sous-marin russe qui nous intéresse en ce moment.

– Je me disais bien que vous travailliez, dit Ferguson. C'est le *Belgorod* ?

– Exact, commandant », répondit-elle, surprise, tout en s'apercevant qu'elle n'aurait pas dû l'être.

Ferguson n'avait pas seulement une mémoire eidétique et des aptitudes intellectuelles hors norme, il avait le don de lire les gens qui frôlait le mentalisme.

« Le meilleur élément de mon équipe m'a montré des photos, ajouta-t-elle avant d'évoquer les images que venait de lui montrer Pettigrew.

– Ah, répondit Ferguson en se renfonçant dans son fauteuil en cuir et en croisant les mains. Contactez la NASA. Essayons de voir si on peut obtenir d'autres images à étudier avec les ingénieurs du HURL, OK ? dit-il en faisant référence au Hawaii Undersea Research Lab.

– Mais ça risque de prendre du temps, commandant. Or il faut le retrouver le plus vite possible.

– Le retrouver ? maugréa Ferguson en venant poser ses bras sur le plateau de verre, sous lequel étaient exposés des dizaines de médaillons militaires. Il n'est pas à Severodvinsk ?

– Il l'était, commandant. Mais il a appareillé tôt ce matin. Juste après une heure du matin heure de Washington, à ce que je sais.

– Merde, s'écria Ferguson en cognant du plat de la main. Il y a eu un ratage quelque part. On a un très bon réseau en Russie. Je ne vois pas comment un navire de surface ou un sous-marin russe a pu être mis à l'eau dans le cadre d'un déploiement programmé sans qu'on l'ait su à l'avance. Qu'est-ce qui a pu se passer ?

– Je ne sais pas, commandant. On va essayer de tirer ça au clair.

– En tout cas, s'ils ont réussi à garder le secret, nous avons un sérieux problème. Si on n'est pas au courant, c'est que les dirigeants russes ont des choses à se cacher les uns aux autres. Donc que quelque chose d'important est en train de se produire. Il faut qu'on sache ce qui se trame avec ce bateau.

– Je vais élargir notre champ de recherche et charger toute mon équipe de réactualiser nos informations, commandant. »

Ferguson se gratta le menton, plongé dans ses pensées.

« Il va également nous falloir de l'aide de l'extérieur, lieutenant Ryan, dit-il en la regardant. Je vais vous organiser un rendez-vous avec Juggernaut[1]. Son sous-marin se prépare à appareiller, mais je suis certain qu'elle trouvera un peu de temps pour vous recevoir.

– Juggernaut ? demanda Katie, intriguée.

– C'est un surnom, dit Ferguson. Le surnom parfait, je dois dire. Elle mesure à peine un mètre cinquante, mais c'est un roc.

---

1. *Juggernaut* désigne en anglais, et souvent de manière métaphorique, une force qui ne peut être arrêtée et qui écrase ou détruit tous les obstacles en travers de son chemin. Un fléau, donc. (Toutes les notes sont du traducteur.)

Elle vient de terminer une patrouille terrestre au HURL et elle a fait des étincelles. C'est l'officier de sous-marin le plus brillant que j'aie jamais rencontré, et ce n'est pas peu dire, car ils sont tous plus brillants les uns que les autres. Elle est officier armes sur le *Blackfish*.

– Le *Blackfish*, commandant ? » demanda Katie, perplexe.

Dans son métier, elle connaissait très bien la flotte, mais à part un film sur des orques et un personnage de *Game of Thrones*, elle ne connaissait pas de *Blackfish*.

« L'USS *Washington*. SSN 787, répondit-il. L'équipage l'appelle le *Blackfish*.

– Pourquoi ?

– Eh bien, pourquoi ne pas aller le leur demander ? répondit-il toujours en souriant. Je vais vous organiser une visite du *Washington* afin que vous puissiez rencontrer Juggernaut et la consulter sur ces portes avant. S'il y a une personne qui peut mettre au point une théorie plausible, c'est bien elle. Puisque l'appareillage du *Washington* est imminent, ce serait trop lui demander que de venir ici. C'est donc vous qui irez la rencontrer. Vous êtes d'accord ?

– Oui, commandant. Bien sûr. Avec qui ?

– Seule. Le mutisme des sous-mariniers est légendaire et ils n'aiment pas les foules. Dites à votre équipe de m'envoyer toutes les images dont ils disposent sur messagerie cryptée et je m'arrangerai pour les lui faire parvenir.

– Bien, commandant.

– Parfait, dit-il en se levant. Allons donc voir l'amiral Young. »

Katie écarquilla les yeux.

« Vous voulez savoir quels points je vais aborder ? demanda-t-elle.

– Eh bien, je suppose que vous lui parlerez du regain d'hostilités dans la mer Noire et du harcèlement de notre flotte dans l'Atlantique Nord. J'espère aussi que vous mentionnerez les opérations secrètes qu'on a détectées en Finlande ainsi que celles qu'ils continuent de mener sous de faux drapeaux dans les pays baltes…

– Tout à fait, commandant, dit-elle, consciente qu'elle venait d'interrompre son supérieur. Je croyais que vous souhaiteriez vérifier les détails. Pour vous assurer – je ne sais pas – que…

– Lieutenant Ryan, ce n'est pas sans raison qu'on vous a promue en tant qu'analyste. Ce n'est pas sans raison qu'on vous a inscrite O-4 avant l'heure au tableau d'avancement. Si j'avais désiré un compte rendu de la part d'un analyste à diriger ou à encadrer, je me serais adressé à un débutant. Et d'ailleurs, même pas, car j'ai trop à faire. Vous ne vous sentez pas à la hauteur ? »

Katie prit une profonde respiration et serra les mâchoires.

« Si, commandant. Ça va. J'aimerais seulement représenter notre service comme vous le souhaitez. »

Les traits de Ferguson se radoucirent.

« Soyez vous-même, lieutenant Ryan. Mollo sur le jargon et les détails techniques. Elle se fiche de nos méthodes de collecte, seuls les faits comptent. Alors exposez-lui les faits mais présentez-lui également vos pistes et hypothèses – vos analyses sur ce que ça veut dire et sur ce qui fait que c'est important. C'est ce que vous faites le mieux, comme un superpouvoir. OK ?

– OK, commandant », dit-elle en le suivant jusque dans la salle de conférences spécialement réservée à ce genre d'entretiens, où l'amiral Young et ses officiers généraux l'attendaient.

Elle fut traversée à la fois par un accès de peur et un élan de fierté. Si Ferguson l'envoyait ainsi sur le devant de la scène sans lui demander de comptes, c'était qu'il lui faisait confiance – et cela voulait dire beaucoup.

Cela voulait dire aussi qu'elle était seule aux commandes.

Si papa pouvait me voir…

4

CABINE DU COMMANDANT
LE *BELGOROD* (K-329)
ZONE D'OPÉRATIONS KD-11
MER DE BARENTS
15:51 HEURE LOCALE

Konstantin regarda l'écran fracassé de son téléphone, qu'il avait préféré ne pas réparer. Il l'avait fait tomber à l'hôpital ce fameux jour et, depuis, c'était une métaphore de sa vie. La principale fissure tranchait la gorge de Calina, lui rappelant de manière funeste que sa vie n'était plus qu'un long châtiment.

Souvent son regard se posait sur cette photo, la dernière qu'il avait prise de sa femme.

L'air inquiet dans ses yeux, le faible sourire sur ses lèvres...

Elle avait compris. Elle savait ce qui allait se passer.

« Tu aurais dû me le dire, dit-il les larmes aux yeux. J'aurais pu faire quelque chose. T'emmener dans un autre hôpital. »

Un coup à la porte vint le sortir de cette pensée macabre.

« Entrez », dit-il avant de se ressaisir.

La porte s'ouvrit.

« Commandant, le manœuvre m'a remis cette liste de vérifications à vous faire signer, dit le messager.

– Bien. »

Le jeune matelot, dont Konstantin ne reconnut pas le visage nerveux, entra dans sa cabine et lui tendit un bloc-notes présentant un document de plusieurs pages. Le regard de Konstantin tomba sur sa bande patronymique, et il grava son nom dans sa mémoire.

« Laissez ouvert », dit-il tout en regardant la première page.

Le jeune matelot, qui s'était empressé de retourner dans la coursive, s'apprêtait déjà à refermer la porte.

« Je n'en ai pas pour longtemps. »

Avant la plongée, la procédure exigeait de vérifier que toutes les ouvertures pratiquées dans la coque étaient dans la condition et dans la position nécessaires pour empêcher les voies d'eau dans les phases de transition entre opérations en surface et opérations en plongée. Cette procédure, inspirée de la marine américaine, se faisait sur le mode contradictoire, deux hommes qualifiés passant en revue la liste des points à vérifier chacun de son côté. Cet aspect était essentiel, le second vérificateur devant valider les conclusions du premier. Du temps de sa formation d'officier, Konstantin avait lui-même procédé de nombreuses fois à ce contrôle avant plongée, que ce soit en tant que premier ou second vérificateur. Plus d'une fois, il avait repéré des erreurs. Il arrive qu'une vanne coincée soit prise pour une vanne fermée dans son siège, qu'un vérificateur confonde le sens des aiguilles d'une montre et le sens contraire ou, trop pressé, rate quelque chose.

« L'océan est un maître sans pitié, dit Konstantin en passant à la deuxième page, où il vérifia la présence des deux paraphes au bout de chaque ligne. Matelot Danovitch, savez-vous quelle est la pression de l'eau à cinq cents mètres de fond ? »

Danovitch hésita un moment avant de répondre :

« Non, commandant.

– Tous les dix mètres, il y a un bar de plus. La limite de plongée de ce sous-marin est de cinq cents mètres, autrement dit cinquante bars ou cinquante atmosphères de pression. Vous comprenez ? »

Le jeune homme hocha la tête, mais Konstantin voyait bien qu'il ne mesurait pas la portée de ses propos.

« S'il y a une fuite en profondeur, ce n'est pas comme à la surface. On ne peut pas juste mettre le doigt dans le trou pour colmater la brèche. La pression est si forte qu'on aurait le bras coupé comme au rayon laser. Un trou d'un seul centimètre créerait un flux si puissant que l'eau de mer serait atomisée, envahissant instantanément l'air et nos poumons si bien que nous serions noyés instantanément. »

Danovitch déglutit difficilement, atterré par cette information.

« C'est horrible ! »

Konstantin tapota la liste de l'index.

« Oui, c'est pour ça que cette ronde d'étanchéité est capitale. Vous allez monter en grade, et un jour c'est vous qui accomplirez cette tâche importante. Il faut que vous compreniez ce qui la rend si essentielle.

– Bien, commandant… J'apprendrai à la faire correctement. »

Konstantin termina sa lecture, signa en notant date et heure, puis rendit le bloc-notes au messager.

« Rapportez cette fiche au manœuvre.

– Bien, commandant », dit Danovitch, avant de refermer la porte derrière lui.

Quelques minutes plus tard, le téléphone de Konstantin sonna.

« *Da*, dit-il en appuyant le combiné contre son oreille.

– Commandant, ici manœuvre, dit Blok. Le bateau se trouve aux coordonnées de plongée dans la zone d'opérations KD-11. Tous les préparatifs sont terminés. Le sous-marin est paré à plonger.

– Bien », dit Konstantin en reposant le combiné sur son socle.

Il repoussa son lourd fauteuil de bureau en grognant, se leva et lissa son uniforme. Il était submergé par une vieille impatience familière. À chaque appareillage, la première plongée était un événement tout aussi excitant qu'éprouvant. Un sous-marin en surface était tel un gladiateur sans glaive ni bouclier – un guerrier auquel manquaient les attributs de son pouvoir. Flottant à la surface, le *Belgorod* était lent, détectable et vulnérable, alors que sous les flots, c'était un tueur silencieux et invisible. Il avait hâte d'être sous l'eau. Mais si un incident devait se produire – et par incident il voulait dire catastrophe –, cet événement avait toutes les chances de se produire dès la sortie du port.

C'était toujours la première plongée qui était la plus risquée.

Le Commandement stratégique conjoint de la flotte du Nord n'avait pas communiqué sur cette mise à l'eau. Ce ne serait qu'une fois que la surveillance sous-marine occidentale aurait donné l'alerte aux médias sur cet appareillage surprise du K-329 que la machine de propagande se mettrait en branle. L'explication que donnerait la Russie serait que le *Belgorod* entrait dans sa phase finale de tests en mer. Les tests en mer étaient en réalité déjà terminés, mais comme un travail sur la coque et sur les gros tubes lance-torpilles avait été mené au chantier naval Sevmash en amont, le risque de voie d'eau était très réel et Konstantin devait veiller à ce que tout le monde soit vigilant.

« Fixe », annonça le barreur de direction lorsqu'il entra dans le central.

Toutes les conversations s'arrêtèrent. Ceux qui étaient debout se tinrent soudain bien droits, et ceux qui étaient assis redressèrent leur posture.

« Manœuvre, rapport », dit-il de sa voix d'état-major tout en prenant position derrière le trio du poste de pilotage, composé des barreurs de direction et de plongée ainsi que de l'officier de plongée.

Blok confia la veille périscopique à un officier subalterne pour aller se tenir à droite de Konstantin.

« Commandant, le bateau est paré à plonger, cap au trois-cinq-cinq à douze nœuds. On a un contact sonar distant, désigné C-1, distance vingt-deux mille mètres. D'après la signature de propulsion, C-1 est classé comme navire marchand et ne pose pas de souci tactique. La profondeur sous quille est de deux cent trente-cinq mètres, ce qui correspond aux indications de la carte. Je demande l'autorisation de plonger. »

Konstantin regarda le spectrogramme du répétiteur sonar à droite du poste de pilotage, où il étudia la seule trace sonar. Cette trace lumineuse présentait un relèvement constant. Dans le vocabulaire de la marine, on parlait de « défilement nul », la route et la vitesse du sous-marin et du contact créant une géométrie dans laquelle l'azimut du contact ne changeait pas. Les deux bâtiments étaient donc sur une « route de collision », mais ce navire marchand se trouvait loin et, au moment de l'intersection, le *Belgorod* serait à cent mètres de fond, ce qui rendrait ladite collision impossible. *Niet*, ce n'était pas ce navire marchand avec ses deux hélices bruyantes et sa grosse signature sonar large bande que redoutait Konstantin, mais un sous-marin chasseur-tueur américain qui naviguerait furtivement dans les profondeurs avec un propulseur silencieux et pas de signature large bande détectable. Il ne s'agissait pas d'une crainte irrationnelle : il y avait toujours un sous-marin tapi dans les grands fonds, prêt à se mettre en chasse. Avec la surveillance par satellite, aucun bâtiment ne pouvait appareiller sans se faire détecter et les chasseurs-tueurs américains étaient toujours aux aguets. Au cours des décennies qui avaient précédé, la profonde asymétrie entre les deux adversaires n'avait fait que s'aggraver, les sous-marins de la classe Virginia donnant l'avantage aux Américains. Mais le *Belgorod* rétablirait l'équilibre.

Le moment est venu de déployer cette machine de guerre comme ses concepteurs l'ont voulu, songea-t-il avec un sourire sinistre, les lèvres serrées.

« Manœuvre, faites plonger et venir à cinquante mètres, puis procédez à une ronde d'étanchéité », ordonna Konstantin en croisant les bras sur sa poitrine.

Blok répéta cet ordre, puis le relaya à l'officier de plongée qui régla l'interphone.

« Alerte, alerte, alerte », dit-il à la diffusion générale, et il fit retentir deux coups de Klaxon :

AAHHOOGAA.

AAHHOOGAA.

« Alerte, alerte, alerte, répéta-t-il, après quoi il rangea le micro et actionna une série d'interrupteurs à bascule pour faire échapper l'air des ballasts avant et arrière. Ouvrez toutes les purges, annonça-t-il au central.

– Les purges avant sont ouvertes… Les purges arrière sont ouvertes, annonça l'opérateur périscope tout en faisant un mouvement de cent quatre-vingts degrés pour vérifier visuellement l'échappement de l'air.

– Barreur, cinquante mètres, dit l'officier de plongée. Mettez vos barres à descendre. »

Le barreur de plongée répéta cet ordre, puis poussa sur le manche pour incliner les barres d'avant et d'arrière, le mode coordination de l'ordinateur du bord permettant d'en optimiser les angles. Sur le *Belgorod*, les barres de plongée et de direction pouvaient être manœuvrées depuis les deux postes, mais par convention, le barreur de direction prenait le siège intérieur, et le barreur de plongée, le siège extérieur. Assis derrière eux, l'officier de plongée disposait d'un petit panneau de commande qu'il actionnait au milieu. La taille du bateau empêchait la procédure de se faire instantanément. Près d'une minute passa ainsi avant que ce géant sous-marin n'entame sa descente, basculant vers l'avant. L'officier de plongée annonça les changements de profondeur par paliers de cinq mètres. Une fois à cinquante mètres de fond, le barreur de plongée retrouva une assiette zéro, le barreur de direction maintenant le cap de trois cent cinquante-cinq degrés qui lui avait été ordonné.

L'officier de plongée fit ensuite une annonce à la diffusion générale pour demander à tous les hommes de quart de procéder à la ronde d'étanchéité. Pendant que le central attendait les rapports, Konstantin se dirigea vers le répétiteur sonar principal et étudia l'écran. Seule la trace brillante du contact marchand C-1 restait visible sur le spectrogramme en cascade. Il savait que les sous-marins américains utilisaient un affichage similaire, avec le *temps* sur l'axe des ordonnées et le *relèvement relatif* sur l'axe des abscisses. Le bruit de la mer – mélange de celui des espèces biologiques et de l'action du vent et des vagues – faisait l'effet de flocons de neige. Quelque part dans ce bruit blanc se cachait un sous-marin américain d'attaque rapide qui attendait d'observer la plongée du *Belgorod*. Il le suivrait et le traquerait silencieusement dans son angle mort acoustique, ce cône de silence que les sous-mariniers appelaient « baffle ». Mais Konstantin avait pour lui une surprise en réserve, quelque chose que la flotte russe n'avait encore jamais essayé.

« Manœuvre, la ronde d'étanchéité est terminée à tous les postes. Aucune fuite détectée », annonça l'officier de plongée.

Blok prit acte de ce rapport, qu'il relaya au commandant.

« Bien, dit Konstantin, soudain saisi d'une douleur profonde au milieu de l'abdomen qui l'obligea à se plier en deux.

– Vous allez bien, commandant ? » demanda Blok en se retenant de lui attraper le bras.

La douleur, comme toujours, disparaîtrait d'un instant à l'autre… Il lui suffirait de serrer les dents et de la supporter le temps qu'elle passe. Konstantin s'éclaircit la gorge et se força à se redresser.

« Oui, répondit-il d'un air stoïque. Ce n'est qu'une indigestion. »

Conscient des nombreux regards qui étaient braqués sur lui, il se redressa, comme se doit de le faire un commandant, jusqu'à ce que la douleur se soit émoussée. Une fois qu'il eut retrouvé ses esprits, il se dirigea vers le poste de communication le plus proche pour effectuer l'opération la plus importante de la journée. Il prit une profonde inspiration, mit le sélecteur sur la position « tous les postes » puis décrocha le combiné de la diffusion générale.

« Officiers et équipage, ici votre commandant. Nous vivons aujourd'hui un tournant historique pour la marine russe. Ce sous-marin – le *Belgorod* – est une création unique en son genre. C'est le meilleur de sa catégorie. C'est le plus grand, le plus silencieux et le plus important tactiquement de la flotte. C'est un sous-marin de missions spéciales. Ne l'oubliez jamais. Il est conçu pour mener des opérations dans des zones interdites, pour surveiller, déranger et déjouer notre adversaire le plus ancien et le plus puissant, et c'est exactement ce que nous allons faire. Les Américains savent que nous sommes là, mais pas de quoi nous sommes capables. À l'occasion de ce déploiement, nous allons leur montrer… »

Il sortit une feuille de sa poche de poitrine gauche.

« Je viens de recevoir les ordres du bord, les voici, dit-il en dépliant le document. Nous mettrons d'abord le cap vers le nord pour mener une brève opération d'entraînement avec l'un de nos meilleurs sous-marins chasseurs-tueurs de la classe Akula – le K-335 *Gepard*. Nous nous ferons passer pour un sous-marin américain grâce à un bruiteur afin que le K-335 puisse tester son nouveau système acoustique remorqué et ses capacités de chasse. Ensuite, nous mettrons le cap vers l'ouest. Notre furtivité nous permettra d'exécuter notre mission spéciale, en l'occurrence une opération en profondeur, nom de code Guillotine, contre le nouveau réseau de détection sous-marin top secret des Américains. Une fois que nous serons passés inaperçus de notre ennemi, nous nous repositionnerons au large de la côte Est des États-Unis et nous déploierons notre UUV polyvalent Status-6. La Russie est le seul pays au monde à disposer de cette technologie avancée, et le *Belgorod* est le seul sous-marin de la flotte à le transporter. Après le lancement, il voyagera de manière autonome jusqu'au port de Norfolk en Virginie. Il se tapira dans le fond de l'océan et restera non détecté jusqu'au jour où nous devrons rayer de la carte du monde la flotte de l'Atlantique. »

Il marqua une pause pour permettre à tout le monde d'applaudir et de se féliciter, et adressa un sourire à ses hommes dans le central.

« Oui, intrépides enfants de Russie ! Aujourd'hui vous faites la fierté de votre commandant. De vos familles. Du Kremlin. Aujourd'hui s'ouvre une aventure qui changera à jamais l'équilibre des pouvoirs dans le monde. »

D'un air stoïque, Konstantin reposa le micro sur son socle et alla regarder de plus près la trace du profil bathycélérimétrique. La thermographie bathymétrique permettait de créer une représentation graphique de la vitesse du son en fonction de la profondeur, de la température et de la salinité. La profondeur moyenne de la mer de Barents, très en deçà des trois mille six cents mètres de l'océan Atlantique, n'était que de deux cent trente mètres, à peine davantage que la longueur du *Belgorod*. Tant qu'ils y resteraient, leur vitesse et leur profondeur seraient considérablement limitées.

En tant que plateforme de missions spéciales d'où pouvaient être déployés des submersibles de plongée profonde, le K-329 disposait d'une large fenêtre d'exploitation. En temps normal, Konstantin aurait défini sa profondeur de manière à maximiser la probabilité d'opérer dans une « zone d'ombre », une zone où la courbe des ondes sonores était avantageuse, ce qui rendrait le *Belgorod* moins détectable.

Ce jour-là, non.

Aujourd'hui, je veux être détecté.

« Ici le commandant, plongez et venez à cent vingt-cinq mètres, machines avant quinze nœuds, et gouvernez au nord », dit-il.

Blok répéta cet ordre, puis demanda :

« Autre chose, commandant ?

– *Da*, relevez l'équipe de manœuvres de surface et l'équipe de plongée, et appelez celle des opérations en plongée. Puis dites à l'officier ingénieur de venir me voir dans ma cabine. Il faut que je lui parle.

– Bien, commandant. Tout de suite, commandant. »

Konstantin serra l'épaule du barreur de direction et retourna à sa cabine pour préparer la phase suivante de son plan.

5

BUREAU DE RÉCEPTION DU PRÉSIDENT
GRAND PALAIS DU KREMLIN
MOSCOU
16:03 HEURE LOCALE

Le président Nikita Yermilov se sentait une vigueur juvénile qu'il n'avait plus éprouvée depuis de nombreuses années – peut-être depuis ses débuts en tant qu'officier du KGB au service du puissant empire soviétique. Cette pensée lui mit un sourire aux lèvres, qui s'élargit encore lorsque son téléphone sonna.

Ce n'était pas celui du bureau.

C'était l'autre.

Il sortit le téléphone satellitaire miniature de la poche intérieure de son haut d'uniforme, heureux que l'appel soit arrivé avant le rendez-vous avec la délégation de Biélorussie.

« *Da*, dit-il en décrochant.

– Ça y est, dit une voix rauque à l'autre bout de la ligne. Le *Belgorod* a appareillé. »

Yermilov, bien sûr, le savait déjà. C'était *lui* qui en avait donné l'ordre. Ce n'était pas le renseignement qu'il souhaitait.

« Et pour le reste ?

– J'ai reçu confirmation que tout est en ordre. On a les bonnes personnes à bord. C'est une très belle journée, Nikita », dit l'homme à l'autre bout de la ligne, de sa voix de fumeur presque centenaire.

Il y avait peu d'hommes vivants par lesquels Yermilov tolérait de se faire appeler « Nikita » – si peu, même, qu'entendre le nom qui lui avait été donné à la naissance prononcé à voix haute lui donnait une drôle d'impression. Son mentor de jadis avait cependant mérité ce privilège.

« Effectivement », dit Yermilov.

Il avait donné ordre de faire appareiller le *Belgorod* via une toute petite chaîne de commandement très cloisonnée. L'ordre susciterait l'indignation tant de ses chefs d'armée que du renseignement, mais ils pouvaient toujours aller se faire voir. Il était le président de la Russie, sa parole était sans appel. Cette mission représentait un nouveau départ.

« Nous renaîtrons tel un phénix…

– Les métaphores fleuries ne sont pas de votre niveau, Nikita, l'arrêta le vieil homme dans un gloussement. Rappelez-vous : dans les discours, la sobriété a du bon. »

Yermilov se sentit rougir, mais avant qu'il puisse réprimander son interlocuteur, le vieux général lui avait déjà restitué toute la dignité qu'il venait de lui ravir.

« Je vous donnerai tous les renseignements sur cette opération, monsieur le Président.

– Veillez-y bien. »

La communication fut coupée au moment même où le téléphone se mettait à sonner sur son bureau.

« *Da*, dit-il, changeant de combiné.

– Mes excuses, monsieur le Président, mais le colonel général Andreïev est là et il demande une audience, dit Kierra, son assistante de direction, une femme dure, quoique toujours calme. Il dit que c'est important…

– C'est une urgence ! » entendit-il s'écrier Andreïev, le chef du Centre de contrôle de la défense nationale de la fédération de Russie, à l'arrière-plan.

Yermilov s'était attendu à le voir réagir, et il était même surpris qu'il ait mis autant de temps à le faire, mais Andreïev avait manifestement tenu à le rencontrer en personne. Geste audacieux.

« Merci, Kierra. Envoyez-le-moi, mais il n'a que quelques minutes avant mon rendez-vous avec les généraux de Loukachenko.

– Oui, monsieur le Président. »

La porte s'ouvrit et un gros homme rougeaud entra avec sa casquette d'officier serrée sous le bras. Sans même le regarder, Yermilov sentit son agent de sécurité personnel, Boris, se précipiter derrière lui, reflétant la posture agressive de ce visiteur.

« Qu'y a-t-il donc de si urgent, Oleg ? » demanda Yermilov, prenant intérieurement plaisir à voir toute la contrariété du général. Andreïev était un homme puissant qui n'avait de comptes à rendre qu'au chef d'état-major des forces armées, qui lui-même n'avait de comptes à rendre qu'à Yermilov.

« Le saviez-vous ? Bien sûr que oui ! dit Andreïev en postillonnant. Comment peut-on s'attendre à ce que je dirige nos forces conjointes quand des bâtiments sont mobilisés sans que j'en aie connaissance et sans que j'aie donné mon autorisation ?

– Du calme, Oleg, dit Yermilov en croisant les jambes. Installez-vous une seconde, et je suis sûr que nous allons mettre le doigt sur ce qui vous perturbe à ce point. Voulez-vous une tasse de thé ? »

Andreïev regarda Boris puis de nouveau Yermilov, balayant la pièce du regard et semblant contenir ses émotions à grand-peine. Avec un effort apparent, il abaissa sa croupe considérable jusque dans l'un des fauteuils à haut dossier qui faisaient face à Yermilov et à son opulent bureau. Il mit sa casquette sur ses genoux et poussa un long soupir.

« Le *Belgorod* est parti ce matin de Severodvinsk, dit Andreïev d'une voix lente et régulière. J'avais cru comprendre qu'il ferait l'objet d'un long chantier de rénovation avant d'être transféré à la base sous-marine de Poliarny, mais il semblerait que ce ne soit pas ce qui s'est passé.

– Et c'est seulement grâce à votre excellente gestion que cette rénovation a pu s'achever aussi tôt, Oleg. Il convient de vous féliciter pour la manière dont vous gérez le centre. »

La mâchoire du général se crispa.

« Merci, monsieur le Président, mais là n'est pas vraiment la question. Comment se fait-il que l'un de mes sous-marins prenne la mer sans que j'en sois aucunement informé ? Je suis le directeur…

– Un de *vos* sous-marins ? » reprit Yermilov, l'interrompant de cette voix de glace noire qu'il avait perfectionnée pendant ses années de service au KGB avant que celui-ci ne devienne le SVR, moins efficace et moins redouté.

Il eut soudain une cruelle envie de fumer. La plupart des Russes fumaient encore, mais Yermilov avait fait de gros efforts pour arrêter afin de garder la forme.

« Tout ce que je voulais dire…

– Je sais ce que vous vouliez dire, dit Yermilov en le regardant dans les yeux. Le *Belgorod* est la propriété de la Russie – du peuple russe. Et son commandant, Oleg, est le commandant en chef suprême de l'armée russe, dûment élu. Je présume que c'est encore moi ? »

Il adressa à Andreïev un sourire froid avant de se renfoncer dans son fauteuil. Dieu, comme il la voulait, cette cigarette ! Un tel élan de théâtralité eût été bien plus éloquent dans un nuage de fumée bleue.

« *Da*, monsieur le Président. Je ne demande qu'à vous servir, mais pour effectuer mon travail efficacement…

– Vous devez, avant toute chose, respecter la chaîne de commandement, général Andreïev. Il était dans mon intention de vous informer personnellement de cette opération hautement cloisonnée plus tard dans la journée, mais comme vous avez jugé bon de vous déplacer jusqu'ici depuis Znamenka 19, je vais d'ores et déjà vous donner un bref aperçu de la situation. »

Il se leva et fit les cent pas autour de son bureau, se dressant de toute sa hauteur avec l'effet désiré à côté d'Andreïev, qui ne fit que se renfoncer dans son fauteuil.

« Le *Belgorod* est le joyau de la flotte du Nord, Oleg. En plus de ses innovations pour les missions spéciales, les ingénieurs l'ont rendu suprêmement discret et furtif – plus discret peut-être que les sous-marins américains de la classe Virginia Block III. Votre diligence à superviser ce travail est louable.

– Merci, monsieur le Président.

– Mais les Américains sont devenus belliqueux et ils entravent nos efforts en Syrie comme en Europe de l'Est. Ils considèrent ce qu'ils voient en Ukraine comme une faiblesse – un signe de déclin. Ils ont tort, et pour maintenir l'équilibre du pouvoir, nous devons corriger cette impression.

– Et c'est pourquoi nous menons l'opération Ouragan en mettant sur le devant de la scène notre grand porte-avions, l'*Amiral Kouznetsov*. Vous m'aviez dit de coordonner et de superviser notre plus important exercice naval depuis une décennie, monsieur le Président. Et je l'ai fait.

– L'opération Ouragan est importante. Elle rappellera aux Américains et aux Britanniques notre puissance navale et notre capacité à la déployer. Mais elle servira également un autre but, qui est de les distraire et de détourner leur attention de mon véritable objectif.

– Vous voulez parler de l'appareillage du K-329 ?

– *Da*. En consultation avec le ministre de la Défense Volkorov, j'ai voulu tester les capacités du K-329. D'abord, il échappera à l'attention des sous-marins américains qui patrouillent sur nos côtes avec une arrogance éhontée. Ensuite, il mènera des exercices militaires avec notre flotte du Nord, et nous dresserons la liste de ses faiblesses potentielles en cas de conflit futur avec les Américains, une évolution que je crois inévitable. Pour faire en sorte qu'elle ne le soit pas, nous devons dissuader les Américains. Nous devons leur rappeler que notre puissance sous-marine est redoutable. Et c'est pourquoi, au terme de cet exercice, le *Belgorod* ira mener une opération clandestine – je vous donnerai là-dessus plus d'informations en temps et en heure – dans l'Atlantique Nord. »

Il se dressa maintenant derrière l'officier général, qui se tortilla sur son siège. Ils savaient tous les deux que la brutalité de l'Union soviétique n'avait pas disparu mais qu'elle avait simplement migré dans les ombres.

Andreïev hocha la tête et poussa un long soupir.

« Je regrette, monsieur le Président, que vous n'ayez pas jugé opportun de m'entretenir de l'exercice en cours et de l'opération à venir. Il me semble que cette année ma relation de travail avec le ministre Volkorov a été assez efficace. Nous avons fait l'école ensemble il y a bien longtemps et nous sommes de proches camarades. Si j'ai fait quoi que ce soit pour perdre votre confiance, monsieur le Président, je le regrette profondément. »

Il était difficile de mesurer le plaisir que prenait Yermilov à voir Andreïev souffrir ainsi. En vérité, Andreïev faisait un excellent chef et sa performance avait été rien moins que décevante. Peut-être était-ce seulement l'ancien agent du KGB encore présent en Yermilov qui appréciait ces moments-là. En tout cas, pour que le grand plan fonctionne, il n'y avait tout bonnement pas de place pour Andreïev dans son tête-à-tête intime avec Volkorov. Seul le temps dirait s'il y en aurait dans cette Nouvelle Russie qui s'annonçait.

« Vous n'avez rien à regretter, Oleg. Vous êtes un excellent officier, un excellent chef, et je suis satisfait de la manière dont vous vous acquittez de vos fonctions. Mais pour assurer à ce plan le maximum d'efficacité, ceux qui connaissent la nature de notre opération doivent, de toute nécessité, être assez peu nombreux. J'étais sincère quand je vous disais que je comptais vous donner plus d'informations sur cet exercice plus tard dans la journée. C'est un signe du respect que je vous porte, étant donné que vous serez ainsi l'une des rares personnes dans toute la Russie à savoir ce que nous ferons ensuite.

– Je vois, dit Andreïev, s'accrochant au respect suggéré par ces belles paroles.

– Je vous ferai un compte rendu complet de la situation à Znamenka 19 plus tard dans la journée. Il n'y aura que nous : Sergueï, vous, et moi-même.

– Merci, monsieur le Président. Votre confiance m'honore. Et je vous présente mes excuses si… »

Yermilov balaya ces propos d'un revers de main.

« Ne soyez pas ridicule, Oleg. Votre irritation est compréhensible et vos excuses sont inutiles. Maintenant, j'ai une délégation qui arrive de Biélorussie, et il faut que vous me laissiez. »

Andreïev se leva en lissant la veste de son uniforme.

« Bien, monsieur le Président. Je me réjouis de cet entretien, monsieur le Président. »

Là-dessus, il claqua des talons avant de gagner la porte, qu'il referma derrière lui.

Yermilov sourit et fit un signe de la tête à Boris, qui retourna se tapir dans la pièce.

Peut-être Andreïev serait-il informé de la dernière partie du plan, mais peut-être pas. Seul le temps le dirait. Lorsque le *Belgorod* terminerait son opération spéciale, il aurait une arme en place pour garantir la victoire de la Russie, si l'agressivité américaine persistait.

Mais pour que le plan fonctionne, le cercle devait rester étroit…

Parce que les Américains ont des espions partout.

Dans son excitation, l'idée de rencontrer les bureaucrates militaires biélorusses lui semblait non seulement insupportable, mais également indigne de sa position. Il passa mentalement en revue l'ordre du jour. Le reste du monde se fourrait le doigt dans l'œil. La Russie ne devenait pas plus faible ; elle devenait plus forte. Sa volonté était absolue. Ce n'était qu'une question de temps. La fédération de Russie allait redevenir l'empire le plus puissant du monde, et le seul homme aux commandes, ce serait lui.

6

QUAI 14
BASE NAVALE DE NORFOLK
NORFOLK, VIRGINIE
12:47 HEURE LOCALE

Devant le petit bâtiment de brique, Katie tendit sa CAC – la *Common Access Card* qui lui donnait accès au département de la Défense – au capitaine d'armes en tenue complète, qui l'étudia comme s'il la soupçonnait de contenir un code secret. Lorsqu'il finit par scanner le QR code avec son lecteur pistolet et que celui-ci fit un bip en affichant un signal vert, il eut un hochement de tête.

« Où allez-vous, lieutenant Ryan ?

– Pardon ? Euh, quai 14…

– Oui, vous y êtes. Mais sur quel bâtiment et avec qui avez-vous rendez-vous ?

– Le second de l'USS *Washington* était censé venir me retrouver.

– Bien, lieutenant Ryan, répondit-il en souriant tout à coup comme si elle venait de lui révéler le code tant attendu. Le *Washington* est tout au bout sur votre droite. Le chef de quart va venir vous accueillir sur le passavant.

– Merci, capitaine d'armes », dit-elle en se fiant à l'insigne qu'il portait sur son gilet pare-balles.

Il leva la barrière et elle s'élança vers la grande jetée tout en réajustant le petit attaché-case en cuir qu'elle portait à l'épaule. Sur le bord sud se dressait un ravitailleur, devant un porte-avions – l'*Eisenhower*, comme elle le déduisit grâce au « *69* » peint sur le côté de l'îlot – qui le faisait paraître minuscule. En face, le nord de la jetée avait l'air occupé principalement par des équipements de construction et deux embarcations, mais elle finit par repérer le kiosque d'un sous-marin, étonnamment bas au-dessus des flots. Elle ne l'avait pas reconnu tout de suite du fait qu'il était enveloppé dans ce qui ressemblait à un échafaudage.

Elle arriva à hauteur d'un passavant qui montait juste à l'arrière du kiosque. Un autre marin en tenue complète, celui-là bien plus jeune et bien moins grand, serra son fusil d'assaut en position basse, en la regardant à mesure qu'elle approchait.

L'uniforme d'officier n'a pas l'air d'avoir beaucoup de succès sur le quai 14…

« Puis-je vous aider ? demanda le jeune homme, le doigt crispé sur l'extérieur du pontet de son fusil.

– Je suis le lieutenant Ryan, répondit-elle. Je suis censée retrouver le commandant Knepper.

– Une pièce d'identité, lieutenant Ryan ? »

Elle lui donna sa CAC, qu'il étudia avant de dire :

« Tous les appareils électroniques dans la boîte, lieutenant Ryan. Y compris les téléphones et les montres Apple.

– Je viens de l'ONI. Niveau SCI, j'ai largement…

– Pas ici, lieutenant Ryan, la coupa le jeune marin en ouvrant à ses pieds une mallette noire Pelican. C'est pour ça qu'il y a un C dans "SCI", à ce qu'on m'a dit… »

Elle rougit en s'entendant rappeler ainsi que toutes les autorisations étaient « cloisonnées », son autorisation TS/SCI – *Top Secret / Sensitive Compartmented Information* – n'ayant presque aucune pertinence dans ce contexte. Elle déposa son téléphone dans la mallette noire Pelican, qui en était déjà remplie à ras bord, ainsi que de montres.

« Si c'est un iPhone noir, merci de mettre une marque dans un coin pour me faciliter la tâche si vous ne restez pas longtemps.

– Merci beaucoup, second maître… Roth, dit-elle en plissant les yeux sur sa bande patronymique, gênée par les reflets du soleil sur la James River, qui se jetait dans la baie de Chesapeake.

– Tout le plaisir est pour moi, lieutenant Ryan. Bienvenue sur le *Blackfish*. »

Elle sourit et regarda derrière lui le sous-marin le long du quai. Une espèce de barnum vert recouvrait apparemment le panneau qui donnait accès au conduit descendant dans le sous-marin, mais pour le moment personne ne venait à sa rencontre.

« Pourquoi est-ce qu'on l'appelle comme ça – le *Blackfish* ? Pourquoi pas le *Washington* ?

– Oh, c'est juste un surnom, lieutenant Ryan, dit le jeune homme avec un regard entendu. Vous connaissez le sens du mot ?

– Une sorte d'orque, c'est ça ? »

Roth hocha la tête.

« Les Amérindiens les appelaient "poissons noirs". En mer, l'orque est le prédateur ultime. Il n'a pas d'adversaire qui puisse se montrer supérieur à lui et il ne craint personne. Il peut sillonner les océans sans rival et frapper quand il veut.

– Je vois, dit-elle.

– Nous, c'est pareil, lieutenant Ryan. Ce bateau est le prédateur ultime de la Navy.

– Magnifique, dit-elle en méditant sur cette métaphore.

– Lieutenant Ryan ? » appela une voix.

Katie vit un homme en tenue de camouflage pixélisé – l'uniforme de la Navy – avec une casquette beige et des lunettes Oakley qui venait à sa rencontre en franchissant le passavant. Avec son visage de petit garçon, il semblait bien plus jeune que la discrète feuille de chêne dorée de capitaine de corvette ne l'eût suggéré.

« Commandant Knepper ?

– Appelez-moi Dennis, répondit l'officier en sautant sur la jetée d'un bond agile avant de lui offrir une poignée de main ferme.

– Katie, dit-elle.

– Bonjour, commandant, dit le jeune marin qui tenait le quart.

– Bonjour Roth, répondit Knepper. Vous me devez cinq dollars, ajouta-t-il d'un air impassible.

– Je crois que vous vous trompez, commandant. C'est moi qui ai gagné ce pari. Les cinq dollars, c'est *vous* qui me les devez.

– Pas du tout. Je revois clairement la ligne d'arrivée et je sais que c'est mon pied – c'était même mon pied droit – qui l'a franchie juste une fraction de seconde avant le vôtre.

– Vous parlez PRT ? demanda Katie en faisant référence au *Physical Readiness Test* – test d'aptitude physique – de la Navy.

– Exact, lieutenant Ryan. Comme aux pompes et aux planches on est arrivés premiers ex aequo, c'est la course qui nous a départagés. Ça s'est joué à un cheveu, mais c'est moi qui ai gagné. Le major est là, il pourra vous le confirmer.

– Hmmm, dit-elle avec un rictus à elle. Quel âge avez-vous, Roth ?

– Vingt et un ans, lieutenant Ryan.

– Ah, c'est là que le bât blesse. Voyez-vous, le commandant Knepper est plus âgé que vous – largement, même – alors vous avez beau avoir gagné d'un cheveu, comme l'âge est pris en compte dans le PRT, c'est techniquement le commandant qui l'emporte.

– Voilà une femme comme je les aime, dit Knepper en les regardant tour à tour. Pour vous remercier, je vous donnerai une casquette du *Blackfish* ! »

Roth agita les mains en signe d'exaspération théâtrale.

« Et vous appelez ça « juste » ? Je perds parce qu'il est vieux et qu'il faut le ménager ? N'importe quoi ! »

Ils rirent.

« Katie, dit Knepper en se tournant vers elle, si tous vos appareils électroniques sont dans la mallette, je peux vous faire monter à bord.

– Parfait, merci.

– Commandant, si vous lui faites visiter le bateau, vous pouvez garder un œil sur le beurre de cacahuète ? lança Roth alors qu'ils franchissaient le passavant.

– Vous pouvez compter sur moi, compagnon !

– Le beurre de cacahuète ? demanda Katie lorsqu'il lui tendit la main pour l'aider à descendre sur le pont.

– Oui, lors de la dernière patrouille, il y a eu toute une histoire parce que l'équipage pensait que des visiteurs volaient le beurre de cacahuète, vol qui relève du sacrilège. Ça a inspiré toute une théorie du complot, et maintenant c'est devenu un mème. C'est ça le problème, avec la vie en sous-marin, dit Knepper en agitant la tête. Les mèmes, on les cumule…

– Eh bien, je promets de ne pas toucher au beurre de cacahuète. »

Elle remarqua sur son épaule gauche un patch Velcro noir et vert avec une caricature d'orque. Il était écrit en haut « USS *Washington* SSN 787 » et en bas, en lettres attachées, *« Fear the Blackfish »*.

« Depuis combien de temps êtes-vous sur le *Washington* ? »

Malgré son visage juvénile, il avait toute l'assurance qu'elle attendait chez un homme qui s'était élevé au statut de capitaine de corvette dans les forces sous-marines.

« Ça fait quatre mois, répondit-il. J'ai été navigateur sur le *New Hampshire* avant ma patrouille terrestre.

– Ce qui fait deux patrouilles d'affilée sur un classe Virginia. Pas mal, dit-elle. Et votre patrouille de midship ?

– J'étais sur le *Jimmy Carter*. Mais on ne parle pas de Bruno ! » ajouta-t-il avec un sourire en coin.

Il fallut une seconde à Katie pour comprendre cette plaisanterie, qui faisait référence au sous-marin le plus secret de la Navy – un sous-marin de la classe Seawolf modifié pour les missions spéciales.

« Ça devait être chouette, dites-moi !

– Ça, oui. Stressant, mais chouette ! Dites… est-ce qu'il y a quelque chose que vous aimeriez savoir sur notre bateau avant que je vous présente au WEPS ? »

On appelait ainsi le *weapons officer* – l'officier armes.

« Côté ragots, bien sûr… Au fait, on l'appelle "Juggernaut".

– Je dois avouer que je ne sais pas grand-chose de votre milieu, commandant.

– Ce n'est pas votre rôle. Les forces sous-marines – et plus récemment le petit milieu des SSN – sont vraiment le fer de lance de la défense maritime américaine et de la projection mondiale, lieutenant Ryan. De ce point de vue, on prend l'OPSEC très, très au sérieux.

– J'avais compris », dit-elle en montrant le marin armé sur la jetée.

Knepper lui sourit d'un air entendu.

« Pour qu'on soit efficaces, il ne faut pas seulement que les ennemis des États-Unis ignorent ce dont on est capables, mais qu'ils "ignorent ce qu'ils ignorent", si vous voyez ce que je veux dire.

– Tout à fait, répondit Katie, qui ne résista pas à la tentation d'ajouter : Mais en tant qu'analyste senior à l'ONI, j'ai envie de croire que je suis un atout davantage qu'une menace.

– C'est comme ça qu'on vous voit, répondit-il en hochant la tête. Et c'est pour ça que Juggernaut va vous dire très franchement ce qu'elle pense. La lettre d'accès du directeur de l'ONI vous permet de poser des questions sur les systèmes d'armes, en particulier ceux que les Russes sont d'après nous en train de développer. Mais j'espère que vous êtes consciente qu'on n'ira pas au-delà du cadre strict de cette lettre.

– OK, dit-elle.

– Rien de personnel là-dedans, poursuivit-il. Je suis sûr que des plus hauts gradés que moi vous diront tout ce que vous voulez savoir. »

À ces mots, elle ne put s'empêcher de sourire.

« J'ai justement une réunion de suivi cet après-midi au SUBLANT, dit-elle, faisant référence au centre de commandement des forces sous-marines de la flotte de l'Atlantique.

– Eh bien, voilà, dit-il.

– Attention, sur votre gauche, dit une voix derrière elle, et elle se poussa pour laisser passer un groupe de marins qui se dirigeaient à grands pas vers le panneau.

– Vous êtes en pleine effervescence », dit-elle.

Elle venait seulement de s'apercevoir de la grande quantité d'hommes d'équipage qui circulaient en haut et sur le passavant.

« Exact, on appareille demain. Pas le moment idéal pour une visite, mais quand là-haut on me dit “Sautez”, je réponds : “De combien ?”

– Oui, je vois ça. Merci.

– On ne pourra pas visiter l'arrière, mais je peux vous montrer le central et vous parler un peu du monde des sous-mariniers avant votre rendez-vous avec Juggernaut. Les occasions de frimer en montrant le meilleur bâtiment et le meilleur équipage de la Navy, c'est ce que j'aime le plus dans mon boulot ! D'ici à ce que Juggernaut termine ce qu'elle est en train de faire, on a un peu de temps à tuer. »

La fierté de Knepper n'était pas uniquement palpable, elle était aussi contagieuse, et Katie était curieuse des raisons qui rendaient ce sous-marin aussi extraordinaire.

« Venez, dit Knepper avant de la conduire jusqu'à l'espèce de barnum qui, effectivement, cachait un panneau ouvert. Par ici. Et faites attention à votre tête mais aussi à vos tibias. »

Knepper mit agilement les pieds sur les barreaux puis les mains sur la rampe et disparut. Katie suivit plus gauchement, mais sans se cogner la tête, même si l'un de ses tibias racla le panneau en descendant. Le conduit était bien plus étroit qu'elle ne se l'était imaginé. Elle avait fait ses patrouilles d'aspirante dans la flotte de surface et dans les services de renseignement. Les conduits sur le porte-avions USS *Harry S. Truman* étaient de loin trois fois plus larges.

En bas, elle sauta sur le sol poli, d'allure industrielle, puis suivit Knepper dans un passage étroit qui donnait sur une coursive, tout aussi mince.

« Excusez-moi, commandant, dit un marin avec un patch *Blackfish* à l'épaule, et comme Knepper s'écrasa contre la cloison pour le laisser passer, Katie en fit autant.

– Économie d'espace ! dit Knepper. Maintenant, suivez-moi vers le central. »

Katie se retrouva bientôt au sommet d'une descente si raide qu'elle ne méritait pas le nom d'escalier.

« L'échappée descendante », expliqua Knepper avant de s'engager, dos contre les marches, et de placer soigneusement chaque talon sur les barreaux d'acier.

Elle le suivit en bas de cette « échappée », qui était bien plus pentue et bien plus étroite que ce qu'elle avait connu à bord du *Truman*.

« Au cas où vous vous poseriez la question, on est dans le compartiment avant, au niveau intermédiaire. Le central est par là. »

Le central était plus petit qu'elle ne l'avait imaginé et nulle part elle n'y aperçut ce périscope chromé et brillant si caractéristique dans les films. Les cloisons bâbord et tribord étaient remplies de terminaux informatiques, chaque poste étant équipé d'un moniteur à écran plat en haut comme en bas qui, à ce moment-là, n'affichait rien. À côté d'elle, un poste horizontal qui arrivait à sa taille était recouvert d'un pan de bois cachant un équipement de nature indéterminée. Devant elle, un poste central – positionné comme un îlot dans la zone avant – était pourvu de deux moniteurs. La hauteur permettait de travailler soit assis soit debout, un peu comme un bureau réglable. L'écran de tribord affichait une vue du port tandis que l'écran de bâbord affichait une autre interface avec des fenêtres de données. Sur le côté bâbord avant, elle vit ce qui lui apparut comme le poste de pilotage du sous-marin. Deux sièges baquets qui semblaient sortis du cockpit d'un avion de chasse se dressaient devant un mur entier de moniteurs. Au lieu des « volants » qu'elle avait imaginés, chaque poste était muni d'un manche qui lui aurait paru plus à sa place dans un F/A-18 que dans un sous-marin.

« C'est là que la magie opère, dit Knepper, le visage rayonnant de fierté.

– C'est minuscule ! dit Katie, soudain un peu claustrophobe.

– Comme je l'ai dit : économie d'espace ! Katie, je vous présente le major. Major, je vous présente le lieutenant Ryan, de l'ONI.

– Enchanté, lieutenant Ryan, dit le major, un homme imposant dont l'insigne représentait des ancres croisées surmontées de deux étoiles, qui accepta la poignée de main que Katie lui offrait.

– Je vous remercie de votre hospitalité, major.

– Vous avez des questions, lieutenant Ryan ?

– Euh… une », dit-elle en regardant tout autour d'elle d'un air perdu.

Elle était désormais fascinée par l'univers dans lequel elle avait mis les pieds.

« Je ne veux pas passer pour le biffin de service, mais… où est le périscope ? Je croyais que c'était – comment dire ? – l'élément central en plein milieu de la pièce.

– On a encore des périscopes, lieutenant Ryan. On est dans un sous-marin, après tout ! répondit le major avec un sourire en coin. Mais la classe Virginia est la première génération de sous-marins nucléaires américains équipée de mâts photoniques non pénétrants. Sur les sous-marins de toutes les classes précédentes, le périscope s'insérait dans un puits qui courait sur toute la longueur entre le kiosque et la coque de pression. Mais sur le *Blackfish*, tous nos mâts sont dans le kiosque, et les données sont transférées par fibre optique. »

Le major se percha sur le tabouret étroit du poste à droite devant elle. Il ouvrit un petit compartiment et en sortit, à la grande surprise de Katie, ce qui avait l'air d'une manette Xbox – il y avait même le logo au milieu.

« Vous allez adorer », lança Knepper, affichant le sourire d'un père fier de sa fille à un récital de danse.

L'écran devant le major afficha instantanément une vue du Newport News Channel à l'embouchure de la James River.

« Attendez… c'est le périscope, sur cet écran télé ?

– C'est là qu'on reçoit les images du mât photonique, dit Knepper.

– Et vous le contrôlez avec une manette Xbox ? OK, là, vous vous moquez de moi, les gars… »

Le major et Knepper se mirent à rire.

« La légende veut que la première génération de mâts photoniques ait été livrée avec une interface à manette de marque déposée qui n'a pas bien fonctionné lors de sa première patrouille en mer. L'équipage de ce sous-marin – dont nous tairons ici le nom – a fait ce que font tous les bons sous-mariniers.

– C'est-à-dire, major ?

– Ils ont fait avec les moyens du bord. Un technicien système de combat a pris sa manette Xbox, qui non seulement a fonctionné quand il l'a connectée à la console, mais a mieux fonctionné.

– Pour un prix bien inférieur, ajouta Knepper.

– Exactement, confirma le major. Alors quand cette info est remontée, ils ont modifié la console du périscope de manière à installer la manette Xbox – c'est un objet, primo, qui est bien connu du marin moyen et, secundo, qu'on peut acheter partout. »

Cette fois, Katie rit aussi, fascinée.

« Vous y croyez, à cette histoire ? demanda-t-elle.

– Oui, répondit Knepper d'un ton soudain beaucoup plus grave. Parce qu'elle est complètement plausible. Il y en a des tas d'autres, et j'ai été témoin de plusieurs d'entre elles, où des marins innovent avec les moyens du bord. Dans la guerre sous-marine, c'est ce genre de choses qui permet de terminer des missions et de sauver des vies. Ici, on ne peut pas faire aéroporter des pièces de rechange comme sur un porte-avions. Quand on est *on station*, l'IP, ça représente toujours un risque…

– L'IP ? répéta Katie.

– L'immersion périscopique, expliqua le major. Pour les sous-marins, c'est un danger de mort.

– Oui, approuva Knepper. Quand on est en plongée, nous sommes introuvables et invincibles. Comme l'orque, on est un prédateur dangereux, mais à la surface, même les orques sont vulnérables. C'est en profondeur qu'on est en sécurité, et c'est aussi là qu'on mène nos missions. Remonter à l'immersion périscopique pour les vacations nous ralentit. À l'immersion périscopique, on est lents et moins manœuvrables. Il n'y a qu'à ce moment-là qu'on est vraiment vulnérables. Et quand on est *off station* et qu'il y a des avaries à réparer, autant dire que la mission est terminée. Alors oui, cette histoire, j'y crois. Elle en dit long sur le cœur et l'âme du sous-marinier. »

Katie était impressionnée, non seulement par l'histoire et par ce qu'elle disait de ces hommes et de ces femmes qui travaillaient dans les forces sous-marines, mais aussi par le respect avec lequel Knepper venait de la raconter. C'était un homme véritablement passionné par ce qu'il faisait.

Un appareil qui ressemblait à un téléphone cellulaire se mit à sonner.

« On appelle cette radio mobile un MOMCOM, dit Knepper en le décrochant de sa veste. On l'utilise à la place des pavés Motorola que vous connaissez sans doute. »

Elle hocha la tête et il prit l'appel.

« Entendu, officier armes, dit-il avant de raccrocher en regardant Katie. J'aurais été ravi de vous en montrer davantage, lieutenant Ryan, mais Juggernaut est prête à vous recevoir. Suivez-moi, s'il vous plaît. »

Il se faufila devant elle et, franchissant le seuil, continua vers un étroit passage.

« On est dans la coursive de commandement. Là, c'est sa cabine », dit-il avec un léger mouvement de tête vers la porte entrouverte.

Katie jeta un coup d'œil et fut choquée par l'exiguïté des lieux. Sur le *Truman*, elle avait vu des cabines de midships au moins deux fois plus grandes, et ça, c'était la cabine du capitaine de vaisseau ?

« Et ici, c'est la mienne », poursuivit Knepper en montrant la porte d'à côté, qui était également ouverte.

C'était une cabine à peu près de la même taille, mais il y avait une deuxième couchette au-dessus de la première.

« Vous partagez une cabine, commandant ? »

Knepper haussa les épaules.

« Dans un sous-marin, on partage tout. Mais non, je n'ai pas quelqu'un toutes les nuits. Il y a aussi une deuxième couchette dans la cabine du second pour pouvoir recevoir les visiteurs haut gradés.

– Les visiteurs ?

– Les VIP qui montent à bord pour une raison ou pour une autre. Dans ce cas, c'est moi qui joue les hôtes. Je vais vous prêter ma cabine pour que vous puissiez vous entretenir avec Juggernaut. »

Katie fronça les sourcils, pas tout à fait convaincue que ce soit la meilleure idée.

« Commandant, sauf le respect que je vous dois, un SCIF conviendra mieux pour les questions que je dois aborder. »

Knepper rit doucement.

« On est dans un sous-marin d'attaque rapide : un SCIF mobile de quatre milliards de dollars avec des torpilles et des missiles Tomahawk. Ça vous ira ?

– On va dire que oui », répondit-elle.

Il lui fit signe d'entrer.

« Juggernaut viendra vous retrouver d'un moment à l'autre. Mettez-vous à l'aise, du moins aussi à l'aise qu'on peut l'être dans un sous-marin.

– Merci, commandant, dit-elle avant de poser son attaché-case en cuir sur le petit bureau. Pourquoi l'appelez-vous Juggernaut ? C'est un truc de sous-marinier, un peu comme de l'argot ? »

Il remua la tête en souriant.

« Non, c'est un truc de Juggernaut ! Quand vous l'aurez vue, vous comprendrez. Sinon, vous n'aurez qu'à me poser à nouveau la question. Et… lieutenant Ryan ?

– Oui ?

– Juggernaut est une femme brillante et perspicace. C'est sans doute la personne la plus intelligente qu'il m'ait été donné de rencontrer. Mais… – il regarda le plafond – elle ne perd pas son temps en politesses et elle dit les choses comme elles sont. Elle est phénoménale, mais quand la situation dégénère, elle n'est pas toujours aussi diplomate que ce que vous connaissez à l'ONI. Un conseil : ne le prenez pas personnellement. »

À ces mots, Katie rit franchement. Elle avait survécu au Plebe Summer – le stage de formation estival des aspirants à l'USNA –, elle avait fini major de promo, elle était sortie diplômée de Dam Neck, elle avait fait une patrouille sur un porte-avions, et elle venait de faire ses preuves à un niveau de commandement avec une tolérance zéro pour les erreurs. Elle s'était constitué une carapace.

« Je pense que ça ira, dit-elle.

– Je sais, dit-il. Je préférais prévenir. »

Il jeta un coup d'œil dans la coursive.

« Elle est là, officier armes », lança-t-il à Juggernaut.

Puis il se retourna et dit à Katie :

« Je vous laisse. »

Là-dessus, il disparut.

7

CABINE DU SECOND
USS *WASHINGTON*, SSN 787, « *BLACKFISH* »

« Je savais que c'était vous », dit une voix de femme.

Katie leva les yeux, puis les baissa jusqu'à croiser le regard de la femme qui venait d'arriver sur le seuil. Elle avait une queue-de-cheval basse, et ses bras fins et musclés étaient croisés sur sa poitrine.

« C'est donc vous, Juggernaut ? » lui dit Katie en observant ce visage familier, qui semblait ne pas avoir changé du tout depuis l'USNA.

L'aspirante qu'était alors Juggernaut avait passé tout le Plebe Summer à lui brailler dessus dans Farragut Field. Cette fois au moins elle ne lui hurlait pas à la figure – pas tout à fait.

« Eh oui ! répondit le capitaine de corvette Jackie Guevara avant de lever un sourcil en lui lançant un regard entendu. Et vous, vous êtes la fille du Président. »

Katie se sentit rougir et serra sa mâchoire pour maîtriser son irritation.

« Il se trouve que je suis le capitaine de corvette Ryan, analyste senior à l'ONI, ici sur ordre de…

– Relax, Ryan ! Je ne faisais que vous taquiner, dit Juggernaut avec un rire sincère qui détendit Katie. Franchement, déjà à l'époque il n'en fallait pas beaucoup pour vous faire sortir de vos gonds. Cela m'a même fait douter de vous lors de votre Plebe Summer. Je suis contente que vous ayez réussi malgré tout.

– Je suppose que je dois vous dire merci. Je ne m'étais jamais crue particulièrement susceptible, mais vous aviez le don de me faire déraper. Et cette manière que vous aviez de répéter "première fille" à tout bout de champ, ça me mettait vraiment hors de moi.

– Je m'en souviens très bien. En vérité, je vous admirais beaucoup… Tous ces efforts que vous faisiez pour qu'on ne parle pas de votre père ! La plupart de vos camarades n'étaient même pas au courant.

– Jusqu'au jour où vous l'avez dit, dit Katie, sentant la colère monter en elle.

– Ah, répondit Juggernaut en se penchant vers Katie avec un regard de conspiratrice. Je ne l'ai jamais dit à personne, Ryan ! Seuls quelques hauts gradés savaient et on le gardait pour nous. Comme je l'ai déjà dit, trop d'aspirants auraient pu en tirer profit. Moi, je trouvais ça bien que vous fassiez autant d'efforts pour ne pas bénéficier de faveurs. Vous en faisiez tellement que parfois vous vous trahissiez vous-même. »

Katie se radoucit et secoua la tête avec humour. Quand elle revoyait des officiers qui avaient été diplômés de l'École navale pendant sa première année, ils n'étaient quasiment jamais les gros connards dont elle se souvenait. Ils avaient seulement quitté l'école pour entrer dans la marine avant qu'elle puisse les connaître en tant que collègues. Le temps qu'elle devienne elle-même diplômée de l'École navale, elle avait compris toute l'importance de la hiérarchie, mais ça n'avait pas pour autant changé l'image qu'elle se faisait de ces officiers qui avaient été au-dessus d'elle avant leurs retrouvailles.

« En tout cas, vous avez l'air d'avoir réussi, dit Katie. De ce que j'ai entendu, vous êtes une vraie légende. Mon chef vous connaît de nom – ou du moins de surnom – et il s'est dit que vous pourriez nous aider.

– Qui ça… le capitaine de vaisseau Ferguson ?

– Oui.

– Une sacrée tête.

– Je ne dirai pas le contraire.

– Très bien. Bon, ces retrouvailles sont bien sympas, Ryan – sans déconner, c'est chouette de vous revoir – mais j'ai beaucoup à faire. On appareille demain et mon secteur doit être sur le pied de guerre. Alors qu'est-ce qui se passe à l'ONI pour qu'ils envoient leur superstar dégueulasser son bel uniforme d'officier dans un sous-marin opérationnel ? »

Katie n'en revenait pas. Elle n'avait jamais connu la « vraie » Jackie, mais c'était exactement comme ça qu'elle se l'était imaginée.

Elle sortit de son attaché-case un dossier qui portait les habituels marquages de classification.

« C'est d'un niveau de confidentialité TS/SCI...

– OK, OK, dit Juggernaut en fermant la porte de la cabine. Dans mon univers tout est d'un niveau de confidentialité TS/SCI. De quoi est-il question ? »

Katie ouvrit le dossier et éparpilla sur le bureau quatre photos haute résolution.

« Bon, on dirait un Oscar II un peu rallongé, dit Juggernaut en se penchant pour y regarder de plus près. C'est le *Belgorod*, c'est ça ? Mais ces énormes portes, là, c'est quoi ?

– Eh bien, c'est la question à un million de dollars qui m'a conduite à venir me dégueulasser dans votre sous-marin. Qu'est-ce qui vous fait dire que c'est le *Belgorod* ?

– Un paquet de rumeurs circulent sur ce sous-marin, mais les Russes ont maintenu le plus grand secret là-dessus – du moins jusqu'à aujourd'hui.

– Quel genre de rumeurs ?

– Que ce serait leur version du *Carter* – un vaisseau de missions spéciales avec une station d'accueil pour des UUV et pour un sous-marin de grande profondeur dont le nom de code est *Locharik* ou un truc comme ça, répondit Juggernaut en recourant au sigle pour *unmanned underwater vehicles*, véhicules sous-marins sans pilotes. Le plus souvent, quand on dit UUV, les gens voient des mini-sous-marins sans personne dedans, mais la Recherche et développement travaille sur toutes sortes de conceptions et de capacités inhabituelles. En tout cas, quand j'ai vu ces énormes portes à l'avant, ça m'a tout de suite fait penser au *Belgorod*.

– Je ne comprends pas.

– Disons que ce ne sont pas des tubes lance-torpilles de taille *normale*, répondit Juggernaut avec un sourire gêné. Désolée, quelquefois j'oublie qu'il y a des gens qui ne s'intéressent pas aux sous-marins au point de passer leur temps à effectuer des recherches là-dessus. Bon, alors un petit tuto ! Dans le sous-marin russe standard, il y a des tubes lance-torpilles d'un diamètre de cinq cent trente-trois millimètres qui sont conçus pour le transport et le lancement de torpilles lourdes Type 53 ou Fizik-1. Elles sont progressivement retirées et remplacées par des Fizik-2, dont le diamètre est le même. Dans certains sous-marins, il y a aussi des tubes de six cent cinquante millimètres de diamètre pour les torpilles Type 65, conçues pour les porte-avions, donc ayant une plus grande force de frappe. Les tubes de six cent cinquante millimètres permettent aussi un lancement horizontal, notamment pour une variante du Tomahawk. Le lancement vertical est évidemment préférable, mais tous les sous-marins sont en mesure de lancer des missiles via des tubes lance-torpilles. Le problème, c'est que ces ouvertures sont énormes. Elles doivent faire plus de deux mètres, soit trois ou quatre fois la taille standard russe.

– Dans quel but ?

– Accueillir le nouveau système d'armes. Après tout, le *Belgorod* est le sous-marin russe de missions spéciales.

– Quel genre de système d'armes ? »

Juggernaut éclata de rire.

« Lieutenant Ryan, si quelqu'un vous a dit que je pourrais décrire en détail les nouvelles armes des Russes rien qu'en regardant ces portes, je suis désolée de vous décevoir, mais il faudra repasser ! »

Elle se gratta le menton.

« Ce que je peux vous dire, c'est que les modifications nécessaires pour accueillir un truc de ce diamètre n'ont rien de négligeable. Il a fallu changer profondément la structure pour une question de masse, mais aussi du point de vue de la logistique de chargement et de manipulation pour une arme de cette taille.

– Pourquoi ne pas avoir tout simplement conçu la nouvelle arme de manière à permettre un lancement par les tubes standard ?

– Eh bien, lieutenant Ryan, c'est exactement ce que je veux dire, répondit Juggernaut en se penchant pour regarder la photo de plus près, manifestement intriguée. Pour faire un changement aussi radical, il faut qu'il y ait une bonne raison. L'arme en question ne doit pas pouvoir se loger dans une plateforme de six cent cinquante millimètres. Il n'est pas difficile de les imaginer lancer un nouvel UUV armé… ou peut-être un missile hypersonique ou intercontinental à lancement horizontal. Mais disons que là, c'est seulement l'imagination qui parle. »

Katie eut l'estomac noué d'effroi.

« Les missiles hypersoniques sont un peu le sujet du moment. Peut-être que les Russes ont un nouveau missile tueur de porte-avions qu'ils peuvent lancer depuis ce sous-marin ?

– Là, il vaudrait mieux que vous vous adressiez à un nerd de l'ONI qu'à un officier armes de la flotte comme moi, lieutenant Ryan. Mon boulot, c'est de connaître sur le bout des doigts les systèmes d'armes du *Blackfish*, pas de spéculer sur les prototypes des Russes. La spéculation, ce n'est pas censé être votre superpouvoir, dans le renseignement ? »

Elle se pencha plus près de Katie.

« Quand j'ai fait ma patrouille terrestre à la 333…

– La 333 ?

– Oui, vous savez, la Division des armes et des charges utiles de l'ONR. Je travaillais à l'UWP, le Programme d'armement sous-marin. On envisageait des scénarios de dingue, et on peut parier que les Russes en font autant. Armes hypersoniques, torpilles à supercavitation, UUV chasseurs-tueurs autonomes avec IA autodidacte – tout plein de trucs.

– Et… votre meilleure hypothèse ? »

Juggernaut haussa les épaules.

« Je ne vois pas ce que je peux dire de plus rien qu'en regardant ces portes. Elles peuvent servir à lancer des torpilles furtives, à lancer des UUV autonomes de longue portée, à chatouiller la tête des requins avec des rayons laser… Impossible de le savoir. »

Ses lèvres se retroussèrent.

« Vous, les agents de l'ONI, vous ne pouvez pas faire vos James Bond et y regarder de plus près ? »

Katie hésita un instant avant de dire :

« Là, tout de suite, non.

– Pourquoi ?

– Parce que le *Belgorod* a déjà appareillé.

– Typique, dit Juggernaut en s'appuyant sur sa couchette. A priori, ils en sont à la phase de tests. S'il n'y en a pas déjà un, vous pourriez recommander à votre boss d'envoyer illico un sous-marin dans la mer de Barents.

– C'est le minimum », dit Katie.

Juggernaut leva les yeux, puis l'index.

« Je connais quelqu'un qui pourrait vous aider à creuser, dit-elle. Pete Miller est un génie hors catégorie pour tout ce qui concerne les UUV. Il était chef de projet dans un de ces trucs de dingue sur lesquels j'ai bûché à la 333. Il travaille aussi en lien étroit avec la DARPA – l'Agence pour les projets de recherche avancée de défense – et surtout, c'est le spécialiste des technologies d'armement émergentes des Russes et des Chinois. Il a une boule de cristal dans la tête et, les photos comme celle-ci, il les convertit en hypothèses qui la plupart du temps se révèlent justes. »

Elle croisa les bras sur sa poitrine.

« Si j'étais vous, c'est à Pete que j'irais montrer tout ça.

– Où est-ce que je peux le trouver ?

– Il voyage pas mal, mais il passe le plus clair de son temps au labo de l'UWP à l'ONR. Vous pourrez lui dire que c'est moi qui vous ai suggéré d'aller le trouver. Si quelqu'un peut vous donner une bonne hypothèse, c'est lui. Il a été sous-marinier, il a été au MIT, et il a fait des trucs dingues à la DARPA quand il était en poste. Il a pris sa retraite en tant qu'O-6, mais comme les terrains de golf en Floride et lui ça fait deux, il a un boulot de contractuel et de consultant dans les technologies de guerre sous-marine de la prochaine génération. »

Katie rangea le dossier dans son attaché-case en cuir.

« Merci mille fois d'avoir regardé ces photos, dit-elle.

– Merci de me les avoir montrées. J'adore ce genre de mystère ! »

Juggernaut se leva et, juste avant d'ouvrir la porte, glissa une main dans sa poche de poitrine avec l'insigne au dauphin noir brodé. Elle en sortit une carte, qu'elle tendit à Katie.

« Rendez-moi un service, lieutenant Ryan.

– Tout ce que vous voudrez, répondit Katie.

– Si vous en apprenez davantage sur le *Belgorod*, et à plus forte raison sur les plateformes d'armement émergentes des Russes, vous pouvez m'envoyer ça sur messagerie cryptée ? demanda-t-elle en faisant allusion au système de communication SIPRNeT réservé aux informations classifiées. Nous, on va bientôt être aux avant-postes. Donc, si les Russes ont du nouveau et que ça leur donne un avantage, j'aimerais bien être au courant… »

Katie glissa la carte dans sa poche.

« Vous pouvez compter sur moi, Juggernaut.

– Je vais essayer de mettre le grappin sur le second pour qu'il vous accompagne à la descente, dit Juggernaut. Ça m'a fait très plaisir de vous revoir, lieutenant Ryan. On reste en contact. »

Katie retourna à Juggernaut son sourire d'adieu, mais sous le vernis des banalités elle ne put manquer de déceler l'inquiétude dans la voix de l'officier armes.

8

SITUATION ROOM
LA MAISON BLANCHE
WASHINGTON, DC
13:03 HEURE LOCALE

Le président Ryan avait appris depuis longtemps qu'il devait observer le visage des gens réunis autour de la table au moins autant qu'il devait écouter le PDB – le *President's Daily Brief*. Peut-être était-ce son passé d'analyste de la CIA qui ressurgissait dans ce cadre particulier, mais il était plus simple pour lui d'analyser les nouvelles données à travers les esprits talentueux qui composaient son état-major. Les expressions qu'il observa lorsque l'avant-dernier point dans la liste fut abordé lui suggérèrent que c'était celui qui inquiétait le plus son équipe.

« Alors la source du GRU est grillée ? »

La question venait du nouveau conseiller à la sécurité nationale, brillant penseur, dont les idées – il fallait le reconnaître – avaient un tour plus académique que tactique.

Dans l'esprit de Ryan, le rôle du conseiller à la sécurité nationale était de maîtriser une vue d'ensemble, et mieux valait laisser les détails à la directrice du renseignement national, Mary Pat Foley, ainsi qu'aux équipes qu'elle avait réunies à la CIA, à la NSA et au NCTC. En l'occurrence, seule Mary Pat était présente, avec le directeur de la NSA et son conseiller à la défense nationale – l'ancien général de la Navy Nate Hammon –, ce qui n'avait rien d'inhabituel pour une réunion comme celle-là.

« Non, pas d'après la CIA, répondit Mary Pat en tapotant son stylo sur son dossier, ce qui suggérait qu'elle n'était pas convaincue.

Le fait est qu'on reçoit des renseignements SIGINT de cette source.

– Mais rien pour expliquer cette mobilisation de la moitié de la flotte du Nord ? demanda Hammond. On est sûrs qu'il s'agit d'un exercice ? Parce qu'une telle mobilisation, ça fait plus de dix ans qu'on n'a pas vu ça.

– Non, rien pour confirmer ni infirmer les déclarations publiques du Kremlin, concéda Mary Pat.

– On était quand même au courant de leur opération... quel nom ils lui ont donné, déjà ? » demanda Ryan en se tournant vers Mary Pat.

Il savait que ça voulait dire « ouragan », mais le mot russe lui échappait. Ah, ces derniers temps la plupart des mots russes lui échappaient ! Après plusieurs dizaines d'années passées à se concentrer sur le terrorisme et le Moyen-Orient, tout le monde essayait de remobiliser ses connaissances sur l'armée russe. Après ses agressions dans la Baltique et la mer Noire, et avec ce qui était en train de se passer, il était clair que la Russie avait tiré profit de ce désintéressement.

« Opération Uragan, monsieur le Président, répondit Mary Pat.

– Voilà : Uragan. Opération Ouragan. Ils ont mobilisé plus de moyens qu'on ne l'aurait cru, mais ce n'est pas une surprise... C'est bien ça ?

– Oui, monsieur le Président, dit Mary Pat.

– Je suis d'accord avec vous, monsieur le Président, dit Hammond. Mais si on fait le lien avec les exercices des forces terrestres conjointes russes et biélorusses qu'on observe en Europe de l'Est, je crois qu'il faut qu'on reste vigilants.

– Je suis d'accord, dit le conseiller à la sécurité nationale.

– Moi aussi, monsieur le Président, dit Mary Pat.

– Quelles sont vos recommandations ? demanda Ryan en la fixant du regard.

– On ne veut pas réagir de manière *excessive*, monsieur le Président. Maintenant que leur unique porte-avions est en état de naviguer et enfin sorti du chantier naval, peut-être Yermilov veut-il nous rappeler qu'on n'est pas les seuls à avoir un groupe aéronaval.

En tout cas, il faut réagir – ne serait-ce qu'en leur rappelant qu'on garde l'œil ouvert aussi. »

Elle se tourna vers le marine – dans l'esprit de Ryan, on ne pouvait pas être *ancien* marine.

« Nate ?

– Le groupe aéronaval 12 vient juste d'être déployé, répondit Hammond. Il mène des opérations aériennes pendant quelques jours au large des côtes de Virginie avant de partir vers l'est. Je recommande de le repositionner pour suivre l'évolution de la situation et pour faire office de démonstration de force dans l'Atlantique Nord. Il faudrait qu'on se coordonne avec les Britanniques, car cet exercice risque de déborder sur leur arrière-cour. »

Ryan griffonna une note pour se souvenir d'appeler le Premier ministre britannique.

« Poursuivez.

– En plus de la surveillance satellite habituelle, il faut rappeler qu'on a le SSN 787 – l'USS *Washington*, l'un de nos meilleurs sous-marins de la classe Virginia, qualifié pour les missions spéciales – qui appareille demain. On pourrait lui demander de partir en reconnaissance devant le groupe aéronaval 12 pour voir ce qu'il va découvrir. »

Ryan hocha la tête, puis se tourna vers sa directrice du renseignement national.

« Mary Pat ?

– C'est un bon début, monsieur le Président. Je vais me coordonner avec la CIA et avec nos partenaires européens pour voir ce qu'on peut trouver d'autre. Et la NSA peut creuser la question des renseignements SIGINT.

– Bien, dit Ryan.

– Le dernier point du PDB, monsieur le Président, a priori c'est juste pour information », dit Mary Pat.

Ryan eut une vive impression de déjà-vu lorsqu'il étudia le bref paragraphe au bas de la page 7. Pendant une fraction de seconde, il eut le sentiment de redevenir un jeune analyste en train de lire un rapport sur un énième sous-marin russe secret ayant appareillé sans préavis et d'en étudier les photos. Il grava dans sa mémoire le nom et le numéro de coque de ce nouveau sous-marin.

Plus ça change…

« Ma première question, dit Ryan, c'est comment se fait-il qu'on n'ait pas su que le K-329 allait appareiller ? On a toujours été prévenus très en avance des mouvements de la marine russe. Et les Russes ne font rien sans avoir une idée derrière la tête… »

En un éclair, il revit la conversation houleuse qu'il avait eue un jour avec le commandant du groupe aérien de l'USS *Nimitz*, et son impression de revivre une scène de la poursuite d'*Octobre rouge* ne fit qu'augmenter.

Il la chassa.

« C'est vrai, répondit Hammond. Je ne me souviens même pas de la dernière fois que n'avons pas été tenus au courant des actions de la marine russe et des activités terrestres. Qu'en pensent vos agents aux boules de cristal ? »

Mary Pat attendit avant de fournir une réponse toute faite.

« Le *Belgorod* est resté en cale sèche pour un long retrofit dont les informations ont été plutôt rares. Les Russes sont restés très secrets au sujet du sous-marin et de sa mission – mettant en place un très haut degré de confidentialité même pour leurs personnels à Znamenka. Notre hypothèse de travail, c'est qu'on a affaire à un bref essai en mer pour tester une modification matérielle ou structurelle et que le K-329 va rentrer au port dans les plus brefs délais.

– Vous voulez dire que l'appareillage n'est pas lié à l'exercice ? » demanda Ryan.

Mary Pat haussa les épaules.

« On n'a pas de certitude, monsieur le Président, mais comme je l'ai dit, c'est notre hypothèse de travail. Le SUBLANT envoie en ce moment même l'*Indiana* sur place pour le localiser. Mais le niveau de cloisonnement qui semble entourer l'appareillage du *Belgorod* est extrêmement étrange. Nos sources au Kremlin en savaient encore moins que notre homme à Znamenka, ce qui fait de cet événement une anomalie – du moins, du point de vue de la collecte de renseignements.

– Que pensez-vous de la description qui est faite de ce sous-marin dans le PDB ? demanda Ryan en regardant de nouveau le document. Qui est-ce qui a rédigé ça ?

– L'ONI, monsieur le Président, répondit Mary Pat.

– Ça a l'air sérieux… dit Ryan. Des questions sans réponse sur le retrofit… Est-ce une reconfiguration des tubes lance-torpilles du K-329 ? Les Russes sont-ils en train de déployer une nouvelle arme qui devrait nous inquiéter ?

– Peut-être, monsieur le Président, répondit Mary Pat. Mais on n'en est pas là. L'ONI travaille avec les experts du SUBLANT sur cette question, et les agents de l'UWP à l'ONR ont pour mission de creuser les questions posées dans le PDB…

– Il faut que j'en sache plus, dit Ryan en agitant le document d'un air frustré. Il n'y a rien de substantiel là-dedans.

– Oui, monsieur le Président. L'ONI ne veut pas brûler les étapes. Comme je l'ai dit, pour l'instant on en est encore au stade du “Pour information”. »

Ryan sonda le regard de Mary Pat. S'il y avait quelqu'un au monde en qui il avait confiance, c'était sa directrice du renseignement national, qui était aussi son amie. Et s'il y avait quelqu'un qui comprenait la mentalité russe, c'était elle également – et pas uniquement parce qu'elle avait été agent de la CIA à Moscou du temps de la guerre froide. Son grand-père était un colonel russe qui avait fui la révolution, et Mary parlait parfaitement le russe. Elle avait une perspective tout à fait unique et originale sur la mentalité russe.

« OK, j'aimerais voir de nouveaux éléments là-dessus – l'opinion de l'ONI sur le *Belgorod* et une description des exercices navals en cours. On savait que quelque chose se préparait, mais il semblerait que l'opération soit plus vaste que ce qu'on avait anticipé.

– Bien, monsieur le Président.

– Rien d'autre ? » demanda-t-il en regardant la rangée d'horloges au-dessus des moniteurs à écran plat sur le mur d'en face.

Il n'avait plus que dix petites minutes avant son rendez-vous suivant dans le Bureau ovale.

Ça va être une de ces journées…

Quand ils ne furent plus que tous les deux, Mary Pat lui tapota le bras.

« Beau travail, Mary Pat, dit-il en se tournant vers son amie.

– Merci. »

Il savait qu'elle n'était pas du genre à vouloir qu'on caresse son ego.

« Je tiens à vous faire savoir que votre "Bravo Zulu" revient à une étoile montante à l'ONI qui a signalé le *Belgorod* pour le faire examiner de plus près.

– Ah ? fit-il en levant le sourcil.

– Oui. Une jeune femme inscrite depuis peu au tableau d'avancement en tant que capitaine de corvette, du nom de Ryan. »

Un sourire de fierté lui retroussa les lèvres.

« Tel père, telle fille. La note de renseignements qu'on a reçue de l'ONI et qui nous a convaincus de faire entrer ça dans le PDB portait le nom de Katie en marge. Elle était brillamment écrite, d'ailleurs. Assez pour faire sentir l'urgence et déclencher l'alarme, mais beaucoup de retenue et aucune hyperbole pour éviter de nous diriger vers de fausses conclusions. Quelle ironie, qu'un nouvel analyste du renseignement du nom de Ryan attire notre attention sur un sous-marin russe ! Le destin, je suppose… Je me suis dit que ça vous ferait plaisir de le savoir, Jack. »

Elle commença à s'éloigner, mais il la retint.

« Mary Pat… »

Lorsqu'elle se retourna, il regarda autour de lui pour s'assurer qu'ils étaient seuls, puis lui dit :

« J'ai un drôle de sentiment. Et ce n'est pas qu'une impression de déjà-vu…

– Moi aussi.

– La CIA ou les ressources de notre force opérationnelle ne pourraient pas essayer de trouver le point de rupture entre commandement et contrôle des troupes ? Je m'inquiète de ce qui a tout l'air d'une fracture dans les lignes de communication normales entre le Kremlin et l'armée russe. Ça ne colle pas.

– Bien sûr. »

Ryan détecta quelque chose dans le regard de Mary Pat.

« Dites, si toute cette histoire se vérifie, je pense qu'on ne doit écarter aucune de nos… *options* sur le terrain. Qu'en pensez-vous ? demanda-t-il en faisant plus qu'une allusion à l'agent qu'il fallait mettre sur le coup.

– Je suis entièrement d'accord, Jack », lui répondit Mary Pat, et ce fut sur ces mots qu'ils se séparèrent.

Si l'intuition de Katie sur le K-329 était juste, il leur fallait des informations, et tout de suite. Mais il leur fallait également une équipe prête à réagir.

Mary Pat saurait très exactement où trouver ça…

Il poussa un soupir et, coinçant le dossier bleu sous son bras, se dirigea vers le Bureau ovale, où l'attendait la cérémonie des signatures.

Mon autre adversaire… la bureaucratie.

9

LUCICA ZENTA MARINA
21000 SPLIT
SPLIT, CROATIE
19:35 HEURE LOCALE

John Clark – du moins faisait-il, pour changer, ce voyage *sous le nom* de John Clark – mit le moteur tribord en position neutre, puis tourna la barre et augmenta juste un peu la pression sur le moteur bâbord. Le Bertram 61C réagit à merveille et se dirigea vers l'extrémité du quai. Clark esquissa un sourire malicieux lorsque l'agent de quai accourut à sa rencontre. Le jeune homme s'attendait sûrement à ce qu'il coupe le moteur et lance un nœud de chaise pour un accostage à la main, mais cela ne correspondait nullement à son intention.

L'agent de quai écarquilla les yeux en voyant que Clark arrivait avec les gaz. Il cherchait à comprendre comment ce cinglé allait se débrouiller pour que son yacht ne s'écrase pas contre le quai, endommageant soit l'un, soit l'autre, soit les deux. À la dernière seconde, le maître d'équipage devenu SEAL devenu agent secret mania d'une main experte les manettes de gaz en même temps que la barre pour immobiliser le yacht parallèlement au quai. De son cockpit, il sourit au jeune homme, qui, la corde à la main, le regarda avec respect et admiration.

« Tu parles anglais ? demanda Clark.

– Oui, répondit le jeune homme.

– Bien.

– Il vous faut du carburant, monsieur ? demanda le jeune homme tout en s'affairant à attacher les taquets d'avant et d'arrière du Bertram pendant que Clark accrochait deux pare-battage sur le flanc du plat-bord.

– Non merci, je repars, répondit Clark en sautant à quai avant de lui claquer un billet de dix euros dans la main. Je compléterai à mon retour.

– Mais le soleil est en train de se coucher. Bientôt il va faire nuit, dit le jeune homme avec une véritable inquiétude dans la voix.

– Il y en a encore pour une heure d'ensoleillement. Et surtout, je sais très bien naviguer de nuit. »

Le jeune homme sourit en regardant son billet.

« Bien, monsieur. Merci, monsieur. »

Clark guetta au bout du quai un homme, certainement celui qu'il cherchait, qui venait de quitter la zone de stationnement le long de Šetalište Kalafata. Il arrivait avec une petite glacière, un sac à dos et une canne à pêche – *d'eau douce*, remarqua Clark en remuant la tête.

Au lieu d'aller à sa rencontre, Clark l'attendit à côté du Bertram.

« Quel plaisir de te revoir, John ! dit l'agent de la CIA – que Clark n'avait jamais rencontré – dès qu'il fut à sa portée.

– Je peux en dire autant, Tommy ! » répondit Clark avec un faux sourire.

En vérité, Clark était contrarié. Quarante-huit heures plus tard, il devait retourner chez lui auprès de sa femme et, cinq jours après, ils devaient retrouver leurs petits-enfants. D'ici là, il avait besoin d'un peu de temps pour décompresser, pour évacuer son stress et ses émotions, après une mission éprouvante en Ukraine. L'expérience lui avait appris qu'il faisait un meilleur mari, de loin, s'il prenait un jour ou deux pour se recentrer avant de fouler le paillasson. Au temps où, jeune homme, il s'était appelé John Kelly, il n'avait jamais eu besoin de « congés » au sens classique du terme. Mais après des dizaines d'années dans le métier, il était devenu plus sage et avait une meilleure connaissance de lui-même. Les hommes comme lui avaient besoin de temps pour réfléchir et pour contempler la nature. Et il n'y arrivait que seul et sur les flots. Louer un yacht pour explorer la côte dalmate lui était apparu comme une solution idéale.

Manifestement, il avait eu tort.

Le message qu'il avait reçu sur son ordinateur par liaison satellite sécurisée lui avait suggéré qu'il y avait urgence, mais Washington employait rarement le mot « urgent » dans le sens opérationnel où il l'entendait. Il ne savait pas ce qui se passait, mais cet homme avait fait des pieds et des mains pour pouvoir le rencontrer. Et – en toute honnêteté – Mary Pat Foley avait approuvé cet entretien.

Dans ce cas… « urgent » voulait peut-être dire urgent.

Après une poignée de main, Clark monta à bord puis se tourna vers son visiteur pour prendre son sac à dos – qui, comme attendu, était plus lourd qu'il n'en avait l'air – et sa canne à pêche, après quoi l'agent de la CIA monta à bord par le plateau arrière.

« Alors, cette pêche ? demanda-t-il.

– L'après-midi a été plutôt calme, répondit Clark sans être insensible à l'ironie de cette séquence défi-réponse.

– Je vais te porter chance ! dit l'agent de la CIA, achevant ainsi le rituel et confirmant qu'il était l'homme que Mary Pat lui avait envoyé.

– J'en doute beaucoup », marmonna Clark – il sortait maintenant du dialogue convenu – avant de faire signe à l'agent de quai de larguer les amarres.

Il posa la canne à pêche sur un long banc puis jeta le lourd sac à dos sur le canapé du salon avant de monter l'échelle jusqu'au pont supérieur. Il alla prendre place au poste de pilotage et son visiteur s'installa dans l'énorme fauteuil de capitaine à côté. Les amarres avant et arrière ayant été larguées, Clark adressa un salut polonais à l'agent de quai, puis démarra. L'agent de la CIA, qui était plus jeune, allait parler lorsque Clark le coupa.

« Attendons d'être au large », dit-il simplement.

L'homme poussa un soupir et serra la mâchoire en se voyant ainsi recadrer, mais ne broncha pas.

Clark manœuvra le bateau d'une main experte et se dirigea vers le large. Une fois qu'il eut franchi la jetée et qu'il fut sorti de la zone sans sillage, il démarra les deux Cat C32. Le Bertram accéléra en douceur, et l'avant s'abaissa lentement à mesure que le régulateur d'allure changeait la vitesse. Tout en goûtant le silence, l'odeur de sel et la brise marine, Clark mit le cap vers le sud puis vers l'est, loin du chenal de navigation et vers les profondeurs de la *Jadransko More*, entre l'île de Brač et le continent. Une fois qu'il eut parcouru deux bons milles, il mit les moteurs en position neutre. Le Bertram fut bercé par les vagues molles, et le vent le stabilisa en direction nord-ouest. Clark examina le paysage et vérifia qu'il n'y avait pas de bateau alentour avant de couper les gaz.

« Venez », dit-il en faisant signe à l'agent de la CIA de le suivre au bas de l'échelle.

Il entra dans le grand salon par la porte coulissante, en prenant au passage le sac à dos pour le poser sur la table à dîner et, contournant le *breakfast bar*, alla dans la cuisine du bord. Il sortit deux canettes de Nova Runda, une excellente bière locale, sans demander à l'agent de la CIA si lui aussi en voulait une.

S'il n'en veut pas, ça m'en fera deux.

Il soupira, essayant de chasser sa contrariété, et en glissa une vers son visiteur qui était déjà installé à table.

« Merci, dit celui-ci en la levant comme pour trinquer avant de boire une gorgée. Wow, elle est bonne... Je parie que vous êtes du genre microbrasserie ?

– Qu'attendez-vous de moi ? demanda Clark en s'installant dans un fauteuil de cuir blanc. Comme vous le savez peut-être, je suis en congé, ajouta-t-il en prenant une longue gorgée de bière. Je dois bientôt retrouver mes petits-enfants.

– Oui, désolé. D'ailleurs, je dois vous dire que la directrice du renseignement national est également navrée de vous interrompre pendant vos congés. »

Il secoua la tête.

« C'était la première fois qu'elle faisait personnellement appel à moi. Vous semblez avoir des amis haut placés, monsieur Clark. »

Là-dessus, Clark sourit vraiment pour la première fois, mais il ne connaissait pas l'homme qu'il avait devant lui et il n'avait aucune obligation de lui révéler quoi que ce soit sur ses relations en haut lieu.

« Que puis-je faire pour la CIA, Tommy ? »

L'agent ouvrit son sac à dos, dont il sortit une petite tablette. Il saisit un mot de passe puis la glissa vers Clark, qui regarda les images affichées en mosaïque.

« On dirait un sous-marin, dit Clark avant de reprendre une longue gorgée de bière fraîche. Si vous espérez davantage, on vous a peut-être mal informé. Les sous-marins ne sont pas mon domaine d'expertise.

– Pardon, répondit l'agent de la CIA en lui reprenant la tablette. Ce sous-marin, c'est le *Belgorod*, une version lourdement modifiée de l'Oscar II dont, moi aussi, je sais peu de choses. Il y a plusieurs éléments qui inquiètent les analystes. »

Il zooma sur une photo qu'il montra à Clark.

« Ce sont ces portes de tubes lance-torpilles qui soulèvent le plus de questions. C'est une modification importante, qui, selon les experts, a été conçue pour accueillir une arme nouvelle et, je suppose, préoccupante. Il y a d'autres personnes qui travaillent là-dessus.

– Eh bien tant mieux, car jusque-là je n'ai rien à vous proposer, dit Clark.

– L'autre modification que nous avons notée, c'est une station d'accueil située au milieu du bateau, qui, selon les ingénieurs, permet le lancement de mini-sous-marins spéciaux dans le genre de nos SDV mais aussi de drones sous-marins », dit-il en faisant référence aux *SEAL delivery vehicles*.

D'un geste de la main, il arrêta Clark, qui allait prendre la parole.

« Encore une chose dont je ne sais rien et je soupçonne que vous non plus... Ce qui met tout le monde dans tous ses états, ce ne sont pas seulement ces étranges modifications, mais le fait que ce sous-marin a quitté le chantier naval de Severodvinsk où il a subi ce retrofit, et file actuellement vers la mer Blanche. Un vaisseau russe qui appareille sans qu'on en soit informés, c'est très, très inhabituel...

– Un nouveau sous-marin russe appareille sans qu'on en soit informés, et tout le monde a peur. D'accord. Mais moi, où est-ce que j'interviens, là-dedans ? »

L'agent de la CIA lui lança un regard, et Clark eut mauvaise conscience à l'idée d'être aussi désagréable avec lui.

« Ce qui inquiète la directrice du renseignement national, c'est le niveau de cloisonnement sans précédent. »

Clark se pencha, maintenant intrigué.

« De quoi parlez-vous ?

– Du complexe militaire russe. On a une source à Znamenka 19. La version russe du Pentagone…

– Pas besoin de m'expliquer ce que c'est, dit Clark. Poursuivez.

– Selon cette source, le chef du NCUO, un certain général Andreïev, était furieux de ne pas savoir ce qui se passait. Imaginez qu'un nouveau sous-marin high-tech soit déployé et que le Comité des chefs d'état-major interarmées ne soit pas tenu au parfum.

– Attendez, dit Clark, dont la curiosité était maintenant plus que piquée. Pourquoi "déployé" ? Qu'est-ce qui vous fait croire qu'il a été déployé et qu'il n'est pas seulement en phase de tests ou même en cours de transfert vers son port d'attache ?

– Bonne question. On n'est sûrs de rien, mais tout le monde se prépare au pire. Le chef des opérations navales craint que ce sous-marin ne soit un bâtiment de missions spéciales qui serait en capacité non seulement de mener des opérations secrètes au large de nos côtes, mais aussi de transporter des armes nucléaires. Ajoutez ce niveau de cloisonnement record et cet appareillage sans aucun préavis… bon, vous voyez le tableau ?

– OK », dit Clark, qui oscillait maintenant entre scénarios apocalyptiques et sentiment de déjà-vu.

Encore un peu et on revenait au grand échiquier de la guerre froide et au cauchemar qu'était le déplacement de la moindre pièce.

« Mais je ne vois toujours pas ce que la directrice de la CIA pense que je peux faire pour vous… »

Tommy sourit, puis reprit la tablette, cliqua à nouveau et la glissa de nouveau sous les yeux de Clark.

« Vous connaissez cet homme, n'est-ce pas ? »

Clark se crispa en voyant le visage.

« Où avez-vous trouvé cette photo ?

– Pas de panique. Je suis au courant.

– Le cercle de gens qui connaissent cette source est censé être étroit, maugréa Clark.

– Il l'est *toujours*. Je travaille avec une force opérationnelle spéciale sur les menaces russes émergentes et je suis le seul à la connaître. C'est son officier traitant qui m'a briefé sur VICAR dans le SCIF de l'ODNI.

– Ah bon… Et le nom de son officier traitant ? demanda Clark, estimant qu'un petit test n'était pas inutile.

– Eh bien, sa couverture non officielle, c'est Adam Yao. Je ne suis pas en mesure d'en dire plus.

– Et vous, au fait, comment dois-je vous appeler ? demanda Clark en s'apaisant un peu. Tommy ?

– Vous pouvez m'appeler James.

– OK, James. Alors, Dovjenko – nom de code VICAR – est une source au cœur même du SVR qu'on a mis des dizaines d'années à développer. Qu'êtes-vous en train de me dire ? Que Mary Pat veut risquer de griller VICAR pour ça ? Qu'elle veut que j'établisse le contact ?

– C'est ça, dit James en éteignant l'écran de la tablette. En fait ce sera Yao qui établira le contact avec VICAR, mais Foley veut que vous meniez les opérations. On organisera la rencontre et on fournira tous les moyens dont vous aurez besoin pour vous soutenir. Par souci d'efficacité, j'ai mis à ma disposition une petite équipe d'officiers de terrain et d'opérateurs des forces spéciales chevronnés. L'objectif est de savoir ce qui a pu se passer au Kremlin pour fracturer et cloisonner les communications d'une manière jamais vue avant. On espère que VICAR pourra nous fournir des renseignements sur ce sujet. »

Par souci d'efficacité, dis-tu ? Traduction : mes gars sont trop occupés pour que tu aies pu leur mettre le grappin dessus.

Clark rit doucement.

« Il y a quelque chose de drôle ? demanda James.

– Non… Quel est le lieu de rendez-vous qui convient le mieux ? Je suppose que vous vous êtes déjà coordonnés avec Yao ?

– Yao est au courant, mais la consigne c'était d'attendre que vous le soyez aussi et de savoir ce que vous en pensiez avant de tout déclencher. À mon avis, VICAR va jouer le jeu s'il pense qu'il n'y a pas trop de risques et s'il trouve un endroit où le rendez-vous n'éveillera pas les soupçons.

– Logique, dit Clark. Là-dessus, je lui fais confiance. Et je peux faire venir mon équipe assez vite…

– L'ODNI pense qu'il faut agir vite. Il n'y a pas le temps pour ça. Comme je vous l'ai dit, on a une équipe en Europe, si bien qu'on vous soutiendra pendant le rendez-vous, qui doit se tenir dès que possible. »

Clark fronça les sourcils. Il n'aimait pas travailler avec des inconnus. Mais si le seul objectif du rendez-vous, c'était de récupérer des renseignements, ça devrait aller.

« C'est dommage qu'on n'ait pas quelqu'un au GRU qui puisse nous renseigner un peu plus sur le côté militaire de la baraque, dit Clark. La CIA a des sources de ce côté pour vérifier les infos que VICAR va nous donner ? »

James haussa les épaules, mais ne répondit pas.

« OK. Pour toute info supplémentaire que vous auriez à me communiquer, vous pouvez les envoyer sur ma messagerie cryptée. Pour le moment, je vais vous ramener à Lucica Zenta.

– Je peux passer des appels d'ici même, dit James, si vous voulez pêcher un peu.

– Non. Rien ne vous empêche de passer vos appels, mais il faut qu'on rentre. Il semblerait que mes vacances soient terminées. »

Il devait joindre Mary Pat et faire venir *son* équipe en Europe. Si le rendez-vous révélait des informations exigeant une action immédiate, il devrait se montrer en mesure de réagir vite. Et il n'avait aucune intention de gérer une « action immédiate » avec des inconnus.

La directrice du renseignement national ne l'aurait pas sollicité si elle ne pensait pas qu'il y aurait un peu de travail derrière – un peu de travail sale et pas très orthodoxe…

10

USS *INDIANA,* SSN 789, « *BATTLE BASS* »
SOUS-MARIN D'ATTAQUE RAPIDE DE LA CLASSE VIRGINIA
MER DE BARENTS
20:24 HEURE LOCALE

« Eh, chef, je crois que j'ai quelque chose », lança le technicien sonar Xavier Harris en regardant derrière lui Schonauer, le chef opérateur sonar.

Schonauer se glissa dans le fauteuil du poste à côté de Harris.

« Bande étroite ou large bande ?

– Bande étroite, un signal de 151 hertz, relèvement zéro-deux-un », répondit Harris.

Au contraire des classes de sous-marins américains antérieures, la classe Virginia avait supprimé le local sonar. Sur l'*Indiana,* les opérateurs sonar assuraient le quart au central à côté des techniciens système de combat, du quartier-maître, du pilote et de son copilote, et enfin des officiers de quart. Toute cette équipe pluridisciplinaire formait la section chasse, une équipe de quart organisée spécialement pour trouver et traquer les sous-marins ennemis. Comme Harris n'avait jamais été envoyé sur un Los Angeles ni sur un Ohio, il ne connaissait rien d'autre. Schonauer parlait souvent avec nostalgie de ses voyages précédents et il aimait raconter des anecdotes improbables sur ce qui se passait dans le « local ».

Il y avait des jours où Harris aurait bien voulu que le sonar ne soit pas dans le central, mais le fait que tout le monde se trouve dans la même pièce avait aussi ses avantages. En tant que technicien sonar 2e classe, c'était un jeune homme de quart, mais sur l'*Indiana,* ça ne voulait pas dire qu'on ne respectait pas ses indications et ses observations. Le respect, c'était sans doute ce qu'il préférait dans ce travail… Comme le fait de pouvoir visiter des ports étrangers. D'ici quelques mois, il pourrait arborer son insigne, et une fois qu'il aurait ses « dauphins » – comme on les appelait –, le respect de ses compagnons de bord augmenterait considérablement. Dans le petit milieu des sous-marins, la compétence était la seule monnaie valable. Tout ce qui comptait, c'était de mériter son insigne de guerre.

« Le rapport signal sur bruit est bon, dit Schonauer, affichant sur son terminal le même diagramme que Harris avant d'enfiler un casque. Quelque chose à mettre en corrélation avec ce relèvement ?

– Non, dit Harris, qui pouvait à peine contenir son excitation à l'idée que c'était peut-être lui qui avait trouvé la cible de leur mission – un nouveau sous-marin russe appelé *Belgorod* que personne n'avait traqué jusque-là.

– Alerte, sonar, annonça Schonauer en regardant le chef de quart. Nouveau contact sonar bande étroite désigné Sierra 7, relèvement zéro-deux-un. Potentiellement un contact submergé dans la zone où peut se trouver notre cible d'intérêt selon le renseignement.

– Reçu, Schonar », répondit le chef de quart, le lieutenant Yu, en prononçant le nom du chef opérateur sonar avec l'accent emblématique de Sean Connery.

Yu pouvait répéter cette blague tant qu'il voulait, chaque fois Harris éclatait de rire. Yu, le navigateur de l'*Indiana*, avait un humour pas possible. S'il y avait une chose qui rendait la vie supportable à bord, c'était bien le sens de l'humour. Et la soirée pizza, aussi… Les chefs du SSN 789 pouvaient faire une excellente pizza quand ils y mettaient du leur.

Yu et la responsable contacts, une femme officier subalterne expérimentée qui s'appelait lieutenant Crystal et que tout le monde surnommait Crystal Light – comme les limonades –, s'approcha du petit groupe avec Schonauer.

« Il est où, le gars de l'ACINT ? demanda-t-elle en regardant vers le coin arrière bâbord du central où se tenait généralement le spécialiste du renseignement acoustique.

– Je crois qu'il est parti à l'avant du bateau, lieutenant, répondit Schonauer.

– Évidemment ! dit Yu. C'est le lieu idéal quand on a un nouveau contact submergé !

– Vous voulez que j'aille le chercher, chef de quart ? demanda le messager du central, prenant les devants.

– Allez d'abord au carré de l'équipage, répondit Yu. Ça fait un bon bout de temps qu'il est parti. Je parie cinq dollars qu'il est en train de jouer au cribbage.

– Je me disais la même chose, dit le messager en pointant l'index vers Yu.

– Je peux faire une recherche dans la base de données acoustique, lieutenant… si vous le souhaitez », dit Harris, qui ne voyait pas l'intérêt d'aller chercher l'agent de l'ACINT.

Tout ce qu'il peut faire, moi aussi j'en suis parfaitement capable, songea-t-il avec plus qu'une pointe d'irritation. *Encore un visiteur qui occupe une couchette, obligeant l'équipage à se serrer davantage !*

« Et que ça saute ! » répondit Yu avant de retourner au poste de pilotage au milieu du central.

Crystal, dont le titre de responsable contacts résumait succinctement les fonctions, resta, ainsi que Schonauer, et ils formèrent ainsi une cellule d'enquête à trois têtes penchées au-dessus de l'ASD – la base des signatures acoustiques – entretenue par l'ONI. L'ASD était constituée par les sous-marins en déploiement pour les besoins des autres sous-marins en déploiement.

« C'est quoi ? demanda un midship de quart, un enseigne de vaisseau dont c'était la première patrouille, en arrivant dans le central.

– Eh bien, vous savez que chaque être humain a un jeu unique d'empreintes digitales ? demanda Schonauer tandis que Harris saisissait “151 Hz” dans la fenêtre de recherche.

– Oui, répondit le midship.

– Chaque sous-marin a quant à lui une empreinte *acoustique* unique. Si ce signal de 151 hertz a déjà été rencontré dans la mer de Barents par un de nos bâtiments, il y a une entrée dans l'ASD. Les agents du renseignement à l'ONI passent toutes les données au crible, et ils font des corrélations, ils tentent d'identifier le modèle et le numéro de coque exacts du sous-marin présentant cette vulnérabilité de fréquence. Harris est en train de regarder si on peut identifier le bâtiment russe qu'on traque sous le nom de Sierra 7.

– Cool ! » dit le midship.

L'ordinateur réfléchit une seconde, puis afficha une liste de réponses pour 151 hertz.

« Il a l'air d'y avoir pas mal de monde, sur cette fréquence, dit Crystal.

– Il va falloir préciser la recherche, Harris, dit Schonauer.

– J'ai trouvé notre visiteur, annonça une voix fière et, en se retournant, Harris vit le messager qui revenait dans le central avec l'agent de l'ACINT qui était rouge comme une tomate. Il était effectivement en train de faire une partie de cribbage avec Fitzpatrick dans le carré de l'équipage. »

Les reproches bon enfant étaient un autre principe essentiel de la vie sous-marine.

« Désolé, dit l'agent de l'ACINT en regardant ses doigts. J'avais juste besoin de me vider la tête. »

Harris réprima une envie de lever les yeux au plafond. *Ouais, tu bossais tellement dur dans ton coin !*

« Venez par ici jeter un coup d'œil à ce qu'a trouvé Harris, dit Yu, qui préféra en rester là. Je vous donne encore deux minutes, les gars, ensuite je vire. »

Harris avait assez d'heures de quart derrière lui pour saisir le sens tacite de ce discours. Dans les opérations sous-marines, tout pouvait s'apparenter à de la géométrie. Le pilotage d'un sous-marin, c'était fondamentalement un exercice de mathématiques. Depuis qu'ils avaient capté Sierra 7 en bande étroite, Yu avait maintenu une trajectoire et une vitesse constantes. Pour les techniciens sonar comme Harris, c'était une situation idéale, parce que dans cette géométrie, le système acoustique remorqué TB-29C de l'*Indiana* captait parfaitement le signal. Le problème, c'était qu'avec un seul tronçon d'élaboration situant l'émetteur, l'*Indiana* disposait d'une image tactique incomplète. La cible pouvait être près ou être loin. Elle pouvait se diriger vers eux ou s'éloigner d'eux. Elle pouvait aller lentement ou aller vite. Pour déterminer la distance, la route et la vitesse de la cible, le chef de quart devait changer la géométrie, c'est-à-dire virer. Or tout changement de trajectoire impliquait un risque de perdre le signal pour ne pas le retrouver ensuite.

Mais dans ce jeu sous-marin du chat et de la souris, rien n'arrivait sans risque.

« Ouvrez une autre fenêtre de recherche, dit l'agent de l'ACINT en rejoignant la cellule grandissante autour du poste de Harris. Cette fois, allez plus loin et saisissez la décimale : 151,7 hertz.

– Mais le signal n'arrête pas de fluctuer entre 151,6 et 151,9, dit Harris en indiquant la trace sur le moniteur d'en haut.

– Oui, mais la ligne de tendance se situe autour de 151,7. Si vous ne mettez pas de décimale, la base de données vous donnera tous les émetteurs de 151 hertz. Et mettez également une option géographique de recherche : mer de Barents. Ça réduira la liste. »

Harris suivit ces suggestions. Cette fois, seuls deux résultats s'affichèrent : K-335 et K-391.

« Le K-391 a été désarmé, dit l'agent de l'ACINT. Cliquez sur K-335. »

Harris cliqua sur cette entrée et une nouvelle fenêtre s'ouvrit avec les données suivantes :

NOM : K-335 *Gepard*
TYPE : Sous-marin classe Akula III
NUMÉRO DE COQUE : 895
STATUT : Actif
FLOTTE : Nord / Arctique
PORT D'ATTACHE : Poliarny
PROPULSION : 1 x hélice 7 lames

« Bingo », dit l'agent de l'ACINT.

Harris déchanta un peu en apprenant qu'il n'avait pas trouvé le K-329.

« J'espérais que ce serait le *Belgorod*.

– Non, mais c'est une bonne chose. Le *Belgorod* en est à sa dernière phase de tests. Il a sans doute eu ordre de mener des exercices avec le *Gepard*. Si on suit le *Gepard*, il y a de bonnes chances pour qu'il nous conduise sans le savoir au bateau qu'on a pour mission de trouver.

– Exact, dit Schonauer. Beau travail, Harris. Il semblerait que vous ayez pris votre premier requin. »

Harris se sentit rougir de fierté en entendant son chef annoncer que sa découverte pourrait conduire droit au *Belgorod*.

« *Akula*, en russe, ça veut dire « requin », précisa l'agent de l'ACINT. Au cas où vous ne le sauriez pas. »

Harris le regarda. Bien sûr qu'il le savait ! Mais il était trop content pour s'offenser de cette remarque.

J'ai détecté mon premier Akula… Si c'est pas hyper cool, ça…

« Chef de quart, dit Crystal en se tournant vers le poste où se tenait Yu. Il y a une entrée dans l'ASD sur le contact bande étroite. Sierra 7 est très probablement le *Gepard*, numéro de coque K-335 – un sous-marin de la classe Akula basé à Poliarny.

– Beau travail, toute l'équipe, dit Yu en s'adressant au groupe. Il est temps de virer et d'appeler le commandant. On va voir si on peut trouver une bonne solution de tir sur ce sous-marin et le suivre à la trace. »

11

CENTRAL
LE *BELGOROD* (K-329)
ZONE D'OPÉRATIONS KD-11
MER DE BARENTS
21:17 HEURE LOCALE

« Quartier-maître, combien de temps peut-on maintenir notre route et notre vitesse actuelles avant de sortir de notre zone d'opérations ? » demanda Konstantin.

Fiodorov se tourna vers la carte et prit une mesure avec son pied à coulisse.

« À peu près une heure, commandant », répondit-il.

Dans l'armée de terre, le quartier-maître surveillait les rations, le ravitaillement, le logement, et toute la logistique qui s'y rapportait. Dans la marine, il faisait partie de la section navigation, et son travail consistait à tracer la position et la route du bateau sur les cartes marines. À la surface, la géolocalisation était facile et automatique. Le GPS avait mis fin à l'époque de la navigation à l'estime où la position d'un bâtiment se déterminait au moyen de lignes de relèvement tracées jusqu'à des repères. Mais, pour les sous-marins qui opéraient en profondeur, le GPS n'était pas accessible. En plongée, le quartier-maître devait toujours recourir à la technique de la navigation à l'estime, qui consistait à déterminer la position *présente* sur la base de la route *passée*. Dans les sous-marins modernes, des systèmes de navigation inertielle permettaient de modérer cette incertitude grâce à des capteurs d'accélération à trois axes qui mesuraient les effets de la dérive. Les mesures régulières du sondeur étaient comparées aux indications bathymétriques des cartes de navigation afin de préciser la position estimée du bateau. Un bon quartier-maître était toujours vigilant, anticipant les périls sous-marins et faisant part sans crainte de ses recommandations de route et de vitesse au commandant. Le quartier-maître du *Belgorod*, le starshina 1re classe Fiodorov, était un homme de cette catégorie.

« Bien, quartier-maître, répondit Konstantin. Manœuvre, maintenez cette route et cette vitesse pendant trente minutes, puis virez vers l'est. On arrêtera le bruiteur sur l'abattée. D'ici là, je vais faire le tour du bateau.

– *Da*, commandant. Dois-je en informer les chefs de section ? » demanda Blok.

Cette question fit sourire Konstantin, comme le fait que Blok ait pu la poser.

« Ce ne sera pas nécessaire. Je suis commandant et je fais le tour de mon bateau, rien de plus. »

Dès qu'il aurait quitté le central, la nouvelle de son « tour du bateau » se répandrait comme un feu de forêt. Le messager du central appellerait tous les chefs de poste et de division de quart pour leur dire que le commandant menait une inspection surprise. Il fallait s'y attendre et, aux yeux de Konstantin, c'était une réaction positive. Un équipage devait se montrer solidaire et se soutenir mutuellement. Un équipage sain devait se soucier de son succès et de sa performance.

Jusque-là, il s'était satisfait de l'aptitude et de l'attitude de son équipage. La phase de tests du *Belgorod* s'était déroulée sans incident. Mais cet équipage avait-il assez de cran pour exécuter la mission qu'il comptait exiger de lui ?

J'espère que oui. Ce serait une honte pour eux que de mourir pour rien.

Le *Belgorod* était un grand, un très grand sous-marin. Avec ses cinq niveaux et ses dizaines de compartiments, le tour du bateau prendrait une bonne heure. Konstantin commencerait à l'avant et finirait par le PCP, le poste de conduite propulsion, à l'arrière. Le but n'était ni de chercher des produits de contrebande, ni de vérifier les registres d'équipement, ni d'imposer des sanctions pour des niveaux de propreté ou des modes d'arrimage non respectueux des normes. Non, ce tour du bateau, ce n'était pas pour eux qu'il le faisait, mais pour lui. Dans cette merveille d'ingénierie faite d'acier et de câbles, un commandant devait s'en remettre à ses sens. Les bruits, les odeurs, les vibrations lui disaient des choses que les cadrans et les indicateurs taisaient. Avec le temps, il en était venu à considérer le sous-marin comme une créature hybride, mi-homme mi-machine, aucune de ces deux moitiés ne pouvant s'acquitter de sa mission sans l'autre. De même qu'un médecin doit pouvoir toucher le patient pour faire un diagnostic correct, Konstantin ne pouvait pas prendre le pouls de ses hommes et de son bateau sans sortir de sa cabine.

Donc… il partit faire le tour du bateau.

Je dois savoir comment se porte la bête avant de l'envoyer au combat.

Trente minutes après son départ, il sentit le *Belgorod* virer à tribord, Blok ayant mis le cap vers l'est comme il le lui avait demandé. Quelques minutes plus tard, un messager pantelant vint lui annoncer qu'il gouvernait au zéro-neuf-zéro à une vitesse de douze nœuds. Accusant réception de ce rapport, il dit au messager de demander à Tarassov, l'officier ingénieur, de le retrouver au PCP une demi-heure plus tard. Lorsqu'il arriva, Tarassov – qu'il avait fait attendre – était trempé de sueur. Dans le voisinage des turbines de propulsion et des principaux réducteurs, l'air étouffant montait à une température de quarante-huit degrés Celsius. Personne n'aimait s'attarder là.

« Commandant, vous vouliez me voir ? » demanda Tarassov en se tamponnant le front avec un chiffon de mécanicien.

Konstantin regarda par-dessus son épaule pour vérifier qu'ils étaient seuls – pas de messager ni d'homme de quart dans les parages. Le compartiment machine n'était pas seulement le point le plus chaud du bateau, c'était aussi le plus bruyant, ce qui en faisait le lieu idéal pour une conversation confidentielle.

« Ça y est ? »

Tarassov hocha la tête.

« J'ai échangé les documents dans le coffre-fort pendant qu'il était aux toilettes. Il ne sait pas que j'ai le code.

– Et le sceau sur l'original était intact ?

– *Da*, commandant.

– Bien joué.

– Que voulez-vous que j'en fasse ?

– Brûlez-le », répondit Konstantin en tapotant l'épaule de son chef de section.

C'était lui qui avait encadré Tarassov au cours des onze dernières années et il le voyait comme un fils. Comme lui, Tarassov avait connu une grande tragédie personnelle dans le cours de son existence et leurs souffrances respectives les avaient liés. Tarassov était un vrai croyant et c'était l'un des rares à avoir été informés du plan. Le destin avait failli faire capoter leur opération le jour où, atteint de pneumonie, l'officier armes avait dû être hospitalisé. Le capitaine-lieutenant Morozov, qui l'avait remplacé, ne faisait pas partie du cercle rapproché de Konstantin et, s'il y avait un homme à bord qui était susceptible de pouvoir et de vouloir faire avorter leur mission, c'était bien lui.

« J'ai des doutes…

– Ne me dites pas que vous vous êtes refroidi, dit Konstantin avec un sourire qui se voulait rassurant.

– Pas sur la mission, non, jamais. Je parle de Morozov. Il est intelligent, observateur. Il pourrait nous poser problème.

– Je sais, et c'est pour ça que je veux que vous le gardiez à l'œil. Informez-moi personnellement du moindre comportement que vous jugeriez inquiétant.

– Oui, commandant.

– Bon, maintenant il est temps de nous taire, dit Konstantin. Officier ingénieur, neutralisez le bruiteur.

– Neutralisez le bruiteur, bien, commandant », lui répondit Tarassov avec un sourire en coin, après quoi il alla couper l'émetteur de fréquence haute précision monté sur son support de fixation.

Au contraire de tous les autres supports de fixation, équipés d'entretoises d'insonorisation en caoutchouc, celui-là, en acier, avait été soudé à même la coque de pression afin de créer une voie idéale pour la diffusion du bruit dans l'océan depuis l'intérieur du sous-marin. Tarassov mit le bruiteur hors tension, puis se retourna.

« Bruiteur neutralisé, commandant.

– Bien », répondit Konstantin avant de pivoter sur ses talons pour regagner le central, où il donnerait ordre de faire machine arrière et de gouverner vers l'ouest.

Il s'arrêta au bout de deux pas.

« Officier ingénieur, demandez à vos mécaniciens de décrocher le bruiteur de son support de fixation et de le remiser… Je n'apprécierais pas du tout de le voir se remettre en marche au pire moment. »

Tarassov eut un léger hochement de tête respectueux.

« Très sage précaution, commandant. Je veillerai à ce que ce soit fait. »

12

USS *INDIANA*, SSN 789, « *BATTLE BASS* »
MER DE BARENTS
22:21 HEURE LOCALE

Harris, qui suivait le signal bande étroite de 151,7 hertz, jura entre ses dents.

« Qu'est-ce qui se passe, Harris ? », lui demanda Crystal.

Harris pointa du doigt la trace vert vif qui se terminait brutalement sur le spectrogramme en cascade, dérivant vers le bas de l'écran.

« On a perdu le signal bande étroite sur Master 1. La trace était nette une seconde avant, et puis plus rien.

– Il a peut-être viré.

– Mmm, je ne crois pas. La dernière fois qu'il a viré, on a tenu le contact et là, il n'y a pas de défilement du tout. La trace s'est tout simplement arrêtée.

– Alors ils ont dû changer d'auxiliaire. Peut-être que le 151,7 hertz venait, disons, de la pompe de lubrification 1 et qu'ils sont passés à la 2. Pourquoi ne pas demander à l'agent de l'ACINT ce qu'il en pense pendant que je relaie l'information au chef de quart ? »

Harris hocha la tête et fit signe à l'agent de l'ACINT ainsi qu'à Schonauer de s'approcher.

« On vient de perdre le contact sur Master 1. Le signal bande étroite s'est arrêté.

– C'est typique, dit l'agent de l'ACINT. Franchement, ça m'a surpris qu'on le tienne aussi longtemps, malgré les évolutions du contact, rien de moins. Même quand il a viré vers l'est, avec sa hanche bâbord loin de nous, on a gardé le contact.

– Le rapport signal sur bruit s'est dégradé après le virage », dit Schonauer.

L'agent de l'ACINT retroussa les lèvres.

« C'est vrai, mais pas autant que je l'aurais cru. D'après les journaux de bord, on est le seul bâtiment à maintenir ce contact au tribord du K-335.

– Commandant dans le central », annonça le copilote depuis le fauteuil intérieur du poste de pilotage.

Harris regarda son expression et son attitude. Il n'avait pas l'air contrarié. *Dieu merci*, se dit-il en soupirant de soulagement avant de se retourner vers son spectrogramme.

« On l'a perdu, hein ? dit le commandant de l'*Indiana*, le capitaine de frégate Bresnahan, en se faufilant jusqu'au groupe qui ne cessait de grandir autour de la console de Harris.

– Oui, commandant, mais on va le retrouver, lui répondit Harris, lui-même surpris par son ton confiant.

– J'aime cette attitude, dit Bresnahan. Est-ce qu'on a réussi à trouver d'autres fréquences ou une signature large bande sur Master 1 ?

– Pas vraiment, commandant. À part le 151,7 hertz, il n'émet pas beaucoup de bruit », dit Crystal en premier.

Bresnahan se gratta le front et se pencha pour regarder le spectrogramme.

« Là, c'est silence de mort.

– Oui, commandant », dit Harris.

Il y eut un long moment gênant où personne ne dit rien.

« N'oubliez pas, les gars, dit Bresnahan en haussant la voix pour être entendu de tout le monde dans le central : selon l'ONI, il y a *deux* sous-marins russes dans les parages, en train de jouer au chat et à la souris dans un exercice de chasseur-tueur. Ils se cherchent – oui, vraiment, ils se *cherchent* – et on s'est glissés au milieu de leur terrain de jeu. Je suis très content qu'on ait trouvé Master 1, mais ce n'est pas pour traquer des Akulas qu'on est venus. Notre mission, c'est de débusquer et de surveiller le *Belgorod*. On n'a pas d'informations sur ce monstre et les hauts gradés de l'état-major ont très envie de savoir ce dont il est capable. Je sais qu'il est furtif, mais notre travail, c'est de le trouver et de dresser un profil acoustique pour que la flotte puisse en tirer parti. Ce qu'on fait aujourd'hui pourra sauver des vies si ça devait mal se passer avec les Russes au point que – Dieu nous en préserve – on prenne le chemin d'un conflit ouvert.

– Oui, commandant, répondit Yu au nom de toute l'équipe. On va le trouver, commandant.

– Tant mieux, répondit Bresnahan, parce que moi aussi, je suis d'humeur à jouer au chat et à la souris. »

13

EN ROUTE POUR LE BUREAU DE LA RECHERCHE DE LA MARINE (ONR)
WASHINGTON, DC
MARDI 9 AVRIL
08:12 HEURE LOCALE

Katie était fan de sa Jeep Grand Cherokee – le style, les sièges en cuir confortables, les quatre roues motrices – mais pas de sa couleur. Elle avait pris le modèle blanc, qui lui avait paru d'une beauté frappante chez le concessionnaire. Son père lui avait conseillé un coloris plus sombre, mais elle ne l'avait pas écouté. Écouter n'avait jamais fait partie de ses grandes qualités. Comme toujours, son père avait eu raison, et elle ne pouvait pas passer devant un car wash sans avoir l'impression qu'il criait : *Eh, toi, dans la Jeep dégueulasse ! Oui, c'est à toi que je parle, Ryan ! Pour vingt dollars, je te la remets comme neuve. Allez, viens donc tâter de ma brosse de lavage !*

Son téléphone sonna, lui notifiant l'arrivée d'un SMS.

« Siri, lis mon dernier message, dit-elle.

– *Voulez-vous que je lise votre dernier message ?* » lui demanda Siri avec un accent irlandais.

Katie leva les yeux au ciel.

« Oui, s'il te plaît. »

Contrairement à la plupart des gens, elle était polie avec Siri.

« "C'est Pete Miller. Vous ne trouverez pas d'emplacement dans la rue, mais l'ONR a un garage que vous pouvez utiliser. L'accès se fait par l'ouest via Randolph Street", lui dit la Siri irlandaise. *Souhaitez-vous lui répondre ? »*

Elle dit à Siri de remercier Pete pour ces informations et le message fut envoyé « mains libres ».

Un jour, pour s'amuser, Katie avait changé la voix par défaut de Siri, optant pour un accent irlandais qu'elle avait fini par garder parce qu'elle l'avait trouvé plus drôle que l'accent américain. Siri n'était qu'une simple IA dont la version du moment était loin d'égaler d'autres IA en capacités, mais c'était bien la preuve que cette technologie était devenue omniprésente. Elle ne savait pas exactement ce que faisait son frère Kyle – la même chose était vraie de son frère aîné Jack Jr –, mais l'équipe de la Task Force 59 – la force opérationnelle américaine d'opérations navales autonomes créée dans le Bahreïn – travaillait avec ce qu'elle se représentait comme une IA immensément puissante qui dévorait et qui dirigeait des téraoctets de données. Un peu comme les sous-mariniers, Kyle restait très discret sur son rôle dans les activités de la TF 59, mais dans les dix prochaines années l'IA déclencherait sans doute une révolution dans les pratiques guerrières. Katie s'inquiétait de la rapidité et de l'asymétrie de cette révolution. L'Amérique serait-elle aux avant-postes, comme elle l'avait toujours été dans le passé ? Ou céderait-elle l'avantage à la Chine, qui fonçait sans se soucier des conséquences imprévues d'un déploiement trop rapide de systèmes d'IA qui n'avaient pas été mis à l'épreuve ?

Laisse cette inquiétude pour un autre jour, se dit-elle à elle-même. *Tu as déjà de quoi faire.*

Son GPS la conduisit dans Randolph Street et, comme son contact le lui avait conseillé, elle prit une place de stationnement dans le garage. Elle présenta sa CAC à la sécurité, mit son iPhone dans un casier, et l'attendit. Il arriva dans le grand hall quelques minutes plus tard.

« Pete, dit-il en lui offrant une poignée de main ferme – mais pas trop – et en lui souriant avec un beau visage buriné qui avait vu le monde.

– Katie », dit-elle en lui souriant de toutes ses dents.

Son costume informel, ses manières décontractées, ses lunettes simples et les Rockport confortables qu'il avait aux pieds lui dirent tout ce qu'elle avait besoin de savoir. Pete était là parce qu'il aimait son travail, pas pour étoffer son CV ni son ego.

On va s'entendre, tous les deux, se dit-elle.

« Vous connaissez les lieux ? demanda-t-il en lui tenant la porte de sécurité ouverte, en gentleman.

– Non, répondit-elle.

– Dans ce cas, bienvenue à l'ONR.

– Vous devez en avoir, du boulot, au rythme où va la technologie… »

Il sourit, et, d'un geste de la main, indiqua les ascenseurs au bout du couloir.

« Disons qu'on en a sans doute plus qu'à l'époque de la fondation de l'ONR, en 1946, répondit-il. Comme on dépend principalement de subventions, on travaille sur contrat avec des scientifiques, des ingénieurs et des universitaires dans divers domaines : recherche fondamentale, développement de la propriété intellectuelle, applications de science appliquée, et prototypage.

– Vous menez toutes vos recherches ici ?

– Non. À la base, ce bâtiment est un gigantesque centre de gestion de projets. On collabore avec des universités, des ONG, des laboratoires nationaux et des entreprises de défense, mais l'immense majorité de notre travail est dirigée par le NRL – le Laboratoire de recherche navale.

– Ça fait beaucoup.

– Oui, mais telle est la nature de la bête. Le fait est que les gens les plus intelligents du monde ne travaillent pas au même endroit. »

Il appela l'ascenseur.

« Très vrai, répondit-elle. Juggernaut m'a dit que vous étiez le grand gourou de l'UWP.

– Grand gourou ? J'ai dû avoir une promotion. Je vais devoir ajouter ça sur ma carte de visite, dit-il avec un sourire charmant alors qu'ils entraient dans l'ascenseur. Je travaille dans la Division des armes et des charges utiles, code 333, et j'ai le poste le plus cool de l'ONR.

– Ah, et pourquoi ? »

Il la regarda avec un sourire tordu.

« Mais parce que je peux tout faire péter, lieutenant Ryan !

– J'ai l'impression d'entendre mon frère.

– Lequel ? »

Comme elle hésitait à répondre, il ajouta :

« Oui, j'ai fait mes devoirs. Désolé, je suis consciencieux – comme tous les sous-mariniers retraités qui ont une formation d'ingénieur nucléaire.

– Dans ce cas, la réponse, c'est : les deux. Et je ne peux pas vous reprocher d'être consciencieux, c'est la raison pour laquelle je suis là. Juggernaut m'a dit que s'il y avait quelqu'un qui pouvait m'aider, c'était bien vous.

– Une force de la nature, cette Jackie Guevara ! Son surnom lui va à merveille. Elle est sur le *Washington* en ce moment, c'est ça ? »

Katie hocha la tête.

« C'est l'officier armes du bateau.

– Évidemment. »

L'ascenseur carillonna et ils sortirent au septième.

Elle le suivit dans un dédale de bureaux et de modules.

« À l'époque où Juggernaut travaillait ici, elle était sur quel type de projets ?... Du moins, si vous pouvez me le dire ?

– J'ai vérifié vos autorisations avant votre arrivée. Il semblerait que quelqu'un tout en haut de la chaîne alimentaire vous permette de fureter de tous les côtés que vous voudrez, y compris dans les secteurs hautement cloisonnés. »

Elle haussa les épaules.

« L'objet de notre enquête est important, dit-elle en se demandant si c'était son père, tout en espérant que non.

– *Roger*. Mon groupe est spécialisé dans les technologies de propulsion, de manœuvrabilité et de furtivité des torpilles ainsi que des UUV de prochaine génération. Mais à la 333 on a aussi pour mission d'augmenter les probabilités de succès de nos torpilles ainsi que de nos dispositifs antitorpilles, et d'améliorer nos stratégies d'engagement, la létalité de nos ogives et la performance de nos capteurs, ou encore notre autonomie, dit-il en lui faisant signe d'entrer dans une salle de réunion vacante avec une table ronde et quatre fauteuils. Juggernaut travaillait sur les systèmes antitorpilles de la Mk 48 ADCAP. Elle avait vraiment des idées qui détonaient, très novatrices.

– Génial », dit Katie tout en s'asseyant.

Pete s'installa face à elle et la regarda avec un sourire dégagé.

« Alors, de quoi souhaiteriez-vous parler ? demanda-t-il.

– Vous avez un ordinateur portable ? J'ai une photo sur mon espace crypté de l'ONI sur laquelle je souhaiterais vous consulter.

– Bien sûr, je reviens tout de suite », dit-il en bondissant.

Arrivé sur le seuil, il s'arrêta et se retourna.

« J'ai oublié mes bonnes manières. Je peux vous apporter à boire – on a du café, du soda, de l'eau ?

– Non, merci, ça va », répondit-elle.

Seule dans la pièce, elle regarda l'unique fenêtre, avec vue sur le bâtiment d'en face. *Je me demande bien ce qu'ils font là-dedans*, rêvassa-t-elle. Dans un étrange moment tout droit sorti de *La Quatrième Dimension*, elle imagina son image miroir qui regarderait le bâtiment de l'ONR en se posant la même question. Elle plissa les yeux pour voir si elle pourrait…

« Me revoilà », dit Pete, la sortant de ses pensées et s'installant cette fois dans le fauteuil à côté du sien.

Il ouvrit le portable, se connecta, et le glissa devant elle.

« Merci. »

Elle cliqua sur l'interface web sécurisée, se connecta sur le serveur crypté et ouvrit le fichier qu'elle avait préparé pour l'entretien. À l'aide du touchpad, elle sélectionna la photo du *Belgorod* en cale sèche au chantier naval Sevmash de Severodvinsk.

« Vous connaissez ce sous-marin ?

– Bien sûr, c'est le *Belgorod* – K-329. »

Katie montra du doigt l'avant du sous-marin.

« Ces six grandes portes, là – elles ont l'air trop grandes pour des tubes lance-torpilles. De quoi peut-il s'agir, d'après vous ? De lanceurs d'ICBM horizontaux ?

– Non. Ce sont des tubes lance-torpilles de gros diamètre. De deux mètres, pour être précis. On est à peu près sûrs qu'ils sont conçus pour le lancement d'UUV Status-6.

– Status-6 ?…

– C'est le nom de code russe d'une nouvelle arme de destruction massive conçue pour terroriser le monde civil. Nous, on l'appelle Poseidon. »

Elle déglutit, sans bien savoir si elle devait se sentir soulagée ou pas.

« Donc ce n'est pas une espèce de nouvelle supertorpille, c'est ce que vous êtes en train de me dire ?

– Ah, ça a tout d'une espèce de nouvelle supertorpille…

– Je pensais que vous aviez dit que c'était un UUV ?

– "Torpille", c'est comme ça qu'on appelait les UUV avant l'invention du sigle "UUV", lui expliqua l'ancien sous-marinier. Si vous y réfléchissez, la seule vraie différence entre une torpille et un UUV, c'est que la torpille a une ogive collée à l'avant.

– Ah, dit-elle, dépitée. Faut-il s'en inquiéter ?

– Absolument, dit-il en reculant son fauteuil de manière à pouvoir la regarder. Le Poseidon est un véhicule à propulsion nucléaire, porteur d'une charge nucléaire. Il est rapide, furtif, et conçu pour couvrir de longues distances de manière autonome.

– Quand vous dites longues distances, on parle de quel genre de distance ? »

Il la regarda avec un sourire pincé.

« C'est un UUV à propulsion nucléaire, Katie. Comme nos sous-marins. Il a donc une portée potentiellement illimitée.

– Vous êtes en train de me dire qu'ils pourraient en lancer un depuis les côtes russes qui irait chercher sa cible dans tout l'océan Atlantique ? »

Pete fit oui de la tête.

« Ou il pourrait venir jusqu'ici et prendre pour cible une ville de la côte Est.

– On parle d'une puissance de quel ordre ? Quand vous dites charge nucléaire, je suppose que vous parlez d'une bombe atomique tactique ?

– Ce truc est gigantesque, Katie. Il fait près de deux mètres de diamètre et a priori vingt à vingt-cinq mètres de long. Il est plus grand que nos ICBM Trident, ce qui veut dire qu'il peut facilement transporter une ogive d'une puissance de deux à dix mégatonnes.

– Mon Dieu… S'ils en envoient un dans l'Hudson, New York pourrait être rayé de la carte.

– C'est ça. Mais mes inquiétudes sont ailleurs.

– Qu'est-ce qui peut être pire qu'une torpille furtive à tête nucléaire d'une puissance de dix mégatonnes ? dit-elle en croisant les bras.

– Une torpille furtive à tête nucléaire d'une puissance de dix mégatonnes à ogive salée.

– Je ne sais pas de quoi il s'agit.

– Pas de problème, je vais vous présenter l'ABC des armes nucléaires. L'arme nucléaire standard est une bombe à fission. Au moment de la détonation, elle crée une réaction exothermique massive – le cocktail boule de feu et onde de choc qu'on aime montrer au cinéma – mais elle dégage aussi une tonne de radiations. Et il y a différents types de radiations. Les mauvaises, ce sont les ondes gamma, qui sont comme des rayons X ; les ondes alpha, qui sont fondamentalement des atomes d'hélium ; et les neutrons. Si on n'est pas sous la terre ou dans un lieu protégé au moment de la détonation, on est bombardé par une dose létale de radiations et on meurt en l'espace de quelques jours. Mais après cette explosion initiale, le niveau de radiations chute assez rapidement. Bien sûr, il y a des produits pervers qui restent longtemps après la fission radioactive, mais les pires fauteurs de troubles se décomposent en l'espace de deux mois. Une bombe salée, c'est cependant un tout autre animal : c'est une arme conçue dans un seul objectif, et il est malveillant. »

Elle sentit la chair de poule lui hérisser la nuque en entendant le timbre de sa voix.

« Quel est cet objectif ?

– Rendre la cible inhabitable pendant une génération.

– Je ne comprends toujours pas.

– Le mode de fonctionnement, c'est qu'on met sur l'ogive une enveloppe de cobalt 59 pour qu'au moment de la détonation le métal mute en cobalt 60 hautement radioactif, dont les atomes se répartissent sur des kilomètres et des kilomètres autour du lieu de la déflagration. Le cobalt 60 a une demi-vie de cinq ans et trois mois. Même après ça, quelqu'un qui aurait la malchance de pénétrer dans la zone de contamination prendrait en une seule heure une dose létale de radiations gamma. Il faudrait attendre vingt demi-vies, autrement dit un siècle entier, avant que les radiations ne redescendent à des niveaux vivables, qui seraient toujours trente fois plus élevés que les niveaux de radiation de fond standard. Vous voyez où je veux en venir ? »

Katie se tortilla dans son fauteuil.

« La bombe au cobalt, en gros, c'est la mère de toutes les armes de destruction massive. Non seulement elle détruit comme une bombe nucléaire, mais elle rend la zone cible inhabitable.

– Exactement. C'est pour ça qu'on parle d'arme apocalyptique, et les seuls à être assez fous pour en construire et pour menacer de les utiliser, ce sont les Russes. »

Elle soupira entre ses dents.

« Vous pensez que les UUV Status-6 ont des ogives salées ?

– Je n'en sais rien. À ce stade, c'est une question théorique.

– Qu'est-ce qui vous fait dire ça ?

– L'UUV Status-6 est encore en phase de développement. Tant qu'il s'agit de rêver d'armes terribles, les Russes raflent à chaque fois la médaille d'or, mais lorsqu'il s'agit de mettre ces idées en œuvre, leur bilan est plus mitigé. À ma connaissance, ils en sont toujours à la démonstration de faisabilité avec un prototype. Et comme on peut le voir avec votre photographie, la plateforme de lancement est en cale sèche. On a encore plusieurs années avant que l'UUV Status-6 n'entre en service, si tant est qu'il soit opérationnel. »

Katie cliqua sur une nouvelle photo, cette fois une image satellite du K-329 en train de quitter le port.

« Malheureusement, Pete, je crains que les Russes ne soient bien plus avancés que vous ne le pensez. Cette photo date d'hier. C'est le *Belgorod* en train de quitter Severodvinsk. On l'a suivi par satellite dans la mer de Barents, mais quand il a plongé on a perdu le contact visuel. »

Pete ôta ses lunettes et se frotta les yeux.

« Vous savez s'ils ont chargé des UUV Status-6 avant appareillage ?

– Non. Mais si c'est le cas, le chargement a eu lieu pendant que le K-329 était en cale sèche au chantier naval Sevmash, à l'abri de nos regards indiscrets.

– Ces UUV seraient extrêmement lourds et, en raison de leur taille, impossibles à charger à quai. Je soupçonne qu'il faut les charger par les tubes, la queue en premier. Si c'est bien le cas, comme les portes se trouvent sous la ligne d'eau, la procédure standard serait de les charger en cale sèche. »

Katie zooma sur la photo où le *Belgorod* était en surface pour voir à quelle hauteur de la coque se situait la ligne d'eau. Puis elle cliqua pour revenir à la photo précédente où le sous-marin était vu de l'avant et elle s'aperçut qu'il avait raison.

« Oui, les tubes sont bien sous la ligne d'eau. »

Ils restèrent un certain temps sans rien dire, tous deux perdus dans leurs pensées.

Ce fut Pete qui finit par rompre le silence.

« Qu'est-ce que je peux faire pour vous ?

– M'envoyer tout ce que vous avez sur le programme Poseidon et préparer des fiches techniques et des diagrammes dont je pourrai me servir dans le cadre d'une présentation. Je veux que vous me fassiez part de vos estimations sur les capacités de cet engin, des plus probables aux pires qu'on puisse envisager. Sur cette menace, je vais devoir débriefer… eh bien tout le monde, je dirais.

– Pas de problème, je m'y mets tout de suite. J'envoie sur votre messagerie un lien avec un partage de fichier crypté.

– Super, dit-elle tout en reculant son fauteuil. Il faut que je vous laisse.

– Je vais vous raccompagner, dit Pete en refermant l'ordinateur et en se levant. J'ai juste une demande à vous faire avant.

– Laquelle ?

– Promettez-moi de me tenir au courant. Si cette arme est véritablement opérationnelle, vous allez avoir besoin de moi pour mettre au point les techniques et les technologies nécessaires pour la détecter et pour la détruire. »

Katie, reprenant une vieille recette de son père, posa une main sur son épaule.

« Pete, lui dit-elle, non seulement je peux vous le promettre, mais… je suis prête à vous le garantir. »

14

HÔTEL WESTIN GRAND BERLIN
FRIEDRICHSTRASSE 158-164
BERLIN
14:35 HEURE LOCALE

Dans le temps, Clark se serait caché derrière son journal d'un air décontracté tout en guettant son objectif dans le grand hall. Maintenant, lire un journal – que ce soit ouvert ou fermé – dans un grand hall d'hôtel ferait de lui l'homme le plus visible à la ronde. Il choisit plutôt de s'installer dans une causeuse basse, moderne, dorée à la feuille d'or à côté du bureau du concierge, et de siroter un verre tout en faisant défiler le fil d'actualités sur son téléphone. Depuis cet emplacement, il avait une ligne de vue à la fois sur l'entrée, sur les ascenseurs et sur l'opulent escalier qui montait au niveau supérieur. Et surtout, il avait le dos au mur, si bien qu'il n'avait pas à s'inquiéter de ses arrières.

Le style de l'hôtel évoquait pour lui une pile de donuts dont le grand hall aurait été le trou. L'imposant hall ouvert grimpait sur de nombreux étages, avec à chaque niveau des chambres qui donnaient l'impression de regarder – un peu comme des balcons de théâtre – sur tout le périmètre. En lui l'espion aimait la visibilité mais l'opérateur craignait la vulnérabilité. Partout au-dessus de sa tête pouvait se tenir un tireur d'élite prêt à le tuer d'une balle dans le crâne ou des agents russes écoutant ce qui se passait avec des dispositifs d'écoute augmentée.

Clark s'étira le dos et roula la tête, les yeux à demi fermés, en étudiant le côté est du lobby et des étages qui offrait une vue sur sa position partiellement couverte dans le coin – juste un homme d'affaires fatigué qui attendait un appel ou un rendez-vous.

Pas de danger.

Les rares personnes qui regardaient en bas depuis les étages étaient en mouvement – elles se dirigeaient vers les ascenseurs ou vers leurs chambres. La seule exception, au deuxième étage en face de lui, était la rousse en robe mi-longue bleue dont la valise était calée sur le seuil pour maintenir la porte de sa chambre ouverte, comme si elle attendait quelqu'un.

C'était son équipier.

À l'intérieur de la chambre, invisible, un officier de terrain attendait avec une arme d'épaule – au cas où. Clark aurait préféré que ce soit Adara qui se tienne ainsi sur le seuil, et avoir la tranquillité d'esprit de savoir que Ding Chavez, l'ancien opérateur des forces armées passé dans la CIA et devenu coéquipier et ami, était son soutien, mais la précipitation de la rencontre avait exclu de solliciter le Campus.

S'adapter et triompher, se répéta-t-il.

Rien ne vint alerter son sixième sens lorsqu'il étudia simultanément l'activité de dizaines de personnes dans le grand hall. L'hôtel, typique de Berlin, était doté d'une majestueuse façade *mid century* rappelant une opulence d'avant-guerre tandis que l'intérieur lisse et *über* moderne et les employés impeccables étaient plutôt à la pointe de la mode. Le Westin, comme l'Allemagne, filait à cent à l'heure vers l'avenir qu'il estimait mériter, mais malgré ses efforts il semblait incapable d'échapper à l'ombre du passé.

Dans sa vision périphérique, Clark suivit quelqu'un qui venait d'entrer depuis la rue.

Il attendit d'avoir compté jusqu'à trois avant de laisser son regard glisser vers le nouveau venu, qui se dirigea vers la réception avec de luxueuses chaussures qui claquaient sur le sol brillant. C'était un homme d'âge mûr, mais qui, en pleine forme, athlétique, paraissait dix ans de moins, et que Clark connaissait.

C'était sa cible – Erik Dovjenko, un agent double russe profondément infiltré dont le nom de code était VICAR.

Clark suivit avec peu d'intérêt ses formalités d'enregistrement.

« *Kann ich ihnen helfen ?* demanda l'hôte de réception. *Einchecken ?*

– Pardon, je ne parle vraiment pas bien allemand, répondit VICAR dans un anglais impeccable avec une pointe d'accent de la Nouvelle-Angleterre. *Weiss du wie sach mann das auf English ?* demanda-t-il dans un allemand au mauvais accent.

– Bien sûr, monsieur, dit l'hôte de réception. C'est pour vous enregistrer ?

– Oui, merci, répondit Dovjenko d'une voix claire et bien perceptible du coin où Clark était installé. Robert Manning.

– Puis-je voir votre passeport et la carte bancaire avec laquelle vous avez réservé ? »

Le fait que Dovjenko ait pris le nom de Robert Manning montrait qu'il n'avait pas de craintes particulières. Le nom de David Marsh aurait signifié qu'il se pensait en danger, et l'équipe de Clark aurait dû assurer ses arrières pour n'établir le contact que plus tard. Et, s'il avait entendu « William Hunt », Clark aurait compris qu'il fallait faire avorter l'opération.

« Bobby ? s'écria Clark depuis son fauteuil. Bobby Manning, c'est toi ? »

S'il l'avait appelé Robert, il aurait signalé qu'il pensait qu'ils étaient sous surveillance.

Ce n'était pas le cas – pas encore.

« Carl Bates ? dit Dovjenko avec un large sourire en voyant Clark quitter son fauteuil pour venir à sa rencontre. Qu'est-ce que tu fais là ? Mon Dieu, le monde est petit !

– Je suis en déplacement professionnel. Dis-moi… tu es ici pour le sommet des banques ?

– C'est ça, répondit Dovjenko en échangeant avec lui une poignée de main. Je suis venu tôt pour passer un peu de temps dans la capitale. J'adore Berlin.

– Pareil pour moi », dit Clark.

La séquence défi-réponse était maintenant terminée.

« Quels sont tes projets ? Ta femme est là ? On prend un verre ?

– Je voyage en solo cette fois, et oui, avec plaisir, répondit Dovjenko.

– Parfait. »

Du coin de l'œil, Clark vit l'agent de la CIA que James lui avait « prêté » remettre sa valise dans la chambre avant de refermer la porte et de se diriger vers les ascenseurs.

Dovjenko se tourna vers l'hôte de réception et lui donna un billet de vingt euros.

« Vous ferez monter ma valise ? Je vais prendre un verre avec mon ami.

– Bien sûr, monsieur, dit l'hôte avant de contourner la réception pour prendre son sac à roulettes.

– Viens, je sais exactement où aller », dit Clark en indiquant la porte que la rousse en robe bleue de la CIA venait de pousser pour vérifier la rue.

D'ici quelques minutes, l'homme qui était toujours dans la chambre avec la valise quitterait l'hôtel et sécuriserait le périmètre avant de faire office de garde arrière.

James dirigeait toute l'opération depuis sa propre chambre avec trois officiers de terrain prêts à bondir en tant que CRR – corps de réaction rapide – si les choses tournaient mal. Jusque-là rien ne l'avait alerté, si du moins Clark pouvait se fier à ce qu'il entendait dans sa micro-oreillette.

Quelques minutes plus tard, Clark et Dovjenko étaient installés dans des fauteuils club au Bar Rouge – un pub aux lumières tamisées de Französische Strasse réputé pour ses meubles de cuir, ses lourds rideaux, ses chandeliers et son papier peint vermeil. On eût dit une caricature du lieu de rendez-vous des espions russes et américains du temps du mur de Berlin, en pleine guerre froide. Par-dessus l'épaule de Dovjenko, Clark vit la rousse de la CIA – qui dans la matinée s'était présentée sous le nom de Ginnie – assise au bar, en train de siroter un Martini et de discuter avec le barman. Clark se dit que Dovjenko savait très probablement qu'elle était là avec lui. Pour qu'il ait réussi à rester vivant aussi longtemps en tant qu'agent double au sein du SVR, il fallait qu'il soit doué d'un savoir-faire impeccable. Peu importait : Ginnie, son partenaire Tom dans la rue et le CRR à l'hôtel étaient là aussi bien pour la sécurité de Dovjenko que pour la sienne.

À moins que ce ne soit un piège et que Dovjenko ait viré de bord.

Toujours une possibilité…

« Donc, dit Dovjenko en croisant les jambes et en prenant une gorgée de bourbon, quelle est cette urgence assez importante pour que Yao ait pris le risque d'un tel rendez-vous ? »

Clark prit lui aussi une gorgée dans son verre.

« D'abord, dit-il, je dois vous dire que je mesure les risques que vous avez pris, mon ami. On n'aurait jamais insisté si ça n'avait pas été de la plus haute importance. »

Dovjenko hocha la tête.

« Il y a beaucoup d'activité en ce moment, tant à Moscou que dans l'Arctique. On espérait que vous nous donneriez un… un avis d'initié, dit Clark avec un sourire.

– À quoi faites-vous allusion ? demanda Dovjenko, dont le visage suggérait pourtant qu'il avait une idée.

– Une rumeur de schisme entre l'armée russe et le Kremlin », répondit Clark, avançant à couvert.

Ces paroles firent rire Dovjenko, qui prit une autre gorgée de bourbon.

« C'est la Russie, mon ami, dit-il en regardant Clark attentivement. Il y a toujours des fractures entre l'armée et le Kremlin. C'est plus vrai maintenant que jamais. Il faudrait que vous soyez plus précis.

– OK, je vais être plus précis, répondit Clark en balayant la salle du regard avant de se pencher plus près. Il y a quelques jours, un nouveau sous-marin de missions spéciales, le K-329, a appareillé – peut-être avec une sorte de nouvelle technologie d'armement à bord. Ça intéresse beaucoup mes chefs, comme vous pouvez l'imaginer. Mais ce qui est bien plus inquiétant, c'est que le colonel général Oleg Andreïev, le chef du NCUO, a été laissé dans l'ignorance de cette mission hautement cloisonnée. Ça a fait beaucoup de bruit… du moins selon les échos qu'on a eus. »

Dovjenko avait maintenant l'air mal à l'aise, voire inquiet.

« C'est une information nouvelle pour moi.

– On est en mesure d'assurer votre sécurité, Erik, dit Clark, sentant qu'il devait le rassurer, voire de vous exfiltrer, vous et votre famille…

– Oh, je vous en prie, dit Dovjenko avec un geste de la main. Vous savez aussi bien que moi que c'est faux. Si je travaille avec Yao, ce n'est pas que je suis un traître à mon pays, monsieur Bates, mais que j'aime mon pays. Je n'aime pas ce qu'est devenue la patrie russe – les hommes politiques sont maintenant des chefs de gang qui travaillent étroitement avec les Vory pour s'en mettre plein les poches. Ils se soucient bien davantage de pouvoir et de profit personnel que du peuple russe. Je peux vous assurer que, si je suis grillé, vous ne pourrez pas m'exfiltrer. J'ai déjà des projets pour le jour J. Alors, s'il vous plaît, ne m'insultez pas en me traitant comme un bureaucrate ou un scientifique qui ne demande qu'à vivre en Occident. »

Clark éprouva de l'admiration pour l'homme qu'il avait en face de lui. Ce tête-à-tête avait mis Dovjenko dans une situation particulièrement compromettante. Il lui avait fallu un sacré cran pour venir à Berlin répondre à ses questions.

« Bien. Mais sachez que je vous aiderai personnellement si vous en avez besoin – pour le jour J. »

Il soutint le regard de l'homme et quelque chose passa entre eux – quelque chose qui disait qu'ils étaient tous les deux des hommes d'action qui se souciaient de la cause autant que du risque. Lorsque Dovjenko hocha la tête, Clark demanda :

« On réessaie ? On dirait que vous avez quelque chose à me dire.

– Rien de bien substantiel, je le crains. Je suis du SVR, pas du GRU, pas de l'armée non plus, donc les opérations et les mouvements de la flotte du Nord ne sont pas dans mon domaine d'expertise. Mais je peux confirmer que tout ce que vous avez dit est vrai – Andreïev a été laissé dans l'ignorance. »

Alors, Dovjenko aussi se pencha plus près.

« Mes craintes, monsieur Bates, vont bien au-delà de ça. Il y a des rumeurs – le genre de rumeurs que des hommes comme vous et moi relaient à mi-voix en sirotant un bourbon – sur une structure de pouvoir grandissante qui a de l'influence au Kremlin… donc au plus haut niveau.

– Une sorte de cabale secrète ? » demanda Clark d'un ton hésitant.

L'expression de Dovjenko s'assombrit.

« Je crois qu'une certaine faction rêve d'une Russie post-Yermilov.

– Et qui en sont les membres ? demanda Clark, parcouru d'un frisson en entendant ce discours.

– Je ne le sais pas encore… De vieux messieurs, je crois. La vieille garde, on peut dire. Ceux qui souhaiteraient voir la Russie redevenir l'empire qu'elle était autrefois. Les Russes qui ont la nostalgie de la vieille époque du pouvoir et du contrôle. Ce qui m'inquiète, dit Dovjenko en se penchant si près que Clark pouvait sentir son haleine de bourbon et de tabac, c'est que si cette cabale existe, qu'elle a vraiment des tentacules dans l'armée via le cabinet de Yermilov, et que le K-329 a été déployé pour une mission secrète avec des Poseidon à bord… »

Il se renfonça dans son fauteuil et prit une gorgée.

« Eh bien, en effet, c'est une très mauvaise nouvelle, n'est-ce pas ? »

Une pointe d'accent russe venait d'apparaître.

Clark regarda Dovjenko et rumina ses paroles. On aurait dit les folles divagations d'un conspirationniste. Mais VICAR était une source sûre dont les informations avaient déjà permis de sauver des missions. Si ses soupçons contenaient ne serait-ce qu'un germe de vérité…

« Pourriez-vous essayer d'identifier les principaux acteurs de cette cabale ? »

Dovjenko haussa les épaules.

« Peut-être. Mais soulever ce rideau peut s'avérer très, très dangereux. Au point de m'obliger à mettre en œuvre mon plan d'exfiltration. »

Clark comprit sa situation, qui voulait dire que les Américains risquaient de perdre leur source la plus précieuse dans la communauté du renseignement russe. Mais si Dovjenko ne se trompait pas…

« Je comprends bien, mais cette information pourrait être décisive pour nos deux pays. Si un coup d'État se produit et que notre gouvernement n'est pas prêt… Si un sous-marin nucléaire tombe sous les ordres d'un homme étranger à la chaîne de commandement… Disons seulement que des guerres ont été déclenchées pour moins que ça. L'effort de connaître et de comprendre est un antidote à l'escalade.

– C'est vrai, répondit Dovjenko. Rendez-vous en Pologne dans deux jours. D'ici là, j'essaierai d'obtenir des renseignements – pas pour vous, monsieur Bates, mais pour nous tous. Des hommes assoiffés de pouvoir qui jouent avec des sous-marins nucléaires, c'est dangereux. Un seul faux pas pourrait détruire toute la planète. J'ai des enfants, monsieur Bates. Ce n'est pas l'avenir que je souhaite. »

Clark songea à sa femme, qui avait sans doute hâte de le voir arriver pour recevoir leurs petits-enfants pendant une semaine comme il l'avait promis.

« Où en Pologne ?

– À l'InterContinental Varsovie, répondit Dovjenko en souriant. Nous nous rencontrerons de la même manière. Vous pouvez même venir avec votre belle rousse dans sa robe bleue et avec votre ami en poste au coin de la rue. »

Clark fut amusé par cette remarque.

« Dites, par curiosité : que faites-vous à Berlin en ce moment pour le SVR ?

– Je négocie avec une nouvelle taupe dans la communauté du renseignement américaine, répondit Dovjenko avec un sourire et un clin d'œil. Un agent de la CIA désabusé qui travaille sous le nom de Carl Bates. »

Ils rirent tous les deux et trinquèrent.

« À dans deux jours, alors », dit Clark.

La taupe russe se leva et se dirigea vers la porte.

Clark capta le regard de Ginnie et hocha la tête. Plus inquiet qu'il ne l'était avant le rendez-vous, il prit une gorgée de son bourbon et se demanda : *Qu'est-ce qu'ils préparent, ces dingues de Russes ?*

15

SITUATION ROOM
LA MAISON BLANCHE
WASHINGTON, DC
09:45 HEURE LOCALE

Katie jeta un coup d'œil par la porte de la salle de conférences pendant que le gardien de sécurité de la Navy scannait la puce de sa CAC avec son lecteur pistolet. Après un bip, il passa au vert juste au moment où les joues de Katie passèrent au rouge. Le commandant Ferguson, auquel elle avait rapporté son entretien avec Pete Miller, avait accueilli les nouvelles assez gravement. Il avait fait remonter ses inquiétudes au sommet de l'État, et elles avaient manifestement suscité assez d'attention pour qu'une réunion soit organisée au pied levé dans la salle de crise de la Maison Blanche.

Au contraire de l'idée reçue, la Situation Room ne se réduisait pas à une seule pièce. Sous sa forme actuelle, c'était un centre de communication, de commandement et de contrôle de six mille mètres carrés – un SCIF au cœur même de l'aile ouest, équipé d'un centre de surveillance et de salles de réunion dont la fameuse salle de visioconférences que voyaient la plupart des gens quand ils pensaient à la Situation Room. Katie avait beau être la fille du Président, c'était la première fois qu'elle y venait en tant qu'agent de l'ONI, et ses nerfs commençaient à la mettre à l'épreuve.

« Commandant, devant combien de personnes est-ce que je vais parler ? » demanda-t-elle en étudiant la pièce remplie non seulement de hauts officiers militaires, mais aussi d'une demi-douzaine de civils en costume-cravate.

Elle sentit son pouls accélérer et ses joues chauffer.

« Vous ne m'aviez pas dit qu'il n'y aurait que la directrice du renseignement national et le conseiller à la sécurité nationale ? »

Ferguson sourit pendant que le marine scannait sa CAC.

« Il y a un peu plus de monde que ce qu'on avait prévu au départ. Le Président et la directrice du renseignement national ont jugé bon d'inviter les membres clés du Conseil de sécurité nationale, et vous savez bien qu'ils ne viennent pas sans leurs aides... Or, comme vous pouvez le voir, la salle se remplit vite.

– Attendez, le SecDef sera là aussi ?

– Sans doute. Ainsi que le secrétaire d'État et un représentant du Comité des chefs d'état-major interarmées. On m'a dit que le vice-président avait eu un empêchement.

– Mais le Président...

– Ah, ça, il sera là, c'est sûr.

– Pourquoi ne pas me l'avoir dit, commandant ? demanda-t-elle en commençant à lisser mécaniquement le devant de son uniforme.

– Aurais-je oublié de le mentionner ? demanda Ferguson d'un air peu convaincant. Dites, lieutenant Ryan, détendez-vous, vous voulez bien ? N'oubliez pas que l'experte sur le sujet, c'est vous, OK ?

– L'expert, c'est plutôt le capitaine de vaisseau Miller. C'est lui qui devrait débriefer, pas moi. »

Ferguson lui lança un regard sévère.

« Lui, c'est un spécialiste. Vous, vous êtes l'analyste missionnée pour couvrir la menace du *Belgorod*.

– Et depuis quand ? » demanda Katie en faisant la moue.

Ferguson regarda sa montre.

« Depuis que je vous ai nommée gestionnaire de ce dossier il y a deux heures.

– Merci bien, commandant.

– Écoutez, lieutenant Ryan, personne dans cette salle n'en sait plus que vous sur cette menace à cet instant précis. Ces gens ne s'intéressent qu'à la situation d'ensemble, ils ne vont pas se mettre à vous chercher des poux en essayant de vous coincer sur des détails techniques. Alors dites juste ce que vous savez et répondez à leurs questions de manière succincte et directe.

– OK », dit-elle en proie à une vague de nausée.

Ils entrèrent dans la salle de conférences où ils furent totalement ignorés, car certaines des personnalités les plus importantes du pays au regard de la sécurité nationale s'étaient réparties en petits groupes menant des discussions animées. Le fauteuil en bout de table était encore inoccupé. Elle connecta sa tablette à l'installation, puis, les mains tremblantes, suivit Ferguson jusqu'aux fauteuils qui leur étaient réservés.

« Asseyez-vous, lieutenant Ryan, dit Ferguson avec un sourire paternel. Et, bon Dieu, respirez un coup ! Vous avez l'air à deux doigts de vous évanouir. Tout va bien se passer, ma grande. »

Elle essaya de regarder ses notes, mais elle n'arrivait pas à se concentrer, surprenant sans cesse des bribes de conversation de ces personnes puissantes qui l'entouraient. Puis soudain tout le monde se leva et, par réflexe, elle en fit autant, se tournant vers la porte au moment où le Président et la directrice du renseignement national entrèrent dans la salle.

« Je vous en prie, asseyez-vous », dit le Président avec un sourire humble qui ne fit que lui conférer encore plus de présence.

Peut-être était-ce le cadre, ou les gens dans la pièce, ou le sujet traité, en tout cas l'homme qui s'installa tout au bout de la table d'acajou était bien le président des États-Unis, pas le « papa » avec lequel Katie avait dîné tout juste quelques jours plus tôt.

« Merci à celles et ceux d'entre vous qui sont restés après le PDB ou qui ont fait le déplacement exprès. Comme je sais qu'on est tous très occupés, on va entrer tout de suite dans le vif du sujet. Commandant Ferguson, avez-vous des informations nouvelles à nous communiquer ? Des détails supplémentaires, je l'espère, qui n'étaient pas dans le rapport écrit qu'on a tous lu ? » demanda le Président.

Ne nous faites pas perdre notre temps, traduisit Katie.

« Merci, monsieur le Président. Pour gagner du temps, je vais passer la main au lieutenant Ryan, capitaine de corvette au tableau d'avancement. C'est l'officier en chef du renseignement qui gère le dossier sur cette menace. Vous voulez bien ? » demanda Ferguson en montrant l'estrade à Katie.

Elle se leva, regrettant soudain de ne pas avoir quelque chose dans les mains pour les empêcher de trembler – des fiches ou quelque chose –, tout en se disant qu'elle les aurait sans doute lâchées avant de s'effondrer comme une étoile mourante…

Elle monta sur l'estrade et tapa sur la tablette, la sortit de sa veille, l'écran derrière elle affichant la photo satellite du *Belgorod*, d'une netteté et d'une clarté étonnantes, qui était à l'origine de toute cette saga.

« Je vais essayer de ne pas répéter des informations que vous connaissez déjà, mais bien sûr je serai ravie de répondre ensuite à vos questions, dit-elle en s'en voulant déjà d'avoir dit « bien sûr ». Comme nous le savons tous, le sous-marin *Belgorod* – classe Oscar Block II – a appareillé hier après avoir été lourdement modifié, un événement qui nous a pris au dépourvu étant donné la solidité de notre réseau de renseignement en Russie. Il y a deux choses qui accentuent encore nos inquiétudes. La première, ce sont les portes pour tubes lance-torpilles d'une grandeur inhabituelle, découvertes juste avant la mise à l'eau à Severodvinsk. Le rapport écrit contient des spéculations sur ces portes, mais j'ai des informations supplémentaires à vous communiquer maintenant que j'ai rencontré Pete Miller, le capitaine de vaisseau retraité aujourd'hui directeur de l'UWP, dans le Laboratoire de recherche navale de l'ONR. Avec son équipe, il estime probable que ces portes de large diamètre aient été conçues pour accueillir un nouvel UUV polyvalent élaboré par le Bureau Rubin. Avec le nom de code Status-6, alias Poseidon, il représente une évolution dans la technologie des torpilles…

– Attendez, vous nous dites que le Poseidon est une réalité ? demanda un amiral quatre étoiles en qui elle reconnut Lawrence Kent, du Comité des chefs d'état-major interarmées. Selon le dernier rapport qu'on a eu sur ce programme, le Status-6 relevait moins de la réalité que de la propagande – de l'esbroufe et de l'alarmisme russes – mais vous nous dites qu'il est opérationnel ? Qu'est-ce que c'est que cette histoire, Mary Pat ?

– Écoutons la présentation jusqu'à la fin, Larry », intervint le président Ryan avant que la conférence ne vire à l'émeute.

L'amiral croisa les bras et, pour une raison ou pour une autre, se mit à fixer Katie du regard.

« Lieutenant Ryan, continuez, je vous prie.

– Effectivement, amiral Kent, de nombreuses fuites *supposées* sur de nouveaux systèmes d'armes et sur des avancées technologiques se sont révélées être des campagnes de propagande contrôlées par le GRU, mais la Division des armes et des charges utiles dirigée par Pete Miller reste à la pointe de la science. Là-bas, on me dit que les portes nécessaires pour accueillir le Status-6 correspondent à ce qu'on voit sur cette photo. Comme je le disais, l'UUV Poseidon représente une évolution dans la conception des torpilles. Cette torpille a un diamètre estimé à deux mètres et elle utilise un système de propulsion nucléaire, ce qui lui confère une autonomie théoriquement illimitée ainsi que la capacité de se déplacer à très grande vitesse.

– Jusqu'à combien ? demanda Kent.

– Quatre-vingts nœuds. »

Cette information provoqua des murmures et des hoquets de stupeur dans toute la salle.

« On craint aussi que les Russes n'aient intégré des technologies IA dans cette torpille, ce qui la mettrait en capacité de naviguer de façon autonome et d'employer des stratégies sophistiquées de contre-détection et d'évasion, la rendant difficile à neutraliser. L'autre problème…

– C'est la charge utile, termina pour elle un général qu'elle ne reconnut pas. On nous a dit que les Russes développaient cette foutue torpille comme une arme apocalyptique capable de transporter des ogives nucléaires à haut rendement et de créer des tsunamis radioactifs. »

Elle regarda le Président, qui hocha la tête et sourit.

« Vous avez raison, général », dit-elle en cliquant sur son écran pour faire apparaître le schéma de la terrifiante torpille que lui avait envoyé Pete Miller.

Elle résuma ensuite ce qu'il lui avait dit sur la variante dotée d'une ogive salée au cobalt 59.

« Ce qui nous inquiète par ailleurs, c'est que le *Belgorod* est un sous-marin de missions spéciales. Nous savons – et cette information a été confirmée par des sources de la CIA – qu'il a été conçu pour le transport et le déploiement d'une technologie submersible avancée, a priori capable de pénétrer et de perturber nos systèmes de détection et de communication sous-marins, qui sont également largement reliés par des fibres optiques sous-marines.

– Donc à la fois un saboteur et une arme de première frappe, déclara solennellement le secrétaire à la Défense. Merveilleux. »

Le président Ryan la regardant toujours, Katie continua, en cliquant de nouveau sur la tablette. L'écran afficha des photos du président Yermilov, du ministre de la Défense Volkorov et du colonel général Andreïev, chef du NCUO.

« Le général Andreïev, à droite, a eu un bref entretien avec le président Yermilov juste après l'appareillage du *Belgorod*. On a appris, par d'autres sources au sein de l'armée russe, qu'Andreïev avait été contrarié de ne pas avoir été informé… »

L'amiral Kent se pencha pour intervenir, mais le Président le coupa en levant le doigt.

« Il y a des indices d'un niveau de segmentation et de cloisonnement des informations sans précédent dans l'armée russe et au Kremlin. C'est inquiétant aussi…

– Ça va sans dire », dit le secrétaire à la Défense.

Katie déglutit en rougissant et cliqua sur sa tablette.

« Voici le commandant du *Belgorod*, le capitaine de vaisseau Konstantin Gorov. C'est une star de la marine russe qui, d'après les éléments que nous avons, a été désignée par le président Yermilov en personne. Son parcours est typique, dit-elle avant de résumer sa brillante carrière militaire, mentionnant ses deux précédentes missions en tant que commandant de sous-marin ainsi que ses nombreuses récompenses. Une information un peu plus intéressante nous vient de la DIA. »

Clic.

Une photo plus ancienne, manifestement antérieure à l'avènement de la haute définition, apparut à l'écran.

« Voici Dimitri Gorov, le père du capitaine de vaisseau Konstantin Gorov… »

Cette fois ce fut le président Ryan qui intervint :

« Attendez, vous nous dites que le commandant du *Belgorod* est le fils de l'ingénieur en chef d'*Octobre rouge* ?

– Oui, monsieur le Président », répondit Katie, qui, l'espace d'un instant, se demanda comment il savait que Dimitri Gorov était l'ingénieur qui avait conçu *Octobre rouge*.

Ce n'était pas dans le rapport écrit…

« *Octobre rouge* ? demanda une femme blonde en tailleur aux cheveux attachés en chignon.

– C'était un sous-marin russe de la classe Typhoon équipé d'une technologie de propulsion révolutionnaire, du moins à l'époque. Il a été perdu dans des circonstances très mystérieuses lors d'un exercice dans l'océan Atlantique. Il y a des tas de rumeurs autour de sa disparition, mais je m'en tiendrai aux informations que nous tenons pour certaines. La majeure partie de l'équipage a été sauvée après la survenue d'un important accident dû à des radiations du réacteur à l'intérieur du bateau. Le commandant, un certain Marko Ramius, a coulé avec son second et quelques autres, préférant saborder son sous-marin plutôt que de le laisser tomber aux mains des Américains. Selon une rumeur qui mérite d'être rapportée ici, il aurait tenté de passer à l'Ouest, mais je n'ai pas trouvé de preuve de cette affirmation dans les dossiers de la CIA – du moins dans ceux auxquels j'ai eu accès. »

Elle ne put s'empêcher de regarder la directrice du renseignement national, essayant de lire son expression, mais son visage resta de marbre.

« Si j'évoque cette légende, c'est que j'ai découvert qu'à peu près à la même époque une opération a été menée avec l'accord de la CIA pour exfiltrer Dimitri Gorov et sa famille en échange des plans détaillés d'*Octobre rouge*.

– Attendez, dit le président Ryan avec une étrange expression sur le visage dans laquelle elle reconnut davantage son père. Dimitri Gorov est passé à l'Ouest ? »

Katie ne sut pas trop quoi penser de l'air stupéfait de son père, qu'elle lui avait rarement vu jusque-là. Elle se demanda si, avec ses antécédents dans la CIA, il n'avait pas la clé de l'énigme de la disparition de ce sous-marin de la classe Typhoon, mais elle rejeta vite cette idée, concluant à une simple coïncidence.

« Non, monsieur le Président. Il se trouve que Dimitri Gorov est mort avant d'avoir pu être exfiltré.

– Est-ce qu'il a été assassiné par le KGB ? insista le président Ryan. Est-ce que l'opération a été compromise ?

– Je l'ignore, monsieur le Président. Selon le rapport officiel, il est mort accidentellement – par noyade. Il semblerait qu'il ait fini dans la Neva en passant à travers la glace, à peu près au moment de son rendez-vous avec l'agent américain. Le corps n'aurait jamais été retrouvé, mais ça, c'est l'histoire officielle – qui nous vient, semble-t-il, de sources russes –, on peut donc en faire ce qu'on veut. Franchement, le dossier ne contient pas grand-chose à ce sujet. Il peut s'agir d'une mort accidentelle ou d'un suicide. La thèse de l'assassinat par le KGB me paraît peu probable. Si le KGB avait eu connaissance du projet de trahison de Dimitri Gorov, Konstantin Gorov n'aurait vraisemblablement pas pu s'élever à un tel rang dans la marine russe. En Union soviétique, les péchés du père n'étaient pas facilement pardonnés. »

Le visage du Président montrait qu'un point de son discours le faisait réfléchir. Il échangea un regard avec la directrice du renseignement national et leurs esprits donnèrent l'impression de se rencontrer d'une manière que Katie ne put interpréter. Elle jeta un coup d'œil à Ferguson, qui haussa les épaules, visiblement aussi perplexe qu'elle. Après un silence gênant, son supérieur lui fit signe de continuer.

« En conclusion, l'appareillage du *Belgorod* nous a pris au dépourvu et les portes des lance-torpilles, avec leurs deux mètres de diamètre, suggèrent que le Status-6 n'en est peut-être plus au stade du programme théorique. Cet appareillage pourrait même être le signe qu'il est prêt pour des essais en eaux profondes dans le meilleur des cas et, dans le pire des cas, qu'il est pleinement opérationnel…

– Lieutenant Ryan, les Russes ont-ils chargé des torpilles Status-6 à tête nucléaire sur le *Belgorod*, oui ou non ? » demanda sans détour l'amiral Kent.

Katie mesura sa réponse, consciente qu'un mauvais choix linguistique pourrait entraîner des conséquences tactiques et stratégiques importantes.

« Amiral Kent, ça paraît peu probable étant donné la nouveauté de ce programme et l'état actuel de la défense, répondit-elle. Mais, en toute honnêteté, nous n'en savons rien.

– La communauté du renseignement travaille là-dessus en ce moment même, dit Mary Pat au soulagement et à la surprise de Katie. Nous avons déjà mobilisé des moyens pour clarifier la question de la charge utile. Nous nous penchons également sur le cloisonnement, sur les luttes intestines et sur la confusion chez les hommes d'influence du Kremlin. Nous espérons avoir des éclaircissements prochainement.

– Il y a du grabuge au Kremlin ? Yermilov a encore décidé de faire le ménage ? demanda le secrétaire à la Défense, la voix tendue par l'inquiétude.

– Là encore, nous en saurons davantage bientôt, se contenta de dire Mary Pat.

– Sur la base de vos conclusions, lieutenant Ryan, avez-vous des recommandations à nous faire ? demanda le président Ryan, reprenant la parole pour signaler qu'il était temps de mettre un terme à la réunion.

– Des recommandations, monsieur le Président ? demanda Katie, prise au dépourvu.

– Oui, répondit doucement le président Ryan. Quelles sont les recommandations de l'ONI quant à cette nouvelle menace potentielle ? Où est le *Belgorod* ?

– Nous l'ignorons, monsieur le Président. L'USS *Indiana* est présentement dans la mer de Barents et il a pour mission de trouver le *Belgorod*. Selon le dernier rapport, il a eu un contact intermittent avec un sous-marin russe, mais selon l'évaluation préliminaire, il semblerait que ce soit un autre Typhoon.

– Quelles autres activités de la flotte du Nord a-t-on observées ? »

Katie passa rapidement en revue dans son esprit les noms de bâtiments et les données qu'elle avait révisés avant la conférence au cas où on lui poserait cette question.

« L'imagerie satellite indique une activité accrue à Severomorsk : chargements de provisions et démarrages de réacteurs électriques sur le croiseur de bataille *Piotr Veliki,* le navire amiral de la flotte du Nord, ainsi que sur la frégate *Amiral Flota Kassatonov.* On sait également que le K-560, le SSGN *Severodvinsk* de la classe Iassen, a appareillé ce matin de la baie d'Olenya. La flotte du Nord a annoncé un exercice dans l'Arctique cette semaine pour présenter son porte-avions, l'*Amiral Kouznetsov,* qui est déjà en mer. Je suppose qu'il n'y a là rien de surprenant, mais nous devons quand même guetter toute évolution de ce point de vue. Le groupe aéronaval 12 effectue en ce moment même des exercices d'entraînement au large des côtes de Virginie. Nous pourrions repositionner l'ensemble au nord en guise de démonstration de force pour compenser l'activité russe et pour nous en servir comme couverture afin de déterminer si la véritable mission du K-329 est de se diriger vers le sud. L'USS *Washington* devait appareiller demain pour prendre part aux exercices du groupe aéronaval 12, mais il pourrait être réaffecté pour travailler en tandem avec l'*Indiana.* Mais, à notre connaissance, le *Belgorod* peut très bien se trouver encore dans la mer de Barents, attendant de prendre part aux prochains jeux de guerre en Arctique. Quoi qu'il en soit, la situation doit être surveillée de près et le groupe aéronaval 12 doit être informé de la menace.

– Je suis d'accord », dit Mary Pat d'un air satisfait.

Le président Ryan arborait quant à lui une expression qu'elle connaissait depuis ses matchs de crosse à l'École navale, à chaque fois qu'elle marquait un but… *La fierté du papa.*

Elle réprima une envie de rayonner, mais se sentit rougir malgré tout.

« Le Pentagone suit ces développements de près et j'approuve votre évaluation de la situation. Bon travail, lieutenant Ryan, dit l'amiral Kent d'une voix dont la dureté s'atténua.

– J'aimerais… si possible… assurer la direction de la coordination entre l'ONI et le groupe aéronaval 12 », déclara Katie en regardant Ferguson.

Elle supposait que ce serait lui qui prendrait cette décision.

« En fait, commandant Ferguson, je pense que je serai plus efficace à bord du *Ford*.

– Vous voulez embarquer ? »

Katie hocha la tête.

« J'aimerais prendre mon meilleur analyste et intégrer la cellule N2 du bord. Je peux rester au courant de ce qu'ils apprennent, tout en coordonnant les informations en provenance de l'ONI.

– Ce plan est raisonnable, dit Mary Pat – non sans regarder le président Ryan, qui paraissait moins enthousiaste.

– J'ai tendance à laisser ce genre de décisions à ceux d'entre vous qui portent l'uniforme, dit-il au bout d'un long moment. En tout cas, tenez-nous au courant de toute découverte. »

Très Jack Ryan, comme attitude… Traduction : *Très bien, je vous donnerai assez de corde pour vous pendre, à condition que vous ne me laissiez pas dans le noir.*

Le président Ryan se leva, et tout le monde en fit autant – signal, selon Katie, que la réunion était terminée. Avant de gagner la sortie, il lui dit au revoir du regard. Elle y vit une pointe d'anxiété et d'affection, et pour la première fois peut-être, elle se mit à sa place. Il y eut un instant fugace où elle ressentit le même poids que lui, qui voulait être un père à la fois pour une fille qui venait de se dire prête à foncer tête baissée dans le danger et pour une nation qui ne savait rien du léviathan russe peut-être armé d'une torpille apocalyptique. Elle lui sourit, puis il partit escorté par son chef de cabinet Arnold van Damm et par le groupe des hommes d'influence de la Maison Blanche qui faisait tourner la machine du gouvernement américain.

Alors que l'assistance quittait la salle, Ferguson monta sur l'estrade.

« Beau travail, lieutenant Ryan, dit-il en lui adressant un sourire sincère et fier. Vous avez trouvé un équilibre idéal entre étouffer l'urgence de la situation et déclencher la Troisième Guerre mondiale.

– Merci, commandant. »

Elle n'avait pas vraiment pensé à la situation en ces termes, mais elle comprit qu'il ne plaisantait pas.

« Vous étiez sérieuse quand vous avez dit que vous vouliez embarquer sur le *Ford*, ou n'était-ce qu'une bravade momentanée ?

– J'étais sérieuse. Vous pouvez m'aider à le faire ?

– Bien sûr. Vous n'avez qu'à préparer votre sac, demain on vous emmène.

– Beau travail, Katie », dit une voix de femme derrière elle.

Mary Pat était restée après le départ des hauts gradés.

« Merci. »

Puis, consciente que l'occasion ne se représenterait sans doute pas, elle décida d'insister.

« Madame, pourrais-je en savoir plus sur Dimitri Gorov et sur l'échec de son projet de passage à l'Ouest à l'hiver 1984 ? »

Un éclair sur le visage de Foley lui suggéra qu'elle en savait davantage qu'elle ne voulait bien le dire, mais il disparut aussi vite qu'il était apparu.

« J'étais à la Maison Russie à l'époque, répondit Mary Pat. Mais je n'ai pas participé à une opération visant à capturer Dimitri Gorov. Je peux creuser, si vous voulez, et vous faire part de mes découvertes. Je vais voir si l'agent qui dirigeait l'opération est toujours là. Si c'est le cas, vous pourrez le rencontrer avant votre départ.

– Merci. J'aimerais ne rien rater qui puisse être important. Mieux vaut avoir une vue d'ensemble. »

Mary Pat lui tapota l'épaule en souriant, puis s'excusa et quitta la salle de conférences.

« Je suppose que c'est Pettigrew que vous voulez emmener avec vous ? demanda Ferguson, revenant à leur précédente conversation.

– Si possible, commandant Ferguson. Bubba est mon bras droit et il sait tout comme personne. »

Ferguson hocha la tête.

« Je vais me rapprocher du capitaine de vaisseau Mackenzie, le commandant du *Ford*, pour que d'ici demain en fin de journée vous puissiez être sur place et intégrée à leur cellule de renseignement. J'ai ensuite une réunion à la CIA, mais vous, retournez à l'ONI, occupez-vous de tout et présentez le plan à Pettigrew. Ensuite, lieutenant Ryan, je veux que vous rentriez chez vous, que vous fassiez vos bagages et, pour l'amour de Dieu, que vous dormiez un peu. Vous avez de longues journées devant vous.

– Bien, commandant Ferguson », répondit Katie avant de lui emboîter le pas.

En quittant le SCIF le plus célèbre et le plus sécurisé au monde, elle se demanda en elle-même : *Dans quoi suis-je en train de m'embarquer ?*

16

NORTH JACKSON STREET
ARLINGTON, VIRGINIE
11:52 HEURE LOCALE

Loin de rentrer chez elle pour faire ses bagages et dormir comme le commandant Ferguson lui avait demandé de le faire, Katie se fit un point d'honneur de mettre à profit chaque seconde du temps qu'il lui restait à Washington avant d'embarquer sur le *Ford*. La directrice du renseignement national lui avait fait la surprise de lui fournir les informations qu'elle lui avait promises moins de deux heures après leur départ de la salle de crise.

Katie arrêta sa Jeep Cherokee devant la modeste maison à deux niveaux située dans Jackson Street à Arlington. Derrière sa fenêtre, elle plissa les yeux pour lire le numéro à côté de la porte d'entrée, qu'elle compara à l'adresse sur son application GPS.

« Super, je suis bien arrivée », murmura-t-elle en braquant pour s'engager dans l'allée étroite.

Si, techniquement, elle ne débarquait pas à l'improviste, elle avait prévenu Matthew Reilly, l'ancien agent de la CIA, peu de temps à l'avance. Vingt-deux minutes, exactement. La seule mention du nom de Mary Pat Foley l'avait empêché de refuser sa demande, mais la situation ne s'était pas pour autant engagée aussi bien que Katie l'aurait souhaité. Les transactions n'avaient jamais été son élément. Elle aimait prendre son temps et établir un lien avec les gens avant d'envisager de leur demander quoi que ce soit, et comme au cours des trente-six dernières heures elle avait déjà dû faire plusieurs entorses à son protocole, elle éprouvait une sorte de malaise croissant. Se rendre chez cet homme dans le seul but de lui demander des informations sur Dimitri et Konstantin Gorov pour ensuite disparaître et ne plus jamais le revoir lui avait paru totalement stérile et dénué de sensibilité. C'est pourquoi, s'arrêtant chez un fleuriste en chemin, elle avait acheté une orchidée.

Pourquoi venir avec une plante ? Pourquoi une orchidée ? Qui sait...

C'était un instinct profond qui avait parlé en elle.

Lorsqu'elle regarda l'orchidée sur le siège passager, avec ses deux tiges et ses pétales jaunes, elle se sentit stupide et regretta cette idée ridicule.

« Bonjour, je m'appelle Katie. Si vous me dites tout ce que vous savez sur deux russes, je vous donne cette fleur », dit-elle en s'amusant de l'absurdité de cette situation.

Après tout, n'ai-je pas le don de la transaction ?

Elle poussa un soupir et sortit de sa Cherokee. Ce ne fut qu'arrivée à la moitié de l'allée que, s'apercevant qu'elle l'avait laissée sur le siège passager, elle fit demi-tour en se maudissant pour aller attraper vite fait cette stupide orchidée. Elle coinça le petit pot sous son bras et se dirigea vers le porche coquet. Heureusement, le bruit de la sonnette ne s'accompagna pas d'aboiements ni de coups de griffes frénétiques. Un jour comme celui-là, elle n'avait pas de temps, pas d'énergie à consacrer à un gros chien.

En entendant le bruit du pêne dormant, elle afficha un beau sourire.

La porte d'entrée – d'une drôle de nuance de vert – s'ouvrit et Katie fut accueillie par un homme d'une soixantaine d'années, à l'allure agréable et aux cheveux blond sable clairsemés. Ses yeux azur, encadrés par de belles lunettes à monture écaille, la dévisagèrent avec un mélange d'attente et de lassitude.

« Bonjour, je suis Katie Ryan », dit-elle.

Et je vous ai apporté cette orchidée, ajouta la voix dans sa tête.

« Entrez, madame Ryan, dit-il en reculant d'un pas pour la laisser passer.

– Merci. »

L'odeur la frappa aussitôt. Toutes les maisons étaient comme ça. Chacune avait une odeur différente, unique, comme une empreinte olfactive. Celle de Reilly dégageait une odeur agréable que son cerveau identifia comme faite de citron et de lessive.

Peut-être une lessive citronnée ?

« C'est pour moi ? », demanda-t-il, son regard se posant sur l'orchidée.

Non, c'est mon orchidée de compagnie. On est inséparables, répondit aussitôt sa sarcastique voix intérieure.

« Exact, dit-elle en lui tendant l'orchidée jaune dans son petit pot en céramique émaillée.

– Merci. On va pouvoir la mettre avec les autres… Je suppose que c'est Mary Pat qui vous en a parlé.

– Qui m'a parlé de quoi ? demanda-t-elle après un moment de doute.

– De ma collection.

– Alors ça, non, elle ne m'avait rien dit… C'est juste que… voilà, je me suis arrêtée chez un fleuriste sur un coup de tête, dit-elle moins diserte qu'à son habitude.

– D'accord », répondit-il manifestement sans trop y croire.

Il la conduisit dans une véranda à l'arrière de la maison, qui était minuscule mais joliment aménagée, remplie de toutes sortes de plantes dont la moitié était des orchidées. Il en poussa deux de taille similaire – une blanche et une violette – pour faire de la place au pot qu'elle venait de lui apporter.

« Merci, dit-il avec un sourire poli avant de lui indiquer une causeuse en osier avec des coussins de couleur pastel. Je peux vous offrir quelque chose à boire, madame Ryan ? Eau, thé glacé, soda ?

– Non, merci. »

Il renifla avant de s'installer dans une autre causeuse en osier perpendiculaire à la première.

« Comment puis-je vous aider ? »

Elle croisa les jambes, puis ses mains sur ses genoux.

« Je suis venue dans l'espoir de m'entretenir avec vous sur une histoire de passage à l'Ouest que vous avez gérée lorsque vous étiez chargé de mission à Leningrad dans les années 1980. Je sais que ça remonte loin, mais même vos moindres souvenirs pourraient s'avérer très utiles pour, euh… disons pour une affaire sur laquelle je travaille actuellement.

– Saviez-vous que les fleurs d'orchidée ont une symétrie bilatérale ?

– Je… non, je l'ignorais répondit-elle, déroutée par le coq-à-l'âne.

– Avez-vous d'autres exemples de symétrie bilatérale dans la nature ? »

Elle réfléchit un instant.

« Les visages ?

– Exact. D'autres fleurs ont une symétrie radiale ; l'orchidée, non, dit-il avec un sourire approbateur. Quand on regarde une orchidée, inconsciemment, on a l'impression de regarder en arrière. Je pense que c'est pour ça que je les aime. Chaque fleur a l'air unique, comme un individu, si vous voulez. Mary Pat ne vous a vraiment pas parlé de ma collection ? Vous pouvez me le dire franchement. »

Elle le regarda sans un battement de cils.

« Non. Pure coïncidence. La vérité, c'est que je m'en voulais de débarquer chez vous sans prévenir pour vous demander des informations. Comme j'étais gênée à l'idée d'arriver les mains vides, j'ai décidé de m'arrêter à un fleuriste en route. »

Il hocha la tête d'un air satisfait.

« Alors on va dire que ce sont des bonnes ondes.

– Exactement ce dont j'aurais besoin ! dit-elle avec un sourire las.

– Vous êtes venue pour parler de Dimitri et de Konstantin Gorov, c'est ça ?

– Oui.

– Un instant. »

Il se leva, quitta la véranda et revint peu après avec un dossier en accordéon usé que maintenaient fermé deux élastiques. À sa grande surprise, il le lui tendit.

« Tenez, cadeau.

– Qu'est-ce que c'est ? demanda-t-elle en posant le volumineux dossier sur ses genoux.

– C'est un dossier qui contient tout ce que je sais, tout ce que j'ai pu réunir sur le père et le fils en quarante ans, dit-il avant de se rasseoir dans son fauteuil. Il s'agit d'informations de sources ouvertes, rien de confidentiel ni de déplacé. Je savais au fond de moi qu'un jour elles auraient un rôle à jouer. Il semblerait que ce jour soit arrivé. Pour être honnête, ça me fait du bien de m'en débarrasser. »

Katie déglutit difficilement.

« Vous suivez Konstantin Gorov depuis quarante ans ?

– Oui.

– Pourquoi ?

– On peut parler de curiosité. De culpabilité. De compulsion. Peut-être les trois. Quoi qu'il en soit, le fait est que j'avais besoin de savoir ce qu'était devenu ce garçon. »

Elle réprima une envie d'ouvrir le dossier et de parcourir les fichiers. Elle aurait le temps de le faire plus tard ; tant qu'elle était chez Reilly, elle devait profiter de l'occasion pour échanger avec lui.

« D'après ce que j'ai compris, le père, Dimitri, était une source que vous traitiez et qui voulait passer à l'Ouest, mais il est mort mystérieusement la nuit où il a été exfiltré. C'est ça ?

– Non, dit Reilly. Pas tout à fait. Dimitri n'était pas une source. Il n'a jamais vraiment fourni de renseignements.

– Je ne comprends pas.

– C'était l'ingénieur chef de projet dans le programme Akula au Bureau central d'étude et d'ingénierie maritime Rubin, l'homologue soviétique – ou russe, mais de nos jours la différence est ténue – de General Dynamics Electric Boat. Dimitri était un homme intelligent et calculateur. Mais il avait aussi conscience des risques, et c'est pourquoi il n'a pas voulu avoir d'officier traitant. On a donc négocié un simple accord : les plans d'*Octobre rouge* contre une nouvelle vie à l'Ouest.

– Et que s'est-il passé ? demanda Katie en inclinant le buste.

– Il s'est passé qu'il y a eu Marko Ramius… Je vois à votre regard vide que vous ne savez pas de quoi je parle. Je me trompe ?

– Non.

– Étant donné que vous étiez sa fille et que la directrice du renseignement national avait fait une demande nominative, je me disais que… »

Il souffla entre ses lèvres pincées.

« Oh, et puis merde, vous finirez bien par l'apprendre, que ce soit par moi ou par quelqu'un d'autre. Vous êtes une Ryan et, si vous êtes comme votre père, vous ne laisserez rien au hasard. »

Cette remarque la fit sourire.

« Oui, c'est comme ça dans ma famille.

– Marko Ramius était le commandant d'*Octobre rouge*, le premier et le seul SSGN Typhoon équipé d'un moteur ionique silencieux. Il est passé à l'Ouest en décembre 1984 en remettant *Octobre rouge* à la Navy. C'est le plus grand coup des services secrets et le plus important transfert de propriété intellectuelle militaire de la guerre froide. »

Je n'arrive pas à croire qu'il ne m'en ait jamais parlé, songea-t-elle avec une pointe de colère. Mais, elle préféra dire :

« Je n'arrive pas à croire que la Navy ait réussi à garder le secret là-dessus pendant tout ce temps. Cacher un Typhoon, ce n'est pas une mince affaire.

– Non, en effet. Mais n'oubliez pas qu'à l'époque personne n'avait d'iPhone, de TikTok ni de drones quadrirotors avec caméras vidéo 4K en streaming. C'était une autre époque.

– C'est vrai, dit-elle et mille nouvelles déductions se mirent à surgir dans son esprit comme des grains dans une machine à pop-corn. Grâce au commandant Ramius, vous n'aviez plus besoin des plans de Dimitri Gorov.

– Exact.

– C'est le numéro un de Langley qui a annulé l'opération ?

– Exact aussi.

– Et je parie que c'est vous qui avez dû annoncer la mauvaise nouvelle à Dimitri Gorov ? »

Il posa le bout de son index sur sa tempe puis le pointa vers elle.

« Jackpot. »

Ce fut à ce moment-là qu'elle mesura tout le poids du dossier posé sur ses genoux.

« Ça a dû être dur pour vous.

– C'est ce que j'ai eu à faire de plus difficile en tant qu'agent. On est censés être les gentils, ceux qui sont fidèles à leur parole. Le sentiment de trahison que j'ai vu dans les yeux de Dimitri cette nuit-là… me hante depuis.

– Si je puis me permettre, que lui est-il arrivé ? »

Les lèvres de Reilly se serrèrent pour ne plus dessiner qu'une ligne fine et dure, et il dit au bout d'un moment :

« C'est ce qu'il y a de pire dans cette histoire. C'est peut-être un suicide, c'est peut-être le KGB… Pendant des années j'ai cherché à savoir ce qui s'était passé, mais après notre échange, c'est littéralement comme si Dimitri avait disparu de la surface de la terre.

– Alors, tout ça, ce sont des informations sur le fils, Konstantin ? demanda doucement Katie en tapotant le dossier.

– C'est le fruit d'une mauvaise conscience.

– Comment ça ? Je n'arrive pas à croire que la Compagnie vous ait donné des ressources pour ça.

– Elle ne m'a rien donné.

– Vous êtes en train de me dire que vous avez payé des sources de votre propre poche ? »

Reilly hocha la tête.

« Mon Dieu, mais ça a dû vous coûter une fortune !

– Et pourquoi croyez-vous que je sois divorcé ? dit-il avec un rire triste et ironique.

– Je suis désolée.

– Mais non. Je me suis infligé ça tout seul. »

Je parie que la collection d'orchidées appartenait à sa femme, songea-t-elle. *Il leur parle probablement comme s'il s'agissait de ses enfants.*

Elle replaça une mèche de cheveux derrière son oreille.

« Vous savez déjà, je suppose, que Konstantin Gorov est le commandant du sous-marin russe de missions spéciales *Belgorod* K-329 ?

– Oui.

– La Navy a des inquiétudes tactiques et stratégiques vis-à-vis de ce sous-marin. Les Russes… Eh bien, tout ce que je peux vous dire, c'est qu'on a des craintes sur ce qu'est en train de faire Konstantin Gorov.

– Des craintes ?

– J'aimerais pouvoir vous en dire plus, mais, bon, vous comprenez. Je vais évidemment étudier le dossier que vous m'avez donné, mais tant que je suis ici j'aimerais que vous me fassiez part de vos impressions sur lui. Elles pourraient m'être extrêmement utiles. »

Reilly soupira de lassitude, comme quelqu'un qui aurait déjà monté cinquante étages et à qui l'on viendrait de demander d'en monter dix de plus.

« Konstantin Gorov est le modèle du guerrier russe accompli et performant. Ce que je veux dire par là, c'est qu'il est stoïque et inflexible face à l'adversité. Il a eu une vie difficile. Vous vous imaginez ce que c'est que d'avoir été élevé par une mère célibataire en URSS, d'être devenu orphelin à seize ans et d'avoir trouvé le courage et la motivation nécessaires pour devenir commandant d'un sous-marin nucléaire russe ?

– En fait, non, répondit Katie. Si vous n'aviez droit qu'à un seul mot pour le décrire, quel serait ce mot ?

– "Tenace", répondit Reilly sans hésiter.

– Et si vous n'aviez droit qu'à l'un ou l'autre, diriez-vous qu'il est du genre à suivre les règles ou à jouer les têtes brûlées ? »

Reilly plissa les yeux.

« C'est votre façon de me demander si Konstantin Gorov est un nouveau Marko Ramius ?

– Peut-être… »

Eh bien, rien ne lui échappe.

Il retroussa le coin de ses lèvres d'un air amusé.

« Le *Belgorod* a appareillé et personne ne sait où il est. C'est ça ?

– Je n'ai pas vraiment le droit de le dire.

– D'accord, dans ce cas, il y a autre chose qu'il faut que vous sachiez.

– Quoi donc ?

– Sa femme est morte en couches il y a dix mois. Il s'était marié sur le tard et sa femme était le soleil de sa vie.

– Et l'enfant ?

– Mort-né.

– Oh, mon Dieu, c'est affreux, dit Katie en sentant un poids en elle.

– Il n'en est pas à son premier coup dur, mais ça ne doit pas aller très fort pour lui. Même les Russes stoïques ont besoin de temps pour faire leur deuil. Le Commandement de la flotte du Nord aurait dû le mettre en congé.

– C'est peut-être une question étrange mais, d'après vous, est-ce qu'il y a une chance que Konstantin Gorov veuille remettre son bateau aux États-Unis comme Marko Ramius il y a quarante ans ? »

Le vieil espion examina longuement sa collection d'orchidées avant de se tourner vers la jeune femme. Il y avait de la douleur, peut-être de la culpabilité dans son regard.

« Si j'en juge par ce que je sais de lui, il n'y a pas l'ombre d'une chance. »

17

BAR-RESTAURANT GLAVPIVTORG
BOLCHAÏA LOUBIANKA OULITSA 5
MOSCOU
19:31 HEURE LOCALE

Le colonel général Nikolaï Iline arriva le premier à Glavpivtorg.

Rares étaient ceux qui savaient que ce nom était un acronyme dans la tradition soviétique, GlavPivTorg signifiant « principale coopérative de bière ». Rares étaient ceux qui savaient que le patron était un ancien du KGB. Et à part Nikolaï peu de gens avaient remarqué les nombreux changements de visage de cette institution au fil des décennies.

Cette pensée le fit sourire.

Une institution qui change de visage… Tout l'esprit russe.

Là était le but de ce rendez-vous clandestin – un rendez-vous qu'il avait organisé ce soir-là, effrontément, au cœur même de Moscou.

Ça aussi, c'est tout l'esprit russe.

Il tira une dernière bouffée de sa Prima, écrasa le mégot sur le trottoir et saisit la poignée de la porte. Ce bâtiment avait autrefois abrité le ministère des Affaires étrangères, en face du siège du KGB. Lorsque le ministère des Affaires étrangères avait déménagé, Glavpivtorg avait ouvert à la place. Du temps où il était jeune officier du KGB, il avait fréquenté ce lieu pour boire, bavarder et discuter de politique avec ses camarades. L'intérieur était alors d'une sobriété absolue. Mais comme tout à Moscou, le lieu avait changé avec le temps et il faisait désormais « prolétariat chic », comme s'il essayait de refléter la nostalgie des jours passés mais avec des sièges confortables et un menu correct, sans rien conserver de cette grisaille de l'ère soviétique.

Le fournisseur du lieu était devenu un camarade de confiance d'Iline. Un simple coup de fil, une vague promesse de renvoyer l'ascenseur, et le patron fermerait plus tôt que prévu, expulsant les clients et le personnel pour transformer la terrasse de l'étage en véritable SCIF avec bière, *vobla* et *pelmeni* à foison pour ses invités VIP. Une bonne demi-douzaine d'opérations russes parmi les plus audacieuses avaient été planifiées au Glavpivtorg.

Cette pensée aussi le fit sourire.

Qui eût cru que c'était au Glavpivtorg et non pas au Kremlin que se trouvait le véritable siège du pouvoir à Moscou ?

« Mon général, dit son vieil ami en s'approchant pour lui donner l'accolade.

– Anatoly, dit Iline en lui donnant une triple tape affectueuse dans le dos. Comment vas-tu, mon ami ?

– Honnêtement, je suis fatigué. J'ai eu soixante-dix ans la semaine dernière. Je crois que je suis prêt pour la retraite.

– *Da*, répondit Iline, mais pour des hommes comme nous la retraite est un risque. Si tu arrêtes de travailler, dans deux semaines tu es mort. »

Anatoly eut un petit rire rauque.

« Vous croyez que je ne le sais pas déjà ? Oui, je suis fatigué. J'ai besoin d'un très *long* repos. »

Ils rirent de cette boutade à l'humour noir sincère. Mais, comme une balle de sniper, elle fit mouche et Iline fut soudain submergé par une vague d'émotions. Ses regrets vis-à-vis du passé, ses espoirs quant à l'avenir, ses incertitudes quant à son projet et la conscience qu'il allait mourir faisaient de son esprit un véritable bouillon d'indécision trouble et salé. Il frissonna.

Que suis-je donc en train de faire ? Ce pouvoir, ai-je le droit de l'exercer ? Qui suis-je pour changer le destin de l'humanité ?

« On dirait que vous venez de voir un fantôme, mon ami. La Grande Faucheuse est-elle déjà venue me chercher ? demanda Anatoly.

– *Niet*. C'est pour moi qu'elle travaille, tu t'en souviens ? dit Iline en se forçant de sourire. Je te promets que je te préviendrai un quart d'heure avant de te l'envoyer. »

Le patron rit et montra l'escalier menant au balcon vide.

« Votre table vous attend, mon général. Quand les autres arriveront, je les enverrai à l'étage.

– Merci, Anatoly. Tu es un homme bon.

– *Niet*, je ne suis qu'un vieux communiste qui pavane en capitaliste sans le sou.

– Pas d'inquiétude, je sais que vous avez dû fermer tôt. Je veillerai à ce que vous rentriez dans vos frais.

– Ce genre de souci ne m'a jamais traversé l'esprit. Vous avez faim ? Qu'est-ce que je peux vous apporter ? »

Iline commença à déboutonner sa veste, se préparant inconsciemment à se remplir la panse.

« Comme d'habitude.

– Comme d'habitude, très bien. »

Il monta au balcon, en prenant ses précautions à chaque pas car son genou gauche avait pris la fâcheuse habitude de se bloquer et de se dérober sous lui. Il parvint heureusement à monter jusqu'en haut et s'installa à une table placée le long du mur du fond. Ce mur, comme dans une vieille bibliothèque, était rempli de volumes reliés de cuir qui s'étendaient d'un coin à l'autre. Une lampe de notaire avec son pied en laiton et son abat-jour vert caractéristiques fournissait l'essentiel de la lumière dans ce lieu par ailleurs faiblement éclairé. Il grignota un assortiment de noix dans un bol en attendant les autres, trois hommes d'un rang égal au sien, au sommet du pouvoir et de l'influence dans l'armée et dans les services de renseignement, qui ne tardèrent pas à arriver.

Ils festoyèrent comme ils l'avaient déjà fait bien souvent, en riant et en se moquant les uns des autres. Trois quarts d'heure plus tard, le ventre rempli de raviolis d'agneau et de gardon caspien séché, l'esprit arrosé par des pintes de Baltika n° 9, les plus anciens hommes d'influence de Russie entreprirent de préparer leur coup d'État.

« On est d'accord : le président Yermilov est un cancer qu'il convient d'éradiquer, déclara l'amiral trois étoiles Boldyrev, commandant en chef de la marine russe, en frappant du poing sur la table.

– Il nous a menti, déclara l'amiral Rodionov, le directeur adjoint du GRU. Ce n'est pas la Russie qu'il nous avait promise. Il a transformé un gouvernement puissant et noble en une kleptocratie soumise à ses caprices. Notre peuple est aussi pauvre, aussi faible qu'aux pires jours de l'ère soviétique.

– Le peuple, je m'en contrefiche, ironisa le général Aralovitch, le directeur du FSB. Ce qui compte, c'est la place de la Russie sur la scène internationale. Yermilov ne cherche qu'à servir son ego et à laisser son empreinte. S'il continue comme ça, quand son emprise sur le pouvoir se relâchera enfin, c'en sera fini de la fédération de Russie. »

Comme Iline restait à l'écart de ces discours injurieux pour le Président, Boldyrev finit par l'interpeller :

« Tu n'as rien à dire, Nikolaï ? »

Iline se racla la gorge et prit une profonde inspiration.

« Tu te rappelles, Ivan, quand on a bu un verre avec Gorov, le capitaine de vaisseau, à Saint-Pétersbourg il y a deux mois ? demanda-t-il.

– *Da*.

– Tu te souviens de ce qu'il a répondu quand je lui ai demandé pourquoi il était volontaire pour cette mission ?

– C'est évident, non ? Gorov est un mort-vivant, répondit Boldyrev avant de boire une gorgée de bière.

– On pourrait en dire autant de nous. Ce n'est pas la raison. Tu ne te souviens vraiment pas de ce qu'il a dit ?

– Trop de vodka ce soir-là, répondit Boldyrev avec un geste dédaigneux de la main.

– Ce qu'il a dit est resté gravé en moi… Depuis, je ne peux plus penser à rien d'autre.

– Qu'a-t-il dit ? » demanda Aralovitch.

Iline promena son regard sur ses camarades afin de préparer son effet.

« Il a répondu : "Si je suis volontaire, c'est qu'il y a une belle stabilité dans la parité." Il a compris qu'il était temps de revenir à un monde partagé entre deux superpuissances. La Russie d'aujourd'hui est faible. Yermilov confond pouvoir et capacité de violence. Dans le Politburo, il y avait de la pureté et de la force. Quand on prend des décisions en tant que groupe, comme ce soir, on laisse l'ego à la porte… Camarades, il est temps d'ouvrir une nouvelle guerre froide ! Il est temps de revenir au statu quo. Je veux que notre peuple redevienne fier d'être russe. Pour s'élever, pour se mesurer, pour se dépasser, un homme doit avoir un adversaire à sa hauteur. Cet État de propagande qui est le nôtre aujourd'hui n'a qu'un objectif : glorifier Yermilov et excuser son manque d'autorité ainsi que ses terribles décisions. Il prend l'Amérique pour bouc émissaire et il dénigre sans cesse les Américains. Ils ne veulent pas le reconnaître, mais le peuple russe le sait. Il faut donner au peuple russe un adversaire qu'il craint tout en le respectant.

– Mais on doit aussi affaiblir l'Amérique, déclara Aralovitch. Les Américains sont devenus trop puissants.

– Certes. C'est là tout le génie de ce plan. Un seul Poseidon sur Norfolk, et la flotte de l'Atlantique sera détruite en son cœur même. Le site sera contaminé et inhabitable pendant des décennies. Imaginez les pertes : le commandement et le contrôle de la Deuxième Flotte, les opérations navales spéciales, le DEVGRU, l'aéronavale, l'UWDC Det Norfolk et ainsi de suite. Avec tant de talents, de dirigeants, d'infrastructures et de ressources en moins, ils reviendront vingt ans en arrière.

– Mais qu'est-ce qui se passe en cas de représailles ? demanda Rodionov. Il faut envisager l'hypothèse d'une contre-attaque nucléaire.

– *Da*, répondit Iline, mais c'est *nous* qui interviendrons avant. On aura une explication, on imputera cet attentat à Yermilov et on déclenchera le coup d'État. On le destituera immédiatement – et non seulement on le destituera, mais on l'exécutera en place publique comme un ennemi du peuple. On donnera aux Américains le sang qu'ils exigeront. Et on sacrifiera le *Belgorod*. On laissera les Américains le détruire et, s'ils ne le trouvent pas, on le coulera nous-mêmes. Au lieu d'envenimer la situation, l'armée russe se retirera – on se retirera. On fera des concessions. Qu'on respectera jusqu'au jour où le temps de la résignation sera révolu et où la Russie relèvera la tête. Eux seront occupés à reconstruire, on sera occupés à construire… Et la danse reprendra.

– La stabilité dans la parité », dit Boldyrev.

Iline hocha la tête.

« Au capitaine de vaisseau Gorov, dit l'amiral en levant son verre.

– Au capitaine de vaisseau Gorov, répéta Nikolaï en trinquant avec ses camarades de combat. Le martyr qui permettra de restaurer la patrie russe. »

PARTIE II

Il y a une belle stabilité dans la parité.

– Capitaine de vaisseau Konstantin Gorov

18

USS *INDIANA,* SSN 789, « *BATTLE BASS* »
MER DE BARENTS
19:38 HEURE LOCALE

Le technicien sonar Harris ne put retenir un bâillement alors qu'il écoutait un enregistrement large bande du K-335 *Gepard*... – *non pas* les données collectées par l'*Indiana* alors qu'il filait l'Akula, mais un enregistrement d'archives qu'il avait trouvé dans la base de données d'entraînement aux menaces submergées de l'ACINT. Dès le moment où il avait capté ce signal de 151,7 hertz, il avait senti quelque chose de louche dans cette histoire de *Gepard*. Comme ce sentiment ne le quittait plus, il avait décidé de planter sa tente au poste vacant dans le coin arrière bâbord du central, habituellement réservé à l'agent de l'ACINT.

« Dis, Harris, c'est pas ta section de quart. Pourquoi t'es pas au pieu ? lui demanda tout bas le technicien sonar McCullough en se penchant de son fauteuil au poste bande étroite.

– J'arrive pas à dormir », prétendit Harris.

En réalité, il était crevé mais il jugeait plus important de faire ce qu'il faisait que de dormir, de regarder un film ou de faire du sport. Il y avait dans le K-335 quelque chose qui lui échappait – à lui comme à tous les autres – et, bon sang, il trouverait ce que c'était.

« Tu fais des heures sup ? demanda McCullough, qui ne voulait pas lâcher le morceau.

– On va dire ça.

– Hashtag ToujoursPlusHaut ! » dit McCullough en brandissant le poing.

Après un poing contre poing avec son compagnon de bord, Harris passa l'enregistrement pour la énième fois. Un corps apparut à côté de lui dans sa vision périphérique. Harris retira son écouteur gauche et, levant les yeux, vit l'agent de l'ACINT debout devant lui, tenant dans sa main une sorte de tabouret de camping pliant. Harris haussa un sourcil en direction de ce type dont il avait oublié le nom. Il ne comprenait pas pourquoi Schonauer et les autres membres de la section étaient tombés sous le charme de cet expert sonar débarqué de son bureau.

« Eh, dit l'agent de l'ACINT avec un air d'attente.

– Je sais ce que vous allez dire, grommela Harris en commençant à se lever. J'occupe votre fauteuil, je sais.

– En fait, ce que j'allais vous dire, c'est que je crois qu'on est partis du mauvais pied. Moi, c'est Torvik. Jason Torvik. »

Harris, qui ne s'attendait pas à ça, répondit :

« Ah… moi, c'est Xavier Harris. »

Torvik déplia son petit tabouret et s'installa à côté de lui.

« Bon, j'ai compris. Vous avez des visiteurs qui vous prennent des couchettes, de l'oxygène, de la nourriture et du Coca-Cola. OK, c'est nul, mais vous savez, j'ai été technicien sonar comme vous et j'ai fait quatre patrouilles en mer avant d'intégrer l'ACINT. J'ai mes “dauphins”, et j'ai mangé plus que ma part de raviolis. Je passe sans doute même plus de temps en mer que vous… Parce qu'on n'arrête pas de m'envoyer de bateau en bateau.

– Ah, dit Harris. Je ne savais pas. Je vous avais pris pour un civil.

– Ouais, bon… La politique de votre commandant, c'est que tant qu'il y a *Indiana* écrit dessus, je peux porter ce que je veux, dit Torvik en désignant son sweat bordeaux Indiana University et son pantalon de survêtement brodé. La couleur fiente d'oiseau, j'ai jamais trop aimé.

– Moi non plus, dit Harris avec un respect nouveau et soudain.

– Je vous ai déjà vu deux ou trois fois ici en dehors de vos heures de quart. Vous travaillez sur quoi ? »

Harris se sentit un peu mal à l'aise à l'idée de répondre honnêtement à Torvik, craignant de l'offenser, mais il préféra dire la vérité.

« J'ai comparé notre enregistrement du *Gepard* à celui de la base de données de l'ACINT.

– Ça vous dérange si je vous demande pourquoi ? »

Ça y est, pensa Harris. *Il veut protéger ses arrières.*

« Eh bien, ce n'est pas que je remette en question votre classification ni rien, mais il y a quelque chose qui me paraît bizarre.

– Vous faites pas de bile. Je laisse mon ego de côté. Vous n'avez littéralement aucune chance de m'offenser. L'acoustique avant moi, c'est ma devise.

– Ah, c'est bon à savoir.

– Alors, dites-moi sans prendre de gants. Qu'est-ce qui vous tracasse comme ça, Professeur Xavier ? » demanda Torvik en associant le prénom de Harris au célèbre personnage de *X-Men*.

Harris se sentit ragaillardi par la tournure que prenait la discussion, et le brouillard de fatigue se dissipa instantanément.

« D'accord : quand on a capté le *Gepard* sur bande étroite, évidemment je me suis dit qu'il s'agissait du *Belgorod*, parce que c'était lui qu'on cherchait. Mais on a cherché à quoi correspondait la fréquence 151 hertz dans la base de données, et on a trouvé le K-335, qui se trouve dans la flotte du Nord et dont l'absence au port a été confirmée par imagerie satellite. L'affaire a donc été classée, car la correspondance était parfaite.

– Jusque-là, je vous suis.

– Sauf que la correspondance n'était *pas* parfaite… C'est bien là qu'est le problème.

– Continuez, dit Torvik, les yeux maintenant sur le terminal de Harris, d'un ton qui montrait qu'il était déjà occupé à traiter le problème.

– OK, donc ce diagramme montre une collection large bande d'archives sur le *Gepard* datant d'il y a trois ans… »

Il cliqua pour réduire la fenêtre et révéler un second fichier.

« Maintenant, ça, c'est le large bande qu'on a enregistré sur le *Gepard*… À mon oreille, ils ne sonnent pas pareil. Les données ACINT sont beaucoup plus propres. Elles ont dû être enregistrées à une distance beaucoup plus proche. Pour être honnête, notre enregistrement n'est pas génial. Il m'a fallu des heures pour isoler le meilleur segment, et malgré ça je dois monter le volume parce que le rapport signal sur bruit est nul.

– Ça vous dérange si j'écoute ? demanda Torvik.

– Vraiment ? Super, répondit Harris avant de lui tendre son casque. Je vais d'abord mettre la version plus propre des données d'archives pour vous donner votre ligne de base. Puis je passerai notre enregistrement.

– Prêt », dit Torvik, les yeux fermés.

Harris passa le segment de trente secondes.

« Encore une fois ? » dit Torvik à la fin de l'extrait.

Harris le repassa.

« OK, et maintenant l'autre. »

Harris changea de fenêtre et fit écouter l'enregistrement de l'*Indiana* à Torvik, dont les yeux étaient toujours fermés.

« Encore ? »

Harris rejoua la deuxième séquence et attendit. Une fois l'enregistrement terminé, Torvik ouvrit les yeux et retira ses écouteurs.

« J'ai mon avis, mais j'aimerais d'abord entendre le vôtre, si ça ne vous dérange pas.

– OK, dit Harris. Pour faire simple, on ne dirait pas le même bateau. J'ai l'impression qu'il y a deux hélices alors que les Akulas n'en ont qu'une. Je sais que ça paraît fou, mais c'est là où je veux en venir. »

Torvik hocha la tête.

« Je suis d'accord.

– C'est vrai ?

– Ça vous surprend ?

– Eh bien, je pensais que vous me contrediriez pour ne pas avoir à changer d'avis et risquer de passer pour un idiot aux yeux du commandant. »

Torvik sourit.

« Comme je vous l'ai dit, je laisse mon ego à quai.

– Je me disais que c'étaient des conneries.

– Vous connaissez ce qu'on appelle les effets acoustiques hydrodynamiques ?

– Oui. C'est le son généré par le déplacement de l'eau le long de la coque et des safrans.

– Exact, et chaque sous-marin a une empreinte acoustique unique. Même deux bateaux de la même classe varient. Dans le cas de la classe Virginia, la différence entre, disons, un bâtiment de Block III et un autre est si insignifiante qu'on ne pourrait pas les distinguer. Mais ce n'est pas le cas ici. Ici, on devrait écouter deux enregistrements différents du même numéro de coque, ce qui signifie qu'ils devraient sonner de manière identique. Ce n'est pas le cas. Ce n'est pas le même bateau. D'ailleurs, à mon oreille, ce n'est même pas la même classe de sous-marin. »

Harris ne put retenir un sourire. Son intuition avait été juste.

« Et maintenant, qu'est-ce qu'on fait ?

– On va importer cet enregistrement large bande dans l'analyseur bande étroite, comme ça l'ordinateur va déconstruire la symphonie en réduisant les fréquences à leurs éléments constituants.

– Je comprends, dit Harris, à qui la métaphore plut beaucoup. L'enregistrement large bande, c'est comme tous les instruments de l'orchestre qui jouent en même temps, mais on va les isoler pour les écouter en solo.

– Exactement. On va faire ça pour le *Gepard* des archives, puis pour le nôtre, et on va comparer. Si nos oreilles ne nous trompent pas, ça ne va pas correspondre.

– Et on va isoler le signal de 151,7 hertz tout beau et tout brillant, c'est ça ?

– Absolument. Si vous avez raison, et je pense que c'est le cas, on pourra conclure avec certitude que ce signal a été diffusé exprès pour nous tromper.

– Et si j'ai raison et que le bateau qu'on suit est le *Belgorod* et non le *Gepard* ?

– On appelle les big boss et on passe pour des chefs plutôt que pour des imbéciles.

– Alors on y va, dit Harris en brandissant le poing. *Kick ass...*

– *Battle bass* », dit Torvik, terminant le slogan de son équipage d'adoption, et ils firent un poing contre poing entre techniciens sonar.

19

BUREAU OVALE
LA MAISON BLANCHE
WASHINGTON, DC
12:45 HEURE LOCALE

Le président Ryan posa sur le Resolute Desk le dossier de cuir contenant le rapport classifié sur Dimitri Gorov, vieux d'une quarantaine d'années, en poussant un long soupir.

« Vous approuvez les conclusions de Reilly, Mary Pat ? demanda-t-il en scrutant le visage de sa conseillère la plus fiable… en particulier sur des sujets aussi sensibles.

– Oui, répondit Mary Pat. Je le connais personnellement, c'est un excellent officier, un homme intègre. C'est pourquoi je l'ai autorisé à rencontrer Katie. Mais ne vous inquiétez pas, il sait tenir sa langue et ne pas fourrer son nez dans les affaires des autres. Le véritable sort d'*Octobre rouge* et de Marko Ramius n'est pas moins un secret qu'avant. »

Les yeux de Mary Pat brillèrent un instant mais son visage ne trahit rien.

« Pensez-vous que j'aurais dû en dire plus sur *Octobre rouge* à la conférence de ce matin ? demanda Ryan.

– Ce n'est pas à moi de le dire, Jack. Mais, franchement, je ne suis pas sûre que ça aurait changé la donne. Je ne pense pas non plus que le fait de garder le secret sur une opération aussi confidentielle ait des conséquences négatives sur l'enquête de Katie. »

Avec un hochement de tête, il tapota le dossier de renseignements rédigé par sa fille.

« Je n'aime pas les coïncidences.

– Moi non plus.

– Alors, pourquoi Dimitri Gorov et sa famille n'ont-ils pas été exfiltrés ? Apparemment, la procédure était déjà en cours, et on l'a lâché alors qu'il avait pris un immense risque en nous contactant. »

Comme à son habitude, Mary Pat observa attentivement Ryan quand il parla. Elle avait un don presque surnaturel pour lire en lui, même s'il se considérait lui-même comme un livre ouvert, écrit noir sur blanc.

« Le directeur de l'époque a dû prendre une décision économique. Comme on était déjà en possession d'*Octobre rouge* et que Marko Ramius était à l'abri sur le continent, le risque était sans doute supérieur à la récompense, surtout avec les dégâts que l'affaire avait dû causer au Kremlin. »

Ryan hocha la tête d'un air distrait, puis se tourna et la regarda dans les yeux.

« Pensez-vous que Dimitri Gorov ait été tué par le KGB ?

– Non. Comme l'a dit Katie, les Russes ne sont pas du genre à exonérer les fils des péchés des pères. Konstantin Gorov n'aurait pas eu le commandement du *Belgorod* s'il avait été considéré comme le fils d'un traître.

– Noyade accidentelle, alors ? demanda-t-il, mais Mary Pat comprit le sens de sa question.

– Peut-être. »

Elle voyait autant que lui que la date de sa mort suggérait un suicide.

« Dans l'ombre, rien n'est jamais noir ou blanc, Jack. Nous travaillons en nuances de gris.

– Je sais, Mary Pat, répondit-il non sans percevoir l'irritation dans sa propre voix. Mais nos décisions et les critères sur lesquels nous les prenons doivent toujours être fondés sur le bien ou le mal.

– Oui, monsieur le Président », dit-elle dans un esprit de conciliation.

Ils avaient déjà eu cette conversation plus d'une fois au fil des ans.

« En tout cas, ça fait quarante ans. Mais maintenant on en sait un peu plus sur le commandant du *Belgorod*. Dans le cas d'*Octobre rouge*, j'ai misé le tout pour le tout à cause du caractère de Marko Ramius. Je me demande si Konstantin Gorov est du même acabit. »

Mary Pat pinça les lèvres, mais ne fit pas de commentaire.

Il préféra ne pas s'y arrêter.

« Du nouveau dans votre enquête sur le désordre en Russie ?

– Pas encore. Mais mon officier traitant a pris contact avec la source qui s'imposait. »

Ryan savait pertinemment de quel « officier traitant » elle devait parler. Et pourquoi c'était à lui qu'elle avait fait appel. Si quelqu'un pouvait aller au fond du problème…

« Si on savait ce qui se passe au Kremlin, on pourrait essayer de comprendre l'affaire du *Belgorod*. Car pour les sous-marins – les nôtres comme les leurs –, les opérations clandestines, les déploiements furtifs et les tentatives d'incursion en eaux ennemies sans se faire détecter n'ont rien d'inhabituel.

– Exact.

– Mais il me semble qu'il y a une différence dans cette situation, dit-il en se tournant vers la fenêtre et le jardin derrière. Un certain désespoir, une certaine bellicosité. Ça me rappelle décembre 1984… »

Mary Pat ne fit pas de commentaire non plus, le laissant exposer le problème à voix haute.

« Il faut qu'on sache s'il y a des torpilles à tête nucléaire à bord de ce sous-marin, dit-il enfin. Si c'est le cas, ça veut dire que le *Belgorod* est opérationnel et en patrouille. Est-ce un sous-marin nucléaire de dissuasion comme nos SSBN, ou autre chose ?

– Les Russes ont déjà leurs SSBN. Ils en ont deux en patrouille en ce moment.

– C'est bien là qu'est le problème, dit Ryan en se frottant la joue. Le *Belgorod* est un bateau à part. Comme l'a dit Katie, c'est un sous-marin de missions spéciales. Il n'a pas été conçu pour rester dans l'ombre en attendant qu'on ait besoin de lui. Le K-329 a été conçu comme un fer de lance pouvant pénétrer nos défenses et mener des opérations pour renverser notre avantage.

– Exact.

– C'est peut-être une arme de première frappe que les Russes viennent de déployer, dit-il en faisant les cent pas.

– Oui, Jack. »

Il s'arrêta derrière son fauteuil et en serra le dossier entre ses doigts. Son esprit se remplit de pensées et de souvenirs inattendus : toutes les épreuves passées de sa famille, toute la patience et même la grâce dont sa femme avait fait preuve vis-à-vis de lui et de sa vocation. Il pensa à Jack Jr, qui était alors lui-même en danger, et à Katie, qui se retrouverait bientôt aux avant-postes dans un conflit qui pouvait facilement dégénérer. Les guerres éclataient lorsque des adversaires croisaient ainsi le fer. Et voilà qu'une fois de plus sa famille se retrouvait prise au cœur même de l'action. Il soupira.

Arrête de comparer. Ce ne sont plus des enfants. Ils ont choisi cette vie, une vie au service des États-Unis.

« Autre chose ? demanda Mary Pat, le tirant de ses réflexions.

– Oui, dit Ryan. Et même plusieurs. Je crois qu'il nous faudrait un regard extérieur, le regard de quelqu'un qui pourrait m'aider à comprendre à la fois ce qui se passe dans la tête du commandant du *Belgorod* et ce que mijote Yermilov. »

Elle haussa un sourcil.

« Un regard extérieur ? »

Ryan hocha la tête.

« Extérieur à quel point ? »

Il voyait déjà l'irritation déformer le visage buriné de l'homme au moment où il recevrait l'appel. Mais l'homme y répondrait, car c'était ainsi qu'il était forgé.

« En ce moment, il se fait appeler Mark Ramsey. La rumeur dit qu'il s'est acheté un ranch dans le Montana. »

Lorsque Mary Pat fit le lien, ses lèvres se retroussèrent.

« Jack, je suis sûre que *Mark* sera ravi de vous revoir.

– Je ne sais pas si « *ravi* » est le mot… Mais il ne peut certainement pas refuser. Cette fois, c'est moi qui suis plus haut gradé que lui. »

L'homme autrefois connu sous le nom de Marko Ramius, le capitaine de vaisseau de la flotte sous-marine soviétique, n'appréciait toujours pas de se voir *convoquer*, mais il était impossible de faire autrement. Le moindre déplacement du Président – même au sein des États-Unis contigus – suscitait des hypothèses et des interprétations. Ryan n'était plus un jeune analyste de la CIA prêt à prendre l'avion pour boire un verre avec lui dans son ranch.

« Faites-le venir au plus vite.

– Très bien, Jack », répondit Mary Pat avant de quitter le Bureau ovale.

Ryan regarda l'heure.

Deux minutes pour se ressaisir avant sa prochaine réunion.

Le temps… J'ai l'impression de ne jamais en avoir assez.

20

USS *WASHINGTON*, SSN 787, « *BLACKFISH* »
EN ROUTE VERS LE NORD-EST AVEC LE GROUPE AÉRONAVAL 12
ATLANTIQUE NORD
14:27 HEURE LOCALE

Il y avait des moments où le capitaine de corvette Dennis Knepper avait l'étrange sensation qu'il devait se pincer pour s'assurer qu'il ne rêvait pas. Il vécut un de ces moments en entrant dans le central du *Blackfish* – le sous-marin d'attaque rapide le plus mortel et le plus furtif des États-Unis. Naviguait-il vraiment à six cents pieds sous la surface de l'océan Atlantique ? Était-il vraiment, à trente-trois ans, le second d'un navire de guerre à propulsion nucléaire de quatre milliards de dollars ? Avait-il vraiment pour mission de garantir l'ordre, la discipline, la sécurité et la qualité de vie de cent vingt-huit âmes au cours des cent soixante-dix-huit prochains jours de déploiement consécutifs ?

Oui, oui, et oui.

Avec un petit sourire, il entra dans le central en se pinçant la joue.

« Commandant, si vous voulez un café, il vous suffit de demander, dit le messager du central, le maître d'hôtel Sullivan, en souriant de toutes ses dents comme le chat du Cheshire. Ici, c'est comme chez Starbucks. Je peux vous servir tout ce que vous voulez. Noir et serré ? Moka ? Noisette ? Torréfaction blonde, brune, ambrée ?... Vous n'avez qu'à choisir. Sullivan vous accompagne dans votre instant plaisir.

– Blonde, brune, ambrée ?... Dites, Sullivan, vous êtes barista ou maquereau ? demanda un officier.

– Eh oh, on se calme, les gars, dit Knepper en riant. Notre chef de quart a l'oreille sensible, et elle n'apprécie pas les sous-entendus salaces ni les grossièretés.

– C'est vrai, dit Juggernaut. Avec moi, pas de conneries, putain ! Et surtout pas de gros mots ! »

Cette déclaration ironique déclencha l'hilarité dans le central.

Et la vie est belle.

Les plaisanteries étaient parmi les choses les plus appréciables dans la vie de sous-marinier. Les moqueries bon enfant, les blagues au croisement du compliment et de l'injure, les observations ironiques sur la vie dans les sous-marins en général et sur le *Blackfish* en particulier faisaient de chaque journée passée en mer une source de rires et de réjouissances. Mais l'humour ne voulait pas dire que l'équipage ne prenait pas son travail au sérieux ; c'était même tout le contraire. Les hommes et les femmes de la Navy étaient prêts à donner leur vie les uns pour les autres, mais cela n'était nulle part aussi vrai que dans la communauté sous-marine, où le moindre membre de l'équipage était formé à parer aux urgences comme à gérer les avaries et où un maître d'hôtel pouvait faire fonction de messager du central. Sous les mers, on ne pouvait pas leur envoyer la cavalerie pour les secourir en cas d'accident. Si tout partait, comme on disait, « en couille », c'était à l'équipage de se sauver lui-même. Porter son insigne aux « dauphins » ou aux « poissons » était plus qu'une affaire d'honneur. C'était un gage de volonté comme de capacité à mettre sa vie en jeu pour ses camarades. Le niveau de compétence n'avait aucun rapport avec le grade ou le sexe. Et le *Blackfish* était allé encore plus loin : ni « dauphins » d'or pour les officiers ni « dauphins » d'argent pour les soldats : quel que soit le grade, les « dauphins » décernés sur ce bâtiment étaient noirs.

Sur l'USS *Washington*, un membre d'équipage ne se voyait pas décerner des « dauphins »… mais une orque – son *blackfish*.

Knepper s'approcha de Juggernaut.

« Comment ça va ?

– À merveille, lui répondit-elle. J'allais justement remonter à l'immersion périscopique pour prendre la dernière vacation. Vous voulez bien rester un peu ici pendant ce temps ?

– Je vous ai dit que j'étais jaloux ? Le hic, depuis que je suis second, c'est que pour moi c'est terminé, les remontées à l'immersion périscopique. Elle me manque, cette époque !

– Si vous voulez le poste de manœuvre, commandant, vous n'avez qu'à me le demander. Je serais ravie de vous former, dit-elle avec un sourire ironique.

– Je m'en voudrais de vous faire honte devant votre équipe de quart avec ma parfaite exécution, répondit-il en plaisantant.

– Le mot "honte" ne fait pas partie de mon vocabulaire, dit Juggernaut. Ici central, à tous les postes de quart, parez à remonter à l'immersion périscopique. Manœuvre, cent cinquante-cinq pieds. »

Dans le central, l'humeur changea soudain. Comme chez les soldats au garde-à-vous, tous les bavardages cessèrent. Le moment de plaisanter était passé ; il était temps de se mettre au travail. Les hommes de quart expérimentés de chaque poste accusèrent réception en succession rapide et bien huilée.

« Manœuvre, cent cinquante-cinq pieds, reçu.

– Sonar, reçu.

– Armes, reçu.

– Quartier-maître, reçu.

– Radio, reçu. »

Ce dernier message arriva dans le haut-parleur du central depuis la salle radio.

Le pilote saisit la nouvelle profondeur de cent cinquante-cinq pieds dans l'interface du poste de pilotage et le *Blackfish* bascula, l'ordinateur calculant l'angle optimal des barres d'avant et d'arrière afin de modifier la profondeur. Remonter à l'immersion périscopique était toujours une opération compromettante. En plongée, un sous-marin de la classe Virginia présentait un risque quasi nul d'abordage ou de contre-détection. Mais remonter à l'immersion périscopique, c'était aller vers la surface et franchir le niveau de la mer avec le périscope – ou, dans le cas du *Blackfish*, avec le mât photonique. L'opération se faisait à vitesse réduite afin de ne pas laisser de « plume », sillage blanc au niveau du mât qui perçait la surface de l'eau, détectable par des navires, des avions ou des satellites. Cette vitesse faible réduisait aussi considérablement là réactivité du *Blackfish* ainsi que sa capacité de manœuvre d'évitement. Le *Blackfish* s'arrêtait généralement à cent cinquante-cinq pieds pour débaffler, réévaluer la situation des contacts de surface et décider de la route et de la vitesse de reprise de vue.

« Chef de quart, immersion cent cinquante-cinq pieds, annonça le pilote une fois que le bateau se fut stabilisé à la profondeur cible.

– Bien. Contacts, rapport, dit Juggernaut en s'avançant pour regarder la console du responsable contacts.

– Chef de quart, on a quatre contacts sonar : Sierra 1, USS *Ford* CVN-78, relèvement zéro-neuf-un, distance huit mille deux cents yards, route parallèle zéro-deux-cinq, quinze nœuds ; Sierra 2, USS *Mason* DDG 87, relèvement zéro-sept-un, distance onze mille yards, route zéro-deux-cinq, quinze nœuds ; Sierra 3, USS *Gettysburg* CG-64, relèvement zéro-huit-deux, distance cinq mille quatre cents yards, route zéro-deux-cinq lui aussi, quinze nœuds ; et Sierra 4, navire marchand relèvement deux-neuf-deux, distance dix-neuf mille yards, route zéro-sept-trois, à dix-huit nœuds, rapporta le midship Rucker en lui donnant le tableau complet des contacts du groupe aéronaval qu'ils escortaient, ainsi qu'un contact solitaire et lointain qui croisait vers l'est.

– Bien, dit-elle. Pilote, à droite, nouveau cap un-quatre-cinq.

– À droite, nouveau cap un-quatre-cinq, reçu. »

Le pilote saisit la nouvelle vitesse demandée dans le transmetteur d'ordres numérique, qui l'envoya au PCP dans le compartiment machine. Il saisit ensuite le nouveau cap dans le poste de pilotage et l'ordinateur du bord calcula l'angle de barre optimal pour exécuter le virage sans provoquer de cavitation ni couler sous le domaine d'immersion en situation de ralentissement. Le bateau s'inclina légèrement à tribord dans le virage, comme l'eût fait un avion.

Knepper, qui avait suivi toute la scène, observa l'écran du sonar large bande : les lignes de trace des contacts Sierra 1 à Sierra 4 changeaient au gré des variations de direction du bateau. Une fois le nouveau cap stabilisé, les deux techniciens système de combat confirmeraient leurs solutions de tir pour les quatre contacts, ayant deux tronçons d'élaboration. Le pilotage d'un sous-marin et la gestion des contacts sonar étaient, fondamentalement, des problèmes de géométrie. Mais la manœuvre ne visait pas uniquement à aider le responsable contacts et les techniciens système de combat à affiner leurs solutions. En virant de soixante degrés à tribord, le chef de quart se trouvait sur un nouveau cap où les panneaux sonar à grande ouverture montés sur la coque pouvaient observer « l'angle mort » du sous-marin. Si un contact se cachait dans le baffle – le cône de silence –, une nouvelle trace large bande apparaissait à l'écran dans le secteur qui avait été bafflé jusque-là.

Alors que le *Blackfish* stabilisait son nouveau cap, Knepper ne remarqua rien de nouveau ni d'inquiétant.

« Chef de quart, le bateau gouverne au un-quatre-cinq à cinq nœuds, rapporta le pilote.

– Bien. Sonar, rapport sur les nouveaux contacts.

– Chef de quart, pas de nouveaux contacts », répondit Adkins, le chef opérateur sonar.

Juggernaut se tourna alors vers Knepper.

« Commandant, je vais remonter à l'immersion périscopique au zéro-deux-cinq », lui dit-elle.

En tant que chef de quart pleinement qualifié et expérimenté, elle n'avait pas besoin de sa permission, mais elle avait fait cette annonce par courtoisie professionnelle. Son supérieur était dans le central, et elle lui offrait la possibilité de donner son avis ou de l'orienter dans sa décision.

« Entendu », répondit-il simplement.

Elle aurait pu décider de remonter à l'immersion périscopique au cap actuel un-quatre-cinq. Tactiquement, il n'y aurait rien eu de mal à ça, mais comme le groupe aéronaval 12 filait vers le nord à douze nœuds, chaque minute perdue à aller dans la mauvaise direction aurait représenté plusieurs minutes pour rattraper le retard. En reprenant le cap zéro-deux-cinq du *Ford*, ils prendraient aussi du retard, mais plus lentement.

« Contacts, c'est bon ? demanda-t-elle à Rucker en faisant allusion au temps nécessaire pour régler leurs solutions de contact.

– C'est bon, chef de quart, dit-il.

– Bien. Pilote, venez à gauche au zéro-deux-cinq. Périscope 2. Montez », dit Juggernaut en utilisant la manette Xbox du poste du chef de quart pour dresser le mât photonique de bâbord.

Lorsque le mât photonique sortit de son boîtier en haut du kiosque, l'écran de droite sur le poste du chef de quart afficha un visuel bleu marine des eaux de l'Atlantique. Des bulles et des débris passèrent devant l'objectif à mesure que le bateau virait. Le pilote annonça le cap zéro-deux-cinq dès qu'il le vit s'afficher sur l'indicateur de cap.

« Bien. Pilote, soixante-trois pieds », dit Juggernaut en regardant l'écran du périscope avec la manette Xbox dans les mains.

Le pilote accusa réception et signala la profondeur par paliers à mesure de la remontée, sa voix étant la seule dans le central par ailleurs silencieux :

« Cent pieds… quatre-vingt-dix… quatre-vingts… soixante-quinze… soixante-dix… soixante-cinq… Immersion soixante-trois pieds. »

Lorsque la caméra du périscope perça la surface de l'eau, Juggernaut fit un tour d'horizon de sécurité (THS) en vingt-quatre secondes sur trois cent soixante degrés dans le sens des aiguilles d'une montre, juste au-dessus des crêtes blanches qui s'élevaient à un mètre de hauteur.

« Pas de contacts rapprochés », annonça-t-elle d'une voix forte et claire, et tout le central poussa un soupir de soulagement.

Bien que le risque soit faible, un sous-marin pouvait toujours aborder un navire de surface au mouillage ou bien un autre sous-marin à l'immersion périscopique. Un bâtiment qui ne bougeait pas et dont les moteurs ne tournaient pas n'avait pas de signature large bande ni de fréquences bande étroite susceptibles d'être détectées par le *Blackfish*.

« Ici sonar, pas de nouveaux contacts », annonça l'opérateur sonar en complément de la veille visuelle.

Knepper regarda l'horloge, qui indiquait deux minutes d'avance. Juggernaut avait exécuté une manœuvre parfaite et le *Blackfish* était arrivé à temps pour prendre la vacation. S'il l'avait ratée, il aurait fallu remonter à l'immersion périscopique une heure plus tard pour faire un nouvel essai.

« Radio, est-ce qu'on a du trafic sortant ? demanda Juggernaut dans l'interphone.

– Négatif, commandant, fut la réponse sur le 27MC.

– Reçu, dit-elle tout en réglant le périscope pour regarder l'USS *Ford*, qui, grâce à sa taille considérable et à son gigantesque franc-bord, était visible même à neuf mille yards de distance. Visuel sur Sierra 1, top bien pointé », ajouta-t-elle en appuyant sur le bouton « bien pointé » de la manette pour envoyer le relèvement à la conduite de tir.

Puis elle zooma jusqu'à l'agrandissement maximal.

« Il semblerait que des opérations aériennes soient en cours, dit Knepper, qui reconnut dans une croix noire un F/A-18 qui décollait depuis le pont d'envol.

– Ça fait plus d'une heure qu'ils y sont. On entend les coups de catapulte, dit l'opérateur sonar.

– Vraiment ? dit-il en haussant un sourcil.

– Oui, vous voulez écouter, commandant ? »

Adkins lui tendit un casque audio à la console non loin de là.

« Bien sûr, répondit Knepper en s'approchant lorsqu'il fut interrompu par l'opérateur radio.

– Ici radio. Le second est-il dans le central ?

– Mais oui, répondit Juggernaut.

– Vous nous l'envoyez ? On a une nouvelle alerte. Vite.

– *Roger*, j'arrive », dit-il.

L'écoute des opérations aéronavales au poste sonar allait devoir attendre.

À l'évidence, un événement important venait de se produire et, à en juger par la voix du radio, la situation était grave.

21

GRUMMAN C-2A DE LA FLOTTILLE VRC-40 DET 2
COD (*CARRIER ONBOARD DELIVERY*)
2 200 PIEDS AU-DESSUS DU NIVEAU DE L'ATLANTIQUE
EN ROUTE VERS L'USS *FORD*
14:38 HEURE LOCALE

Katie regarda sa montre, soupira, puis enfonça sa tête dans le dossier particulièrement inconfortable du C-2A Greyhound à turbopropulseur. Reilly l'avait flattée en la comparant à son père, la personne qu'elle admirait le plus au monde. Si elle s'efforçait d'incarner ses qualités, elle avait malheureusement hérité de sa peur de l'avion, et elle aurait pu s'en passer.

Mais sa peur à elle n'avait pas de raison valable, contrairement à celle de son père, dont elle avait appris la cause – l'accident d'hélicoptère qui avait failli le tuer alors qu'il était jeune marine – principalement grâce à des informations de sources ouvertes. Son père n'en avait jamais parlé de lui-même, et il n'avait guère été prolixe en détails lorsqu'il avait été interrogé à ce sujet. Sa peur à lui semblait donc expliquée. Mais la sienne ?

Elle vient sans doute de lui. Parce que, quand j'étais petite, je ne l'ai vu nerveux que dans ce cas-là. Des terroristes ? Aucun problème ! Des turbulences ? Agrippe l'accoudoir, on n'en sortira pas vivants...

Lorsqu'elle avait dû remplir sa « fiche de voeux » à l'École navale, elle n'avait pas mentionné l'aéronavale – elle avait même éclaté de rire en voyant ce mot dans la liste. Nombre de ses camarades étaient là uniquement pour obtenir des brevets d'aviateur. Pas elle.

Elle regarda une nouvelle fois sa montre et, sans surprise, constata que moins de deux minutes s'étaient écoulées. Le fait qu'elle soit dans les airs depuis plus de trois heures et demie n'arrangeait rien – trois heures et demie à imaginer le coucou de métal s'écraser sur un bateau, c'était long. Ajoutez à cela le manque de confort de l'avion, elle n'avait pas connu malheur pareil depuis son Plebe Summer – c'était même pire, et de très loin.

« Premier appontage ? »

Elle regarda l'homme qui était assis de l'autre côté de l'allée, le seul avec elle, à part Pettigrew à l'autre bout de l'avion – elle le voyait droit devant elle depuis son siège orienté vers le fond – car il avait dit qu'il voulait être aussi près de la porte que possible. Il avait dû crier pour se faire entendre au-dessus du bruit du moteur, et il portait la combinaison de vol verte d'un pilote de l'aéronavale, avec un écusson Top Gun sur l'épaule et un vrai casque de pilote de chasse sur les genoux. Peu après le décollage, elle avait enlevé son « casque antichoc », comme l'avait appelé le membre de l'équipage qui le lui avait remis, ainsi que ses lunettes de vol.

« Oui, répondit Katie. Ce n'est pas votre cas, j'imagine. »

Il sourit.

« C'est vrai. Mais je n'aime pas quand ça ne dépend pas de *moi* si on fait un bolter ou pas… »

Il lui décocha un sourire sous sa moustache balai style années 1980.

« Sans oublier qu'ici on ne voit rien de ce qui se passe dehors. Et qu'on est assis à l'envers…

– Je vois », dit-elle dans un effort de politesse.

Elle ferma de nouveau les yeux, mais ses paupières se rouvrirent et elle se tourna vers le pilote, remarquant l'insigne aux feuilles de chêne argentées d'un commandant sur son épaule. Il avait donc roulé sa bosse.

« Mais il n'y a pas de risque, si ? demanda-t-elle d'une voix nerveuse qui ne fit que renforcer son air de cinglée. Ce genre d'appontement, c'est courant, non ? Quelles sont les chances qu'il y ait un incident grave ?

– Très, très faibles, dit le pilote avec un sourire entendu. Et cet avion est très stable, il a des ailes bien droites et une vitesse d'approche très lente.

– OK, dit-elle comme en cherchant à se convaincre elle-même. Donc ce serait encore plus sûr que dans un avion de chasse.

– Exact, dit-il en hochant la tête d'un air rassurant. Il est rare qu'on entende parler d'incidents graves. »

Elle soupira et ferma de nouveau les yeux.

« Une fois j'ai entendu parler d'un accident », dit le pilote avec une pointe d'amusement dans la voix.

Elle rouvrit les paupières et se tourna vers lui.

« Une bande de VIP qu'un Greyhound était allé chercher sur la côte sous un temps peu clément, vous voyez le genre ?

– Euh, OK... dit-elle en le regardant fixement.

– Au moment où les roues ont touché le pont, la houle a fait remonter le bateau – c'était le *Nimitz*. Bon, juste un coup de malchance, vous voyez ? Mais le train principal gauche s'est effondré et l'avion a basculé à bâbord...

– Quand vous dites basculé...

– Dommage pour lui, il est tombé à bâbord du bateau, dit le pilote avec une lueur dans les yeux, comme s'il prenait du plaisir à raconter cette horrible histoire.

– Il y a eu des morts ? » demanda-t-elle, incapable de résister.

Il se pencha vers elle.

« Un vrai miracle... La roue gauche s'est complètement détachée, et la jambe de train principal gauche a attrapé le brin d'arrêt avant que l'avion ne bascule. Voilà donc ce gigantesque C-2 Greyhound en train de piquer du nez vers la mer agitée, accroché au troisième brin, qui tient la jambe de train principal gauche, et à la crosse d'appontage, qui est toujours accrochée au deuxième brin. Une histoire de fou. Ils ont réussi à mettre des câbles et à le faire remonter comme ça – sur un pont d'envol, l'équipage était extraordinaire – et ils ont évacué tous les VIP et les membres d'équipage. Tout juste quelques bosses et des égratignures. »

Il soupira, toujours en souriant, comme s'il venait de raconter une histoire de pique-nique gâché par une averse.

« Dingue. Une chose qu'il faut que vous sachiez, c'est que ces deux pilotes, ils s'étaient faits dans le pantalon, vous voyez ? Enfin bon, accrochés face au vide, avec la houle à quelques mètres… »

Elle le regarda, bouche ouverte, incapable de dire quoi que ce soit.

« En tout cas, c'est le seul accident dont j'aie entendu parler sur un Greyhound, dit-il en prenant son casque avant de l'enfiler.

– Super », dit-elle en regardant sa montre, après quoi, une nouvelle frayeur montant en elle, elle enfila elle aussi son « casque antichoc ».

Une minute plus tard, la grande gigue aux airs d'adolescent sur la rampe arrière de l'avion cargo se mit à agiter les bras d'avant en arrière, signal qui voulait dire, comme ils le lui avaient expliqué, qu'il restait moins de quinze secondes avant l'appontage.

Elle s'agrippa à ses accoudoirs après avoir resserré son harnais quatre points, puis s'enfonça dans son fauteuil en appuyant sa tête sur le haut de son siège, comme ils le lui avaient demandé.

On est en 2024, Katie. Pourquoi ne pas être restée dans ton bureau à Washington pour faire ça via un lien Zoom sécurisé ?…

Un instant plus tard, elle avait beau s'être préparée, elle se crispa dans son siège, le bruit des moteurs à fond de train lui suggérant qu'ils avaient peut-être raté l'approche, mais, aussitôt après, l'avion s'arrêta brusquement – passant en moins de deux secondes de plus de cent nautiques à l'heure à zéro.

Puis les moteurs se remirent à ronronner. Pour une raison ou pour une autre, elle eut pendant une seconde l'impression que l'avion reculait, puis elle sentit qu'ils viraient sur la droite, sans doute sur le tarmac de l'USS *Gerald R. Ford*.

« Vous voyez ? lui dit le pilote en rabattant la partie transparente de sa visière. Comme une lettre à la poste. »

Elle lui lança le regard noir qui s'imposait et, lorsqu'il se tourna dans son siège, elle remarqua des ailes d'aviateur dorées brodées sur l'écusson qu'il portait sur le torse. Dessous était brodé son nom, ou du moins son indicatif :

Mr. Pibb

Elle secoua la tête et fut soudain aveuglée par la violente lumière qui entra lorsque la rampe à l'arrière de l'avion fut abaissée.

Elle se leva, attrapa son sac à dos et son sac de sport, et suivit le drôle de pilote à l'arrière de l'appareil en tapotant au passage l'épaule de Pettigrew, qui avait l'air de souffrir du mal des transports. Il lui adressa un sourire blafard puis lui emboîta le pas avec son propre barda sur l'épaule. Ils contournèrent quelques équipements lourds, et elle se retrouva juste à côté de l'îlot, qui la surplombait de toute sa hauteur. Un instant plus tard, ils entrèrent par un panneau qui fut souqué derrière eux et elle retira son casque ainsi que ses lunettes de vol.

« Je m'en occupe, lieutenant Ryan, dit la grande gigue, et elle les lui tendit, Pettigrew faisant de même. Merci d'avoir voyagé avec les Rawhides. »

Elle eut envie de préciser qu'elle n'avait pas eu le choix, mais préféra rester gentille malgré les accès de nausée qui lui secouaient encore les tripes.

« Merci de m'avoir acceptée à bord, dit-elle.

– C'est l'avantage du monopole », dit le jeune homme pour plaisanter.

L'aviateur qu'elle avait suivi dans la tour de contrôle – « l'îlot » – disparut à un coin, les laissant, Pettigrew et elle, avec une femme second maître en combinaison bleue. L'écusson bleu à gauche sur sa poitrine portait un insigne de bâtiment de surface brodé au-dessus de son nom, Caspar, et de la mention « IS2 COMBAT ». Le côté gauche de l'écusson représentait une rose des vents.

« Lieutenant Ryan ? dit le second maître.

– Oui.

– IS2 Caspar, de la cellule N2, dit-elle en faisant référence aux sigles de « spécialiste du renseignement 2e classe » et « cellule du renseignement ». Si vous le souhaitez, nous pouvons aller déposer votre matériel dans votre cabine. Ensuite, le second aimerait vous rencontrer. IS2 Pettigrew, je peux vous emmener directement à la cellule N2 et vous présenter à l'équipe si vous le souhaitez, après avoir déposé le lieutenant Ryan.

– Super ! » répondit Pettigrew.

Puis il se tourna vers Katie.

« Voilà bien le pire voyage en avion de ma vie, lieutenant Ryan. Vraiment, merci de m'avoir emmené avec vous, dit-il avec dans la voix un mélange de charme et de sarcasme.

– Tout le plaisir est pour moi, Bubba, répondit-elle, heureuse d'être en vie. Le commandant sera-t-il là aussi ? demanda-t-elle en s'adressant à Caspar.

– La réunion a lieu dans ses quartiers de réception, lieutenant Ryan, mais le commandant Mackenzie peut se joindre à nous ou non en fonction de son emploi du temps.

– OK », dit-elle.

Caspar, qui était à peu près de son âge, lui tendit une carte-clé comme pour une chambre d'hôtel, et Katie la suivit dans la coursive, puis dans un conduit qu'elle descendit sur deux niveaux, avec Pettigrew derrière elle. Cet environnement, bien plus familier pour elle que celui du sous-marin exigu, fit refluer en elle la nostalgie de sa patrouille d'exercice sur le *Roosevelt.*

« Première fois sur un porte-avions, lieutenant Ryan ?

– Non, mais premier appontage par COD. J'ai fait une patrouille sur le *Roosevelt.*

– Comme le *Ford* est un navire flambant neuf, votre expérience sur le *Roosevelt* vous sera utile pour ce qui est de trouver vos repères. Le système des numéros de niveau et de compartiment fonctionne toujours, et je vous donnerai quelques indications importantes à retenir quand on ira déposer vos bagages – la cellule du renseignement, le CIC, le carré, la salle de sport, etc. Vous partagez votre cabine avec le capitaine de corvette Kumari, qui dirige la cellule N2. Les quartiers des officiers ont pour la plupart leur propre salle d'eau : plus besoin de se balader en claquettes pour trouver une douche pour femmes. »

Katie eut beau essayer de retenir leur parcours, elle était déjà perdue. Après un virage en L, Caspar s'arrêta.

« Voilà pour vous, lieutenant Ryan », lui dit-elle devant une porte fermée. Notez bien le numéro, ainsi que ceux du niveau et du compartiment en dessous.

– D'accord, dit-elle tandis que Caspar frappait déjà à la porte.

– Vous pourrez trouver la cellule N2 si je vous donne les numéros de niveau et de compartiment ? Ou voulez-vous que je vous attende et que je vous accompagne ? »

Katie allait répondre lorsque la porte s'ouvrit.

« Bonjour, commandant », dit Caspar à l'officier qui apparut sur le seuil, une femme robuste à l'air sérieux vêtue de son treillis.

Sur sa bande patronymique se lisait le nom « Kumari ».

« Bonjour, second maître, dit Kumari dont le visage s'illumina d'un sourire chaleureux malgré l'apparence de surprise initiale. Je savais que je rencontrerais le lieutenant Ryan avant le second et le commandant. Vous voulez bien accompagner le second maître Pettigrew à la cellule N2 ? Je vais conduire le lieutenant Ryan dans les quartiers de réception du commandant.

– Merci, commandant.

– Pas de problème, Caspar. On vous rejoindra quand on pourra, mais veillez à fournir un accès et un poste de travail à Pettigrew, OK ?

– Entendu, commandant, dit Caspar en faisant signe à Pettigrew de la suivre, après quoi ils disparurent tous les deux dans la coursive.

– Vous entrez, lieutenant Ryan ? »

Katie hocha la tête et entra dans la cabine, qui était étonnamment spacieuse, avec deux bureaux identiques, des armoires vestiaires équipées de nombreux compartiments, et des couchettes avec des rideaux d'intimité bleus à chaque extrémité de la pièce. À côté d'une porte métallique qui menait vraisemblablement à la salle d'eau se trouvait un unique évier en acier inoxydable.

« Désolée d'interrompre votre séjour en solo, dit Katie en déposant ses bagages à côté du bureau et de l'armoire manifestement disponibles.

– Pas de problème, répondit Kumari en souriant. Les femmes officiers sont en nombre impair et j'ai eu un coup de chance mais, pour être honnête, je préfère un peu de compagnie.

– Ravie de l'apprendre, dit Katie en regardant autour d'elle. C'est bien mieux que sur le *Roosevelt* où j'ai fait ma patrouille d'exercice. Je n'arrive pas à croire qu'on ait une salle d'eau et une douche à nous.

– On la partage avec la cabine d'à côté, mais après une patrouille de midship comme j'ai pu en faire sur le *Vinson*, c'est comme le Four Seasons. Attendez de voir la salle de sport.

– Le pont supérieur est différent également. Et je ne parle pas seulement des EMALS ou de l'AAG... dit Katie en faisant référence au système de catapultage électromagnétique et à l'équipement d'arrêt avancé.

– Le second adore faire le tour du propriétaire, dit Kumari en souriant, alors vous en apprendrez sans doute plus que vous ne le souhaiteriez, mais on est fiers de ce vaisseau. Là-haut, c'est différent pour plusieurs raisons, notamment parce que toute la superstructure de l'îlot est placée très en arrière par rapport aux porte-avions antérieurs, ce qui fluidifie la circulation des avions, que ce soit pour quitter l'équipement d'arrêt ou pour aller jusqu'aux catapultes. Ça améliore considérablement l'efficacité des opérations de vol.

– C'est sans doute ça, dit Katie.

– Le pont d'envol est aussi bien plus ouvert, car les armes arrivent par le bas et le carburant aussi. Plus besoin d'empiler les armes partout ni de tirer des conduites de carburant dans l'alignement des avions.

– Oui, dit Katie. Pour moi, c'est la principale différence. Dans mes souvenirs, c'était tout le temps le bazar, et en comparaison, celui d'en haut m'a paru quasiment clinique. »

Kumari acquiesça.

« C'est une différence radicale et c'est l'une des raisons pour lesquelles, comme le second aime le répéter, on est maintenant *« the biggest and baddest »* de tous les navires de guerre. Prenez une petite douche – vous devez en avoir bien besoin après ce long trajet dans le COD –, ensuite je vous accompagnerai à votre rendez-vous, on ira chercher un badge d'accès, puis je vous conduirai à la cellule N2.

– Merci, commandant, répondit Katie.

– Je m'appelle Jaya – Jay, dit Kumari. J'ai vraiment hâte de savoir pourquoi l'ONI vous a envoyée. Le second doit bien être au courant, mais à la cellule N2, on attend toujours que quelqu'un nous dise ce qui se passe. Tout ce qu'on sait, c'est qu'un grand exercice naval russe se prépare et que, pour une raison quelconque, on fait cap vers le nord et non vers l'est comme c'était prévu.

– Je vais tout vous raconter, à vous et au second, mais d'abord, dit Katie en indiquant la salle d'eau, je dois faire un tour par là. »

22

HÔTEL INTERCONTINENTAL
EMILII PLATER 49
VARSOVIE
20:41 HEURE LOCALE

Clark et Dovjenko, l'agent double russe connu sous le nom de VICAR, traversèrent le hall de l'hôtel en bavardant bruyamment – comme deux amis qui seraient venus des États-Unis en voyage d'affaires. Clark réprima une envie d'examiner le hall. Mais ce serait *lui* qui aurait l'air suspect si quelqu'un l'observait. Il laissa James et l'équipe des services clandestins de la CIA faire leur travail, certain qu'ils couvriraient leurs arrières. Jusqu'à présent, ils s'étaient montrés parfaitement capables, même si ce n'était pas *son* équipe, soudée par les triomphes et les échecs communs, les victoires et le sang. Mais, si VICAR livrait comme prévu les informations qu'il leur fallait, peut-être Clark pourrait-il éviter de mettre Ding, Leanna et les autres en danger et rentrer chez lui pour tenir sa promesse de passer du temps avec sa famille.

Ils traversèrent le hall d'entrée en bavardant comme deux vieux amis pour aller se présenter au comptoir d'accueil de Platter, un restaurant réputé pour sa cuisine polonaise moderne. Le jeune homme qui les accueillit les accompagna ensuite jusqu'à une table tranquille dans le fond, le long d'une paroi de verre qui donnait sur la rue.

« Vous êtes clairs », annonça James dans le micro-écouteur de Clark après avoir reçu le rapport positif des deux observateurs de la CIA postés dans le hall d'entrée.

Malgré son sourire de façade, Dovjenko paraissait nerveux, ce qui ne fit qu'accentuer le malaise de Clark.

« Il y a quelque chose qui ne va pas ? demanda Dovjenko dans un anglais impeccable.

– Non, répondit Clark. On est clairs. »

Dovjenko n'avait pas les mêmes yeux qu'à Berlin. Ils étaient fatigués – non, *hagards*.

Et Clark crut déceler une pointe de peur, une émotion qu'il imaginait à la fois peu commune et peu connue d'un homme comme VICAR.

« C'est la même équipe de la CIA qui monte la garde qu'à Berlin ? »

Clark acquiesça.

« Et de votre côté ? »

Dovjenko secoua la tête et lui adressa un sourire crispé.

« *Niet*, répondit-il en russe à la grande surprise de Clark. Cette fois je suis venu seul. Seul et sans autorisation, monsieur Bates. Et sachez-le : c'est notre dernière rencontre. »

Clark sentit son pouls s'accélérer à cette déclaration.

Merde, j'espère qu'il n'est pas compromis.

« J'ai entendu », dit James dans son oreille.

Il avait compris le danger.

« Je mobilise nos soutiens. Un au niveau du bar, un dans le hall et un autre dans la rue. »

Clark examina Dovjenko. Il était clair qu'il s'était passé quelque chose depuis Berlin.

« Que se passe-t-il, Erik ? Est-ce qu'on peut faire quelque chose pour vous, pour votre famille ?

– Non. Ma famille est en sécurité. Je vais bientôt la rejoindre, mais on doit disparaître. Je ne peux pas prendre le risque de venir aux États-Unis – et, franchement, ça ne me dit rien.

– Vous êtes grillé au SVR ? »

Dovjenko eut un petit rire.

« Non.

– OK, alors que se passe-t-il ? »

Dovjenko regarda la fenêtre une minute, puis se tourna vers Clark.

« C'est bien ce que je craignais, monsieur Bates…

– Appelez-moi John, dit-il pour gagner sa confiance.

– C'est bien ce que je craignais, John. Il se passe quelque chose. Quelque chose d'important. Des pièces bougent sur l'échiquier. Les hommes de pouvoir ont envie de changement.

– Qui exactement ?

– De vieux messieurs qui veulent que la Russie redevienne comme avant. »

Ce n'étaient *pas* les nouvelles que Clark avait espérées. Il avait cru que VICAR lui parlerait d'un projet de coup d'État avorté, de jeunes visionnaires russes qui avaient fini au goulag ou qui étaient tombés « accidentellement » d'une fenêtre. Mais voilà que ses pires craintes étaient confirmées…

« Je comprends à quel point ça doit être stressant pour vous. Je sais que vous avez pris des risques, mais il me faut des noms, Erik. Qui sont ces hommes en train de préparer un coup d'État ?

– Je vais vous dire ce que je sais et ensuite il faut que je m'en aille.

– Je comprends », répondit sincèrement Clark.

Dans des circonstances similaires, il aurait fait n'importe quoi pour maintenir sa famille à l'abri.

« Ce n'est pas confirmé, mais je soupçonne que ça vient du colonel général Nikolaï Iline. Il a été vu avec l'amiral Rodionov au Glavpivtorg, à Moscou…

– Attendez, Rodionov, le chef du GRU ?

– Lui-même. Il y avait aussi l'amiral Boldyrev, commandant des flottes russes, et le général Aralovitch, directeur du FSB. Il ne se passe rien en Russie sans que ces hommes le sachent. »

Clark se frotta le menton.

« Quel est leur objectif ? Renverser Yermilov, ou le contrôler ?

– Aucune idée, John. Mais il faut que vous compreniez la mentalité russe. Pour la vieille garde, l'époque de la guerre froide a marqué l'apogée de l'empire soviétique. Vous comprenez ?

– Oui, répondit Clark.

– J'en doute, mon ami, parce que c'est votre pays qui a gagné. En perdant la guerre froide, c'est leur identité, leur fierté et leur raison d'être que ces hommes ont perdues. Or rien ne remplace ça, ni l'argent, ni le luxe, ni l'uniforme. Au temps de la guerre froide, la Russie était une superpuissance. La Russie était forte. La Russie était crainte. Il y a beaucoup de monde aujourd'hui en Russie qui veut revenir à ces jours de gloire. Vous comprenez ce que je dis ? Pour que la Russie puisse s'élever, l'Amérique doit tomber. »

Un frisson parcourut l'échine de Clark.

« Si je comprends bien, ce que vous suggérez, c'est que ces hommes complotent pour agir contre les États-Unis avec ou sans l'autorisation de Yermilov ? »

Dovjenko poussa un long soupir.

« Je n'en suis pas sûr, John. Mais c'est ce qui m'inquiète. »

Clark se frotta la joue.

Et quel rôle joue le Belgorod *dans ce puzzle ?*

Mary Pat lui avait transmis de nouvelles informations qu'il aurait préféré ignorer sur la nouvelle arme fatale développée par les Russes.

« Erik, il y a des rumeurs sur une nouvelle sorte de torpille russe – à propulsion nucléaire, à charge nucléaire, conçue pour voyager sur de très longues distances et échapper à nos systèmes de détection et d'alerte précoce. Nom de code Status-6. Vous voyez de quoi je parle ?

– Ah, le Poseidon. Oui, j'en ai entendu parler.

– Est-ce que cette arme est opérationnelle ?

– Aucune idée. »

Clark réfréna son irritation et s'efforça de garder une voix égale.

« Erik, il faut absolument que je sache si cette arme a été déployée sur le *Belgorod.*

– Je comprends bien. Mais le fait est que je n'en ai aucune idée. Il y a un ingénieur, Popov, qui travaille dans le département des armes au chantier naval Sevmash de Severodvinsk. Peut-être qu'il pourrait… »

Dovjenko s'arrêta au beau milieu de sa phrase, tourna la tête à gauche et regarda la baie vitrée pour étudier la rue. Clark tourna la tête à droite, dos au mur d'angle, mais ne vit rien qui puisse susciter l'inquiétude.

« Tout va bien ? Vous avez vu quelque chose ?

– Non, répondit VICAR. Je suis juste fatigué. Très fatigué. »

Dovjenko se tourna vers lui, les yeux sombres et l'expression grave. Mais, au moment même où le Russe ouvrait la bouche pour continuer, une ombre attira l'attention de Clark.

« À terre ! » cria-t-il.

Lorsque la paroi vitrée explosa, Clark avait déjà sauté sous la table pour se protéger de la pluie d'éclats de verre. Il en sentit quelques-uns traverser la manche de son avant-bras droit lorsqu'il sortit son Wilson Combat EDC X9 du holster qu'il portait dans le bas du dos. Il jeta un coup d'œil à Dovjenko, qui, recroquevillé sur le sol, abasourdi, avait le visage rayé de lacérations sanguinolentes. Il allait lui aussi chercher une arme sous son manteau lorsque la première paire de pieds bottés apparut sur le trottoir, à un mètre de là.

« Non ! » hurla Clark, mais il était trop tard.

Deux coups de feu étouffés par un silencieux retentirent et la tête de Dovjenko se mit à osciller de droite et de gauche, la première balle traversant le milieu de son visage et la deuxième son front. Une deuxième paire de bottes rejoignit la première et Clark réagit avant qu'une pluie de balles ne vienne le tuer derrière le plateau de la table.

Il tira coup sur coup deux fois deux balles de neuf millimètres dans le genou droit de chacun de ses assaillants, brisant les os et tranchant des faisceaux de nerfs, d'artères et de veines. Deux cris retentirent quand les deux tireurs – dont il voyait maintenant qu'ils étaient vêtus de noir de la tête aux pieds – s'effondrèrent sur le sol. Il les mit hors jeu tous les deux d'une seule balle dans la tête.

VICAR ne pouvant plus être sauvé, Clark roula sur la gauche et se leva d'un bond, scrutant la fenêtre brisée en quête de nouvelles cibles. N'en voyant aucune, il traversa la salle de restaurant alors que les clients et le personnel de service, stupéfaits, se ruaient en panique vers les sorties.

« Viking 1, sitrep ? demanda James à l'oreille de Clark en utilisant l'abréviation de *situation report.*

– Source morte, dit Clark d'une voix forte pour que le micro du petit appareil qu'il portait à l'oreille puisse capter sa voix et l'isoler du brouhaha. Et deux tireurs à terre sur le trottoir à l'extérieur du restaurant. Je me dirige vers le hall.

– Viking 1, on a trois tangos qui se dirigent vers vous depuis le hall », dit un homme de la CIA sans que Clark sache lequel car il n'avait pas employé son propre indicatif.

Clark dévia sur la gauche, s'éloignant de la grande entrée, et heurta un serveur qui laissa tomber son plateau et qui resta bouche bée. Le serveur plongea au sol sans un bruit, puis se roula en boule et Clark passa par-dessus, arme au poing.

Deux tireurs s'avancèrent en balayant l'espace de leurs pistolets-mitrailleurs compacts. Ils étaient vêtus de pantalons et de T-shirts, avec à l'épaule des sacoches en cuir d'où ils avaient sans doute tiré leurs armes. Clark resta en position basse, le viseur de son pistolet aligné sur la tempe de l'homme le plus proche, qui se tourna dans sa direction. Le tireur ouvrit grand les yeux quand il vit enfin Clark, mais il était trop tard.

Clark appuya sur la détente.

La balle traversa la tête du tireur au moment où il appuyait lui-même sur la détente, une rafale de tirs traversant la vitrine du buffet de salades avant de semer la destruction tout le long du mur jusqu'aux doubles portes de la cuisine. Clark, déjà à genoux, pointa son viseur sur la poitrine du deuxième tireur, plus petit, accroupi derrière le premier, qui se tourna vers lui en position tactique juste au moment où Clark tirait.

Le tireur bascula en avant et Clark, tout en accélérant vers le mur à côté de l'entrée, lui balança une salve dans le haut du crâne, histoire de ne plus avoir aucun doute.

Une petite femme compacte, vêtue de vêtements d'entraînement et portant un sac de sport à l'épaule, pivota sur elle-même pour lui faire face. À son fusil d'assaut, Clark reconnut une tireuse d'élite. Il l'élimina d'une balle dans la tête.

« On arrive, dit une voix dans son oreille.

– Négatif – gardez votre position », répondit Clark.

Pour l'instant, il était la seule cible. Probablement aucun de ses coéquipiers n'avait été touché. Mieux valait les laisser en réserve pour le moment.

« Couvrez ma sortie et venez me chercher », dit-il en remplaçant le chargeur presque épuisé de son pistolet, qu'il glissa dans sa poche – il ne contenait plus que trois balles –, contre un nouveau muni de quinze projectiles.

On ne sait jamais, se dit-il.

« Entendu, dit James. Nommez l'issue.

– Rue Śliska, répondit Clark en visualisant le plan des rues, qu'il avait mémorisé pour les besoins de l'opération.

– Le véhicule arrivera de l'ouest, il tournera au coin de la rue Sosnowa. Équipe Viking, on suivra le plan Charlie pour l'exfiltration », dit James d'une voix calme dans l'oreille de Clark.

Clark regarda au coin de la rue et dans le hall d'entrée. Ce n'était pas le chaos auquel il s'était attendu, mais tout le monde avait déjà dû fuir. Le jeune homme au chignon, accroupi derrière son petit comptoir d'accueil, regarda Clark avec des yeux terrifiés.

Clark lui fit signe de ne pas bouger et regarda par-dessus son épaule l'endroit où, inerte, VICAR gisait dans une mare de sang de plus en plus grande. Les assaillants avaient beau être des professionnels, ils ne se déplaçaient pas comme des spetsnaz.

Sans doute le groupe Wagner.

Mais pas cette lie de mercenaires parfois déployée pour les opérations noires. Sans doute un mélange d'anciens de l'armée et du GRU. S'ils avaient bien préparé leur opération, ils devaient avoir une équipe d'assaut et une équipe d'appui pour empêcher toute fuite au cas où l'équipe de rue aurait raté son coup.

Ils ont sans doute prévu des soutiens dans le hall pour les tireurs qui sont passés par la paroi vitrée…

« Viking, changement de plan, dit-il. Je ne passe pas par le hall. Variable, je ne sais pas qui vous avez dans la rue mais il doit se repositionner au coin de l'allée qui nous sépare du bâtiment sud lentement et sans éveiller les soupçons. Je sors par l'entrée du personnel qui donne sur l'allée.

– Variable, entendu. Viking 5 et 6, répondez. »

Il entendait le souffle de James, qui se déplaçait tout en continuant à coordonner.

« Viking 5, dit une voix bourrue, accusant réception.

– Viking 6 », dit une autre – le conducteur, songea Clark.

Il fit une rotation à cent quatre-vingts degrés et passa derrière ce qui restait du buffet de salades. Il fit irruption dans la pièce suivante en poussant les doubles portes de l'épaule. Arme au poing, il balaya rapidement le coin gauche, puis l'étroite cuisine. Des casseroles se balancèrent à des crochets suspendus à une hotte ventilée au-dessus de la longue rangée de brûleurs à gaz et du gril. Ce mouvement détourna momentanément son attention, mais il ne repéra aucune cible. Dans un film, il aurait trouvé des cuisiniers terrifiés qui se seraient blottis les uns contre les autres et qui auraient poussé des cris à la vue de son arme. Dans la réalité, les gens ont plutôt tendance à *fuir* le danger et, après les coups de feu, la cuisine était complètement vide. Il attrapa une veste de cuisinier sur l'étagère dans le coin et l'enfila par-dessus la sienne en la boutonnant jusqu'à mi-poitrine, tout en gardant son pistolet à la main.

Puis il s'élança vers l'entrée du personnel, qui servait aux allées et venues des employés ainsi qu'aux livraisons. Il prit une lente inspiration, tenant de sa main droite son pistolet contre sa poitrine et appuyant de sa main gauche sur la barre poussoir de la lourde porte. Il regarda par l'ouverture et, ne voyant rien, il sortit dans la ruelle obscure. Après avoir vérifié à gauche et à droite, il glissa son arme dans le holster qu'il portait dans le bas de son dos. Il enleva sa veste d'un blanc éclatant et s'élança vers le coin de la rue, où son équipe devait venir le chercher.

Les sens en alerte, Clark regarda par-dessus son épaule, juste à temps pour voir un homme aux cheveux ras tourner dans la ruelle. Avec un œil menaçant, l'homme ouvrit sa veste tout en braillant quelque chose et sortit un pistolet-mitrailleur de sous son bras gauche. Clark, qui manquait de temps pour dégainer, plongea derrière une grosse benne à ordures qui fut aussitôt éventrée par un déluge de balles. Des étincelles jaillirent et des balles ricochèrent. Il se plaqua contre le mur et sortit son pistolet.

La mitraille s'arrêta et Clark en déduisit que l'agresseur était en train de changer de chargeur. Deux coups de feu retentirent, tirés par une arme différente et par un porteur différent, suivis par un bruit sourd. Clark passait d'un accroupissement genou à un accroupissement de combat lorsqu'il entendit une voix dans son oreille.

« Tireur à terre, Viking 1. Vous êtes clair. »

Clark en se retournant aperçut Tom, un agent de la CIA, qui lui adressa un bref signe de la main gauche tout en balayant la rue de son pistolet de la main droite. Il n'eut pas le temps de faire un pas que Tom reçut une balle dans la tête et tomba au sol.

« Sniper ! dit James dans son oreille. Qui a un visuel ?

– Le tir semblait venir du toit du bâtiment nord-ouest en face. Il a abattu Viking 3. Vous avez un visuel ? demanda Viking 5.

– Viking 3 tué en mission, dit Clark tout en regagnant la benne à ordures. Équipe Viking, n'exposez plus personne. Tant qu'on n'engage pas le combat, ils ne savent pas qui on est. Variable, exfiltrez, exfiltrez, exfiltrez.

– On ne va pas vous abandonner, Viking 1 », dit James.

Clark serra les dents, agacé.

« Je ne propose pas de me sacrifier, Variable. Exfiltrez l'équipe. Quand je serai clair, je vous indiquerai un nouveau point de ramassage.

– *Roger*, Concret. Le sniper n'est que quatre étages au-dessus du sol, sa ligne de vue dans la ruelle est donc limitée. »

Clark eut un sourire crispé. James, si c'était son nom, connaissait son affaire. C'était là une information précieuse. Si le sniper avait été sur un immeuble plus élevé, Clark aurait eu très peu de moyens de quitter sa position.

James est peut-être un ancien officier de terrain.

« Entendu, Variable. À bientôt », dit Clark.

Il passa brièvement la tête au coin de la benne avant de reconstituer mentalement ce qu'il venait de se passer. Pas de ligne de vue depuis le bâtiment que James avait décrit depuis sa position, mais le sniper pouvait aussi coordonner d'autres tireurs de Wagner et les diriger vers Clark.

Il se dressa au-dessus de la benne et vit un homme agenouillé à côté du corps du tireur. L'homme cria, leva les bras et courut.

Civil.

Ses arrières étant dégagés, Clark pivota sur ses talons et s'élança direction ouest. Il atteignit le coin de la rue en une petite dizaine de foulées à pleine vitesse, son pistolet en position d'attente. Au coin, il percuta quelqu'un qui arrivait juste à ce moment-là.

« *Przepraszam* », marmonna-t-il en manière d'excuse, après quoi il remarqua le Radom VIS 35 dans la main de l'homme qu'il venait de percuter.

De son bras gauche, il immobilisa la main armée sur le côté de son corps. Le tireur luttant pour se dégager, Clark finit par s'agenouiller en plaquant de la main droite le canon de son pistolet au milieu de son dos. Il appuya deux fois sur la détente. Les balles traversèrent la colonne vertébrale et la cage thoracique du tireur. La moelle épinière ayant été touchée, le corps devint instantanément inerte et l'odeur soudaine d'urine et d'excréments montra que la vessie et les intestins se vidaient.

Clark repoussa le corps et le balança dans la rue.

« Merde ! » entendit-il par-dessus le vrombissement d'une Vespa qui arrivait.

L'ado qui la montait fit une embardée pour éviter le corps et pila juste devant Clark. Il s'éloigna en abandonnant son véhicule, horrifié, tandis que, de son sac attaché à l'arrière, des livres et des cahiers tombaient dans le caniveau et sur le trottoir. Clark glissa son arme sous sa ceinture, redressa la Vespa et l'enfourcha. Un instant après, il filait dans Sienna vers l'ouest. En arrivant sur la grande avenue à six voies, il regarda brièvement à gauche et à droite puis traversa le carrefour à toute vitesse en zigzaguant comme sur une piste de motocross sous les hurlements des klaxons.

« L'équipe Viking est claire, dit James à l'oreille de Clark. On file vers l'ouest sur Listopada. »

Clark faillit déraper en tournant à gauche pour se garer sur un petit parking en face d'un magasin style bodega. Il descendit de la Vespa sans couper le moteur et la projeta contre un réverbère. Il essuya le sang de ses deux mains sur la face intérieure de sa veste de sport, qu'il boutonna pour dissimuler les taches avant d'entrer, faisant sonner un petit carillon au-dessus de la porte. Il alla vers le fond, regardant à gauche puis à droite comme s'il cherchait quelque chose, puis scruta le dernier rayon tout en regardant vers la porte d'entrée, prêt à repartir au front en cas de menace potentielle.

« *Czy moge pomóc ci cos znalezc ?* » demanda une voix féminine.

Une petite femme, un tablier noué autour de sa taille généreuse, lui souriait sous ses cheveux gris tirés en chignon. Pouvait-elle l'aider à trouver ce qu'il cherchait ?

« *Znalazłem to* », répondit-il en attrapant au hasard une boîte sur le deuxième rayon avant de la lui montrer, tout sourire.

J'ai trouvé !

La femme, amusée, lui dit en polonais qu'il était un bon mari. Il regarda la boîte.

Tampony.

Il se dirigea vers la caisse.

« J'ai votre traceur, Viking 1, lui dit James dans l'oreille. Confirmez que vous êtes dans un magasin appelé Żabka dans Sienna.

– Aucune idée, marmonna-t-il. Je suis dans un magasin de proximité, et oui, il se trouve dans Sienna.

– Deux minutes, dit James.

– Parfait, marmonna-t-il. Ça me laisse juste assez de temps pour payer mes tampons. »

Il y eut un silence.

« Répétez, Viking 1 ?

– Venez me chercher », dit Clark tout en sortant des billets froissés pour les donner à la jeune femme.

Elle sourit, glissa la boîte de tampons dans un sac en plastique et lui tendit sa monnaie – en zlotys, l'unité monétaire polonaise.

Il regarda par la vitrine jusqu'au moment où il vit s'arrêter la Jeep Avenger blanche. Il sortit discrètement du magasin, sauta sur la banquette arrière et fit signe au conducteur de rouler. James, sur le siège passager, le regarda par-dessus son épaule tandis que le SUV repartait, prenant la direction nord au premier virage.

« Sain et sauf ? » demanda James.

Clark fit bouger son cou et vérifia intérieurement s'il ressentait encore une douleur autre qu'à son bras, qui brûlait encore atrocement à la suite des nombreuses petites coupures qu'il s'était faites. Il ouvrit et ferma les poings.

« Cinq sur…

– Reçu, dit James. On a perdu Tom.

– Je sais, dit Clark. Je suis vraiment désolé.

– Vous n'y êtes pour rien, dit l'agent de la CIA. En attendant, il faut qu'on trouve un endroit où se cacher.

– Direction l'aéroport », dit Clark en sortant son pistolet de son holster.

Ginnie lut aussitôt dans ses pensées et sortit une boîte de munitions d'un sac à dos gris accroché au dossier du siège conducteur. Clark éjecta le chargeur du X9, le remplit de cartouches, puis sortit de son manteau le chargeur presque vide pour en faire autant.

« Quoi ?… Pourquoi ? demanda le conducteur, un sniper appelé Spencer. Il faut d'abord récupérer notre homme. Il faut rapatrier son corps. »

Clark lui adressa un sourire crispé dans le rétroviseur.

« Je comprends bien, mais on est compromis en pays étranger. On veillera à ce que le département d'État s'occupe de le rapatrier. Je m'y engage, et ce sera fait avec toute la dignité qu'il mérite.

– On s'occupera de Tommy, dit James au conducteur en lui serrant l'épaule avant de se tourner vers Clark. Et maintenant ?

– Vous vous exfiltrez avec votre équipe, répondit Clark.

– Et vous ? demanda James. On est tous dans le même bateau. »

Clark fit non de la tête.

« Plus maintenant. Les enjeux ont évolué. Mon équipe arrive, on va s'occuper du reste.

– Attendez… » commença James.

Clark comprit. S'il avait perdu un homme et qu'on lui avait ensuite ordonné de se retirer, ça lui aurait fait mal aussi. Mais la situation exigeait un tout autre niveau de cloisonnement et d'expérience de terrain.

« Écoutez, vous êtes des pros, vous avez fait tout ce que j'attendais de vous, mais cette affaire est en train de partir en vrille. C'est là que mon équipe et moi intervenons. »

James fit oui de la tête mais, visiblement, ça ne lui plaisait pas.

« Vous partez en Russie, c'est ça ? »

Clark soutint son regard sans rien dire.

« OK, OK, j'ai compris. Mais il doit bien y avoir un moyen de vous aider ?

– Conduisez-moi à l'aéroport, puis rapatriez votre homme et votre équipe, répondit Clark.

– Je crois qu'on a mérité une place à la table des négociations, John, dit James sur un ton solennel.

– Sans doute. Mais cette table est réservée aux invités et je n'ai pas la main sur la liste. Et croyez-moi, ce qui va se passer maintenant, vous n'avez pas trop envie de le savoir. »

James soupira, puis fixa Clark avec un sourire crispé.

« Vous bougez plutôt bien pour un vieux monsieur », dit Ginnie sur la banquette à côté de lui.

Clark sourit et la regarda.

Elle sortit une trousse médicale de son sac à dos gris, qu'elle lui tendit.

« Pour votre bras.

– Merci », dit-il en ouvrant la trousse sur ses genoux, puis en retroussant sa manche pour exposer des dizaines de coupures dont certaines contenaient encore des morceaux de verre, qu'il retira avant de les jeter sur le tapis de sol.

Ils firent ensuite le trajet en silence, Clark planifiant intérieurement la suite des événements. Il devait se rendre à Severodvinsk et rencontrer Popov, l'ingénieur de Sevmash. C'était la prochaine étape s'ils voulaient savoir ce qui se tramait avec les Status-6. Après ça, ils feraient tout ce qu'ils pourraient pour empêcher le coup d'État que préparaient les « vieux messieurs » de Moscou. D'ici là, il devait présenter ses découvertes à Mary Pat et lui révéler le sort de VICAR. La perte de leur taupe la plus haut placée en Russie était un coup terrible pour la communauté du renseignement.

Il souffla de l'air entre ses lèvres pincées.

Plus que quelques heures et il plongerait la tête la première dans un terrier très sombre et très profond pour l'une des missions secrètes les plus dangereuses qui soient.

Ils allaient infiltrer le chantier naval et la base navale les plus sécurisés de la flotte du Nord.

Autant dire que les tendres retrouvailles avec ses petits-enfants allaient devoir attendre un peu.

Ces putains de Russes ! Voilà les pires vacances de tous les temps…

23

ROUTE 46 K AU SUD DE L'A113 (GRAND PÉRIPHÉRIQUE MOSCOVITE)
UN PEU À L'EST DE DOLGINIKHA
80 KILOMÈTRES AU NORD DE MOSCOU
21:23 HEURE LOCALE

Le président russe Yermilov tapota le porte-gobelet sur l'accoudoir de sa limousine Aurus Senat en essayant de calmer sa colère. Il avait cédé au vieil homme, il avait adhéré à la vision de l'ancien ministre de la Défense et accepté son aide pour que la Russie redevienne la puissance mondiale qu'elle pouvait – qu'elle *devait* – être, mais n'était-il pas toujours président ? Cette convocation nocturne était tout bonnement insupportable. Il avait un profond respect pour son mentor, mais un abus aussi flagrant ne pouvait pas demeurer sans réponse. Iline resterait bel et bien son proche allié et confident, mais ce vieux schnock avait besoin qu'on lui rappelle qui était à la tête de la Russie.

Il regarda Boris, le garde du corps personnel qu'il avait choisi avec soin et qui l'accompagnait depuis des années. La Russie traversait une période dangereuse, on n'était jamais trop prudent. Amis, ennemis, confidents, traîtres… ici, ces titres pouvaient changer en un clin d'œil. C'était le revers du capitalisme, mais aussi sa force. Yermilov payait Boris dix fois plus que les soldats en puisant dans son coffre personnel. Il prenait aussi soin de sa famille. Boris n'avait de loyauté que vis-à-vis de lui et par conséquent n'avait d'ordres à recevoir de personne d'autre.

Je sais ce qui est arrivé à Jules César.

Ce colosse, véritable mur de muscles, regardait droit devant lui. Mais Yermilov savait que derrière cette force de la nature se cachait un guerrier compétent et instruit. S'il avait arraché Boris aux spetsnaz, c'était que, plus qu'un chien de garde, il voulait un tacticien à ses côtés.

« Toi seul entreras avec moi, Boris. Les autres resteront dehors.

– Comme vous voudrez, monsieur. Je posterai les autres dans le périmètre.

– Je n'ai confiance qu'en vous », ajouta Yermilov sans bien savoir pourquoi il exprimait ce sentiment.

Peut-être parce que c'était vrai.

Boris soutint son regard et hocha la tête comme pour dire : *Prudente philosophie.*

Le véhicule de tête ralentit et, tournant à gauche, arriva devant un imposant portail en fer forgé qui coupait un mur de brique de trois mètres de haut entourant le domaine. Le colonel général « retraité » Nikolaï Iline avait une opulente résidence qu'avaient sans doute financée des sources de revenus douteuses. Yermilov était parfaitement conscient de l'ironie qui faisait que cet homme parlait souvent de restituer sa grandeur à la patrie russe alors qu'il avait amassé une fortune personnelle considérable après la chute du communisme.

Iline allait-il céder sa fortune et ses privilèges dans les jours à venir ?

Yermilov n'était certainement pas prêt à le faire.

Le convoi présidentiel descendit la longue allée de gravier, la maison de brique de deux étages avec sa toiture en tuiles espagnoles apparaissant petit à petit. Le véhicule de tête s'arrêta devant. Le deuxième, celui de Yermilov, arrivait une bonne trentaine de mètres derrière, tandis que le troisième se mit en travers de l'allée pour bloquer le passage encore une trentaine de mètres plus loin.

« On va patienter ici, monsieur », dit Boris.

Yermilov laissa échapper un long soupir de frustration. Cette rencontre ne le réjouissait guère, mais elle était nécessaire.

Or, au Kremlin, c'était exclu.

Boris toucha son oreillette, puis se tourna vers lui.

« Les vérifications sont faites, monsieur. »

Là-dessus, Yermilov sortit de la limousine ainsi que Boris.

Les deux minutes suivantes passèrent lentement, Yermilov répétant le discours par lequel il allait faire la leçon à son ancien patron, le recadrer sans pour autant lui briser le moral. Il savait qu'il avait besoin d'Iline. Ce militaire et maître-espion de légende avait tissé un réseau complexe de liens et de dettes à récolter qui était absolument nécessaire à son maintien au pouvoir. Le petit mais puissant comité qu'il avait formé pour la restauration de la patrie lui était totalement fidèle. Yermilov ne comprenait pas exactement ce que signifiait pour lui « restaurer la patrie », mais un retour au communisme était tout aussi irréaliste qu'impraticable. Un renforcement du contrôle, de la propagande et de la puissance militaire : voilà certainement ce qu'Iline avait en tête avec son petit comité.

Un renforcement de l'influence sur moi…

Le projet de déployer le *Belgorod* pour neutraliser le réseau sonar de la côte Est américaine, puis de lancer secrètement une torpille Poseidon dans le port de Norfolk, était sorti du cerveau d'Iline. Yermilov était en fait contrarié de ne pas y avoir pensé lui-même. La Russie conservait des centaines de missiles dans des silos, prêts au lancement à tout moment, mais ces missiles avaient également leurs limites. Ils étaient détectables par les satellites espions américains. Ils mettaient du temps à atteindre leur cible et ils pouvaient être abattus par des systèmes de défense antimissile. Mais déployer une ogive nucléaire, indétectable, au cœur même de la flotte américaine, et prête à exploser à tout moment… là était la puissance, la vraie. Impossible à abattre. Impossible à contrer. Il savourait cette perspective. L'équilibre des forces lors des négociations avec Washington s'en trouverait modifié.

Et Iline le lui avait assuré : une détonation accidentelle était impossible.

Ce plan était brillant. S'il fonctionnait, pourquoi ne pas répéter l'expérience en envoyant le K-329 lancer en toute furtivité un Poseidon sur chacune des grandes villes portuaires américaines : New York, Boston, Groton, Charleston, Jacksonville, Miami ?

Cette simple pensée le fit sourire comme un savant fou.

Sa machine de propagande avait déjà fait circuler des informations sur les torpilles Poseidon, exagérant un peu leur vitesse, leur portée et leur furtivité. Les médias occidentaux, s'emparant de ces révélations, avaient publié des dizaines d'articles sur cette nouvelle arme fatale russe et sur le risque de tsunami nucléaire. Il aimait ça : cette frénésie de peur, de doute.

Les Américains ne pouvaient s'en prendre qu'à eux-mêmes. Dans leur soif de domination, ils avaient perdu de vue l'essentiel et ils s'étaient laissé distraire à l'idée d'aller chasser des chevriers en Afghanistan – une erreur qu'à ses yeux l'ex-Union soviétique avait elle-même commise. Il était parfaitement conscient de l'ironie de la situation : deux guerres tout aussi inutiles dans ce pays du Moyen-Orient avaient tour à tour érodé les ressources et la motivation nécessaires à l'Union soviétique pour conserver sa place dans l'ordre mondial et affaibli la motivation et la puissance militaire des États-Unis.

La porte s'ouvrit.

« Les vérifications sont faites, monsieur, dit Boris.

– Bien », répondit Yermilov.

Je vais commencer par lui rappeler qui est à la tête de la Russie. Et ensuite, on pourra passer aux choses sérieuses.

Il franchit la grande porte en bois à deux battants à l'entrée de la maison, contrarié qu'aucun des hommes imposants en costume sombre qui se tenaient de part et d'autre ne se soit mis au garde-à-vous sur son passage. Il est vrai que c'était un rendez-vous hautement secret.

Iline a dû ordonner à ses hommes de faire comme si je n'étais jamais venu.

Une femme à l'allure sévère, mince, d'un certain âge, avec des cheveux grisonnants tirés en arrière, le visage pâle, attendait juste derrière.

« Il vous attend dans son bureau, monsieur le Président, dit-elle en inclinant la tête avec déférence contrairement aux brutes épaisses qui étaient dehors. Par ici, je vous prie. »

Elle conduisit Yermilov à travers le hall sombre et majestueux agrémenté de meubles et de souvenirs d'une époque révolue. Ils passèrent ensuite devant une magnifique salle à manger en pierre et en marbre, avec une table assez grande pour réunir vingt convives qui évoquait l'époque des châteaux et des tsars. Elle s'arrêta devant une lourde porte en bois sculpté qui n'était pas surveillée.

« Si le Président n'y voit pas d'inconvénient, le général aimerait le voir seul », dit-elle.

Boris s'avança, une main levée en signe de protestation, mais un regard de Yermilov l'arrêta.

« Il est *seul*, monsieur le Président », dit-elle en ouvrant la porte.

Boris passa devant son employeur pour aller examiner brièvement la pièce, puis ressortit et, de la main, fit signe que tout était en ordre avant d'aller se poster à côté de la porte, les mains croisées devant lui.

Yermilov entra après un ultime signe de la tête à son officier de protection, la lourde porte se refermant derrière lui dans un bruit sourd. Le général était assis dans un immense fauteuil en cuir à haut dossier derrière un bureau en bois plus modeste, les coudes appuyés sur le feutre vert. Il apparut soudain à Yermilov que ce bureau ressemblait à celui de Lénine dans de nombreux portraits et photographies. Mince, connaissant Iline, il était tout à fait possible que ce soit effectivement l'ancien bureau de Lénine. Il réprima une envie de faire un commentaire. Reconnaître le bureau de Lénine reviendrait à flatter Iline, et il refusait de le faire.

Pas aujourd'hui.

« Quel plaisir de vous revoir, Nikita, dit Iline. Je vous en prie, asseyez-vous. »

Cette désinvolture irrita le président russe.

« Je préfère rester debout, Nikolaï, répondit-il en évitant les titres honorifiques comme l'avait fait le vieil homme. Nous avons une affaire urgente à régler, vous et moi. Une affaire que l'on m'a signalée alors que j'étais en route, rien de moins.

– Bien sûr, monsieur le Président, reconnut Iline, dont le regard exprimait moins de respect que ne le méritait le titre. Qu'est-ce qui vous contrarie ainsi ? »

Yermilov se mit à faire les cent pas, se forçant à marcher avec lenteur, autorité, puissance, comme s'il réfléchissait à la meilleure façon de gérer cette situation gênante. Puis il s'arrêta pour se tourner vers Iline, toujours assis à ce bureau qui, il en était maintenant certain, était l'ancien bureau de Lénine.

« J'exige que vous me disiez quelles informations vous avez sur l'assassinat d'un agent du SVR survenu à Varsovie ce soir même », dit Yermilov en fixant Iline du regard.

Plutôt que de se faire tout petit ou ne serait-ce que de le regarder avec respect, Iline éclata de rire.

« C'est donc ça qui vous met dans cet état ? Nikita, je vous en prie, asseyez-vous. Si nous voulons passer les dix prochaines années ensemble, à faire renaître la Russie des cendres de son passé après l'enfer de cette expérience capitaliste ratée, il faut que nous puissions aborder les sujets délicats. Asseyez-vous et buvez un coup avec moi. Buvons un coup de vodka et parlons en hommes – comme les chefs russes que nous sommes. »

Iline, qui avait déjà reculé son fauteuil, ouvrit un tiroir d'où il sortit une bouteille de Russian Standard ainsi que deux verres. La bouteille s'embua immédiatement, signe que le compartiment était réfrigéré ou qu'il y avait un seau à glace dans le tiroir.

Yermilov, décontenancé, s'installa, conscient de l'image qu'il offrait, assis *devant* le bureau du général. Heureusement, ils n'étaient que tous les deux. Mais il n'en fallait pas moins mettre les points sur les i. Il accepta le verre de vodka fraîche que lui offrait son hôte, mais n'en but pas, se contentant de le tenir sur ses genoux.

« Si j'en juge par votre réponse, vous savez exactement de quoi je parle.

– *Da*, répondit Iline en buvant une généreuse gorgée de vodka avant de remplir à nouveau son verre. L'agent du SVR s'appelait Erik Dovjenko. Il menait des enquêtes – des enquêtes dangereuses – par l'intermédiaire d'un collègue du GRU. Le réduire au silence était une nécessité pour protéger notre opération – pour *vous* protéger, Nikita.

– Quoi qu'il en soit… » dit Yermilov, incapable d'empêcher son irritation de poindre à nouveau dans sa voix.

Il but une gorgée de vodka fraîche et douce. Il ne fallait pas suivre le même rythme qu'Iline, mais ne pas boire eût été une marque de faiblesse.

« Là n'est pas la question. Dois-je vous rappeler, Nikolaï, que je ne suis plus votre élève, ni même votre collègue ?

– Vous avez l'air fâché. »

Yermilov fit claquer son verre sur le bureau.

« Je suis le président de la Russie ! Je dirige non seulement la Russie, mais l'armée, le SVR et le GRU. Donc vous. Est-ce clair ? »

Iline le fixa de nouveau avec le même sourire irritant et condescendant. Avant de répondre, il remplit le verre de Yermilov, reboucha la bouteille et la rangea dans le tiroir de son bureau, un geste qui n'échappa pas à Yermilov.

« Dites-moi, monsieur le Président... », commença Iline en se levant avec son verre à la main.

Il se dirigea vers une grande fenêtre qui donnait sur le jardin derrière la maison, avec une vue jusqu'au lac.

« Saviez-vous qu'Erik Dovjenko était une taupe au service des Américains ? Vous saviez sans doute que c'était un agent double qui travaillait pour la CIA ?

– Quoi ? demanda Yermilov, stupéfait. Impossible. J'aurais été prévenu immédiatement et j'aurais moi-même donné ordre de l'exécuter.

– Cela eût mieux valu, en effet, dit doucement Iline sans quitter le lac du regard. Mais la réalité est là. »

Il but son deuxième verre, puis se tourna lentement vers Yermilov. Son sourire avait disparu.

« Nikita, Dovjenko était un agent double. Apparemment depuis un certain temps. Il a rencontré un agent américain à Berlin avant-hier, et il s'est mis à poser des questions sur le K-329 et sur sa mission. Sur Rodionov et sur Boldyrev également. Nous pensons qu'il a transmis leurs noms aux Américains comme étant liés à l'opération. Ils ont peut-être aussi celui d'Aralovitch, nous n'en sommes pas sûrs. Quoi qu'il en soit, je ne pouvais pas faire autrement qu'agir. J'ai demandé à Rodionov de mobiliser des agents du groupe Wagner pour éliminer Dovjenko avant qu'il ne cause des dégâts supplémentaires.

– Vous auriez dû me tenir au...

– Ne faites pas l'enfant, Nikita. Pour que nous puissions réussir, vous devez faire passer cette mission avant votre ego. Voilà ce que je vous avais appris à faire... à moins que vous n'ayez oublié toutes vos leçons, monsieur le Président ? »

Iline retourna à son fauteuil, glissant son verre dans le tiroir de son bureau et fixant Yermilov dans un long silence gêné.

« On ne peut plus faire marche arrière, Nikita. Votre seul espoir pour conserver le pouvoir – pour devenir le président de cette *nouvelle* Russie qui arrive –, c'est notre réussite, et notre réussite secrète. Nous avons colmaté la brèche, mais nous ignorons tout de ce qui s'est dit pendant les quelques minutes où votre traître a rencontré son officier traitant de la CIA. Nous devons donc agir avec prudence. »

Yermilov se leva, oubliant son verre sur le bureau, et s'éloigna à grands pas, l'esprit troublé. Comment avait-il pu ignorer tout cela ? La réponse était évidente. Iline – c'était clair comme le jour – Iline, Rodionov, Aralovitch, Boldyrev et Dieu seul savait qui encore constituaient ce cercle qui, comme il s'en apercevait maintenant, le tenait à l'écart, contrôlant les flux d'informations entre leurs organisations respectives et le Kremlin. Ce n'était pas un groupe de loyalistes qui l'auraient protégé par un certain degré de déni en cas de fiasco ou de révélation. Non, c'était un groupe de vieux messieurs qui voyaient en lui un obstacle au progrès. Ce qu'Iline appelait la Nouvelle Russie était en fait la *vieille* Russie.

Il regarda son verre posé sur le bureau. Le bureau de Lénine...

Ces hommes souhaitaient vraiment revenir à l'ère de l'Union soviétique. En contrôlant les informations dont il disposait, ils le contrôlaient, lui. Telle une grenouille dans une marmite dont la température monterait lentement, il avait cédé le pouvoir à une cabale de vieillards sans même s'en apercevoir.

Il en était malade.

La mission *Belgorod*.

Et si elle échouait ? Et si les Américains surveillaient le lancement et récupéraient le Poseidon ?

Ils me feraient porter le chapeau. Ils réclameraient ma démission. C'est certainement leur plan de secours.

« Vous avez raison de vous inquiéter, Nikita », dit Iline et, en se retournant, Yermilov le vit avachi sur son fauteuil, les mains jointes et le menton posé dessus, avec ses deux yeux jeunes et clairs au milieu de sa vieille face burinée.

Yermilov se sentit défaillir.

« Nikita, il va y avoir un coup d'État. Un coup d'État sans effusion de sang, car le vrai transfert du pouvoir se fera en coulisses, vous comprenez ? Vous conserverez votre position et votre fortune. Et nous travaillerons avec vous, plutôt que pour vous, à mettre l'Amérique à genoux pour que la Russie puisse se relever. Vous comprenez ? C'est la seule solution.

– Vous m'avez trahi, siffla-t-il.

– Ah, dit Iline en agitant la main. Encore une fois, ne faites pas l'enfant. C'est mieux comme ça. Bien mieux que l'autre type de coup d'État, *da ?* Et maintenant, terminez votre vodka en homme. »

Yermilov retourna à son fauteuil.

Je suis à l'abri. C'est moi qui dirige, se dit-il en son for intérieur.

Si Boldyrev avait le contrôle opérationnel du K-329, le lancement d'un Poseidon à charge nucléaire nécessitait une autorisation présidentielle. Il pouvait refuser de la donner. En tant que président, lui seul avait le contrôle des codes nécessaires pour armer et lancer toutes les armes nucléaires. Sans les codes, le K-329 n'était pas tant une arme qu'une démonstration de force. Sans les codes, il n'était que forfanterie.

Iline croit m'avoir mis dos au mur ; il se trompe.

Il prit son verre, but sa vodka d'une traite et fixa le traître assis derrière le bureau de Lénine.

« Il semblerait que nous ayons plus que jamais besoin l'un de l'autre. Et que ce ne soit que le début.

– Ne vous sentez pas trahi, Nikita, dit Iline avec une voix paternelle et des traits adoucis. Nous sommes vous comme moi au service, non de nous-mêmes, mais de la patrie russe. L'heure d'une nouvelle guerre froide est arrivée. Ensemble, nous lutterons contre l'hégémonie américaine et nous redeviendrons une superpuissance. Et quand ce moment viendra, nous mangerons ensemble et nous rirons du passé. »

Ton arrogance, tu la paieras, mon vieux.

Yermilov se leva et, tendant la main à Iline en travers du bureau :

« Pour la patrie russe », dit-il.

La poignée de main d'Iline fut bien plus forte et bien plus puissante que ce à quoi Yermilov s'était attendu de la part de ce vieil homme.

« Pour la patrie russe, dit Yermilov en soutenant le regard d'Iline. Et tenez-moi informé. Je n'aime pas les surprises.

– Je ferai mieux à cet égard, monsieur le Président.

– C'est tout ce que je vous demande. »

Il lâcha la main d'Iline et gagna la porte, où Boris l'attendait. Une image lui traversa soudainement l'esprit : celle de César, poignardé par tous les membres de son propre Sénat.

Iline pourrait facilement m'assassiner ici et maintenant s'il le voulait.

La main de Yermilov trembla en saisissant la poignée de la porte. La mort l'attendait-elle de l'autre côté ?

S'il avait voulu m'assassiner, je serais déjà mort. Mais plus jamais je ne referai cette erreur.

Plus jamais.

Il ouvrit la porte et quitta le bureau d'Iline, où Boris attendait consciencieusement… seul. Sans se retourner, le président Yermilov – milliardaire, dictateur et commandant en chef suprême de l'armée russe – se dirigea jusqu'à sa limousine, la tête haute.

24

PASSERELLE DU *FINITOR*, BATTANT PAVILLON CHYPRIOTE
393 NAUTIQUES AU NORD-NORD-EST DES BERMUDES
ATLANTIQUE NORD
16:34 HEURE LOCALE

Avec la subtilité d'un catapultage, la sirène fit bondir Avgust Vladimirovitch de son fauteuil de commandant. Plus d'une vingtaine d'alarmes étaient allumées sur la console de commande du *Finitor*. Il ne se souvenait plus de tout ce qu'elles voulaient dire, mais il y en eut *une* qu'il reconnut d'un seul coup d'œil.

Le message ALARME DE SURTENSION : TREUIL PRINCIPAL clignotait en rouge sur le panneau.

« Pousse-toi ! » aboya-t-il en russe en écartant le jeune marin qui était à la barre afin de prendre le contrôle des opérations.

Il ramena les deux manettes de gaz en position neutre, après quoi il les abaissa pour inverser le propulseur. Le *Finitor* vibra, les deux hélices cavitant dans leur effort pour ralentir le navire. Il regarda l'écran de navigation, qui affichait la vitesse fond, et vit le chiffre diminuer.

Il avait réagi vite, mais aurait-il assez de chance pour éviter une rupture de câble qui pourrait couper un marin en deux, ou pire, la chute d'une sonde sonar à balayage haute résolution de cinq cents millions de roubles qui irait se perdre au fond de l'Atlantique ? Il ne pouvait pas se permettre d'avoir un point noir de plus à son dossier. C'était à cause de points noirs de ce genre qu'il était sur ce tas de ferraille, et non commandant d'une de ces frégates de la classe Amiral Grigorovitch tant vantées.

Son regard se porta sur le moniteur vidéo qui diffusait en noir et blanc les images d'une caméra sur la poupe, où deux hommes d'équipage s'échinaient avec la bobine de câble.

« Éloignez-vous de ce truc, espèces de crétins ! Vous voulez crever ? cria-t-il alors qu'ils ne pouvaient pas l'entendre.

– Tenez, commandant, dit le jeune barreur en lui tendant le micro. J'ai réglé la radio pour tout le navire. »

Au moins il y en a un qui a un cerveau, songea Avgust en prenant le micro pour ordonner aux deux opérateurs, en les appelant par leur nom, de s'éloigner du tambour d'enroulement. Les hommes restèrent d'abord figés, mais la voix furieuse du commandant qui les appelait dans les haut-parleurs sembla faire son effet et ils évacuèrent la salle des treuils. Il regarda l'écran de navigation et constata que la vitesse fond était tombée à 0,7 nœud. Le *Finitor* tremblait toujours, mais moins fort à mesure qu'il s'installait dans une harmonique de fond productive.

Un instant après, la sirène cessa de hurler.

« Commandant, l'alarme de surtension est désactivée, annonça le barreur, seul avec lui dans la passerelle.

– Je ne suis pas sourd, Youri ! » répondit-il en maugréant, mais les efforts du jeune homme le satisfaisaient intérieurement.

Lorsque la vitesse fond atteignit 0,2 nœud négatif, il relâcha les gaz.

« Pourquoi ne nous ont-ils pas prévenus par radio ?

– Voulez-vous que j'aille sur la poupe voir d'où vient le problème ?

– *Da*, répondit Avgust, s'attirant un sourire enthousiaste. Mais, Youri… »

Youri s'arrêta au seuil de la porte bâbord de la passerelle.

« Oui, commandant ?

– Ne vous approchez pas de ce treuil.

– Entendu, commandant », répondit Youri avec un sourire.

Crevant d'envie d'une cigarette, Avgust actionna les gaz et manœuvra la barre, luttant contre le vent, la houle et le courant océanique pour conserver sa position et maintenir au plus près de zéro la vitesse du navire. Ce n'était pas la première fois qu'il devait reprendre la barre à un jeune homme de quart pour éviter un accident au *Finitor* et à son équipage. Si sa carrière navale était partie en vrille, c'était justement parce qu'il avait fait confiance à des sous-fifres incompétents qui avaient pris de mauvaises décisions pendant qu'il était de quart.

Plus jamais je ne referai cette erreur.

Sa colère à l'idée d'avoir été maintenu dans l'ignorance atteignit son paroxysme lorsque la radio de la passerelle se mit à brailler.

« Ici Kozlov, commandant », dit l'officier des opérations civiles.

Il n'aimait pas les équipages mixtes. Les civils étaient paresseux, prétentieux et toujours en train de se plaindre. Mais il n'y pouvait rien, c'était le caractère clandestin de cette mission qui voulait ça.

« On a perdu la tête de sonar ? demanda Avgust, abordant sans détour la seule question qui comptait.

– *Niet.* La tête de sonar est intacte, mais le treuil est coincé. »

Avgust pesta.

« Quelle est la quantité de câble déroulée ?

– Dix-huit cents mètres, commandant.

– Écoutez-moi bien, dit Avgust. Je veux que vous installiez un serre-câble juste au-dessus de l'œillet de la bobine arrière. Installez un palan dessus et soulagez le treuil de toute pression. Si le câble se rompt, je veux qu'il se rompe sous le serre-câble, afin qu'il n'y ait pas de blessé. Vous comprenez ?

– Je comprends, répondit Kozlov.

– Aucune intervention sur le treuil ou le tambour d'enroulement n'est autorisée tant que le câble n'aura pas été fixé comme je vous ai dit. Répétez.

– Aucune intervention sur le treuil ou le tambour d'enroulement autorisée tant que le câble n'est pas fixé avec un serre-câble et un palan, répéta Kozlov.

– Bien. Et maintenant, faites vite, l'état de la mer se dégrade et maintenir notre position va devenir difficile. Et renvoyez Youri à la passerelle.

– *Da*, commandant.

– Et dites-lui de passer par ma cabine pour me rapporter mes cigarettes.

– *Da*, commandant. »

Avgust ne retira sa main de la manette de gaz que le temps d'essuyer sur sa manche la sueur qui perlait sur son front.

Cette fois le destin semblait lui avoir souri. Personne n'était mort et il n'avait pas perdu la seule pièce d'équipement qui lui aurait coûté son navire et ce qui lui restait de réputation. Si cette mission secrète réussissait, il avait une chance d'inverser le cours des choses. Peut-être même se verrait-il offrir le commandement de l'*Amiral Grigorovitch*, ni plus ni moins. Il expira et, avec un sourire pincé, se laissa aller à s'imaginer, dans son uniforme retrouvé, sur le pont d'un véritable navire de guerre.

Alors, où sont mes fichues cigarettes ?

25

CELLULE N2 (RENSEIGNEMENT)
USS *GERALD R. FORD*
OCÉAN ATLANTIQUE NORD
16:49 HEURE LOCALE

Katie jeta un coup d'œil sur sa montre. Elle voulait s'assurer qu'elle avait tout le temps qu'il fallait pour se rendre à la réunion qui arrivait et qui était peut-être l'événement le plus important de son déploiement sur le *Ford*. Sa mémoire *presque* eidétique lui avait permis de s'orienter assez rapidement, mais en dehors du carré, de la salle de sport et de sa cabine, elle ignorait où les choses se trouvaient, et encore elle devait à chaque fois faire l'effort de se rappeler les numéros de niveau et de compartiment. Heureusement, Jaya Kumari l'accompagnerait à son rendez-vous avec l'amiral Bentley Kiplinger, commandant du groupe aéronaval 12, et le capitaine de frégate Martin Vasquez, commandant du groupe aérien embarqué.

« Dites-moi, l'amiral Kiplinger rencontre-t-il habituellement les lieutenants envoyés en renfort dans la cellule N2 ? » avait-elle demandé au capitaine de frégate James « Spacecamp » Huddleston, commandant adjoint du groupe aérien, qui était composé de toutes les flottilles embarquées à bord du *Ford*.

Il se trouvait alors avec le capitaine de vaisseau Otis « Opey » Mackenzie, ancien pilote d'EA-18G Growler devenu commandant du *Ford*. Décontractés – comme la majeure partie des aviateurs qu'elle avait rencontrés – malgré leur grade et leur niveau de commandement, ils semblaient avoir été bons amis avant même leurs fonctions actuelles.

« Oh, non », avait répondu Huddleston en riant et en échangeant un regard en coin avec Mackenzie, qui avait convoqué Katie au carré du second, le capitaine de vaisseau Sarah « Baby » Williams.

Ils venaient de spéculer sur Katie et ses intentions pendant le dîner.

« Il a dit qu'il voulait rencontrer le jeune officier qui avait à lui seul modifié les ordres et la mission du groupe, avait répondu Mackenzie. Je pense qu'il a été incité par Vasquez. Vasquez n'est pas très fan, lieutenant Ryan.

– Pas très fan ? Mais de quoi ? avait-elle demandé, perplexe.

– De quoi que ce soit », avaient-ils répondu tous les trois en éclatant de rire.

Katie poussa un long soupir nerveux et regarda une nouvelle fois sa montre. Elle avait encore le temps de travailler un peu avant la réunion, qui aurait lieu dans les quartiers de réception du commandant où, à son arrivée, elle avait rencontré Williams ainsi qu'un pilote de F/A-18. Williams, affable et immensément fière de son navire – le premier d'une nouvelle classe de porte-avions ultraperformants –, lui avait présenté les nombreuses améliorations introduites par le *Ford*. Katie lui avait expliqué ce qui l'avait amenée à bord, mais elle avait déjà l'air parfaitement informée des activités de la flotte du Nord et de ce mystérieux sous-marin modifié de la classe Oscar II par lequel tout avait commencé.

« Lieutenant Ryan ? »

Katie leva les yeux du bureau qu'on lui avait installé en face de celui de Kumari dans une cabine qui n'était pas plus grande qu'un compartiment de toilettes.

« Caspar ! Quoi de neuf ?

– Deux petites choses. Je sais que tout à l'heure vous avez rendez-vous avec l'amiral et le commandant du groupe aérien, or le boss m'a dit de vous faire part de toute information nouvelle.

– OO-KK, dit-elle en étirant les syllabes.

– Primo, Bubba – euh, j'aurais dû dire Pettigrew…

– Vous pouvez dire Bubba.

– Bubba, donc, tenait à vous faire savoir qu'il n'y a rien de nouveau du point de vue de la traque du sous-marin, mais on n'a pas non plus de nouveau trafic entrant. Normal. Le *Washington* n'émettra qu'à sa prochaine remontée à l'immersion périscopique, et comme il peut transmettre les informations importantes sans ça, en général, pas de nouvelles, ça veut dire… eh bien, pas de nouvelles.

– Je vois… », dit Katie.

Elle ne ferait sans doute pas état de ce « pas de nouvelles » devant l'amiral ou le commandant du groupe aérien.

« Pardon, je voulais dire : évidemment ! dit-elle en se levant de son minuscule bureau dans sa minuscule cabine, non sans se cogner la hanche en essayant de gagner la porte.

– Désolée, on n'a pas de meilleur espace pour vous, lieutenant Ryan.

– Tout va bien, répondit Katie avec un sourire sincère. En tout cas, ça me fait plaisir d'être ici, sur le terrain. »

Elle suivit Caspar jusqu'au bureau qui était en face du sien et frappa à la porte.

Kumari leva les yeux et remonta ses lunettes sur le haut de son crâne.

« Bonjour, Katie, dit-elle avec un hochement de tête ainsi qu'un sourire pour Caspar. Quoi de neuf ?

– Caspar voulait nous parler d'une affaire en cours… mais je ne sais pas encore laquelle.

– Oui, désolée, commandant, mais je ne sais pas bien où se situe le lieutenant Ryan dans la chaîne, dit Caspar en lançant un regard d'excuse à Katie.

– Je suis venue vous aider, dit Katie. Vous pouvez me considérer – et Pettigrew aussi – comme une ressource à tous les niveaux dans la chaîne. Je prendrai part aux discussions, mais je vous assure que je suis là pour vous aider, et non pour vous gêner.

– Merci, lieutenant Ryan, lui répondit Caspar d'un air sincère.

– Maintenant, le lieutenant Ryan fait partie de l'équipe, Caspar, alors vous pouvez lui parler de tout ce que vous voulez, et je vous laisse décider entre vous comment vous souhaitez m'informer. Je lui fais confiance.

– Bien, commandant.

– Alors, quoi de neuf ?

– On a un signalement sur les rapports de routine », commença Caspar.

Katie se fit la réflexion que, dans la cellule N2 du *Ford* comme dans la sienne à l'ONI, l'une des tâches consistait à étudier le quotidien, à guetter tout élément pertinent pour leurs missions ou les flux de renseignements qu'ils poursuivaient.

« Un navire appelé le *Finitor* a été repéré lors d'une surveillance côtière de routine – par satellite, en l'occurrence. Il battait pavillon chypriote, mais on l'a repéré car il s'agit en fait d'un bateau de surveillance russe. Il opère en tant que navire de recherche appartenant à une organisation océanographique multinationale, mais on a percé cette couverture à jour.

– OK, dit Kumari en regardant sa montre. Il va falloir songer à en venir au fait, Caspar. Car pour l'instant ça n'est pas très intéressant.

– OK, désolée. Bon, le truc, c'est que ça faisait un bout de temps qu'il n'avait pas quitté la Méditerranée et la mer Noire – à part pour un exercice aéronaval au large des Keys en 2019 –, ce qui fait que sa réapparition sur la côte Est paraissait suspecte. Mais le satellite l'a détecté en train de rôder du côté du 35-60.

– Ah, voilà de la matière, dit Kumari.

– Pardon, dit Katie qui essayait de suivre le rythme. C'est quoi, le 35-60 ?

– C'est un raccourci latitude-longitude, répondit Caspar.

– Le réseau DASH Atlantique passe par là, ajouta Kumari.

– Et le *Finitor* se trouve juste au-dessus, lieutenant Ryan.

– Je n'ai pas entendu parler du réseau DASH Atlantique, dit Katie.

– Au départ, c'était un projet de la DARPA. Comme un successeur du SOSUS, disons, expliqua Caspar en faisant référence à l'Agence pour les projets de recherche avancée de défense et au *Sound Surveillance System* introduit peu après la Seconde Guerre mondiale.

– Ah, parce que le SOSUS n'est plus efficace ?

– Euh, je n'y connais pas grand-chose, mais comme les sous-marins russes sont devenus plus discrets et similaires aux nôtres en matière de furtivité acoustique, ils n'ont pas eu trop de mal à franchir les nodules SOSUS sans se faire détecter. Je crois que le jour où le *Severodvinsk* est apparu au large des côtes de Norfolk pour faire coucou aux Américains, ça a fait sourciller. La DARPA a été chargée de mettre au point une solution vite fait, et le résultat, c'est le réseau DASH.

– Est-ce un réseau d'hydrophones passifs comme le SOSUS, ou a-t-il également des sonars actifs ?

– Comme je l'ai dit, répondit Caspar, je n'y connais pas grand-chose. Je ne fais que vous rapporter ce que j'ai découvert. À part ça, tout ce que je sais, c'est qu'une fois que le principe a été validé, c'est le NAVWAR qui a pris la main. Et il est clair que la présence du *Finitor* a titillé le NIWC Atlantic.

– Donc, dit Katie en arpentant les deux pas qui s'offraient à elle dans l'espace restreint de la cabine, si un ennemi voulait franchir ce réseau, disons avec un sous-marin furtif de missions spéciales, une première étape serait en toute logique de perturber ce nodule. »

Caspar hocha la tête.

« Merci d'avoir étudié la question, Caspar. C'est une affaire très importante.

– J'aimerais vous dire que c'est moi qui ai fait le lien, lieutenant Ryan, mais c'est Bubba qui est à l'origine du signalement. En plus, d'après les images satellite – et ces conclusions sont préliminaires étant donné qu'on en est encore au stade de la reconstitution –, il semblerait que le *Finitor* se soit empêtré dans quelque chose.

– Empêtré ?

– Oui, commandant. Il remorquait quelque chose par câble, et il semblerait – là encore, ce ne sont que des hypothèses d'après les images satellite – qu'il se soit accroché à quelque chose.

– Eh bien, c'est un signal d'alarme, dit Katie. Il faut qu'on voie ce qu'ils manigancent. »

Kumari se leva.

« Ce serait idéal, lieutenant Ryan, mais la décision ne nous appartient pas. Comme on a rendez-vous avec l'amiral, est-ce que vous seriez prête à lui rendre compte de la situation ?

– OK. Je ne suis pas de la flotte, mais j'ai déjà travaillé dans le renseignement avec un groupe aéronaval. Puisque le *Belgorod* a échappé à l'*Indiana* et que le *Finitor* rôde autour d'un réseau sonar de détection précoce particulièrement important, j'imagine que le commandant voudra savoir si les deux incidents sont liés.

– J'imagine, moi aussi, dit Kumari. Merci, Caspar. Si vous avez du nouveau sur ce navire ou sur quoi que ce soit, tenez-moi au courant. Vous vous occuperez de la collecte de données et vous surveillerez cet exercice de la flotte du Nord.

– Bien, commandant », répondit Caspar en pivotant sur ses talons avant de repartir.

Katie regarda Kumari.

« Vous aussi, vous avez l'impression qu'il se passe quelque chose d'important ? »

Kumari haussa les épaules.

« Des fois, ici, on a ce que j'appelle "la myopie de la mission", donc ça dépend. Comprenez-moi bien : par nature, on fait passer la mission avant le reste, et dans le donjon N2, on n'est pas toujours des puits de science ni au fait des dernières actualités.

– Dans le donjon N2 ?

– C'est le surnom que lui donne notre chef opérateur. Il a fait le plus clair de sa carrière au NSW, donc il s'adapte », dit Kumari en faisant référence au Commandement des opérations spéciales de la Navy.

Elle sortit du bureau et gagna une échappée qu'elle entreprit de gravir. Katie avait eu beau participer à plus d'un triathlon les années précédentes, elle s'efforça de suivre le rythme.

« Bon, dit-elle, "donjon N2" et "myopie de la mission" font désormais partie de mon répertoire. »

Quelques minutes plus tard, Kumari frappa à la porte en bois qui indiquait :

COMMANDANT DE
L'USS *GERALD R. FORD*

« Entrez. »

C'était la voix du commandant Mackenzie.

Kumari regarda Katie avant d'ouvrir la porte et de la faire entrer. Elle contourna le grand bureau, puis la vitrine qui abritait l'immense maquette du porte-avions qui en reproduisait jusqu'aux moindres détails.

Elle salua d'abord le commandant Mackenzie, assis au milieu de la table en acajou avec sa combinaison de vol et son insigne aux deux ailes dorées, puis les deux autres gradés.

« Amiral Kiplinger, commandant Vasquez, voici le lieutenant Katie Ryan, notre visiteur de l'ONI. »

Le regard de Katie passa ainsi du commandant au bout de la table où était installé l'officier général, le vice-amiral Kiplinger, au bout opposé où se trouvait, les bras croisés, un officier en combinaison de vol. Elle se dit qu'il s'agissait de Vasquez, le commandant du groupe aérien, et que l'homme à côté de lui était son adjoint, Huddleston.

« Honorée de vous rencontrer, amiral, dit Katie en s'adressant à Kiplinger avant de se tourner vers l'autre bout de la table. Commandant Vasquez. »

Vasquez la regarda, mais elle ne put faire autrement que de remarquer son air renfrogné.

« Installez-vous, lieutenant Ryan, et vous aussi, commandant Kumari », dit l'amiral en les invitant à s'asseoir d'un geste de la main.

Il adressa un sourire poli à Katie, qui essaya de deviner son humeur en regardant les yeux bleu acier qui perçaient son visage buriné sous ses courts cheveux gris.

« Nous avons eu votre rapport de renseignement de l'ONI, lieutenant Ryan. Mais quand l'occasion se présente de rencontrer l'officier qui l'a rédigé, je la saisis toujours. »

L'insinuation était claire : c'était elle qu'il examinait, pas son dossier.

« Bien sûr, amiral.

– Comme je l'ai dit, lieutenant Ryan, nous avons eu votre rapport, mais pourquoi ne pas nous le résumer ? Et ensuite vous pourrez nous faire part des derniers éléments pertinents.

– Oui, résumez-nous donc votre hypothèse, lieutenant Ryan », dit Vasquez à l'autre bout de la table.

Katie marqua une pause, ravalant son irritation.

« Eh bien, je commencerai par dire que je ne me base pas sur une hypothèse. Amiral, sauf le respect que je vous dois...

– Si j'en crois mon expérience, on dit ça quand on en manque, bougonna Vasquez.

– Je peux vous assurer, amiral, que ce n'est pas mon cas. Je ne fais pas une hypothèse en affirmant qu'un nouveau sous-marin lourdement modifié de la classe Oscar II, le *Belgorod* K-329, a appareillé sans le préavis habituel...

– Sans le préavis habituel ? intervint Kiplinger bien plus poliment que Vasquez, dont les yeux donnaient l'impression à Katie de lui forer le crâne.

– Euh, oui, amiral. Sans vouloir vendre la mèche, la communauté du renseignement, DIA y compris, a des taupes en Russie : Kremlin, SVR, GRU, armée. Ce que je voulais dire, c'est que le fait que nous n'ayons pas été informés témoigne d'un degré élevé de sous-cloisonnement, ce que nos propres agents et opérateurs ont confirmé de source fiable. Plus précisément, même le chef du NCUO, le colonel général Andreïev, a été pris au dépourvu.

– Une sacrée affaire, on dirait... Vous ne trouvez pas, Marty ? demanda Kiplinger en levant un sourcil à l'intention de Vasquez, qui haussa les épaules.

– Peut-être, si c'est vrai...

– Continuez, lieutenant Ryan. Ne faites pas attention à Marty, il est de mauvais poil. »

Vasquez rougit, et Katie se dit que tout espoir de le convaincre venait de s'évanouir.

Elle résuma ensuite toute l'histoire depuis le début : les analyses de Pettigrew sur les portes du *Belgorod*, son appareillage inopiné, sa disparition, le chaos en Russie, les propos de Miller sur les UUV nucléaires Status-6 à propulsion nucléaire et à tête nucléaire. Elle répéta que des taupes en Russie avaient confirmé ces informations et que les services de renseignement faisaient tout ce qu'ils pouvaient pour les compléter. Elle évoqua les recherches infructueuses de l'*Indiana* pour retrouver le *Belgorod*, puis Konstantin et

Dimitri Gorov, le lien inattendu qui était apparu avec la légende entourant *Octobre rouge*, et enfin sa conversation avec Reilly, l'ancien agent de la CIA.

« On connaît tous la légende qui entoure *Octobre rouge*, maugréa Vasquez. Il a coulé dans l'Atlantique et il a fallu secourir son équipage. Ça en dit long sur les compétences des Russes en ingénierie sous-marine, n'est-ce pas ?

– Ça date, Marty, répondit Kiplinger. Et j'ai entendu d'autres versions de cette histoire.

– Ouais, moi aussi, grommela Vasquez. Dont une avec des ovnis.

– Mais ces torpilles Status-6 sont drôlement inquiétantes, dit Mackenzie.

– On est au courant pour les Status-6, dit Kiplinger. Les Russes les appellent Poseidon. Ils ont monté toute une vidéo de propagande en images de synthèse montrant une explosion au large de New York et la destruction de Manhattan par un tsunami nucléaire. Bien sûr, je préfère le film d'animation montrant un porte-avions qui disparaît en mer avec toute son escorte. Mais je m'étais dit que ce n'était que du vent et que ce projet était encore embryonnaire. Y a-t-il lieu de croire que ces torpilles sont opérationnelles et qu'il y en a dans ce sous-marin, lieutenant Ryan ?

– C'est ce qu'on tente d'établir, amiral. L'ONI coordonne toutes les ressources de l'ODNI pour trouver précisément des réponses à ces questions. J'espère qu'on ne va pas tarder à en savoir davantage.

– Merde, dit Mackenzie d'une voix tendue. S'il y a un sous-marin dissident et qu'il a à son bord une torpille de ce genre, ça pourrait déclencher une guerre nucléaire. Je dirais que c'est un sacré problème.

– Eh bien, moi aussi, dit Vasquez. Si... »

Il se tourna vers Katie, qui soutint son regard.

« Et votre père, lieutenant Ryan, comment va-t-il ? »

Ces paroles furent pour elle comme un coup de poing dans le ventre et elle se sentit rougir.

« Commandant Kumari, vous pourriez quitter la pièce une minute ? demanda Kiplinger en levant la main vers Vasquez.

– Bien sûr, amiral », répondit Kumari en se levant et en lançant à Katie un regard bref mais interrogateur.

Elle traversa à pas rapides la salle décorée entre autres de portraits du président Ford avant de sortir en refermant la porte derrière elle.

Katie sentit sa colère monter et se tourna vers Vasquez, mais une voix intérieure l'arrêta.

« Mon père va bien, dit-elle. Et vous, commandant, comment se portent vos parents ?

– Ils sont morts, répondit Vasquez en ricanant. Disons que quand la fille à papa débarque pour nous "donner un coup de main" alors qu'on est en patrouille, je me pose des questions. Et quand des amis dans la communauté du renseignement me glissent à l'oreille que le papa de la fille est le mec de la CIA qui s'est mis le doigt dans l'œil sur un sous-marin russe appelé *Octobre rouge*, je me demande si les Ryan n'ont pas un peu de linge sale à laver en famille. Voilà une sacrée bonne raison de repositionner tout un groupe aéronaval pour le rapprocher de la flotte du Nord, n'est-ce pas ?

– Je suppose que vous n'avez pas voté pour lui, commandant ? lança-t-elle, ce qui fit rire Huddleston.

– Non, répondit Vasquez en se penchant, le regard brûlant. Parce que, pour moi, un espion ne devrait pas être président.

– Ça suffit, Marty, dit Kiplinger, qui se tourna vers Katie. Lieutenant Ryan, vos efforts pour ne pas trahir le secret de vos rapports – disons délicats – avec la Maison Blanche forcent mon admiration, mais vous deviez vous douter qu'ici les gradés seraient au courant.

– Bien sûr, amiral, mais je ne pensais pas que ça entrerait en ligne de compte. Je pensais que ma mention à l'École navale, le fait d'avoir été major à l'école du renseignement, mes FITREP impeccables et ma promotion anticipée parleraient d'eux-mêmes », dit-elle en faisant référence aux *Fitness Reports* de la Navy.

Elle regretta aussitôt ce qu'elle venait de dire, le sage discours que son père lui avait tenu dix ans plus tôt lui revenant en mémoire :

Si tu dois dérouler ton CV, c'est que tu as déjà perdu…

« Bien sûr ! Comme si ces distinctions étaient sans lien avec vos "rapports délicats"… »

Elle commença à remuer la tête, et elle pointait l'index vers Vasquez quand Kiplinger régla le problème à sa place, empêchant sans doute son tempérament – l'autre trait qu'elle avait hérité de son père – de nuire à sa carrière :

« Bon sang, Marty, j'ai dit que ça suffisait ! »

Vasquez croisa les bras et, l'air satisfait, se renfonça dans son fauteuil.

Katie fit un bref exercice de respiration tactique en quatre temps et sentit son pouls ralentir.

« Je me réjouis de votre présence à bord, lieutenant Ryan, dit Kiplinger après un moment de gêne. Autre chose ? »

Katie faillit céder à sa colère mais, comme dit l'adage, faire ce qu'il faut, c'est toujours ce qu'il faut faire.

« Oui, amiral. »

Elle évoqua ensuite le *Finitor* et les causes d'inquiétude qu'il leur donnait.

« En effet, c'est suspect, admit Vasquez, pour qui une telle formule équivalait peut-être à des excuses.

– Il pourrait être utile d'inspecter ce navire », dit-elle.

Kiplinger éclata de rire.

« Ce n'est pas mon rôle, lieutenant Ryan. Je ne peux pas autoriser une intervention sur un navire marchand en eaux internationales, surtout s'il opère sous un faux pavillon russe. Mais, en effet, c'est inquiétant, surtout avec tout ce qui se passe… Et je déteste les coïncidences. »

Il tapota son stylo sur un bloc-notes vierge devant lui.

« Bon, je suppose que c'est à peu près tout. Marty, Spacecamp, merci d'être venus. Je vous retrouve bientôt. Et Opey, ajouta-t-il en utilisant l'indicatif du commandant, puis-je vous emprunter votre bureau une minute ?

– Bien sûr, amiral Kiplinger », répondit Mackenzie.

Les trois aviateurs se levèrent pour quitter la pièce, non par l'entrée principale, mais par une porte derrière le bureau.

Katie sentit son pouls s'accélérer. Elle avait outrepassé les limites avec un officier supérieur et elle sentait qu'elle allait en payer le prix.

Mais son pouls ralentit de nouveau en voyant Kiplinger se pencher sur ses coudes en lui souriant.

« Ne vous en faites pas pour le commandant Vasquez, lieutenant Ryan. Il aboie beaucoup, mais il ne mord pas. On a volé ensemble dans le temps, et c'était déjà un sacré connard. »

Le visage de Katie se fendit d'un sourire soulagé.

« Entendu, amiral.

– C'est du très bon travail, poursuivit-il. Peut-être existe-t-il un lien entre le déploiement du *Belgorod* et les coups de sonde du *Finitor* au-dessus de notre système de surveillance littorale, mais peut-être que non. En tout cas… si ce sous-marin transporte des torpilles nucléaires dans son inventaire, ça peut vraiment valoir le coup de reporter notre mission en Méditerranée et de rester chez nous. Et si cet exercice de la flotte du Nord dérive vers le sud, on risque d'avoir un problème. Comme je l'ai dit, je déteste les coïncidences.

– Moi aussi, amiral.

– Rendez-moi un service, lieutenant Ryan. Transmettez vos notes et recommandations à l'ONI et à l'ODNI sous mon couvert. Je donnerai mon avis et mon soutien, au cas où l'opinion d'un vieux marin de la flotte aurait du poids.

– Ce serait formidable, amiral. Merci. Si l'état-major donne le feu vert à une opération de collecte sur le *Finitor*, est-ce qu'on pourrait la mener depuis le *Ford* ?

– Non. Ce ne serait pas la bonne stratégie. J'envisage plutôt une intervention depuis Virginia Beach. Des SEALs Tier One du JSOC de préférence. Et de toute façon, je doute que l'état-major donne le feu vert – intervenir sur un navire russe en eaux internationales serait une sacrée provocation, Marty a raison. Mais qui sait ?

– En tout cas, je comptais en faire la recommandation.

– C'était mon impression.

– Souhaitez-vous toujours jouer les intermédiaires, amiral ? demanda Katie en lui accordant une option de retrait maintenant qu'elle voyait que l'idée ne l'emballait pas tant que ça.

– Je croyais que la question était réglée, lieutenant Ryan.

– Vous aurez mon rapport dans l'heure, amiral.

– Bien, dit Kiplinger, qui signala la fin de l'entretien en se levant et en lui tendant la main. Tenez-moi informé des suites de cette affaire, lieutenant Ryan.

– Bien, amiral », dit Katie avant de regagner la porte.

Kiplinger, lui, se dirigea vers l'autre porte et, juste avant de disparaître, elle l'entendit annoncer à Vasquez qu'il avait « un mot à lui dire », son discours se terminant par :

« Et, Marty, si vous comptez vous conduire comme un connard, la prochaine fois j'oublierai de vous inviter. »

Elle sourit. Il y avait certainement pire que d'avoir le soutien de l'amiral qui commandait le groupe aéronaval 12.

26

BUREAU OVALE
LA MAISON BLANCHE
WASHINGTON, DC
17:22 HEURE LOCALE

Franchement, c'était ce qu'il préférait : elle et lui, personne d'autre, en train de réfléchir à la suite des opérations. Ryan regarda Mary Pat, qui, tout en examinant avec lui le dernier rapport de renseignement en date, tapotait son stylo sur le bord de la table avec un air de grande concentration. Il aimait son équipe ; là n'était pas le problème. Il avait réuni des esprits géopolitiques et militaires parmi les plus brillants de sa génération en vertu d'un mandat qui voulait que son administration soit au service du peuple. Il sanctionnait aussi rapidement que sévèrement les excuses du genre « ça paie les factures », les attitudes égocentrées ou carriéristes ou encore la lâcheté. Au début de son mandat, il avait ainsi agi plus d'une fois. Près d'une demi-douzaine de hauts responsables avaient été mis à pied, leurs motivations ne correspondant pas à sa vision pour les États-Unis. La plupart étaient des gens bien et tous étaient brillants.

Le problème, c'était qu'ils ne faisaient pas passer leur pays avant tout.

Seul avec Mary Pat, il se sentait libre d'être lui-même, de formuler ses questions, ses opinions et ses doutes, toutes choses qui eussent posé problème à une réunion officielle ou avec un groupe plus large.

« Voilà, finit par dire Mary Pat pour répondre à la question qu'il lui avait posée. La dernière fois que le *Finitor* est venu aussi près, c'était il y a quatorze semaines. Même route, même nœuds autour des mêmes coordonnées.

– Est-on certains que le *Finitor* est un navire espion russe ? » demanda-t-il tout en desserrant sa cravate.

Il aurait bien aimé pouvoir l'enlever. Bon sang, parfois il aurait même aimé pouvoir oublier cette histoire de président pour travailler à Langley, vraiment au service du peuple. Une grande partie de ses activités ces derniers temps lui semblait d'ordre cérémoniel, soumise à une constante pression politique. Il y avait une pureté dans l'analyse des données de renseignement, dans le fait de tirer des conclusions, de faire des recommandations – et de les mettre en œuvre.

« Ah, mais à cent pour cent, Jack ! répondit Mary Pat en levant les yeux. Le *Finitor* est dans notre base de données vérifiée. On le soumet régulièrement à des brouillages de signaux ou ce genre de choses. Le problème, c'est sa localisation – actuelle, mais aussi récurrente –, surtout au vu des dernières révélations concernant le *Belgorod.*

– Le réseau DASH, dit-il en hochant la tête.

– Oui », répondit-elle.

Bien sûr, il voyait toutes les conséquences de cette affaire. Le *Finitor* rôdait sous pavillon chypriote au-dessus d'un nodule DASH. Les Russes menaient-ils une mission de cartographie ou… de sabotage ? C'était important.

« Si les Russes perturbaient un nodule DASH, ça ne paralyserait pas tout le système, si ?

– Non, Jack. C'était l'un des critères de conception de ce programme de traque sous-marine *distribuée* et *agile*, répondit Mary Pat en faisant référence à l'expression dont DASH était l'acronyme, *Distributed Agile Submarine Hunting.* La perte d'un système TRAPS, d'un émetteur ou d'un réseau d'hydrophones ne compromet pas le tout.

– Mais on parle ici d'un nodule, ce qui veut dire, je suppose, qu'il agrège les données de plusieurs collecteurs distribués dans la zone ?

– Exact.

– Détruire ce nodule créerait donc une zone d'ombre – ou une zone de silence, pour être techniquement précis – qui permettrait aux Russes d'introduire un élément submergé.

– En théorie, je dirais que oui, répondit-elle en pinçant les lèvres. Mais on pourrait toujours essayer de combler cette lacune avec les moyens de l'ASW. »

Il soupira en pensant à Katie et au danger que représentait le *Belgorod*.

Katie, qui avait rédigé le dossier qu'il venait de lire, avançait l'hypothèse d'un lien entre le déploiement du *Belgorod* et les coups de sonde du *Finitor* au-dessus du réseau DASH. Les Russes avaient-ils envoyé le *Finitor* faire une brèche afin de permettre au *Belgorod* de franchir sans se faire détecter ce réseau de surveillance sous-marine américain de pointe ?

« Si le *Belgorod* a des Status-6 à bord, les Russes ont une capacité de dissuasion considérable. Et si les Status-6 sont vraiment à propulsion nucléaire et à portée illimitée, ils pourraient les lancer à des milliers de kilomètres.

– C'est vrai.

– Ma crainte, c'est celle d'une action coordonnée sabotage-lancement. Selon ce dossier, cette torpille peut aller jusqu'à soixante-dix nœuds... Évidemment, tout ce qui se déplace à cette vitesse fait beaucoup de bruit. On l'entendrait sans doute bien avant qu'elle n'atteigne une brèche dans le réseau DASH.

– Le dossier dit qu'elle *peut* aller jusqu'à soixante-dix nœuds, rectifia Mary Pat. Elle peut aussi aller à une vitesse plus basse. Et si elle se déplaçait à dix nœuds ? Qui sait si elle n'est pas quasiment silencieuse à vitesse faible ? Le fait est que nous n'en savons pas assez sur cette arme car son développement a été très cloisonné et nos sources au Kremlin, au SVR et au GRU n'ont tout simplement aucune information à nous donner. On travaille dans ce sens, mais pour l'instant, on est encore dans le flou. »

Ryan tapota de l'index une photo prise au chantier naval de Sevmash qui montrait a priori un Status-6 recouvert d'une bâche.

« Eh bien, il faut qu'on aille inspecter le *Finitor* et qu'on voie ce qu'ils manigancent. On a bien des unités du NSW qui sont prêtes à intervenir pour ce genre d'opérations, non ?

– En effet, Jack, mais à ce qu'on sait, le *Belgorod* va émerger dans la mer de Barents et retourner à Sevmash d'un instant à l'autre.

Inspecter un navire russe en eaux internationales pourrait mettre le feu aux poudres, d'autant plus qu'on est en train d'envoyer un groupe aéronaval vers la flotte russe.

– Est-ce qu'un survol du *Finitor* nous apprendra ce qu'on cherche à savoir ?

– Non. Dans le meilleur des cas, il partira.

– Laissant nos questions sans réponse.

– Probablement. »

Ryan sourit, et tira vers lui la photo du *Finitor*.

« Je connais ce sourire, dit Mary Pat.

– Vous avez dit que le *Finitor* battait pavillon chypriote ?

– Oui. Et ?... »

Le sourire de Ryan s'élargit encore.

« Alors qu'est-ce qui nous ferait croire qu'on s'en prend à un navire militaire russe ? À ce qu'on en sait, il est chypriote. »

Elle se renfonça dans son fauteuil en plissant les yeux, mais un sourire commença aussi à se dessiner sur son visage.

« Mais on le sait...

– Personne ne peut *prouver* qu'on le sait ou pas. Si les Russes veulent nous accuser, ils seront obligés de reconnaître la nature réelle de leurs activités, et c'en sera fini de la couverture officielle du *Finitor*. Ils ne le feront jamais.

– Et les médias ? Dès qu'ils seront au courant, ça fera scandale.

– Ce qu'on cherche, Mary Pat, c'est de la drogue, pas des espions. Les importations de drogue sont un véritable fléau pour les États-Unis ! expliqua Ryan d'un ton théâtral. La dépendance aux opiacés a atteint un niveau record chez les Américains. Ce navire s'est introduit dans nos eaux territoriales à de nombreuses reprises. Je parie que la DEA le soupçonne fortement de mener une opération de trafic de drogue.

– Je parie même qu'ils ont déjà un rapport à ce sujet, ajouta Mary Pat avec un visage radieux et un sourire large et franc.

– Beau sujet pour la presse... une fois que tout sera fini ! Ordonnez à nos SEALs du JSOC de quitter Virginia Beach pour mener une opération d'inspection et de saisie sur ce navire de trafiquants de drogue qu'est le *Finitor*, et demandez aux gardes-côtes de l'intercepter, mais seulement après le raid. On ne peut pas prendre le risque de les effrayer. Je veux prendre le *Finitor* en flagrant délit au large de nos côtes.

– Et une fois qu'on aura "découvert" que l'équipage est composé de Russes ?

– On relâchera le navire et l'équipage, tout en exigeant des excuses officielles de Moscou, bien sûr.

– D'accord, il ne vous reste plus qu'à me dire de le faire.

– Faites donc, Mary Pat !

– Bien, Jack », dit-elle en se levant.

Elle rangea ses dossiers ainsi que son ordinateur portable et, pendant ce temps, il regarda sa montre.

« Notre spécialiste acoustique est-il déjà arrivé sur le *Ford* ?

– Il devrait apponter en ce moment même. Dites, juste par curiosité, comment ça s'est passé de ce côté-là ?

– Il est ravi de pouvoir être utile, dit Ryan.

– Vraiment ? Et le brin d'arrêt ? Il était aussi ravi ?

– Ça a demandé un peu plus de persuasion, mais on a fini par… *tomber d'accord* », répondit-il en riant.

Mary Pat leva les yeux au ciel.

« Désolé, je n'ai pas pu m'empêcher.

– Pour un homme qui a horreur de l'avion, je m'attendais à un peu plus d'empathie », lui dit-elle.

Il haussa les épaules.

« Disons que ce sera une gentille revanche pour ce qu'il m'a fait subir sur le *Dallas* il y a quarante ans. »

27

CELLULE N2 (RENSEIGNEMENT)
USS *GERALD R. FORD*
ATLANTIQUE NORD
19:18 HEURE LOCALE

Katie cligna des yeux, la lumière crue de son écran d'ordinateur commençant à la gêner malgré le filtre. Comme il n'y avait pas grand-chose de neuf, elle avait passé les dernières heures à écumer des rapports de renseignement au nom de Gorov. Elle n'avait rien appris de nouveau sur Konstantin et encore moins sur Dimitri, l'ingénieur décédé après l'échec de son projet de passage à l'Ouest. Hormis quelques informations de base sur son éducation, sur sa famille et, naturellement, sur son travail en rapport avec *Octobre rouge*, il y avait très peu de données disponibles. *Octobre rouge*, en revanche… Ça, c'était une autre histoire. Les dossiers TS/SCI regorgeaient d'informations sur ce sous-marin, sur la menace qu'il avait représentée ainsi que sur son commandant Marko Ramius qui, à la suite d'un incident nucléaire, avait sauvé son équipage avant de couler littéralement avec le bateau pour l'empêcher de tomber aux mains des Américains. Curieusement, les dossiers de la CIA et de l'ONI contenaient les spécifications techniques d'*Octobre rouge* avec un niveau de détail incroyable, tout y étant décrit précisément depuis l'ingénierie jusqu'aux manœuvres opérationnelles. Certes, le commandant d'*Octobre rouge* était en fait passé à l'Ouest, comme le lui avait révélé Miller. Tout semblait donc logique – du moins quand on savait la vérité. Après sa visite à bord de l'USS *Washington*, elle n'arrivait pas à s'imaginer sous l'océan dans un de ces satanés engins. Les marins qui se portaient volontaires pour des missions de ce genre étaient, disons, spéciaux… ou bien bizarres.

On frappa à la porte de son minuscule bureau et elle aperçut Caspar sur le seuil.

« Désolée, lieutenant Ryan. Je ne voulais pas vous surprendre.

– Pas du tout, dit Katie d'un air penaud. Quoi de neuf, Caspar ?

– Je suis juste venue vous informer que votre invité était arrivé, lieutenant Ryan.

– Attendez, répondit Katie, confuse. Mon invité ? De qui parlez-vous donc ? »

Caspar semblait maintenant perplexe.

« Euh… Un civil vient d'arriver par COD pour s'intégrer à notre équipe. Comme la demande venait de l'ONI, je me suis dit… »

Katie se rassit et regarda Caspar d'un air perplexe.

« Je ne suis pas au courant », dit-elle.

Un civil ? De qui diable pouvait-il s'agir ? Et pourquoi Ferguson ne l'avait-il pas prévenue ?

« Bon, en tout cas, le voilà », dit Caspar en s'écartant pour laisser entrer un Afro-Américain d'âge mûr, mince et vêtu d'un chino beige, d'une chemise et d'une veste de sport.

Le nouveau venu lui adressa un sourire – un sourire courtois – mais son regard montrait qu'il n'était pas tout à fait ravi d'être là. Il lâcha la poignée d'un petit sac à roulettes avant de lui tendre la main.

« Je suis le Dr Ronald Jones », dit-il.

Pettigrew, qui travaillait dans le bureau à côté, se leva brusquement et devança Katie.

« Dr Jones, comme dans *Les Aventuriers de l'Arche perdue* ? dit-il en lui serrant la main. J'adore ! »

L'homme lui adressa un sourire poli, peut-être pour ne pas le vexer.

« Si ce n'est que le Dr Jones dont vous parlez était un archéologue de fiction armé d'un fouet, alors que j'ai un doctorat en algorithmes acoustiques et que j'ai plutôt tendance à me déplacer avec un ordinateur portable.

– Alors vous êtes… intelligent, dit Pettigrew.

– Ou disons diplômé.

– Bienvenue, docteur Jones, dit Katie en le saluant enfin d'une poignée de main. Mais, dites-moi… qu'êtes-vous venu faire ici ?

– Excellente question, répondit Jones. En gros, votre père m'a menacé de rappel au service actif si je refusais de venir, alors disons que j'ai opté pour la facilité. »

Katie rougit et regarda ses mains.

« Attendez… Qui est votre père, lieutenant Ryan ? demanda Caspar en écarquillant les yeux. Oh mon Dieu, vous plaisantez ? Ryan, comme…

– Peu importe, répondit Katie, plus brusquement qu'elle ne l'aurait souhaité. On n'est pas ici pour parler de mon père. Blague à part, docteur Jones, que savez-vous de la situation ? »

Jones sourit et, d'un haussement d'épaules, retira sa veste de sport comme pour signaler qu'il était prêt à se mettre au travail.

« D'après ce que j'ai compris, vous cherchez un sous-marin russe et il se trouve que j'ai pas mal d'expertise et d'expérience dans ce domaine.

– Donc… dit Katie en le regardant, je suppose que vous êtes un ancien officier de sous-marin ?

– J'ai bien travaillé dans des sous-marins, mais pas comme officier. Dans une vie antérieure, j'ai été sonar. D'ailleurs, vous aurez peut-être entendu mon nom dans des histoires que vous a racontées votre père.

– Mon père ne me raconte pas beaucoup d'histoires, dit-elle en lançant un regard à Caspar et en priant pour que Jones arrête de parler de son père. Mais j'aimerais beaucoup que vous me racontiez les vôtres, docteur Jones, pour que je sache ce que vous pouvez faire pour nous aider à retrouver un sous-marin russe particulièrement problématique dont on a perdu la trace.

– Retrouver des sous-marins russes dont on a perdu la trace est ma spécialité ! Ah… et, comme on va travailler en étroite collaboration, laisser tomber le “docteur”. Mes amis m'appellent Jonesy.

– OK, Jonesy. Caspar va vous montrer où déposer vos affaires, et ensuite on pourra rencontrer l'officier de renseignement du *Ford*, le capitaine de corvette Kumari.

– Déposer mes affaires n'est pas la priorité. Retrouver ce sous-marin russe, si. Et si je laissais mon sac ici pour qu'on aille rencontrer le chef du renseignement et se mettre au travail ?

– Super ! » dit Katie.

Cet homme lui plaisait déjà.

« Mais, pour commencer, on ferait sans doute mieux de trouver un SCIF pour un petit débriefing.

– Jones est autorisé TS/SCI, dit Caspar, lisant dans ses pensées.

– Et déjà informé, ajouta Jones.

– D'accord, en tout cas, il y a au moins un élément nouveau depuis que vous êtes parti. »

Elle se pencha et ajouta tout bas :

« Une unité SEAL est en train de se préparer à aborder un navire espion russe qui mène une opération au-dessus d'un nodule DASH. On va aller le taquiner un peu.

– Et comment ! dit Jones en secouant la tête. N'est-ce pas la spécialité des Ryan ? »

28

3,5 NAUTIQUES AU NORD-EST DE SOPKA
MER BLANCHE
MERCREDI 10 AVRIL
01:02 HEURE LOCALE

Clark remonta son filet avec Ivan, un capitaine de pêche russe costaud et barbu pour lequel il avait conçu de la sympathie et du respect pendant cette dangereuse opération d'infiltration en mer Blanche. Ses mains étaient gelées malgré les gants, mais son gros pull de laine à col roulé lui permettait au moins de maintenir son torse à bonne température.

Du moins jusqu'au moment où je devrai sauter à l'eau.

Après une demi-douzaine de remorquages, le travail était terminé. Ils n'avaient rien attrapé, mais ils n'avaient pas non plus cherché de poisson. Ivan avait eu pour mission de conduire Clark et son équipe à ce point de la mer Blanche. La phase suivante de l'opération serait plus dangereuse. Il alla se poster près du mât, qui pouvait prêter une puissance vélique à ce bateau de pêche familial en cas de panne du moteur ou de hausse subite du prix du carburant. La somme que ce pêcheur empocherait en risquant sa vie dans ce voyage leur permettrait à lui et aux siens de faire le plein pendant un bout de temps.

Clark, appuyant son épaule contre le mât, prit un monoculaire de vision nocturne infrarouge et entama un balayage lent et régulier à trois cent soixante degrés, guettant les lumières et les patrouilleurs à l'horizon. Heureusement, le seul autre navire qu'il aperçut était le *Sadovsk*, un chalutier beaucoup plus grand qui avançait très lentement juste au nord. Content de pouvoir procéder à ce transfert, il remit son monoculaire dans son large pantalon de toile et prit une petite lampe de poche. Il attendit que le *Sadovsk* soit quasiment par le travers avant de faire le signal : trois brefs éclairs suivis de deux longs. Les moteurs du chalutier passèrent au point mort, puis stoppèrent, et après ce signal sonore qui fit office d'accusé de réception, le grincement des treuils suivi du clapotis des filets lancés depuis les deux tangons fut celui qu'il était temps de partir.

Ses trois coéquipiers – Ding, Midas Jankowski et Adara Sherman – l'attendaient plus bas. Sous leurs habits de pêcheurs russes, ils portaient des combinaisons de plongée, gardant à portée de main des palmes et des masques. Adara, les cheveux tirés en queue-de-cheval, lui adressa un hochement de tête formel sans faire preuve d'un enthousiasme particulier.

« L'eau est froide ? demanda Ding.

– Elle est gelée, répondit Clark en remontant la fermeture Éclair de sa combinaison jusqu'au col sous son pull. On ne va rester que quelques minutes dans l'eau, mais comme il y a toujours un risque d'hypothermie sans combinaison étanche, restez groupés et nagez en ligne droite jusqu'au *Sadovsk*. Ils ont un filet à bâbord. Il n'y a pas long à grimper, mais on peut facilement s'emmêler dans les mailles et, quand on a les muscles froids et mous, ça peut être plus difficile. Restez bien à côté de votre binôme et ne le perdez pas de vue. »

Ces rappels utiles s'adressaient davantage à Adara qu'aux deux autres. Elle était coriace, mais ce genre d'opération n'était pas vraiment sa spécialité. Le froid ne gênerait pas Midas – rien ne pouvait incommoder cet ancien colonel des forces spéciales. Quant à Ding, s'il avait eu le choix, il aurait bien échangé cette intervention dans l'Arctique contre une mission dans la jungle.

« C'est la faute à l'eau froide si je ne suis pas devenue Navy SEAL, plaisanta Adara.

– Eh bien, tu tiens ta chance de te rattraper, dit Clark en repensant à ses années exténuantes dans les équipes – les meilleures et les pires années de sa vie.

– Il faut qu'on plonge, annonça Ding. Le *Sadovsk* ne peut pas traîner ici plus de quelques minutes sans éveiller les soupçons si quelqu'un nous observe.

– Si quelqu'un nous observe, on est déjà foutus », dit Midas en mettant son masque.

Clark entraîna le groupe vers le tableau arrière, qu'ils escaladèrent discrètement avant de plonger dans l'eau sombre et glaciale. Il eut le souffle coupé instantanément lorsque sa combinaison se remplit. Les rares personnes qui connaissaient son passé de SEAL lui demandaient parfois si son entraînement l'avait immunisé contre les basses températures. Il put constater en claquant des dents que c'était tout le contraire. Depuis son BUD/S, il détestait le froid, et ses années de service dans les SEAL Teams n'avaient rien changé.

Il nagea par mouvements rapides tout en vérifiant régulièrement que sa binôme Adara était toujours avec lui. Elle tenait le rythme, à ses côtés, sans montrer aucun signe de fatigue. Trident ou pas – le trident, surnommé Budweiser, était l'insigne des SEALs –, c'était une dure. Lorsqu'ils arrivèrent au filet, Clark avait les mains tremblantes et les doigts engourdis. Il réussit malgré tout à se hisser le long des mailles et à rouler par-dessus le plat-bord. Il atterrit en position accroupie et Adara, essoufflée, arriva juste après. Puis Midas, glissant presque silencieusement par-dessus le bastingage, atterrit en position agenouillée, pistolet au poing.

« Putain, qu'est-ce qu'on se les gèle ! » s'exclama Ding, le dernier arrivé, en claquant des dents.

Un Russe aux bras épais et puissants sortit de l'ombre.

« Allez, allez. On descend. Vite ! » dit-il dans un anglais à fort accent.

Les jambes tremblantes et parcourues de crampes à cause du froid, Clark le suivit jusque dans la cabine principale. Lorsqu'il sentit la chaleur des deux radiateurs, il poussa un soupir de soulagement.

« Déshabillez-vous. Tenez », dit leur escorte en tendant à chacun une grande serviette rugueuse.

Ils enlevèrent leurs vêtements, puis leurs combinaisons de plongée, chacun portant un pantalon noir moulant Under Armour et un T-shirt en dessous. Un Russe d'âge moyen à la barre, la cigarette aux lèvres, les examina de la tête aux pieds, puis haussa les épaules, manifestement peu impressionné par les super espions américains.

« Venez, venez », dit le premier Russe en les conduisant vers l'escalier.

Lorsqu'ils arrivèrent sur le pont, une voix aussi forte que familière et aussi chaude que les radiateurs qui les avaient accueillis retentit :

« John ! »

Dima Aslanov, leur hôte imposant, embrassa Clark comme un ours et souleva littéralement ses pieds du sol. Clark ne put retenir un grognement lorsqu'il le déposa avant de reculer pour l'observer à une certaine distance.

« Ça me fait plaisir de te voir aussi, dit Clark tout en remuant les bras pour stimuler son cœur.

– Tu as l'air en forme, mon ami. Comment vas-tu ?

– J'ai froid. Je suis trop vieux pour ça, répondit Clark en s'essuyant les cheveux. Nager dans l'Arctique et grimper le long d'un filet de pêche avec les doigts gelés, c'est pour les jeunes. »

Dima partit dans un grand rire et reporta son attention sur les coéquipiers de Clark.

« C'est un peu Peter Pan, n'est-ce pas ? Il ne vieillit jamais, mais il se plaint toujours.

– C'est vrai qu'il gémit *pas mal* ces temps-ci, dit Ding avec un sourire narquois.

– Si vous ne me donniez pas autant de raisons de me plaindre, aussi… répondit Clark, lui rendant la monnaie de sa pièce. Maintenant, Dima est pêcheur, mais avant, c'était un grand guerrier, ajouta-t-il en leur montrant leur hôte. C'est un très vieil ami.

– Je serais l'ami de tous ceux qui feraient ce que tu as fait pour ma famille, John », répondit Dima avec un hochement de tête respectueux.

Clark présenta ses coéquipiers, qui se séchaient aussi et à qui Marda, la femme de Dima, qui attendait dans le compartiment voisin, vint apporter des vêtements.

« Quand atteindrons-nous Arkhangelsk ? demanda Clark.

– Encore quelques heures de pêche et on repart, répondit Dima. Il fera encore nuit quand on arrivera et les quais seront presque déserts. J'ai réservé pour vous une maison qu'on utilise pour les saisonniers.

– Bien. Et pour le transport ?

– Ce sera une camionnette, comme tu me l'avais demandé, un modèle plus tout jeune, mais fiable.

– Et le reste ?

– J'ai obtenu les armes que tu voulais, mais je suis très curieux de savoir pourquoi vous avez besoin d'uniformes du GRU. Ils n'ont pas été très faciles à obtenir, surtout en si peu de temps, mais j'y suis arrivé.

– Merci, mais pour ce qui est de nos raisons... Pour vous, mieux vaut ne pas savoir », dit Clark.

Dima éclata de rire.

« "Mieux vaut ne pas savoir" : la devise russe. »

Ils enfilèrent leurs vêtements secs et Merda leur tendit à chacun une tasse de thé chaud qu'elle avait préparé ainsi qu'un verre de vodka bien fraîche.

« Vous pouvez aller vous reposer dans les cabines d'équipage à l'avant, suggéra Dima en agrippant la rampe de l'échappée qui conduisait à la timonerie. Dormez un peu tant que vous pouvez. J'imagine que vous en aurez besoin. Je vous réveillerai une demi-heure avant d'accoster. »

Là-dessus, Dima disparut, et Merda entra dans ce qui semblait être un bureau ou une cuisine.

« Je ne suis pas sûr de pouvoir dormir, dit Midas en interrogeant Clark du regard. Ça semble un peu risqué.

– Ce n'est pas la première fois que je mets ma vie entre les mains de Dima. Je peux t'assurer qu'on est en sécurité, mais fais comme tu le sens », lui répondit Clark.

Midas renifla, l'air sceptique.

Clark, quant à lui, avait clairement l'intention de se mettre au lit. Le sommeil était une arme, et son corps fatigué allait avoir besoin de chaque minute de repos. Mais il restait une dernière chose à faire avant. Il prit le verre de vodka et le porta à ses lèvres en disant :

« Nou, païekhali ! »

29

15 NAUTIQUES AU SUD-OUEST DU *FINITOR*, NAVIRE BATTANT PAVILLON CHYPRIOTE
OCÉAN ATLANTIQUE
02:01 HEURE LOCALE

Max Harden, maître principal opérations spéciales, regardait par le hublot du cockpit de l'élégant CCM Mk1 qui filait à quarante-cinq nœuds sur l'Atlantique.

« Vous préférez que je ralentisse ? » demanda avec un regard en coin le pilote, maître principal SWCC, groupe d'opérations de combat spéciales.

Harden regarda la montre Suunto qu'il portait à son poignet gauche, puis la carte marine électronique affichée à côté de la barre. Il nota la position de la cible, la leur, la ligne magenta qui indiquait leur trajectoire et leur temps de trajet jusqu'au point de contrôle, et le triangle vert qui représentait Ghost 2 : le CCM Mk1 qui transportait les six autres hommes de leur force d'assaut.

« Non. Ce nouveau bateau de patrouille est super silencieux. Aucune chance qu'ils nous entendent avant qu'on arrive à moins d'un demi-mille, et encore !

– *Roger*, dit le pilote avec un hochement de tête. Dans ce cas, je vais mettre les gaz.

– Vous le préférez au Mark V ? demanda Harden en faisant référence au bateau polyvalent de la génération précédente.

– Moteurs, maniabilité, furtivité : tout est mieux. Mais il faudra quand même que je me fasse opérer de la colonne vertébrale avant la retraite, répondit le pilote en passant une main gantée dans ses longs cheveux blond sable qui lui donnaient des airs de surfeur.

– OK, compris », dit Harden en raidissant ses jambes sur son siège amortisseur tandis que le V de la coque aluminium double paroi fendait les flots.

L'opération d'infiltration ne se présentait pas trop mal, mais par mer agitée, la vitesse pouvait être un vrai calvaire.

« Il est silencieux, hein ? »

On ne pouvait pas dire le contraire. Un système de propulsion par jet d'eau faisait avancer le CCM Mk1 si discrètement que l'eau sur la coque était plus bruyante que le moteur.

Harden connaissait le pilote, « Sandy », de l'époque où il faisait partie de l'escadron Gris – les « Vikings » –, l'unité SWCC qui intervenait en soutien de l'unité secrète des SEALs Tier One du JSOC. Harden était passé dans le Group Ten pendant une période de trois ans mais, quand il avait retrouvé son unité un an plus tôt, Sandy était encore là. Le Tier One pouvait avoir cet effet : les gens s'arrangeaient soit pour rester soit pour trouver un moyen de revenir. Harden connaissait ainsi un sniper du SEAL 18 Delta qui avait reçu un brevet d'agent de santé au bout de deux ans de formation et qui, au lieu de changer d'activité, était revenu faire ses dix-huit dernières années au Tier One.

Le temps estimé pour arriver à la cible, affiché sur l'écran, était de dix minutes. La « cible », en l'occurrence, n'était pas le *Finitor* mais un point de cheminement situé à un nautique du navire espion russe, où Harden serait largué avec son équipe pour finir à la nage jusqu'à la cible réelle.

« Dix minutes, annonça Harden dans son micro perche, informant ses cinq camarades présents sur le bateau.

– Parfait, dit Reed Johnson – premier maître SEAL et aide-soignant militaire du 18 Delta – en vérifiant sa combinaison ainsi que ses armes. Maintenant que je suis enfin sec et que j'ai presque chaud, il est temps de replonger !

– Eh, ton BUD/S et ta Green Team, tu les as eus dans une pochette-surprise ? dit Billy Harper avec son fort accent de Brooklyn en faisant référence à la formation initiale des SEALs et à l'équipe de présélection du DEVGRU. Tu te plains tellement qu'on dirait une mamma de Long Island ! »

Billy, lui aussi premier maître SEAL, était l'un des meilleurs breachers avec lesquels Harden eût jamais travaillé. Au Tier One, un gars pouvait arborer fièrement son insigne d'officier marinier supérieur et, l'instant d'après, se voir ordonner de vider les poubelles. Au JSOC, on était à la fois en haut et au bas de l'échelle.

« C'est ma façon de faire face à l'adversité », répondit Reed en faisant un doigt d'honneur à « Billy the Kid », comme on le surnommait.

Reed n'avait pas tort, mais c'était le boulot qui voulait ça.

La seule journée facile avait été celle de la veille.

« Douze officiers de terrain du Tier One pour intercepter un petit navire de recherche avec seize signaux thermiques ? C'est un peu exagéré, si tu veux mon avis, dit Owen "Del" Delacorte.

– L'idée, mon gars, c'est de les faire réfléchir pour qu'ils jettent leur tablier, dit Marty Rich, le sniper de l'équipe. La situation n'est pas idéale : dans la vraie vie, ce sont des marins russes. Si on débarquait pour capturer des Russes en eaux internationales, ça poserait un sacré problème. Tu vois ce que je veux dire ?

– Je vois, répondit Del en haussant les épaules. Je disais ça comme ça. »

Harden, qui avait écouté l'échange, avait déjà longuement réfléchi à la question. Une intervention contre une bande de terroristes, ce n'était pas très compliqué : on tirait sur ceux qu'il fallait abattre, et les autres, on les capturait. Mais les règles d'engagement étaient bien différentes pour cette opération-là. Avec son équipe, il devait aborder et neutraliser le *Finitor* sans verser le sang. La riposte était bien sûr autorisée en cas de légitime défense, mais la mort d'un seul marin russe déclencherait une crise internationale.

C'est comme ça que commencent les guerres, songea-t-il en ôtant du tabac à priser Copenhagen de sa lèvre inférieure et en le jetant par-dessus bord. Il retira sa casquette, qu'il rangea dans son barda pour pouvoir se préparer au départ en enfilant sa cagoule de combinaison. Puis il entreprit de vérifier que toutes ses affaires étaient là, ses mains se déplaçant comme d'elles-mêmes sur son pistolet, ses chargeurs, son fusil d'assaut, ses grenades, son kit de déminage, sa radio…

Une fois son inventaire personnel terminé, il vérifia le temps estimé jusqu'à la cible et demanda à Sandy de ralentir d'un geste de la main. Le pilote réduisit les gaz et les deux moteurs de mille deux cent cinquante chevaux se turent, dans un quasi-murmure.

Au bout de quelques minutes de déplacement silencieux à vitesse basse, ils atteignirent le point de cheminement et Sandy passa au point mort. Les six SEALs s'alignèrent sur le plat-bord avec leurs masques et leurs palmes.

« Olympia, Neptune 1. On est Michelob, dit Harden à voix basse dans son micro.

– *Roger*. Neptune 1, Michelob sur mon visuel », dit le coordinateur du TOC.

Pour cette opération, les SEALs utilisaient l'indicatif Neptune et le TOC était appelé Olympia.

Après un silence, Dwight Merrell, le SEAL surnommé « Annie », annonça :

« Neptune 2 est Michelob. »

Harden avait entendu trois versions différentes, mais tout aussi folles, de l'histoire qui avait valu à Dwight le surnom d'Annie à l'époque où il était dans la SEAL Team Five. Annie, qui était aussi maître principal opérations spéciales, dirigeait l'autre équipe de SEALs à bord du Ghost 2.

« *Roger*, répondit Olympia. Neptune 2 Michelob au nord sur mon visuel. »

Harden savait que l'état-major disposait d'une couverture satellite pour les surveiller en temps réel. La confirmation du TOC – le centre d'opérations tactiques, installé dans le *Lawrence O. Lawson*, cotre garde-côte de la classe Sentinelle – était le signe qu'ils n'avaient pas perdu cette surveillance cruciale. Le *Lawson*, qui naviguait vers le sud, faisait office de quartier général le temps de l'opération, de station relais de communication et de plateforme d'évacuation sanitaire. Il avait aussi à son bord une autre équipe de six SEALs susceptible d'intervenir en tant que force de réaction rapide en cas de problème. Mais d'après l'expérience de Harden, les équipes chirurgicales d'urgence de la JMAU – Unité mixte de renforcement médical – passaient le plus clair de leur temps à opérer des individus dangereux plutôt que des SEALs.

Harden leva le pouce et, d'un seul mouvement vers l'arrière, les six SEALs basculèrent par-dessus bord. L'eau froide inonda sa combinaison, le glaçant instantanément. Sa chaleur corporelle mit du temps à réchauffer la fine couche d'eau isolante qui lui éviterait de s'épuiser – de glaciale, elle devint juste assez froide pour être supportable. Il s'élança direction nord-est d'un vigoureux mouvement de nage, la main droite tendue devant lui et le bras gauche plié au coude pour pouvoir surveiller la carte marine électronique qu'il avait au poignet. Il laissa ses lunettes de vision nocturne relevées sur son crâne, se concentrant uniquement sur la trace, sachant que les hommes autour de lui couvraient ses arrières. Ils se déplaçaient presque silencieusement dans les flots, tels des prédateurs qui approcheraient furtivement de leurs proies sans méfiance.

Il lui fallut moins de dix minutes pour couvrir la distance.

À une centaine de mètres de la cible, Harden sortit la tête de l'eau pour confirmer que le *Finitor* n'avait pas levé l'ancre et que le niveau d'alerte n'avait pas été modifié. Le navire ne s'était clairement pas mis en route et Harden ne perçut aucune activité. Il leva un poing fermé et cessa le mouvement de ses palmes juste au moment où la voix d'Annie résonna dans son oreille :

« Neptune 2 est Budweiser.

– Neptune 1 est Budweiser, répondit Harden.

– Olympia, Neptune 1 et 2 Budweiser sur le visuel. Attendez. »

Il imagina ses coéquipiers de l'escadron Or dans le TOC en train de vérifier une dernière fois les signaux satellite et les renseignements SIGINT. Il avait déjà fait ça – radio dans un TOC minuscule pour soutenir ses frères sur le terrain – et il avait détesté l'expérience.

L'impuissance absolue, avait conclu Annie, et Harden en avait pensé autant.

Il sortit une lunette de son kit, sélectionna l'option « jour » du fait que le navire était bien éclairé, et examina comme il put depuis sa position basse la superstructure et le pont. Il concentra l'essentiel de son balayage sur les bastingages de ce bâtiment de cent soixante-quinze pieds, mais ne repéra ni sentinelle ni patrouille. Le seul mouvement qu'il observa se situait à l'intérieur de la passerelle bien éclairée.

« Neptune 2, ici Neptune 1, de ma position je n'ai ni sentinelle ni patrouille.

– *Roger*, Neptune 1, lui répondit Annie dans son oreillette. J'ai deux gars à l'arrière en train de fumer, à part ça pas grand-chose.

– Neptune 1 et 2, ici Olympia, voilà le visuel qu'on a pour les tangos : cinq thermiques dans la passerelle, plus un qui semble se tenir dehors, sur le bastingage, juste devant l'échappée à tribord. Deux thermiques sur la poupe, près du treuil. Quatre tangos semblent assis autour d'une table, juste devant le milieu du navire – sans doute le salon de l'équipage. Puis cinq thermiques statiques derrière, allongés sur le dos, probablement en train de dormir dans les quartiers de l'équipage. Et enfin un thermique dans la cabine solo, allongé sur le dos – sans doute le commandant dans sa cabine. Les seules images vidéo live sont celles des deux silhouettes sur la poupe, qui ne semblent pas être armées, du moins elles ne le sont pas ouvertement.

– Neptune 1, *Roger*, répondit Harden.

– Neptune 2 », répondit Annie, accusant réception du rapport par son seul indicatif, selon leur habitude.

Harden approcha par un souple mouvement de palmes, maintenant sa tête juste au-dessus de l'eau pour minimiser le risque de détection par un veilleur muni de jumelles.

« Neptune 2, ici Neptune 1, dit-il à voix basse dans son micro perche en appuyant sur le bouton-poussoir qu'il avait à l'épaule. On aborde le navire par le milieu, derrière la timonerie, et on sécurise l'arrière jusqu'à la poupe. Vous faites pareil de l'autre côté, mais vous restez bas tant qu'on n'a pas neutralisé le tango à l'arrière.

– Neptune 2. »

Avec un peu de chance, le tango dehors rentrerait avant que ça ne se gâte. Toute la partie avant du navire eût été un choix catastrophique pour l'abordage avec autant de thermiques dans la passerelle, car dans la configuration du *Finitor* la timonerie était aux trois quarts à l'avant. L'arrière était composé de la superstructure et d'équipements lourds, et il n'y avait aucune ligne de vue de ce côté depuis la passerelle.

Si ce connard dehors voulait bien dégager, ça nous faciliterait pas mal la tâche.

Harden fit un signe de la main au-dessus de sa tête, et les cinq autres SEALs le suivirent dans une formation en flèche jusqu'à la cible. Quelques minutes plus tard, ballottés par la houle le long de la coque du *Finitor*, ils évitaient les chocs par quelques mouvements de palmes.

« Neptune 1 est Corona, murmura-t-il en faisant passer sa radio du mode PTT au mode VOX.

– Entendu », répondit simplement Olympia.

Quelques instants plus tard, la voix d'Annie annonça « Corona », indiquant ainsi que les six autres SEALs étaient eux aussi en position sur le flanc opposé du navire, prêts à aborder.

« *Roger*, Neptune 2. Le tango dehors est rentré, ce qui fait six tangos dans la passerelle. Il y a toujours deux tangos sur la poupe, en train de fumer et de discuter près de l'enrouleur de câble. La SITAC reste inchangée par ailleurs, dit-il en faisant référence à la situation tactique.

– Neptune 1, *Roger*, dit Harden. Neptune 2, on va infiltrer ensemble.

– Neptune 2. »

Un instant plus tard, Olympia leur donna le feu vert.

« Neptune 1 et 2, allez-y. »

Harden adressa un signe de la tête à Billy, qui se dirigea vers le flanc du navire. Il attendit l'arrivée d'une vague, puis, tendant le bras, colla une ventouse électromagnétique sur la coque. La vague retomba et Billy, suspendu par un bras, colla une deuxième ventouse. Harden le regarda grimper comme Spider-Man à l'aide de poignées verrouillables et de coussinets spéciaux aux genoux, qui permettaient d'« agripper » la coque incurvée. Arrivé tout en haut, Billy attacha son harnais à une poignée verrouillée et resta ainsi suspendu le temps de fixer cinq autres poignées à l'aide de cordes qui retombèrent jusqu'au niveau de la mer pour ses coéquipiers.

Harden et les quatre autres SEALs retirèrent leurs palmes, qu'ils attachèrent à leurs mollets pour le cas où ils en auraient besoin plus tard. Il attacha à l'une des cordes un ascendeur à batterie et à engrenages, puis le fixa à l'aide de mousquetons aux harnais qu'ils portaient sous leurs kits. Un mouvement de l'interrupteur directionnel et une pression sur la poignée du remonteur pour contrôler la vitesse suffirent à les propulser sur le flanc du navire, leurs bottes électromagnétiques remontant tranquillement la coque. Arrivé au sommet, Harden regarda le pont par le grand hublot du plat-bord, d'une soixantaine de centimètres de diamètre. Il passa prudemment la tête par le trou, regarda l'arrière, puis l'avant, et enfin retira sa tête.

N'ayant rien vu d'inquiétant, il annonça :

« Neptune 1 est clair.

– Neptune 2 », répondit Annie, que Harden imagina suspendu de l'autre côté.

Harden prit une longue et lente inspiration. Le franchissement du bastingage était l'étape la plus dangereuse de toute opération d'infiltration sur un navire. Son attention serait entièrement occupée – ses mains aussi, surtout – et il serait à la fois désarmé et vulnérable.

Il regarda ses cinq coéquipiers, qui levèrent tous le pouce.

« Neptune, on y va », dit-il, donnant le feu vert aux deux escouades pour l'abordage.

Il s'agrippa au sommet du plat-bord, se hissa, roula par-dessus le bastingage et atterrit en position accroupie, un genou à terre. Un instant plus tard il avait en main son fusil d'assaut personnalisé, qu'il relevait pour balayer l'espace. Il entendit à peine ses camarades, qui atterrirent presque d'un seul mouvement pendant qu'il partait vers l'arrière le long du bastingage. Ne voyant rien, il continua de balayer son secteur, sachant que ses collègues opérateurs assuraient ses arrières.

« Neptune 2, Coors, rapporta Annie, signalant ainsi que son équipe avait abordé de l'autre côté du bateau.

– Neptune 1, Coors, répondit Harden.

– Neptune 1 et 2, vous êtes Coors sur mon visuel », rapporta le TOC.

Aucun des deux groupes ne pouvait voir l'autre à cause de la superstructure – de « l'îlot » – qui les séparait.

Harden leva trois doigts pour désigner Marty, Reed et Scott Todd, opérateur spécial 2e classe, qui était le jeune SEAL du groupe. Puis il indiqua l'extrémité de l'îlot, où un escalier métallique partait du pont vers les niveaux supérieurs en tournant. Enfin, il ferma le poing pour compléter cet ordre non verbal :

Marty, Reed, Todd, prenez position au bas de l'escalier – tenez-vous à couvert.

Il indiqua ensuite l'arrière et entraîna Billy et Del vers la poupe, où les deux tangos étaient en train de fumer près du tambour d'enroulement.

Il avança en position accroupie de combat en balayant l'espace de son fusil. Il ne doutait pas qu'Olympia avait un visuel pour dégager sa route, mais il avait aussi assez d'expérience pour savoir qu'il ne fallait rien tenir pour acquis.

Dans les opérations spéciales, rien n'était jamais comme on le croyait. Les thermiques allongés dont Olympia avait signalé la présence sur le pont inférieur en précisant qu'ils étaient sans doute en train de dormir dans une cabine pouvaient être des tangos couchés sur le pont, prêts à leur tendre une embuscade. Les satellites étaient des outils formidables, mais ils ne donnaient pas une image tridimensionnelle, même avec un logiciel avancé pour corriger la vue plongeante.

Ils passèrent devant la cabine de contrôle, soit de la grande grue de pont, soit du treuil à l'arrière. Ou peut-être des deux. Harden leva le poing au coin arrière de la cabine, puis mit un genou à terre et regarda autour de lui.

Clair.

Il se redressa – le tranchant de la main vers l'avant – et fit passer son groupe sous le canot de sauvetage orange suspendu par câbles au dispositif de mise à l'eau. Il parvint à hauteur d'un petit escalier, tourna à gauche vers l'axe central, puis gravit silencieusement les huit marches qui menaient au pont arrière surélevé. Il contourna rapidement un grand cabestan, puis se dirigea vers le bord de la superstructure surélevée qui supportait le gigantesque enrouleur de câble.

Il regarda de part et d'autre et aperçut les deux hommes penchés nonchalamment par-dessus le bastingage arrière, qui plaisantaient les yeux dans l'eau, une cigarette à la main.

« Neptune 1 en position, murmura-t-il d'une voix qui fut amplifiée dans les oreillettes de ses coéquipiers.

– Neptune 2 en position. À toi de compter, mon gars. »

Harden hocha la tête.

« Trois... deux... un... »

À zéro, il bondit, sentant le mouvement de son groupe qui se déployait à ses côtés, et voyant Annie et le sien en faire autant en face. Le tango le plus proche d'Annie laissa tomber sa cigarette en l'apercevant flanqué des deux autres SEALs, dont les désignateurs laser dessinaient des points verts sur sa poitrine. Celui qui faisait face à Harden se figea, bouche bée, les yeux écarquillés.

« Asseyez-vous, sans faire de bruit, dos au bastingage, murmura-t-il en russe, et les deux tangos obéirent. Mains au-dessus de la tête. »

Les deux tangos obéirent là encore, les mains levées tandis qu'une cigarette emportée par le vent tombait par-dessus bord. Harden maintenait son arme braquée sur le visage de sa cible. Scott et Billy les contournèrent et, quelques secondes plus tard, les deux tangos étaient attachés avec des serre-câbles au bastingage.

Harden regarda Hernando « Hondo » Rodriguez, un breacher SEAL du groupe d'Annie.

« Sécurité ici, dit-il.

– Bien, chef », répondit Rodriguez, qui disparut dans le compartiment machine situé à l'avant du pont arrière et du tambour d'enroulement.

Dans cette structure semblable à un garage, il éviterait de se faire détecter par les outils de surveillance extérieurs et aériens, et il garderait l'œil sur les deux tangos attachés.

« Olympia, du mouvement ? demanda tout bas Harden.

– Pas de changement. »

S'il y avait eu du mouvement en bas, il aurait dédoublé les deux groupes de six pour sécuriser simultanément la passerelle et le pont inférieur. Mais, comme les Russes lui facilitaient la tâche, il préférait s'en tenir à l'option la plus prudente.

« Vous prenez la passerelle ensemble, et on descend », dit-il à Annie.

Annie retourna à hauteur du bastingage tribord, et Harden entraîna ses deux SEALs le long du côté bâbord.

« Neptune 6, trouve ton perchoir », dit-il à Marty en cours de route.

Un double clic lui indiqua que le sniper l'avait entendu et qu'il allait trouver un poste d'observation pour assurer la surveillance. En un rien de temps, Harden était retourné à son point de départ, un genou à terre à côté de Del et Scott, dans la cage d'escalier où il les avait laissés à couvert.

« Neptune 1, prêt.

– Neptune 2.

– Neptune 6 est désormais Zeus, annonça Marty, changeant d'indicatif pour montrer qu'il avait trouvé l'endroit idéal pour tirer en cas de besoin – sans doute le nid-de-pie surplombant la cheminée arrière, comme il l'avait suggéré au moment de la préparation.

– *Roger*, Zeus, répondit Harden avant de donner le feu vert aux deux groupes pour sécuriser la passerelle. Neptune 2, on y va. »

Harden et les quatre SEALs qui restaient dans son groupe se déplacèrent comme un organisme unicellulaire fluide, chacun sécurisant son secteur tout en montant silencieusement l'escalier, avec seulement le bruit de son propre souffle dans ses oreilles augmentées.

« Pas de changement : six tangos dans la passerelle, dit Olympia au moment opportun alors que Harden approchait du palier supérieur. Quand vous arriverez à l'étage, il y a quatre tangos devant les portes d'entrée, un à côté de la porte bâbord, et un au centre arrière qui semble assis. »

Il appuya deux fois de la main gauche sur son bouton de communication, montant sur la passerelle tout en se baissant pour ne pas être vu à travers le hublot de porte. Puis il se redressa et s'appuya contre le panneau. Deux de ses coéquipiers – Billy et Scott – étaient accroupis un genou à terre sous la fenêtre, leurs armes pointées vers la porte. Reed et Del s'étaient arrêtés dans la montée, Del au niveau du virage et Reed juste en dessous de la passerelle au deuxième niveau, pour couvrir leurs arrières.

Douze SEALs pour prendre la passerelle, ça semblait encore excessif, mais une force écrasante minimisait les risques de résistance.

« Neptune 2, prêt », annonça Annie.

Harden saisit lentement la poignée de la porte en murmurant le compte à rebours.

« Trois... deux... un... »

À zéro, il ouvrit, reculant en même temps pour laisser la voie libre à ses coéquipiers. Billy entra le premier, dégageant à droite et lançant aussitôt un coup de pied dans les jambes de l'homme qui se tenait à côté de la porte. Scott dégagea à gauche, Del bondit en avant, et Harden, qui suivit le dernier, dégagea au centre en hurlant en russe :

« Haut les mains ! »

Tout le monde dans la passerelle obéit à l'exception d'un homme qui faisait face à Harden, debout dans le coin avant tribord. Malgré sa tenue de circonstance, ce Russe n'était pas un marin. Avec des gestes d'officier de terrain, il mit un genou à terre et, d'un geste fluide, dégaina un pistolet. Harden avait déjà une solution de tir et, le doigt sous le pontet, il regardait son point rouge sur le front du Russe.

Merde, il va tirer.

Mû par son instinct tout autant que par son expérience, Harden se décala sur sa gauche au moment même où le pistolet rugit, la balle traversant l'épaisse vitre inclinée du hublot qui se trouvait derrière lui. N'ayant plus le choix, il baissa son point de visée vers la partie droite de la poitrine et tira.

Le Russe hurla lorsque la balle lui transperça le haut du torse, sous la clavicule. Harden entendit le cliquetis de son pistolet tomber par terre. Annie se jeta sur le Russe pour le plaquer au sol en lui plantant une botte au milieu du dos, entre les omoplates.

« Maîtrisez ces salauds, grommela Harden, parfaitement conscient qu'avoir tiré sur un Russe aurait des conséquences, même si c'était un membre du GRU ou du SVR opérant sous une couverture non officielle. Merde ! Neptune 5, à la passerelle, dit-il en appelant son médecin de combat. Un tango abattu, besoin d'assistance médicale.

– Ici Neptune 5. J'arrive. »

Ses coéquipiers s'activèrent autour de lui et, en quelques secondes, les membres d'équipage furent ligotés avec des serre-câbles. Harden scruta leurs visages, cherchant le commandant. N'en trouvant aucun qui exprime l'autorité, il demanda :

« Où est votre commandant ? »

Personne ne répondit.

« J'ai dit : où est votre commandant ? répéta-t-il en visant cette fois leurs poitrines avec ses désignateurs laser pour faire plus d'effet.

– Commandant dans cabine », répondit un tango avec un fort accent anglais.

Harden mit un genou à terre à côté du tango qu'il avait abattu, dont la chemise était tachée de rouge.

« Putain, mais c'est quoi cette histoire ? Pourquoi tirer alors que t'avais aucune chance ? »

L'homme le fusilla du regard, mais son visage était livide – du fait du choc, de la peur ou des deux.

« Chef, dit Annie, il faut qu'on sécurise tout de suite les quartiers de l'équipage. Quelqu'un a peut-être entendu les coups de feu.

– Oui, répondit Harden. Et il faut neutraliser le commandant.

– Je peux envoyer deux hommes de mon groupe chercher le commandant et le ramener ici. On va tous s'occuper du pont inférieur avec toi.

– Scott, tu restes ici pour surveiller ces crétins », dit Harden tout en faisant son calcul.

Sans Rodriguez qui surveillait les deux fumeurs, Marty qui faisait le guet et les trois auxquels ils venaient de demander de sécuriser le pont et de neutraliser le commandant, ils étaient encore sept. Il regarda Annie.

« Ça fait deux équipes, une de trois et une de quatre, ça te va ?

– Et si on demandait à Rodriguez de vérifier que les deux connards à l'arrière sont bien neutralisés afin de faire deux équipes de quatre ? suggéra Annie. C'étaient deux matelots, mais ici on avait un tireur dans le lot. Peut-être qu'ils en ont aussi sur le pont inférieur. »

Harden était d'accord. Le type qu'il avait abattu avait l'air d'être un pro, ce qui suggérait qu'il pouvait y en avoir d'autres. Et ils ne pouvaient plus compter sur l'effet de surprise...

« Tu as raison, on va faire ça. »

Il annonça le projet par radio à Rodriguez, puis demanda un sitrep à Olympia.

« Neptune, Olympia. Pas de changement. Je répète, pas de changement. Salon de l'équipage : quatre tangos, trois assis à une table ou à un poste de travail, le quatrième debout au fond de la pièce, sur la gauche en entrant. Côté dortoir, toujours cinq tangos allongés. Rien n'indique qu'ils aient été alertés de votre présence.

– *Roger.* »

Quelques minutes plus tard, ils composaient deux groupes de quatre, Harden menant le premier faire l'assaut du salon de l'équipage tandis qu'Annie conduisait le second vers le dortoir. Ils descendirent l'échelle bâbord à pas rapides et silencieux, véritables instruments de mort. En bas, Harden tourna à gauche en direction de l'avant. Ils optèrent pour une formation en losange, Harden en tête, deux SEALs rasant les parois de la coursive et le quatrième couvrant leurs arrières.

Ils s'arrêtèrent devant un panneau métallique blanc, qui, au lieu d'être souqué, bâillait de quelques centimètres. Harden glissa vers la gauche, du côté de la charnière, et s'accroupit directement sous le hublot de vingt-cinq centimètres de diamètre. Rodriguez s'accroupit derrière lui et lui serra l'épaule afin de lui montrer qu'il était prêt. Billy et son ailier prirent position de l'autre côté du passage et firent un bref signe de tête à Harden, qui tenait son arme pointée vers le sol à quarante-cinq degrés.

Harden lui répondit de la même manière puis, d'un signe de la main, lui demanda de sortir une grenade assourdissante.

Billy en prit une dans son kit.

« Neptune 2, à toi de jouer », dit Harden tout bas. Il ne voulait pas que le bruit de l'explosion alerte les membres d'équipage qui dormaient, rendant l'intervention d'Annie plus dangereuse.

« Tenez-vous prêts, dit Annie, puis, après un bref instant : Neptune 2, on y va… Maintenant. »

À ce signal, Billy entrouvrit suffisamment le panneau à l'aide de son fusil pour lancer sa grenade inoffensive dans les quartiers de l'équipage.

Harden ferma les yeux par mesure de protection.

Il y eut un bruit sourd – léger et indolore pour ses oreilles protégées, mais déroutant et assourdissant pour qui se trouvait de l'autre côté. L'odeur de soufre emplit les narines de Harden lorsqu'il ouvrit le panneau et s'engagea le premier. Il avança rapidement en position de combat, en recourant à son désignateur laser autant pour intimider et dissuader que pour localiser des cibles dans la pièce enfumée. D'autres rayons verts se joignirent au sien, traçant des sillons dans la brume, à mesure que ses coéquipiers affluaient. Il sécurisa son coin gauche puis, pivotant sur la droite, pointa son désignateur laser sur la plus grande menace a priori – un tango accroupi près de la machine à café, la main sur la crosse de son pistolet dans un holster à sa ceinture.

« Non ! » lui cria Harden d'une voix sonore en posant son laser sur son front et en cherchant du doigt la détente.

Le tango le fusilla du regard, mais ôta très lentement sa main de son arme avant de lever les bras en l'air.

Harden garda sa position tandis que les trois autres SEALs arrachèrent trois hommes à leurs chaises et les plaquèrent face contre terre en pressant leurs genoux entre leurs omoplates afin de pouvoir les menotter. Le tango, manifestement indifférent à la lueur du désignateur de cible qui dansait sur son visage, maintenait son regard braqué sur lui. Un instant plus tard, Billy sortait son pistolet de son holster et le plaquait au sol afin de le menotter comme les autres.

« Qu'est-ce que c'est que cette histoire ? fit Rodriguez en adressant un clin d'œil à Harden. Chef, je croyais que ce bateau faisait du trafic de drogue, mais je ne vois pas de drogue, seulement des appareils électroniques de pointe.

– Un bateau russe, à ce qu'il semblerait, ajouta Billy en feignant la surprise et en contenant à peine un sourire.

– Neptune 1, Neptune 2, dortoir sécurisé, dit Annie dans l'oreillette de Harden.

– Entendu, dit Harden. Sécurisation des quartiers de l'équipage en cours.

– Neptune 1, Neptune 7, le commandant du navire a été neutralisé et conduit dans la passerelle, annonça Scott.

– *Roger.*

– Neptune 1, il semblerait qu'il y ait un problème. Les membres d'équipage sont russes, dit Annie, jouant le jeu.

– Pareil ici, renchérit Harden, récitant ce qu'il avait à dire pour l'enregistrement du TOC. On n'a pas affaire à une opération de trafic de drogue. Je crois qu'on est tombés sur un vaisseau espion sophistiqué – un navire espion russe, apparemment.

– Même impression, dit Annie.

– Olympia, ici Neptune 1. Le vaisseau cible a été neutralisé. On a un tango blessé qui a provoqué l'engagement, on n'a fait que riposter – demandez évacuation sanitaire. Notez qu'il semblerait que ce ne soit pas une opération de trafic de drogue mais un navire espion russe. On attend vos consignes. »

Il soutint le regard du Russe qui le fixait toujours, maintenant depuis le sol avec Billy au-dessus de lui, une botte posée au milieu de son dos.

« Vous allez payer cher ce que vous venez de faire, dit le Russe dans un anglais parfaitement clair quoique à fort accent. Ceci est un navire de recherche en eaux internationales. »

Harden lui lança un sourire.

« Eh bien, pour nous, c'était une opération de trafic de drogue. La DEA a dû nous communiquer de mauvaises informations. Mais j'aimerais savoir pourquoi vous battez pavillon chypriote. Vous n'êtes pas chypriotes, tout votre équipage parle russe. Alors pourquoi la marine russe opère-t-elle sous pavillon chypriote ? C'est une violation flagrante du droit international.

– Comme l'espionnage, n'est-ce pas, chef ? demanda Rodriguez, qui s'amusait un peu maintenant que le danger était passé.

– En effet, dit Harden.

– Neptune 1, ici Olympia.

– Dites Neptune 1 et 2.

– Neptune 1 et 2, confinez l'équipage sans blesser personne. L'unité médicale d'évacuation est en route et arrivera sur place d'ici quelques minutes. Le cotre garde-côte *Lawrence O. Lawson* arrivera dans quarante minutes. Procédez à l'inventaire du *Finitor* pour vous assurer qu'il n'y a pas de drogue à bord. Ensuite, remettez le navire aux gardes-côtes le temps qu'on règle la situation avec le Pentagone.

– Reçu. Billy, fouillez ces types et enfermez-les dans le carré de l'équipage. Les gardes-côtes ne vont pas tarder à arriver. En attendant, on est censés faire l'inventaire, dit-il en lançant un clin d'œil au Russe qui le toisait. On va commencer par leurs ordinateurs, ensuite je propose qu'on voie ce qui traîne au bout de la partie immergée du câble à la poupe. »

30

SCIF
USS *GERALD R. FORD*
06:28 HEURE LOCALE

Katie jeta un bref coup d'œil aux officiers réunis dans le SCIF, qui étaient tous plus gradés qu'elle. Au bout de la table, l'amiral Kiplinger, commandant du groupe aéronaval, arborait cette expression neutre et impénétrable que semblaient maîtriser tous les officiers généraux ; elle ne put s'empêcher de se demander s'il y avait une école secrète où les candidats O-7 devaient suivre une formation auprès de Robert De Niro. Il était flanqué, à gauche, du capitaine de frégate Vasquez, commandant du groupe aérien, dont le visage avait l'air figé dans une grimace permanente et, à droite, du capitaine de frégate Huddleston, son commandant adjoint, bien plus sympathique et décontracté. À côté de Huddleston se trouvaient le second et le commandant du *Ford*, les capitaines de vaisseau Williams et Mackenzie. La première paraissait inquiète, penchée les deux coudes sur la table, tandis que le second sirotait nonchalamment son café. Enfin, Kumari avait les cheveux un peu ébouriffés, elle qui, à côté de Katie, pilotait l'ordinateur affichant sur le grand écran plat, pour que tout le monde les voie, les planches des informations récupérées par les SEALs du JSOC.

« L'opération l'a confirmé : le *Finitor* est bien un navire espion russe, déclara Kumari. Les SEALs ont inventorié un équipement d'espionnage de pointe à bord, et on a formellement identifié des marins russes pour la moitié de l'équipage et au moins un officier russe du GRU.

– Je n'arrive pas à croire qu'ils lui aient tiré dessus, grommela Vasquez. Enfin, c'est quoi ce bordel ? Ce n'était pas suffisant, comme provocation, de mener une opération contre un navire russe en eaux internationales ? Il fallait que ces foutus SEALs tirent sur un officier du GRU ? Ils cherchent à déclencher la Troisième Guerre mondiale ? »

Retiens-toi, souffla la voix de la prudence à l'esprit de Katie. *Laisse-le donc s'énerver tout seul.*

Mais comme personne ne prenait la défense des SEALs, la grande gueule de Katie s'ouvrit pour ainsi dire d'elle-même, sans en avoir reçu l'autorisation de son cerveau.

« Je suis sûre qu'ils ont fait de leur mieux pour éviter l'engagement, commandant, c'est l'officier du GRU qui a ouvert le feu. Ils ont réussi à prendre le navire avec ce seul incident, sans qu'il y ait de blessé dans l'unité médicale d'évacuation. Pour moi, l'opération est plutôt un succès.

– Un succès ? On verra si vous serez toujours de cet avis quand les Russes auront réagi », répondit Vasquez en la fusillant du regard.

Elle se retint à grand-peine de mordre à l'hameçon et se tourna vers Kumari, qui poursuivit :

« Notre équipe cybernétique est en train d'analyser les disques durs qui ont été récupérés, mais le processus prend du temps. Ce qu'on sait, c'est que l'équipement qu'ils remorquaient est perdu. Quand l'équipe de maintenance du *Lawson* a rembobiné le tambour d'enroulement, elle n'a rien trouvé au bout du câble…

– Mais on a confirmé qu'ils étaient directement au-dessus d'un nodule DASH ? demanda Kiplinger.

– Oui, amiral.

– Ils prévoyaient donc de saboter notre réseau sonar profond ? » demanda Huddleston.

Kumari se tourna vers Katie.

« C'est notre hypothèse de travail, commandant, dit Katie. Le NSW a dépêché une équipe de déminage pour essayer de récupérer l'engin. Il est possible que le *Finitor* soit une plateforme de cartographie des fonds, mais ils peuvent aussi bien avoir utilisé un submersible ayant d'autres capacités. Pour l'heure, il faut envisager le pire, telle est notre position.

– La mienne aussi, dit Kiplinger.

– Eh bien mon Dieu… dit Vasquez. Saboter nos réseaux sonar et nos systèmes de communication serait le prélude d'une première frappe. Il faut qu'on sache où se trouve ce sous-marin russe.

– Et s'il a ces torpilles nucléaires Status-6 à bord, ajouta Williams. D'après les informations que vous nous avez données, lieutenant Ryan, il suffirait d'une seule pour détruire tout le groupe aéronaval.

– Oui, commandant.

– Amiral, je recommande de disperser sensiblement le groupe aéronaval au cas où ce serait ce que les Russes se seraient mis en tête de faire », déclara Mackenzie, le visage crispé devant la gravité croissante de la situation.

Katie savait qu'en tant qu'officier armes il avait effectué des centaines de sorties en Growler dans le cadre de la guerre contre le terrorisme. La gravité de la guerre ne lui était pas inconnue.

« C'est ce qu'on va faire, déclara Kiplinger. Attendons aussi de voir ce que la Maison Blanche et le Pentagone pensent de l'idée d'élever le niveau d'alerte. On doit faire preuve de fermeté et donner une impression d'assurance. L'imagerie satellite montre que le porte-avions et le groupement tactique russes se sont repositionnés vers le sud. C'est sans doute en réaction à notre intervention sur le *Finitor*. J'ai recommandé de repositionner le groupe aéronaval au nord, juste à côté de la flotte russe.

– Pourquoi, amiral ? demanda Vasquez. Les tensions sont déjà très fortes. Cette intervention sur le *Finitor* exigera une réaction de leur part. S'ils se dirigent vers le sud, c'est qu'ils ont envie de se battre. Veut-on vraiment que des MiG-29K viennent défier nos appareils à chacune de leurs sorties ? Qui sait s'ils n'ont pas leurs nouveaux chasseurs de cinquième génération dans leur flotte ?

– Le Checkmate est encore un prototype, seuls deux Felons sont opérationnels et ils ne sont pas aptes à être transportés », répondit Kumari.

Vasquez se tourna vers elle, les joues rouges.

« Sauf que c'est vous, des gros nuls du renseignement, qui nous avez dit que le *Belgorod* était en cours de développement et que le Status-6 n'était qu'un outil de propagande, alors vous pouvez aller vous faire voir avec vos propos rassurants. On risque un accident qui peut nous conduire à une guerre ouverte en un clin d'œil.

– Je comprends bien, Marty, dit Kiplinger. Mais si ces torpilles nucléaires sont sur le *Belgorod* et qu'elles sont destinées à être utilisées contre notre groupe aéronaval, le fait d'envoyer notre porte-avions à proximité immédiate du leur est le meilleur moyen de les faire réfléchir. J'imagine que les amiraux russes hésiteront à lancer une torpille nucléaire si leur propre flotte se trouve dans la zone d'explosion, au risque d'en subir les retombées.

– Ça se tient, dit Mackenzie.

– Où est le *Belgorod*, lieutenant Ryan ? demanda Kiplinger. Quelles sont nos chances de le trouver bientôt ? »

Katie prit un moment pour étudier ses mots.

« Amiral, on attend des nouvelles de l'*Indiana* et du *Washington*. On attend qu'ils remontent prendre la vacation. Il sont peut-être en train de le localiser, mais les sous-marins en patrouille n'émettent qu'en cas d'absolue nécessité, sinon leur discrétion est compromise.

– Ils transportent deux des meilleurs équipages de la force sous-marine, dit Kiplinger. Si le *Belgorod* peut être trouvé, je suis sûr qu'il le sera par eux.

– Et sinon ? » demanda Williams, les bras croisés sur sa combinaison de vol verte.

Tout le monde se tourna vers elle et la question resta un moment en suspens.

« Dans ce cas, il va falloir qu'on prie pour que le scénario catastrophe qui nous inquiète tous en reste au stade du scénario et que les Russes ne fassent que montrer leurs muscles et rien de plus », répondit enfin Kiplinger.

Williams hocha la tête.

Que dire de plus ? Les sous-marins modernes opérant dans les océans du monde le faisaient désormais en toute impunité, car ils étaient conçus pour ça. Le *Belgorod* n'était pas censé être trouvé, et c'était ce qui en faisait un adversaire si terrifiant.

« Bien, dit Kiplinger d'un ton qui suggérait que la réunion était terminée. On se retrouve ici même dans douze heures, ou avant si de nouvelles informations le justifient. »

Il se leva.

« En attendant, on doit s'attendre à ce que les Russes viennent perturber nos opérations aéronavales et nos vaisseaux dès qu'ils seront assez près pour le faire. Dites à vos hommes de garder la tête froide et de ne pas faire de bêtises. Le NSW a déjà cherché la bête. Veillons à ne pas en faire autant. »

Tout le monde se leva, y compris Katie, et les gradés sortirent du SCIF d'un pas lourd.

« Il faut que vous mobilisiez votre réseau à l'ODNI et ailleurs, dit Kumari. Je vais essayer de voir avec le Dr Jones comment nos sources de surface peuvent contribuer à la poursuite du *Belgorod.*

– Je vais contacter tout de suite le commandant Ferguson et nos relations à l'ODNI, répondit Katie.

– Bien, dit Kumari, qui soupira en soutenant son regard. On manque de temps. Et pour être honnête, toute cette histoire me fait peur. »

Katie serra la mâchoire.

Moi aussi.

31

BUREAU DU SECRÉTAIRE D'ÉTAT
HARRY S. TRUMAN BUILDING
2201 C STREET, WASHINGTON, DC
09:45 HEURE LOCALE

Le téléphone sonna sur le bureau du secrétaire d'État Scott Adler, qui appuya sur le bouton de la ligne interne avec un début de sourire aux commissures des lèvres.

« Elizabeth ?

– Monsieur le secrétaire d'État, l'ambassadeur de Russie Darmatov est là.

– Merci », dit-il en souriant jusqu'aux oreilles.

Il prit une gorgée de son Earl Grey.

« Faites-le entrer, je vous prie. »

Il savait qu'il n'aurait pas dû s'amuser comme il le faisait. Ils jouaient à un jeu dont les risques étaient en réalité assez élevés. La flotte du Nord se repositionnait déjà au sud, se rapprochant agressivement du groupe aéronaval 12. Lequel, sans se laisser intimider, répondait à son tour en poussant vers le nord. La réaction des Russes avait été d'envoyer des avions harceler les patrouilles américaines. Ce matin même, un chasseur russe avait déjà frôlé l'accident en venant narguer l'équipage d'un Seahawk. La tension était à son comble dans l'Atlantique Nord. L'objectif de ce rendez-vous n'était pas d'attiser le feu, mais de prendre l'avantage d'une manière propre à faire réfléchir tout le monde. Il fallait que les Russes se calment et fassent machine arrière. Les guerres étaient trop souvent déclenchées à cause d'erreurs sur la ligne de front.

La porte s'ouvrit et le grand chauve au corps flasque qui faisait fonction d'ambassadeur de Russie entra dans le bureau, le visage empreint d'une indignation parfaitement répétée. Adler savait cependant qu'il ne fallait pas le sous-estimer sur la seule base des apparences. Sergueï Darmatov avait été choisi par le président Yermilov lui-même, et Adler avait déjà eu l'occasion de constater personnellement sa ruse et son agressivité en tant que diplomate. La discussion qui était sur le point de se tenir n'était certes pas un combat proprement dit, mais c'était une partie d'échecs aux enjeux très élevés, dont l'issue pouvait facilement être la guerre.

Il se leva et tendit la main en travers de son bureau.

« Sergueï, quel plaisir, comme toujours ! Comment puis-je donc vous être utile ? Votre équipe nous a dit que c'était très urgent, mais je dois vous avouer que ce matin je suis très occupé. »

Darmatov, ignorant sa main tendue, s'installa sur l'un des deux fauteuils de style élisabéthain qui se trouvaient devant le bureau, non sans lisser son pantalon.

« Monsieur le secrétaire d'État, je crois qu'il va falloir que nous fassions un peu de place dans nos emplois du temps chargés pour cette discussion. Vous savez qu'une opération militaire contre un navire russe en eaux internationales est clairement un acte de guerre. Est-ce donc l'intention de votre gouvernement que de déclencher une guerre contre la Russie ? »

Un avertissement d'entrée de jeu... Darmatov n'est pas là pour plaisanter.

Le sourire d'Adler se figea et il se rassit, croisant les jambes à hauteur du genou avant de prendre sa tasse de thé.

« Je suis désolé, monsieur l'ambassadeur », dit-il en adoptant un ton plus formel alors qu'ils avaient dîné et trinqué ensemble à de nombreuses reprises.

Les joutes diplomatiques étaient un drôle de jeu. Darmatov était généralement mesuré et raisonnable, mais peut-être avait-il ce jour-là des ordres de marche différents.

« J'ai bien peur que vous ne me preniez en défaut. Je n'ai aucune idée de ce à quoi vous venez de faire allusion. »

Il reposa sa tasse de thé.

« Que s'est-il donc passé pour que vous soyez fâché à ce point ? »

Darmatov lui lança un regard noir, son double menton se mettant à trembloter.

« Je vois que vous prenez ça comme un jeu. Très bien. Mon pays exige que nous répondions à votre intervention militaire illégale contre notre navire qui menait pacifiquement des recherches océanographiques en eaux internationales. Nous tenons cette agression pour un acte de guerre et nous exigeons la libération immédiate de nos marins civils ainsi que la restitution de notre navire de recherche privé.

– Ah, je comprends, maintenant », répondit Adler, toujours en souriant mais avec un regard plus dur.

Il se pencha en avant, posant les deux coudes sur son bureau et soutenant le regard de Darmatov.

« Je crois que ma perplexité venait du fait que vous l'aviez qualifié de navire russe.

– Vous savez parfaitement...

– En effet, nous le savons parfaitement, Sergueï, dit-il en coupant Darmatov. Nous savons parfaitement qu'un navire battant pavillon chypriote opérait sur la côte Est des États-Unis. Ce même navire a été identifié par nos gardes-côtes comme menant des opérations de nature douteuse au large des États médio-atlantiques ainsi qu'à proximité de Kings Bay en Géorgie, de la base aéronavale de Key West, et même dans le golfe du Mexique. Il a été inscrit sur une liste de surveillance par notre DEA en tant que navire de contrebande probable. Je n'ai pas besoin de vous dire, Sergueï, que nous intensifions notre lutte contre les cartels qui viennent déverser dans notre pays des drogues illicites et mortelles. Nous nous réservons le droit de protéger nos citoyens de ce fléau, et nous avons mené une opération de lutte contre les stupéfiants sur le navire auquel vous faites allusion – le *Finitor*, si je ne m'abuse.

– Vous prétendez...

– Non, je le *dis*, Sergueï. Tout est documenté.

– Mais une fois à bord du navire, vous vous êtes bien aperçus... »

Darmatov s'arrêta, sa voix ayant perdu tout son tranchant.

« En effet, répondit Adler en se renfonçant dans son fauteuil en cuir à haut dossier, ses coudes reposant sur les accoudoirs et ses mains jointes comme un petit clocher. Imaginez la surprise de notre équipe de lutte contre les stupéfiants lorsqu'en arrivant à bord elle s'est aperçue que le *Finitor* n'avait rien d'un navire de contrebande qui se serait fait passer pour un navire battant pavillon chypriote. C'était un navire espion russe qui menait des opérations de sabotage de biens américains sous un faux pavillon. Imaginez le désarroi du président Ryan en apprenant que les membres de l'équipage du *Finitor* n'étaient pas des trafiquants de drogue mais étaient en réalité des marins russes, sous le commandement d'un officier de la marine russe, accompagnés de personnes qui ont été identifiées comme faisant partie de l'appareil de renseignement militaire russe. Imaginez les discussions qui se sont ensuivies dans la salle de crise de la Maison Blanche… *une fois qu'on s'en est aperçus.* »

Darmatov se tortilla sur son siège.

« Les États-Unis mènent régulièrement des opérations d'espionnage dans la mer Noire…

– Nous ne parlons pas de nos patrouilles bien connues de maintien de la paix dans la mer Noire, déclara Adler en posant une main sur son bureau et en laissant son visage s'assombrir sous l'effet de la colère. Nous parlons du *Finitor.* Monsieur l'ambassadeur, nous vous avons pris en flagrant délit alors que vous meniez des opérations d'espionnage et de sabotage potentiel contre les États-Unis. Il est clair qu'envoyer un navire espion russe opérer à proximité de communications sensibles et d'autres équipements entretenus par les États-Unis pour la défense de la côte Est doit être considéré comme un acte de guerre et comme le prélude d'une première frappe contre notre flotte de l'Atlantique.

– Quoi ? Voilà qui est ridicule, monsieur le secrétaire d'État. Il n'y a pas eu sabotage.

– Le *Finitor* actionnait quelque chose à l'aide d'un treuil. L'équipement est perdu, mais nous avons bien l'intention de le retrouver. »

Darmatov plissa les paupières. Manifestement, il n'avait pas envisagé cette hypothèse, qui ne lui plaisait guère.

Au lieu de lui donner une chance, Adler décida de voir jusqu'où il pouvait le pousser avant d'obtenir la réaction qu'il attendait.

« Pourquoi votre flotte du Nord est-elle en train de se repositionner vers le sud ? La Russie se préparerait-elle à entrer en guerre contre l'Amérique ? »

Darmatov déglutit et Adler vit dans ses yeux un éclat nouveau.

« Une telle rhétorique est dangereuse, monsieur le secrétaire d'État. Les mots ont leur importance.

– Les actes aussi, monsieur l'ambassadeur. Pourquoi votre flotte a-t-elle suspendu ses exercices dans l'Arctique pour se diriger vers le sud ? Comment ne pas voir là un acte d'agression ?

– C'est une réponse à votre opération militaire illégale contre notre navire. Vous devriez informer votre Président que la détention des membres de l'équipage du *Finitor* peut également être interprétée comme un acte de guerre. Je vous retourne donc la même question : les États-Unis se prépareraient-ils à entrer en guerre contre la Russie ?

– La guerre est bien la dernière chose que nous souhaitions, monsieur l'ambassadeur. Nous préférons une solution diplomatique, et c'est pour ça que vous et moi sommes en train de discuter. À cette fin, des excuses publiques de la part du Kremlin et un aveu de culpabilité quant à cet incident démontreraient la volonté de désescalade de votre gouvernement. Nous répondrions à ces excuses en vous rendant vos espions, l'équipage de la marine russe et le navire. Mais l'échec de la désescalade entraînerait une réponse très différente. »

Là-dessus, Adler se pencha, les yeux plissés.

« Sergueï, je dois vous prévenir que le président Ryan ne parle pas en l'air lorsqu'il s'agit de protéger les États-Unis d'Amérique. Votre flotte doit reculer. »

Darmatov, les joues rouges, le regarda fixement sans mot dire.

Adler s'inclina dans son fauteuil, laissant échapper une lente respiration, comme s'il essayait de maîtriser ses émotions.

« Le président Ryan attend une réponse officielle du Kremlin dans les six heures à venir. La nature de cette réponse officielle sera un facteur important dans la rédaction de notre propre déclaration, que le secrétaire à la Défense Burgess fera plus tard dans l'après-midi.

– Monsieur le secrétaire d'État, je ne sais rien des opérations d'espionnage dont vous accusez la Russie, mais je transmettrai cette information à mes supérieurs au Kremlin.

– Et vous ferez bien. Avec tout ce qui se passe en ce moment dans l'Atlantique, je crains d'avoir d'autres affaires urgentes à régler. Six heures, monsieur l'ambassadeur. Là-dessus, je vous souhaite une bonne journée. »

Il fit mine d'avancer son fauteuil pour ouvrir un dossier en cuir et examiner ce qu'il contenait.

« Je vous souhaite une bonne journée, monsieur le secrétaire d'État », répondit Darmatov en se levant avant de gagner la porte.

Adler réprima une envie de lever les yeux.

S'il avait bien pris l'ascendant au cours de ce bref entretien, il ne s'amusait plus. Car les activités du *Finitor* pouvaient réellement être un prélude à la guerre. L'« exercice » arctique russe n'avait plus rien d'un exercice, car le gros de la flotte du Nord faisait cap vers le sud en direction du *Ford*, le *Belgorod* restait encore à localiser, et la directrice du renseignement national évoquait un chaos qui pouvait annoncer un putsch au Kremlin et dans les diverses agences de renseignement russes. Il avait choisi de ne pas aborder les deux derniers sujets… pour cette fois.

Adler jeta un coup d'œil à la porte close.

Et si on était déjà en guerre sans s'en rendre compte ?

Darmatov avait joué son rôle à la perfection, mais il avait eu un moment de faiblesse. Il avait eu un regard, fugace certes, mais Adler l'avait vu.

Un regard de surprise.

Un regard de peur.

Il espérait que la directrice du renseignement national avait prévu des opérations secrètes pour obtenir des renseignements exploitables avant qu'il ne soit trop tard. Il y avait tout simplement trop d'inconnues. S'il y avait une chose qu'il avait apprise au cours de son mandat de secrétaire d'État, c'était que l'incertitude était le terreau de la peur et de la paranoïa. Il attendit quelques instants, puis appuya sur le bouton de la ligne interne de son téléphone.

« Oui, monsieur le secrétaire d'État ?

– Elizabeth, il faut que vous programmiez un appel avec le président Ryan, dit-il avant de se raviser. En fait, c'est plutôt moi qui vais me déplacer à la Maison Blanche. Réunissez mes collaborateurs et faites savoir au chef de cabinet van Damm que je viens m'entretenir avec le président Ryan de ma rencontre avec l'ambassadeur de Russie.

– Bien, monsieur le secrétaire d'État. »

Il referma le dossier vide sur son bureau avant de pousser un long soupir. Les ennuis ne faisaient que commencer.

32

LE *BELGOROD* (K-329)
TRANSITANT DIRECTION SUD-OUEST ENTRE L'ISLANDE ET LE GROENLAND
DÉTROIT DE DANEMARK
13:22 HEURE LOCALE

Un coup à la porte de sa cabine fit lever les yeux à Konstantin.

« Entrez », dit-il en espérant que c'était le messager qui revenait avec son service à thé.

Mais non.

« Commandant, on vient de recevoir un rapport confidentiel qui a des conséquences sur notre mission », annonça Blok, son officier des transmissions, depuis le seuil.

Konstantin regarda l'écran fixé au mur à côté de sa couchette, qui retransmettait en direct la prise de vue de la caméra du périscope. Un rouleau bleu acier passa momentanément sur l'objectif avant de disparaître.

« Pourquoi est-on toujours à l'immersion périscopique ? Je vous avais pourtant bien dit de prendre rapidement la vacation avant de retourner en profondeur.

– On est en train de télécharger un lot de données assez volumineux qui a l'air lié à ce message, répondit Blok en agitant le dossier marron qu'il avait dans la main.

– Entrez et refermez la porte. »

Blok obéit, puis sortit du dossier un message décrypté.

« Qui d'autre a lu ceci ? demanda Konstantin une fois qu'il eut pris connaissance du document.

– Personne à part vous et moi, commandant.

– Êtes-vous certain que l'opérateur radio qui a imprimé ce message ne l'a pas lu ?

– J'ai pour politique d'être présent dans la salle radio à chaque vacation. Je suis le seul à gérer les échanges confidentiels.

– Bien. Allez chercher Stepanov et dites-lui de venir dans ma cabine.

– Bien, commandant.

– Et…

– Commandant ?

– N'en dites rien aux autres officiers.

– Jamais, commandant », répondit Blok d'un hochement de tête stoïque avant de refermer la porte.

Konstantin relut le document, puis prit une longue inspiration pour calmer ses nerfs et chercher une opportunité dans ce message. D'après le compte rendu de situation, le *Finitor* avait été intercepté par la marine américaine alors qu'il effectuait une cartographie haute résolution des fonds au-dessus du réseau DASH. Cette nouvelle ne valait rien de bon pour le *Belgorod* et pour sa mission.

Lorsque son premier officier, le capitaine de frégate Youri Stepanov, arriva un moment plus tard, il lui tendit le document imprimé.

« De quoi s'agit-il ? lui demanda Stepanov.

– Lisez. »

Stepanov s'exécuta, puis leva les yeux et croisa le regard de Konstantin.

« Je suppose que c'est arrivé lors de la dernière vacation ? »

Konstantin répondit par un hochement de tête.

« Cette information est-elle fiable ?

– Je ne vois pas de code intégré qui me laisserait penser le contraire. Et vous ?

– Non, commandant. Elle m'a l'air authentique. Si les Américains sont vraiment intervenus sur le *Finitor*, il faut partir de l'hypothèse que c'était une opération militaire qui visait à empêcher le *Finitor* d'accomplir sa mission.

– Le Commandement stratégique conjoint de la flotte du Nord est en train de nous transmettre un important lot de données, dit Konstantin. Il ne le ferait pas si le *Finitor* n'avait pas obtenu les renseignements cruciaux qui nous sont nécessaires pour mener à bien notre mission. Les Américains ont sans doute fait ce qu'ils pouvaient, mais ils ont dû intervenir trop tard.

– Même si le *Finitor* a terminé, on ne peut plus rien faire, commandant. Il faut partir de l'hypothèse que les Américains sont au courant de nos plans de sabotage.

– Pas forcément, Youri, dit Konstantin en lui souriant. Tout ce qu'ils savent, c'est que le *Finitor* effectuait une cartographie des fonds. »

Stepanov le regarda bouche bée, d'un air incrédule.

« Et qu'il le faisait à l'endroit exact d'un nodule qu'ils ont implanté au large de la côte Est pour leur réseau SOSUS top secret de deuxième génération !

– *Da*, mais ils ne savent rien de notre mission, dit Konstantin avec un geste dédaigneux de la main. Ils nous croient toujours dans la mer de Barents.

– Mais, commandant, la flotte américaine est présente dans cette zone. Si on y va, on tombe droit dans un piège.

– Peut-être... Mais peut-être pas. »

Stepanov ne répondant pas, Konstantin ajouta :

« N'est-ce pas pour des opérations submergées secrètes et profondes qu'a été conçu ce vaisseau ?

– Si, commandant, je sais, mais il serait peut-être plus sage d'éviter cette zone. Oublions le sabotage, changeons de cap et relions les coordonnées de lancement. Le Status-6 est silencieux. Ils ne le trouveront pas à temps.

– *Niet*, répondit Konstantin. Vous n'avez pas préparé vos dossiers ? Ce nouveau système est très avancé. Il utilise des sonars actifs et passifs pour détecter et suivre les cibles immergées. La ligne fait plus de neuf cents kilomètres. Il faut supposer qu'ils trouveront le Status-6, car maintenant ils le cherchent. Là est la cruelle ironie de la situation. Si les Américains n'avaient pas intercepté le *Finitor*, j'aurais risqué le lancement – après tout, c'est un très grand océan – mais maintenant ils sont en alerte. Le seul moyen d'empêcher la détection, c'est de paralyser ce système avant le lancement.

– Mais on va tomber dans un piège. Ils nous attendent au niveau de leur nodule.

– Vous avez peur des Américains, si je comprends bien. »

En entendant ce commentaire, Stepanov s'éclaircit la gorge et se redressa légèrement.

« Non, commandant, je vous présentais simplement des options à considérer. Je soutiendrai votre décision, quelle qu'elle soit.

– Je sais, Youri. »

Juste à ce moment-là, une brûlure fit atrocement souffrir Konstantin sous sa cage thoracique.

« Commandant, voulez-vous que j'aille chercher le médecin du bord ?

– *Niet*, répondit Konstantin en faisant comme il pouvait pour ne pas se plier en deux. Allez prendre les commandes au central. Chaque seconde à l'immersion périscopique est une seconde de vulnérabilité. Dès que la transmission sera terminée, faites-nous regagner les profondeurs.

– Oui, commandant », dit Stepanov avant de repartir promptement.

Dès que la porte fut refermée, Konstantin, haletant, laissa échapper un gémissement guttural. Les brûlures étaient devenues plus intenses avec le temps. Celle qu'il venait d'avoir avait failli lui couper le souffle. Plié en deux, il se traîna de son fauteuil à sa couchette, où il se mit en position fœtale sur le flanc gauche, la seule position qui paraissait pouvoir apaiser son agonie. Il resta ainsi, comptant les minutes, jusqu'au moment où la douleur commença finalement à s'estomper.

Un coup secoua soudain la porte.

« Pas maintenant, cria-t-il, sentant sa couchette s'incliner à mesure que le navire basculait.

– Commandant, la transmission a réussi, le vaisseau regagne les profondeurs », lui dit Stepanov assez fort pour qu'il l'entende.

Konstantin ne répondit pas.

« Si vous avez besoin de moi, commandant, je suis dans ma cabine.

– Bien », répondit-il dans un grognement.

Stepanov et Tarassov étaient les seuls membres de l'équipage à connaître l'« état » de Konstantin. Il savait qu'ils garderaient son secret jusqu'à la fin, quoique pour des raisons totalement différentes. S'il devenait physiquement incapable d'exercer ses fonctions de commandant, Stepanov prendrait le commandement du navire en tant que premier officier. Quant à savoir si Konstantin serait *prêt* à déléguer son autorité le moment venu, c'était une autre histoire. En fin de compte, il avait jugé qu'il valait mieux que Stepanov le respecte et cherche à lui plaire plutôt que de se méfier et de lui en vouloir de l'avoir tenu dans l'ignorance.

C'était au contraire par nécessité qu'il avait dit la vérité à Tarassov. L'officier ingénieur du navire, complice, était l'un des trois hommes qui connaissaient la véritable nature de l'opération. Pour le reste du carré et de l'équipage, le Poseidon qu'ils comptaient lancer était la variante UUV sans ogive nucléaire. Seuls Blok, Tarassov et l'officier armes d'origine faisaient partie du cercle restreint de personnes au courant de ce projet dévastateur qui allait changer le monde. Mais avec le remplacement en dernière minute de l'officier armes par Morozov, tout était devenu infiniment plus compliqué.

Le plan d'origine était simple : l'officier armes modifierait les documents pour remplacer une ogive conventionnelle par une ogive nucléaire. Après le lancement du Poseidon, même Stepanov n'aurait aucun soupçon. L'équipage ne découvrirait la vérité qu'après coup, trop tard pour faire quoi que ce soit. Maintenant, ce n'était plus possible. Morozov était un officier minutieux et rigoureux. Présent lors du chargement, il en avait fait un compte rendu méticuleux. Le *Belgorod* transportait six torpilles Poseidon : deux étaient équipées d'ogives conventionnelles, deux, d'ogives nucléaires, et deux, du système UUV plongée profonde. En raison de leur taille et de leur poids considérables, elles avaient été chargées directement au chantier naval Sevmash par les portes de large diamètre du *Belgorod*, dans lequel elles resteraient stockées indéfiniment, à moins qu'un ordre de tir n'intervienne. Non seulement Morozov avait supervisé personnellement le chargement de chaque arme, mais il avait mémorisé les numéros de série et l'emplacement des tubes. Il avait même affiché ces informations sur un tableau au niveau du panneau de lancement et distingué les tubes eux-mêmes par des étiquettes de couleur afin de rappeler à tous les règles de sécurité. Morozov était exactement le genre d'officier de marine que le monde méritait de voir en charge des armements nucléaires.

Et c'était exactement le genre d'officier dont Konstantin n'avait pas besoin pour l'aider à accomplir cet acte de défiance qui allait bouleverser l'ordre mondial. Avec Tarassov, il avait un plan de secours, mais ce plan reposait sur bon nombre de subterfuges et il serait bien plus difficile à mettre en œuvre sans mutinerie.

Konstantin se redressa sur son chevalet et expira avec difficulté.

Le moment est venu.

La douleur s'étant suffisamment atténuée pour qu'il soit en mesure de parler, il décrocha son téléphone et appela le poste de pilotage.

« Ici manœuvre, dit la voix à l'autre bout du fil.

– Ici le commandant, demandez au quartier-maître de calculer une nouvelle route, à quinze nœuds, vers la position suivante, dit-il avant de lui indiquer la latitude et la longitude de la dernière position du *Finitor* dans l'Atlantique Nord.

– Bien, commandant.

– Dites-lui de calculer une trajectoire qui tire parti de toutes les difficultés bathymétriques afin de dissimuler notre présence et de minimiser le risque de détection… La partie vient de commencer. Préparez le *Belgorod* pour une navigation silencieuse. »

33

CAMIONNETTE TOUT-TERRAIN UAZ SGR (« EXPEDITION »)
À DEUX PAS DU RESTAURANT MOLOKO
BELOMORSKI PROSPEKT 3
SEVERODVINSK, OBLAST D'ARKHANGELSK, RUSSIE
17:37 HEURE LOCALE

Clark, installé sur le siège passager de la camionnette orange vif, se gratta le cou. Il n'avait jamais été homme à porter le costume et la cravate. Le col rigide de sa chemise bien repassée le rendait fou. Pour couronner le tout, il s'était rasé pour la première fois depuis plusieurs jours avec un mauvais rasoir en plastique, se blessant à une demi-douzaine d'endroits. Il ne craignait pas de se faire repérer. Il le souhaitait, même, car les deux hommes qui l'accompagnaient étaient vêtus de l'uniforme militaire russe, et leurs bandes patronymiques indiquaient qu'ils faisaient partie des spetsnaz – de quoi intimider quiconque aurait le cran de les approcher, sans oublier que son costume lui-même faisait très GRU.

Par le micro-écouteur de son oreillette gauche, il entendait le russe parfait d'Adara, qui dans l'opération servait d'appât. Sa cible était celui-là même dont le nom avait coûté la vie à VICAR : Vassili Popov, l'ingénieur responsable du programme Status-6 au chantier naval Sevmash. Clark avait dû travailler à la hâte avec son équipe, mais il avait réussi à tirer quelques informations utiles qui les avaient guidés dans leur démarche.

Popov fréquentait le restaurant Moloko, où, à la fin de sa journée de travail, il consommait généralement un bœuf Stroganov arrosé de quelques verres avant de se retirer dans son petit appartement.

Il était marié, mais sa femme et ses deux enfants vivaient à Saint-Pétersbourg. Il était clair que bénéficier de l'attention d'une femme aussi séduisante qu'Adara était un privilège rare dans une ville industrielle isolée comme Severodvinsk.

Clark ne put s'empêcher de secouer la tête en écoutant discrètement cette conversation gênante.

« Si vous aimez le bœuf Stroganov, vous êtes au bon endroit. Severodvinsk est assez limité en matière de restaurants raffinés. Et de belles femmes comme vous…

– Vous me flattez, dit-elle, et Clark la voyait presque adresser un sourire timide à Popov en réprimant un haut-le-cœur.

– Vous êtes seule à dîner ce soir ? Si c'est le cas, peut-être aurez-vous envie de vous joindre à moi ? Je viens de commander un bœuf Stroganov. On pourrait le partager et commander un autre plat de votre choix.

– Quelle excellente idée, merci !

– Tenez, je vais vous chercher une chaise… »

Clark regarda Midas, dont les yeux pétillaient d'amusement.

« Il mord.

– C'est pas si dur d'être un appât quand on est une belle femme, fit remarquer Ding de l'arrière de l'habitacle tout en tirant sur le tissu grossier de son uniforme militaire.

– Ne va pas croire qu'elle aime ça, dit Midas. C'est pas pour flirter avec un crétin pareil qu'elle s'est engagée dans le Campus. »

Ce n'était pas tout à fait vrai. Le recrutement de sources et la collecte de renseignements humains, c'était toujours une épreuve de séduction, même quand ça ne passait pas par le sexe.

Clark arrivait à suivre la conversation mieux qu'il ne l'aurait cru. C'était peut-être dû au fait qu'il était en Russie et qu'il avait retrouvé Dima après toutes ces années, mais son aptitude pour le russe lui revenait en force. Il laissait malgré tout la majeure partie des conversations à d'autres. Son rôle était d'intimider.

Et pour ça, je suis encore très doué.

« *Da*, mais je m'ennuie beaucoup… dit Adara. Je suis arrivée à Severodvinsk avec l'équipe d'inspection de Poliarny, mais comme je ne suis qu'assistante, je n'ai pas l'autorisation d'entrer dans la base avec eux. Je ne sais même pas pourquoi on m'a dit de venir, si ce n'est que ce gros porc de Vassiliev aime me mater les fesses. »

Popov éclata de rire, et elle rit avec lui. Clark l'imagina en train de poser délicatement sa main sur le bras de Popov. Elle excellait à ce jeu-là.

« Comment le lui reprocher ?

– Vous travaillez sur le chantier ? demanda Adara.

– Oui. Je suis ingénieur. Je conçois les armes dont nos marins se servent pour détruire l'ennemi. À quoi sert un sous-marin sans torpille ? C'est peut-être le commandant qui reçoit tous les honneurs, mais sans moi il ne serait rien.

– Ça, c'est bien vrai », répondit Adara.

La conversation prit un rythme plus naturel après l'arrivée du vin. En vraie professionnelle, Adara n'interrogea plus Popov sur son travail, sur le chantier naval ni sur la marine, mais sur lui. Clark trouvait le temps long mais, pour Adara, tout devait aller très vite. Enfin, Popov insista pour régler l'addition.

« Maintenant, on va voir le résultat des courses, dit Ding.

– Merci pour ce charmant dîner. Et dire que je vais devoir rentrer à l'hôtel pour boire un verre toute seule… soupira Adara en étirant un tant soit peu sa voix.

– Vous n'avez pas l'air d'en avoir envie.

– Personne n'en a envie, Vassili.

– Alors faites autre chose. Et si vous veniez chez moi ? On pourra continuer à boire et à discuter. Je vais acheter une bouteille de vin.

– Avec plaisir », dit Adara.

Clark entendit Popov procéder au paiement. Un instant plus tard, les futurs mariés se levaient de table et les pieds de leurs chaises raclaient le sol.

« C'est parti », dit Clark tandis qu'Adara quittait le restaurant une main sur le bras droit de Popov, qui tenait une bouteille de vin dans sa main gauche.

Lorsqu'ils passèrent près de la camionnette, Clark croisa le regard de Popov et y décela une lueur d'inquiétude, mais Adara lui glissa quelque chose à l'oreille en lui serrant le bras, et Popov regarda ailleurs. Ding ouvrit brusquement la porte coulissante et sortit sur le trottoir, droit et menaçant.

« Vassili Popov ? demanda-t-il, les mains sur les hanches.

– *Da ?* » balbutia Popov en regardant longuement Clark, qui le fusilla du regard.

Malgré la fraîcheur de la nuit, il vit des gouttes de sueur perler sur le front de Popov.

« Il faut qu'on parle, annonça Ding dans un russe aussi net que celui d'Adara. C'est une affaire urgente.

– Quoi ? Je n'ai rien fait de mal. Vous devez faire erreur.

– Non, on ne fait pas d'erreur, répondit Adara en relâchant son bras avant de reculer d'un pas.

– Qu'est-ce qui se passe ? Vous essayez de m'attirer dans un piège. »

Il se tourna alors vers Clark, s'adressant directement à lui.

« Si c'est un test, je peux vous assurer de ma loyauté. Cette femme a peut-être essayé de me séduire, mais je ne révélerais jamais de secrets d'État. »

Clark détourna les yeux d'un air d'ennui.

« Il y a urgence et nécessité absolue pour la sécurité nationale, dit Ding. Montez sans faire d'histoire.

– Les gens remarqueront ma disparition, dit Popov, l'air terrifié. Mon travail à Sevmash est important. Crucial, même…

– On le sait, camarade », dit Adara d'une voix sèche et grave qui n'était plus du tout celle de la jeune séductrice éméchée qu'elle était encore quelques instants plus tôt.

Elle posa sa main sur la nuque de Popov et le poussa vers la camionnette.

« Maintenant, montez. »

Popov monta à l'arrière de l'habitacle, suivi de Ding, puis d'Adara. Elle referma la portière coulissante et Midas, enclenchant la vitesse, s'éloigna. Clark se retourna vers l'ingénieur pétrifié.

« Il y a aujourd'hui en Russie des traîtres qui cherchent à nuire à notre patrie, camarade Popov, dit-il en retrouvant facilement les mots russes qu'il avait répétés. Quelqu'un vous a-t-il abordé dans les douze derniers mois pour vous poser des questions sur la nature confidentielle de votre travail ? »

L'ingénieur ouvrit la bouche, sans rien dire, puis la referma brusquement. L'espace d'un instant, Clark craignit de le voir s'évanouir.

« Vous êtes du GRU ?

– Ne soyez pas idiot, dit Ding. Vous savez exactement qui nous sommes. Vous allez répondre à nos questions et ne plus jamais reparler de cette conversation. Si vous en reparlez, nous le saurons. C'est bien compris ?

– *Da*, s'étrangla Popov. Compris.

– Très bien », dit Clark à voix basse avant de se détourner en faisant un geste de la main.

Finalement, ça ne sera peut-être pas trop difficile.

Ils roulèrent vers le sud, puis se garèrent sur le parking miteux de l'hôtel Flagman. Quelques instants plus tard, Popov était dans une chambre aux fenêtres occultées par des rideaux jaunes et sales, assis sur une chaise en vinyle délavé à une table ronde. Sa jambe gauche se balançait de haut en bas et ses yeux se posaient sans cesse sur la porte, où Midas montait la garde, un pistolet-mitrailleur compact à la main. Adara prit l'autre chaise, croisant les jambes à hauteur des genoux, et plaça sur la table qui les séparait un appareil de la taille d'un téléphone portable.

« Je vais enregistrer notre conversation, dit-elle, et Clark fut encore une fois surpris de voir à quelle vitesse ses compétences en russe étaient revenues.

– Oui, bien sûr, répondit Popov en essayant de paraître calme mais d'une voix tremblante. Je n'ai rien à cacher.

– C'est ce que nous allons voir », dit Ding en le regardant depuis l'endroit où il se tenait près du mur sale derrière le lit creux.

Clark leva la main et secoua la tête, comme un supérieur exhortant un subordonné à la patience et au calme. Puis il croisa les bras et observa.

« Une personne extérieure à votre chaîne de commandement vous a-t-elle posé des questions sur le programme Status-6, Vassili ? » commença Adara d'une voix calme et directe, les mains sur les genoux.

Mais il était clair que Popov avait du mal à détacher son regard du MP-443 Grach qu'elle portait à la hanche, bien visible maintenant qu'elle avait retiré sa veste.

« Non. Je n'en parle qu'avec les parties prenantes. Et avec les équipes d'inspection qui sont venues nous rendre visite. »

Adara hocha la tête. Comme il se contentait de la fixer du regard, elle fit un geste de la main.

« Qui d'autre ? »

Une goutte de sueur perla sur la joue gauche de Popov.

« Un autre contingent du GRU, dirigé par l'amiral Rodionov, est venu le mois dernier pour visiter les installations et mener des entretiens. Mais ça, bien sûr, vous le saviez déjà.

– Bien sûr. Ne nous faites pas perdre notre temps, dit-elle. Il s'agit là d'une visite de contrôle.

– Quels autres hauts fonctionnaires de Moscou se sont intéressés à votre travail ? demanda Ding. À qui d'autre en avez-vous parlé ?

– Personne. Euh… En ce qui concerne les hauts fonctionnaires, l'amiral Boldyrev est venu faire le point avec son équipe récemment. Il voulait s'assurer qu'on atteindrait nos objectifs de production et de tests, ce qui a été le cas, bien sûr.

– Et votre femme ? demanda Adara en haussant un sourcil, voyant les joues de l'ingénieur rougir. Que lui avez-vous dit de votre travail ?

– Rien, répondit-il d'une voix tendue. Elle ne sait rien. Elle me prend pour un ingénieur de maintenance. Je vous le jure.

– Peut-être une de ces femmes avec lesquelles vous lui faites des infidélités ? Pour faire bonne impression ?

– *Niet*, répondit Popov dans un sanglot.

– Vous avez bien essayé de m'impressionner, non ? Vous m'avez dit que vous conceviez des armes. Vous auriez pu élaborer – vous vanter, par exemple – si ça vous avait aidé à me mettre dans votre lit.

– Jamais ! » répondit Popov en pleurant cette fois.

Clark regarda Adara pendant que s'installait un long silence pesant.

« À qui avez-vous parlé du programme Poseidon, en dehors de votre équipe, depuis la fin des tests et la mise en service des torpilles ? demanda Adara.

– Quoi ? demanda Popov d'un air désespéré, mais aussi manifestement confus. Vous essayez de m'attirer dans un piège.

– Pourquoi dites-vous une chose pareille ? » demanda Adara en se penchant vers lui.

Il regarda nerveusement Adara, puis Clark, qui, d'une main, lui fit signe de répondre. Clark sentit quant à lui un soulagement l'envahir et il lutta pour le dissimuler. Peut-être le Status-6 n'était-il pas opérationnel. Peut-être n'était-ce guère plus qu'un outil de propagande, comme on l'avait cru.

« Vous êtes des agents du GRU », dit Popov.

La tension était devenue presque insupportable.

« Vous devez donc savoir que j'ai reçu pour ordre de ne pas informer le colonel général Andreïev que les torpilles étaient devenues opérationnelles. C'est votre chef, l'amiral Rodionov lui-même, qui nous a donné cet ordre, à moi et à mon équipe. »

Clark sentit son soulagement s'effacer, instantanément remplacé par de la terreur.

« Et l'amiral Boldyrev a ordonné d'évacuer tout personnel non essentiel de la cale sèche pendant le chargement des six torpilles. Je peux vous assurer qu'absolument personne, en dehors de l'équipage du navire et de l'équipe de chargement armes et munitions de Sevmash, ne sait que ces Poseidon sont sur le *Belgorod.* Je jure sur la tête de mes enfants que, s'il y a eu une fuite, elle ne vient pas de moi. Je le jure ! »

Popov pleurait maintenant à chaudes larmes, en se prenant le visage dans les mains. Adara soutint le regard de Clark et, l'espace d'un instant, son expression refléta la terreur qu'il ressentait lui-même.

Sous le coup d'une pulsion soudaine, Clark alla donner un coup de poing en pleine figure à Popov, qui faillit tomber de sa chaise. Il était en colère, mais il était aussi dans son rôle de chef d'unité.

« Arrêtez de pleurer, vous êtes une honte ! Les ordres de l'amiral Boldyrev ont-ils été suivis à la lettre ? Quel était le mélange d'ogives conventionnelles et d'ogives nucléaires ?

– Six torpilles. Deux ogives conventionnelles, deux ogives nucléaires, et deux prototypes à système ISTAR. Tous les protocoles de sécurité ont été respectés de même que, je le jure, toutes les exigences en matière de documentation. J'ai confirmé moi-même les numéros de série. »

Clark se détourna.

« Dégagez-moi ce tas de merde, dit-il en agitant la main.

– Ne me tuez pas, je vous en supplie. Je n'ai rien fait de mal. J'ai une femme et des enfants...

– Je sais, dit Adara en le regardant fixement. Vous avez juré sur leurs têtes. Quel genre d'homme jure sur la tête de ses enfants ? »

Il la fixa avec terreur et elle sortit son arme de son holster.

« *Niet* », intervint Clark alors que Popov, terrorisé, allait s'évanouir.

Adara poussa un soupir de déception, comme ils en étaient convenus en préparant l'intervention.

« Bon, dit-elle à Popov en lui relevant le menton avec le canon de son pistolet. Il semblerait que les chefs aient encore besoin de votre expertise. Mais sachez bien que si vous rapportez cette discussion à qui que ce soit, même à Rodionov, une nuit je vous tuerai pendant que vous dormez. J'en aurai fait autant de vos enfants et je vous aurai même obligé à regarder la vidéo. Vous me comprenez bien ? »

Incapable de répondre, Popov hocha la tête.

« Reprenez-le », dit Adara avant de ranger son pistolet dans son holster, laissant Popov effondré en train de sangloter sur sa chaise.

Ding le redressa d'un coup sec pour l'entraîner dehors, Midas lui emboîtant le pas.

Lorsque la porte se referma derrière eux, Clark vit s'affaisser les épaules d'Adara.

« Oh mon Dieu, John ! s'écria-t-elle, redevenue elle-même en un clin d'œil. Serait-on au bord de la Troisième Guerre mondiale ?

– Franchement, je ne peux pas me prononcer, mais c'est une horrible nouvelle, répondit-il avec l'impression soudaine de porter un sac de cinquante kilos sur le dos. Et je ne sais pas qui tire les ficelles – si c'est Yermilov ou quelqu'un d'autre – mais il est clair que Rodionov et Boldyrev trempent dans l'affaire.

– Au moins, il nous a dressé l'inventaire du stock, dit Adara en s'asseyant au bord du lit. Deux armes nucléaires… Ça aurait pu être pire.

– Deux Status-6 à charge nucléaire, pour moi c'est déjà deux de trop.

– Et maintenant ?

– On fait un compte rendu à l'ODNI et au président Ryan.

– Et on quitte ce pays, OK ?

– Non, répondit Clark, impassible. Malheureusement, il nous reste peut-être encore un peu de travail. »

34

LE *BELGOROD* (K-329)
TRANSITANT VERS LE RÉSEAU DASH
ATLANTIQUE NORD
15:43 HEURE LOCALE

Mikhaïl Morozov était installé à la table du carré, en train d'essuyer ses lunettes dans un mouchoir. Il se sentait nerveux et mal à l'aise et il avait besoin de se distraire pour ne pas le laisser paraître devant les autres, qui étaient en train de se rassembler. Le premier officier avait convoqué tout le contingent d'officiers du navire à une réunion imprévue, à l'exception du lieutenant Blok, l'officier de manœuvre, et du lieutenant Shanklin, qui était de quart en tant que KE.

« Quelqu'un sait de quoi il est question ? demanda le KM.

– On sera bientôt fixés », répondit tout bas le KR.

Il s'agissait des trois ingénieurs en charge de l'électricité, des machines et du réacteur au PCP.

Morozov eut la tête bousculée par l'un des officiers qui cherchaient à s'emparer des derniers fauteuils autour de la table. Les retardataires se verraient contraints de s'asseoir sur le banc à l'arrière ou de se tenir debout le long du mur.

« Mes excuses, lieutenant », dit un jeune officier encore en formation sans que Morozov puisse déduire au seul ton de sa voix si ses excuses étaient sincères.

Il y avait une drôle d'atmosphère. Pas dans tout le bateau, mais dans le corps des officiers supérieurs. Depuis son arrivée à bord, il sentait une méfiance palpable chez le commandant Gorov, une froide distance chez le premier officier Stepanov et une franche inimitié chez l'officier ingénieur Tarassov. Il avait d'abord attribué la chose au fait qu'il avait dû remplacer au pied levé l'officier armes habituel, qui avait dû être hospitalisé pour pneumonie une semaine avant le départ. La déception, la frustration de l'état-major du *Belgorod* face à ce changement de dernière minute étaient certes compréhensibles, mais l'accueil glacial qu'il avait reçu ne s'était jamais réchauffé.

Pourquoi un tel mépris ? se demanda-t-il en nettoyant consciencieusement le verre gauche de ses lunettes. *Depuis mon arrivée, j'ai fait tout ce qu'on m'a dit.*

Il avait même mis un point d'honneur à aller au-delà de ce qu'on attendait de lui. Il avait fait des heures supplémentaires, il avait supervisé en personne les étapes clés avant le départ, il s'était occupé minutieusement des documents qu'il avait dû remplir, et tout ça pour faire bonne impression sur ses camarades. Étrangement, ses efforts avaient paru avoir l'effet inverse, et il se sentait maintenant encore plus isolé, mis à l'écart. Le jour où il avait reçu l'ordre de mission modifié, sa réaction avait été de dire à sa femme que l'univers lui offrait une occasion en or. Le *Belgorod* était le joyau de la flotte du Nord et Konstantin Gorov était le commandant le plus respecté de toute la force sous-marine russe. Même une affectation temporaire pourrait lui valoir une promotion anticipée et le faire nommer premier officier. Il revoyait le visage radieux de sa femme, qui l'avait serré dans ses bras en se réjouissant de voir son travail enfin récompensé.

« Accepte sans t'inquiéter de nous, avait-elle dit avec un large sourire. On se débrouillera jusqu'à ton retour, les filles et moi. »

Quelle chance d'avoir une épouse comme Nina !

Tout le monde se leva à l'arrivée du commandant.

« Asseyez-vous, asseyez-vous, dit Konstantin avec un geste de la main, des officiers se poussant pour lui laisser la place jusqu'au fauteuil vide en bout de table.

Morozov remit ses lunettes, fourra son mouchoir dans sa poche de poitrine gauche et se rassit.

« J'ai convoqué cette réunion car, lors de notre dernière remontée à l'immersion périscopique, nous avons eu des nouvelles inquiétantes, dit Konstantin en scrutant les visages dans l'assistance.

Les tensions avec les États-Unis ont atteint un niveau jamais vu depuis la guerre froide. Il semblerait que la marine américaine ait arraisonné et intercepté l'un de nos navires de recherche qui opérait en eaux internationales, qu'elle ait capturé et détenu son équipage, et qu'elle brandisse encore aujourd'hui des menaces de guerre. On a reçu un message crypté qui, j'en suis certain, va nous contraindre à élever notre niveau d'alerte. »

Les conversations fusèrent dans la salle, la majeure partie des officiers marquant leur indignation en y allant de leurs menaces ou de leurs plaintes sur l'agressivité de ces Américains toujours très prompts à dégainer. Morozov, quant à lui, se tut et se concentra sur le premier officier, qui n'affichait pas comme le commandant un visage impassible. Stepanov dut le sentir, car il le toisa soudain d'un de ces regards indifférents et crispés dont il avait le secret.

Un coup fit tourner toutes les têtes vers la porte du carré.

« Entrez », cria Konstantin.

La porte s'ouvrit et le messager du central s'avança avec dans les mains une grande enveloppe rouge.

« Commandant, l'officier des transmissions m'a chargé de vous remettre ce message décrypté.

– Bien, apportez-le-moi. »

Le messager remit l'enveloppe rouge en mains propres au commandant, qui l'accueillit avec un hochement de tête. Morozov sentit une boule dans sa gorge. Les enveloppes rouges étaient réservées aux informations top secrètes ou aux ordres modifiés, en abrégé ORDMOD.

Voilà qui ne présage rien de bon.

« Vous fermerez la porte en sortant », lui dit Konstantin en ouvrant l'enveloppe pour en extraire une simple feuille imprimée.

Son expression se durcit en la lisant et, lorsqu'il releva enfin les yeux, son regard croisa celui de Morozov.

« Officier armes… »

Morozov déglutit difficilement.

« Oui, commandant ?

– Ce message m'ordonne de lever les protections et de saisir les codes d'autorisation pour armer Poseidon 1. »

Morozov sentit le sang refluer de ses joues et il avait beau être assis, il se sentit soudain pris de vertige.

« Mais, commandant, Poseidon 1 est une variante nucléaire…

– Exact. Allez à votre coffre-fort récupérer le code d'authentification scellé de Poseidon 1 afin qu'avec le premier officier nous puissions valider l'authenticité du code fourni dans ce message.

– Bien, commandant », répondit Morozov en se levant.

Sortant du carré, il fila dans la coursive avant d'entrer dans sa cabine comme s'il était en pilotage automatique, comme s'il n'était que le pantin d'un marionnettiste invisible. Il se pencha au-dessus du coffre-fort du système d'armes et, lorsqu'il tourna le cadran de combinaison, il eut l'impression de regarder une scène de film. Puis le temps sembla s'arrêter, car l'instant d'après il tendait à Konstantin la pochette scellée qui contenait le code d'authentification de Poseidon 1. Lorsque Konstantin déchira le plastique, Morozov sentit son cœur s'emballer.

Je n'arrive pas à croire que ce soit vrai, songea-t-il en pensant à Nina et à ses deux filles, Lucia et Svetlana. Des instantanés défilèrent dans son esprit, des images de ses filles qui riaient et qui couraient dans l'aire de jeux du quartier.

« Officier armes, dit Konstantin d'une voix rauque.

– Commandant ?

– Je viens de vous demander de confirmer. »

Morozov cligna de l'œil et les deux feuilles imprimées devinrent nettes. Il compara le code d'authentification du message à celui du document du coffre-fort. Les séquences alphanumériques de seize chiffres correspondaient.

« Les deux codes correspondent, commandant, s'entendit-il répondre.

– Bien, dit Konstantin en remettant les deux documents à Stepanov. Premier officier, accompagnez l'officier armes dans la salle des torpilles. Levez les dispositifs de sécurité du tube lance-torpilles 1. Saisissez le code d'autorisation dans le système et connectez-le au système de Poseidon 1. Saisissez la latitude et la longitude de la cible et passez de l'état de veille à l'état armé. Surtout, ne remplissez pas le tube. Répétez cet ordre. »

Stepanov le répéta mot pour mot.

« Maintenant, exécution, ordonna Konstantin.

– Bien, commandant, répondit Stepanov avant de se tourner vers Morozov. Allons-y. »

Morozov n'avait jamais entendu le carré aussi silencieux. C'était comme si Konstantin avait donné ordre à tout le monde de retenir son souffle. Il suivit Stepanov dans la coursive centrale et referma la porte derrière lui. S'attendant à ce qu'il dise quelque chose, il s'arrêta.

« Que faites-vous ? demanda Stepanov en s'apercevant qu'il ne le suivait pas.

– Lieutenant, c'est de la folie, répondit Morozov avec une langue engourdie, en trébuchant sur les mots. Même si les Américains ont intercepté un navire de recherche russe, on ne peut pas lancer une arme pareille.

– Il ne nous appartient pas de prendre ce genre de décisions, lieutenant. Nous sommes des officiers de marine et notre seul devoir est d'obéir aux ordres.

– Mais…

– Ça suffit ! cria Stepanov en s'approchant de lui à tel point que leurs nez faillirent se toucher. Vous avez authentifié le message. Vous avez entendu l'ordre du commandant. Nous allons lever les protections et armer la torpille… mais pas remplir le tube. Il s'agit de mesures préparatoires, pas d'un ordre de tir. Vous comprenez ?

– Bien, lieutenant, répondit Morozov presque en murmurant.

– Espérons que les hostilités vont retomber et qu'on ne nous demandera pas l'impensable, dit Stepanov. J'ai une famille aussi, ajouta-t-il tout bas.

– Bien, lieutenant.

– Maintenant, allons accomplir notre devoir, dit Stepanov en lui serrant fraternellement l'épaule. La pilule est peut-être amère mais nous l'avalerons car nous sommes des hommes d'action. »

Encore plus démoralisé, Morozov suivit Stepanov dans la salle des torpilles du *Belgorod*. Pendant que ses doigts levaient les sécurités mécaniques du tube lance-torpilles 1 et entraient le code d'autorisation dans le système, il se représenta le tsunami radioactif qui allait anéantir la base navale de Norfolk et contaminer la moitié de la côte Est des États-Unis si cette arme infernale et terrifiante était lancée. Puis quelque chose d'inattendu se produisit. Une pensée qu'il n'aurait jamais imaginé avoir en entrant dans la marine russe lui traversa l'esprit et s'imposa à lui.

Sabotage.

35

BUREAU OVALE
LA MAISON BLANCHE
WASHINGTON, DC
15:17 HEURE LOCALE

Ryan ravala son irritation alors que la maquilleuse glissait des serviettes sous le col de sa chemise et entreprenait de lui poudrer le visage. La nouvelle de l'incident du *Finitor* était devenue publique et les experts orientaient les échanges dans une direction qui ne lui plaisait guère : ils posaient des questions qui faisaient écho aux arguments du Kremlin, tout en attisant les craintes d'une incursion de la flotte russe dans l'Atlantique Nord. D'habitude, il laissait les commentateurs jacasser, amplifier les propos polémiques, conspirationnistes, mais cette fois il n'en était pas question. Il refusait de les laisser s'emparer de ces événements et il préférait que le peuple américain l'entende, *lui*.

Le plus souvent, les opérations de contre-espionnage comme celle du *Finitor* n'étaient pas connues du public. Et les rares fois où elles l'étaient, l'équipe de communication de la Maison Blanche veillait habilement à ce que ces incidents n'aillent pas plus loin. La Russie avait des espions, l'Amérique avait des espions, la Chine avait des espions… tout le monde avait des espions. Et tout le monde le savait.

Cette fois-ci, c'était différent. L'affaire avait pris de l'ampleur du fait que les Russes avaient réagi en repositionnant leur groupe aéronaval vers le sud. Le sensationnalisme médiatique pressentait l'escalade. Et même si les commentateurs n'avaient pas encore trouvé la bonne analyse, Ryan sentait qu'ils n'étaient plus très loin. L'incident du *Finitor* était le prélude d'un événement majeur. Tout comme Ryan le savait au fond de lui, les faucons, les russophiles et tous les militaires à la retraite qui travaillaient en tant que « contributeurs » le savaient aussi. Une fois qu'il aurait repositionné le *Ford* pour contrer la flotte russe, ce serait une frénésie médiatique. Il jugeait qu'ordonner à la jeunesse américaine de prendre des risques était la plus grande responsabilité qu'il eût jamais eue, et que c'était à lui et à lui seul d'exposer la situation et les raisons qui l'avaient conduit à prendre cette décision.

Le secrétaire à la Défense pourrait répondre aux questions le lendemain, mais c'était à lui qu'il appartenait de faire l'annonce, et il devait le faire le jour même.

« Cinq minutes, monsieur le Président », dit son attachée de presse, Jeanine, dans le coin du Bureau ovale.

Elle se pencha à côté de la seule caméra, qui avait été installée face au Resolute Desk, pour s'assurer qu'il avait bien entendu.

« Merci, Jeanine », lui répondit-il avec un sourire crispé.

Puis, s'adressant à l'assistante maquilleuse, il ajouta :

« Je pense que ça ira. Merci.

– Monsieur le Président ? » demanda Mary Pat à sa gauche, et la maquilleuse rangea rapidement sa poudre et ses serviettes avant de s'éclipser.

Ryan se tourna vers la porte privée, l'estomac noué en entendant la voix de Mary Pat. Si elle débarquait ainsi cinq minutes avant son adresse au peuple américain en direct à la télévision, c'était qu'elle n'avait pas de bonnes nouvelles.

« Tout va bien ? » lui demanda-t-il, mais le visage de Mary Pat indiquait le contraire.

Il se tourna vers Jeanine.

« Vous pourriez nous laisser seuls une minute ? »

Jeanine hocha la tête et fit sortir en hâte sa petite équipe par la porte principale, qu'elle referma derrière elle.

« Que se passe-t-il ? demanda Ryan en retirant les serviettes de sous son col.

– C'est Yermilov, répondit Mary Pat. Il a fait un communiqué il y a un quart d'heure. Les grands médias le relaient en ce moment même. »

Évidemment… Yermilov ne va pas se laisser mener par le bout du nez.

L'équipe de communication de la Maison Blanche avait annoncé l'adresse de Ryan à la nation, ce en quoi elle avait peut-être eu tort. Cette erreur de calcul était presque une invitation faite au président russe pour publier son propre communiqué en premier.

« Des surprises ?

– Eh bien, on n'a certainement pas obtenu les excuses ni les aveux de culpabilité exigés par le secrétaire d'État lors de son rendez-vous avec l'ambassadeur, répondit-elle. Il est vrai qu'on ne s'y attendait pas non plus.

– Les Russes ne s'excusent jamais, souligna Ryan. Et ce communiqué ?

– Toujours la même rengaine : l'Amérique cherche le conflit et nuit par tous les moyens aux intérêts russes. Yermilov a présenté l'incident du *Finitor* comme une attaque injustifiée de la marine américaine vis-à-vis d'un navire de recherche civil exploité dans le cadre d'une coentreprise entre la Russie et des pays partenaires. Puis il a ajouté qu'on avait *kidnappé* les ressortissants russes de l'équipage et saisi illégalement un navire opérant en eaux internationales.

– On ne les laissera pas s'en tirer comme ça, dit Ryan. Je vais m'appuyer sur les vidéos de l'opération des SEALs qu'on a sélectionnées. On va montrer au monde ce qu'était réellement le *Finitor* : un navire espion bourré d'équipements sophistiqués qui avait des agents du renseignement russe à bord. On diffusera leurs photos ainsi que les dossiers qu'on a sur eux. Il sera difficile de nier. »

Mary Pat secoua la tête.

« Yermilov a aussi affirmé que nos forces navales se repositionnaient pour attaquer la flotte du Nord, engagée dans un exercice militaire planifié…

– Eh bien, ce sont eux qui dirigent leur groupement tactique vers le sud afin de nous harceler. On ne les a pas forcés, ce sont eux qui ont bougé de leur plein gré. Les Américains ne vont pas se laisser faire, Mary Pat, et les citoyens du reste du monde non plus. Le monde en a assez des mensonges et des fanfaronnades russes. Leurs entreprises de déstabilisation dans les pays baltes et leurs opérations sous faux drapeaux en Amérique du Sud inspirent toujours des inquiétudes à la majeure partie des gens. Je vais présenter notre réaction comme une manœuvre défensive destinée à prévenir une agression russe.

– Et le *Belgorod* ? » demanda Mary Pat.

Ryan soupira.

« Quoi donc ?

– J'espère que vous ne comptez pas révéler aux Américains qu'il y a dans l'Atlantique un sous-marin russe ultrafurtif transportant des torpilles nucléaires de longue portée ?

– Non, répondit Ryan. La panique ne ferait que servir Yermilov, sans oublier qu'on ne sait toujours pas si la menace est réelle ou si ce n'est qu'une propagande du Kremlin.

– Malheureusement, j'ai des éclaircissements à ce sujet », dit-elle, le visage grave.

Ryan sentit son estomac se serrer.

« Que se passe-t-il ?

– Mes sources en Russie ont confirmé que le programme Status-6 était pleinement opérationnel, répondit-elle d'une voix qui exprimait toute la gravité de la nouvelle. Jack, six torpilles Status-6 ont été chargées sur le *Belgorod* avant son départ, dont deux sont armées d'ogives nucléaires.

– Et la bonne nouvelle ? demanda-t-il d'un air sarcastique, les dents serrées.

– Il n'y a pas de bonne nouvelle, répondit-elle. Et pour couronner le tout, notre équipe a des éléments qui tendent à montrer que le *Belgorod* n'est qu'un pion dans une grande partie d'échecs opposant au Kremlin une organisation secrète. »

Ryan essaya de se représenter une situation pire et plus dangereuse que celle que lui décrivait Mary Pat. Il ne lui restait plus qu'à apprendre que les Russes venaient de lancer leurs deux torpilles nucléaires sur les États-Unis.

« Attendez… Vous êtes en train de me dire que Yermilov a perdu le contrôle de sa propre flotte ? Que le *Belgorod* est aux ordres d'une faction dissidente ?

– Tout n'est pas clair, Jack. Mais c'est ce qui m'inquiète et c'est pour ça que notre équipe se dirige vers Moscou.

– Quoi ? »

Il la fixa du regard.

« C'est très dangereux, Mary Pat. Quelle est leur mission ?

– Je leur laisse de la marge… Comme vous l'avez dit, il y a des questions importantes auxquelles il faut qu'on obtienne des réponses. Il faut qu'on sache qui est vraiment aux manettes à Moscou. »

Ryan regarda sa montre.

« Attendez-moi dans la salle de crise. Je vous rejoins dès la fin de mon adresse à la nation. Je veux que le secrétaire à la Défense soit là, ainsi que le chef d'état-major des armées. Si la chaîne de commandement militaire russe est déjà rompue, on doit se préparer à toutes sortes d'éventualités.

– Bien, monsieur le Président, dit Mary Pat en regagnant la porte.

– Et, Mary Pat ? » dit-il.

Elle se retourna.

« Si le *Belgorod* est un bateau dissident qui n'est plus sous le contrôle de Yermilov, on entre en territoire inconnu.

– Je sais.

– Il faut que je comprenne ce qui se passe dans la tête des principaux acteurs. Les Russes n'ont pas la même façon de penser que nous.

– Oui, Jack.

– Et c'est pourquoi il faut que je parle à Ramius.

– C'est sur les rails, Jack… Je vous promets de le faire venir. »

36

LE *BELGOROD* (K-329)
AU-DESSUS DU NODULE DASH CIBLE
ATLANTIQUE NORD
JEUDI 11 AVRIL
07:24 HEURE LOCALE

Morozov arpentait sa cabine, inquiet, en se parlant à lui-même.

« Rien n'a de sens dans cette histoire. Les Américains ne prendraient pas le risque d'une guerre nucléaire, qui ne servirait pas non plus Yermilov. »

Ils montrent les crocs et rien de plus, dit la voix de la raison dans son esprit.

« *Niet*, il se passe autre chose. Je le sens. C'est le commandant qui a tout manigancé. Il prépare un coup. Un coup dangereux et terrible. »

Quelles preuves as-tu de ce que tu dis ?

« Il suffit de le regarder. Tout ne va pas au mieux pour notre intrépide commandant. »

Tout le monde savait la tragédie qui avait frappé Konstantin moins d'un an plus tôt avec la perte de sa femme et de son enfant à naître. Morozov avait beau ne pas avoir été membre de l'équipage du *Belgorod* à cette époque, la funeste nouvelle avait très vite fait le tour de la petite communauté des sous-mariniers de la flotte du Nord et de leurs épouses.

« Le pauvre homme, avait dit Nina le soir où cette nouvelle était arrivée chez les Morozov. On dit qu'il a pleuré pendant deux jours sur sa dépouille et qu'il a refusé de la déposer à la morgue. »

Ce détail était certes exagéré, mais n'était-ce pas le but même des ragots et des légendes ? Konstantin avait perdu à la fois l'amour de sa vie et son futur enfant. Un tel deuil avait de quoi semer le doute sur la nécessité de continuer. Son état physique était d'ailleurs tout aussi inquiétant que son état mental. À deux reprises depuis le départ, Morozov l'avait vu devenir blanc comme un linge et se plier de douleur. Il semblait déjà plus maigre et plus pâle que trois semaines plus tôt, quand Morozov avait rejoint l'équipage.

« C'est parce qu'il est en train de mourir. »

Tu n'en sais rien, répliqua la voix dans sa tête.

« Mais si. Je le sens au plus profond de mon âme. »

C'était bien là que résidait le problème. Il n'avait aucune preuve que Konstantin n'en avait plus pour longtemps, ni que les ordres du bord avaient été modifiés, ni que le si prestigieux commandant du *Belgorod* avait de vieux comptes à régler avec les Américains. Mais, au fond de lui, Morozov le savait. Pour une raison qui n'en était pas une, Konstantin comptait lancer un Status-6 à ogive nucléaire sur la base navale américaine de Norfolk, et cet ordre n'était pas venu du Kremlin.

Impossible. Cet ordre a été reçu par transmission satellite.

« C'est ce qu'il veut nous faire croire. Tu ne vois pas que c'était du théâtre ? Il a fait exprès de rassembler tout le corps des officiers dans le carré. Seuls ses deux serviteurs les plus fidèles, Blok et Tarassov, étaient de quart. Et Blok est l'officier des transmissions. Comme il filtre tous les messages, il a pu facilement modifier celui-ci. Quelle étaient la probabilité pour *cet ordre-là* d'arriver alors qu'on était en réunion ? »

Si ce n'est que les codes d'authentification correspondaient. Et qu'il est impossible de les falsifier.

« Ils ont dû trouver un moyen… Je ne sais pas comment, mais ils en ont trouvé un. »

Impossible.

Un rire de maniaque jaillit de ses lèvres.

« Regarde ça… Voilà que je me dispute avec moi-même, comme un fou. »

Peut-être que c'est toi qui es instable. Pas le commandant.

« Peut-être », murmura-t-il en se retournant vers son reflet dans le petit miroir derrière la porte.

Des yeux injectés de sang le regardaient au milieu d'un visage hagard.

« Si seulement je pouvais en parler. Avec un allié, par exemple… »

Malheureusement pour Morozov, il n'avait aucun allié sur le *Belgorod*. Étranger, il n'avait pas eu le temps de tisser des liens de confiance ou de camaraderie avec les officiers subalternes ou avec les officiers mariniers supérieurs. Mais ça n'avait sans doute pas d'importance, car il soupçonnait l'état-major de complicité. Blok et Tarassov étaient dans le coup, il en était convaincu. Quant au premier officier, Stepanov, il n'avait pas de certitude. Certes, il idolâtrait Konstantin, mais il ne semblait pas aveuglément loyal comme les deux autres.

Un seul homme ne fait pas une mutinerie. Va donc voir Stepanov. Expose tes arguments, dit la voix de la raison dans le miroir. *Exprime tes inquiétudes, mais avance prudemment. Étudie bien sa réaction, ensuite on pourra décider de la marche à suivre.*

« D'accord, dit-il, atteignant ainsi un accord avec lui-même. Voilà ce que je vais faire. »

Il déglutit, lissa le col de sa combinaison, et se dirigea sans grande conviction vers la cabine de Stepanov. Une fois dans la coursive de commandement, il s'arrêta devant la porte du premier officier, maintenue entrouverte du fait que le pêne reposait contre le bord extérieur de la gâche. Par cet interstice de trois millimètres, il entendit une conversation entre Stepanov et une voix qu'il identifia comme celle de Tarassov.

« Le moment venu, il va poser problème. Il est trop à cheval sur les règles, il les suit tout le temps à la lettre. Il n'obéira jamais à cet ordre.

– Je crois que vous voyez les choses à l'envers, Tarassov. C'est justement grâce à ces qualités qu'il ne posera aucun problème. Morozov a un service exemplaire. Il est du genre à suivre les règles sans rechigner, voilà le genre d'officier qu'il est.

– Mais s'il refuse ? Qu'est-ce qui se passera ? C'est lui qui porte la clé de lancement autour de son cou. On ne peut pas se permettre de laisser cette mission suspendue à l'obéissance d'un seul homme.

– Alors, que proposez-vous ? Hmm ? Lui prendre sa clé et le mettre en confinement ?

– *Da*, c'est exactement ce que je propose de faire. »

Malgré l'envie qu'il avait de rester, Morozov sentit ses pieds avancer sans en avoir reçu l'autorisation de son cerveau. Il en avait assez entendu. Et s'il se faisait prendre à écouter aux portes, il perdrait ce qui pouvait bien être le seul moment où il aurait le temps d'agir.

On dirait bien que je te dois des excuses, dit la voix dans sa tête. *Apparemment, c'était toi qui avais raison.*

« J'aurais préféré le contraire », murmura-t-il en filant vers la salle des machines auxiliaires avant, où se trouvaient les stations d'eau potable et les sanitaires ainsi que le système d'assèchement et d'admission.

Cette salle faisait aussi fonction d'atelier de réparation. Morozov avait été officier subalterne dans un Oscar II non modifié, et cette salle était l'une des rares à être inchangée par rapport à la conception originale du *Belgorod*. Alors qu'il cherchait un endroit où cacher la clé de sa console de tir, son subconscient l'avait conduit là. L'auxiliaire de quart l'accueillit avec surprise, car cette zone du navire n'entrait pas dans le domaine habituel de l'officier armes.

« Vous êtes perdu, lieutenant ? demanda le mécanicien principal avec un sourire en coin, avant de faire un signe du pouce par-dessus son épaule. La salle des torpilles est par là. »

Morozov essuya nerveusement la sueur à son front dans le revers de sa manche.

« Je suis venu chercher un écrou et une rondelle M20 dans l'armoire à quincaillerie.

– Voulez-vous que je vous aide ?

– *Niet*. Je peux me débrouiller.

– Dans ce cas, servez-vous, lieutenant », lui répondit le mécanicien en haussant les épaules d'un air d'ennui.

Morozov se dirigea vers l'arrière, où un simple établi était relié au pont par des boulons. Toutes les fixations et tous les outils étaient rangés dans des armoires spéciales équipées de tiroirs à loquet pour les empêcher de s'ouvrir ou de se renverser en cas de prise d'assiette ou de roulis. Après avoir vérifié qu'il n'était pas surveillé, il ôta rapidement de la chaîne qu'il portait au cou la clé en acier de la console de tir. Puis il ouvrit le tiroir des rondelles en acier inoxydable M20, cacha sa clé chromée sous une pile, et en prit une. Il prit ensuite un écrou en acier inoxydable et se retourna pour partir.

« Vous avez trouvé ce que vous cherchiez, lieutenant ? lui demanda le mécanicien.

– *Da.* »

Il ouvrit sa paume pour lui montrer la rondelle et l'écrou à titre de preuves, puis quitta la salle des machines auxiliaires avant sans mot dire. En rentrant, il passa par les toilettes des officiers et s'enferma dans une cabine. Il s'assit sur la lunette des toilettes, enfila la rondelle sur la chaîne autour de son cou, puis la glissa sous son T-shirt, à l'endroit où était normalement suspendue la clé. Il déposa l'écrou dans la poubelle, à l'intérieur d'une serviette en papier froissée. Ensuite, il alla au lavabo et s'aspergea le visage d'eau froide. Sans la clé, il serait quasiment impossible de lancer le Poseidon 1.

Sauf si le commandant conserve une clé de secours dans son coffre-fort, songea-t-il avec une appréhension croissante. *Une telle chose ne serait pas surprenante sur ce bateau.*

« Réfléchis, réfléchis… murmura-t-il. Il doit bien y avoir un autre moyen. »

Si Gorov cherche à déclencher la Troisième Guerre mondiale, sauf en cas de mutinerie, je ne peux rien faire pour l'en empêcher.

À cet instant précis, une révélation vint tout chambouler.

Et si je n'y étais pas obligé ? Et si les Américains pouvaient le faire pour moi ?

Son visage s'illumina d'un large sourire alors qu'une idée brillante, tactique et traîtresse lui venait à l'esprit – à laquelle personne ne pourrait songer, pas même le commandant.

Si seulement les Américains étaient assez intelligents pour la comprendre…

37

F/A-18E SUPER HORNET LEADER D'UNE PATROUILLE DE DEUX CHASSEURS
INDICATIF THOR 1
185 NAUTIQUES AU NORD DE L'USS *GERALD R. FORD*
08:39 HEURE LOCALE

Le capitaine de frégate Brian « Mr. Pibb » Hanson, commandant en second de la flottille VFA-31 – les « Tomcatters » –, poussa les deux manettes de gaz et amorça un virage à droite en prenant de l'altitude.

« Reçu, Ace 0.1, dit-il d'une voix basse et calme. On a vos cibles, vingt-cinq degrés gauche, altitude vingt-sept mille pieds.

– *Roger*, Thor, répondit le jeune contrôleur en charge de l'interception avec a priori deux chasseurs russes qui se dirigeaient vers le groupe aérien. C'est votre cible. Formation de deux chasseurs sept cents nœuds, manœuvrant, équipier trois nautiques derrière. Engagement autorisé. »

Hanson, regardant du côté droit, vit l'appareil du lieutenant Ashley « Fodder » Cannon prendre de la distance dans le virage pour s'établir en formation de combat avant même qu'il n'en fasse la suggestion. Il aimait bien voler avec cette femme, qu'il appréciait aussi. Entre tous les pilotes avec lesquels il avait volé, elle comptait parmi ceux qui avaient le plus d'intuition et elle ferait un excellent chef de patrouille. Il n'éprouvait jamais le besoin d'encombrer la fréquence de paroles inutiles lorsqu'elle était dans son aile.

Il stabilisa son Hornet à une altitude de trente mille pieds et suivit sur son écran central le virage des deux appareils russes, qui se rapprochaient devant eux dans une formation de combat élargie, entamant une montée de vingt-sept mille pieds vers a priori trente mille. Avec certains jeunes pilotes, il aurait annoncé qu'il prenait le MiG à l'est, mais il n'éprouva pas le besoin de le faire avec Fodder, qui avait déjà obliqué à gauche afin de se positionner nez à nez avec le chasseur russe, légèrement à l'ouest. Il poussa doucement les manettes des gaz, augmentant sa vitesse, le taux de rapprochement des MiG dépassant maintenant les mille deux cents nœuds à l'heure.

« OK, Ivan, qu'est-ce que tu nous prépares, camarade ? » marmonna-t-il.

Un point apparut à midi sur le HUD et se mit à grossir dans la symbologie rouge d'accroche radar, qui avait déjà acquis et verrouillé la cible si bien qu'une simple pression sur la détente suffirait à libérer le missile air-air AIM-9 sélectionné de son point d'emport extérieur pour filer vers lui. Un signal dans son casque lui indiqua que le Russe avait eu la même idée et qu'il avait aussi verrouillé son radar Hornet.

Maintenant, c'était une guerre des nerfs.

Nerfs, discipline, maîtrise de soi. Il fallait espérer que le Russe avait le même cocktail des trois que son équipier et lui.

Le MiG remplissait son viseur et Hanson ne dévia pas de trajectoire. Le faire maintenant sans connaître l'intention du Russe aurait représenté un risque de collision, car ce cinglé était déterminé à le frôler.

En un instant le chasseur passa à tribord et légèrement au-dessus, à moins de six mètres du F/A-18E, qui fut secoué par les turbulences de sillage. Hanson tira sur le manche et poussa les manettes de gaz pour virer à droite en montée sous fort facteur de charge tout en surveillant sa cible sur son HUD.

Ce connard a failli me rentrer dedans.

Son pantalon anti-g se gonfla, comprimant ses jambes et sa taille, et il procéda non sans maugréer à une manœuvre M1, résolu à maintenir son sang dans son cerveau tandis que le virage sous sept g faisait gronder et trembler le Hornet. Il renversa l'appareil sur le dos, relâcha un peu la pression sur le manche, et sa vision s'éclaircit.

Un message qu'il reçut dans son casque lui serra la poitrine.

« Je suis touchée… Je suis touchée… dit Fodder d'une voix tendue mais maîtrisée. Thor 2 est touché. Thor 2 va s'écraser… »

Le message se termina sur un grésillement.

Sur son HUD, Hanson regarda le MiG, que l'ordinateur de bord n'avait pas cessé de traquer et dont une ligne affichait la prédiction de trajectoire. Il inclina son avion sur la tranche, poussa les deux manettes de gaz et tira au maximum sur le manche, amorçant ainsi un nouveau virage sous fort facteur de charge. Son F/A-18E passa sur le dos dans le virage, puis vira de nouveau, ailes à l'horizontale. Un instant après, il tira fort sur le manche et entama une montée quasi verticale au moment où le MiG le dépassa. Il poussa le manche, les g négatifs lui causant une sensation de lourdeur au visage et des douleurs aux yeux, puis il se remit sur le dos et baissa le nez de l'appareil. Il grogna fort alors que sa vision des couleurs se brouillait et que son pantalon anti-g se gonflait. Le nez de l'appareil finit par retrouver l'horizon et Hanson aligna le réticule de visée de son HUD avec la box rouge.

Les deux finirent par se superposer.

Il entendit le signal dans son casque.

Il appuya sur la détente et sentit la secousse lorsque le missile quitta le point d'emport. Il inclina de nouveau l'avion pour être les ailes à plat, puis poussa sur le manche en g négatif et, tout en observant la traînée blanche de son missile qui filait vers sa cible, il chercha le premier MiG qui avait touché son équipier. Il le vit à travers son HUD avant de repérer au loin un nuage de fumée et de flammes à environ un nautique. Un flash confirma l'éjection du pilote de l'avion endommagé.

Tout devint clair. Le Russe n'avait pas tiré sur Fodder, il l'avait percutée.

Quel imbécile ! Et maintenant, son équipier m'a verrouillé et j'ai dû l'abattre. Ce con a déclenché une guerre ouverte.

« Thor 2, parachute déployé. »

C'était la voix tendue de son équipier et il sentit ses épaules retomber de soulagement.

« Thor 2, *Roger*. La SAR est en route. Tiens bon », dit la voix calme du contrôleur à bord de l'E-2C, indiquant que le *Ford* avait déjà envoyé un hélicoptère de recherche et de sauvetage.

« Ace 0.1, Thor 1 reste vertical avec Thor 2 », dit Hanson, annonçant au contrôleur qu'il n'avait pas l'intention de laisser Fodder seule au milieu du glacial Atlantique.

« *Roger*, Thor 1. Restez vigilant », dit le contrôleur.

Tant que j'ai du carburant, je reste.

Il venait d'abattre un MiG dont le pilote avait aussi fini dans l'eau. Il n'aurait pas été surpris de le voir mitrailler Fodder même là. Comme ils étaient maintenant sans doute en guerre, il couvrirait ses arrières et abattrait tout connard essayant de le faire.

38

USS *GERALD R. FORD*
ATLANTIQUE NORD

Le capitaine de frégate James « Spacecamp » Huddleston, commandant en second du groupe aérien embarqué, restait derrière le chef AVIA en s'efforçant de laisser ses hommes faire leur travail sans intervenir. Ils n'avaient pas trop attendu avant de lancer les quatre appareils de la flottille VFA-37 – les « Ragin' Bulls » – pour procéder au ramassage des avions bas en carburant. Parmi eux, le Hornet du commandant en second du VFA-31, qui était resté sur zone pour couvrir son équipier abattu, était certainement presque à sec. Déjà, le *Ford* se retournait face au vent lorsque deux des trois F/A-18E des « Tomcatters » arrivèrent en approche. L'E-2C avait encore assez de carburant pour patienter, mais il devait ramener Mr. Pibb. Il regarda par le hublot au moment où le *Ford* amorça son virage.

Ce qu'il vit lui fit décrocher pour appeler le PriFly, mais le téléphone sonna juste au même moment.

« AVIA, dit-il, ici Spacecamp.

– Spacecamp, c'est Opey, dit son ami de toujours et pacha du bateau, le capitaine de vaisseau Mackenzie. Tu vois ce que je vois ?

– Oui », répondit-il, les yeux rivés sur la frégate russe qui venait de manœuvrer pour couper la route au *Ford* alors que celui-ci essayait de faire face au vent pour le ramassage des avions.

C'était une tactique courante chez les Russes et les Chinois, dont le but était d'entraver les opérations aéronavales. Cette fois, les enjeux étaient pourtant bien plus importants : un missile avait été tiré et deux pilotes étaient tombés à l'eau. Il n'était pas envisageable de dérouter les avions bas en carburant.

« On a encore combien de temps à cette route avant de devoir virer ? »

Il y eut un silence, et Huddleston se dit que Mackenzie s'entretenait avec l'équipage de la passerelle. La frégate russe allait ralentir et manœuvrer pour obliger le *Ford* à réduire sa vitesse ou à changer de route afin d'éviter la collision, le privant ainsi du précieux vent et du cap constant dont il avait besoin pour mener des opérations de ramassage en toute sécurité.

« Comme on a un peu de vent maintenant, je vais ralentir à quinze nœuds, mais il faut que les appareils arrivent au plus vite sur le pont », dit Mackenzie.

Huddleston attira l'attention du chef AVIA, qui répondit par un hochement de tête.

« On va laisser tomber le break pour qu'ils n'aient pas à survoler Ivan », dit Huddleston.

Mieux valait éviter les approches par passage vertical qui auraient fait passer les avions juste au-dessus de l'ennemi.

« On les empilera par approche rapide dans l'axe, mais il faut que Mr. Pibb rentre à la maison.

– Je te donnerai autant de temps que possible, Jim, dit Mackenzie avant de raccrocher.

– Compris », dit le chef AVIA avant même que Huddleston puisse ajouter quoi que ce soit.

Il croisa les bras, frustré de ne pas pouvoir faire autre chose que regarder. Dieu merci, les hommes et les femmes en mission sur le *Ford* comptaient parmi les meilleurs et les plus brillants de la Navy.

Le ballet commença, les personnels du pont d'envol et les personnels du PriFly travaillant en parfaite harmonie. Le brin d'arrêt dernière génération fit des merveilles, assurant un ramassage fluide et précis. Après chaque appontage, l'équipage dégageait le brin d'arrêt avec une rapidité et une efficacité remarquables. Puis le pilote roulait sur le pont d'envol et le câble se rembobinait à peine quelques secondes avant l'approche de l'avion suivant. Huddleston affichait un sourire satisfait, les appareils appontant parfaitement les uns après les autres : de toute sa carrière, il n'en avait jamais vu autant prendre le deuxième brin d'affilée, malgré le danger des intervalles rapprochés.

Il sentit son pouls ralentir lorsque Spartan 1 – l'hélicoptère chargé d'aller récupérer le pilote abattu de la flottille VFA-31 – annonça qu'il transportait le lieutenant de vaisseau Cannon. Contrairement à Mr. Pibb, l'hélicoptère avait beaucoup de carburant et n'avait pas besoin que le *Ford* soit face au vent pour apponter. Il regarda vers la poupe et vit la petite file d'avions toujours en ligne droite, attendant pour le ramassage.

« Thor 1 est en cap retour, mais il est encore à soixante nautiques », annonça le contrôleur aérien qui supervisait la « pile » d'avions, relayant les données qu'il recevait en temps réel du contrôleur aérien du E-2C, Ace 0.1.

Spacecamp décrocha le téléphone pour appeler le PriFly.

« Passerelle, dit le matelot.

– Ici Spacecamp pour Opey.

– Un moment », répondit le matelot.

Les trente secondes d'attente lui parurent durer une journée entière. À mesure qu'ils se rapprochaient, la frégate russe grandissait dans le hublot du PriFly et son sillage dessinait une série de virages en S, ou plutôt en 8, le commandant russe multipliant les allers-retours sur leur trajectoire, assez lentement pour rendre la situation dangereuse mais aussi assez rapidement pour contrecarrer les modifications de trajectoire du *Ford*. Si le *Ford* se tournait maintenant face au vent pour récupérer le F/A-18E, il risquerait une collision, or même s'il était bien plus grand que la frégate russe, les abordages en mer étaient mortels et imprévisibles. Le *Ford* pouvait se retrouver paralysé ou, pire, frappé par une voie d'eau catastrophique à cause d'une brèche dans la coque et couler. Mais, si Mackenzie se détournait du vent, ils risquaient de perdre le Hornet de Hanson et le commandant en second du VFA-31.

« Mais quels connards, ces types ! dit-il en toisant la frégate.

– Comme si ça ne leur suffisait pas d'abattre un de nos appareils et qu'il fallait encore aggraver la situation, acquiesça le chef AVIA. On devrait le couler, ce fils de pute ! »

Spacecamp hocha la tête, mais cette option n'en était pas vraiment une... En tout cas, pas encore. Il regarda sa montre, puis le tableau des vols. Il ne restait que Mr. Pibb, mais son Hornet était encore à plusieurs minutes de distance.

« Commandant, dit finalement Mackenzie au téléphone. Je n'ai plus beaucoup d'océan disponible, et d'options non plus. Il reste combien d'avions ?

– Un. Mr. Pibb », dit Huddleston.

Hanson était, selon lui, l'un des meilleurs pilotes de la Navy : il était diplômé de Top Gun, ancien instructeur de Top Gun, et instructeur depuis peu au VFA-106 – les « Gladiators » –, la flottille de transformation des F/A-18E Hornet basés sur la côte Est.

« Ça te va si je lui dis de mettre le feu ?

– Vas-y, dit Mackenzie. Ramasse-le avant que je sois obligé de virer à tribord. »

Mackenzie avait déjà terminé la communication et Huddleston raccrocha d'un geste brusque.

« AVIA, dites à Thor 1 de mettre le feu.

– Bien pris, boss », répondit le chef AVIA en souriant.

Il attrapa le micro au-dessus du matelot.

« Thor 1, shit-hot break autorisé. Mettez le turbo, parce qu'on vire à tribord dans une minute.

– Thor 1, dit la voix basse et calme de Mr. Pibb. Je mets le turbo. Sur le pont dans quatre-vingt-dix secondes. »

Le chef AVIA regarda vers l'avant du porte-avions, où la frégate russe commençait à se profiler.

« Disons quatre-vingts, mister Pibb. »

Le pont était maintenant dégagé, les derniers avions ramassés ayant été positionnés sur le côté tribord, devant l'îlot. Spacecamp vit le Hornet grossir puis vrombir à moins de deux cents pieds du pont. Juste au moment où il franchit la poupe, il vira sur la gauche et, comme une fumée blanche, de la condensation jaillit des saumons d'ailes, puis des ailes tout entières et enfin du fuselage lui-même tandis que Mr. Pibb effectuait un virage sous facteur de charge extrême, si serré qu'il défiait les lois de la physique, pour contourner le porte-avions, train, volets et becs de bord d'attaque s'abaissant pour réduire la vitesse. Puis, dégauchissant, Mr. Pibb adopta un vecteur d'approche parfait à seulement cinq cents yards de la poupe. Autrefois cette manœuvre, connue sous le nom de « shit-hot break », avait été un moyen privilégié de tester le courage des pilotes « casse-cou », mais elle était depuis longtemps réservée aux seules situations d'urgence comme celle-ci, et encore uniquement avec l'accord du chef AVIA et du pacha du bateau.

Quelques secondes plus tard, le Hornet impacta le pont et le train d'atterrissage gronda et fuma. La crosse d'appontage accrocha le deuxième brin d'arrêt – une parfaite « OK pass » – et l'appareil s'immobilisa brusquement, les moteurs en postcombustion maximum. Mr. Pibb ramena immédiatement les manettes sur la position « ralenti » et le Hornet recula, le pont du porte-avions roulant fortement du fait du virage tribord serré.

Spacecamp vit la frégate russe frôler le côté bâbord du porte-avions, puis sourit en voyant les marins du PriFly lever leurs majeurs devant la vitre.

Mais son sourire s'évanouit vite.

Certes, ils avaient survécu à cet engagement et ils avaient récupéré leur pilote abattu, dont l'état restait à déterminer. Mais une guerre ouverte avait commencé. La flotte du Nord n'était peut-être pas à la hauteur du groupe aéronaval 12, mais cela ne voulait pas dire que tout le monde sortirait vivant de cette confrontation.

39

SITUATION ROOM
LA MAISON BLANCHE
WASHINGTON, DC
09:23 HEURE LOCALE

Le président Ryan scrutait les visages de son équipe de défense alors que l'amiral Lawrence Kent, du Comité d'état-major interarmées, faisait état d'un engagement entre deux F/A-18E Super Hornet embarqués sur le *Ford* et deux MiG-29K embarqués sur le *Kouznetsov*. Les mines défaites en disaient long. Il avait réuni les esprits les plus brillants du pays dans son état-major – des personnes en qui il avait confiance, les meilleures dans leurs domaines respectifs – mais leur expérience et leur jugement collectifs seraient-ils suffisants pour surmonter cette crise et empêcher la situation de dégénérer ?

L'écran central derrière Kent affichait une vue aérienne de l'Atlantique Nord, avec des groupes de triangles verts qui portaient les noms des navires du groupe aéronaval 12. Les carrés rouges ici et là portaient les noms des navires de la flotte du Nord, dont celui de l'*Amiral Kouznetsov*, qui était pleinement opérationnel. De nombreux experts, à l'intérieur comme à l'extérieur du département de la Défense, avaient cru que le porte-avions russe, habitué des avaries et des accidents – pendant près d'une dizaine d'années il avait multiplié les séjours au chantier naval –, n'était pas en mesure d'effectuer des opérations aéronavales.

Les pilotes du VFA-31 venaient de prouver le contraire.

« Comment va le pilote du Hornet abattu ? demanda le secrétaire à la Défense, démontrant une fois de plus qu'il était conscient du coût humain des manœuvres militaires.

– Elle souffre de blessures mineures liées à l'éjection – une luxation de l'épaule, je crois – et des conséquences de l'hypothermie. On attend un rétablissement complet, répondit Kent.

– Et le Russe ? » demanda Ryan.

C'était important à la fois sur le plan politique et personnel.

Le coût humain.

« Eh bien, nous ne pouvons pas savoir, monsieur le Président, lui répondit l'amiral Kent. Les Russes affirment qu'il est mort, mais on a des images qui confirment qu'il a été éjecté et une vidéo de notre Pedro qui montre qu'un pilote a été repêché par l'équipe de récupération du *Kouznetsov*. Il apparaît clairement vivant. L'équipage n'a pas pu trop s'approcher, car l'équipe de récupération a ouvert le feu. Comme on pouvait s'y attendre, les Russes affirment qu'on a tiré les premiers alors que l'équipage de notre Pedro n'a pas tiré un seul coup de feu. Il se peut que le pilote russe ait subi des blessures auxquelles il a succombé par la suite.

– Je pars toujours du principe que le service de presse du Kremlin raconte n'importe quoi, et je fais à partir de là », grommela le général Bruce Kudryk.

Ryan leva la main et regarda l'écran de gauche, qui montrait en boucle l'impact du missile air-air AIM-9 sur le MiG, la collision entre le MiG et l'avion du lieutenant Cannon vue depuis sa cinémitrailleuse, son éjection de l'appareil et celle du pilote russe abattu par le commandant en second du VFA-31.

Mon Dieu... Mais quel fiasco !

L'amiral Kent poursuivit, abordant les mouvements de navires. Tout en l'écoutant, Ryan regarda une nouvelle fois l'écran où s'affichaient les triangles verts et les carrés rouges. Même en se concentrant sur la zone de responsabilité, les marqueurs rouges et verts semblaient incroyablement proches.

Dangereusement proches.

« Toutes ces icônes représentent des navires de surface que nous surveillons, dit Kent. Nous ignorons l'emplacement et la position des trois sous-marins de la flotte du Nord actuellement portés disparus : le K-329 *Belgorod*, le K-335 *Gepard* et le K-560 *Severodvinsk*. Les sous-marins représentent généralement un risque important pour les porte-avions en raison de leur furtivité, de leurs torpilles et des missiles de croisière antinavire de la classe Kalibr qui, comme nous le savons, sont à bord du *Severodvinsk*. Mais le *Belgorod* représente un risque particulièrement élevé pour le groupe aéronaval 12 avec le Status-6 à tête nucléaire. Comme tout le monde le sait ici, les renseignements ont confirmé qu'il transportait deux de ces armes longue portée. Si les Russes décidaient de lancer un Status-6 sur le groupe aéronaval 12, il n'aurait pas besoin de toucher l'USS *Ford* pour être efficace. Nos analystes estiment qu'une détonation à moins de deux milles nautiques pourrait avoir des conséquences catastrophiques. Mais étant donné la proximité de la flotte russe, ses dirigeants devraient y réfléchir à deux fois avant d'utiliser une arme nucléaire si les tensions continuent de s'aggraver.

– Je comprends, dit Ryan, quelque peu contrarié – n'avait-il pas lui-même autorisé cette stratégie ? Autre chose ? »

Il y eut un silence gêné, après quoi Kudryk se racla la gorge. Ryan comprit que ce serait lui qui aborderait la question que tout le monde se posait.

« Monsieur le Président, nous avons abattu un MiG russe en eaux internationales…

– Après collision de son équipier avec un appareil américain, dit Kent, le visage cramoisi. Ce sont eux qui ont fait couler le sang les premiers.

– Je ne conteste pas ce point, Larry, dit Kudryk. Le pilote du Hornet a fait ce qu'il fallait. Je crois comprendre que le second MiG avait verrouillé son missile sur le commandant en second des Tomcatters lorsque celui-ci a envoyé le sien. Il a réagi de manière appropriée. Mais, monsieur le Président, il y a clairement escalade et il faut définir les règles d'engagement de notre flotte afin de clarifier les choses pour les commandants comme pour les pilotes sans risquer une guerre ouverte.

– Je dirais que nous sommes déjà en guerre, répondit Ryan d'un air grave, ces paroles plongeant la salle dans un silence prévisible.

Mais ce que je ne comprends pas, c'est pourquoi maintenant ? Il ne s'est rien produit, géopolitiquement, pour changer le statu quo. Notre position, notre politique vis-à-vis de la Russie n'ont pas varié. Nous n'avons rien fait, ni officiellement ni clandestinement, pour contrarier ou pour provoquer Moscou. »

Il lança un regard à Mary Pat, lui donnant le feu vert pour dire ce qu'il y avait à dire.

« Mon inquiétude, monsieur le Président, c'est que Yermilov ne soit plus celui qui prend les décisions. Nos sources indiquent que les chaînes de commandement et de contrôle sont fracturées aux plus hauts niveaux de l'armée et des services de renseignement. Je crains que le président russe ne soit plus président que de nom. Il se peut que nous assistions aux prémices d'un coup d'État mené par une cabale de hauts fonctionnaires visant soit à le destituer, soit à le priver de son autorité réelle et à en faire une marionnette. Nous avons besoin d'éléments supplémentaires, mais si je devais faire une hypothèse, je dirais qu'il perd peu à peu le contrôle du pouvoir », déclara Mary Pat.

Ryan se permit alors une chose qu'il faisait rarement : improviser.

« Je n'aime pas faire des hypothèses. Je n'aime pas prendre des décisions tactiques et stratégiques fondées sur si peu. Si les chaînes de commandement et de contrôle sont fracturées au Kremlin, je me pose des questions qui appellent des réponses rapides. Qui dirige la flotte du Nord ? Qui contrôle l'arsenal nucléaire russe – les bombardiers, les SSBN, les ICBM ? Considéré comme un incident isolé, l'appareillage du *Belgorod* ne m'aurait pas donné d'inquiétude en temps normal. Mais le K-329 n'est pas un SSBN russe effectuant une patrouille de dissuasion programmée. C'est un sous-marin de missions spéciales qui transporte une arme de première frappe appartenant à une classe nouvelle : une bombe nucléaire conçue pour être lancée sous l'eau de façon que nous ne puissions pas la détecter. Le Status-6 n'est pas comme un ICBM. On ne peut pas le voir venir. On ne peut pas l'abattre. Notre seul système d'alerte précoce est notre réseau DASH, or on vient de surprendre un navire espion russe en train de rôder au-dessus de celui-ci. Ça ne peut pas être une coïncidence. »

À sa grande surprise, personne ne dit rien.

Il poussa un soupir.

« Notre position en interne doit être la suivante : nous sommes *déjà* en guerre. Je refuse d'être pris au dépourvu et d'être mis au pied du mur. Je refuse de fermer les yeux sur les signes d'alerte avant-coureurs d'une première frappe russe qui pourrait paralyser notre capacité de réaction. En même temps, je crois fermement, et j'en ai toujours été convaincu, que la discrétion est ce qu'il y a de mieux dans la bravoure. Si on se prépare au pire, on *peut* prendre des mesures pour réduire le risque d'escalade vers un conflit mondial. Notre position doit donc être défensive, et non provocatrice. »

Kent retroussa les lèvres et Ryan indiqua d'un signe de la tête qu'il partageait la crainte, non exprimée, de devoir s'atteler à une tâche presque impossible.

« Je sais, Larry. Ce que je vous demande, c'est un numéro de danse sur une corde raide. On maintient le groupe aéronaval à proximité immédiate du groupement tactique russe, on poursuit la surveillance et les opérations aéronavales pour protéger notre flotte – avec des patrouilles de combat pour assurer notre supériorité aérienne 24h/24 et 7j/7 – et on le fait sans les provoquer. On a besoin de temps : du temps pour mettre toutes nos forces sur le pied de guerre sans déclencher d'offensive, du temps pour que nos sources clandestines recueillent d'autres renseignements et apportent des éclaircissements sur ce coup d'État potentiel, et du temps pour que je cherche une solution diplomatique avec le président Yermilov.

– Bien, monsieur le Président, répondit le secrétaire à la Défense en prenant la parole au nom du groupe.

– Et le *Belgorod ?* demanda Kent. Si on le trouve, quelles sont les règles d'engagement ? »

Ryan avait déjà longuement réfléchi à cette question épineuse.

« *Quand* on trouvera le *Belgorod*, amiral, et non *si* on le trouve, je veux qu'un de nos sous-marins d'attaque le suive dans son baffle avec des torpilles chargées et une solution de tir prête. Si le *Belgorod* remplit ne serait-ce qu'un tube alors qu'il est pointé en direction de notre groupe aéronaval ou d'une de nos bases, on ne pourra pas faire autrement que de le couler au fond de l'Atlantique. Je ne vais pas déclencher cette guerre, mais plutôt mourir que de les laisser nous paralyser sans rien faire.

– Bien, monsieur le Président. Compris », dit Kent.

Les membres de l'équipe se levèrent, rassemblèrent leurs affaires et regagnèrent la porte. Ryan regardait la vidéo qui passait en boucle sur l'écran tandis qu'ils sortaient d'un pas lourd. Mary Pat restait assise à côté de lui. Lorsque la porte fut refermée, il se tourna vers elle en haussant un sourcil.

« J'ai entendu ce que vous avez dit et je comprends pourquoi vous l'avez dit, je tiens à ce que vous le sachiez, mais vous savez mieux que personne que dans le monde de l'espionnage il manque toujours des pièces du puzzle. L'équipe fait ce qu'elle peut, mais rien ne garantit qu'elle fournira à temps les réponses qu'il vous faut.

– Je comprends », dit Ryan.

Il savait que ce n'était pas la vraie raison qui avait fait rester Mary Pat.

« Quel est leur OPORD ? demanda-t-il en faisant référence aux ordres opérationnels de l'équipe.

– C'est une mission opportuniste, Jack, dit-elle en souriant. Vous n'avez pas oublié ce que c'est ? Grâce à VICAR et à Popov, on a des noms et des liens établis, mais ce qui nous manque, ce sont les détails. On ignore les motivations de cette cabale, et on ne sait pas à quel point elle a pénétré le gouvernement et l'armée russes. Quant à son objectif ultime, on ne le connaît pas. »

Ryan soupira, observant Mary Pat avec attention. Il savait bien qu'elle le protégeait d'un déluge d'informations sur ces sujets. Il savait très bien qui, selon toute vraisemblance, composait l'« équipe » en Russie – d'ailleurs, n'avait-il pas lui-même contribué à la former ? Ils étaient doués en matière de collecte de renseignements et de traitement des sources, mais ils étaient aussi experts dans les tâches pénibles et parfois nécessaires à la protection d'une nation.

Mary Pat en saurait-elle plus qu'elle ne le laisse entendre ? Y aurait-il une liste de cibles dont j'ignore tout ?

« Et *lui*, Mary Pat ? Quelles sont ses règles d'engagement ? Quels sont ses ordres ? » demanda Ryan, soudain inquiet des conséquences imprévues que pourrait avoir l'éventuelle élimination d'un homme d'influence russe qui n'était pas le bon.

Mary Pat haussa les épaules, signe clair qu'elle n'allait pas se laisser piéger et qu'elle savait qu'elle avait la confiance du Président.

« Découvrir tout ce qu'il peut, puis réagir en fonction de son instinct. »

Elle soutint son regard et il hocha une nouvelle fois la tête, mettant fin à la discussion et la laissant tranquille pour le moment.

« Je veux être informé.

– Bien, monsieur le Président.

– Je suis sérieux, Mary Pat.

– Je sais, Jack, répondit-elle sans cligner des yeux. Je vous le promets.

– Autre chose ? » demanda-t-il.

Mary Pat se tortilla dans son fauteuil, mal à l'aise.

« Katie fait du beau boulot, Jack. Elle a une intuition incroyable et elle est vraiment douée pour ce travail. Elle tient ça de son père, à ce que j'entends dire. »

Il se récria, mais en souriant.

« Merci, Mary Pat. Mais… »

Elle haussa un sourcil.

« Mais quoi ?

– Mais je m'inquiète pour elle », dit-il en soupirant.

Elle se leva et lui serra l'épaule avant de sortir. Il prit le temps de savourer ce rare moment de silence et de solitude.

Mais au lieu de lui inspirer la paix et la tranquillité, ce moment lui fit voir intérieurement des images de l'USS *Gerald R. Ford* pulvérisé dans un nuage en champignon avec sa fille à bord.

« Fils de pute, marmonna-t-il en se levant avant de gagner la porte. Comme si je n'avais pas déjà assez de souci à me faire pour les Ryan. »

PARTIE III

Le danger, affronté intelligemment,
ne doit pas inspirer de peur.[2]

– Marko Ramius

2. *Octobre rouge*, Tom Clancy, éd. Albin Michel, 1984.

40

LE *BELGOROD* (K-329)
EN POSITION STATIONNAIRE AU-DESSUS DU CÂBLE CIBLE
ATLANTIQUE NORD
23:27 HEURE LOCALE

Debout dans le central, Konstantin observait avec une grande fierté l'équipe de quart pendant les derniers préparatifs de l'opération Guillotine. Le *Belgorod* avait terminé son long voyage d'infiltration de plus de sept mille kilomètres – il était passé de la mer de Barents, au nord du cercle polaire arctique, à une latitude proche de Washington – sans se faire détecter par les Américains. Les quarante-huit heures qui suivraient s'annonçaient dangereuses, et le sous-marin et son équipage risquaient de ne pas rentrer vivants, mais Konstantin n'avait pas de doute sur le fait qu'il terminerait sa mission.

« Commandant, le *Belgorod* est arrivé dans la zone, annonça Blok. J'ai fait un balayage sonar et je n'ai relevé ni contact immergé ni navire de surface à moins de vingt nautiques. Je demande l'autorisation d'arrêter complètement les moteurs principaux et d'activer le mode stationnaire à trois cent cinquante mètres de fond. »

Konstantin se dirigea vers le répétiteur sonar et scruta l'écran. Les Américains le traquaient sans doute, mais il ne vit rien d'inquiétant dans leur voisinage immédiat. Comme le nodule DASH était deux nautiques à l'ouest des coordonnées où le *Finitor* avait été saisi, ils étaient très près des Américains.

« Bien. Manœuvre, ordonnez l'arrêt total des moteurs et l'activation du mode stationnaire.

– Bien, commandant. Barreur, arrêt total des moteurs.

– Arrêt total, reçu, dit le barreur de direction. Les moteurs sont à l'arrêt.

– Bien. Officier de plongée, activez le mode stationnaire. Maintenez une profondeur de trois cent cinquante mètres et coordonnez-vous avec le quartier-maître pour maintenir la position au-dessus des coordonnées de la cible. »

L'officier de plongée activa le mode stationnaire du *Belgorod*, inventé par le Bureau Rubin et installé lors de sa conversion en sous-marin de missions spéciales. Il permettait, grâce au système d'assèchement et d'admission du bateau ainsi qu'à une série de petites pompes auxiliaires, de maintenir une flottabilité neutre, le bateau pouvant ainsi « stationner » à la profondeur désirée. Il maintenait aussi une assiette zéro et empêchait toute gîte à bâbord ou à tribord. Enfin, il recourait à des propulseurs à jet d'eau situés près de l'avant et de l'arrière pour les manœuvres à basse vitesse et le maintien en position. Sans ces propulseurs à jet d'eau, les courants océaniques eussent vite fait d'éloigner l'imposant sous-marin de sa cible – un phénomène connu sous le nom de dérive.

Rares étaient ceux qui savaient qu'en se déplaçant dans l'eau les sous-marins, comme les requins, généraient de la portance, un peu à la manière d'une aile d'avion. Si la vitesse était réduite à zéro en plongée, ils avaient tendance à couler. Un sous-marin pouvait transporter plusieurs tonnes à grande vitesse – ce poids « caché » ne se révélait qu'en cas de ralentissement. La manœuvre qui allait suivre allait montrer toute l'excellence du travail de préparation de l'officier de plongée, qui avait calculé l'assèchement nécessaire pour être bien pesé à vitesse nulle. Le système automatisé avait beau être performant, il ne pouvait pas assécher au-delà d'une certaine vitesse. Si le bateau commençait à « couler », le manœuvre pourrait se voir contraint de rétablir la propulsion pour faire un nouvel essai après assèchement.

Comme tous les autres officiers de commandement, Konstantin gardait les yeux fixés sur le sondeur principal, en haut du TSP, le tableau de sécurité plongée. Il affichait une profondeur de trois cent cinquante-six mètres et il n'évoluait pas dans le bon sens. Lorsque l'écran afficha trois cent cinquante-sept, Blok voulut prendre la parole, mais Konstantin le coupa.

« Attendons encore un peu.

– Entendu, commandant. »

L'écran passa à trois cent cinquante-huit, puis oscilla pendant plusieurs secondes entre trois cent cinquante-sept et trois cent cinquante-huit avant de revenir à trois cent cinquante-sept. Un long moment plus tard, il passa à trois cent cinquante-six, puis à trois cent cinquante-cinq.

« Beau travail. On y est presque. On dirait que le système est sûr, dit Konstantin.

– Merci, commandant.

– Quartier-maître, notre position ?

– Commandant, nous nous trouvons à quatre cent vingt mètres au sud-sud-est de la cible.

– Bien, dit Konstantin avant de se tourner vers Blok. Lieutenant, je vais à l'arrière du bateau, à la salle de contrôle de la soute UUV. Je demanderai au superviseur de vous avertir quand on sera prêts à ouvrir les portes et à lancer le *Locharik*.

– Bien, commandant. »

Il se tourna vers Stepanov, qui venait d'arriver dans le central.

« Le moment est parfait. Premier officier, je vais à l'arrière pour superviser la manœuvre du drone. Restez ici et gardez l'œil.

– Bien, commandant. »

Konstantin quitta le central pour gagner la salle de contrôle de la soute UUV, sur le pont 5 à l'arrière du kiosque. Contrairement aux sous-marins Oscar II standard, qui étaient équipés d'un compartiment pour ICBM dans la partie centrale, le *Belgorod* disposait d'un module unique pour les submersibles de missions secrètes en grande profondeur, les uns habités comme l'AS-31 *Locharik*, à propulsion nucléaire et ultrasecret, d'autres non, comme le Klavesin-3P-PM. Ces submersibles de « recherche » spéciaux, de même que cette mission, relevaient de la compétence de la GUGI, la Direction générale de la recherche en grande profondeur.

Le *Belgorod* avait en l'occurrence été « prêté » à la GUGI par la flotte du Nord pour cette opération.

D'un point de vue organisationnel, les opérations DSV et UUV relevaient du secteur de l'armement : elles tombaient donc sous la responsabilité de Morozov. En arrivant dans la salle de contrôle, Konstantin le trouva en train de faire les cent pas.

« Commandant, la gamme de contrôle préopérationnelle est terminée, annonça-t-il immédiatement. On a une bonne connexion avec l'UUV. Les batteries sont chargées à quatre-vingt-dix-sept pour cent et le pilote de drone est prêt à commencer l'opération. »

Konstantin s'avança, et lui dit en posant une main sur son épaule :

« Officier armes, pouvez-vous me garantir que les portes fonctionneront silencieusement ? »

Morozov répondit sans hésiter malgré son évidente nervosité :

« Non, commandant. Je ne le peux pas. »

C'était la réponse que Konstantin avait espérée. Elle ne correspondait pas à ses vœux, mais elle correspondait au moins à la vérité. Les portes émettaient quelquefois un « cliquètement » dans les dix derniers degrés d'ouverture, et cette anomalie avait elle-même le défaut de ne pas se présenter à chaque fois. Konstantin avait tout fait pour que ce problème soit corrigé au chantier naval. L'officier armes de l'époque avait chargé une équipe de maintenance d'en identifier la cause et de le résoudre, mais selon Morozov, ces efforts n'avaient pas pu aboutir du fait que le problème était aléatoire.

Konstantin soupira.

« Comme vous pouvez le deviner, il y a sans doute un sous-marin américain chasseur-tueur qui patrouille dans cette zone, sans parler du groupe aéronaval qui est en pleine opération. Si les portes font du bruit, toutes les technologies sonar à des centaines de kilomètres à la ronde recevront le signal de notre présence. Autant agiter un drapeau rouge sur le champ de bataille en criant : "Je suis là !"

– Oui, commandant, je comprends parfaitement, répondit Morozov. Tout ce que je peux vous dire, c'est qu'avant le départ j'ai fait lubrifier soigneusement les charnières et les mécanismes de commande avec de la graisse neuve et que j'ai fait cinq cycles :

le bruit est survenu au premier cycle, mais pas aux quatre suivants. D'après les journaux de bord, il semblerait qu'il survienne plus fréquemment lors du premier cycle après des périodes d'inactivité. Les portes n'ont pas été actionnées depuis le départ du chantier naval. Je suis navré de vous le dire, mais s'il doit survenir, ce sera sans doute maintenant. »

Konstantin hocha la tête. Lui aussi, il avait lu le rapport et il était arrivé à la même conclusion.

« Permettez-moi de vous poser une question. Si on n'ouvrait les portes qu'à 85 %, en les arrêtant avant le point où le bruit intervient, est-ce qu'on pourrait quand même essayer de lancer le submersible ? »

Morozov réfléchit, puis répondit :

« J'y ai déjà pensé et, quand le bateau était encore en cale sèche, j'ai mesuré l'ouverture à quatre-vingt-sept degrés. Ce que vous suggérez de faire n'est pas impossible, *mais* l'ouverture est faible. Le pilote de drone devra faire une manœuvre parfaite. Les courants océaniques pourraient facilement faire cogner le Klavesin contre l'intérieur des battants, ce qui ferait aussi du bruit.

– Autrement dit, dans les deux cas, c'est un coup de dés.

– *Da*, commandant. »

Konstantin regarda le pilote de drone, qui se tenait à sa console non loin de là. Il était clair que le jeune homme avait écouté la conversation tout en faisant mine du contraire.

« Pilote, quel est votre avis sur le sujet ?

– Commandant, je m'en remets à la décision du lieutenant Morozov », répondit le jeune homme.

Konstantin alla se poster près de la console.

« Ça, je le sais bien, c'est ce qu'on vous a appris à faire, dit-il en le dominant de sa haute stature, mais là n'était pas ma question.

– Euh… Mon avis, commandant, c'est qu'on devrait ouvrir les portes complètement. »

Konstantin émit un grognement.

« Autrement dit vous n'êtes pas sûr de vos capacités. Vous préféreriez que l'officier armes essuie ma colère si les portes cliquettent plutôt que de prendre le risque vous-même. »

Les joues du pilote de drone s'empourprèrent et il marmonna quelque chose, mais désormais peu importait. Konstantin avait sa réponse.

« On va donc ouvrir les portes complètement. Je suis le commandant et j'assume la responsabilité de cette décision. Officier armes, dites au central que nous ouvrons les portes de la soute et que nous commençons l'opération.

– Bien, commandant », dit Morozov en hochant la tête vers leur téléphoniste, qui était déjà en communication directe avec un téléphoniste dans le central.

Le jeune homme relaya l'information au central et annonça un instant plus tard :

« Commandant, le central a reçu le message et signale que le bateau se trouve à cinq cent quarante-sept mètres au sud-sud-est de la cible. Les propulseurs ont du mal à surmonter le courant.

– Dernier fond sous la quille ?

– Mille cent dix-neuf mètres, commandant, répondit Morozov.

– Longueur du câble de contrôle ?

– Cinq mille mètres, commandant.

– Vitesse maximale de l'UUV ?

– Douze nœuds, commandant, répondirent en même temps Morozov et le pilote de drone.

– Alors tout va bien. On a suffisamment de câble, et l'UUV peut surmonter les courants océaniques. Poursuivez l'opération. »

– Entendu, commandant. Pilote, ouvrez les portes. »

Le pilote de drone accusa réception de cet ordre et, après s'être signé en silence, il appuya sur le bouton de son terminal.

41

CARRÉ
USS *WASHINGTON*, SSN 787, « *BLACKFISH* »
ATLANTIQUE NORD
VENDREDI 12 AVRIL
00:48 HEURE LOCALE (MIDWATCH)

« Désolé, Juice, ça va piquer ! lança Knepper au lieutenant Mike Majewski sur un ton de pitié sarcastique. J'ai un 7, deux 8 et un 9, donc avec le 6 de coupe, ça fait quinze-deux, quinze-quatre, quinze-six et deux, huit et quatre, douze et quatre, seize. Sans oublier que le crib est à moi… Donc, voyons voir… Ooh, mais qu'est-ce qu'on a là ? Deux 6, un 9 et un valet, donc ça fait quinze-deux, quinze-quatre, quinze-six et six, douze, *pluuuuuus* le valet de la même couleur, treize points. Aïe, ça pique ! »

Avec un sourire de triomphe, Knepper avança sa fiche de seize crans sur la planche, puis encore de treize, contournant tout le virage et laissant Juice loin derrière. Deux 7 au lieu de deux 8 lui auraient valu un bonus de trois points selon les règles maison du *Blackfish* – un clin d'œil à leur numéro de coque 787. Mais il aurait remporté haut la main sans ça.

« Enflure, marmonna Juice en ramassant les cartes pour la main suivante. Sauf le respect que je vous dois, commandant.

– J'ai beau chercher, Juice… vous m'avez déjà battu au cribbage ? demanda Knepper en prenant une gorgée de café dans son mug "Blackfish", reconnaissable à son inscription "XO" pour "commandant en second".

– Euh, oui, commandant, je vous ai fait un *skunk* au dernier déploiement, dit Juice tout en leur distribuant à chacun six nouvelles cartes.

– Ce n'était pas un *skunk*. Je m'en souviendrais certainement.

– Ah, aucun doute là-dessus. C'était même quasiment un double *skunk*.

– Si c'était le cas, j'aurais dû signer au dos de la planche, dit Knepper en réprimant un rire. Comme je n'ai pas signé, ça n'est pas arrivé.

– Non, commandant. Vous vous souvenez sans doute que je vous ai fait la grâce de vous dispenser de signer pour vous éviter de vous mettre dans l'embarras devant tout le carré ?

– Vous savez, Mike, c'est moi qui ai la main sur le tableau de quart…

– Je crois que vous aviez brandi la même menace, commandant, et que c'est pour ça que j'avais jeté l'éponge. »

Les deux hommes éclatèrent de rire, mais ils furent vite interrompus par la sonnerie du MOMCOM de Knepper, qui était accroché à sa combinaison.

« Ici le commandant par suppléance, dit-il en prenant l'appel.

– Ici central, le chef de quart vous demande.

– J'arrive. »

Il regarda Juice avant de quitter la table du carré.

« Si vous truquez le jeu pendant mon absence, je le saurai.

– Un sous-marinier qui se respecte ne truque pas le jeu au cribbage. Ce serait un sacrilège.

– C'est vrai. Je savais bien qu'on ne vous avait pas donné vos dauphins pour rien », dit Knepper en lui tapotant le dos.

Tout le monde sur le *Blackfish* aimait Juice, et pour cause : il était compétent mais aussi doué d'un sens de l'humour à toute épreuve, deux qualités indispensables pour survivre et s'épanouir dans les flottes sous-marines. Knepper aimait à penser qu'il possédait ces deux qualités, ce qui expliquait sa rapide évolution de carrière et ses fonctions de commandant en second. Mais, justement, en tant que commandant en second, il avait dû modifier son style par rapport à celui qu'il avait développé comme officier subalterne et comme chef de secteur. Il n'avait pas le luxe de pouvoir se montrer familier avec tout le monde. Il était responsable du maintien de l'ordre et de la discipline, et il était contraint de jouer le méchant flic pour éviter au commandant de devoir le faire. Le vrai leadership ne consistait pas à se faire aimer. Et le tout n'était pas non plus de se faire craindre.

Les vrais leaders sont respectés.

Parce que même les commandants avaient besoin de sommeil, la Navy avait institué le commandement par suppléance. De minuit à 8 heures, Knepper remplaçait ainsi le commandant, qu'il réveillait seulement en cas d'urgence ou de manœuvre tactique importante. Son objectif pour ce déploiement était d'avoir zéro cas d'urgence et une infinité de manœuvres tactiques importantes, non parce qu'il prenait secrètement plaisir à priver son supérieur de sommeil, mais parce que le *Blackfish* avait pour mission d'être un fer de lance sondant aussi agressivement que possible les affaires de l'ennemi. Ils fondaient de grands espoirs sur ce déploiement, dont le but était de localiser et de traquer des sous-marins étrangers, ce qui nécessitait un travail 24 h/24 et 7 j/7.

Et comme le *Belgorod* était en mer et qu'on avait perdu sa trace, ce serait sans doute la patrouille la plus importante de toute sa carrière.

« Commandant par suppléance dans le central, annonça le messager lorsque Knepper arriva.

– Que se passe-t-il ? » demanda ce dernier en rejoignant Juggernaut, qui assurait la veille en tant que chef de quart.

Juggernaut indiqua d'un signe de la tête un poste sur le côté bâbord du central, où Boone, technicien sonar 1re classe, était installé avec un casque sur la tête.

« Boone vient de capter quelque chose. L'écoute en vaut la peine.

– Et selon vous, il s'agit de quoi ?

– On ne veut pas vous influencer. On préfère que vous écoutiez, on en parlera après.

– OK, répondit Knepper en se dirigeant vers la rangée de postes sonar. Laissez-moi deviner… vous avez capté des baleines dans le feu de l'action ? Des baleines à bosse en train de fricoter, c'est ça ?

– Non, pas de porno océanique, commandant, répondit Boone d'un air amusé tout en lui tendant un gros casque circum-aural. Bon, on ne l'a entendu qu'une fois, mais j'ai mis l'enregistrement en boucle pour que vous puissiez l'entendre plusieurs fois.

– Compris », dit Knepper en enfilant le casque.

Boone appuya sur une touche du clavier pour lancer la lecture de l'enregistrement : des bruits parasites, puis un cliquètement distinct, et encore des bruits parasites. Knepper ferma les yeux et écouta toute la séquence encore trois fois avant de rouvrir les paupières et de retirer son casque.

« Métallique, mécanique, c'est sûr. Ce n'est pas un poisson.

– Exactement ce que je pense.

– Et vous dites que ce n'est arrivé qu'une fois ?

– Oui, commandant.

– Relèvement ?

– Deux-cinq-quatre », répondit Boone en reniflant.

Knepper regarda la route du bateau en haut à droite sur l'écran du terminal sonar : deux-huit-quatre. Il se tourna vers Juggernaut.

« C'est la route que vous suiviez quand vous l'avez entendu ?

– Non, j'étais sur un-huit-cinq. J'ai viré pour me rapprocher, mais je voulais aussi être dans les bons gisements pour l'antenne basse fréquence, répondit Juggernaut en faisant référence à l'antenne linéaire remorquée TB-29 du *Blackfish*, incapable d'une écoute efficace dans le cône de relèvement relatif trois-trois-zéro à zéro-trois-zéro.

– Bien vu, dit-il. Alors, le cliquètement, c'est tout ce que vous avez – ni large bande ni bande étroite ?

– Oui, répondit Juggernaut. Un bruit métallique… Un seul. »

Cette blague d'initié le fit rire et il s'apprêtait à lui dire de le tenir au courant de la suite des événements lorsqu'une pensée lui traversa l'esprit si bien qu'il se tourna vers le tracé de navigation.

« Quartier-maître, montrez-moi la ligne de relèvement originale par rapport à la position du bateau au moment où l'anomalie a été détectée.

– Bien, commandant », répondit le quartier-maître avant de survoler le poste numérique horizontal qui fonctionnait comme une Microsoft Surface surdimensionnée.

À l'aide d'un trackball, le quartier-maître sélectionna un point qui correspondait à l'heure de détection et prolongea une ligne de relèvement vers l'est. Knepper se pencha et, plissant les yeux, suivit la ligne de relèvement au-dessus des courbes bathymétriques et des annotations sur la carte numérique. Ne voyant pas ce qu'il cherchait, il demanda :

« Où est le réseau DASH ? On ne devrait pas le voir ?

– Merde, j'arrive pas à croire que j'aie foiré sur ce coup-là, répondit le quartier-maître en cliquant sur un menu déroulant. C'est un overlay top secret et c'est la première fois que j'en importe un. Il expire toutes les heures et il faut cliquer sur "show layer" et ressaisir son identifiant et son mot de passe pour le faire réapparaître. Je suis vraiment désolé.

– Rien de grave, dit Knepper. C'est pour ça qu'on est une équipe de quart : pour se soutenir mutuellement. »

Un instant plus tard, l'overlay – autrement dit la superposition indiquant l'emplacement des nodules DASH sur la carte numérique – s'afficha et un carré vert apparut ainsi qu'une ligne sinueuse. La ligne de relèvement noire la croisait vers l'ouest à l'endroit où le *Finitor* avait été intercepté.

« Distance ? demanda Knepper en indiquant le point d'intersection.

– Dix-neuf mille deux cents yards », répondit le quartier-maître en utilisant le trackball pour mesurer la distance.

Knepper se tourna vers Juggernaut.

« Vous pensez la même chose que moi ?

– Qu'on vient sans doute de surprendre quelqu'un la main dans le sac ?

– Exactement. »

Avec un sourire narquois, Knepper gagna la coursive de commandement pour aller frapper à la cabine du capitaine de vaisseau.

Désolé, Houston, mais je crois que le repos, ce n'est pas pour ce soir.

42

LE *BELGOROD* (K-329)

Morozov sentit son cœur rater un battement lorsque les portes cliquetèrent, comme il l'avait prédit, pendant la séquence d'ouverture. Le bruit fut si fort qu'il donna l'impression de résonner dans toute la coque. Dans le central, tout le monde grimaça, mais personne ne dit rien. Le commandant non plus, même si ses joues cramoisies reflétaient assez ses sentiments.

Gorov a décidé de jeter les dés, et tout ce qu'il a eu c'est deux yeux de crabe.

L'unique cliquètement avait été bref, mais le son se diffuserait dans l'océan sur des kilomètres. S'il y avait dans les parages un sous-marin américain, il l'entendrait très certainement. Mais s'il réagissait à cette anomalie, rien ne disait qu'il pourrait trouver le *Belgorod* en mode stationnaire. Le plus grand sous-marin du monde s'était révélé encore plus silencieux que Morozov ne l'avait cru.

Il va donc falloir que je trouve une occasion pour veiller à ce que les Américains nous trouvent, songea-t-il en regardant ses pieds.

« Commandant, le manœuvre signale que le sonar a détecté un bruit provenant du *Belgorod*, rapporta le téléphoniste installé à côté du pilote de drone.

– *Da*, on l'a tous entendu, répondit Konstantin d'une voix étonnamment neutre. Dites au manœuvre de garder l'œil sur le sonar pour détecter tout contact submergé ou tout changement de position de la flotte américaine.

– Bien, commandant. »

Konstantin, comme le comprit Morozov, avait seulement donné cet ordre pour la forme. Le *Belgorod* avait été contraint de rentrer son système acoustique remorqué en prévision de l'opération Guillotine. Sans l'élan du bateau pour le maintenir tendu à l'arrière, il serait retombé, il aurait dérivé, risquant de s'emmêler dans les hélices du sous-marin ou dans le câble de commande de l'UUV. La détection d'un sous-marin américain, qui représentait déjà une tâche colossale avec un système acoustique remorqué, tiendrait du miracle avec en tout et pour tout le sonar large bande installé à l'avant du *Belgorod*.

Konstantin lissa son uniforme puis joignit ses mains dans son dos, incarnant le modèle même de la dignité dans le commandement.

« Pilote, déployez le drone.

– Déployez le drone, bien, commandant. »

À l'aide de ce qui ressemblait à un joystick, le pilote de drone procéda à une brève vérification des safrans, puis fit sortir l'UUV de la soute. Le Klavesin-3 – dont le nom était inspiré du mot français « clavecin » – avait été conçu par les meilleurs ingénieurs russes en robotique maritime du Bureau Rubin. La variante embarquée sur le *Belgorod* correspondait au troisième modèle, créé exprès pour cette mission. En plus des éclairages, des caméras, des magnétomètres et du sonar de cartographie avancé intégrés aux versions précédentes, il était doté de deux bras robotisés à têtes multi-outils. S'il était présenté comme un drone « autonome », ce n'était là qu'une exagération grossière. Pour mener des interventions complexes comme celle de l'opération Guillotine, il fallait un pilote humain pour le guider jusqu'au fond sous-marin et pour manipuler les bras mécaniques. Comme un flux de données bidirectionnel était nécessaire, le Klavesin-3 utilisait un câble déployé depuis un enrouleur interne, un peu comme les torpilles filoguidées Mark 48 ADCAP utilisées par les Américains.

Morozov regarda le pilote de drone manœuvrer le Klavesin et démarrer les hélices. Plus petit que le Status-6, le Klavesin n'était pas pour autant un petit engin. Avec sa longueur de sept mètres et son poids de quatre tonnes, il était plus proche du sous-marin de poche que du drone. Et comme il pouvait plonger jusqu'à six mille mètres et que sa batterie lithium-ion scellée lui donnait une autonomie de cinquante kilomètres, il n'aurait sans doute aucun mal à atteindre le fond dans cette zone-là, où la profondeur était bien inférieure à sa capacité maximale. Mais atteindre la profondeur cible et mener la mission à son terme étaient deux choses très différentes. Pour Morozov, le pilote de drone avait une chance sur deux de réussir. Si les ingénieurs russes comptaient parmi les penseurs les plus brillants et les plus créatifs au monde, les mécaniciens russes peinaient souvent à transformer ces idées fantastiques en réalités fonctionnelles.

« Le seuil de quatre cents mètres est franchi, commandant, annonça le pilote de drone. La vitesse de transmission des données est bonne, à un mégabit par seconde.

– Bien », répondit Konstantin, les yeux rivés sur le tableau de bord.

Tout en suivant des yeux la descente du Klavesin, Morozov se mit à songer à l'autre tâche qu'il lui restait à accomplir. Il savait où Tarassov rangeait le bruiteur lorsqu'il ne l'utilisait pas. Il savait aussi comment le faire fonctionner. Ce n'était pas très compliqué. Il fallait le brancher, le régler à la fréquence désirée, le connecter à n'importe quel point de soudure ou à la vanne de coque, et il créerait un court-circuit sonore qui enverrait l'énergie acoustique directement dans l'océan. En veillant bien à ne pas être vu, il était allé récupérer l'appareil dans le casier du compartiment machine pour l'installer dans un endroit où il serait extrêmement improbable que quelqu'un le trouve : la chambre d'amarrage située en bas sur la quille, à l'endroit où le *Locharik* avait été couplé au *Belgorod*. Le *Locharik*, submersible habité profond, eût été parfaitement adapté pour l'opération Guillotine, mais il était alors dans *Olenya Guba*, en cours de réparation et de recertification à la suite d'un tragique incendie de batterie qui avait fait seize morts et qui l'avait gravement endommagé. Le Klavesin représentait donc la seule option.

La station d'accueil était l'endroit idéal pour installer le bruiteur, car pendant toute la traversée elle ne serait ni exploitée ni accessible. Morozov s'y était introduit à l'occasion de sa dernière veille de nuit. Ingénieur électrique de formation, il n'avait pas eu de mal à raccorder le câble d'alimentation à un plafonnier. Il avait jugé cette idée brillante, car une fois que le panneau d'accès serait refermé, l'appareil serait invisible. Pour l'allumer, il suffisait par ailleurs d'actionner l'interrupteur du plafonnier, qui se trouvait à l'extérieur. Cette opération, éprouvante pour les nerfs, lui avait pris moins de dix minutes entre deux rondes de quart. Les recherches prendraient des heures, voire des jours entiers, et, tant qu'on ne l'aurait pas vu allumer le dispositif, on ne pourrait pas prouver sa culpabilité.

Je dois faire preuve de patience et attendre mon heure, songea-t-il. *Quand l'occasion se présentera, je la saisirai.*

À cent mètres du plancher océanique, le pilote de drone demanda l'autorisation d'allumer le sonar de fond.

« Bien, dit Konstantin. C'est aussi le moment d'allumer les lumières et la caméra.

– *Da* », répondit le pilote de drone avant d'actionner trois interrupteurs, allumant – dans cet ordre – le sonar, les lumières et la caméra de l'UVV.

Sur l'écran, deux fenêtres qui jusque-là étaient restées noires s'allumèrent pour afficher le visuel des caméras avant et arrière du Klavesin. Le champ de vision, malgré les puissantes ampoules halogènes, parut étrangement limité à Morozov, qui fit part de son sentiment tout en regardant les bulles et les particules qui défilaient devant l'objectif dans une zone de gris.

Le pilote de drone haussa les épaules.

« Il fait très sombre au fond de l'océan. À ces profondeurs-là, il n'y a pas de lumière du soleil.

– Je me demande quelles étranges créatures nous allons voir, dit Morozov.

– Peut-être un calamar géant ? dit le téléphoniste d'une voix pleine d'espoir. D'après vous, commandant ? »

Konstantin esquissa un sourire qui étonna Morozov.

« Peut-être des requins dormants, des crevettes, des crabes bioluminescents ?

– On ne verra sans doute que de la vase et des rochers. D'après mon expérience, ce n'est pas comme dans les documentaires », déclara le pilote de drone, et il se trouva qu'il avait raison.

À leur grande déception, le fond de l'océan avait tout d'un désert aride : partout des sédiments gris-brun et des rochers. Le pilote de drone maintenait le Klavesin à environ deux mètres du fond et cherchait le câble, qui, selon la position estimée de l'UUV sur l'écran de navigation, devait se trouver dans un rayon de cinquante mètres.

« Là, dit Morozov en désignant un renflement apparu dans le cadre en haut à droite de l'écran.

– Vous avez une bonne vue, dit Konstantin. Il est entièrement recouvert de sédiments, il aurait été facile de le rater.

– Oui, ça doit être ça », dit le pilote de drone en utilisant la manette pour placer le drone en position stationnaire au-dessus du monticule.

Dans une impressionnante démonstration d'agilité, il fit pivoter le Klavesin sur sa ligne de foi grâce aux propulseurs horizontaux avant et arrière tout en orientant les hélices, qui faisaient fonction de soufflerie, pour dégager les sédiments autour du câble. La manœuvre souleva un énorme nuage de vase qui blanchit complètement l'écran, mais au bout d'une trentaine de secondes, il s'était dissipé. Lorsque l'eau se fut éclaircie, ils purent voir un boîtier de jonction avec un câble noir qui entrait par l'ouest et deux câbles qui sortaient par l'est.

« C'est bien ça, confirma Konstantin en hochant de tête. Bravo, l'équipe. »

Le pilote de drone fit stationner le Klavesin et actionna un autre interrupteur.

« À quoi sert cet interrupteur ? demanda le téléphoniste.

– À alimenter le magnétomètre. Je veux vérifier que ce câble transmet activement des données, dit le pilote de drone avant d'indiquer un cadran où l'affichage était passé de 0 à 3,4. Il est actif. Commandant, comment dois-je procéder ? »

Lors de la réunion de préparation dans le carré des officiers, un débat s'était engagé sur la meilleure technique pour saboter ce relais de communication crucial pour les Américains. Certains avaient insisté pour recourir à des explosifs afin de détruire le nodule, tandis que d'autres, dont Morozov, avaient soutenu que sectionner le câble reviendrait au même tout en minimisant le risque de contre-détection. Konstantin avait tranché en faveur de cette dernière option.

« Sectionnez le câble, dit Konstantin.

– Sectionnez le câble, bien, commandant. »

Le pilote de drone se pencha et sortit un boîtier de commande à deux manettes d'un petit sac noir posé à ses pieds. Il brancha l'extrémité du câble sur un port USB du panneau de contrôle et laissa le joystick qu'il avait utilisé jusque-là. Il posa ensuite le nouveau boîtier de commande sur le bureau et se mit à manœuvrer les deux manettes simultanément. Morozov, stupéfait, le regarda procéder au déploiement des deux bras robotisés de l'UUV, qui entrèrent dans le champ de vision de la caméra en vue plongeante. Il lâcha ensuite les manettes et reprit le joystick précédent pour faire descendre l'UUV à moins de cinquante centimètres du câble. Il revint ensuite aux manettes de commande des bras et s'efforça de manœuvrer la pince du bras gauche pour s'accrocher au câble. Le courant ayant fait dévier l'UUV de sa trajectoire, il dut changer à nouveau de manette pour le repositionner.

« J'ai l'impression que, dans l'idéal, il vous aurait fallu un copilote, dit Konstantin. Vous auriez pu faire stationner le drone pendant qu'il aurait contrôlé les bras.

– *Da*, j'ai souvent abordé cette question », répondit le pilote sur un ton qui laissait entendre qu'il s'agissait là d'un sujet de discorde récurrent dans son travail.

Morozov allait lui offrir son aide lorsqu'il trouva une prise. Il positionna la tête de coupe du bras droit et démarra la scie électrique, qui ressemblait à une tronçonneuse. La scie mordit la gaine et projeta des débris dans toutes les directions. L'outil de coupe parut d'abord trancher rapidement le câble, mais il se figea brusquement et une alarme orange apparut sur l'écran : TÊTE DE COUPE EN SURCOUPLE.

Le pilote de drone appuya en maugréant sur la gâchette de la manette de droite, mais rien ne se produisit.

« Il est coincé, dit Konstantin. Essayez de l'inverser. »

Le pilote actionna un interrupteur sur la manette avant de rappuyer sur la gâchette. L'alarme s'éteignit momentanément, puis se ralluma : TÊTE DE COUPE EN SURCOUPLE.

« Merde, qu'est-ce qu'on fait ? demanda le pilote de drone en regardant Morozov.

– Que dit le manuel ?

– Il est dans ma cabine.

– Où ça ? Je vais aller le chercher, dit Morozov.

– Dans le casier au-dessus de mon bureau. »

Morozov s'empressa de sortir de la salle de contrôle avant que Konstantin ne puisse confier cette tâche à quelqu'un d'autre. Il allait devoir faire vite, mais c'était l'occasion qu'il avait attendue.

43

USS *WASHINGTON*, SSN 787, « *BLACKFISH* »

L'agitation aux postes sonar attira l'attention de Knepper.

Ils ont dû trouver quelque chose, songea-t-il avec un sourire de satisfaction.

Le rapport du chef opérateur sonar arriva un instant plus tard.

« Nouveau contact bande étroite détecté, désigné Sierra 2-7, relèvement deux-trois-sept. Chef de quart, Sierra 2-7 est classé en tant qu'éventuel contact submergé.

– Je veux plus de détails, dit Juggernaut, qui tenait le quart, en s'approchant avec Knepper pour jeter un coup d'œil.

– Le 151,7 hertz vient de débouler de nulle part. Le rapport signal sur bruit est solide », dit Boone en montrant du doigt la trace lumineuse sur le spectrogramme en cascade.

Juggernaut s'appuya sur le dossier de son fauteuil pour regarder.

« Effectivement, et le relèvement correspond avec le cliquètement qu'on a entendu tout à l'heure… Commandant, je crois bien que Boone nous a débusqué un sous-marin russe.

– C'est ce qu'il semblerait, dit Knepper. Pourquoi ne pas maintenir cette route encore cinq minutes pour recueillir des données avant de reprendre le cap deux-zéro-zéro ?

– J'allais justement faire une proposition similaire, dit-elle.

– Les grands esprits se rencontrent.

– Vous voulez que j'informe le commandant ?

– Je l'ai déjà réveillé tout à l'heure. Autant que ce soit moi cette fois encore », répondit Knepper avant de quitter le central.

– Entrez », dit Houston avant même que Knepper ait pu tambouriner à sa porte.

Knepper ne fut pas surpris de le trouver assis sur sa couchette, un livre sur les genoux, avec sa lampe de lecture allumée. Pas question de se rendormir tant qu'un sous-marin russe rôdait au-dessus du réseau DASH.

« Commandant, on vient de détecter une trace bande étroite sur le TB-29, au même emplacement que le cliquètement de tout à l'heure. »

Houston se frotta le menton, jeta sur son bureau son roman du moment – *Tier One* – et bondit de sa couchette. Il glissa ses pieds nus dans une paire de sneakers OluKai Holo et sortit de sa cabine avec le même T-shirt FEAR THE BLACKFISH et le même short que plus tôt.

« Vous l'avez détectée quand ? demanda Houston en refermant la porte derrière lui.

– À l'instant, répondit Knepper.

– Commandant dans le central, annonça le messager du central lorsqu'ils arrivèrent tous les deux.

– Alors comme ça Juggernaut a décidé d'aller à la pêche ? Et qu'est-ce que vous m'avez rapporté, Jackie ?

– Un requin, commandant, répondit Juggernaut les bras croisés. *Littéralement.* »

Knepper haussa un sourcil.

« C'est un Akula ?

– Oui. Boone vient de faire une recherche dans l'ASD et voilà le résultat », dit-elle en désignant l'écran du terminal 2.

NOM : K-335 *Gepard*

TYPE : Sous-marin classe Akula III

NUMÉRO DE COQUE : 895

STATUT : Actif

FLOTTE : Nord / Arctique

PORT D'ATTACHE : Poliarny

PROPULSION : 1 x hélice 7 lames

INDISCRÉTION ACOUSTIQUE : 151,7 Hz sur quadrant arrière bâbord

« Intéressant », dit Houston, dont le regard se perdit un moment dans le vague tandis que son redoutable esprit élaborait plusieurs scénarios.

Ce n'était pas la première fois que Knepper le voyait dans cet état.

« Il se peut qu'il soit là depuis le début, finit par dire Houston. Une escorte silencieuse du *Finitor*, qui surveillait le mouvement à la surface. »

Cette hypothèse fut approuvée par tout le monde dans le central, parce qu'elle tenait parfaitement la route.

« Qu'est-ce que je fais, commandant ? demanda Juggernaut, mains sur les hanches. Je le surveille de loin ? »

Houston esquissa un sourire malicieux.

« Non, de près. »

Juggernaut lui retourna son sourire.

« De très, très près ?

– Oui, Jackie. Je veux capter toutes les indiscrétions acoustiques qu'on pourra lui trouver. Et je veux une solution de tir au centimètre près, et verrouillée en permanence. Le *Ford* est en surface en ce moment même, complètement vulnérable. Et vu ce qu'on a reçu à la dernière vacation, ça commence à chauffer avec les Russes. Si le commandant du *Gepard* envisage ne serait-ce que de provoquer un engagement avec le porte-avions, on doit se tenir prêts. »

Il tapota le logo du *Blackfish* au milieu de sa poitrine et lança le cri de guerre du bateau :

« Fear the Blackfish ! »

Knepper sentit la chair de poule lui hérisser les avant-bras lorsque tout le monde dans le central répondit d'une seule voix :

« Prepared for war ! »

44

LE *BELGOROD* (K-329)

Konstantin observait le pilote de drone, ainsi que le sang-froid dont il faisait preuve en essayant de dégager la tête de coupe du Klavesin. Sur l'écran vidéo, la lame de scie avait entamé le câble environ jusqu'à la moitié avant de se coincer. Il n'avait pas été surpris. Lui, qui s'était servi de toutes sortes de scies pour sectionner des matériaux divers *à la surface*, savait que la lame avait tendance à se comprimer dans le canal de coupe, ce qui augmentait la friction. C'était exactement ce qui semblait s'être produit ici. La tête de coupe du Klavesin était électrique, et elle devait manquer de puissance pour une telle opération. Sur un navire marchand, elle aurait sans doute été hydraulique, mais ce système n'aurait pas été très pratique sur un submersible profond d'un mètre de diamètre.

« Relisez le passage, dit le pilote de drone à Morozov, qui avait le manuel d'exploitation et de maintenance du Klavesin dans les mains.

– Voilà ce qui est indiqué en cas d'alarme de surcouple sur la tête de coupe : 1° relâcher la détente afin de couper l'alimentation du moteur ; 2° cesser toute opération de coupe ; 3° inspecter la chaîne et le guide-chaîne de la tête de coupe afin de détecter une obstruction ou un déraillement éventuel ; 4° si aucune obstruction ou aucun déraillement n'est détecté, tenter d'utiliser la tête de coupe à vide…

– Tout ça, c'est du bon sens, l'arrêta le pilote de drone. Sans surprise, ce manuel ne sert à rien. Que dit-il pour une tête de coupe coincée en milieu de coupe ? »

Morozov tourna les pages d'un air impuissant.

« Ce cas de figure… n'a pas l'air d'être dans la liste, répondit-il.

– Évidemment, à quoi bon mettre des indications utiles ? Les ingénieurs feraient mieux de plonger avec nous plutôt que de rester à leur bureau boire du café et prendre du bide…

– Ça suffit, dit Konstantin. Les jérémiades ne résoudront rien. Il nous faut de la méthode. Il est temps de consulter l'officier ingénieur et son expertise mécanique.

– Commandant, le manœuvre vous demande au central, dit soudain le téléphoniste.

– Pour quel motif ?

– Il n'a pas précisé, commandant… Voulez-vous que je pose la question ?

– *Niet*, j'arrive. En attendant, allez chercher Tarassov et dites-lui de se présenter à la salle de contrôle de la soute UUV.

– Bien, commandant.

– Et un peu de sang-froid, Galkine, dit Konstantin au pilote de drone, dont l'attitude commençait à l'agacer.

– Entendu, commandant, répondit Galkine, intimidé. Je vous prie de m'excuser pour mes commentaires peu professionnels. »

Konstantin regarda sa montre et, soupirant, partit voir Blok. Il était en route lorsqu'il eut brusquement l'impression d'être transpercé par un glaive de feu. En regardant son ventre, il put vérifier qu'il n'avait pas été empalé.

Son véritable adversaire était *en lui*.

« Vous allez bien, commandant ? lui demanda un homme d'équipage en se précipitant vers lui dans la coursive.

– Oui, répondit-il en serrant les dents. Juste une sévère indigestion.

– Vous avez besoin de quelque chose, commandant ?

– *Niet*. Je vous remercie de votre sollicitude, mais retournez à ce que vous faisiez.

– Bien, commandant, dit l'homme d'équipage en le laissant seul dans la coursive, plié en deux et serrant les dents de douleur.

Ça passera… Comme toujours.

Et, en effet, après un moment qui lui parut une éternité, la douleur passa.

Konstantin s'essuya le front de sa manche, puis rajusta son uniforme et adopta son air de commandant. Ces « incidents » devenaient de plus en plus fréquents et de plus en plus graves. À ce rythme, il aurait bientôt besoin de narcotiques pour pouvoir continuer, ou bien il devrait garder le lit.

Ou les deux, songea-t-il en secouant la tête. *Je dois juste tenir encore un peu, et ensuite ça n'aura plus d'importance.*

Il entra dans le central en se forçant à se tenir droit.

« Commandant dans le central, annonça le messager.

– Que se passe-t-il ? » demanda-t-il en s'approchant de Blok, qui avait une mine anxieuse et coupable.

Blok déglutit difficilement, puis répondit :

« Le sonar a détecté un signal de 151 hertz. Au début, on a cru qu'il s'agissait d'un sous-marin amé…

– 151 hertz ? demanda Konstantin sans le laisser terminer.

– Oui, commandant.

– C'est la fréquence du bruiteur. Ce signal ne vient pas d'un sous-marin américain, imbécile. Il vient de nous !

– *Da*, commandant, c'est pour ça que je vous ai demandé de venir. Au sonar, ils tentent d'isoler la source, mais ils ont du mal à la localiser.

– Quels crétins… On sait exactement où est installé ce dispositif. Dites à l'officier ingénieur de venir me retrouver dans le compartiment machine. »

Il pivota sur ses talons et, tout en se dirigeant vers l'arrière du sous-marin, il cria par-dessus son épaule :

« Tarassov doit se trouver dans la salle de contrôle de la soute UUV. »

La rage au ventre, Konstantin parcourut les coursives de ce sous-marin de cent quatre-vingt-quatre mètres de long, criant à tous ceux qui se trouvaient sur son chemin de s'écarter. Comment était-ce possible ? Il avait vu Tarassov retirer l'appareil. Ou… l'avait-il vraiment retiré ? L'espace d'un instant, il se demanda si le souvenir qu'il avait de leur discussion était réel ou si c'était le fruit de son imagination.

Je dois être en train de perdre la tête.

« Place ! » cria-t-il à un groupe de matelots dans la coursive du carré de l'équipage.

Ils se bousculèrent, non sans trébucher, pour le laisser passer. Lorsqu'il se retrouva devant la porte étanche qui commandait l'accès à la coursive blindée desservant le compartiment réacteur et le compartiment machine, il dut s'arrêter pour reprendre son souffle. Pour des raisons évidentes, il n'était plus aussi en forme qu'un an plus tôt. Il tourna la manivelle pour déverrouiller le lourd panneau, qu'il poussa en respirant bruyamment, après quoi il se baissa pour passer dans le cadre.

« Je tiens la porte, commandant », entendit-il une voix familière dire derrière lui.

Il regarda par-dessus son épaule et vit Tarassov qui arrivait.

« Vous n'aviez pas retiré le bruiteur ?

– Si, commandant.

– Alors que se passe-t-il ?

– Je ne sais pas, commandant, répondit Tarassov en souquant la porte étanche. Mais je vais me renseigner. »

Au bout de la coursive, ils entrèrent dans le compartiment machine, niveau 3, où il faisait dix degrés de plus que dans le compartiment réacteur. Konstantin laissa Tarassov, plus jeune et en meilleure santé, partir vers l'endroit où l'appareil avait été installé, dans le quadrant bâbord arrière.

« Il n'est pas là, commandant », dit Tarassov, interloqué, lorsque Konstantin arriva sur place.

Le souffle court, Konstantin inspecta tous les supports soudés sur la face intérieure de la coque et ne vit ni ne détecta rien d'anormal.

« Alors que se passe-t-il ?

– Je vais vérifier le casier où je l'avais mis », dit Tarassov avant de s'élancer.

Konstantin ne le suivit pas. Il s'appuya contre la balustrade en attendant que son pouls et sa respiration ralentissent. Tarassov revint deux minutes plus tard avec des yeux à faire fondre le plomb.

« Il a disparu. Il n'est plus dans le casier. »

Konstantin leva les yeux au plafond, n'arrivant pas à croire à ce qu'il venait d'entendre.

« Vous comprenez ce qui est en train de se passer, camarade. »

Tarassov hésita un instant avant de répondre :

« Quelqu'un l'a pris exprès ? »

À peine capable de contenir sa fureur, Konstantin répondit :

« C'est ça, et ce foutu engin révèle notre position à la flotte américaine chaque seconde qu'il reste allumé !

– Je vais le trouver et le détruire, commandant. Comptez sur moi. »

Konstantin fixa Tarassov d'un regard froid et dur.

« Et ensuite, on trouvera le responsable. Et ce sera *lui* qu'on détruira. »

45

CELLULE N2 (RENSEIGNEMENT)
USS *FORD*, CVN-78
ATLANTIQUE NORD
04:02 HEURE LOCALE

Katie fixait la photo de Konstantin Gorov sur l'écran de son ordinateur. Sur son portrait, il portait l'uniforme de cérémonie : une veste noire immaculée à épaulettes, des rangées de rubans sur la poitrine et des galons dorés sur les manches. La casquette coincée sous le bras droit, il fixait l'objectif avec ce qui lui apparaissait comme un « air de commandant ».

Une mine stoïque, sérieuse.

Très russe.

Il n'était pas sans charme, songea-t-elle. L'air d'assurance, de confiance que ce capitaine de vaisseau dégageait sur la photo lui rappelait étrangement son grand frère Jack, qui n'avait peur de rien, même pas de la mort. Cet homme-là était probablement dans le même cas. C'était son portrait officiel, sans doute réalisé peu de temps après qu'il eut reçu le commandement du *Belgorod*... une époque plus heureuse pour lui. Elle se rappela sa conversation avec Reilly, l'ancien agent de la CIA, dans sa véranda solitaire entouré d'orchidées, et elle songea à la vie et aux drames de Konstantin Gorov.

« Peut-être haïssez-vous la vie à cause de ce qu'elle vous a fait ? murmura-t-elle. Peut-être pensez-vous que, si l'Amérique n'avait pas trahi la promesse faite à votre père, votre avenir aurait été différent ? Meilleur ? Plus clément ? Peut-être vous bercez-vous d'illusions ? Peut-être vous dites-vous que si vous aviez grandi en Amérique, vous auriez épousé une autre femme, qui aurait accouché dans un autre hôpital, et qu'au lieu d'être veuf vous seriez mari et père ? »

Da, semblaient répondre ses yeux, *et votre CIA, je lui en veux.*

« Dites, il vous arrive de dormir, Ryan ? lui demanda Williams sur le seuil de son petit bureau, la tirant de sa transe.

– Seulement quand il y a le temps, répondit-elle avec un sourire las.

– Ah, vous êtes de ce genre-*là*...

– De ce genre-*là* ?

– Qui continue jusqu'au moment où le cerveau appuie sur le siège éjectable et vous tombez dans les pommes pour éviter l'épuisement, répondit Williams avant de mettre un chewing-gum dans sa bouche.

– J'aurai tout le temps de dormir quand je serai morte, pour parler comme Benjamin Franklin.

– Moi qui croyais que c'était une réplique de De Niro...

– Aussi. Mais je suis prête à parier qu'à l'origine ça vient de Benjamin Franklin, dit Katie en souriant. Que puis-je faire pour vous, commandant ?

– Il y a quelque chose dans cette dernière vacation qui à mon avis va beaucoup vous intéresser, vous et votre nouveau meilleur pote Jonesy. »

Katie s'anima.

« Le *Blackfish* a capté quelque chose ? »

Williams sourit.

« Regardez par vous-même et passez me voir quand vous serez prête à en parler. Je serai au CIC.

– Merci, commandant. Je n'y manquerai pas. »

Katie remarqua à peine le départ de Williams car elle parcourait déjà le clavier de son ordinateur pour consulter les dernières données en provenance de l'USS *Washington*. Le rapport était bref – les transmissions sous-marines étaient très lentes – mais les termes étaient significatifs.

« Signal de 151,7 hertz détecté... Classification provisoire : Akula... K-335... », marmonna-t-elle.

Une fois sa lecture terminée, elle se renfonça dans son fauteuil afin de réfléchir.

« C'est le sous-marin que traquait l'*Indiana* dans la mer de Barents. Qu'est-ce qu'il fait ici ? »

Elle nota les coordonnées de l'emplacement où le *Blackfish* l'avait localisé.

« Merde ! »

Elle bondit sur ses deux pieds et partit vers la cabine attribuée à Jones.

Le cœur battant, elle frappa à la porte, et comme elle n'eut aucune réponse, elle frappa de nouveau, plus fort cette fois. Elle allait frapper encore plus fort lorsqu'elle entendit du mouvement à l'intérieur. Un moment après, la porte s'ouvrit et, dans l'entrebâillement, Jones la toisa de ses yeux embrumés.

Ouah, qu'il est différent sans ses lunettes ! songea Katie.

« Vous ne dormez jamais, lieutenant Ryan ? demanda-t-il en se frottant les yeux.

– On me demande souvent ça. »

Katie parlait à toute allure.

« Vite, habillez-vous, j'ai quelque chose d'important à vous montrer.

– Donnez-moi deux minutes », dit-il en refermant la porte.

Lorsqu'il finit par la rouvrir, Katie dut retenir l'enquiquineuse en elle de vérifier sa montre afin de confirmer qu'il avait mis *bien* plus de deux minutes.

« Alors, qu'est-ce que vous avez à me montrer ?

– Merci ! lui dit-elle en souriant.

– Mais de rien... répondit-il avec un sourire perplexe. Je ne comprends pas le coq-à-l'âne.

– Merci de ne pas être monté sur vos grands chevaux en me disant quelque chose du genre : “J'espère que c'est important, lieutenant Ryan”, dit-elle en baissant la voix d'une octave sur les deux derniers mots.

– Euh... disons qu'on est tous les deux des pros. Si ça n'était pas important, vous ne m'auriez pas réveillé en pleine nuit.

– Exactement », dit-elle avant de l'entraîner vers la cellule N2, où ils pourraient discuter à loisir.

Il la suivit dans le dédale de coursives de l'USS *Ford*.

« Comment connaissez-vous le chemin ? demanda-t-il en la suivant jusqu'au bas d'une échappée. Vous n'êtes pas arrivée moins de vingt-quatre-heures avant moi ?

– Je crois que le sens de l'orientation est l'une de ces compétences inutiles que j'ai de naissance.

– Je ne parlerais pas de compétence inutile. Dans un sous-marin de la classe Los Angeles, il n'y a que trois niveaux et un passage central. Pour se perdre, on peut dire qu'il faut le vouloir, mais ce n'est pas le cas ici.

– C'est bien sur le *Dallas* que vous avez patrouillé ? demanda-t-elle, mais elle connaissait déjà la réponse car elle avait mémorisé son CV.

– C'est ça… Une sacrée carrière, ce *Dallas*… dit Jones sur un ton de nostalgie. Quasiment quarante ans en mer. Désarmé en 2018. J'ai été invité à la cérémonie. J'ai pu revoir mon ancien commandant, l'amiral Mancuso, à cette occasion-là.

– Ça a dû vous faire plaisir.

– Oui… Mais assez parlé de ça. Que vouliez-vous me montrer ? demanda-t-il en s'asseyant à la table de conférence.

– Le *Blackfish* vient de capter le même signal de 151,7 hertz que l'*Indiana* dans la mer de Barents.

– Si ma mémoire est bonne, selon l'identification de l'*Indiana*, c'était le K-335, autrement dit le *Gepard*, dit-il en attrapant une tablette pour afficher une carte interactive.

– C'est ça. Or le *Gepard* est un Akula basé à Poliarny. Ma question est donc : qu'est-ce qu'il fait ici ?

– Je pense que la réponse est évidente, répondit Jones. Quand on a saisi le *Finitor*…

– On n'a pas *saisi* le *Finitor*, dit Katie sans le laisser finir. On a mené une inspection. »

Jones fit la moue.

« Écoutez, dans le métier qui est le mien, les mots sont importants, dit-elle. Il faut être précis et pouvoir rendre compte de chaque mot dans notre manière de présenter les choses si on ne veut pas altérer la perception qu'on en a.

– D'accord, mais vous voyez ce que je veux dire. Le *Gepard*, c'était pratique et rapide. Comme il était déjà en mer, le Kremlin a annulé son exercice d'entraînement avec le *Belgorod* et l'a envoyé pour que la flotte du Nord puisse surveiller la situation et disposer d'une puissance de feu suffisante pour protéger son porte-avions au cas où la situation deviendrait incontrôlable… Une éventualité qui semble de plus en plus probable après hier.

– Ça se tient », dit Katie, mais une autre hypothèse commençait déjà à germer dans son esprit.

Et plus elle essayait de l'écarter, plus celle-ci lui semblait juste.

« Pourquoi ce regard ? demanda Jones.

– Quel regard ?

– Celui-là, répondit-il en imitant un écureuil aux yeux plissés.

– Je ne fais pas cette grimace, dit-elle.

– Si. À chaque fois que vous réfléchissez à quelque chose.

– Vous venez à peine de me rencontrer, dit-elle en inclinant la tête vers lui. Comment pouvez-vous dire une chose pareille ?

– Parce que vous êtes tout le temps en train de le faire.

– C'est que je suis tout le temps en train de réfléchir, docteur Jones. Je suis une personne réfléchie.

– Dieu merci, vous êtes analyste du renseignement… Maintenant, crachez le morceau, lieutenant Ryan. »

Elle laissa échapper un long soupir.

« OK, voilà… Ce signal de 151,7 hertz, je ne crois pas que ce soit le *Gepard*.

– Bien sûr que c'est le *Gepard*. C'est une vulnérabilité acoustique déjà observée et liée au K-335 par plusieurs sources.

– Je sais, mais je pense que les Russes le savent et qu'ils essaient de nous faire croire que c'est le K-335 alors que ça ne l'est pas.

– Et si ce n'est pas le *Gepard*, alors c'est quoi ? demanda Jones en refaisant la grimace de l'écureuil aux yeux plissés.

– Le *Belgorod* ! » dit-elle, et le seul fait de prononcer ces deux mots à voix haute lui sembla donner un caractère juste et indéniable à son affirmation.

Jones partit dans un éclat de rire.

« Je suis sérieuse. »

Il réprima son petit accès de gaieté.

« OK, alors expliquez-moi votre logique.

– Le *Belgorod* quitte la cale sèche de Sevmash à Severodvinsk et appareille deux jours plus tard, sans préavis ni plan d'après nos renseignements. Severodvinsk étant sur la mer Blanche, il doit transiter en surface jusqu'à la mer de Barents avant de pouvoir plonger, ensuite il disparaît. Malgré tous leurs efforts, les Russes ne peuvent pas cacher à nos satellites que le K-329 est en mer. Et ce long transit de surface nous a permis de positionner l'*Indiana* en mer de Barents afin de le traquer… Vous me suivez ?

– Absolument, dit-il. Rien que de très habituel.

– Je sais. Et les Russes le savent aussi. Qu'on a un bâtiment en position. Et qu'on n'attend plus que l'occasion de collecter une empreinte acoustique du K-329…

– J'écoute, lieutenant Ryan. Continuez.

– Ils ne veulent pas qu'on écoute le *Belgorod* et qu'on établisse son profil acoustique. Ma théorie, c'est donc qu'ils ont manigancé un tour de passe-passe avec nous. Vous ne voyez pas ? L'*Indiana*, Jones – pardon, je n'ai pas fait exprès –, ne traquait pas le *Gepard*. Il traquait le *Belgorod* en se faisant passer pour le *Gepard*.

– Vous parlez de subterfuge acoustique… Un générateur de fréquence ?

– Exactement », dit-elle en se rasseyant sur sa chaise.

Jones soupira, ôta ses lunettes le temps de se frotter les yeux, puis les remit.

« À en juger par votre silence, j'ai l'impression que vous n'y croyez pas, dit-elle après un blanc.

– Le problème qui se pose, lieutenant Ryan, c'est que d'après les images satellite, le K-335 a appareillé deux jours avant le K-329. Nous savons, grâce aux données historiques, que cette partie de la mer de Barents est une zone d'exercice pour les sous-marins russes. Ils en ont presque entièrement tapissé le fond d'hydrophones.

– Pour écouter nos bâtiments ?

– Oui, mais aussi pour soutenir leurs exercices d'entraînement. Ils peuvent suivre leur petit jeu du chat et de la souris en temps réel. Il n'est pas surprenant que le *Belgorod* aille vers le nord, dans cette zone, pour un peu de pratique avec le *Gepard.*

– D'accord, mais d'après la vacation, l'*Indiana* n'a jamais réacquis le *Gepard* après avoir perdu le signal de 151,7 hertz, et on n'a aucun rapport indiquant qu'il aurait suivi le *Belgorod.*

– Rien de rare là-dedans, répondit Jones. Il est difficile de trouver un sous-marin. L'*Indiana* pourrait rester déployé pendant des semaines, s'il collectait quelques heures de données, ce serait déjà un franc succès. La plupart des contacts sont fugaces et intermittents, surtout lorsqu'il s'agit de localiser et de traquer des sous-marins russes de dernière génération.

– Écoutez, je le répète, si l'*Indiana* ne trouve pas le *Belgorod,* c'est qu'il n'est plus dans la mer de Barents. N'oubliez pas que le *Belgorod* est techniquement un sous-marin de missions spéciales. Sa mission est de soutenir les opérations de submersibles profonds et de servir de plateforme de lancement pour le Status-6. Le *Finitor* cartographiait notre réseau DASH Atlantique pour préparer le terrain au *Belgorod.* Le signal détecté par le *Blackfish* se situe à moins de quatre cents mètres du nodule. Vous ne voyez pas que ce n'est pas le *Gepard* qui patrouille mais que c'est le *Belgorod* qui accomplit sa vraie mission ?

– Laquelle ?

– Je ne peux pas l'affirmer avec certitude, mais je mise sur une opération de vandalisme.

– Admettons un instant que ce soit ça, dit-il en se penchant et en posant les coudes sur la table. Dans ce cas, bon sang, pourquoi le *Belgorod* allumerait-il son générateur de fréquence à l'endroit et au moment précis où la mission exige une discrétion absolue ? J'appelle ça de l'autosabotage, lieutenant Ryan, et ça n'a aucun sens.

– Je sais, je sais, dit-elle en se recoiffant avec un soupir.

– Votre hypothèse est vraiment inventive et atypique, Katie, mais…

– Excusez l'intrusion, dit Kumari en entrant tout à coup. Il y a du nouveau et le commandant vient de convoquer tous les gradés.

– Que se passe-t-il ? demanda Katie en espérant qu'elle ne les laisserait pas mijoter.

– Quelqu'un vient d'attaquer notre réseau DASH Atlantique. »

Jones ouvrit grand les yeux et se tourna vers Katie.

Malgré ses efforts pour se maîtriser, elle sourit d'un air sombre :

« Et maintenant, quelle image avez-vous de moi ? »

46

PLANQUE DE LA CIA
DISTRICT DE TVERSKOÏ
MOSCOU
10:21 HEURE LOCALE

Clark arpentait le salon comme un tigre son enceinte dans un zoo.

L'époque où les lunettes de soleil, les casquettes et les journaux suffisaient pour se cacher était révolue depuis longtemps. À Moscou, les opérations de surveillance avaient toujours été dangereuses mais, pour le coup, c'était presque une mission suicide. Si les Russes avaient des photos de leurs visages dans leur base de données – le sien ou celui de Ding, de Midas ou d'Adara –, ils risquaient d'être identifiés par l'une des nombreuses caméras de vidéosurveillance de la capitale. Si le SVR les avait signalés comme suspects, le Spetssviaz – successeur de la FAPSI et homologue russe de la NSA – les retrouverait grâce à son système de reconnaissance en parcourant les enregistrements. Et l'interrogatoire et la torture qu'ils subiraient seraient pires que la mort.

« Eh, chef, pourquoi tu ne viens pas t'asseoir ? dit Ding. Tu me rends nerveux. »

Clark était un homme d'action, un homme de solution, un *faiseur*… Rester assis tranquille ne faisait pas partie de son vocabulaire.

« Impossible, dit-il. Je deviendrais dingue.

– Je comprends, mais on n'est pas à Severodvinsk. On est à Moscou, et nos cibles ne sont pas des ingénieurs de niveau intermédiaire comme Popov. Ce ne sont pas des petits poissons mais des requins. Boldyrev est le commandant en chef de la flotte russe. Rodionov est le numéro deux du GRU. Aralovitch est le directeur du FSB.

– Et Iline est un ancien ministre de la Défense, ajouta Midas.

– Exactement. Ce sont les intouchables de ce pays. Ils emploient des agents de sécurité dans leurs résidences privées. Ils travaillent dans les bâtiments les plus sécurisés de la capitale. On ne pourrait pas les approcher à moins de cent mètres sans se faire prendre. Et, chef, ce que je crains par-dessus tout c'est que tu te fasses prendre. Tu as eu deux rendez-vous avec VICAR. À Varsovie, tu étais installé en face de lui quand le groupe action est arrivé. Quelles sont les chances que tu n'aies *pas* été photographié ?

– Je sais, je sais, grommela Clark. Mais on doit avertir le Président de ce que manigancent ces fils de pute. Comment peut-il prendre des décisions tactiques s'il ne sait pas qui est l'adversaire et quels sont ses objectifs ? Il a besoin de nous pour prendre la mesure de la situation.

– OK, compris. Alors étudions les options, dit Ding en détournant les yeux de l'écran de son ordinateur pour le regarder. Dis-nous à quoi tu penses. »

Clark prit un moment pour rassembler ses idées, après quoi il exposa la situation.

« Popov a dit que Boldyrev était allé au chantier naval Sevmash et qu'il avait fait évacuer tout le monde pendant le chargement des Status-6. Vous imaginez le chef des opérations navales en train de débarquer à Portsmouth, New Hampshire, pour surveiller de près un chargement d'armes ? Jamais une chose pareille ne se produirait.

– Popov a dit aussi que Rodionov avait "visité" les installations et procédé à des entretiens, ajouta Ding. Pourquoi le directeur adjoint du GRU ferait-il ainsi le déplacement à Severodvinsk ?

– Je pense que la réponse est évidente, dit Adara : enquête de sécurité et test de loyauté en prévision de la visite de Boldyrev, du chargement d'armes et de l'opération secrète du *Belgorod*.

– Ça ne confirme toujours pas l'hypothèse d'un putsch. Yermilov pourrait très bien être à l'origine de ces démarches. Il a la réputation d'être paranoïaque et méticuleux en matière de sécurité et de cloisonnement, dit Midas en se faisant l'avocat du diable.

– Bonne remarque », dit Ding, et ils retournèrent à leurs conjectures.

Clark ferma les yeux en cherchant à se remémorer son entretien avec VICAR. Un nom que l'agent double avait prononcé au détour d'une phrase lui avait paru important mais il ne s'en souvenait plus très bien. Il avait toujours eu la mémoire des détails – pas une mémoire eidétique, mais redoutable malgré tout. Mais avec l'âge, il avait de plus en plus de mal à retrouver ce qu'il voulait quand il voulait. Ça finirait par lui revenir... mais c'était maintenant qu'il en avait besoin.

« Qu'est-ce qui te tracasse ? lui demanda Ding.

– Silence, j'essaie de réfléchir », répondit Clark.

« Je soupçonne que ça vient du colonel général Nikolaï Iline. Il a été vu avec l'amiral Rodionov au Glavpivtorg, à Moscou... »

« Le "Glavpivtorg", ça vous dit quelque chose ? demanda Clark en ouvrant grand les yeux. Est-ce que par hasard ce serait une base secrète du GRU ?

– Répète ? demanda Ding.

– Le "Glavpivtorg", je crois. Ou peut-être "Glavapitvorg"... Je ne m'en souviens plus très bien.

– OK. »

Les doigts de Ding couraient déjà sur le clavier.

« "Glavpivtorg, Moscou" : tiens, c'est un bar-restaurant, situé juste en face de l'ancien siège du KGB... Apparemment les officiers du KGB allaient y boire après le travail.

– Quel rapport, chef ? demanda Adara.

– C'est l'une des dernières choses qu'a dites VICAR. Il a mentionné – en passant, si on peut dire – qu'Iline avait été vu avec Rodionov au Glavpivtorg.

– Ils préparent leur putsch autour d'une bière et d'un bortsch, commenta Midas d'un air amusé.

– Tu ris, Midas, mais je crois que c'est plus près de la vérité que tu ne le penses, dit Clark.

– Je vais mener l'enquête sur le patron, dit Ding. Si ces types tiennent des réunions là-bas, c'est parce qu'ils jugent que c'est un endroit sûr. Je parie cent dollars que le patron est un ancien du KGB et qu'il connaît toute cette cabale depuis ce temps-là.

– Je propose qu'on aille tirer ça au clair ce soir, dit Adara. Qui sait, la chance nous sourira peut-être.

– Bonne idée. On va faire comme ça, dit Clark.

– Pas toi, dit-elle. N'oublie pas que ton visage est connu des services de surveillance.

– Je mettrai des lunettes et un chapeau, dit Clark.

– Ça ne changera rien, objecta Ding.

– Dans ce cas, je mettrai une fausse moustache…

– Pas question, dit Adara d'un air amusé.

– Qu'est-ce que je dois faire pour que vous me laissiez bosser ? »

Adara regarda Midas, qui, d'un ton pince-sans-rire, répondit :

« Boule à zéro, visage tatoué, deux dents de devant cassées, *et* des lunettes en plus : là, oui, tu seras en sécurité. »

Clark poussa un soupir résigné.

« OK, vous avez gagné… Je reste ici. »

47

USS *WASHINGTON*, SSN 787, « *BLACKFISH* »
ATLANTIQUE NORD
05:24 HEURE LOCALE

Knepper avait toujours voulu mener l'opération à laquelle se préparait le *Blackfish*, mais l'occasion ne s'était jamais présentée au cours de ses patrouilles, que ce soit de midship ou de chef de secteur. Le profilage acoustique rapproché d'un sous-marin ennemi reposait sur trois conditions fondamentales : 1° la cible devait être totalement aveugle à la présence du chasseur ; 2° les conditions environnementales et tactiques devaient être favorables à l'opération ; 3° le commandant devait avoir des nerfs d'acier, être prêt à prendre le risque d'un abordage dans le seul but de collecter des renseignements acoustiques.

Vérifier, vérifier, et revérifier, songea-t-il en regardant Houston, qui se tenait au poste de commande au milieu du central. *Je n'arrive pas à croire qu'on va vraiment faire ça.*

Le central était plus rempli, plus tendu et plus silencieux que jamais depuis le jour de son arrivée en tant que second. Houston avait rappelé aux postes de combat, non par crainte d'un échange d'hostilités, mais plutôt dans un souci de préparation et d'optimisation. Sur un navire de guerre, « rappeler aux postes de combat », c'était passer au niveau d'alerte le plus élevé. À tout moment en temps d'opérations normales, un tiers de l'équipage était de quart tandis qu'un deuxième tiers dormait et que le tiers restant était un peu partout. Aux postes de combat, tout le personnel était debout, mobilisé et posté là où il était le plus compétent. La rotation habituelle des équipes ne suffisait pas. En cas de problème, il fallait que la crème de la crème soit de quart et que l'ensemble du personnel soit prêt à intervenir à tout moment.

Dans ce ballet hautement chorégraphié, Knepper avait le rôle de coordinateur conduite de tir. Il avait pour responsabilité d'analyser et de maintenir une solution de tir sur Master 1, le *Gepard* K-335. Si tout se passait comme prévu, il n'y aurait pas d'échange de torpilles, ce qui ne voulait pas dire que l'opération était sans danger.

Knepper regarda Juggernaut. Les mains sur les hanches au centre d'attaque, elle observait par-dessus l'épaule des techniciens système de combat les écrans des consoles configurées pour le suivi des cibles et la conduite de tir. Il prit un instantané mental de la scène pour le graver dans sa mémoire. Pour Juggernaut, le moment était arrivé. C'était pour ça qu'elle s'entraînait depuis dix ans. Elle connaissait son poste et ses hommes mieux que personne à bord, et son assurance rayonnait presque comme une aura. Si Knepper essayait d'intervenir pour faire son travail à sa place, tous ses efforts ne feraient qu'en diminuer le résultat. Il en était de même de tous les hommes de quart à cet instant précis. Chaque membre d'équipage occupait les fonctions où il excellait.

Il balaya le central du regard, passant d'un compagnon de bord à l'autre. Le pilote, le copilote, le navigateur – qui tenait le quart –, les techniciens sonar, le chef opérateur sonar, le spécialiste de l'ACINT, le quartier-maître, le responsable contacts… Sa vie était littéralement entre leurs mains.

Il en eut la chair de poule dans le cou.

Bordel… Rien qui en jette autant que le central d'un sous-marin de la classe Virginia aux postes de combat !

Le *Blackfish* traquait Master 1 depuis moins de quarante minutes et déjà deux points très importants avaient été établis : d'abord, Master 1 était en position stationnaire ; ensuite, il était en plongée. Houston avait en effet ordonné de faire remonter le *Blackfish* à l'immersion périscopique après avoir croisé plusieurs fois le contact et mis au point une solution de tir à toute épreuve. Pour un navire de surface, il n'était pas difficile de maintenir sa position. Pour un sous-marin, au contraire, c'était un véritable exploit. Une fois que le périscope eut confirmé l'absence de navire de surface aux coordonnées de Master 1, le *Blackfish* replongea pour se préparer à l'étape suivante.

Le commandant avait opté pour une profondeur de sept cent trente pieds – le minimum requis par le profil bathycélérimétrique pour optimiser la réception acoustique tout en maximisant la séparation en immersion avec la cible. Dans un sous-marin, contrairement à un navire de surface, le jeu du chat et de la souris se jouait en trois dimensions. Cette incertitude – le fait de ne pas savoir – était un stress de chaque instant qui pouvait donner des ulcères.

« Commandant, ici quartier-maître – paré à virer au cap deux-huit-cinq, dit le quartier-maître, alertant ainsi le central que le bateau approchait de la route calculée.

– Bien, dit Houston. OK, accrochez-vous, tout le monde, c'est parti.

– Paré à virer… Trois, deux, un, marquez le virage.

– Pilote, virez à gauche, cap deux-huit-cinq », annonça Houston d'une voix forte et assurée.

Le pilote accusa réception et Knepper sentit le *Blackfish* gîter légèrement au moment où la barre fut actionnée. Du coin de l'œil, il vit le chef de quart se signer à la SITAC, la situation tactique. En théorie, le plan était simple. Le *Blackfish* ferait deux passages à une distance de deux cents yards : le premier au nord, cap vers l'ouest, le second au sud, cap vers l'est. À une distance aussi réduite, le facteur trouille défiait tous les records. Le moindre mouvement inattendu de la cible pouvait entraîner un abordage et la perte des deux sous-marins. Une brèche en profondeur dans la coque de pression serait une catastrophe irrémédiable.

« Commandant, le bateau est sur le cap deux-huit-cinq », annonça le pilote quelques instants plus tard.

Ce cap les obligeait à foncer tête baissée dans le courant océanique afin de minimiser l'impact de la dérive.

« Bien, dit Houston.

– Le seuil de deux mille yards est franchi », annonça le quartier-maître.

Conformément aux décisions prises au briefing, le quartier-maître annonçait la distance de la cible par paliers à mesure que le *Blackfish* se rapprochait de Master 1 pour tous les hommes de quart dans le central.

« Bien. »

Le bateau était aussi réglé sur « ultradiscret », ce qui contraignait à recourir au système de propulsion et aux auxiliaires les plus silencieux. L'entretien courant, le ménage et les activités susceptibles de générer des bruits passagers étaient interdits. Pas de chasse d'eau. Pas de préparation en cuisine. Pas d'annonces à la diffusion générale. Pas de déplacements ni de rangements d'outils ou d'objets susceptibles de tomber. Même l'équipage parlait à voix basse, pour des raisons psychologiques en même temps que procédurales. Le *Blackfish* devenait un trou noir acoustique au fond de l'océan, pour que jamais sa cible ne sache ce qui se préparait.

En consultant le poste le plus proche, Knepper vérifia la solution de tir pour Master 1 sur la SITAC – une vue plongeante depuis le point de l'océan où ils opéraient. Le *Blackfish* lui-même était représenté par une icône au centre de l'écran tandis que les contacts traqués étaient représentés par des icônes triangulaires dans l'espace relatif autour de lui. En l'occurrence, il ne tenait qu'un seul contact : Master 1, à bâbord avant.

Distance : 1 835 yards – Relèvement : 279 T – AOB : S174 – Route : 285 – Vitesse : 0 nœud

Le technicien système de combat avait choisi d'orienter Master 1 face au courant pour la même raison que Houston avait choisi ce cap. L'orientation réelle de la cible était inconnue car Master 1 était en position stationnaire, mais l'hypothèse du technicien système de combat était fondée sur la logique en même temps que sur la certitude. Knepper observa un instant l'icône triangulaire, espérant qu'elle demeurerait immobile. Quelque part dans un coin de son esprit, il sentait rôder Edward A. Murphy, architecte de l'entropie et du chaos et ennemi juré des sous-mariniers, qui guettait le moment idéal pour gâcher la fête en invoquant sa loi.

Tout ce qui peut mal tourner tournera mal, murmura une voix dans sa tête.

Pourquoi fallait-il donc que cette loi-*là* soit l'aphorisme du sous-marinier ?

Il regarda le spectrogramme bande étroite sur le moniteur du haut. La trace lumineuse de 151,7 hertz, presque parfaitement droite et régulière, suivait le défilement orienté vers la gauche qu'il s'était attendu à observer. Plus ils se rapprochaient, plus le taux de relèvement varierait vite, atteignant son delta maximal lorsque le *Blackfish* dépasserait Master 1 le long de son travers bâbord. Il appréciait beaucoup de pouvoir consulter sur le même poste les données sonar et conduite de tir. Dans les sous-marins de la classe Virginia, contrairement à ceux des classes précédentes, les techniciens système de combat pouvaient accéder aux mêmes données sonar brutes et aux mêmes écrans que les techniciens sonar, assis à des consoles identiques disposées en miroir sur le côté bâbord du central. Cette intégration permettait aux techniciens système de combat de reconnaître instantanément tout changement dans les relèvements sonar et de signaler ainsi toute évolution du contact. L'inverse était également vrai : un technicien sonar pouvait afficher sur son poste une situation tactique de conduite de tir. En vertu de cette approche flexible de la gestion des données – appelée ADAW pour *any display anywhere* –, les nombreux écrans plats situés dans le central du *Blackfish* pouvaient tous être configurés pour afficher n'importe quelle interface tactique ou opérationnelle utilisée pour le pilotage, la navigation, le sonar, la conduite de tir, la gestion du système et la configuration des armes.

« Cible à mille cinq cents yards, annonça le quartier-maître.

– Bien », dit Houston.

Un silence tendu planait dans le central, si prononcé qu'il en était presque étouffant. Au lieu de faire comme s'il n'était pas là, Knepper l'accueillit pleinement. Comme l'orque à laquelle il devait son nom, le *Blackfish* était un prédateur suprême qui marchait à l'adrénaline et qui glissait en silence vers sa proie. Si ce n'est qu'au lieu de la saisir de ses dents tranchantes, il en capterait le son à l'aide de ses TB-34 et TB-29, deux systèmes acoustiques composés de centaines d'hydrophones disposés linéairement le long d'un câble.

Contrairement aux systèmes montés sur coque, qui étaient un peu les chevaux de trait du sous-marin pour la navigation quotidienne et le suivi des contacts, ils étaient littéralement remorqués sur plusieurs centaines de mètres dans une zone de silence située derrière les remous du propulseur, loin du bruit de coque. La vraie collecte de données se ferait alors que le sous-marin était déjà au-delà de la cible et que les systèmes acoustiques passaient directement par le travers du K-335.

« Cible à mille yards, annonça le quartier-maître.

– Bien, dit Houston.

– Le taux de relèvement observé correspond à la solution de tir pour Master 1. La cible est toujours statique. Je recommande de maintenir le cap et la vitesse, dit Knepper dans le but de rassurer plus qu'autre chose.

– Bien, coordinateur.

– Neuf cents yards.

– Bien. »

Quelqu'un laissa tomber un stylo, et Knepper vit tressaillir un de ses techniciens système de combat, ce léger bruit ayant brisé le silence pesant dans le central.

Knepper sentit son rythme cardiaque accélérer à mesure que la distance diminuait. Les échanges appel-réponse entre le commandant et le chef de quart adoptèrent une cadence à la fois rassurante et déroutante au plus haut point – déroutante car la distance diminuait à chaque annonce, et rassurante du fait de la tranquille certitude qui se dégageait de la voix du commandant.

« Cinq cents yards.

– Bien, dit Houston. Recalez la position.

– RLG 1 et 2, maintenez la trajectoire avec une marge de vingt yards, dit le quartier-maître, en faisant référence aux opérateurs des deux gyrolasers – Ring Laser Gyros – du système de navigation inertielle du sous-marin qui en immersion mesuraient en permanence l'accélération à trois axes pour calculer la vitesse, la direction et la position estimée du bateau.

– Coordinateur, comment ça se présente ? » demanda Houston à voix basse, quasiment chuchotée, en regardant Knepper.

Houston observait sur son poste de commande la même situation tactique que Knepper sur son centre d'attaque, mais la question était ailleurs. Il lui laissait une dernière chance de faire machine arrière avant le point de non-retour.

« La solution de tir est toujours active. Je recommande de maintenir la trajectoire et la vitesse, répondit-il tout aussi bas, ne détectant pas de risque.

– Bien. Sonar, sitrep ? demanda Houston pour prendre toutes ses précautions.

– Maintien d'un fort contact bande étroite sur le signal de 151,7 hertz, répondit Adkins, mais on capte d'autres signaux transitoires de Master 1. Analyse en cours...

– Bien, continuez.

– Quatre cents yards. »

Knepper regarda le taux de relèvement s'accélérer et la trace sonar commença à s'incurver vers la gauche tandis que le *Blackfish* approchait du point de cheminement le plus proche – appelé CPA pour *closest point of approach* – de la cible.

« Cible à trois cent cinquante yards.

– Bien.

– Moins de trois cents yards. »

Knepper sentit son pouls battre dans ses oreilles en voyant sur la SITAC l'icône du K-335 qui se rapprochait de plus en plus. Avec son esprit d'ingénieur, il s'était mis à intégrer toutes les marges d'incertitude de cette opération, et le résultat ne lui plaisait guère. La gestion du contact en plongée n'était qu'un problème de géométrie fait de lignes de relèvement, d'angles de décalage et de vecteurs toujours changeants... Le tout calculé sur la base d'ondes sonores dont les courbes, les rebondissements, les réflexions et les décalages Doppler étaient incessants du fait de la variabilité de la température, de la salinité et de la topographie du fond.

Bon Dieu, j'espère que ce que je vois sur l'écran est une image fidèle de la réalité.

Il n'osait exprimer cette pensée folle, mais il soupçonnait qu'il n'était pas le seul à l'entretenir. Piloter un sous-marin, c'était comme demander à quelqu'un avec un bandeau sur les yeux de se déplacer sans canne dans une galerie marchande – c'était une démarche insensée. L'« image » utilisée sur la SITAC était seulement une approximation de la réalité, établie sur la base de données sonores imparfaites.

« Moins de deux cent cinquante yards… deux cent quarante… deux cent trente… deux cent vingt… deux cent dix… cible au CPA.

– Vert coordinateur, dit Knepper, les yeux rivés sur la trace sonar qui défilait sur l'écran alors qu'ils passaient par le travers du sous-marin russe.

– Vert sonar, dit Adkins.

– Bien, dit Houston, accusant réception.

– Deux cent vingt yards en éloignement », dit le quartier-maître avec une pointe de soulagement notable dans la voix tandis que le *Blackfish* filait intact et en silence devant la cible.

Top !

Knepper sourit en regardant la distance par rapport au K-335 s'ouvrir sur le poste de conduite de tir. À côté de lui, d'une voix à peine audible, il entendit Juggernaut murmurer :

« Fear the Blackfish ! »

48

LE *BELGOROD* (K-329)

Konstantin arpentait la salle de contrôle en essayant de garder son sang-froid face aux deux crises survenues simultanément. Sur un sous-marin, l'humeur du commandant influençait tout l'équipage. S'il avait l'air agité et inquiet, les hommes de quart étaient plus susceptibles de le devenir aussi. S'il exsudait la confiance et la certitude, tout le monde réagissait en conséquence. Konstantin perfectionnait depuis des années son aura de commandement pour des situations comme celle-ci.

Il avait deux options, toutes deux terribles. Soit annuler l'opération Guillotine et fuir en abandonnant le Klavesin au fond de l'océan, soit rester dans les parages et tenter de sauver la mission. Il se rangea à une sorte de pragmatisme fataliste. Tant que le bruiteur transmettrait, le *Belgorod* serait compromis où qu'il aille, car il avait perdu sa discrétion. Pour les Américains, le signal de 151,7 hertz qu'ils émettaient les trahissait tout comme l'eût fait un radiophare. Mais il y avait une grande différence entre *trouver* le *Belgorod* et *tirer* sur lui. Même le commandant le plus cavalier de la Navy savait qu'attaquer un sous-marin constituerait un acte de guerre. Le fait que ce sous-marin s'était trouvé à proximité d'un nodule DASH au moment où le signal s'était perdu ne suffisait pas. Sans preuve irréfutable, les Américains n'engageraient pas le combat. Et quand bien même, ils n'auraient très probablement pas recours à la force. Couler un sous-marin nucléaire de la flotte du Nord déclencherait infailliblement une Troisième Guerre mondiale. Konstantin connaissait son adversaire et, en toute logique, la décision de rester le temps de terminer l'opération Guillotine ne lui semblait ni si risquée ni si funeste.

Il n'en devait pas moins se préparer au pire.

« Téléphoniste, je veux un rapport sonar sur cette indiscrétion acoustique », dit-il au jeune homme coiffé de son casque de communication.

Le téléphoniste relaya sa demande, puis :

« Commandant, dit-il, le manœuvre vous prie de l'excuser mais il signale que le sonar n'a pas réussi à isoler cette indiscrétion acoustique.

– Bien, dit Konstantin. Dites au manœuvre de rappeler aux postes de combat, mais en silence. Pas d'alarme, pas d'annonce à la diffusion générale. On fait déjà assez de bruit comme ça.

– Commandant, le manœuvre accuse réception du message », dit le téléphoniste après avoir relayé cette nouvelle demande.

Konstantin n'avait pas de signal de contacts submergés, mais il savait que les Américains étaient là, en train de les traquer. Les Américains étaient toujours en train de les traquer, mais cette fois le saboteur parmi eux avait tout fait pour qu'ils soient détectés. En vérité, il ne savait pas s'il y avait un sous-marin américain dans les parages, mais il savait qu'un commandant prudent devait prévoir le pire. Il fallait que son équipage soit prêt à se battre ou à intervenir à tout moment dans les situations d'urgence, comme en cas d'incendie ou de voie d'eau. Mais rappeler aux postes de combat le servirait aussi. En rassemblant tout l'équipage, il disposerait d'un maximum de paires d'yeux réparties dans tout le bateau, qui chercheraient pour lui le bruiteur. S'ils parvenaient à le trouver et à le réduire au silence, peut-être aurait-il encore une chance de fuir.

Si le sonar n'arrive pas à le localiser, je vais devoir le trouver à l'ancienne.

Pendant qu'une armada de jeunes matelots réveillait l'équipage, Galkine tentait encore de dégager la tête de coupe. Comme Konstantin n'était pas homme à tolérer les excuses, il avait lui-même feuilleté le manuel d'utilisation et d'entretien de l'UUV, dont les instructions lui étaient apparues cruellement insuffisantes. Cette lacune était aussi exaspérante que logique : tout comme le

Belgorod, le Klavesin était unique en son genre, et son historique d'exploitation était limité. Le problème qu'ils tentaient de résoudre était inédit. Il n'existait pas de procédure : c'étaient eux qui écrivaient les consignes en temps réel.

« Commandant, dois-je monter au central ou rester ici ? » demanda Morozov.

Konstantin le regarda. Il paraissait nerveux malgré tous les efforts qu'il faisait pour n'en rien laisser paraître.

« Il faut que vous soyez au central. Tenez-vous prêt à lancer des contre-mesures et des torpilles à n'importe quel moment.

– Bien, commandant », répondit Morozov.

Dès qu'il se fut éclipsé, Konstantin regarda Galkine.

« Au diable la prudence. Mettez les propulseurs et l'hélice principale à pleine puissance. Soit on arrive à déloger ce truc, soit on sectionne le câble.

– Bien, commandant. »

Il enclencha la puissance maximale et, aussitôt, le drone partit vers l'avant et piqua du nez. Il se hâta de redresser le manche afin de modifier l'assiette de l'UUV grâce aux safrans pour que le nez ne percute pas le fond marin. L'alarme TÊTE DE COUPE EN SURCOUPLE s'afficha une nouvelle fois sur le tableau de bord.

« Allez, fils de pute ! cria-t-il, les ligaments se tendant dans son cou comme s'il luttait de tout son corps et pas seulement avec une manette pour dégager le drone.

– Maintenant, inversez le propulseur », ordonna Konstantin.

Galkine hésita, le visage crispé par la fureur. Puis, serrant les dents, il inversa en même temps l'hélice et les propulseurs. Le Klavesin partit vers l'arrière, heurta le fond et se mit à tournoyer, la caméra tourbillonnant dans un nuage de vase et de sable.

Galkine se réjouit, le téléphoniste aussi, mais Konstantin ne changea pas d'expression. Il ne savait pas si la détérioration du câble avait suffi à compromettre le nodule ou non et il le regrettait. Peut-être devrait-il essayer de sectionner le boîtier ? Ça ferait encore plus de bruit, mais l'occasion ne se présenterait plus et l'UUV était en place. Il avait déjà décidé d'abandonner le Klavesin. Le récupérer serait chronophage et ferait d'eux une cible immobile parfaite.

Et surtout, ça n'a pas d'importance. L'important, c'est d'aller jusqu'au bout de la mission.

« Sectionnez le boîtier », dit-il au pilote de drone, qui avait repris le contrôle de l'UUV.

Galkine le regarda d'un air dubitatif.

« Mais on en est à la moitié du câble… Vous êtes sûr que vous ne voulez pas que je termine ? »

Konstantin réfléchit un court instant. Ce n'était plus une question de bruit. Ils en faisaient beaucoup, alors pourquoi ne pas régler le problème une fois pour toutes maintenant que ça ne gênait plus ?

« Il va sans doute se coincer à nouveau. Il y a toujours une compression dans le canal de coupe. »

Galkine parut hésiter, puis se retenir d'ajouter quelque chose.

« Quel est le problème ? demanda Konstantin.

– Si le boîtier est en titane ou en acier inoxydable haute résistance, la tête de coupe ne pourra pas le pénétrer. Ou alors ça risque de prendre des heures.

– Je vois. Mais, si le boîtier est en composite, ça ira vite. Dans un instant, on sera fixés. Procédez au sectionnement.

– Bien, commandant », répondit Galkine, mettant le Klavesin en position pour un nouvel essai.

49

CARRÉ
USS *FORD* (CVN-78)

Katie sentit ses joues rougir.

Tout le monde dans le carré la regardait comme s'il venait de lui pousser une corne, et elle ne pouvait sans doute pas leur en vouloir. Elle n'avait certainement pas prévu de le dire. Dès que le commandant avait confirmé sa pire crainte, à savoir que le réseau DASH présentait une faille, la terreur l'avait frappée de plein fouet comme un boulet de canon. Elle avait eu l'impression que le monde entier était en train de basculer dans le néant et qu'elle était la seule à pouvoir l'arrêter. Puis une idée lui avait traversé l'esprit, et une faille désastreuse dans son propre système de vigilance l'avait poussée à la verbaliser telle quelle.

« Lieutenant Ryan, vous ai-je bien entendue ? lui demanda Kiplinger en plissant les yeux comme si elle venait de dire qu'elle comptait demander à la NASA de la déposer sur la Lune. Vous voulez qu'on vous transfère sur l'USS *Washington* ? »

Elle déglutit.

Ne fléchis pas… Quoi qu'il arrive, ne fléchis pas.

« Oui, commandant Houston. Avec le Dr Jones.

– Ouh là, ouh là, ouh là… dit Jones, les yeux grands ouverts derrière ses lunettes. Merci de ne pas m'associer à ce projet délirant ! »

Elle lui lança un regard noir.

Allez, Jones, soutiens-moi un peu !

« Katie, on n'en a pas discuté à l'avance. J'ai déjà fait une patrouille dans un sous-marin, si vous n'avez pas oublié. Il est vraiment dangereux de monter ou de descendre alors que le bateau est en mer. C'est pour ça que les seuls à le faire régulièrement sont les SEALs.

– Je vous prie de m'excuser, je n'aurais pas dû parler à votre place », dit-elle, regrettant de ne pas avoir tenu sa langue.

Ce qu'elle proposait était assurément dangereux. Elle se retourna vers Houston.

« Commandant, il faut que je monte au plus vite dans l'USS *Washington*.

– Lieutenant Ryan, dit Kiplinger en secouant la tête. Je prends le risque de le dire : vous m'avez convaincu que le sous-marin russe qui est en train de saboter notre réseau sonar est le *Belgorod.* Mais pourquoi faut-il que vous alliez dire ça en personne au *Washington* alors qu'on peut tout aussi bien le leur faire savoir par message ? J'aimerais comprendre votre raisonnement. »

Elle entendit Vasquez marmonner quelque chose, et elle eut beau avoir entendu le mot « folle », elle réprima une envie de le fusiller du regard.

« Amiral, je crois que dans les douze prochaines heures, le commandant du *Washington* va avoir la responsabilité peu enviable de devoir prendre une décision qui déclenchera ou empêchera la Troisième Guerre mondiale. Le moment venu, il n'aura pas le luxe de pouvoir communiquer avec nous. Il sera seul, contraint de se fier uniquement à son instinct, à son jugement, et il aura besoin de quelqu'un à qui parler », répondit-elle, surprise par la détermination dans sa voix.

Kiplinger se pencha en la fixant d'un œil critique.

« C'est vrai, mais pourquoi faut-il que ce soit vous ? »

Elle était si près d'emporter la conviction qu'elle le sentait. Son esprit semblait s'être réglé sur une fréquence tacite où régnait un consensus délicat. Elle se demanda si les avocats avaient la même impression quand ils plaidaient devant les jurés.

Je ne peux plus reculer, trancha-t-elle. *Je dois le dire, quitte à passer pour une folle.*

« Je connais Konstantin Gorov, répondit-elle effrontément. Je connais son histoire. Sa carrière. Sa façon de penser. Le scénario, il va s'en écarter et, à ce moment-là, il faut que je sois au central avec le commandant Houston. »

Avait-elle exagéré ? *Certainement.* S'en souciait-elle ? *Absolument pas.*

Kiplinger regarda Mackenzie et tous deux atteignirent un accord tacite.

Mackenzie se tourna vers Huddleston.

« Le *Washington* est trop loin pour qu'on puisse utiliser le Seahawk. Que diriez-vous de prendre un Osprey ? »

Vasquez eut un grognement moqueur qui fut entendu dans tout le carré, mais il n'intervint pas.

« On a un appareil du VRM-30 que je peux préparer en une heure, répondit Huddleston en regardant Vasquez, qui haussa les épaules.

– Nous n'avons jamais fait ça, poursuivit Huddleston, exprimant son opinion tout en adressant un regard de sympathie à Katie. Ce sera plutôt risqué, lieutenant Ryan.

– Une opération comme celle-ci, ça ne s'improvise pas, dit Vasquez. Et d'ailleurs, quel est le plan ? Sous-marin en surface, vol stationnaire au-dessus du kiosque et parachutage au-dessus du panneau ?

– Oui, c'est à peu près ça. Sauf pour "parachutage", bien sûr, répondit Huddleston avec un sourire en coin pour Katie.

– J'espère que non ! fit-elle avec un haut-le-cœur en imaginant cette absurde opération pour laquelle, par miracle, elle avait obtenu le soutien d'un amiral une étoile.

– Pour ce qui est du risque, Marty et Spacecamp ont raison, dit Mackenzie, Katie redoutant qu'il ne tente de couler son projet. On va réfléchir. Je vais rassembler l'équipage de l'Osprey pour définir le mode de procédure et les facteurs de risque. Je vais également envoyer un message au *Blackfish* pour m'assurer qu'il soit en mesure de soutenir cette opération.

– Je vais rédiger un message que j'enverrai avec la prochaine transmission, dit Kumari. Mais je ne peux pas savoir quand le *Washington* remontera à l'immersion périscopique. Ce ne sera peut-être pas avant plusieurs heures.

– Bien, prenez vos renseignements, et on s'adaptera en conséquence. D'autres commentaires ou inquiétudes ? » demanda Mackenzie en balayant la salle du regard.

Comme personne ne disait rien, elle leva la main.

« Désolé, lieutenant Ryan, on ne vous autorisera *pas* à piloter l'Osprey, dit l'affable Huddleston, et l'éclat de rire qui secoua le carré dissipa la tension.

– Ah, ça ne m'intéresse pas du tout ! dit-elle. C'était plutôt sur l'*Indiana* que je me posais des questions.

– Quel genre de questions ? Vous comptez y faire escale après le *Washington* ? demanda-t-il histoire de la taquiner un peu plus.

– Je me disais que ça pourrait être une bonne idée d'envoyer un deuxième sous-marin dans la zone au cas où ça tournerait mal.

– Mais pour qui elle se prend, celle-là... Elle se croit au SUBLANT ? » murmura Vasquez assez fort pour qu'elle l'entende.

Kiplinger avait dû l'entendre aussi, car il dit :

« Ryan n'est peut-être pas au SUBLANT, Marty, mais elle pense comme un trois étoiles.

– Désolé, amiral, je ne comprends pas bien, répondit Vasquez, les joues rouges.

– Il se trouve que les hauts gradés sont du même avis que le lieutenant Ryan et que l'ordre a déjà été donné. L'*Indiana* fait route vers le sud à pleine vitesse en ce moment même. »

Dieu merci, pensa-t-elle. *Enfin une bonne nouvelle.*

« OK, tout le monde, on a un TRAPAX à planifier, dit Kiplinger en recourant au raccourci en usage pour "transfert de personne". Il va me falloir une escorte de chasse pour ça, car les tensions sont fortes.

– *Roger*, amiral. Je vais débriefer les pilotes dans la salle de préparation », dit Huddleston.

Mackenzie mit fin à la réunion et renvoya tout le monde.

Kumari se rua vers Katie, qu'elle prit à part dans un coin du carré.

« Qu'est-ce que c'est que cette histoire ? Comment avez-vous pu me faire ça comme ça, sans prévenir ?

– Je ne sais pas... Je crois que, quand j'ai entendu qu'il y avait une faille dans le réseau DASH, je suis partie dans un scénario "guerre mondiale" et je n'ai pas pu m'en empêcher. Notre ancien système SOSUS ne peut pas traquer un Status-6. Gorov le sait. Il sait aussi que le réseau DASH le peut, et c'est pour ça qu'il a pris le risque de le saboter. Il sait qu'on ne pourra pas prouver que c'est lui et que, quand bien même, on n'attaquerait pas le *Belgorod*. Jamais mon père ne donnerait l'autorisation de couler un sous-marin russe pour ça. Non seulement ça représenterait une escalade unilatérale, mais ce serait contraire à son sens moral. Le premier coup ne viendra pas de lui. En revanche, il saura riposter.

– Alors pourquoi une telle détermination à monter sur le *Blackfish* ?

– Parce que je crois que Gorov est dissident. Parce que je crois qu'il a l'intention de lancer une première frappe contre les États-Unis.

– Lieutenant Ryan, écoutez-vous ! Vous savez à quel point ça paraît fou ? Vous vous rendez compte que vous venez de mettre votre carrière en jeu avec cette théorie farfelue ?

– Oui, je le sais.

– Et si vous avez tort ?

– Alors la vie continuera et je m'en réjouirai. Mais vous feriez mieux de vous demander si j'ai raison. »

Kumari leva les yeux au plafond et poussa un soupir.

« Si c'est le cas, on est foutus…

– Exactement. On ne sait pas ce dont le Status-6 est vraiment capable. Quel est son niveau de discrétion ? Quelle est sa portée maximale ? Quelle est sa vitesse maximale ? Quelles sont ses capacités de navigation et d'évasion ? Il faut un plan pour l'arrêter, et le temps et les possibilités nous manquent. C'est pourquoi il faut que je monte sur le *Blackfish*, que je me lance à la poursuite du *Belgorod* et que je me tienne prête à réagir à tout moment.

– OK, supposons que vous ayez raison. Et que le *Belgorod* tire sans que vous vous en aperceviez. Comment trouvera-t-on la torpille ? On n'a pas le temps de réparer le réseau DASH.

– J'ai peut-être une idée, répondit-elle en priant pour que son intuition se révèle juste. Avez-vous entendu parler de la Task Force 59 ?

– Vous voulez parler de ce nouveau groupe qui opère pour la Cinquième Flotte depuis le Bahreïn ? En pilotant un réseau de capteurs maillés ou ce genre de truc ?

– C'est ça. Ils ont une mission de surveillance du domaine maritime sur un littoral de plus de huit mille kilomètres sur le Moyen-Orient et l'Afrique. Ils pratiquent un renseignement d'"edge computing" : des centaines de collecteurs transmettent des données à un centre de commandement où des IA cernent les tendances. Mon frère travaille là-bas, même si je ne sais pas très bien ce qu'il fait. Je pense qu'il faudrait le contacter pour voir s'il pourrait nous aider, ou au moins nous mettre en contact avec les bonnes personnes. Ils ont un inventaire des UAV, USV et UUV qui leur servent à surveiller toute l'interface air-océan. On pourrait peut-être reproduire depuis le ciel ce que le réseau DASH essayait de faire depuis le fond de l'océan.

– Voilà une excellente idée. Je vais aller au CIC pour voir si je peux ouvrir un canal avec le commandement. La Task Force 59, vous avez dit ?

– C'est ça.

– OK, dit Kumari en s'élançant, avant de se retourner brusquement. Au fait, lieutenant Ryan, je dois encore confirmer ça, mais je suis presque sûre que le *Washington* ne doit pas remonter à l'immersion périscopique avant au moins quatre ou cinq heures. Donc on ne peut pas vous y envoyer tout de suite... »

Katie sentit son estomac se serrer.

« C'est trop long. Il faut que je parte dès que possible. Il doit bien y avoir un autre moyen de les contacter ?

– Ils sont en plongée et le *Blackfish* est un SSN. Ils n'ont pas de bouées de communication VLF comme les SSBN pour recevoir les transmissions en plongée.

– Mince ! » dit Katie entre ses dents. Le temps pressait.

Et si j'arrive trop tard ?

« Je crois que je peux vous aider, dit Jones en quittant le fauteuil d'où il les écoutait d'une oreille tranquille à quelques mètres de là. L'UAC du futur est une de mes passions.

– L'UAC ? demanda Katie en haussant un sourcil.

– Pardon, dit-il. Communication acoustique sous-marine. Vous savez, envoyer et recevoir des messages sous l'eau grâce au son. Comme les baleines, mais avec la technologie.

– Je sais qu'on appelle le *Washington* le *"Blackfish"*, mais ce n'est pas une vraie baleine ! dit Katie pour le taquiner. C'est seulement son indicatif…

– Je parle de modulation par déplacement de fréquence, selon le même principe de base que le chant des baleines, si ce n'est qu'on recourt à la technologie.

– OK, je vous écoute.

– On choisit deux fréquences distinctes de sonar actif que le *Blackfish* va détecter en tant que signaux bande étroite sur son TB-29, puis on les module pour envoyer un message. La fréquence 1 indique 0 bit et la fréquence 2 indique 1 bit. On peut leur envoyer des instructions en langage binaire et ils décoderont. »

Elle le regarda un petit moment, puis répondit :

« Exactement ce que j'allais suggérer !

– Évidemment… » dit Kumari.

Elles éclatèrent de rire.

« Jonesy, je pourrais vous serrer dans mes bras là, tout de suite, dit Katie en découvrant ses dents blanches.

– Attendez encore un peu. Je ne peux rien vous garantir. »

Elle plissa les yeux d'un air espiègle.

« Eh bien, si ça ne marche pas, je demanderai à l'amiral Kiplinger de vous ordonner de monter dans l'Osprey, en guise de pénitence. »

50

USS *WASHINGTON*, SSN 787, « *BLACKFISH* »

Knepper venait à peine de remarquer la nouvelle trace bande étroite sur le spectrogramme lorsque le chef opérateur sonar l'annonça au central.

« Alerte sonar, dit Adkins, on a un nouveau contact bande étroite, désigné Sierra 2-9, relèvement zéro-quatre-neuf, peut-être un contact immergé à en juger par la gamme de fréquences.

– Bien, dit Houston en quittant le poste de commande pour aller voir.

– Commandant, ce relèvement situe Sierra 2-9 à proximité du groupe aéronaval 12, déclara Juggernaut, qui eut vite fait de corréler cet élément nouveau. Je recommande de désigner Sierra 2-9 Master 2 et de développer une solution de tir.

– Bien. Alerte central, Sierra 2-9 est désigné Master 2. Master 2 est peut-être un contact submergé et une menace potentielle. Traquez Master 2. »

Tous les postes accusèrent réception tour à tour.

« Ici quartier-maître, plus que deux minutes avant de virer pour notre deuxième passe sur Master 1.

– Bien », répondit Houston d'un air absent, toute son attention se portant sur la conversation qu'il entretenait tout bas avec Adkins.

Le technicien système de combat installé devant Knepper entra dans sa console une solution provisoire pour le nouveau contact. Le timing n'aurait pas pu être moins favorable, car le *Blackfish* venait de terminer son regroupement et se préparait pour une deuxième passe de collecte acoustique sur le travers sud de Master 1. Si ce nouveau contact bande étroite révélait qu'un deuxième sous-marin russe était arrivé dans la zone et rôdait sous le porte-avions, le niveau de menace venait de grimper en flèche.

« Commandant ? » appela Houston.

Lorsque Knepper le regarda, Houston lui demanda d'un geste du doigt de venir du côté bâbord du central, où il y avait beaucoup de monde.

Knepper se faufila entre le navigateur, qui se tenait derrière le poste de pilotage, et le quartier-maître, qui était sur le plot, pour aller le rejoindre.

« Vous remarquez quelque chose d'anormal dans ce signal ? »

Knepper se pencha au-dessus de la tête de Meadows, le technicien sonar 2e classe à la console bande étroite, pour étudier la trace. Il lui fallut une seconde, mais il ne passa pas à côté.

« C'est un signal de 151,7 hertz, dit-il.

– Exactement la même fréquence que Master 1 », dit Houston.

Knepper chercha le petit étui à cure-dents qu'il conservait dans la poche de poitrine de sa combinaison et en sortit un qu'il mit à un coin de sa bouche. Avec sa langue il le fit passer d'un côté et de l'autre – une vieille habitude de ses années à la Power School – tout en réfléchissant à cette nouvelle énigme.

« Il semble un peu étrange que deux bâtiments russes émettent exactement le même bruit ici au même moment.

– C'est exactement ce que je me disais. »

Meadows retira l'écouteur gauche de son casque.

« Chef, je viens de capter un changement de fréquence sur ce signal. Il a bondi à 152,7 hertz. Oh, tiens, il vient de redescendre…

– Je le vois », répondit Adkins en enfilant une oreillette pour pouvoir écouter le signal.

Knepper regarda Houston, dont les yeux étaient perdus dans le vide.

Un instant plus tard, parvenu à une conclusion silencieuse, il dit :

« Quartier-maître, tracez une nouvelle route qui nous maintiendra à deux mille yards de Master 1 sans passer entre le système acoustique remorqué et Master 2. »

Le quartier-maître accusa réception.

« Chef, je viens de perdre le signal », dit Meadows.

Le regard de Knepper passa du plot, où le quartier-maître ajustait la route du *Washington*, à l'écran du sonar. Sans surprise, la trace vert vif sur le spectrogramme en cascade s'était arrêtée en haut et des parasites saturaient la bande tandis que la trace interrompue dérivait vers le bas. Puis une nouvelle trace apparut sur le même relèvement.

« Chef, c'est revenu, dit Meadows.

– Non, c'est une fréquence différente, dit Adkins en remuant la tête.

– Vous avez raison, c'est... 161,7 hertz. Exactement 10 hertz de plus que tout à l'heure. »

Les quatre hommes observèrent la nouvelle trace bande étroite qui descendait sur le même relèvement que la précédente.

« On a un changement de fréquence sur le nouveau signal, dit Meadows. Ça a bondi à 162,7 hertz... Tiens, ça vient de redescendre.

– Même schéma que tout à l'heure, murmura Knepper. Qu'est-ce qu'ils fabriquent ?

– Quel relèvement pour le *Ford* ? demanda Houston.

– Zéro-cinq-un, répondit Adkins.

– Et pour le *Mason* ? demanda Houston, qui faisait référence au destroyer de la classe Aegis DDG 87 escortant le porte-avions.

– Zéro-quatre-neuf, commandant.

– Changement de fréquence, Master 2, annonça Meadows. Pareil que tout à l'heure, une hausse d'un hertz.

– Ce n'est pas un sous-marin. Je crois que c'est le *Mason*. Ils essayent peut-être de nous envoyer un signal, dit Houston à Knepper avant de se tourner vers Adkins : Sonar, déplacez votre opérateur de console auxiliaire sur bande étroite. Je pense qu'on a deux signaux bande étroite à surveiller. Qu'on m'apporte un stylo et un bloc-notes.

– Bien, commandant. »

Adkins n'avait pas encore relayé cet ordre que la jeune femme à la console auxiliaire avait changé de poste.

« Prête, chef », dit-elle.

Pendant ce temps, le messager du central avait déjà apporté à Houston le stylo et le papier qu'il avait demandés.

« Merci.

– On vient de perdre le signal de 161 hertz, annonça Meadows.

– Technicien 2e classe, suivez les changements de fréquence sur les signaux de 151 hertz, dit Houston. Auxiliaire 3e classe, suivez les changements de fréquence sur les signaux de 161 hertz. OK ?

– Bien, commandant, répondirent-ils tous les deux d'une seule voix.

– Ici quartier-maître, nouvelle route calculée. Je recommande de prendre à gauche le cap zéro-huit-un.

– Pilote, barre à gauche cinq, cap stable zéro-huit-un », ordonna Houston.

Le pilote accusa réception, puis confirma :

« Commandant, la barre est cinq à gauche.

– Bien. »

Une tension palpable flottait dans l'air, le commandant, le second, le chef de quart et le chef opérateur sonar gardant les yeux rivés sur les spectrogrammes bande étroite en attendant de voir ce qui allait se passer. Au bout d'un long moment, une nouvelle trace verte apparut.

« Chef, dit Meadows, on a récupéré le signal de 151,7 hertz, relèvement zéro-quatre-neuf. »

Adkins allait relayer cette information lorsque Houston le coupa :

« Pas la peine, j'ai entendu.

– Hausse de fréquence à 152,7, dit Meadows, qui ajouta au bout de trois secondes : Ça vient de redescendre. »

Knepper vit Houston tracer un point sur la feuille.

« Hausse de fréquence… Puis baisse. »

Knepper traça un autre point sur la feuille.

« Signal perdu.

– Récupéré le signal de 161,7 hertz, déclara l'auxiliaire. Hausse de fréquence… Baisse de fréquence… Hausse de fréquence… Baisse de fréquence… Signal perdu. »

Knepper vit Houston tracer deux tirets à côté des points.

« Récupéré le signal de 151 hertz, dit Meadows. Hausse de fréquence… Puis baisse… Signal perdu. »

Houston traça un point.

« Vous croyez que c'est du Morse ? demanda Knepper.

– Oui, répondit Houston. Je crois qu'ils utilisent la modulation par changements de fréquence comme moyen de communication.

– Récupéré le signal de 161 hertz », déclara l'auxiliaire avant de signaler trois nouveaux cycles.

Houston fit trois autres tirets. Cette fois le signal de 151,7 hertz ne revint pas immédiatement, et la trace ne réapparut qu'au bout d'une dizaine de secondes.

« Je crois que c'était une pause, dit Knepper.

– Bien vu », dit Houston en laissant un espace avant de commencer à enregistrer la séquence suivante.

Les allers-retours entre opérateurs bande étroite se poursuivirent et Houston continuait de noter points et traits. Au bout de onze séquences, les deux signaux cessèrent.

« Un traducteur de Morse ? » demanda Houston.

Le chef de quart avait pris les devants, demandant à un radio d'apporter le code au central. Houston le prit des mains du navigateur et se mit à comparer sa feuille à ce qu'il voyait sur le document.

Au bout de quelques secondes, il agita les mains.

« Merde, je ne sais pas ce que c'est, mais une chose est sûre, ce n'est pas du Morse. »

Knepper fixa les onze séquences, chacune de huit symboles, et il eut une révélation.

« C'est du binaire », dit-il en demandant à Houston son bloc-notes et son stylo.

Dès qu'il les eut en main, il se mit au travail. Il mit un 0 sous chaque point, un 1 sous chaque tiret, et aboutit ainsi à un message en code binaire :

00110111 00111000 00110111 00100000 01010010 01010110 00100000 01000001 00100000 01001001 01010000

« Qu'est-ce que c'est ? demanda Houston.

– Je suis quasiment sûr que c'est de l'ASCII 8 bits, aussi appelé UTF-8, répondit Knepper en se tournant vers le messager du central. Allez dans ma cabine prendre mon iPad. Il se trouve dans un des casiers.

– Bien, commandant, répondit le messager, qui revint moins d'une minute plus tard.

– Merci, dit Knepper en prenant l'iPad, dans lequel il ouvrit une application de conversion de code.

– Dites, chef, je viens de récupérer le signal de 151 hertz, annonça Meadows.

– Commandant, on dirait que ça recommence, dit Adkins.

– Sans doute le même message, dit Houston. C'est bon signe que ce soit intentionnel. Chef, notez tout, on verra si ça correspond. Des 0 pour les mouvements de 151 hertz et des 1 pour les mouvements de 161 hertz.

– Et si c'était l'inverse, commandant ? Qui dit que les 161 ne sont pas les 0 ?

– On a une chance sur deux, mais on va essayer les deux et voir s'il y a une solution qui a du sens.

– Bien, commandant. On s'y met. »

Houston déchira la première page du bloc-notes pour la tendre à Adkins. Puis il se tourna vers Knepper et dit :

« Tapez, je vais dicter. »

Knepper entra méthodiquement les quatre-vingt-huit caractères dans une fenêtre de texte sous la dictée de Houston. Puis il sélectionna le traducteur « binaire vers texte » dans un menu déroulant en optant pour l'encodage de caractères « ASCII/UTF-8 ».

Il se tourna vers Houston.

« On va voir ce que ça donne », dit-il en appuyant sur l'icône de conversion à l'écran.

Le message traduit était le suivant :

787 RV A IP

Houston ne put retenir un grognement.

« Tout ça pour ça… C'est une mauvaise blague ?

– Je ne sais pas, commandant, répondit Knepper en souriant. Il faut reconnaître que c'est une manière assez originale d'attirer notre attention. On est peut-être les pionniers d'un nouveau protocole de communication pour les SSN en plongée.

– Si on peut le traduire, les Russes aussi, dit Houston, mais en cas de nécessité… plutôt malin ! »

Houston ne fit aucun effort pour cacher sa contrariété à l'idée de se voir appelé à l'immersion périscopique. Son visage reflétait le conflit qui le tourmentait. Il hésitait sans doute entre effectuer la deuxième passe de collecte sur Master 1 *avant* de remonter à l'immersion périscopique et annuler immédiatement l'opération.

« Si on remonte à l'immersion périscopique maintenant, on risque fort de ne plus pouvoir faire une deuxième passe de collecte sur Master 1, dit Knepper.

– Je sais. Le timing est catastrophique, répondit Houston dans un sifflement. Mais s'ils se sont donné tout ce mal, c'est que c'est de toute première importance.

– OK. »

Houston adressa un sourire pincé à Knepper et, d'une voix autoritaire, ordonna :

« Pilote, cent cinquante-cinq pieds. Central, à tous les postes de quart, parez à remonter à l'immersion périscopique. »

51

NIJNY KIZELNY PEREOULOK (RUELLE)
DISTRICT DE TVERSKOÏ
MOSCOU
13:36 HEURE LOCALE

Si j'avais été repéré, je serais déjà dans une cellule, en train de me faire arracher les ongles.

Clark cherchait à se rassurer à cette pensée, mais il la savait fausse. S'il avait été identifié par les services secrets russes, ceux-ci ne se seraient pas empressés de le faire arrêter. Ils avaient tout le temps pour le faire, car une fois qu'on était sur leur radar, à Moscou, on ne pouvait plus leur échapper. Le mieux était de le laisser en liberté. De l'observer, de l'écouter, de voir qui étaient ses coéquipiers et avec qui il entretenait des liens au sein de l'armée et des services de renseignement russes. Ils dresseraient ainsi une cartographie de ses sources afin de pouvoir faire arrêter tout le réseau de traîtres. Et ils traqueraient sans relâche Ding, Midas et Adara.

Mais ça ne se passera pas comme ça.

Il entra dans le hall de l'hôtel Boris Godounov en regardant autour de lui avant de consulter sa montre. Il ne pouvait plus traîner dans la rue sans se faire remarquer en attendant son objectif : Nadia Kraeva, épouse d'Anatoly Kraev et patronne avec lui du Glavpivtorg. Il avait pris un risque calculé en quittant la planque de la CIA pour mener cette opération. Ding et Adara s'y étaient fermement opposés, mais au fond de lui, il savait que c'était à lui d'intervenir.

Seul le temps dirait s'il avait pris la bonne décision.

Ding, accédant aux fichiers de la CIA grâce à la technologie ultracryptée du Campus, avait appris qu'Anatoly Kraev était un ancien du KGB qui avait travaillé dans le même bureau que le colonel général Nikolaï Iline dans les années 1980. Pour Midas, il fallait enlever et interroger Kraev – comme Popov –, et il avait beaucoup insisté en ce sens. À première vue, Clark avait trouvé que c'était une bonne idée, car Kraev était très probablement au courant des plans de la cabale et il aurait sans doute des réponses à toutes les questions. Mais les paroles obsédantes de VICAR étaient une fois de plus revenues guider Clark.

« En perdant la guerre froide, c'est leur identité, leur fierté et leur raison d'être que ces hommes ont perdues. »

« Kraev est un ancien de la guerre froide et un ami d'Iline, il sera donc un objectif peu coopératif, avait ainsi expliqué Clark. Quand on l'aura interrogé, si on le laisse partir, il ira voir Iline et on sera démasqués. On serait donc obligés de le tuer, ce qui n'est pas très rassurant non plus. Dans un cas comme dans l'autre, la cabale nous aurait sur son radar. »

Heureusement, Ding avait trouvé une autre solution. Nadia, la femme d'Anatoly, avait été agent de la CIA pendant une brève durée de trois mois en 1988, mais elle avait rompu le lien et n'avait jamais été inquiétée. Dans son dossier, son agent de liaison avait rédigé beaucoup de notes sur elle, dont une en particulier avait retenu l'attention de Clark :

Nadia est fière, c'est une idéaliste, mais surtout elle aime passionnément son mari.

Avec Nadia, Clark avait un angle d'attaque à exploiter. Ils avaient eu un sacré coup de chance qu'elle soit là, du moins était-ce son intuition. Il s'était réconcilié depuis longtemps avec l'idée que la chance jouait un rôle dans le monde des opérations secrètes. Entraînement, savoir-faire, discipline, longueur d'avance : tout cela, certes, comptait davantage.

Mais la chance… Dans chaque opération, elle venait truquer le jeu.

« Je l'ai, dit Adara. Elle sort du Double B avec un café dans lequel elle verse une rasade de vodka, comme hier. »

En Russie, l'alcoolisme était la principale crise de santé publique. Nadia Kraeva semblait être en proie à ses démons.

Clark balaya des yeux le grand hall vide avant de regarder sa montre en remuant la tête comme s'il venait de rater un rendez-vous. Lorsque la dame de la réception lui sourit, il haussa les épaules et retourna vers la porte.

Il aperçut Nadia sur le trottoir d'en face et se dirigea vers le coin de la rue. Elle avait la corpulence d'une grosse Russe de la classe ouvrière mais elle était un peu mieux habillée. Le manteau qu'elle avait mis pour se protéger du froid de la mi-avril était élégant, éclatant, contrairement à ses cheveux gris, noués dans un foulard à l'exception d'une frange épaisse. Elle donna d'abord l'impression de partir direction est, mais elle tourna vers le nord.

Il hâta le pas pour ne pas la perdre de vue, puis, au bout de quelques centaines de mètres, il ralentit en la voyant entrer dans une église. Il n'avait plus besoin de visuel, car ce qu'elle allait faire ne faisait pas mystère.

« Elle vient d'entrer, lui dit Adara dans son oreillette.

– Entendu, dit Clark tout bas. Une minute et j'y vais. »

Il regarda son téléphone comme pour vérifier ses messages, puis le rangea dans sa poche et longea le trottoir jusqu'à l'entrée de l'église de la Nativité-de-la-Vierge. Il réprima une envie de regarder autour de lui et ouvrit la porte d'un air confiant, tout en vérifiant de l'avant-bras la présence de son pistolet Vektor, dissimulé sous sa veste dans un holster à la ceinture.

L'imposant édifice, faiblement éclairé, était presque désert. À l'autel, deux jeunes hommes en robe brune d'acolyte disposaient des cierges. Nadia, la seule fidèle, était agenouillée sur un banc à gauche vers le milieu de l'allée. En s'approchant d'un pas tranquille, il la vit boire une gorgée de son café alcoolisé avant d'incliner de nouveau la tête.

Il la fit sursauter lorsqu'il s'agenouilla à côté d'elle.

Il se signa en inclinant la tête et, du coin de l'œil, il constata qu'elle l'observait.

« Il est interdit de boire dans ce lieu saint », dit-il en russe sans relever les yeux.

Il entendit sa respiration s'emballer, mais elle ne bougea pas et ne se leva pas.

Elle lui répondit cependant sans le quitter des yeux :

« J'ai un arrangement avec sœur Ilga.

– *Da*, répondit-il simplement avant de lever la tête vers le crucifix derrière l'autel.

– Que voulez-vous ? »

Il remarqua qu'elle ne lui avait pas demandé qui il était.

« Vous ne voulez pas savoir comment je m'appelle ? »

Elle haussa les épaules.

« Vous me mentiriez forcément.

– Peut-être voulez-vous au moins savoir pour qui je travaille ?

– Je sais pour qui vous travaillez. Vous êtes venu m'interroger sur mon mari et sur ses agissements, mais je n'ai rien à dire. Anatoly est un homme bon, et il est retraité. Après bien des années au service de la *rodina*, on gagne un maigre salaire en servant à manger et à boire. Il a quitté le métier. »

Nadia est fière, c'est une idéaliste, mais surtout elle aime passionnément son mari.

Il sourit, soulagé de constater qu'elle n'avait pas changé.

C'était une bonne chose.

Il se tourna vers elle et, aussitôt, elle se mit à regarder, en face derrière le chœur, le Christ accroché à sa croix.

« Je ne suis pas venu pour vous poser des questions sur votre mari. Je suis venu pour vous aider à lui sauver la vie. »

Il la vit tressaillir. Après un long silence, elle dit :

« Vous avez un accent épouvantable.

– *Da*.

– Vous êtes un Américain, un espion américain… Vous n'êtes pas le premier à m'aborder. »

Son intuition lui disait que cette femme était davantage qu'il n'y paraissait. Son dossier ne disait pas qu'elle avait été au KGB, mais quand on était dans le métier depuis aussi longtemps que Clark, on sentait ces choses.

Peut-être était-ce elle qui avait traité avec son officier plutôt que l'inverse.

« Je sais, Nadia. Et je sais que vous avez été au KGB, *comme lui* », dit-il, décidant de jouer le tout pour le tout.

Elle sourit.

« Après toutes ces années, vous avez fini par comprendre.

– Pourquoi avoir rompu les liens ? La CIA n'y avait vu que du feu. Pour le KGB, vous auriez pu être un parfait agent double. »

Elle prit une autre gorgée de café, puis répondit :

« J'aime mon pays… Mais j'aime encore plus mon mari. Je n'ai pas supporté le stress. Il nous aurait éloignés l'un de l'autre.

– Je comprends, murmura-t-il.

– Êtes-vous marié ?

– *Da* », dit-il.

Puis, sachant qu'il n'aurait pas dû, il alla jusqu'au bout :

« C'est l'amour de ma vie, ainsi que mes petits-enfants… C'est pour eux que je suis ici. »

Elle haussa un sourcil.

« Expliquez-moi. »

Clark laissa un moment passer, regardant de nouveau Jésus, puis soupira et se tourna vers elle.

« Les hommes qui se retrouvent dans votre restaurant, Nadia. Ils manigancent un coup terrible. Un coup qui, s'il réussit, déclenchera un tourbillon d'événements sans retour.

– Autrefois, c'étaient de grands hommes, répondit-elle. Des enfants de l'Union soviétique.

– *Da*, de grands hommes, mais d'une époque aujourd'hui révolue. Comme moi, ajouta-t-il en souriant légèrement. Mais on ne peut pas revenir en arrière. La guerre froide est finie.

– Et on l'a perdue, je sais, dit-elle d'un ton défensif.

– C'est là que vous faites erreur. La Russie n'a pas perdu, elle a choisi la glasnost. La paix. »

Elle répondit par un reniflement moqueur.

« Et regardez ce qu'on a eu en échange. Une kleptocratie dirigée par un dictateur qui s'est entouré d'une oligarchie corrompue.

– C'est vrai, dit Clark, mais tous les pays du monde mènent le même combat. La démocratie n'est pas chose facile. Tous les gouvernements sont corrompus, même aux États-Unis. »

Ces paroles semblèrent attirer l'attention de Nadia et elle faillit sourire.

« Que voulez-vous, l'espion américain ? Pourquoi êtes-vous venu ?

– Je veux ce que veut n'importe quel vieil idéaliste : retarder l'apocalypse encore vingt-quatre heures. Je suis venu plaider la cause du moindre mal, Nadia, le mal qui consiste à maintenir Yermilov au pouvoir. Parce qu'à notre âge, on se rend compte que le moindre mal est vraiment ce qu'on peut espérer de mieux. »

Il vit les yeux de Nadia se remplir de larmes.

« Je suis si fatiguée…

– Je sais… Moi aussi.

– Vous avez vraiment des petits-enfants ?

– Oui… »

Elle s'essuya les yeux et commença à lui raconter tout ce qu'elle savait. Lorsqu'elle eut terminé, elle dit :

« Je vous ai donné ce que vous étiez venu chercher, et maintenant je veux quelque chose en retour.

– Dites-moi, dit Clark.

– Je veux que, tout en essayant de garantir le moindre mal, vous assuriez la sécurité de mon mari. »

Il serra sa main calleuse.

« Vous avez ma parole. »

52

SALLE DE CONFÉRENCES PRINCIPALE
SITUATION ROOM
LA MAISON BLANCHE
WASHINGTON, DC
08:51 HEURE LOCALE

Ryan écouta sans mot dire Mary Pat lui rendre compte de tout ce que l'équipe avait appris et pu confirmer à Moscou. Boldyrev, Rodionov et Aralovitch faisaient bien partie d'une cabale qui visait à évincer Yermilov, et Nikolaï Iline en était à la fois le cerveau et le meneur. Le *Belgorod* était au cœur de ce projet, mais on n'en savait pas davantage sur ce point. On n'en savait pas davantage non plus sur le niveau d'autorité que gardait Yermilov sur l'armée et les services de renseignement. Mary Pat lui assura qu'ils augmenteraient les efforts de collecte SIGINT et HUMINT sur les quatre têtes du complot, sans pouvoir garantir que ces efforts permettraient d'obtenir de nouveaux éléments exploitables.

Une fois qu'elle eut terminé son rapport, Ryan resta un moment silencieux, laissant toutes ces informations se rencontrer dans son esprit comme lors d'une réaction chimique. Dans cette atmosphère familière et nostalgique – elle rappelait une autre époque –, une nouvelle hypothèse commença à se cristalliser sur ce putsch d'une lenteur exaspérante.

« Est-ce qu'on n'aurait pas regardé cette affaire par le mauvais bout de la lorgnette ? demanda-t-il à voix haute tout en précisant intérieurement son hypothèse.

– Comment ça ? demanda Mary Pat.

– On est partis du principe que la cabale comptait égorger Yermilov à la première occasion, mais est-ce qu'ils ne prépareraient pas plutôt le terrain pour qu'il le fasse lui-même ?

– OK, dit Mary Pat. Je vous écoute. »

Ryan sentit une poussée d'adrénaline et d'excitation qu'il n'avait pas connue depuis longtemps, l'analyste en lui s'emparant du problème pour y travailler avec ardeur.

« Je crois qu'on est partis d'une mauvaise hypothèse. On a tous supposé qu'Iline avait exploité Boldyrev, Rodionov et Aralovitch pour faire avancer ses pions sur l'échiquier et pour mobiliser des ressources dans le dos de Yermilov. Mais la tâche est trop ardue, Mary Pat ! Iline est trop intelligent pour ça. Parce qu'il sait qu'à l'instant où Yermilov s'en apercevra, la partie sera perdue. C'est pour ça qu'il a tout fait avec la bénédiction de Yermilov. »

Elle grimaça.

« Je ne vous suis pas.

– Est-ce qu'Iline n'aurait pas convaincu Yermilov de mettre en œuvre un grand projet pour modifier l'équilibre des forces sans l'informer de son *véritable* objectif ?

– OK, quel grand projet ?

– Une opération coordonnée pour nous faire réfléchir à deux fois avant de déployer notre groupe aéronaval et de mettre la flotte du Nord en difficulté. C'est une stratégie militaire classique, qui est la nôtre aussi lorsqu'un de nos SSGN remonte à la surface et fait une escale imprévue près d'un navire ennemi. Le message, c'est : "Regardez ce qu'on peut faire à tout moment sans que vous puissiez nous arrêter." Là est le but de Yermilov avec le *Belgorod* en le faisant appareiller avec le Status-6 sans préavis, mais en conjonction avec le grand exercice arctique de la flotte du Nord. Ils savent qu'on va le voir par satellite et essayer de le traquer. Ils trompent l'*Indiana* par des subterfuges, ce qui permet au *Belgorod* de s'éclipser en douce, et ils déploient le *Finitor* pour nous envoyer un message.

– Lequel ?

– Qu'ils connaissent notre réseau DASH. Que le *Belgorod* peut échapper à la détection et se jouer de nos meilleurs sous-marins. Que Yermilov peut lancer une torpille nucléaire à n'importe quel moment et couler notre porte-avions ou attaquer n'importe quelle ville de la côte Est sans qu'on puisse réagir.

– D'accord, mais pourquoi embarquer des Status-6 à ogive nucléaire s'il n'a pas l'intention de frapper ? demanda Mary Pat en jouant l'avocat du diable. Pourquoi prendre ce risque si ça n'ajoute rien à sa démonstration de force ?

– Parce que c'est cette menace qui crée la panique. Vous n'avez qu'à voir l'état où ça nous met depuis quelques jours.

– Bon, quel est le véritable objectif d'Iline et comment compte-t-il pousser Yermilov à s'égorger lui-même ? »

Elle semblait absolument concentrée sur ce qu'il disait.

« C'est là que Boldyrev et Rodionov entrent en scène, et Gorov aussi, répondit-il. En tant que président et commandant en chef, c'est Yermilov qui a l'autorité sur le lancement et le contrôle des codes nucléaires. La cabale a préparé le terrain pour contourner ça. Pour Yermilov, le *Belgorod* a pour mission de nous prouver qu'ils peuvent tromper nos défenses et lancer un Status-6 quand bon leur chante. Mais ce que veut la cabale, c'est lancer un Status-6 et paralyser notre flotte.

– Jack, ça ne tient pas la route, dit Mary Pat. Ça déclencherait une Troisième Guerre mondiale.

– Sauf s'ils mettent à exécution leur projet de coup d'État en présentant Yermilov comme un fou pour lui faire endosser la responsabilité de cette attaque et le destituer, dit Ryan, assemblant la dernière pièce du puzzle. Les différents membres de la cabale exploitent leur position d'autorité pour prendre le pouvoir et suspendre les opérations militaires, voire offrir leur aide aux États-Unis. Avec Yermilov pour fusible, ils se prémunissent contre les représailles, ils évitent une riposte nucléaire, mais ils montrent à la face du monde que l'Amérique est vulnérable. Puis ils gouvernent et ils déclenchent une nouvelle guerre froide contre des États-Unis affaiblis. »

Mary Pat digéra ces informations un petit moment, puis secoua la tête.

« Vous allez un peu loin, Jack, si j'en juge par les éléments dont on dispose vraiment.

– Mais ça n'est pas impossible, insista Ryan.

– Non. Certainement pas impossible. »

On frappa, et Mary Pat alla entrebâiller la porte.

« Oui ?

– L'invité de monsieur le Président est arrivé et il a passé les contrôles. »

Elle se tourna vers Ryan et sourit.

« On dirait qu'il est là… Je vous laisse.

– D'accord. Mais on reprendra cette conversation plus tard.

– Bien sûr », répondit-elle avant de s'éclipser.

Un instant plus tard, Marko Ramius – ou Mark Ramsey, selon le nom qu'il avait adopté – entra dans la salle de conférences le dos droit, la tête haute et les mains jointes derrière le dos. Malgré son âge avancé, il n'avait pas de canne et sa démarche ne semblait ni faible ni instable. Il avait au contraire l'air majestueux et fort. Il était vêtu d'un pantalon de toile beige, d'une chemise simple en chambray bleu et d'une veste gris clair, mais avec sa posture, son maintien et son visage buriné, il aurait pu tout aussi bien porter son emblématique uniforme de capitaine de vaisseau de la marine soviétique.

Ryan fut submergé par une vague de souvenirs, les uns touchants et nostalgiques, les autres terrifiants.

« Merci d'être venu », dit-il en souriant avant de se lever pour aller lui serrer la main.

Ramius ne faisait pas tout à fait la grimace, mais il ne semblait pas pour autant ravi d'être là. Il s'avança pour échanger une ferme poignée de main avec Ryan.

« Je ne crois pas qu'on m'ait laissé le choix, répondit-il avant de s'asseoir à la table de conférence. J'ai vu un hélicoptère militaire débouler dans mon ranch et les hommes du bord m'ont ordonné de monter pour Washington.

– Je suis navré, répondit sincèrement Ryan. Je crains que la situation ne soit plutôt urgente.

– Hmm… », marmonna Ramius.

Son regard parcourut la pièce où se prenaient souvent des décisions dont dépendait le destin du monde. Il y régnait une atmosphère de pouvoir et d'énergie qui parut l'impressionner, alors même qu'il avait été aux commandes d'une machine de guerre dont la puissance de feu aurait pu détruire deux fois les États-Unis.

« Impressionnante, cette salle, Ryan ! s'exclama-t-il avant d'ajouter avec une lueur malicieuse dans les yeux : Je m'excuse, je devrais dire "monsieur le Président". »

Le voilà enfin revenu, ce sourire de Ramius !

« Après tout ce qu'on a fait et traversé ensemble, commandant, il est peut-être temps que vous m'appeliez Jack, répondit Ryan, encore plein d'une révérence nostalgique pour cet homme.

– Alors ce sera Ryan, dit Ramius en souriant cette fois pour de bon. Qu'est-ce qui me vaut cette visite dans votre salle de crise ? »

Ryan fit à l'ancien commandant d'*Octobre rouge* un résumé détaillé de la situation, sans rien négliger. Lorsqu'il eut terminé, Ramius se contenta de hocher la tête.

« En effet, la situation est très urgente, Ryan. Mais que peut vous apporter le vieil homme que je suis ? »

Il n'avait pas le regard d'un vieil homme et ils le savaient tous deux.

« Sa sagacité, par exemple ? » répondit Ryan avant de lui confier ce qu'il savait sur Konstantin Gorov.

Là-dessus, Ramius haussa un sourcil.

« C'est vrai qu'on ne sait jamais, dit-il. Je suis assez surpris d'apprendre que le père avait prévu de passer à l'Ouest, mais ne suis-je pas mal placé pour parler ainsi ?

– Pensez-vous que le fils ait pu devenir dissident et qu'Iline et Boldyrev aient pu lui ordonner d'attaquer les États-Unis ?

– Je ne le connais pas. Et je n'ai guère connu davantage son père. Je crois que je ne l'ai rencontré qu'une fois. Mais je sais d'expérience qu'embarquer un sous-marin russe dans un plan dissident ne se fait pas du jour au lendemain et qu'il faut qu'il y ait des complices sur le *Belgorod.* »

Les souvenirs évoqués dans la conversation avaient ramené l'étincelle dans ses yeux.

« Mais pour lancer un Status-6 à ogive nucléaire, il faut une planification et une coordination bien plus importantes. Il faut un soutien aux plus hauts niveaux, car il est nécessaire de voler les codes d'accès pour armer l'ogive. »

Ryan hocha la tête.

« C'est là que les collaborateurs d'Iline entrent en scène. »

Ramius soupira, l'air sceptique.

« Mais pourquoi, Ryan ? Pourquoi cet acte de défiance ? Pourquoi déclencher une guerre nucléaire s'ils ne peuvent pas gagner ?

– Parce que tel n'est pas leur objectif. Leur objectif, c'est de remonter le temps, de rétablir le statu quo », dit Ryan, résumant ainsi sa nouvelle théorie.

Lorsque le Président eut terminé, Ramius prit une longue inspiration, puis se leva. Il se dirigea vers le bout de la table, le dos droit et les mains jointes dans le dos. Il fixait les grands écrans au-dessus de lui, qui affichaient des images du *Belgorod* et de Gorov à droite et, au centre, des photos de ces hommes dont Clark avait confirmé qu'ils manigançaient un putsch. Au bout à droite, il y avait un portrait récent d'Ermilov. Ryan l'observa pendant qu'il étudiait ces visages.

Ramius se retourna pour lui faire face.

« Ces hommes, je les connais – j'ai connu Aralovitch quand il était jeune. Ils pensent comme à l'ère soviétique, Ryan... En guerre, en politique, pour eux il y a un gagnant et un perdant. Dans l'esprit russe, surtout dans l'esprit soviétique, le *win-win*, ça n'existe pas. C'est une vision du monde qui est exclusivement américaine... et qui est chère aux Américains que nous sommes, dit Ramius en souriant les yeux fermés. Pour que la Russie puisse s'élever, l'Amérique doit tomber. Vous comprenez ?

– Oui », dit Ryan.

Il connaissait bien le concept.

Ramius revint vers lui en fronçant les sourcils dans un effort de réflexion.

« Je crains que votre hypothèse ne soit tout à fait possible, dit-il finalement. Si elle se vérifie, la situation, en effet, est très dangereuse.

– Un sous-marinier distingué par autant de décorations que Gorov a-t-il pu se laisser entraîner dans cette voie ? »

Une expression étrange traversa les traits de Ramius. Ce n'était pas du regret – non, certainement pas, mais il y avait quelque chose…

« Oui, répondit-il finalement. S'ils l'ont convaincu que sa mission *servait* la Russie. Ou s'ils ont misé sur sa haine vis-à-vis de l'Amérique, sans prendre trop de risque si Gorov est convaincu que son père a été trahi par la CIA. Ça n'a pas dû être facile d'être élevé par une mère célibataire dans la Russie soviétique. »

Il se tourna vers la photo de Gorov en uniforme affichée à l'écran.

« Vous dites que la femme de cet homme est morte ?

– Oui », dit Ryan, et il ressentit la douleur de Ramius face à ce parallèle.

Ce doit être une angoisse qui ne disparaît jamais.

« Le regret est une source de motivation puissante, dit Ramius à voix basse. Au vu de tout ce que vous m'avez dit, je pense que le commandant Gorov et son sous-marin représentent un danger clair et imminent pour l'Amérique. »

Ryan se sentit accablé par ces paroles.

« Quel est donc ce regard, Ryan ? lui demanda Ramius.

– J'espérais que vous seriez rassurant, répondit Ryan après un soupir. Que vous me diriez que Gorov était fait de la même étoffe que vous. Que, si la cabale avait contourné la chaîne de commandement pour lui donner ordre de lancer un Status-6, il aurait eu la conscience et le courage d'agir de manière juste et honorable. »

Ramius pinça les lèvres.

« Malheureusement, dit-il, le monde n'est pas gouverné par des scouts.

– Oui, j'ai eu plus d'une fois l'occasion de m'en apercevoir », dit Ryan le regard perdu en essayant de réfléchir à ce qu'il allait faire.

Ramius, qui s'était mis non pas à faire les cent pas mais à patrouiller entre la table de conférence et le mur nord, dit tout à coup :

« Je tiens à ce que vous sachiez que j'ai changé de point de vue sur Halsey. »

Cet étrange coq-à-l'âne sortit Ryan de ses pensées.

« Pardon ?

– Vous vous souvenez ? Votre livre sur Halsey, dont on avait discuté dans le central d'*Octobre rouge*.

– Je n'ai pas oublié. Vous aviez dit que toutes mes conclusions étaient fausses. Que Halsey avait agi stupidement.

– C'est vrai, mais j'ai changé d'avis. Halsey ne pouvait pas savoir que les porte-avions d'Ozawa n'étaient pas vraiment en état ni que leurs pilotes et leur arsenal étaient très diminués à ce moment-là. Halsey a vu une occasion de porter un coup dévastateur à l'ennemi et il s'en est emparé. Il avait compris que le danger, affronté intelligemment, ne doit pas inspirer de peur. Mon jugement initial était faussé par le recul. Si Halsey avait su ce qu'on sait aujourd'hui, il ne serait jamais tombé dans le piège et il n'aurait jamais abandonné le détroit. »

Ryan s'apprêtait à lui asséner une repartie bien méritée lorsqu'il eut soudain une révélation. Il bondit sur ses pieds et s'écria :

« Si Halsey avait su… Marko, vous êtes un génie !

– Eh bien, je ne sais pas si j'irais jusque-là. Admettre que j'avais tort ne fait pas de moi un génie… Ryan, vous avez l'air très agité tout à coup.

– Pas agité, excité… Je sais ce qu'il faut faire.

– Vraiment ? demanda Ramius, un de ses épais sourcils relevé par la curiosité.

– Il faut faire un cadeau à Yermilov, répondit Ryan alors que l'étape suivante venait de se cristalliser dans son esprit. Lui offrir le recul. »

53

BUREAU DE RÉCEPTION DU PRÉSIDENT
GRAND PALAIS DU KREMLIN
MOSCOU
16:41 HEURE LOCALE

Le téléphone vibra sur le bureau de Yermilov.

Il appuya sur le bouton de la ligne interne.

« Qu'est-ce que c'est ?

– Monsieur le Président, on a une transmission Brown Fox », annonça Kierra, son assistante de direction.

Yermilov sentit une pression autour de sa poitrine et sa respiration se bloqua. Par-dessus son épaule, il regarda Boris qui, près du lourd rideau, se tenait impassible, les mains jointes. Soit il n'avait pas conscience de l'importance de ce message, soit, plus probablement, il était trop professionnel pour réagir.

« Merci, dit enfin Yermilov avant de couper la communication d'un doigt tremblant. Laisse-moi seul, Boris, dit-il sans se tourner vers lui.

– Bien, monsieur », répondit Boris, et Yermilov perçut son mouvement lorsqu'il disparut par la porte dissimulée à côté de la bibliothèque, qui donnait sur la pièce de sécurité et le dépôt d'armes secrets du Kremlin, un clic métallique signalant sa fermeture.

Il ouvrit son ordinateur, procéda à l'authentification en trois étapes dont lui seul connaissait les codes, et une boîte de dialogue surgit. Depuis plus de dix ans, le seul trafic sur ce système de communication top secret qui reliait directement les présidents russe et américain était celui des messages entre opérateurs qui, toutes les heures, confirmaient le bon fonctionnement du système.

Malgré ces vingt-quatre messages par jour, douze dans chaque sens, et l'obligation quotidienne qu'il avait de se connecter, c'était la première fois qu'il recevait un message en qualité de Président.

La boîte de dialogue se remplit d'une série de symboles qui se transformèrent en caractères cyrilliques à mesure que le programme déchiffrait le message :

Il faut qu'on parle.

À peine capable de respirer, Yermilov se renfonça dans son fauteuil. Il ne s'agissait pas seulement des tensions entre les deux flottes dans l'Atlantique. Ryan avait très clairement exprimé sa position dans son adresse à la nation – destinée sans doute davantage à son homologue qu'à son peuple –, avec les bravades et les accusations habituelles. Les Américains n'avaient-ils pas perdu un avion ? Mais ils en avaient abattu un russe en représailles… Certes, des guerres se déclenchaient dans de telles situations, mais il devait y avoir autre chose.

Il sait. Il est au courant pour l'appareillage du Belgorod *et pour sa mission de laisser un Status-6 au large de Norfolk au cas où il y aurait une escalade.*

Non. Impossible. Toute l'opération était hautement cloisonnée. Il s'agissait sans doute d'un message sur le pilote abattu. C'était la seule hypothèse qui tenait.

Je dois me montrer fort.

Il tapa sa réponse.

Libérez le *Finitor*, relâchez nos marins, renvoyez votre groupe aéronaval, ensuite on pourra parler.

Il regarda une nouvelle fois les symboles s'afficher et se transformer en temps réel, et il imagina le président américain, dans le Bureau ovale, en train de taper sa réponse.

Nous sommes au courant pour le *Belgorod*.

Yermilov sentit son cœur faire un bond.

Que savait donc Ryan, exactement ? Il était bien connu que les Américains avaient un réseau d'espions en Russie, ce qui représentait pour lui une source constante de souffrance, sans parler des dépenses. Depuis un certain temps, la moitié du budget pour les opérations du FSB semblait passer dans l'élimination des sources et dans le colmatage des fuites. Et avec la technologie satellitaire, il n'y avait plus de mouvements secrets. Évidemment, les Américains avaient regardé du ciel et ils avaient vu le *Belgorod* appareiller. C'était précisément pour cette raison qu'il avait orchestré cette propagande sur les capacités des Status-6, bien avant qu'Iline ne lui présente son projet. Il fallait donc bomber le torse et croiser le fer.

Le K-329 est une arme de dissuasion pour protéger la Russie d'une agression américaine.

Il n'avait même pas fini de taper cette phrase qu'un nouveau message apparut.

Selon nos renseignements, le *Belgorod* a reçu ordre de mener une première frappe nucléaire contre les États-Unis.

Yermilov fut aussitôt pris de tournis et tout le sang se retira de ses joues. Il avait eu assez d'échanges avec Ryan pour savoir que cet homme était d'une sincérité irréprochable. Le président américain ne mentait pas, ne bluffait pas. Il avait réussi à être élu et à se maintenir grâce à une politique de vérité, même quand son pouvoir de négociation s'en était trouvé affaibli. Yermilov, ne sachant pas quoi taper, fixa l'écran, pris de peur.

Voire pris de panique.

Jamais les Américains ne feraient la différence entre une tentative d'introduire clandestinement un UUV Poseidon dans le port de Norfolk et une première frappe. Et si Ryan avait eu des renseignements sur cette mission, ils maintiendraient la surveillance, avec une chance très accrue de détecter le *Belgorod*.

Il faut que je fasse avorter cette mission. C'est trop dangereux.

Il fixait toujours l'écran lorsqu'un nouveau message arriva.

Iline, Rodionov, Aralovitch et Boldyrev complotent contre vous.
Nous soupçonnons Gorov d'être de mèche.
L'attaque du *Belgorod* va déclencher une guerre entre nos deux pays et entraîner un putsch, et c'est vous qui tomberez.
Des milliers de personnes mourront, voire des millions.
Cette transmission représente votre dernière chance de rester au pouvoir et de sauver votre pays.
Si vous ne coopérez pas, nos premiers Tomahawk partiront dans vingt-huit minutes vers le Kremlin et vers une bonne vingtaine de sites de commandement et de contrôle.

Yermilov fixa l'écran, pris de vertige. Le dernier message de Ryan avait confirmé ses pires craintes. Il se représenta l'avenir et vit avec une clarté parfaite la séquence d'événements qui mènerait à sa chute et à sa disparition. Iline l'avait manipulé avec brio et, au fond de lui, Yermilov comprit que le vieil homme avait eu cette intention : faire exploser la bombe, paralyser la flotte américaine et le commandement de la côte Est, et en prendre prétexte pour justifier un coup d'État et déclencher une nouvelle guerre froide.

Je peux vous aider à garder le pouvoir, monsieur le Président.

Yermilov ne put s'empêcher de regarder sa montre. *Vingt-sept minutes.* Puis il posa ses doigts tremblants sur le clavier.

Quelles sont vos exigences ?

Évacuez la flotte du Nord et faites cesser les opérations aéronavales en Atlantique.

Considérez que c'est chose faite.

Annulez la mission du *Belgorod*. Donnez ordre de remonter immédiatement à la surface et de rentrer au port.

Yermilov poussa un long sifflement entre ses dents serrées.

Ce ne sera pas possible si Gorov fait sédition, ainsi que le suggèrent vos renseignements.

Ryan mit près d'une minute à répondre.

Alors il ne nous reste plus qu'à traquer le K-329. Ensemble.

Annulez d'abord votre attaque missile.

Salve suspendue, mais nous restons vigilants.

Les doigts de Yermilov flottaient au-dessus du clavier. Ajouter quoi que ce soit reviendrait à céder le peu de force et de dignité qu'il lui restait.

Il préféra donc ne rien dire.

Il appuya sur le bouton de la ligne interne.

« Oui, monsieur le Président ? » dit une voix tendue.

Kierra devait savoir qu'un message qui arrivait directement du président américain ne pouvait pas être une bonne chose.

« Appelez immédiatement le colonel général Andreïev sur une ligne sécurisée.

– Bien, monsieur le Président. »

Yermilov se prit la tête dans les mains. Son monde lui échappait. Devait-il agir vite contre Iline et les autres traîtres ? Ou devait-il procéder méthodiquement et démanteler leurs réseaux ?

C'est toujours moi qui dirige fermement le FSO, l'armée, Wagner et probablement le GRU. Tout le monde ne respecte pas Rodionov.

Il en était de même pour tous les candidats au putsch. Bien sûr, ils avaient un réseau de soutiens, mais Yermilov était toujours le Président et commandant en chef. Ses ordres seraient suivis par quatre-vingt-dix-neuf pour cent des officiers et des contingents. Tout le monde se plierait à sa volonté. Les institutions fonctionnaient sur un principe d'*autorité*, et non de loyauté. Il parvint à maîtriser sa respiration et à apaiser la panique qui le submergeait. Les prises de décision motivées par la peur et par l'urgence aboutissaient rarement au meilleur résultat. Il s'était hissé au pouvoir par son calcul, par sa méthode et par la crainte qu'il inspirait. Il n'avait pas perdu cet avantage. Les coups d'État ne réussissaient que s'ils avaient un catalyseur et qu'ils pouvaient bénéficier de l'effet de surprise.

La transmission Brown Fox de Ryan avait privé Iline de ces deux atouts.

Une chose à la fois, songea-t-il. *Désamorcer le conflit. Arrêter le K-329. Puis cerner les traîtres.*

Le voyant de la ligne interne de son téléphone clignota et il appuya sur le bouton.

« Le colonel général Andreïev est sur la ligne sécurisée, monsieur le Président.

– *Da*, répondit-il avant de prendre l'appel. Général Andreïev, on a un problème. Vous êtes le seul en qui j'aie confiance désormais, et vous devez m'assurer de votre entière loyauté.

– C'est chose faite, monsieur le Président, répondit la voix fière et peut-être soulagée d'Andreïev.

– Personne ne doit être au courant de cette conversation, Oleg, dit-il en essayant d'instaurer une intimité avec son nouveau confident. J'ai appris l'existence d'un complot au plus haut niveau visant à saborder mon autorité et à déclencher une guerre nucléaire avec les États-Unis.

– Une guerre nucléaire ? répéta Andreïev et, au désarroi dans sa voix, Yermilov comprit qu'il n'était pas au courant de ce projet et que cette perspective le terrifiait.

– *Da*, camarade. La situation est dangereuse autant que délicate. Pour identifier les conspirateurs, je vais avoir besoin de votre autorité, de votre discrétion et de votre coopération. Vous serez mon bras droit pour mettre fin à cette dangereuse cabale. Compris ?

– Tout à fait, monsieur le Président. Ma loyauté vous est indéfectible.

– Il faut d'abord que la flotte du Nord s'éloigne du groupe aéronaval américain. Faites cesser immédiatement toutes les opérations aéronavales et faites revenir la flotte dans la zone d'exercice arctique.

– Considérez que c'est chose faite.

– Ce n'est pas tout, Oleg. J'ai une information des plus troublantes : le capitaine de vaisseau Gorov est devenu dissident. Il est de mèche avec les conspirateurs. Je crains qu'on ait perdu le contrôle du K-329. »

Il y eut un long silence, pendant lequel il put imaginer Andreïev essayant de lire entre les lignes.

« Je ne suis pas surpris. L'amiral Boldyrev a travaillé en mésentente avec le NCUO et avec mon état-major. Puis-je vous parler franchement, monsieur le Président ?

– *Da*, général.

– Boldyrev ne vous est pas loyal.

– Je sais. Et le ministre de la Défense Volkorov ? Peut-on lui faire confiance ? Ou bien pensez-vous que sa loyauté va à Iline ? demanda Yermilov, donnant à Andreïev un nouveau gage de confiance.

– Je pense que Volkorov en a assez de gouverner dans l'ombre d'Iline. Depuis qu'Iline a pris sa retraite et que vous l'avez nommé, Volkorov cherche à gagner votre confiance. Mais Iline lui mine sans arrêt le terrain. »

Yermilov hocha la tête.

« C'est une information utile, Oleg. Il faut que Volkorov soit de notre côté.

– Faites preuve de bienveillance et il aura enfin assez confiance pour s'affirmer. Il craignait que le fait de travailler en mésentente avec Iline ne sape la confiance que vous aviez mise en lui. Il attendait ce moment. »

Yermilov s'était ouvert à Andreïev, qui s'était ouvert à lui. C'était exactement ce dont il avait le plus besoin.

« Quel est notre meilleur officier sous-marinier de la flotte du Nord, Oleg ? »

Au bout d'un certain temps, Andreïev répondit :

« Je suppose que vous voulez dire : à part Gorov, le commandant du *Belgorod* ? »

Le chef des opérations militaires commençait à comprendre.

« *Da*, général.

– Denikine, le commandant du *Severodvinsk*, K-560 – que je mettrais sans une seconde d'hésitation face au Seawolf américain.

– Où en est le *Severodvinsk* ? » demanda Yermilov.

Il avait cru connaître la position et le niveau de disponibilité de son sous-marin chasseur-tueur le plus performant, mais la transmission de Ryan était passée par là.

« Il patrouille dans l'Atlantique Nord, prêt à protéger et à défendre notre flotte à n'importe quel moment, monsieur le Président.

– Êtes-vous sûr qu'il est dans la zone ?

– Je vous le confirmerai, mais j'ai toute confiance que ni le bâtiment ni son commandant ne sont compromis, dit Andreïev, prouvant une fois de plus sa loyauté, son intuition et sa valeur. Quels sont vos ordres ? »

Comment ai-je donc pu en arriver là ?

Yermilov laissa échapper un long soupir, ayant lui-même du mal à croire à ce qu'il allait dire.

« Transmettez l'ordre au K-329 d'annuler sa mission, de remonter immédiatement à la surface et de se retirer. Je veux que toutes les communications passent par votre bureau et soient surveillées par vous au NCUO. Parallèlement, envoyez un message Flash crypté au commandant Denikine sur le *Severodvinsk*. À la seule attention du commandant. Ordre du Président numéro 10522 : le K-560 doit traquer et détruire le sous-marin de missions spéciales K-329 *Belgorod*.

– Monsieur le Président, il est dangereux de diffuser ces deux instructions simultanément. Imaginons que le K-329 obtempère et abandonne. Voudrez-vous toujours le couler ?

– Si Gorov obtempère, nous annulerons l'ordre de le détruire, mais je crains que ce ne soit qu'un vœu pieux. Je crains que nous n'entendions plus parler du commandant Gorov avant qu'il ne soit trop tard et qu'il n'ait déjà déclenché une guerre qui nous anéantira tous. »

54

LE *BELGOROD* (K-329)
AU-DESSUS DU RÉSEAU DASH
10:53 HEURE LOCALE

Konstantin fut appelé par Blok juste au moment où il se disait que la chance pouvait tourner. Entre la salle de contrôle de la soute UUV et le central, il ne put s'empêcher de remarquer les expressions inquiètes et les regards nerveux des hommes d'équipage qu'il avait rappelés aux postes de combat.

Au fond de lui, il leur en voulait de leur lâcheté et de leurs doutes.

Ne me font-ils donc pas confiance ? Ne savent-ils pas que c'est moi qui commande, moi et moi seul, et que ma volonté ne doit pas être remise en question ?

Au fond de lui, il s'en voulait aussi de cette insensibilité. Sa pratique opérationnelle standard consistait à faire une annonce expliquant la situation tactique, que ce soit pour accompagner les changements de niveau d'alerte ou avant d'engager une nouvelle opération. Mais cette fois-ci, il n'avait pas procédé de la sorte.

Ils sont jeunes – très jeunes – et ils évoluent dans un trou noir informationnel. Ce n'est pas de la méfiance qui se lit sur leurs visages, mais de l'incertitude.

Il se mit à leur adresser des hochements de tête et à les regarder dans les yeux en gage de confiance. Ce ne fut qu'à ce moment-là qu'il s'aperçut qu'il marchait avec sa paume droite appuyée sur son ventre. Au lieu des accès de douleur aiguë qu'il subissait depuis quarante-huit heures, cette brûlure permanente qu'il ressentait était nouvelle. Et cette nouveauté n'était pas bon signe. Elle était terrifiante.

C'est le cancer qui te ronge de l'intérieur, lui rappela une voix fataliste.

Une fois sur le seuil du central, il se contraignit à marcher les mains le long des hanches.

« Commandant dans le central, dit Blok.

– Le commandant prend la relève, dit-il en se dirigeant droit vers Blok. Quel est le problème ?

– Le sonar a capté une série d'émissions fortes, répondit Blok.

– Haute fréquence ?

– Non, commandant.

– Un sous-marin américain ?

– Ce n'est pas ce que nous pensons.

– Lieutenant, cessez ce jeu de devinettes et crachez le morceau, dit Konstantin dont l'irritation augmentait.

– Je pense qu'il vaudrait mieux que vous regardiez par vous-même.

– Bien », répondit Konstantin en le bousculant pour se diriger vers le sonar d'un pas lourd.

Il ouvrit la porte et entra sans frapper dans l'obscur local sonar.

« Commandant, s'étonna l'opérateur sonar. Voulez-vous prendre connaissance de l'enregistrement ?

– Bien sûr », répondit Konstantin.

Ressaisis-toi... Ferme les yeux sur la douleur.

L'opérateur sonar déglutit nerveusement avant de montrer l'écran du terminal sonar le plus proche.

« Voici le signal. Je vais vous repasser l'enregistrement. »

Konstantin se pencha en posant ses mains sur le dossier du siège qui était devant lui. Son cœur fit un bond en remarquant la fréquence.

« Ce signal est de 151,7 hertz ?

– *Da*, commandant.

– Vous êtes certain que ce n'est pas notre propre signal ?

– Oui, répondit l'opérateur sonar. C'est sur les relèvements relatifs un-quatre-zéro et deux-quatre-zéro que le bruiteur est le plus puissant, ce qui est logique, car il vient du *Belgorod* derrière le réseau sonar avant. Ce signal a été détecté sur le relèvement vrai zéro-quatre-neuf. »

L'esprit de Konstantin tournait comme un ordinateur analysant des scénarios.

« En ce moment, où est le porte-avions ?

– Comme notre antenne basse fréquence n'était pas déployée, on a perdu le contact avec la flotte américaine, mais si on extrapole à partir des dernières données connues, ce signal correspondrait à la position estimée du porte-avions », répondit l'opérateur sonar.

Alors, ce sont les Américains, et c'était intentionnel. Ce qui veut dire qu'ils ont identifié cette fréquence et qu'ils savent parfaitement qu'on est là. Mais ont-ils résolu l'énigme ? Savent-ils qu'on n'est pas le Gepard *? Est-ce leur façon de jubiler, de nous dire qu'ils ont percé à jour ma supercherie ? Ou bien cherchent-ils à entrer en communication ?*

« Commandant, il y a autre chose, ajouta Blok avant d'échanger un regard avec l'opérateur sonar. Parlez-lui des séries de changement de fréquence que vous avez observées. »

L'opérateur sonar évoqua le signal de 151,7 hertz avec sa succession de légers décalages de fréquence, l'apparition d'un deuxième signal de 161,7 hertz qui présentait un schéma similaire, et l'alternance entre les deux signaux.

« C'est un code, conclut Konstantin. Les modulations de fréquence permettent à quelqu'un d'envoyer un message.

– *Da*, commandant. Je comprends bien. Mais pensez-vous qu'il nous soit destiné ?

– Je ne sais pas, répondit sincèrement Konstantin. Mais il faut qu'on en ait le cœur net, alors faites le nécessaire pour le décoder.

– Bien, commandant, mais… je suis désolé, je ne suis pas cryptologue. Je vais faire de mon mieux…

– Je sais bien, camarade, répondit Konstantin en lui tapotant l'épaule, mais à bord il y en a. Je vais envoyer Goustanov pour vous aider. C'est un expert en décodage. Appelez-moi dès que vous avez quelque chose.

– Bien, commandant. »

Konstantin se tourna vers Blok.

« Manœuvre, est-ce tout ?

– Commandant, l'équipage est aux postes de combat et j'ai ordonné aux chefs de section de fouiller tout le bâtiment pour trouver l'appareil, répondit Blok.

– Bien. Je retourne à la salle de contrôle de la soute UUV. On restera ici jusqu'à ce que l'appareil ait été trouvé et détruit.

– Mais, commandant...

– *Niet*, coupa sèchement Konstantin. Quand on décampera, on décampera en silence. Jamais ils ne nous attaqueront sans provocation préalable. Le président américain, je le connais, je l'observe depuis plusieurs années. Il est logique, prudent. C'est pour ça qu'on va gagner, camarade.

– Bien, commandant. »

Konstantin se tourna, mais une nouvelle idée lui vint, une tactique qu'il n'avait pas envisagée jusque-là, lorsqu'il était le chasseur et non le chassé.

« Manœuvre, disposez les tubes lance-torpilles 3 et 4. »

Blok hésita un instant avant de répéter l'ordre, avec une inflexion haute à la fin, comme une question.

« *Da*, vous m'avez bien entendu. Tubes 3 et 4. »

55

PONT D'ENVOL
USS *FORD* (CVN-78)

Katie, blottie contre le flanc de l'îlot pour se protéger du vent glacial qui fouettait le pont d'envol, attendait que les vérifications préliminaires soient finies sur l'Osprey. Elle regarda avec un certain émerveillement les énormes rotors basculants qui se mirent en mouvement. Une main posée sur son épaule par-derrière la fit sursauter.

« Oh, vous m'avez fait une peur bleue, dit-elle en voyant Jones.

– Je me réjouis d'avoir pu vous rattraper à temps », dit Jones, pantelant.

Il avait manifestement hâté le pas, voire couru, pour la retrouver.

« Et moi, que vous ayez changé d'avis ! dit-elle avec un sourire ironique. Je savais bien que vous ne laisseriez pas filer une occasion pareille.

– Ah, mais je n'ai pas changé d'avis, répondit-il en remuant plusieurs fois la tête. Donnez-moi votre main.

– OK, dit-elle en tendant la main droite paume vers le haut, dans laquelle il glissa un double sac Ziploc contenant une clé USB.

– Il faut rendre à César ce qui est à César. Vous aviez raison, lieutenant Ryan.

– Sur quoi donc ?

– Le *Gepard* et le *Belgorod*, dit-il en souriant jusqu'aux oreilles. Je n'ai pas pu m'en empêcher, et j'ai demandé à Kumari d'envoyer un message au SUBLANT pour parler de votre idée de camouflage acoustique. Or l'*Indiana* avait la même hypothèse de travail que vous.

– Ah oui ?

– Eh oui… Et ils viennent de transmettre le lot de données qui le prouvent. »

Jones consacra la minute qui suivit à une digression sur les empreintes acoustiques, sur un technicien sonar prénommé Harris et sur le programme d'analyse grâce auquel il avait réussi à déterminer que le *Gepard* était en réalité le *Belgorod*.

« OK, super ! Ça fait beaucoup de choses à retenir. Je ne sais pas si je me souviendrai de tout. Avez-vous pu consulter et confirmer les données ?

– Non, je les ai téléchargées, je les ai mises sur une clé USB et je vous ai couru après.

– Et qu'est-ce que je dois en faire ? demanda-t-elle en glissant la clé USB dans la poche gauche de sa combinaison.

– Donnez-la à l'agent de l'ACINT ou bien au chef opérateur sonar sur le *Blackfish*. Ils sauront quoi en faire.

– Merci, docteur Jones », dit-elle.

Alors voilà ce que ça fait d'être mon père.

« Bravo, lieutenant Ryan, dit-il en lui serrant l'épaule. Bonne chance.

– Vous êtes sûr de ne pas vouloir venir ? On aurait bien besoin de vous.

– Non, je suis un dinosaure, répondit Jones en souriant à demi. Il est temps de passer le flambeau aux Harris de ce monde. Les jeunes de la flotte peuvent tout faire aussi bien que moi.

– Lieutenant Ryan, tout est prêt, dit en accourant vers eux une femme matelot de l'équipage de pont.

– Courage, lieutenant Ryan ! dit Jones en reculant avec un signe de la main.

– Espérons qu'on se reverra quand tout ça sera fini, lui cria-t-elle au-dessus du bruit du vent.

– Je ne raterais ça pour rien au monde », répondit-il.

Et, tout retraité qu'il était, il lui fit un dernier salut.

56

USS *WASHINGTON*, SSN 787, « *BLACKFISH* »

« Soixante-quatre pieds… soixante-trois pieds… soixante-deux pieds… Chef de quart, immersion soixante et un pieds », annonça le copilote lorsque le mât photonique 1 jaillit à la surface de l'eau, le *Blackfish* étant arrivé à l'immersion périscopique.

Knepper observa sur un grand écran l'ondulation des vagues gris-noir alors que Houston procédait à un balayage contrôlé de l'interface air-eau. Le premier se fit dans un silence absolu. Opération de sécurité, le balayage de vingt-quatre secondes servait à guetter les menaces de contre-détection, les navires dans un rayon de cinq cents yards et les dangers silencieux susceptibles de mettre en péril un sous-marin. Contrairement aux anciens sous-marins équipés de périscopes optiques, le *Blackfish* disposait d'un mât photonique équipé d'une caméra qui envoyait des images haute définition sur tout le réseau ADAW. Knepper, comme tous les autres dans le central, avait le même visuel que l'opérateur périscope.

« Pas de contacts rapprochés », annonça Houston, rompant à la fois le silence et la tension ambiante.

Le fait que ce soit le commandant qui fasse remonter le sous-marin à l'immersion périscopique était une anomalie caractérisée. La plupart ignoraient que les officiers subalternes et les chefs de secteur étaient ceux qui pilotaient, agissant à la place du commandant en tant que chefs de quart. Mais comme le *Blackfish* était encore aux postes de combat, c'était littéralement le commandant qui tenait la barre.

« Sonar, pas de contacts rapprochés, rapporta Adkins.

– SGE, pas de contacts rapprochés, annonça le spécialiste guerre électronique.

– Bien, répondit Houston en tendant au navigateur la manette Xbox qui servait pour le mât photonique.

– Ici radio, prise de vacation en cours sur le mât photonique 1.

– Ici le commandant. Radio, message reçu. Navigateur, paré pour la relève.

– Bien, commandant. Alerte central, le navigateur prend la relève, annonça le navigateur, uniquement pour la forme puisqu'il tenait le quart et le central depuis déjà une heure et demie.

– Coordinateur, allez voir ce qui prend autant de temps au radio, dit Houston au bout de plusieurs minutes à l'immersion périscopique sans voir de rapport arriver.

– Bien, commandant, répondit Knepper avant de quitter le central par l'arrière pour entrer dans cet espace exigu qu'était la salle radio en composant le code de la porte d'accès contrôlé.

– Commandant ?… dit le chef opérateur radio en levant à peine les yeux de son terminal.

– Felix, qu'est-ce qui se passe ?

– Euh… voilà… » répondit Felix en prenant une feuille dans l'imprimante avant de la lui remettre.

Knepper dut relire le message deux fois pour s'assurer qu'il n'avait pas fait d'erreur d'interprétation.

« C'est une mauvaise blague ? murmura-t-il en regardant Felix.

– Ne m'en parlez pas… Ça ne va pas faire plaisir au chef.

– Non… Pas du tout.

– Merci d'être passé me voir et de vous être dévoué pour lui apporter ça, dit Felix en adressant à Knepper un sourire de chat du Cheshire.

– Eh bien mon vieux… Vous attendiez que je vienne la chercher, c'est ça ? demanda Knepper.

– Moi, traîner des pieds ? Jamais de la vie ! » répondit Felix en offrant de faire un poing contre poing.

Que j'aime cet équipage ! songea Knepper en repartant annoncer la mauvaise nouvelle au commandant alors que le gamin avait encore le poing en l'air.

57

CMV-22B OSPREY, INDICATIF 9441
ATLANTIQUE NORD

Certes, l'Osprey représentait une amélioration par rapport au COD qui l'avait transportée sur le *Ford.* Contrairement au C-2 Greyhound qui décollait uniquement par catapultage, l'Osprey avait un décollage vertical parfaitement fluide et l'habitacle était moins sale et moins bruyant. Mais quelque chose dans cet appareil à rotors basculants ne plaisait pas à Katie. L'Osprey n'était ni un avion ni un hélicoptère. C'était sans doute un appareil dont le marquage à la sortie d'usine disait seulement « Faites-moi confiance », la Navy s'empressant de le repeindre à ses couleurs dès réception.

Elle eut une sensation de légèreté soudaine, puis de lourdeur instantanée lorsqu'une poche de turbulence ébranla le fuselage.

« Vous avez l'air nerveuse, dit Castro, le maître principal installé à côté d'elle sur le strapontin.

– En effet, répondit Katie, dont le cœur battait à tout rompre et qui avait plus peur que jamais.

– Croyez-moi, tout va bien se passer, dit-il avec un sourire aguicheur et rassurant. Des transferts vers des sous-marins, on a déjà fait ça. »

Ce commentaire eût sans doute remonté le moral à Katie si elle n'y avait flairé une importante omission.

« Des transferts de personnes ? demanda-t-elle par-dessus le vacarme.

– Non… De marchandises. Mais ça s'est bien passé.

– Ah. »

Comme à bord du C-2, elle portait un gilet de flottaison type 1 et des lunettes de protection, mais au lieu d'un simple casque antibruit, on lui avait fourni un casque réducteur de bruit équipé d'un système relié à la radio clipsée à son harnais : elle resterait en communication avec l'Osprey et avec le *Washington* pendant tout le transfert.

Comme ça, tout le monde pourra m'entendre crier jusqu'au kiosque !

Sur le C-2, les sièges étaient orientés vers l'arrière, mais ici, sur l'Osprey, ils longeaient les côtés bâbord et tribord du fuselage. Les strapontins, orientés vers l'axe central, pouvaient accueillir jusqu'à seize personnes, mais pour le coup elle était la seule passagère. Cette fois, pas de pilote de chasse glacial pour apaiser ses nerfs. Elle se retourna vers le treuil monté au-dessus de la rampe de chargement arrière. Une série de questions stériles lui traversa l'esprit :

Et si en bringuebalant au bout du câble je percutais le kiosque ?

Et si le treuil lâchait et que je tombais dans l'océan ?

Pire : et si le câble se rompait et que je m'écrasais sur le pont ?

Mince... Que j'ai été bête de demander ça !

Katie essaya de calmer sa peur par une lente respiration en quatre temps – comme lui avait appris à faire son grand frère Jack – qui parut rester sans effet.

« Cinq minutes avant l'arrivée », dit une voix dans son casque.

Castro leva les cinq doigts de la main et elle hocha la tête.

« Lieutenant Ryan, vous pouvez vous mettre debout ? dit-il en se levant lui-même. J'aimerais revérifier votre harnais. »

Elle obéit, détachant sa ceinture abdominale pour pouvoir se lever. L'appareil piqua aussitôt du nez en traversant une nouvelle poche de turbulence et elle dut s'appuyer d'une main à la cloison.

« J'ai l'impression que ça devient plus agité, dit-elle alors qu'il vérifiait ses boucles de cuisse, ses boucles d'épaule, sa sangle de maintien et sa longe de sécurité.

– Ce n'est rien, dit-il en tirant sur son anneau en D pour le centrer au milieu de la poitrine. J'ai vu bien pire.

– Vous dites ça à toutes les filles ? »

Il lui adressa un sourire en coin, mais ne répondit pas.

Touché !

Le deuxième membre d'équipage, un homme dégingandé qui n'avait pas dit un mot depuis son embarquement, se dirigea vers l'arrière jusqu'au poste de treuillage. Comme sa bande patronymique indiquait ROBERTS, elle l'avait surnommé intérieurement « Bob le Taiseux ». Bob le Taiseux attacha son harnais de sécurité à la cloison bâbord puis abaissa le câble du treuil, auquel était attaché un clip métallique qui lui fit penser à un gros mousqueton.

« Votre harnais m'a l'air bien fixé, dit Castro. On va vous attacher. »

Elle hocha la tête et il la raccompagna, lui tenant le bras pour la stabiliser tandis que des turbulences secouaient le pont. Arrivé à la rampe, qui était encore complètement relevée, il s'accrocha à la cloison tribord tandis que Bob le Taiseux attachait une ligne avec deux solides mousquetons de sécurité : l'un au treuil et l'autre à l'anneau en D de son harnais. Ensuite, il attacha le mousqueton de sa longe de sécurité à la même pièce métallique en forme d'arc, au bout du câble du treuil.

« Vous avez l'air bien pâle, dit Castro. Vous n'allez quand même pas vous évanouir ?

– Non, ça va, répondit-elle en se forçant à prendre un air courageux.

– Une minute avant l'arrivée, entendit-elle dire dans son casque la voix du pilote. Tenez-vous prêts.

– Bon, lieutenant Ryan, écoutez. Les pilotes vont se mettre en vol stationnaire au-dessus du *Washington*. Le commandant a décidé de ne faire émerger que le massif au lieu de faire remonter tout le bateau à la surface. Je ne sais pas ce que ça veut dire, mais je suis censé vous faire part de cette information. Faites oui de la tête si vous avez compris. »

Elle fit oui de la tête et sentit ses genoux commencer à trembler.

« Une fois en position, on abaissera la rampe de chargement. Vous allez vous asseoir au bout de la rampe, sous le treuil. Quand le sous-marin nous donnera le feu vert, vous descendrez comme pour entrer dans une piscine, OK ? Matt vous hélitreuillera petit à petit et le pilote maintiendra l'appareil aussi stable que possible. Servez-vous de vos bras pour garder une distance entre le haut de votre corps et le bord de la rampe. Dès que votre tête sera passée sous la rampe, vous n'aurez plus qu'à vous laisser porter. On s'occupera du reste. »

Elle baissa les yeux sur ses mains gantées, puis les leva pour croiser son regard.

« Ça m'a l'air parfaitement ficelé, fut tout ce qu'elle put dire.

– Bâtiment au-dessous de l'appareil, dit le pilote sur la ligne partagée. Communication établie avec la passerelle. Abaissez la rampe et procédez au transfert.

– Reçu, répondit Castro dans son micro avant de regarder Katie. Vous êtes prête, lieutenant Ryan ? »

Elle hocha la tête.

Il appuya sur un bouton du panneau de commande fixé à la cloison. Les servomoteurs se mirent à ronronner et la rampe de chargement hydraulique descendit petit à petit, révélant un ciel gris acier menaçant d'avant l'aube, ainsi que l'océan turbulent en dessous.

« C'est plus agité que je ne l'aurais cru, dit-elle en regardant le mouvement des vagues et du kiosque du sous-marin de la classe Virginia au milieu.

– Vous allez y arriver, lieutenant Ryan ! »

Elle s'assit sur le pont pour déplacer ses fesses jusqu'au bout de la rampe de chargement, Bob le Taiseux manœuvrant le treuil pour lui donner du mou tout du long. Arrivée au bord, elle fit basculer ses jambes dans le vide et agrippa d'une poigne de fer le bord en aluminium. Lorsqu'elle regarda vers le bas, elle fut tout à coup submergée par une vague de vertige. L'Osprey était bien plus haut qu'elle ne se l'était imaginé pour le transfert. Elle avait l'impression qu'on la descendait du haut de l'Empire State Building. Elle essaya de faire ce que lui avait dit Castro, mais les ordres de son cerveau n'avaient pas d'effet sur ses membres et elle restait figée, les yeux fixés sur le *Washington* secoué par les vagues.

« Vous avez le feu vert, lieutenant Ryan, dès que vous êtes prête… », lui dit-il dans l'oreillette.

Elle le regarda avec des yeux qui disaient *Impossible…*

« Prenez tout votre temps, dit Castro en lui adressant un regard bienveillant et empathique. Ce coucou a le plein de carburant. Si ça ne marche pas, on n'aura qu'à vous remonter. D'ailleurs, ça me dirait bien d'essayer, moi aussi, une fois que vous serez en bas ! »

Bien sûr, ce n'était que du bluff, mais il l'avait fait rire et elle était sortie de sa paralysie. Cet homme lui plut férocement. Après une grande expiration, elle se retourna et descendit le long de la rampe, se servant de ses mains gantées pour ne pas heurter le bord, Bob le Taiseux hélitreuillant d'une main experte la masse de son corps. Une fraction de seconde plus tard, elle était au-dessous de la rampe et elle descendait vers le sous-marin.

« Je suis claire, annonça-t-elle tardivement dans son micro perche.

– *Roger*, lieutenant Ryan, vous vous débrouillez très bien », répondit Castro.

En contrebas, elle vit trois membres de l'équipage en gilet orange prêts pour son arrivée. L'un d'eux se tenait de manière précaire au sommet d'une petite plateforme carrée sur le kiosque, dans une posture de surfeur. Il semblait attaché à la base du mât solitaire et il tenait une longue perche avec un crochet au bout. Les deux autres, qui n'étaient que partiellement visibles, étaient positionnés dans ce qu'elle identifia, d'après ses souvenirs, comme la baignoire. Une violente rafale de vent la fit simultanément tanguer et tourner sur elle-même. Elle s'entendit jurer en essayant de lutter, mais c'était peine perdue. Son corps était à la merci des éléments.

« Lieutenant Ryan, ici le capitaine de corvette Knepper sur le *Washington*, lui dit une voix masculine à l'oreille. Content de vous revoir. Alors, ça *baigne* ? »

Si la blague de Knepper lui fit lever les yeux au ciel, l'humour, comme avec Castro, était exactement ce dont elle avait besoin à ce moment-là.

C'est pour ça que j'aime autant la Navy, se dit-elle.

« Mon petit doigt m'a dit qu'on vous avait raflé tout votre beurre de cacahuète, alors on m'a envoyée en urgence pour vous réapprovisionner, dit-elle en regardant le sous-marin qui tanguait lentement.

– Je ne manquerai pas de prévenir Roth, répondit-il en riant. Plus sérieusement, lieutenant Ryan, le plan est d'attraper le câble de suspension juste au-dessus de votre tête avec le crochet de la perche et de vous guider jusqu'ici. La perche est reliée à la terre au cas où il y aurait de l'électricité statique dans le câble. Donc, la première chose que nous ayons à faire, c'est de vous attraper. Reçu ?

– Reçu », répondit-elle en éprouvant soudain plus d'inquiétude pour l'homme en équilibre instable sur le kiosque que pour elle-même.

Lorsque l'écart de hauteur fut inférieur à sept mètres, elle put voir la concentration sur son visage alors qu'il cherchait à maintenir son équilibre et se préparait à la rattraper. Ses yeux se portèrent ensuite sur Knepper, qui se tenait dans la baignoire avec un autre membre d'équipage muni d'un micro qui lui servait sans doute à communiquer avec le central. Malgré l'heure matinale et le ciel couvert, il portait des lunettes de soleil et affichait un grand sourire. Il lui faisait penser à un Tom Cruise de la Navy.

« Préparez-vous », dit Knepper lorsque l'écart ne fut plus que de trois mètres.

Maintenant qu'il restait si peu à descendre, Katie se détendit, convaincue que ce transfert insensé serait bientôt terminé. Mais au moment où le surfeur en équilibre sur le kiosque tendit sa perche en direction de son câble, elle se sentit violemment tirée vers le haut. Elle hoqueta et, une fraction de seconde plus tard, elle retombait, l'Osprey ayant été secoué par une violente rafale de vent qui la fit tournoyer dans tous les sens. Tel le poids d'un pendule, Katie se retrouva soudain projetée tout droit vers le flanc de l'imposant kiosque métallique du *Washington*.

58

Katie n'eut pas le temps de réfléchir, seulement de réagir.

Avec une aptitude physique qu'elle s'ignorait, elle fit une rotation à quatre-vingt-dix degrés sur son câble tout en relevant les semelles de ses bottes à la verticale. Transformant ainsi ses jambes en amortisseurs, elle réussit à dévier l'impact. Elle fut trempée de la tête aux pieds par les embruns de l'Atlantique Nord lorsqu'un rouleau furieux percuta le kiosque en contrebas et s'éleva tel un geyser. Le froid glacial l'empêcha soudain de respirer, détournant son attention au moment où une deuxième collision se préparait.

« Markowski, attrape le câble », hurla Knepper, maintenant au-dessus d'elle, dans sa radio.

Cette fois, Katie ne parvint pas à s'orienter correctement et heurta le kiosque avec son épaule et sa hanche gauches. L'impact lui coupa le souffle et troubla sa vision.

« Je l'ai, cria quelqu'un.

– Remontez-la, bordel, avant qu'elle se brise tous les os », hurla un autre.

Elle eut un haut-le-cœur et vit le kiosque se brouiller, le pilote ou l'opérateur de treuil – peut-être même les deux – la faisant soudain remonter. Une troisième collision étant inévitable, elle replia ses deux jambes contre sa poitrine. Sitôt qu'elle fut au-dessus de la baignoire, elle les déplia en ciseaux et agrippa ainsi Knepper, qui se tenait prêt à la rattraper. Elle sentit ses mains lui saisir les hanches et sa tête se plaquer contre le bas de son ventre tandis que l'autre marin en combinaison orange peinait à détacher son harnais du câble de suspension.

« Putain, donnez du mou ! » s'écria-t-il.

Elle sentit une traction, et soudain elle s'éleva dans les airs avec Knepper – les deux s'agrippant l'un à l'autre comme si leur vie même en dépendait.

« J'ai dit du mou, bordel ! »

Un battement de cœur plus tard, la gravité reprenant ses droits, ils chutèrent. La grille de la passerelle résonna alors d'un cliquetis métallique et Knepper, qui était au-dessous, dut supporter leur poids à tous les deux. Elle l'entendit grogner, mais il ne laissa pas tomber Katie et ne la lâcha pas.

« Les deux crochets ont été enlevés, cria l'homme qui avait manipulé son harnais.

– Angel, *Blackfish*, paquet réceptionné. Le câble de suspension est libre, vous pouvez repartir », dit Knepper en donnant une tape réconfortante dans le dos de Katie.

Le corps et l'esprit encore irrigués d'adrénaline, elle ne fit attention à ce détail qu'au bout d'une longue seconde, mais lorsque ce fut fait, elle desserra ses jambes, toujours enroulées autour de son torse, et les laissa retomber sur la grille.

Il lui donna la main un moment pour s'assurer qu'elle avait le pied marin, puis recula d'un pas et lui dit en souriant :

« Bienvenue à bord de l'USS *Washington*, votre sous-marin Uber. Je suis Dennis, votre chauffeur. »

Malgré sa douleur lancinante à l'épaule gauche et dans les côtes, elle parvint à sourire.

« Je l'ai bien mérité, dit-elle en expirant profondément. Mais je vous remercie de cette attention. »

« Cette attention » était un euphémisme.

Deux pieds bottés et deux jambes en ciré orange pendaient à côté d'elle dans la baignoire. Suivant le regard de Knepper, elle vit l'homme à la perche, qui était maintenant assis sur le kiosque et non plus en position de surfeur.

« Un sacré numéro d'équilibriste, que vous avez fait là-haut ! s'exclama-t-elle.

– Le second maître Markowski a fait sa patrouille précédente à Pearl Harbor, dit Knepper. Comme la rumeur dit qu'il a passé beaucoup de temps dans les bars à cocktail de North Shore, j'ai décidé de le mettre à l'épreuve.

– Eh bien, je m'en réjouis, dit-elle à Knepper, puis, relevant les yeux, elle ajouta : Merci d'avoir risqué votre vie pour me faire monter à bord. »

Markowski répondit par un shaka de sa main libre, l'autre serrant le crochet de la perche.

« Tout le plaisir est pour moi, lieutenant Ryan.

– OK, chef de quart, dit Knepper en regardant derrière elle le seul officier qu'elle n'avait pas encore rencontré dans ce lieu exigu. Descendez et parez à plonger avec Markowski. Il faut redescendre au plus vite.

– Bien, commandant, répondit le chef de quart en se hissant immédiatement à côté de Markowski pour que Knepper puisse soulever la grille sur laquelle ils se tenaient tous les quatre.

– Les barreaux sont mouillés et glissants, et la descente est longue, dit le second en révélant un étroit conduit vertical où une échappée descendait en trois sections jusqu'aux entrailles du sous-marin. Allez doucement et tenez toujours la rampe des deux mains.

– *Roger* », dit-elle avant de faire exactement ce que lui avait demandé Knepper, descendant avec méthode et prudence, ses jambes tremblant tout du long tandis que son corps était encore sous le choc.

Chaque extension lui causait des élancements à l'épaule et dans les côtes, mais elle serra les dents et se concentra entièrement sur la descente. Arrivée tout en bas, elle fut accueillie par le commandant dans son emblématique combinaison bleu foncé, sans doute l'uniforme de navigation des sous-mariniers du monde entier, se dit-elle. Contrairement à Knepper, il n'avait pas l'air tout à fait ravi de la voir.

« Lieutenant Ryan, capitaine de vaisseau Houston, commandant du *Blackfish* », lui dit-il en plissant les yeux.

Il marqua une pause avant de lui tendre la main.

Elle la serra en veillant à lui rendre fermement sa prise malgré son épuisement. Knepper descendit les derniers barreaux et les rejoignit dans l'étroite coursive où ils formaient un petit cercle fermé de trois personnes.

« Elle… euh… elle a pris un sacré coup contre le kiosque, dit Knepper avant de se tourner vers elle. Lieutenant Ryan, voulez-vous que le médecin du bord vous examine ?

– Je vais bien, répondit-elle tout en remarquant que Houston, jusque-là nerveux, était devenu inquiet.

– Vous êtes sûre, lieutenant Ryan ? J'ignorais qu'il y avait eu un incident là-haut.

– Pas un incident, non… Juste une réception délicate, rien de plus.

– OK, dans ce cas, allons-y franco. Qu'est-ce que vous faites ici, lieutenant Ryan ? Qu'est-ce qui était important au point de nous demander d'interrompre notre mission, d'abandonner la traque d'un sous-marin ennemi, et de faire émerger le kiosque par mer agitée, mettant ainsi plusieurs vies en danger, dont la vôtre ?

– Mieux vaudrait peut-être en parler dans un SCIF, suggéra-t-elle.

– Non, vous allez nous en parler ici, tout de suite. Notre SCIF, vous y êtes », ajouta-t-il en balayant d'un geste l'espace étroit qui les entourait.

Pendant un long moment, elle resta silencieuse. Puis, dans un torrent d'émotions et d'épuisement, elle leur raconta tout. Il l'écouta jusqu'à la fin sans l'interrompre.

« Je devais vous dire les yeux dans les yeux que, dans les vingt-quatre heures à venir, seul le *Blackfish* pourra empêcher le *Belgorod* de déclencher la Troisième Guerre mondiale. Je crois que Gorov est un dissident qui prépare une attaque nucléaire contre les États-Unis avec un Status-6 à ogive salée, arme dont la présence à bord a été confirmée. Commandant Houston, les décisions que vous allez prendre à partir de maintenant vont déterminer le sort du monde entier. »

Il ne répondit rien, se contentant de la toiser d'un regard vide et, l'espace d'un instant, elle se demanda si cette discussion n'avait pas été une simple hallucination. Puis il consulta sa montre et échangea un regard avec Knepper.

« Commandant, parez à plonger dans trois minutes. Faites déployer l'antenne basse fréquence dès qu'on sera en profondeur. Chaque seconde compte.

– Bien, commandant. Dois-je quitter le poste de combat ?

– Non, répondit Houston avant de se tourner vers Katie. Lieutenant Ryan, suivez-moi. »

Houston se dirigea vers l'arrière du bateau – du moins à ce qu'elle crut, mais elle n'avait pas passé assez de temps à bord à sa première visite pour se repérer dans le *Washington*. Elle le suivit dans un tournant, puis dans une échappée, et s'engagea dans la coursive de commandement. Il ouvrit une porte avec une plaque COMMANDANT et lui fit signe de monter dans sa cabine, qui faisait bien moins de la moitié de celle qui lui avait été attribuée sur le *Ford*. Il referma la porte derrière lui, lui fit signe de s'asseoir sur la seule chaise qui était là, puis passa devant elle pour aller s'installer sur une petite banquette aménagée dans une découpe de la cloison arrière.

Elle attendit qu'il engage l'entretien.

Il poussa un profond soupir, puis, inclinant la tête, se mit à se masser les tempes.

« Le Président sait-il que vous êtes ici ? lui demanda-t-il, abordant sans détour le sujet que peu osaient mettre sur la table.

– Honnêtement, commandant, je n'en sais rien. Ça fait un bon moment que je n'ai pas eu d'échange direct avec lui ni avec son cabinet.

– Hmm… C'est ce que je craignais, murmura-t-il en se frottant toujours les tempes, les yeux au sol.

– Qu'est-ce que c'est censé vouloir dire ? demanda-t-elle sur un ton défensif.

– Ce que ça veut dire, lieutenant Ryan, c'est que non seulement vous semblez avoir fait peser le sort de l'humanité sur mes épaules mais vous m'avez aussi confié la sécurité d'une personne très chère au Président. »

Il releva la tête.

« Je suppose que vous avez déjà entendu l'expression "charge de commandement", lieutenant Ryan ? »

Elle sourit.

« Oui, commandant. Elle est justement dans le Top 10 des expressions les plus utilisées aux dîners de famille des Ryan. »

Il esquissa un sourire, et son regard s'adoucit un peu.

« Oui… j'imagine. »

Elle réfléchit un instant à ce qu'elle allait répondre, puis :

« Écoutez, dit-elle, je sais que je viens de vous balancer une montagne sur le dos, mais je ne vais pas m'excuser. La vérité, c'est que ce sous-marin est bien le dernier endroit au monde où j'aimerais être en ce moment. Je préférerais mille fois être chez moi, blottie sous la couette en train de lire le dernier Jessica Strawser, ignorant tout de l'attaque nucléaire qui se prépare sur la côte Est. Mais je n'ai pas choisi de vivre dans la sécurité et le confort… C'est pour ça que je suis venue, avec vous et votre équipage, aux avant-postes de notre défense nationale. »

Il la regarda pendant un certain temps, puis détourna les yeux, peut-être plongé dans ses réflexions.

« Je prends note de ce que vous m'avez dit, comme quoi le *Belgorod* a des torpilles nucléaires Status-6 à bord, masque sa signature acoustique et sabote notre réseau DASH Atlantique. Je crois aussi ce que vous m'avez dit à propos de Gorov, de la perte de sa femme et de son enfant, mais… »

Un coup l'interrompit au beau milieu de sa phrase.

« Entrez », dit-il en se levant.

La porte s'ouvrit et un bel officier en combinaison coiffé d'une casquette FEAR THE BLACKFISH passa la tête dans la cabine.

« Commandant, on vient de recevoir un message P4 », dit-il en utilisant l'argot des sous-mariniers pour *personal for*, autrement dit « confidentiel ».

Houston tendit la main, mais le radio eut un moment d'hésitation.

« En fait, commandant, c'est pour le lieutenant Ryan. »

Houston parut un bref instant déconcerté, puis :

« Bien, dit-il, dans ce cas, remettez-le-lui. »

Le radio lui tendit le message, que Reilly, l'ancien agent de la CIA, lui avait envoyé sous couvert du Bureau du directeur du renseignement national, ce qui voulait dire qu'il avait été lu et approuvé par sa directrice, Mary Pat Foley, en personne. Sous l'en-tête, contrairement aux messages de renseignement habituels, rédigés dans un esprit de concision et d'efficacité, dénués d'opinions comme de conjectures personnelles, le corps du message semblait retranscrire mot pour mot une note personnalisée :

Katie, après notre conversation, j'ai effectué quelques recherches en écoutant une intuition tenace, inspirée par notre conversation. Un de mes contacts à Moscou a découvert que Gorov était atteint d'un cancer du pancréas. Il a gardé le secret en se faisant soigner dans le secteur privé, sans passer par le système de santé de la Direction médicale militaire principale. Il est en phase terminale. – M. R.

La dernière phrase résonna dans son esprit comme l'écho d'une détonation de fusil.

Il est en phase terminale…

Elle tendit le document à Houston. Il le parcourut et, levant les yeux vers le radio qui se tenait sur le seuil :

« Merci, Castaneda, dit-il.

– Commandant, répondit Castaneda avant de s'en aller, refermant la porte derrière lui.

– Vous me croyez, maintenant ? dit-elle en regardant ses yeux noisette.

– La question n'est pas de vous croire, lieutenant Ryan. Ce message ne contient pas d'ordre, dit-il en agitant le document. Pas de mission. Seulement des informations. Importantes, dérangeantes certes, mais rien de plus.

– Pourtant… hasarda-t-elle, mais il l'interrompit par un hochement de tête solennel.

– Ryan, vous êtes peut-être la fille du président des États-Unis, mais vous ne parlez pas en son nom. Votre raisonnement, vos données, vos intuitions… tout est peut-être juste, mais rien n'a de conséquence sur moi en tant que commandant pouvant donner ordre de préparer une solution de tir sur un sous-marin de flotte étrangère. Mon travail consiste à exécuter à la lettre la mission de ce bateau. Tant que ma chaîne de commandement ne nous envoie pas de message pour modifier mes règles d'engagement, notre mission est de protéger le groupe aéronaval et de traquer ce sous-marin. Je peux jouer la carte défensive, mais je ne peux pas tirer le premier.

– Commandant, je suis diplômée de l'École navale et officier de marine. La chaîne de commandement, je peux vous garantir que je sais bien ce que c'est. Et si j'ai pu vous donner l'impression d'être venue à la place de mon père et de parler en son nom, je peux vous dire sans équivoque que ce n'est pas le cas.

– Tant mieux, car j'avais l'impression que vous étiez venue dans le but de me convaincre de jouer les dissidents et de mener une action préventive et non autorisée.

– Non, commandant. On en a un en face, et c'est déjà amplement suffisant.

– Alors qu'est-ce que vous faites ici, lieutenant Ryan ? Aidez-moi à comprendre. »

Elle ne put retenir un soupir tremblant. Rien ne se passait comme elle se l'était imaginé.

« Je suis là, commandant, pour veiller à ce que vous soyez parfaitement au courant de l'état mental et émotionnel de votre homologue du K-329. Pour vous informer que son sous-marin transporte deux Status-6 autonomes longue portée à charge nucléaire. Pour vous aider à anticiper une action ennemie qui, pour un commandant de sous-marin et pour son équipage opérant dans un vide informationnel relatif, défierait toute logique. Et enfin – et surtout – parce que je sais d'une manière absolument certaine ce qui va se produire. Vous allez sans doute devoir prendre une décision de représailles à un moment où les communications seront difficiles, voire impossibles, et cette décision, vous devrez la prendre avant qu'il ne soit trop tard. »

Après un moment de réflexion, Houston répondit :

« Je vous sais gré de vos efforts et de vos inquiétudes, mais rien de ce que vous venez de me dire ne change quoi que ce soit. Je ne peux pas recevoir d'ordres de tir venant de vous, et je ne le ferai pas.

– Je sais, commandant, et ce n'est pas ce que je vous demande. Ce que je vous demande… »

Le radiotéléphone accroché à la combinaison de Houston sonna et Katie sentit soudain le sol s'incliner abruptement vers ce qui, logiquement, ne pouvait être que l'avant. Le *Blackfish* replongeait.

« Ici le commandant, répondit Houston tout en la fusillant du regard. Bien, déployez le TB-29 et réacquérez Master 1. »

Il reclipsa l'appareil à hauteur de sa poitrine.

« Qu'est-ce que vous me demandez exactement, lieutenant Ryan ? Choisissez bien vos mots, car j'ai le commandement d'un sous-marin et je commence à perdre patience.

– Ce que je vous demande, dit-elle en croisant les doigts presque dans un geste de prière, c'est de vous préparer dès à présent à la terrible décision que le capitaine de vaisseau Gorov va vous forcer à prendre sans que la chaîne de commandement soit là pour vous soutenir. »

Houston la toisa avant de pousser un long soupir.

« Eh bien, lieutenant Ryan, dit-il en se relevant, ça ne servira à rien tant qu'on n'aura pas réacquis le contact qui, selon vous, tente de déclencher la Troisième Guerre mondiale. »

Son regard s'adoucit, quoique à peine là encore, puis il ajouta :

« Alors, au travail. »

59

BUREAU OVALE
LA MAISON BLANCHE
WASHINGTON, DC
12:07 HEURE LOCALE

« Mais de quoi diable parlez-vous ? demanda le président Ryan, incapable de réprimer son envie de se lever du Resolute Desk. Pourquoi est-elle à bord du *Washington* et pourquoi ne suis-je mis au courant qu'après coup ? »

Il était en colère, mais il savait que ce n'était pas vis-à-vis de Mary Pat. Elle le savait aussi : il le voyait à son regard.

Mais qu'est-ce qui lui a pris ?

« Vous n'êtes mis au courant que maintenant, monsieur le Président, parce que moi-même je viens seulement de l'apprendre, lui répondit-elle d'une voix calme dont le rythme aida Ryan à se recentrer. Et je crains de ne pouvoir vous dire pourquoi le lieutenant Ryan a éprouvé le besoin de monter dans le sous-marin lancé à la poursuite du *Belgorod*. Peut-être est-ce génétique ? »

Il darda un regard vers elle.

« Ce n'est pas juste. Quand on était à la poursuite d'*Octobre rouge*, mon intuition me disait que le commandant du *Dallas* avait besoin de moi. Que c'était essentiel…

– Jack, dit-elle doucement en posant une main sur son épaule. Vous avez élevé quatre enfants formidables qui, comme vous, sont totalement dévoués à ce pays. Katie est d'une intelligence redoutable. Et, comme tous vos enfants, elle ne pense qu'à son devoir et elle fera du mieux qu'elle peut ce qu'elle considère comme étant sa mission.

Plus qu'aucun de ses frères et sœurs, elle est… eh bien, elle est *vous*, Jack.

– Qu'est-ce que c'est censé vouloir dire ?

– Juste qu'elle voit des choses, des détails, que d'autres ne voient pas – comme un jeune analyste nommé Jack Ryan plus d'une fois en son temps. Et quand elle sait qu'elle a raison, elle n'en démord pas. Là encore, comme son père. »

Ryan poussa un long soupir avant de gagner les deux canapés face au bureau, se laissant lourdement tomber dans celui qui se trouvait à sa droite. Mary Pat s'installa dans l'autre, en vis-à-vis, de l'autre côté de la table basse.

« Elle n'est pas sous-marinière, Mary Pat, mais analyste du renseignement.

– Ça me rappelle quelque chose… »

Il voulut parler, mais se ravisa.

« La bonne nouvelle, Jack, c'est qu'elle a sans doute tout aussi raison que vous sur ce qui l'a incitée à monter à bord. Je suggère de lui faire confiance. »

Ryan hocha la tête.

« Et, qui plus est, on a analysé des données reçues de l'USS *Washington* quand il était à la surface. Il y a beaucoup de gens intelligents – à commencer par le Dr Jones, qui travaille toujours d'arrache-pied sur le *Ford* – pour qui l'équipage du commandant Houston a fait l'impossible. Il semblerait que le *Washington* ait trouvé le *Belgorod*, même s'il reste encore à écarter l'hypothèse d'un subterfuge acoustique.

– Prions pour que ce soit lui, dit Ryan, et pour que Houston fasse ce qu'il faut le moment venu, car on n'a aucun moyen d'entrer en communication avec lui à moins qu'ils n'abandonnent la traque.

– Exactement, dit Mary Pat. Ça doit être pour ça que Katie a éprouvé le besoin de monter à bord. »

Ryan regarda sa plus proche conseillère et amie. Elle avait raison. Katie n'était plus sa petite fille. Diplômée de l'École navale et officier supérieur du renseignement naval, elle était l'une des personnes les plus intelligentes et les plus compétentes qu'il ait dans son entourage. Ce n'était pas pour rien qu'elle avait fait l'objet d'une promotion anticipée qui n'avait rien à voir avec l'identité de son père.

Mary Pat avait aussi raison sur un autre point. Sa fille faisait exactement ce qu'il aurait fait – ou plutôt ce qu'il *avait* fait.

Le problème, c'était qu'il ne savait pas si ça lui inspirait de la fierté ou de la terreur.

« Il faut qu'on arrête ce cinglé, Mary Pat. Il va déclencher la Troisième Guerre mondiale, que Yermilov le veuille ou non. On n'a plus beaucoup de temps. »

60

LE *BELGOROD* (K-329)
AU-DESSUS DU RÉSEAU DASH
13:11 HEURE LOCALE

« Commandant, le travail est terminé, dit Galkine en regardant Konstantin le sourire aux lèvres. Le nodule est détruit. Avec les capteurs électromagnétiques embarqués, je ne détecte aucune transmission de signal.

– Bien, répondit Konstantin sans pour autant complimenter le pilote de drone, qui selon lui ne méritait pas d'éloges.

– Dois-je récupérer le Klavesin, commandant ?

– *Niet.* Programmez-le pour qu'il tourne en rond jusqu'à épuisement de la batterie. Je veux aussi que l'outil de coupe fonctionne et fasse du bruit en permanence.

– Mais, commandant, ce drone est très coûteux et c'est la seule unité opérationnelle. L'amiral serait très contrarié si…

– Laissez-moi m'occuper de l'amiral, Galkine, et vous, occupez-vous de faire ce qu'on vous dit.

– Bien, commandant, répondit Galkine avant de retourner à sa console les joues rouges.

– Commandant, annonce du central, dit le téléphoniste. Tubes lance-torpilles 3 et 4 immergés et prêts.

– Bien, dites au manœuvre d'ouvrir les portes des tubes lance-torpilles 1 à 4. »

Le téléphoniste répéta mot pour mot cet ordre d'une voix hésitante. Il se retourna un moment après.

« Commandant, l'officier armes est en ligne, il aimerait vous parler. »

Konstantin sentit la colère monter dans sa poitrine lorsqu'il décrocha un combiné pour le porter à son oreille.

« Ici le commandant.

– Ici officier armes. Commandant, pourquoi ouvrons-nous les portes ?

– Parce que je vous en ai donné l'ordre, Morozov. Je ne fais pas la conversation, je donne des ordres.

– Commandant, notre protocole stipule que nous n'ouvrons les portes que si les conditions justifiant le tir sont réunies et satisfaites.

– C'est exact, et ces conditions sont réunies et satisfaites.

– Mais, commandant…

– Morozov, soit vous ouvrez les portes des tubes lance-torpilles 1 à 4, soit vous êtes relevé de vos fonctions d'officier armes », dit Konstantin de sa voix de commandant.

Le silence dura si longtemps que Konstantin eut l'impression que Morozov avait raccroché, mais il finit par dire d'une voix à peine audible, et pleine d'une amertume à peine voilée :

« Bien, commandant. »

Konstantin reposa le combiné sur son support avec un *clic* ferme et définitif.

« La programmation est-elle terminée ? demanda le commandant, son attention et sa colère se reportant sur Galkine.

– Presque, commandant… J'ai juste besoin d'une minute de plus. »

Konstantin réprima une envie de marmonner une critique, mais pas celle de faire les cent pas dans la minuscule salle de contrôle de la soute UUV.

« Commandant, le central signale que les portes des tubes lance-torpilles 1 à 4 sont ouvertes, annonça le téléphoniste.

– Bien.

– Commandant, le Klavesin tourne à trente mètres du fond dans le sens inverse des aiguilles d'une montre et la tête de coupe fonctionne, annonça Galkine. Il reste vingt-sept pour cent de batterie.

– Bien. Débranchez le câble de liaison de la prise de la soute. »

Galkine accusa réception et, après un moment de pause – il espérait sans doute que Konstantin changerait d'avis –, il appuya sur un bouton pour débrancher le câble de son point de connexion dans la soute UUV.

« Câble éjecté. Communication perdue avec le drone.

– Bien. Refermez les portes de la soute UUV.

– Sachez, commandant, que la fermeture des portes provoquera probablement un bruit transitoire susceptible de compromettre notre position. »

Konstantin ne put retenir un éclat de rire.

« Vous n'avez rien suivi, espèce d'idiot ? On a déjà un bruit transitoire gigantesque qui compromet notre position, et il se transmet dans tout l'océan. C'est le moment idéal pour ouvrir les tubes lance-torpilles et pour fermer la soute UUV. Finissons-en immédiatement ! »

Tant de mépris empourpra les joues de Galkine, mais Konstantin s'en fichait bien. Sa patience pour les imbéciles et les dociles de ce monde était à bout. La mâchoire crispée, Galkine actionna l'interrupteur pour fermer la soute UUV. Comme Konstantin s'y attendait, le mécanisme claqua bruyamment lorsqu'ils franchirent l'angle à l'origine du problème. Les portes se refermèrent ensuite sans autre incident.

« Commandant, fermeture confirmée, dit Galkine.

– Bien.

– Commandant, le sonar signale un bruit passager provenant du *Belgorod*, rapporta le téléphoniste.

– Bien, dit Konstantin en serrant l'épaule du jeune homme. Bon travail, camarade. Rangez votre casque et reprenez le quart à votre poste de combat. Les opérations de drones submergés sont terminées.

– Bien, commandant », dit le téléphoniste en retirant son casque.

Sans un mot d'adieu pour Galkine, Konstantin quitta la petite salle de contrôle de la soute UUV et partit vers l'avant du bateau. Il passerait d'abord dans sa cabine le temps de se soulager et de prendre quelques analgésiques. Il se rendrait ensuite au central, où il comptait passer le reste de ses heures de veille. Mais dans la coursive de commandement, il fut arrêté par l'officier ingénieur. Tarassov, son chef de service le plus sérieux et le plus fiable, souriait rarement, mais à ce moment-là il souriait.

« Commandant… j'ai trouvé… le dispositif… d'augmentation acoustique…, dit-il, un souffle lourd ponctuant ses paroles.

– Beau travail », répondit Konstantin, l'air ravi, tout en lui tapotant l'épaule.

Tarassov était essoufflé. Il avait manifestement parcouru une certaine distance pour faire son rapport en personne.

« Où était-il ?

– Dans la station d'accueil du *Locharik*, sur le pont 1.

– Ahhh… Pas étonnant qu'on ait mis tout ce temps. C'était la cachette idéale. Notre saboteur est un homme très intelligent.

– Oui, commandant. Le fait est qu'il a des connaissances et des compétences en électricité. Il s'est connecté au circuit d'éclairage *dans* la station d'accueil. »

Konstantin analysa cette information, son esprit répartissant instantanément les membres de son équipage en deux catégories, ceux qui étaient capables d'une telle chose et ceux qui ne l'étaient pas. Malheureusement, la première liste comprenait des dizaines d'apprentis électriciens et de techniciens en électronique ainsi que tout le corps d'officiers. Les sous-mariniers étaient techniquement formés et travailleurs par nature. Découvrir le saboteur ne serait pas chose aisée.

« Où est l'appareil, à présent ? demanda Konstantin.

– Je l'ai détruit. Il est en mille morceaux, irréparable, répondit Tarassov, qui avait repris son souffle.

– Je savais que je pouvais compter sur vous, dit Konstantin. Vous êtes un homme de confiance, camarade, et vous êtes compétent. S'il m'arrive quelque chose, je veux que ce soit vous qui veilliez à ce que mes ordres soient exécutés. »

Le sourire de Tarassov s'évanouit.

« Commandant, vous souffrez à ce point ? »

Ignorant la question, Konstantin déclara :

« Vous êtes le seul à connaître la vérité sur mon état. Stepanov, bien évidemment, a des soupçons, mais je ne lui ai rien dit. Je n'ai confiance qu'en vous, Ivan, et en vous seul.

– Je comprends. Vous pouvez compter sur moi, commandant, répondit Tarassov avec un visage qui reflétait la loyauté. Quel est votre plan ?

– Maintenant que le *Belgorod* a retrouvé sa discrétion, on va tracer une route jusqu'aux coordonnées de lancement et tirer. »

61

USS *WASHINGTON*, SSN 787, « *BLACKFISH* »

Katie avait le net sentiment que sa présence dans le central bondé et très animé du *Blackfish* n'était ni nécessaire ni désirée, mais elle refusait de se retirer dans le carré des officiers et de se tourner les pouces. Pour rien au monde elle n'eût raté une seule minute de la traque d'un sous-marin russe par un équipage aux postes de combat, l'une des opérations les plus intenses et coordonnées qu'elle eût jamais vues.

J'aimerais juste savoir où me mettre !

Comme s'il lisait dans ses pensées, Knepper s'approcha d'elle pour lui murmurer :

« Si vous faites trois pas en arrière et un pas sur la droite, vous ne gênerez personne et vous verrez encore.

– Ah, désolée, dit-elle en suivant ses consignes.

– Disons que l'endroit où vous étiez tout à l'heure, entre le plot et le poste de pilotage, est un endroit convoité. Vous étiez un peu à la place du commandant, en fait… »

Elle prit un air horrifié, ce qui le fit rire. Leurs regards se croisèrent et elle se demanda tout à coup, de manière incongrue dans de telles circonstances, s'il était marié. Mortifiée, elle se tourna vers un écran derrière lui, faisant mine de suivre ce qui se passait.

Ce n'est ni l'heure ni le lieu, Katie…

« Ici sonar, transitoire métallique provenant de Master 1.

– Bien, dit le chef de quart.

– Sonar, quel bruit avez-vous entendu ? demanda Houston.

– Un grand bruit métallique, commandant. Comme un coup de clé à molette contre une poutrelle en I. »

Houston, qui semblait d'avis que Master 1 était le *Belgorod* et non pas le *Gepard* depuis sa discussion avec Katie, avait passé l'information à l'équipe de quart dans le central. Mais il restait une chose que Katie ne comprenait pas : pourquoi Gorov continuait-il d'émettre ce bruyant signal de 151,7 hertz ? C'était un vrai radiophare, et traquer le *Belgorod* était devenu un jeu d'enfant pour le *Blackfish*.

« Ici sonar, on a un écart d'azimut entre l'émetteur secondaire et Master 1. »

Dans sa vision périphérique, Katie vit Knepper lever silencieusement le poing en l'air. Puis il se pencha et dit à voix basse :

« Vous l'aviez bien dit, lieutenant Ryan ! »

Elle avait fait part à l'équipe de quart de sa théorie selon laquelle le *Belgorod* était en train de saboter le nodule DASH avec un UUV de grande profondeur alimenté par batterie, mais jusque-là, tout le bruit provenait du même emplacement statique. Pour pouvoir classifier un groupe de fréquences comme provenant d'un émetteur différent, Knepper avait expliqué qu'il leur fallait un écart d'azimut.

Elle vit Houston s'entretenir avec le chef de quart.

« Bien, dit le chef de quart juste après. Sonar, désignez le second émetteur Master 2. Traquez Master 2.

– Sonar, reçu.

– Coordinateur, reçu, dit Knepper en se penchant au-dessus du fauteuil du technicien systèmes d'armes le plus proche. Bien, Kearns, entrons dans le système une solution de tir pour Master 2, et tant pis si elle est un peu rapide et pas très propre.

– Je suis dessus, commandant, répondit le jeune homme, mais les relèvements changent tout le temps. Je ne comprends pas. »

Juggernaut – que Katie n'avait eu que cinq secondes pour gratifier d'un sourire et d'un hochement de tête – se pencha pour lui dire :

« C'est parce qu'il fait des donuts. »

Kearns leva les yeux d'un air interrogateur.

« Il tourne en rond, expliqua-t-elle.

– Ah, dit-il avant de retourner à sa console. Je vais essayer de me débrouiller pour que ça marche.

– Je viens de perdre le signal de 151,7 hertz, dit l'opérateur sonar sur un ton d'urgence.

– Eh bien, essayez de le récupérer, dit le chef de quart. Voulez-vous que je vire ?

– Non. Je ne parle pas d'un affaiblissement ou d'une dégradation. Le signal s'est juste *arrêté*, comme quand on actionne un interrupteur. »

Katie eut une révélation comme si la foudre venait de s'abattre sur elle.

« C'est ce qui s'est passé, dit-elle sur un ton un peu plus élevé et impétueux qu'elle ne l'aurait voulu. Quelqu'un a actionné l'interrupteur. »

Tout le monde dans le central se tourna vers elle, y compris le commandant Houston.

« Continuez, lieutenant Ryan, dit-il, mais à son expression, elle comprit qu'il avait déjà tiré la même conclusion qu'elle.

– Le *Belgorod* a terminé sa mission de sabotage, le commandant Gorov a donc éteint le bruiteur et il est en train d'essayer de fuir avec son sous-marin, dit-elle.

– En laissant l'UUV tourner en rond façon donut, pour faire diversion, dit Knepper.

– Exactement, dit-elle, son cœur lui donnant l'impression de battre deux fois plus fort dans sa poitrine.

– Mais quand vous êtes arrivée, vous avez dit que le réseau DASH était déjà détérioré, dit Houston.

– Oui, commandant, mais connaissant Gorov, je suis convaincue qu'il a préféré redoubler de précaution et détruire tout le nodule avant de s'en tenir pour quitte. Il fait exprès de faire du bruit. Il sait qu'on sait où il est. Et comme on ne lui a pas tiré dessus dès le premier quart d'heure, il en a logiquement conclu qu'on ne tirerait pas. Alors pourquoi se presser ? Autant faire du bon travail dès le premier coup, car il n'a pas l'intention de revenir. »

Houston la fixa un long moment avant de parler :

« Alerte central, Master 1 est en train de se faire la malle. La priorité est de le traquer.

– Coordinateur, reçu.

– Sonar, reçu. »

L'attention de Katie se porta sur la conversation entre Houston et Adkins, et elle migra malgré elle près de « l'endroit » où elle s'était tenue plus tôt et où elle gênait.

« Commandant, on n'a rien d'autre sur Master 1, dit Adkins avec une expression à mi-chemin entre impuissance et panique. Cette trace bande étroite et les transitoires de leur UUV qui tourne en rond, c'est tout ce qu'on a.

– Et large bande ? demanda le chef de quart.

– Il n'y avait pas de mouvement, répondit Adkins. Master 1 est resté stationnaire depuis le premier contact. Pas de bruit à flux hydrodynamique. Pas de rotation d'hélice ni de bruits de raie. Rien.

– Je vais peut-être pouvoir vous aider à résoudre ce problème, dit Katie, tous les regards se tournant de nouveau vers elle.

– Bon… dit Houston. Ne nous laissez pas dans le suspense, lieutenant Ryan. Le temps presse. »

Katie sortit de sa poche de poitrine gauche le sac Ziploc que lui avait donné Jones, avec la clé USB, et le tendit à Adkins. Elle rapporta brièvement ce que Jones lui avait dit du travail de Harris à bord de l'*Indiana*, en mentionnant des empreintes acoustiques et une sorte d'analyseur.

« Je ne peux pas vous dire quoi faire de ces données, en tout cas les voici.

– Eh bien, avec vous, on n'est jamais au bout de ses surprises, n'est-ce pas, lieutenant Ryan ? dit Houston d'un air pincé qui se transforma peu à peu en sourire.

– Je fais de mon mieux, commandant.

– Crider ? » appela Adkins.

Un trentenaire moustachu qui était assis dans le coin arrière bâbord du central bondit sur ses pieds.

« Oui, chef ? »

Adkins lui lança le sac contenant la clé USB.

« Vous avez entendu ce que vient de dire le lieutenant Ryan ?

– Oui, chef.

– Branchez cette clé USB et donnez-moi un profil sur Master 1.

– Tout de suite !

– Je ne laisserai pas filer ce fils de pute pendant mon quart, commandant », dit Adkins sur un ton d'assurance retrouvée.

Houston se tourna vers Katie.

« Dites-moi, lieutenant Ryan, si Gorov fiche le camp, vers où part-il ?

– Vers l'ouest, commandant, répondit-elle sans hésiter. Il file vers l'ouest. »

62

SEVERODVINSK (K-560), VAISSEAU AMIRAL SSGN CLASSE IASSEN
ATLANTIQUE NORD

Le capitaine de vaisseau Lev Denikine se dressait telle une statue dans le central du *Severodvinsk*, le sous-marin le plus rapide, le plus furtif et le plus performant de la flotte du Nord. Lorsque l'ORDMOD crypté était arrivé directement du colonel général Andreïev pour lui ordonner de faire route immédiatement vers des coordonnées au large de la côte Est des États-Unis et de couler le *Belgorod*, il avait bien failli recracher son café. Après quelques palpitations cardiaques, il avait ordonné à son radio de demander confirmation.

La confirmation était arrivée… du président Yermilov en personne.

Depuis lors, Denikine s'était trouvé contraint de réécrire toute l'histoire dans sa tête. Il ne s'en prendrait pas à des compatriotes, il avait pour mission d'éliminer un commandant de sous-marin dissident. Afin d'avaler cette amère pilule, il avait attisé en lui un ardent ressentiment vis-à-vis du sous-marin et de son commandant. Joyau de la flotte du Nord, le *Belgorod* s'était taillé une fière réputation, mais il ne s'agissait – *soyons honnêtes* – que d'un Oscar II boursouflé transportant une arme de propagande qui n'avait pas encore fait ses preuves. Quant à Gorov, sa réputation de tacticien et de commandant de sous-marin légendaire était-elle vraiment méritée ? Les trois dernières années, il les avait passées à terre au chantier naval Sevmash alors que Denikine les avait passées en mer, à talonner les sous-marins américains de la classe Virginia dans l'Arctique et dans l'Atlantique.

Et il y avait eu cette étrange soirée au Viking six mois plus tôt…

Denikine, arrivant dans le meilleur restaurant de Severodvinsk, avait été installé à la table voisine de Gorov et d'un autre officier, qui dînaient dans le coin de la salle. L'alcool leur avait délié la langue. Denikine s'était retrouvé dos à Gorov, qu'il avait reconnu, bien sûr, mais jamais rencontré. À l'époque, la conversation qu'il avait entendue ne lui avait pas semblé particulièrement troublante. Gorov et l'autre officier, dont il avait rapidement déduit qu'il s'agissait d'un chef de secteur sur le *Belgorod*, s'étaient plaints des Américains et de la politique étrangère des États-Unis. Rien de nouveau ni de surprenant. Dénigrer l'adversaire et s'en plaindre était une pratique courante qui solidarisait les sous-mariniers russes. C'était là un symptôme de leur infériorité militaire – une bravacherie d'outsider. Comme chez les sportifs professionnels avant un match important, les médisances contribuaient à motiver et à faire oublier l'avantage américain. Mais la conversation dans le coin de la salle était allée plus loin, et l'ordre de tuer qui était venu du Kremlin lui permettait de mettre ses souvenirs en perspective. Or une phrase de Gorov en particulier se mit à tourner en boucle dans l'esprit de Denikine, comme des paroles de chanson qui s'y seraient gravées :

« *On a déjà perdu, camarade. Pour avancer, il faut les faire reculer. Si Yermilov n'a pas les couilles pour porter le premier coup, qui sait si ce ne sera pas moi ?* »

« On a déjà perdu, camarade… murmura Denikine.

– Que dites-vous, commandant ? demanda le manœuvre.

– Rien, répondit-il, sortant brusquement de sa rêverie. Combien de temps encore avant d'atteindre les coordonnées de la cible ?

– Environ une heure, commandant.

– Statut des torpilles lourdes ?

– Selon le dernier rapport de la salle des torpilles, ils en avaient chargé trois et ils travaillaient sur la quatrième, répondit le manœuvre. Voulez-vous que je demande où ils en sont ?

– *Niet*, je vais aller voir moi-même.

– Bien, commandant.

– Ah, et… manœuvre…

– Commandant ?

– Ordonnez à tous les compartiments de parer aux prises d'assiette et aux manœuvres d'évasion.

– Bien, commandant », répondit le manœuvre avec un regard inquiet.

Denikine, qui avait décidé de cloisonner cette mission, n'avait pas informé son équipage de l'engagement qui l'attendait dans l'Atlantique.

Ce sera mieux ainsi, se dit-il en quittant le central pour gagner l'échappée la plus proche. *Ils n'ont pas les épaules pour porter un tel poids.*

63

SITUATION ROOM
LA MAISON BLANCHE
WASHINGTON, DC
14:12 HEURE LOCALE

Le président Ryan sentait son anxiété et son irritation monter à rythme égal.

Que le *Washington* ait réussi à trouver et à traquer le *Belgorod* était une bonne nouvelle, mais la communication allait à sens unique. Le commandant Houston avait pris le risque de faire flotter une bouée de communication afin de transmettre le message crypté, mais il n'y avait aucun moyen de lui répondre ou de lui donner des instructions à moins que le sous-marin ne remonte à l'immersion périscopique. La mauvaise nouvelle était que le réseau DASH Atlantique ne répondait plus. Que le *Washington* ait détecté le *Belgorod* aux coordonnées d'un nodule n'était pas une coïncidence. Les événements se déroulaient exactement comme il l'avait redouté et prédit, et une nouvelle pensée troublante lui traversa l'esprit, l'empêchant de se concentrer.

Et si Gorov avait déjà lancé un Status-6 à ogive nucléaire, voire les deux qu'il avait à bord ? Le moment idéal s'était présenté juste après le sabotage. Et, bien sûr, il ne pouvait pas entrer en communication avec ceux qu'il avait le plus besoin de consulter sur ces questions, car le système de visioconférence de la salle de crise n'arrivait pas à générer un lien vidéo sécurisé avec la Task Force 59 au Bahreïn.

« Plus que quelques instants, me dit-on, monsieur le Président. »

La jeune femme experte en informatique lui adressa un sourire crispé, les joues rouges. Il aurait aimé la sortir d'affaire, mais un petit signe de la main fut tout ce dont il fut capable. Il laissa les personnes réunies autour de la table poursuivre leurs conversations à voix basse et se renfonça dans son fauteuil, s'accordant le luxe de quelques instants de réflexion.

La panne du système de visioconférence était une métaphore de son impuissance. Il était dans la salle de crise – le SCIF le plus sécurisé au monde – mais il était dans l'impossibilité d'interagir directement avec le monde extérieur. Il aurait donné à peu près n'importe quoi pour échanger sa place avec sa cadette, et pas seulement pour la mettre à l'abri du danger. Si le père qu'il était voyait là une priorité, l'ancien analyste de la CIA qui avait empêché une guerre à la pointe du trident de Neptune était jaloux. En tant que Président, il prenait des décisions difficiles dont dépendait le sort du monde, mais il le faisait à bonne distance de la crise. Il avait l'impression de regarder un feu de cheminée sur un écran de télévision. La chaleur, l'odeur de fumée, le crépitement des bûches – rien n'y était.

L'expérience de Katie sur le *Blackfish* – *ça*, c'était authentique.

C'était réel.

Il leva les yeux, mais l'écran était bleu. Il serra les dents et garda le silence.

L'espace d'un instant, il fut transporté dans le passé – au moment où il avait embarqué sur le mini-sous-marin Mystic DSRV pour s'amarrer à *Octobre rouge* en plongée. Ryan n'était pas accro à l'adrénaline. Il se demandait d'ailleurs souvent d'où était venue, génétiquement parlant, la témérité de Jack Jr. Malgré tout le stress de la traque, les périls incertains et la peur qu'il avait éprouvée au moment du transfert d'*Octobre rouge*, il savait que c'était cette expérience qui avait fait de lui un homme capable de prendre son destin en main. Il avait pris un risque, certes, mais il s'était également mis en position d'agir.

Il avait mis sa vie en jeu.

Et, tel un pion sur l'échiquier, il n'avait pas dominé la partie d'en haut.

Mais dans la salle de crise, les seules vraies vies en jeu étaient celles de ces braves marins qui se trouvaient là-bas, à la pointe du trident : celles du lieutenant Ashley Cannon, du commandant

Clint Houston et de son équipage, des marins embarqués sur le groupe aéronaval 12 et, bien sûr, de l'équipe d'opérations secrètes de Mary Pat, au cœur même du territoire ennemi.

Sans oublier Katie, ma chère petite fille devenue officier de marine en un clin d'œil.

« Ça y est, monsieur le Président, dit enfin la jeune femme sur un ton de soulagement si évident qu'elle aurait sans doute apprécié de pouvoir s'asseoir sur l'un des fauteuils autour de la table.

– Merci beaucoup », répondit-il, sortant de sa rêverie.

L'écran central vacilla, puis fit apparaître un officier de marine qui ne devait même pas avoir trente ans, en treillis vert.

« Lieutenant Tucker, vous êtes en conférence dans la salle de crise et vous avez devant vous l'équipe de défense, ainsi que le Président et la directrice du renseignement national, dit le général Kudryk, assis à gauche de Ryan.

– Merci, général », répondit le jeune homme avec un stress manifeste.

Il fixait la caméra de son ordinateur avec l'air de ne pas savoir s'il devait prendre la parole tout de suite ou pas. Ryan eût préféré voir Kyle, mais son cadet n'était pas présent pour la réunion.

« Je suis le lieutenant Tucker, chef de projet à la tête de l'équipe de collecte de données de la Task Force 59.

– Lieutenant Tucker, avant que vous ne fassiez une mise au point de votre côté, permettez-moi d'en faire une du nôtre, dit Kudryk. On a confirmé que le réseau DASH est hors service, ce qui affaiblit considérablement nos capacités de détection. On va réacheminer les données brutes via l'ancien système SOSUS, mais ce processus va prendre du temps. En attendant, des avions de patrouille et des navires larguent des bouées acoustiques tout le long de la côte Est, tandis que l'USNS *Able* patrouille avec une escorte au large des côtes de Virginie et du Maryland. L'*Able* utilise à la fois son système acoustique remorqué SURTASS et son sonar actif basse fréquence, mais il s'agit toujours d'une aiguille dans une botte de foin.

– J'ai cru comprendre que l'USS *Washington* était maintenant à la poursuite du *Belgorod*, dit Tucker depuis son propre SCIF à des milliers de kilomètres de là, au Bahreïn. Est-ce bien le cas ? »

Kudryk se tourna vers l'amiral Kent.

« Le *Blackfish* traque un contact submergé, lieutenant Tucker, répondit Kent. Mais le subterfuge acoustique déployé par les Russes ne permet pas de confirmer en toute certitude que le contact est bien le *Belgorod.* »

Tucker fit la grimace, mais telle était la vérité. L'hypothèse de Jones, fondée sur l'évaluation confirmative de l'*Indiana*, était en effet convaincante. Mais, comme l'avait dit Kent, elle était loin d'être certaine. L'utilisation même du mot « certitude » dans le rapport semblait exagérée.

« Notre autre préoccupation, lieutenant Tucker, concerne ce qui se passerait au cas où le *Belgorod* aurait déjà lancé un Status-6, dit Ryan. Les Russes viennent de créer un angle mort dans notre réseau de surveillance acoustique, et c'est pour l'exploiter. Si le *Washington* a manqué le lancement du Status-6, ou n'a pas été en mesure de le détecter, il se pourrait qu'une torpille nucléaire soit en train de se diriger vers la côte Est en ce moment même.

– Je comprends, monsieur le Président. Nous partageons votre inquiétude.

– Sur votre recommandation, lieutenant Tucker, on a déployé tout le stock de drones USV et UUV de Norfolk.

– Les cent ont été déployés ? demanda Tucker, manifestement surpris.

– Presque, confirma Kent. On a déployé tous les USV sauf sept sur les cinquante qu'on a, et tous les UUV sauf huit. Ils sont actuellement contrôlés par des opérateurs de Norfolk, mais je crois comprendre que vous souhaiteriez que le contrôle de cette opération vous soit transféré au Bahreïn ?

– Oui, amiral, répondit Tucker, qui paraissait moins jeune à mesure que son aisance et sa confiance augmentaient. On a la technologie nécessaire pour exploiter ces ressources au maximum.

– Lieutenant Tucker, dit Kudryk, reprenant la barre, vous pouvez m'expliquer de quelle utilité peuvent bien être une centaine de drones sous-marins et de surface pour traquer *une* torpille sur des milliers de kilomètres carrés ? »

Il réprima de peu un grognement désapprobateur.

« Les capacités de ces drones sont bien inférieures à celles des systèmes acoustiques remorqués. On voit mal comment ils peuvent remplacer le réseau DASH qu'on vient de perdre.

– Individuellement, oui, répondit Tucker, peu perturbé par le cynisme de son interlocuteur. Toute la magie du projet Task Force 59 tient dans la puissance du système global. D'ailleurs, je vous prie de nous transmettre directement et en temps réel les données des patrouilleurs et des avions impliqués dans cette opération, ainsi que de l'USNS *Able*. Chaque point de données supplémentaire compte. La clé de notre système, c'est qu'il peut réduire aux éléments pertinents un volume de données provenant de flux multiples qui, sinon, serait totalement ingérable. On utilise une IA très sophistiquée – un programme qui s'autoalimente et, surtout, qui s'autocorrige – pour traiter des lots de données apparemment sans rapport et dresser un tableau impressionnant, extrêmement précis, de ce qui se passe dans l'Atlantique. Cette technologie s'est révélée bien plus efficace avec la Cinquième Flotte qu'on l'avait espéré nous-mêmes. On diffuse déjà dans le système de l'imagerie satellite et d'autres installations fixes dans l'Atlantique. On ne remplacera sans doute pas le réseau DASH, général, mais on n'en sera pas loin. »

Un moment de silence suivit, les membres les plus expérimentés de l'équipe échangeant des regards.

« Si le *Belgorod* a déjà lancé un Status-6, je ne peux pas vous garantir qu'on le trouvera, ajouta Tucker peut-être pour atténuer le caractère présomptueux de sa remarque, mais on augmentera considérablement les chances de le faire.

– Bien, lieutenant Tucker, dit Ryan, dont l'enthousiasme en découvrant ces avancées technologiques était lui-même atténué par l'urgence de la situation. Toute demande concernant des données qu'on peut vous envoyer en temps réel sera immédiatement approuvée. N'épargnez aucune ressource. La situation est urgente.

– Oui, monsieur le Président. On vous comprend et on ne vous décevra pas, dit Tucker, après quoi l'écran redevint bleu.

– Qu'avons-nous d'autre, dites-moi ? » enchaîna Ryan.

Comme il savait déjà qu'il n'y aurait rien de concret, il assista à la répétition obligée de ce qu'il savait déjà.

Yermilov avait repositionné la flotte du Nord vers le nord en l'éloignant du groupe aéronaval 12. Le groupe aérien embarqué, toujours en état d'alerte maximale, menait en permanence des patrouilles de combat autour du *Ford*, mais aucun face-à-face avec les Russes n'avait eu lieu depuis le repli.

La porte s'ouvrit et Mary Pat Foley entra d'un air soucieux avec sa serviette en cuir sous le bras.

« Mes excuses, mais on vérifiait des données qui venaient d'arriver à l'ODNI », dit-elle en s'installant sans sembler s'inquiéter d'avoir interrompu Kudryk qui parlait à ce moment-là.

Le général, d'ordinaire grincheux, parut soulagé par cette interruption et la regarda avec impatience.

« Nos partenaires britanniques du GCHQ, dans le cadre d'une force opérationnelle conjointe avec la NSA, ont intercepté deux messages pertinents qu'ils ont décryptés. Le premier provenait du chef du NCUO, le colonel général Andreïev, annulant la mission du *Belgorod* et lui ordonnant de remonter à la surface.

– Quoi ? » fit Kudryk, les yeux écarquillés.

Ryan, beaucoup moins surpris, réprima un sourire satisfait.

« Et le deuxième message ? demanda Kent.

– Le deuxième était adressé au *Severodvinsk*, un sous-marin SSGN de la classe Iassen, lui demandant de faire route jusqu'aux coordonnées du nodule DASH afin de trouver le *Belgorod* et de le détruire. »

Ryan retomba dans son fauteuil, incrédule. Ce chien de Yermilov s'était exécuté.

« Voilà des nouvelles aussi choquantes qu'incroyables, dit Kudryk, qui avait l'air aussi heureux qu'il pouvait l'être.

– Oui et non », dit Kent.

Tous les regards se tournèrent vers l'amiral.

« Si le *Washington* est à la poursuite du *Belgorod*, le fait que cet autre sous-marin russe le soit aussi n'est pas sans risque.

– Alors on annule la mission du *Washington* ? demanda le secrétaire à la Défense Burgess, prenant la parole pour la première fois. Si on laisse les Russes faire le sale boulot à notre place, ça nous épargnera des problèmes plus tard en cas de changement de gouvernement. »

Ryan sentit une nouvelle incertitude s'installer en lui. Le père qu'il était ne voulait rien tant que de saisir cette occasion de sauver sa fille du danger. Mais… il ne pouvait pas laisser ses sentiments personnels influencer son jugement.

« On peut le faire, dit Ryan. Mais, pour notre bénéfice, il faut qu'on ait toutes les assurances, primo, qu'il s'agit d'un ordre en bonne et due forme et non pas d'un subterfuge… »

Il n'était pas prêt à faire dépendre le sort de son pays d'un homme comme Yermilov.

« Et, secundo, que le *Severodvinsk* est bien en mesure de trouver et de détruire le *Belgorod* à temps… Ce dont, personnellement, je doute.

– C'est aussi mon avis, monsieur le Président, dit Kudryk. Je ne suis pas prêt à remettre notre sort entre les mains de l'adversaire. »

D'autres acquiescèrent d'un signe de tête.

« Alors c'est réglé, dit Ryan, la boule au ventre à l'idée que Katie puisse se retrouver au beau milieu d'une bataille de torpilles sous-marines. Pour le moment, on espère que le commandant Houston et l'équipage du *Washington* l'emporteront le cas échéant. Et on exploite le réseau de drones géré par la Task Force 59 pour détecter tout ce qui peut ressembler à un UUV Status-6 se dirigeant vers la côte Est ou vers le *Ford.* »

Pendant que son état-major discutait, Ryan regarda la carte sur l'écran plat, étudiant tous les triangles verts des navires de surface et des sous-marins en mer. Il se repassa sa récente conversation avec Ramius, qui s'était déroulée dans cette même pièce, et il eut l'impression d'entendre en lui la voix du vieux commandant de sous-marin russe.

« Si Halsey avait su ce qu'on sait aujourd'hui, il ne serait jamais tombé dans le piège. »

Une idée lui vint et il l'exprima dans l'instant même, mettant fin instantanément aux discussions.

« Qu'avez-vous dit, monsieur le Président ? demanda le secrétaire à la Défense en le regardant d'un air perplexe.

– Que je veux déclencher un protocole d'évacuation de toutes les ressources militaires à Norfolk, amiral Kent. Comme c'est prévu dans le protocole ouragan ou je ne sais quoi. Faites évacuer les flottes aériennes de Langley, d'Oceana et de Norfolk. Je ne veux pas de navire dans les ports. Redéployez les équipes SEAL de la côte Est dans la base aéronavale de Jacksonville.

– Oui, monsieur le Président, répondit Kent d'un air qui suggérait sa déception de ne pas y avoir pensé lui-même. Je vais le faire immédiatement.

– Et amiral Kent ? demanda Ryan, une autre pensée lui venant.

– Oui, monsieur le Président ? »

Ryan prit le pointeur laser à côté de lui et braqua le faisceau sur une zone de l'Atlantique située entre la côte de Virginie et la position de l'USS *Washington*.

« Redéployez l'USS *Indiana* sur cette position, au cas où.

– Au cas où le *Blackfish* perdrait de vue le *Belgorod* ? demanda l'amiral.

– Non, répondit Ryan d'un air grave. Au cas où le *Belgorod* lancerait ou aurait déjà lancé – Dieu nous en préserve – un Poseidon. »

64

LE *BELGOROD* (K-329)
ATLANTIQUE NORD
759 KILOMÈTRES À L'EST DE NORFOLK
15:31 HEURE LOCALE

Konstantin vomit au point de croire que ses entrailles allaient lui sortir par la gorge.

La nausée avait été si aiguë et si soudaine qu'il avait bien failli ne pas pouvoir aller jusqu'aux toilettes. S'il n'avait pas pris un petit moment de repos dans sa cabine, il en aurait très certainement été réduit à vider son estomac dans le central. Il cracha, s'essuya la bouche et regarda au fond de la cuvette. L'eau était colorée de volutes cramoisies, et la poignée de mouchoirs blancs qu'il avait en main était maculée de sang frais. Il les jeta dans le fond et tira la chasse.

Son front était perlé de sueur.

Ce fut pour lui un véritable supplice que de se relever et, aussitôt qu'il fut debout, il crut qu'il allait perdre connaissance. Il alla d'un pas lourd vers sa couchette et s'y recroquevilla sur le côté. Le soulagement momentané qu'il avait obtenu en vomissant fut effacé par un nouvel élancement de douleur au ventre – une douleur si intense qu'il s'entendit gémir et que des larmes lui montèrent aux yeux.

Les Russes ne pleurent pas, lui dit une voix intérieure, mais ce n'étaient pas des larmes d'apitoiement sur lui-même ni de chagrin. C'étaient des larmes involontaires, qui résultaient d'un mécanisme biologique sur lequel il n'avait aucun contrôle.

Les Russes ne pleurent pas, répéta la voix, impitoyable. *Debout !*

« Impossible », répondit-il en gémissant sur sa couchette en position fœtale.

Lève-toi et fais ton devoir, commandant !

Il glissa ses deux jambes le long de sa couchette en serrant les dents et les laissa pendre un moment. Il avait encore le goût du sang dans la bouche et son maillot de corps était mouillé de sueur. Il se força à prendre trois grandes inspirations, puis se releva. La douleur s'estompa mais, comme toujours, il savait que la prochaine vague était inévitable. Il alla d'un pas lourd jusqu'au seul miroir qui se trouvait dans sa cabine et regarda son reflet avec une résignation stoïque. L'homme qui lui faisait face avait le visage familier de la Grande Faucheuse : joues creuses, pâleur grisâtre, œil morne.

« Non, mon amour, ne fais pas ça », dit derrière lui la voix de sa défunte épouse.

Il se retourna, mais ne la vit pas.

Pourtant, elle apparaissait dans le miroir, debout derrière lui, et son beau visage triste le fixait tandis que ses doigts fins et d'une blancheur d'os étaient posés sur son épaule. Il savait qu'il hallucinait. Il savait que s'il se retournait pour regarder derrière lui une nouvelle fois, elle ne serait pas là, alors il se retint pour ne pas se priver de ce moment.

« Calina ?

– *Oui, mon amour. C'est moi.*

– Tu m'as manqué, dit-il en s'étranglant. Sans toi, je suis perdu.

– *Je sais… L'homme que j'ai épousé n'aurait jamais fait ce que tu prépares.*

– Il doit payer.

– *Qui donc ?*

– Jack Ryan, dit Konstantin en ricanant de ses lèvres ensanglantées. Tout est sa faute. Il m'a volé la vie qui aurait dû être la mienne.

– *Je ne comprends pas.*

– Je ne t'en avais jamais parlé, n'est-ce pas ?

– *De quoi ?*

– Du vrai destin d'*Octobre rouge*… Je savais qu'il y avait davantage derrière toute cette histoire. Qu'ils cachaient quelque chose. Alors j'ai creusé, j'ai creusé, et à force de faveurs et de pots-de-vin, j'ai enfin découvert la vérité. Marko Ramius est passé à l'Ouest en offrant *Octobre rouge* aux Américains sur un plateau d'argent. Et l'analyste de la CIA qui a rendu tout ça possible, c'est Jack Ryan.

– Et tu lui jettes la pierre pour la mort de ton père ?

– Et pour celle de ma mère aussi, et pour la tienne et celle de notre fils… »

Elle posa son menton sur son épaule et lui adressa un regard compatissant.

« Et tu vas le punir en ôtant la vie à des dizaines de milliers, voire à des millions de personnes ? En enlevant à des innocents qui n'ont rien à se reprocher leurs mères, leurs épouses et leurs fils ? Tu vas répondre à un mal par un mal ?

– *Da*, parce que, comme ça, il aura leur sang sur les mains. Son châtiment sera d'éprouver ce que j'ai éprouvé. »

Une larme coula sur la joue de Calina et il se retourna pour l'embrasser…

« Calina ? »

Il examina sa cabine d'un air de panique. Il se retourna vers le miroir, mais cette fois il se retrouva seul.

« Calina, ne pars pas, s'il te plaît, ne pars pas ! »

Un coup à la porte le tira de cette vision.

« Qui est-ce ? lança-t-il.

– Tarassov. »

Konstantin se recoiffa d'un coup de main, se redressa et dit :

« Entrez. »

L'officier ingénieur ouvrit la porte, entra vite fait en voyant Konstantin et referma derrière lui. Il se précipita pour lui mettre la main au front.

« Vous brûlez de fièvre, commandant. »

Konstantin n'avait pas envisagé cette hypothèse, mais elle prenait désormais tout son sens.

Tarassov fit un pas en arrière et regarda Konstantin avec l'air paniqué qu'il aurait eu devant un appareil cassé qu'il aurait fallu réparer de toute urgence. Au bout d'un certain temps, il déclara :

« Dans quelques minutes, le quartier-maître vous informera qu'on est arrivés aux coordonnées de lancement que vous aviez choisies. Voulez-vous toujours exécuter le plan ?

– Oui, répondit fermement Konstantin, d'une voix plus faible cependant qu'il ne l'aurait souhaité.

– Bien », répondit Tarassov, tenant la promesse qu'il avait faite de prendre le contrôle en cas de défaillance de son commandant.

Tel un chevalier aidé par son écuyer, Konstantin laissa son plus fidèle lieutenant lui ôter sa combinaison et lui enfiler son uniforme noir, lui essuyer les joues ainsi que le front trempé de sueur et le peigner, redresser ses médailles et lacer ses chaussures. Une fois cet habillage rituel terminé, Tarassov posa une main sur son épaule et croisa son regard.

« Je vous ai toujours considéré comme un frère et comme un père. Dans mes heures les plus sombres, dans mes moments les plus bas, vous ne m'avez jamais abandonné. J'ai servi à vos côtés et sous vos ordres pendant plus de dix ans… »

Konstantin prit Tarassov dans ses bras, la première et unique fois qu'il l'embrassa comme un frère. Comme un fils.

« Vous m'honorez », dit-il.

Le téléphone de la cabine sonna.

« Il est l'heure », dit Tarassov en se tournant vers la porte.

Konstantin hocha la tête avant de décrocher le combiné.

« *Da…*

– Commandant, on est arrivés aux coordonnées de lancement, annonça le quartier-maître.

– Bien, j'arrive. »

Konstantin s'arrêta devant le miroir, espérant revoir une dernière fois Calina. Il était seul. Seul dans toute sa splendeur, dans toute sa gloire. Mâchoire serrée, il se dirigea vers son coffre-fort, tourna le cadran pour entrer la combinaison et récupéra sa clé de commandant, accrochée à une longue chaîne en acier. Il passa la tête dans le nœud et plaça la clé de lancement au milieu de sa poitrine. Puis, le menton droit et les épaules vers l'arrière, il sortit pour la dernière fois de sa cabine pour aller dans le central.

Tous les regards se braquèrent sur lui, et il y vit autant de respect que de désarroi, ce qui était une bonne chose. Les intuitions de Tarassov n'avaient pas été erronées. Il se dirigea vers le plot, confirma la position du *Belgorod*, puis vérifia le répétiteur sonar au central. Dès que le sous-marin avait quitté les coordonnées du nodule, sortant ainsi de sa position stationnaire, il avait fait déployer le système acoustique remorqué. Les hydrophones cylindriques parfaitement réglés tout le long de ce câble de mille mètres avaient permis de réacquérir le groupe aéronaval 12 malgré la distance et de chercher les éventuels sous-marins américains chasseurs-tueurs, car il se sentait alors suivi par l'un d'eux.

Malheureusement, malgré les progrès significatifs accomplis par les Russes en technologie sonar sur le plan matériel comme logiciel, les Américains avaient conservé leur avantage grâce aux améliorations apportées aux sous-marins de la classe Virginia, qui par leur seul sonar passif étaient quasi indétectables. Konstantin avait ordonné plusieurs changements de cap afin de débaffler, mais les sous-marins américains étaient tels des trous noirs dans les profondeurs et ces ratissages n'avaient rien donné.

Tant pis. J'aurai l'avantage d'ouvrir la partie. Les Américains ne pourront rien faire pour m'arrêter.

Il regarda la console de tir, où aurait dû se tenir Morozov, mais trouva la place vacante.

« Où est l'officier armes ? demanda-t-il sans s'adresser à personne en particulier.

– Dans la salle des torpilles, répondit Blok.

– Lieutenant, parez à tirer. Préparez la salve 1 – tubes lance-torpilles 1 et 2. »

Blok hésita un instant, puis répéta l'ordre et annonça :

« Ici central. Tous les postes de quart, parez à tirer. Préparez la salve 1 – tubes lance-torpilles 1 et 2. »

Konstantin entendit tous les postes accuser réception de cet ordre… tous sauf celui de la salle des torpilles.

« Manœuvre, appelez la salle des torpilles, dit-il après trente secondes d'attente.

– Bien, commandant, répondit Blok avant d'adresser un signe de la tête au technicien système de combat, qui, depuis sa console, était en communication directe avec le téléphoniste de la salle des torpilles.

– Manœuvre, la salle des torpilles ne répond pas. »

Konstantin s'approcha, retira la chaîne à son cou et inséra la clé de lancement dans le sélecteur d'autorisation de la console de tir. Comme dans le cas des SSBN transportant des ICBM à tête nucléaire, les concepteurs du *Belgorod* avaient conservé le même système de verrouillage à deux clés, que ce soit pour la console de tir dans le central ou pour le panneau de contrôle des torpilles en salle des torpilles. Le commandant avait une clé et l'officier armes avait l'autre. Ainsi, aucune clé ni aucun homme ne pouvait tirer seul un Poseidon à ogive nucléaire.

Konstantin passa de « fermé » à « ouvert ».

Puis il chercha du regard Tarassov, qui – ayant clairement anticipé ce moment – se tenait dans le coin arrière tribord, les bras croisés.

« Officier ingénieur, vous venez avec moi », dit Konstantin à son fidèle officier.

Il quitta le central, descendit deux échappées, et entra dans la salle des torpilles suivi de Tarassov. Lorsqu'il arriva dans le gigantesque compartiment de manutention des armes, il fut surpris de le trouver vide.

« Où sont les hommes ? demanda-t-il en se tournant vers Tarassov, qui, il le remarqua soudain, tenait dans sa main gauche une grande clé anglaise brillante.

– J'ai congédié tout le monde », répondit Morozov en contournant la console des torpilles, derrière laquelle il était clair qu'il attendait.

Konstantin croisa son regard et comprit aussitôt.

« C'est vous qui avez allumé le bruiteur. »

Morozov regarda ses chaussures, mais répondit oui de la tête.

« C'était malin, de le brancher en fond de coque, à l'intérieur de la station d'accueil. Sans Tarassov, je pense qu'on ne l'aurait jamais trouvé. »

Morozov releva les yeux et regarda tour à tour Konstantin, Tarassov, et la clé anglaise.

« Pourquoi avez-vous fait une chose pareille ? demanda Konstantin.

– Parce qu'il fallait bien que quelqu'un tente de vous arrêter. Si j'ai échoué, les Américains réussiront peut-être.

– Malgré tous vos efforts, vous avez échoué. Lieutenant Morozov, vous êtes relevé de vos fonctions. Lieutenant Tarassov, vous êtes désigné officier armes par intérim.

– Bien, commandant, répondit Tarassov, toujours derrière lui.

– Restituez votre clé de lancement, dit Konstantin.

– *Niet*, répondit Morozov.

– J'ai dit, restituez votre clé de lancement ! »

Morozov, sans bouger, croisa les bras en signe de défi.

« Lieutenant Tarassov, appelez le capitaine d'armes pour mettre cet homme en état d'arrestation, dit Konstantin.

– Bien, commandant », répondit Tarassov, sans cependant appeler le capitaine d'armes.

Il passa devant Konstantin et, dans un accès de fureur préméditée qui prit au dépourvu le commandant ainsi que l'ancien officier armes, il frappa Morozov avec la clé anglaise à hauteur de la tempe. Konstantin entendit un craquement écœurant et vit la lumière quitter le regard de Morozov. Morozov était mort avant même que son corps inerte ne touche le sol.

Tarassov mit un genou à terre près de son camarade assassiné et souleva d'une main sa tête par une mèche de cheveux tout en retirant de l'autre la chaîne argentée à son cou. Une fois qu'il l'eut récupérée, il relâcha la tête, qui fit un bruit sourd lorsqu'elle retomba sur le pont métallique. Il se tourna vers Konstantin pour lui montrer, suspendue à la chaîne… non une clé mais une rondelle métallique.

Au lieu d'une fureur et d'une rage dévastatrices, ce fut un rire ironique qui secoua Konstantin.

« Qu'est-ce qu'il y a de si drôle ? » lui demanda Tarassov en se relevant.

Konstantin, lorsqu'il eut enfin repris son souffle, répondit :

« En le tuant, on dirait bien que vous avez assuré son triomphe. Sans sa clé, impossible de procéder au lancement. »

Tarassov regardait la rondelle dans sa paume et la colère lui déformait le visage, mais son air renfrogné finit par se transformer en un sourire satisfait.

« Quoi ? demanda Konstantin, dont il venait de piquer la curiosité.

– Je me demande… », répondit Tarassov avant de s'éloigner d'un pas rapide.

Konstantin fut submergé par une nouvelle vague de douleur avant de pouvoir le suivre.

« Je vous attends ici », dit-il en s'asseyant sur une boîte à outils qui était arrimée au pont.

Pendant qu'il attendait, il fixait le corps immobile de Morozov. Le coup de clé lui avait enfoncé le côté du crâne, déformant l'orbite droite.

« Vous avez eu du courage, camarade, je vous l'accorde. »

Un long moment après, il entendit un bruit de bottes et Tarassov revint essoufflé. Avec un sourire victorieux, il brandit la clé de lancement manquante.

« Où était-elle ? demanda Konstantin.

– Dans l'atelier de réparation de la salle des auxiliaires avant, répondit fièrement Tarassov. Si j'avais voulu une rondelle M20, c'est là-bas que je serais allé la chercher.

– Vous connaissez votre bateau, dit Konstantin en se relevant à grand-peine. Lieutenant Tarassov, officier armes par intérim, insérez la clé et sélectionnez "ouvert".

– Bien, commandant. »

Tarassov se dirigea vers le panneau de commande des torpilles et, à l'aide de la clé, contourna le verrouillage de sécurité nucléaire.

« Le sélecteur de lancement est en position "ouvert". »

Konstantin poussa un soupir.

Les données de la cible, les coordonnées de détonation et les paramètres d'attaque avaient déjà été chargés dans les ordinateurs de bord des Poseidon 1 et 2. Les tubes lance-torpilles étaient immergés. Les portes étaient ouvertes. Et personne n'était là pour les arrêter. Le système permettait de lancer le tir soit depuis la console de tir dans le central, soit depuis le panneau de contrôle des torpilles en salle des torpilles.

Konstantin, pris de vertige, tendit la main pour se stabiliser.

La sueur sur son front coulait pour former deux filets sur ses tempes.

Sa vision commençait à se brouiller.

Il cligna des yeux. Là où, un instant plus tôt, se tenait Tarassov, se tenait maintenant Calina. Enceinte, elle entourait son ventre bombé de ses mains.

« Ne fais pas ça, mon amour… Pense à nous, je t'en prie. »

Il tendit la main.

« Calina ?…

– Commandant, vous allez bien ? » demanda-t-elle, mais la voix n'était pas la sienne.

Konstantin cligna des yeux et s'efforça de regarder la personne devant lui.

« Tarassov ? C'est vous ?

– *Da*, commandant. C'est moi.

– J'ai changé d'avis, Tarassov. Arrêtez tout. Verrouillez la console.

– Pardon, commandant, je vous ai fait une promesse et je suis un homme de parole », répondit Tarassov avec un regard froid et dur.

Après quoi il se retourna pour appuyer sur les boutons de lancement des Poseidon 1 et 2.

65

USS *WASHINGTON*, SSN 787, « *BLACKFISH* »

Katie comprit qu'une catastrophe venait de se produire lorsqu'elle vit l'effroi sur le visage de Knepper.

L'annonce arriva une fraction de seconde plus tard.

« Torpille dans l'eau ! lança Adkins. Relèvement deux-quatre-deux, désignée Sierra 1-0-1.

– Le commandant prend la manœuvre, annonça Houston.

– Commandant, Sierra 1-0-1 provient de Master 1, déclara Knepper.

– Deuxième torpille dans l'eau, relèvement deux-quatre-zéro, lança Adkins. Désignée Sierra 1-0-2. »

Katie regarda Knepper les yeux écarquillés et se demanda pourquoi Houston ne faisait rien. Submergée de panique, elle eut soudain du mal à respirer.

Vous ne trouvez pas que chaque seconde compte ? Qu'il vaudrait mieux faire demi-tour et tenter de ficher le camp ?

Knepper croisa son regard. Il paraissait tendu, mais elle ne vit pas de peur dans ses yeux. Comme c'était devenu une habitude, il lut dans ses pensées.

« Lieutenant Ryan, on est entraînés pour ce genre de situation. On évalue d'abord, ensuite on réagit. »

Elle hocha la tête et essaya de se calmer. De même qu'elle avait fait confiance aux pilotes du C-2 pour réussir l'appontage sur le porte-avions, à l'équipage du *Ford* pour la protéger du danger et à celui de l'Osprey pour la transférer sur le *Washington*, elle devait maintenant faire confiance à cette équipe d'ingénieurs nucléaires, de techniciens sonar et de techniciens système de combat hautement qualifiés.

« Sonar, classifiez Sierra 1-0-1 et 1-0-2, dit Houston d'une voix parfaitement calme et neutre. Le profil sonore correspond-il à celui des torpilles lourdes russes ou bien à autre chose ? »

Dans sa vision périphérique, Katie vit Knepper se retourner et prendre ce qui ressemblait à une posture de quarterback entre deux fauteuils de techniciens système de combat.

« Kearns, trouvez une solution de tir pour Sierra 1-0-1. Smallbrock, trouvez une solution de tir pour Sierra 1-0-2. Officier armes, parez à…

– On est déjà dessus, dit Juggernaut alors qu'elle travaillait avec un troisième technicien sur un poste doté d'une interface très différente des autres.

– Commandant, dit Knepper, Sierra 1-0-1, relèvement deux-quatre-six, distance cinq mille trois cents yards en éloignement, vitesse soixante-dix nœuds, cap ouest.

– Bien, dit Houston.

– Ici sonar, Sierra 1-0-1 et 1-0-2 ne correspondent pas – je répète, ne correspondent pas – aux profils sonores des torpilles lourdes russes de type 53 ou 65.

– Bien, dit Houston.

– Commandant, Sierra 1-0-2, relèvement deux-deux-huit, distance quatre mille huit cents yards en rapprochement, vitesse soixante-douze nœuds, cap zéro-cinq-zéro.

– Putain, elle fonce droit sur nous ! dit quelqu'un.

– Commandant, je recommande une manœuvre d'évasion des torpilles, dit le navigateur, qui tenait le quart.

– Rouge armes, objecta aussitôt Juggernaut d'une voix forte et assurée. Je ne pense pas qu'on soit la cible. La route de la torpille 2 est décalée de sept degrés par rapport au *Blackfish*. La solution initiale la situe sur une route d'interception avec le groupe aéronaval 12.

– Sonar, rapport sur la phase de recherche de Sierra 1-0-2, dit Houston.

– Sierra 1-0-2 est en recherche passive », répondit l'opérateur sonar.

Katie observa tour à tour Juggernaut et Houston, qui, le regard perdu dans le vide, paraissait impassible. Elle se demanda un instant s'il n'avait pas succombé à une rupture d'anévrisme ou à un accident de ce genre, mais lorsqu'il reprit la parole peu de temps après, elle comprit qu'il venait de faire mentalement des calculs tactiques.

« Lancer en urgent tube 2, Sierra 1-0-2. Lancer en urgent tube 1, Sierra 1-0-1. Lancez dans cet ordre.

– Sonar prêt, annonça Adkins.

– On cherche à détruire les torpilles ? demanda Juggernaut d'une voix forte.

– Oui », répondit Houston.

Juggernaut se tourna vers le technicien système de combat qui se tenait au centre d'attaque :

« 1 détruit 1. 2 détruit 2. Utilisez les préréglages normaux en plongée », lui dit-elle.

Il actualisa sa console avec une telle rapidité que ses doigts devinrent flous. Au bout d'un moment, il annonça :

« Prêt.

– Solution de tir prête, lança Juggernaut.

– Tirez dans l'azimut entretenu », ordonna Houston.

Un instant plus tard, Katie entendit – et sentit – un *vroooouch*. Au même moment, un transitoire de pression lui boucha les oreilles et le pont trembla sous ses pieds.

« Torpille 1 tirée. »

Un deuxième *vroooouch*, un deuxième transitoire de pression et un deuxième tremblement suivirent juste après.

« Torpille 2 tirée. »

Katie attrapa Knepper par le bras.

« Vous pouvez me dire ce qui se passe, Dennis ? »

Il se retourna face à elle.

« Si le commandant ne se trompe pas, votre ami Gorov vient de tirer toute sa charge nucléaire en une seule salve. Un Status-6 fonce à quatre-vingts nœuds vers la côte Est et l'autre file vers l'USS *Ford*.

– Oh mon Dieu, dit-elle sans lui lâcher le bras.

– Et Juggernaut vient de lancer deux torpilles ADCAP pour les intercepter et les faire exploser. Regardez, dit-il en lui montrant la situation tactique de la conduite de tir. Ça, c'est le *Belgorod*, à cinq mille yards au sud-ouest de notre quart bâbord. Il se dirige plein ouest. On suit une trajectoire parallèle, dans son baffle. Sierra 1-0-1 est le premier Poséidon qu'il a tiré. Vous le voyez là, avec l'icône de torpille qui part plein ouest ?

– Oui, dit-elle d'une voix métallique.

– L'autre point qui suit est l'ADCAP qu'on a tirée à sa poursuite. »

Il lui montra ensuite une trace verte en piqué sur l'écran supérieur de la console de Smallbrock, dont elle savait que c'était un écran sonar.

« Vous voyez cette trace au taux de relèvement élevé ?

– Oui.

– C'est le deuxième Poseidon. Le *Belgorod* l'a tiré sur une trajectoire décalée. Au début, on pensait qu'elle venait vers nous, mais grâce à sa rapidité en calcul mental Juggernaut a déterminé qu'elle allait vers le *Ford*.

– C'est sûr ?

– Elle est en approche, mais avec un défilement élevé, et sans autoguidage actif. Ça fait donc deux indicateurs sur trois qui suggèrent qu'on n'est pas sa cible.

– Est-ce qu'une torpille peut en faire exploser une autre ?

– Théoriquement, répondit Juggernaut. Mais on a une vitesse de rapprochement relative de cent vingt nœuds. L'ADCAP est conçue pour traquer et détruire de grosses cibles qui se déplacent plus lentement qu'elle, pas des torpilles plus rapides. Comme le Status-6 est de taille imposante, l'ADCAP devrait obtenir un retour sonar actif correct. La géométrie fait qu'on a une chance de détruire Sierra 1-0-2.

– Et Sierra 1-0-1 ? demanda Katie, peu rassurée par le silence de Juggernaut.

– Trop rapide. L'ADCAP le poursuit par-derrière et, à moins que le Status-6 ne ralentisse, elle tombera en panne de carburant avant de le rattraper. »

Katie vit apparaître dans son esprit la sinistre image d'une explosion nucléaire et d'un champignon engloutissant Virginia Beach.

Oh non… On est arrivés trop tard…

« Coordinateur, dit Smallbrock sur un ton d'urgence. Selon mes calculs, la torpille 2 interceptera Sierra 1-0-2 à moins de mille six cents yards.

– Oh, merde, dit Knepper. Commandant, la route calculée de… »

Houston l'interrompit.

« J'ai entendu. Pilote, machines avant toute.

– Machines avant toute, reçu. »

Houston se tourna vers Katie.

« Lieutenant Ryan, je viens d'avoir une terrible pensée. L'explosion de notre ADCAP va-t-elle déclencher l'ogive nucléaire ?

– Euh… je ne sais pas, répondit-elle, l'estomac soudain rempli de plomb fondu.

– Merveilleux, dit Houston en levant les yeux.

– Torpille 2, câble perdu, annonça Smallbrock.

– Génial, entendit-elle quelqu'un dire d'une voix sarcastique.

– Qu'est-ce qui s'est passé ? demanda-t-elle à Knepper. Ça veut dire quoi, "câble perdu" ?

– Nos torpilles sont filoguidées grâce à une transmission permettant une communication bidirectionnelle. Le câble est très résistant, mais on va à pleine vitesse et la torpille, elle, va à vitesse maximale dans l'autre sens, dit Knepper en illustrant son propos de ses deux mains. Le câble n'est pas conçu pour ce genre de force et il s'est rompu. Maintenant, on ne peut plus contrôler la torpille. Même si on voulait l'arrêter, on ne pourrait pas.

– Ici sonar, torpille 2 en train d'acquérir la cible.

– Bien.

– Coordinateur, estimation de la distance de Sierra 1-0-2 au moment de la détonation ? demanda Houston.

– Mille neuf cent trente-neuf yards, répondit Knepper.

– Bien.

– C'est à moins de deux mille yards, fit remarquer Katie. C'est grave ?

– Pas idéal, répondit une voix sans qu'elle sache laquelle.

– Armes, disposez les tubes 3 et 4 », demanda Houston d'une voix autoritaire.

Juggernaut accusa réception.

« Qu'est-ce qui se passe ? On prépare une deuxième salve au cas où la première raterait son coup ? demanda Katie.

– Je ne crois pas que ce soit le plan du commandant », répondit Juggernaut.

Comme elle n'avait aucune expérience de combat en sous-marin, elle avait été jusque-là un peu lente à comprendre, mais son esprit d'analyste commençait à se réveiller.

« Commandant, vous comptez tirer sur le *Belgorod* ?

– Quand je vois les renseignements que vous êtes venue me communiquer au péril de votre vie et les données empiriques qu'on vient d'avoir la joie de collecter, il me semble indéniable que le *Belgorod* a lancé deux armes de destruction massive contre des cibles américaines, l'une vers la côte Est, l'autre contre le groupe aéronaval 12. Alors, effectivement, lieutenant Ryan, je compte couler le K-329 une bonne fois pour toutes au fond de l'Atlantique, répondit Houston, la mâchoire crispée. En représailles contre un acte de guerre manifeste qui relève clairement de mon autorité.

– Ici sonar, torpille 2 en autoguidage terminal.

– Bien », dit Houston, mais c'était sur Katie que son regard était rivé.

Elle fut envahie par une incertitude à la fois étrange et dissociée. C'était elle qui avait crié à qui voulait l'entendre que Gorov était un dissident. Qu'il fallait faire quelque chose pour l'empêcher de lancer des armes de destruction massive. Mais, maintenant qu'il l'avait fait, l'idée de faire payer la folie d'un seul homme à un équipage de conscrits russes innocents lui paraissait… eh bien, injuste.

« Commandant, trente secondes avant l'impact, dit Knepper.

– Bien, dit Houston, après quoi il reporta son attention – et sa frustration manifeste – sur Juggernaut. Armes, sitrep sur les tubes 3 et 4. »

Il veut tirer avant l'explosion de l'ADCAP, comprit Katie, *au cas où le vaisseau serait endommagé par l'onde de choc.*

« Vingt secondes avant l'impact, annonça Knepper.

– Commandant, tubes 3 et… » commença Juggernaut, mais sa voix disparut sous un rugissement qui secoua le *Blackfish*.

Pendant une terrifiante fraction de seconde, Katie eut l'impression d'être en train de faire du rodéo, comme tous ceux qui étaient dans le central qui piqua du nez. Quelqu'un ou quelque chose de lourd la percuta dans le dos, la faisant tomber à quatre pattes.

Les lumières clignotèrent.

Une voix dans un haut-parleur annonça :

« Ici KM, arrêt d'urgence du réacteur. Perte de propulsion. »

Une alarme retentit.

Un pied botté marcha sur sa main gauche et elle poussa un cri.

L'alarme s'arrêta, aussitôt suivie d'un rapport dans la diffusion générale.

« SITUATION D'URGENCE, SITUATION D'URGENCE ! Incendie dans le compartiment machine. Origine située au niveau du contrôleur de la pompe du compensateur. Classe C. »

Le temps passa au ralenti.

Katie laissa son regard errer dans le central, son esprit essayant de déchiffrer le chaos : Houston en train de lancer des ordres ; le pilote en train de tirer sur son manche ; le sondeur qui affichait un chiffre croissant ; le major qui sortait du matériel des casiers…

Une odeur forte et âcre – de fumée et de polymère brûlé – lui irritait les narines et la gorge.

Des mains puissantes lui saisirent les aisselles et la soulevèrent.

Elle se retourna pour voir qui c'était, mais avant qu'elle ne puisse distinguer quoi que ce soit, quelqu'un lui glissa sur le visage un masque en caoutchouc avec une visière en Plexiglas.

66

SEVERODVINSK (K-560)
PEU DE TEMPS AVANT

Denikine venait de porter sa tasse de café à ses lèvres lorsque l'incident se produisit.

« Salve de torpilles ! lança l'opérateur sonar. Torpille 1, relèvement un-huit-cinq. Torpille 2, relèvement un-sept-sept. »

Denikine, renversant son café sur le devant de sa combinaison, pesta et tendit la tasse au marin le plus proche.

« Prenez ça », cria-t-il avant de quitter son fauteuil de commandant pour se précipiter vers les postes sonar.

Contrairement aux navires de surface, qui disposaient de passerelles larges et spacieuses, les sous-marins n'avaient pas la place pour accueillir un « fauteuil de commandant » dans le central. Mais le premier commandant du *Severodvinsk* en avait fait installer un à sa mise en service et, par la suite, tous ses successeurs l'avaient conservé.

« Dites-moi quelque chose, Pouchkine, dit Denikine à son principal sonar.

– Deux torpilles… Le bruit ne correspond pas aux torpilles Fizik ou Futlyar.

– Et ADCAP Mark 48 ?

– Non plus. Elles n'ont pas de moteurs à combustion. Je n'entends pas d'harmoniques de moteur, dit Pouchkine en appuyant sur l'écouteur gauche de son casque. On dirait des turbines. Ce sont sans doute des Status-6.

– Bravo, Pouchkine, dit Denikine en lui tapotant le dos. Distance ?

– Je suis dessus, commandant… »

Le premier officier de Denikine, Mats Tamm, un Russe d'origine estonienne, déboula en trombe dans le central.

« On a trouvé le K-329 ?

– *Da*, répondit le commandant. Il vient de tirer une salve de deux torpilles. »

Tamm, le jeune officier le plus doué que Denikine eût jamais rencontré, s'élança vers un poste de conduite de tir et commença aussitôt à donner ses instructions.

« Pas comme ça, dit-il au *starshina* installé au terminal. Celle-ci va de ce côté-ci et celle-là de ce côté-là. Utilisez la barre de défilement… Guidez-la dans l'azimut de détection… *Niet*, elles vont vite. Pas comme ça… Mieux… *Da*, *da*, c'est ça. OK, entrez la solution 1. Entrez la solution 2. Maintenant, on prolonge chaque route de torpille vers l'arrière, et c'est au point d'intersection que se trouvait le K-329 lorsqu'il a tiré il y a trois minutes. Vous comprenez, maintenant, mon ami ? »

Denikine regarda non sans fierté son premier officier qui réglait le problème en même temps qu'il formait le jeune officier. L'équipe de quart dans le central était terrifiée. Il le voyait à leur visage et le sentait à leur silence. Leur peur venait de leur incompréhension. Ils pensaient que c'était sur *eux* qu'avait été tirée la salve de torpilles. Denikine savait que la réalité était autre, et Tamm venait d'en apporter la preuve aux techniciens système de combat.

« Oui, premier officier. Merci, répondit le *starshina*.

– Maintenant, rapport au commandant, dit Tamm.

– Commandant, torpille 1 route deux-sept-un, relèvement un-huit-neuf, distance treize mille mètres en éloignement. Torpille 2 route zéro-cinq-cinq, relèvement un-sept-un, portée douze mille mètres en rapprochement, dit le technicien systèmes de combat.

– D'après vos solutions, est-ce que l'une ou l'autre de ces torpilles vise le *Severodvinsk* ? demanda Denikine.

– Non, commandant.

– Bien. Où est le K-329 ?

– Relèvement un-huit-deux, distance douze mille mètres, commandant. »

Denikine regarda Tamm et entre eux se joua un échange silencieux. Ils avaient eu une longue conversation privée sur la réalité troublante des ordres qu'ils avaient reçus, ainsi que sur leur importance. Ni l'un ni l'autre n'avaient jamais tiré de torpille. Ni, même dans ses rêves les plus fous, imaginé que la première qu'ils tireraient serait contre l'un des leurs. Tous les sous-mariniers du *Severodvinsk* avaient des camarades sur le *Belgorod.* Couler un sous-marin russe piloté par leurs compatriotes était totalement… dystopique.

Et scandaleux.

Mais les ordres sont les ordres.

Tamm hocha la tête pour confirmer son accord, se dirigea vers la console de tir et ordonna à l'opérateur de saisir les données de ciblage du *Belgorod* dans les deux torpilles prêtes.

« Alerte central, annonça Denikine. Le K-329 vient de tirer deux torpilles Poseidon à charge nucléaire contre des cibles américaines. L'ordre ne provenait pas du Commandement stratégique conjoint de la flotte du Nord. Ni du Kremlin. Le commandant du K-329, le capitaine de vaisseau Gorov, et ses officiers supérieurs sont des dissidents qui tentent de déclencher une Troisième Guerre mondiale en visant les Américains. Notre mission, camarades, est de couler le K-329.

– Nous sommes avec vous, commandant, dit Tamm, s'acquittant parfaitement de son rôle dans le scénario. Nous exécuterons les ordres du commandement. »

Denikine joignit ses deux mains dans le bas de son dos et bomba le torse.

« Préparez une solution de tir sur le K-329.

– Commandant, solution de tir activée, dit Tamm. Tubes lance-torpilles 1 et 2 immergés et prêts. Paré pour l'ouverture des portes.

– Bien. Ouvrez les portes des tubes 1 et 2. »

Tamm accusa réception et l'opérateur appuya coup sur coup sur deux boutons de la console de tir. Dès que les voyants verts d'ouverture s'allumèrent sur la console, Tamm annonça :

« Commandant, les portes des tubes lance-torpilles 1 et 2 sont ouvertes.

– Feu tubes 1 et 2, dit rapidement Denikine, sans se laisser le temps de réfléchir ni de changer d'avis.

– Feu tubes 1 et 2 », dit Tamm à l'opérateur.

Les pistons bâbord et tribord manœuvrèrent simultanément dans la salle des torpilles deux ponts plus bas au milieu du bateau. La coque fut secouée, les oreilles se bouchèrent, et le commandant du *Severodvinsk* regarda la tache de transpiration sur sa combinaison, maintenant froide sur sa poitrine.

Que Dieu me pardonne.

67

USS *WASHINGTON*, SSN 787, « *BLACKFISH* »

Quand rien ne va plus dans un sous-marin, c'est au second de maîtriser le chaos. Voilà ce que Houston avait expliqué à Knepper lors de son entretien d'initiation le jour où il était monté sur le *Blackfish*. Avec les alarmes, les cris, les incendies qui s'étaient déclarés et les torpilles qui avaient explosé, ces paroles semblaient rétrospectivement prémonitoires. Dans les situations d'urgence, la clé de la survie, c'était le tri systématique. Prioriser et agir.

Ne pas cesser de penser, ne pas cesser de bouger.

Après avoir soulevé Katie par les aisselles, il la retourna pour lui enfiler un ARI – appareil respiratoire isolant – de secours. Il attacha le régulateur de pression à sa ceinture et vérifia que son tuyau d'air était correctement branché à un collecteur. Ensuite, il saisit Katie, qui était sous le choc, par les deux joues et lui cria :

« Regardez-moi, lieutenant Ryan, ça, vous ne le retirez pas. Pour respirer, vous devez être branchée à un collecteur ou reliée par dérivation à l'appareil de quelqu'un d'autre qui est relié à un collecteur. Faites oui de la tête si vous avez compris. »

Elle fit oui de la tête.

Il vit en regardant vers le poste de pilotage que le pilote avait repris le contrôle de la profondeur. Ils disposaient d'une marge de sécurité de trois cents pieds jusqu'à la profondeur d'immersion maximale. Le sous-marin remontait lentement, mais sa vitesse diminuait rapidement. Dans un sous-marin, la vitesse, c'est la portance. Si la propulsion n'était pas rétablie promptement, ils se remettraient à couler, et une fois que la profondeur d'immersion maximale serait atteinte, le commandant n'aurait plus d'autre solution que d'ordonner une chasse rapide, manœuvre qui déclencherait une surpression dans les ballasts principaux pour faire remonter le sous-marin à la surface. La chasse rapide, tout en conjurant le risque de naufrage, pouvait tuer d'une autre manière. La surpression les priverait de leur furtivité et les piégerait à la surface, faisant du *Blackfish* une proie facile pour le *Belgorod*. La situation était d'autant plus critique que le contrôleur de la pompe du compensateur avait pris feu et que cette pompe haute capacité était justement celle qui servait à vidanger l'excédent des ballasts pour alléger le sous-marin.

« Ici KR, démarrage rapide du réacteur engagé », annonça l'officier ingénieur de quart dans le 7MC.

Knepper cocha intérieurement cette case.

Bien.

« Je recommande la connexion croisée des collecteurs, cria Knepper.

– D'accord, cria Houston, qui, saisissant le combiné du 7MC, ordonna : Ici le commandant. KM, connexion croisée des collecteurs.

– Connexion croisée des collecteurs, reçu. »

Knepper cocha intérieurement la case numéro deux.

« Commandant, je pars m'occuper de cet incendie. L'officier armes sera votre coordinateur.

– Allez-y, dit Houston.

– Armes…

– J'ai entendu », dit Juggernaut d'une voix rendue métallique par le micro de son ARI.

Knepper se tourna vers Katie.

« Vous restez ici et vous faites tout ce que vous dit Juggernaut. »

Katie répondit oui de la tête.

Knepper toussa, le central étant peu à peu envahi de fumée. Il se baissa pour sortir par l'arrière dans la coursive de commandement et pour passer dans sa cabine le temps de récupérer son appareil respiratoire isolant à circuit ouvert, une unité mobile équipée d'une bouteille pressurisée semblable aux

Scott Air-Paks SCBA utilisés par les pompiers civils. En tant que coordinateur incendie, il avait besoin de mobilité ; un ARI était donc son second choix.

Contrairement aux bâtiments de surface de la Navy, les sous-marins n'avaient pas d'unité d'urgence. Tous les marins qui avaient leurs « dauphins » étaient pompiers. Ils n'avaient pas non plus de cellule de réflexion avec des casiers de matériel et des tableaux d'état. Sur le *Blackfish*, la cabine du commandant fit office de cellule de réflexion et le second fut désigné coordinateur incendie.

D'un coup d'épaule, il mit son sac à dos qui contenait la bouteille, puis enfila le masque et descendit la cagoule ignifuge retardatrice de flammes jusque sur son cou et sur ses épaules. Après une vérification d'étanchéité, il prit sa première inspiration. Fin prêt, il régla son MOMCOM sur la fréquence commune du compartiment avant. Avant de partir, il regarda le moniteur tactique dans sa cabine, qu'il avait réglé en quad-view, affichant quatre fenêtres partagées avec les écrans du central. Il vérifia la vitesse du sous-marin, trois nœuds, puis la profondeur d'immersion. Ils n'étaient plus qu'à trente-trois mètres de la profondeur d'immersion maximale et ils continuaient de couler. Houston n'avait pas encore ordonné de recourir au MES, le moteur électrique de secours, procédure qui, dans des circonstances normales pour un accident de ce genre, était l'issue probable. Alimenté par batterie, le MES était conçu pour fournir une propulsion limitée, juste assez pour maintenir la portance nominale permettant le contrôle de la profondeur d'immersion dans les cas où le sous-marin était trop lourd à cause d'un lest excessif ou d'un compartiment inondé. Mais il fallait du temps pour passer au MES et revenir à la propulsion principale. Le *Belgorod* avait très certainement entendu le sonar actif des ADCAP du *Blackfish*. Et sinon, l'explosion n'avait pas pu lui échapper. Si le K-329 tirait un troisième Status-6 à ogive conventionnelle sur le *Blackfish* alors qu'il était coincé sur le MES, ils étaient morts. Houston avait fait l'hypothèse que le démarrage de récupération rapide du réacteur nucléaire serait terminé avant qu'ils n'aient atteint la profondeur d'immersion maximale et qu'ils ne doivent recourir à une chasse rapide.

Il mit de côté son inquiétude et ressortit de sa cabine. Dans la coursive de commandement, il croisa le lieutenant Walker, qui se dirigeait vers l'avant alors que lui se dirigeait vers l'arrière. Les joues rouges, elle retenait sa respiration dans son ARI tout en courant vers la cabine du commandant, où elle coordonnerait les communications et suivrait la progression sur un tableau d'état avec des marqueurs.

« L'alimentation du contrôleur de la pompe du compensateur est coupée, annonça Cole Marxen, premier maître au service auxiliaires, dont Knepper aurait reconnu la voix entre mille. La brigade 1 lutte contre l'incendie. »

La moitié supérieure de la coursive de commandement était envahie par une couche de fumée gris-noir qui limitait la visibilité à partir de la taille. Knepper se détendit un peu en apprenant que Marxen avait réagi aussi vite et qu'une brigade était déjà sur place. En tant que premier maître au service auxiliaires, Marxen connaissait le compartiment machine comme sa poche et la pompe du compensateur faisait partie de son matériel. Il s'était entraîné à ce genre d'incident, et c'était un sacré casse-cou qui ne reculait devant rien.

Knepper prit la première échappée qu'il trouva et descendit vers le compartiment machine. Le moteur de la pompe du compensateur, comme la pompe elle-même, se trouvait dans la partie avant tribord. Le feu se trouvait sur sa gauche, juste derrière la porte – mais comme la visibilité était mauvaise il ne pouvait le visualiser que mentalement. Il s'accroupit et, veillant à ne pas fouler la lance à incendie ni bousculer les marins qui étaient déjà sur place, il avança. Son régulateur gargouillait chaque fois qu'il respirait – péniblement – tout en avançant à tâtons.

« Coordinateur incendie dans la zone », annonça-t-il.

Une seconde après, il se retrouvait juste derrière Marxen qui, accroupi, avait la main posée sur le dos du deuxième lancier.

Un jet d'eau disparut dans la brume et de la vapeur se répandit dans la coursive, se mêlant à l'épaisse fumée.

À l'aide d'une NIFTI – la caméra thermique infrarouge de la Navy –, Marxen observa l'incendie à travers la fumée.

« Coordinateur, l'incendie est contenu au niveau du contrôleur », annonça-t-il.

Knepper relaya cette information au lieutenant Walker, qui la relaierait à son tour au central et à tous les postes.

« Cellule, ici coordinateur, l'incendie est contenu.

– Déplacez la lance vers le bas et vers la gauche, cria Marxen à la brigade. Trop loin… Oui, là. »

Knepper procéda mentalement à un inventaire des équipements susceptibles de prendre feu près de la pompe du compensateur, déroulant les implications tactiques et techniques d'une telle éventualité.

« Coordinateur, l'incendie est éteint, annonça Marxen.

– Vérifiez s'il y a des points chauds et activez la surveillance post-incendie », répondit Knepper.

Il annonça ensuite sur son MOMCOM :

« Cellule, ici coordinateur, l'incendie est éteint. Vérification des points chauds en cours. Surveillance post-incendie activée. »

Une fraction de seconde plus tard, une annonce fut faite dans le 4MC :

« L'incendie est éteint dans le compartiment machine. »

La brigade, qui avait fermé la lance à incendie, resta accroupie et prête à rouvrir la vanne pendant que Marxen partait en courant dans le compartiment machine pour détecter à l'aide de la NIFTI les éventuels points chauds qui pourraient entraîner de nouveaux départs de feu dans la zone. Dans les cas d'incendie d'origine électrique, une fois l'alimentation rétablie, l'incendie était généralement vite éteint. Mais le compartiment machine abritait le générateur du sous-marin, dont la consommation de diesel représentait un risque non négligeable d'incendie de classe B en cas d'accident. Un matériau calorifuge ou un combustible qui prenaient feu devaient être promptement maîtrisés.

« Pas de points chauds, annonça Marxen.

– Cellule, ici coordinateur, pas de points chauds dans le compartiment machine », rapporta Knepper.

Mais à peine le lieutenant Walker eut-elle accusé réception de cette bonne nouvelle qu'elle lui relaya un rapport dont il eut le souffle coupé.

« Coordinateur, le commandant vous demande au poste de manœuvre pour rétablir la propulsion par tous les moyens nécessaires. Torpilles dans l'eau ! »

68

USS *WASHINGTON*, SSN 787, « *BLACKFISH* »

Agrippée à un tuyau au plafond pour se stabiliser, Katie regardait, impuissante, l'équipage du *Blackfish* gérer un problème après l'autre. L'air avait une odeur bizarre dans l'ARI et le joint en caoutchouc lui brûlait la peau à tous les endroits où il était en contact. Elle se demanda si on l'avait nettoyé après sa dernière utilisation avec un produit chimique astringent qui se serait infiltré dans ses pores – idée idiote puisqu'il y avait un incendie en cours et que le sous-marin coulait, mais ainsi le voulait le mouvement de son esprit.

« Le feu est éteint dans le compartiment machine, annonça quelqu'un dans le haut-parleur.

– Ouf ! » s'entendit-elle murmurer.

Quelques personnes applaudirent dans le central, ce qui fit une drôle d'impression car tout le monde portait un ARI. Mais à ce moment-là, comme si le destin avait attendu le moment idéal pour anéantir tout espoir, le chef opérateur sonar annonça :

« Torpilles dans l'eau, relèvement trois-cinq-huit. Désignées Sierra 1-0-3 et 1-0-4. »

Katie eut une série de palpitations.

Pas une deuxième fois, songea-t-elle.

Elle regarda Houston. À cause de son ARI, elle ne put déchiffrer son expression, mais il avait une posture de défi.

« Sonar, est-ce qu'on a des contacts sur ce relèvement ?

– Négatif, commandant. »

Houston se tourna vers Juggernaut et, l'espace d'un instant, Katie crut qu'il allait lui ordonner de tirer, mais il se tut.

« Prête pour un point de situation », dit Juggernaut comme pour l'encourager.

Houston finit par diriger son regard vers Katie.

« Lieutenant Ryan, se pourrait-il que le Président ait décidé de redoubler de précaution en envoyant un autre bateau dans la zone ? »

Elle repensa à son dernier échange avec l'état-major du *Ford*. *L'*Indiana *fait route vers le sud à pleine vitesse en ce moment même*, avait déclaré l'amiral Kiplinger.

« Oui, dit-elle. Le SUBLANT a ordonné le déploiement de l'*Indiana*, qui fait route vers le sud à pleine vitesse. »

Houston se tourna vers Adkins.

« Sonar, vous avez vingt secondes pour classifier ces torpilles.

– Bien, commandant.

– Commandant, on a un message de la cellule de réflexion. Pas de points chauds. Surveillance post-incendie assurée, rapporta un jeune matelot équipé d'un casque.

– Bien.

– Commandant, avarie de barre, annonça le pilote.

– Bien.

– Commandant, profondeur d'immersion maximale franchie, ajouta le pilote. Je recommande une chasse rapide.

– Est-ce qu'on vidange les réservoirs auxiliaires avec la pompe d'assèchement ? demanda Houston d'une voix tendue, frustrée.

– Oui, commandant, aussi vite que possible », répondit le copilote, le second maître Campright.

Houston se tourna vers le téléphoniste.

« Informez le second qu'il y a des torpilles dans l'eau et dites-lui de rétablir la propulsion par tous les moyens nécessaires.

– Bien, commandant, répondit le téléphoniste avant de relayer dans son casque.

– Commandant, les torpilles Sierra 1-0-3 et 1-0-4 suivent des routes parallèles, cap au sud, vers la position tracée de Master 1 au moment où il a lancé les Status-6, dit Juggernaut. Je pense qu'elles visent Master 1. Le problème, c'est…

– Qu'on s'est mis sur leur route quand j'ai ordonné à toute l'équipe de quart de quitter la zone de l'explosion.

– Oui, commandant. Si elles passent en recherche active et qu'elles acquièrent le *Blackfish* au lieu du *Belgorod*, on est morts.

– Littéralement, murmura Smallbrock depuis son terminal de tir à côté de Katie.

– Armes, préparez des contre-mesures », dit Houston.

Juggernaut accusa réception et relaya par radio.

« Cent pieds en dessous de la profondeur d'immersion maximale, quatre cents pieds au-dessus de la profondeur d'écrasement. Commandant, je recommande une chasse d'urgence, dit le pilote.

– Si on déclenche la chasse d'urgence avec deux torpilles dirigées vers nous, on va y laisser notre peau, dit Houston pour que tout le monde l'entende dans le central.

– Bien, commandant. »

Personne n'avait expliqué à Katie les notions de « profondeur d'immersion maximale » et de « profondeur d'écrasement », mais il n'était pas très difficile d'en deviner le sens. Elle comprit qu'on opposait ainsi la profondeur jusqu'à laquelle le sous-marin offrait des garanties de conception et la profondeur à partir de laquelle la survie n'y était plus possible. Comme pour la confirmer dans cette interprétation, la coque du *Blackfish* résonna d'un grognement métallique à dresser les cheveux sur la tête.

« Ici sonar, Sierra 1-0-3 et Sierra 1-0-4 sont des torpilles lourdes russes de type 65, dit Adkins.

– Des torpilles russes ? dit Houston. Vous êtes sûr ?

– Oui, commandant.

– Sonar, est-ce qu'on peut imaginer un scénario plausible où Master 1 se serait repositionné au nord par rapport à nous ?

– Non, commandant, on tient toujours Master 1, relèvement un-huit-huit.

– Merde ! Deux sous-marins russes... dit Houston. C'est peut-être bien sur *nous* qu'ils tirent.

– Je ne pense pas, commandant, dit Katie en se fiant à son intuition. Si j'en juge par ma connaissance du président Ryan, il a dû donner à Yermilov une chance de régler le problème lui-même avant de donner ordre de couler le *Belgorod*. Je pense que c'est exactement ce qui est en train de se produire. Comme Juggernaut l'a dit elle-même, ces torpilles ont été lancées vers l'endroit même où se trouvait le *Belgorod* au moment où il a lancé les Status-6. Le commandant de ce deuxième sous-marin russe était sans doute en train de le traquer comme nous, attendant de voir si Gorov allait tirer.

– Deux cents pieds en dessous de la profondeur d'immersion maximale, trois cents pieds au-dessus de la profondeur d'écrasement, annonça le pilote, sans cette fois-ci recommander une chasse d'urgence.

– Bien », dit Houston.

Le regard toujours fixé sur elle, indéchiffrable, il décrocha un combiné, mais avant qu'il ne puisse dire quoi que ce soit, le haut-parleur du central fit résonner la voix de Knepper.

« Commandant, ici coordinateur, propulsion rétablie.

– Pilote, machines avant toute, dit Houston.

– Machines avant toute, reçu. Commandant, les machines sont réglées en avant toute.

– Swistak, dit Houston en s'approchant derrière le pilote.

– Commandant ?

– Écoutez-moi bien. On ne va pas dans la bonne direction. On doit faire cap vers l'est pour échapper à deux torpilles, mais il nous faut aussi de la vitesse et de la portance pour repasser au-dessus de la profondeur d'immersion maximale. On ne peut pas se permettre de virer lentement, de couler ou de caviter pendant l'opération que je vais ordonner. Vous avez bien compris, jeune homme ?

– Oui, commandant. Vous me demandez l'impossible, lui répondit Swistak, les yeux rivés sur son écran.

– Exactement. Vous êtes le meilleur pilote que j'aie jamais vu, mais il n'y a pas de honte à saisir la route et à laisser l'ordinateur se charger du pilotage.

– Bien, commandant. J'ai compris, dit Swistak avant de regarder son copilote Campright. Ou plutôt on a compris. »

Houston lui serra l'épaule.

« Pilote, remontez à une profondeur de cinq cents pieds et virez à gauche, cap un-trois-zéro. »

Le pilote accusa réception et peu à peu Katie vit le sous-marin remonter et changer de cap. Elle n'était pas sous-marinière, mais au cours de cette dernière heure elle avait reçu une formation express et tout commençait à s'éclaircir. Le plan du commandant était de sortir de la route des torpilles russes afin que le *Blackfish* ne remplace pas accidentellement le *Belgorod* dans le rôle de cible. L'exercice revenait à danser sur une corde raide. Le moindre bruit serait détecté par le sonar passif des torpilles, ce qui pourrait déclencher l'activation de leur sonar actif. Or, face à un sonar actif, la discrétion ne serait d'aucun secours à un gros sous-marin proche. Le *Belgorod* était plus gros, mais le *Blackfish* était plus proche.

Katie commençait à se dire que leur sort allait se jouer à pile ou face… Mais deux torpilles, ça voulait dire deux lancers de pièce, et ce jeu de hasard ne lui plaisait guère.

69

USS *WASHINGTON*, SSN 787, « *BLACKFISH* »

Knepper courut dans la coursive du compartiment réacteur vers le compartiment avant. L'officier ingénieur de quart venait de lancer le démarrage de récupération rapide et Knepper était intervenu pour accélérer le rétablissement de la propulsion. Arrivé au bout de la coursive, il dessouqua la porte étanche, qu'il ouvrit brusquement avant de franchir le panneau ovale.

« Je tiens la porte, coordinateur, dit l'officier qui était de quart au poste de combat dans le compartiment avant.

– Merci, compagnon », répondit Knepper avant de s'élancer vers le central, toujours équipé de son ARI.

Les niveaux de fumée s'étaient un peu améliorés, mais le système de filtration d'air du bateau mettrait plusieurs heures à éliminer les particules. La procédure standard après un incendie était de faire émerger au moins le massif pour ventiler d'urgence, ce que la situation tactique excluait catégoriquement. Les membres de l'équipage garderaient leurs ARI au moins jusqu'à la fin de ces échanges d'hostilités.

Il descendit au niveau intermédiaire par la première échappée et poursuivit jusqu'au central, où il se dirigea droit vers Houston.

« Commandant, dois-je rester ici ou aller dans le compartiment machine ?

– Restez ici. Alerte central, annonça Houston d'une voix forte, le second est coordinateur conduite de tir. »

Les hommes de quart accusèrent réception, et Knepper retourna prendre son poste à côté de Juggernaut, au centre d'attaque.

« Donnez-moi les dernières nouvelles », demanda-t-il à Smallbrock en étudiant tour à tour le diagramme sonar large bande sur son écran supérieur et la situation tactique sur son écran inférieur.

Smallbrock se tourna vers lui.

« Deux torpilles ont été lancées d'un sous-marin russe non identifié au nord, sur lequel on ne tient pas de contact sonar. Elles se dirigent vers l'endroit où se trouvait Master 1 au moment où il a lancé sa salve de deux Status-6.

– Merde, on est sur leur trajectoire, dit Knepper en regardant les icônes de la SITAC.

– Oui, coordinateur. On cherche à dégager. On vient à gauche au un-trois-zéro.

– Ici sonar, les deux torpilles viennent de ralentir », annonça Adkins.

Au bout d'un certain temps, il ajouta :

« Les torpilles sont passées de recherche passive à recherche active. »

Knepper vérifia la route du *Blackfish*, qui était en train de franchir les deux-quatre-cinq, puis la profondeur, maintenant supérieure à la profondeur d'immersion maximale. Il regarda ensuite l'écran large bande.

« Oh, non ! » murmura-t-il.

Puis d'une voix forte, il annonça :

« Commandant, il semblerait que le taux de relèvement diminue sur Sierra 1-0-4. Sierra 1-0-3 est à droite et trace rapidement à gauche devant notre avant, mais Sierra 1-0-4 est à droite et reste à droite. Je recommande une manœuvre d'évasion. »

Il était peut-être prématuré de faire cette recommandation, mais Knepper sentit que le *Blackfish* était en difficulté. Les deux torpilles avaient suivi des trajectoires parallèles depuis leur lancement, mais les taux de relèvement ne mentaient jamais. Le fait que le taux de relèvement de l'une des deux venait de chuter, ajouté à la différence considérable de leurs relèvements relatifs, était très mauvais signe : ça voulait dire qu'elle avait changé de trajectoire pour entrer en collision avec le *Blackfish*.

« Ici sonar, Sierra 1-0-4 vient d'acquérir le *Blackfish*.

– Manœuvre d'évasion, cap deux-zéro-zéro, annonça Houston. Lancez les contre-mesures internes. Pilote, huit cents pieds.

– Manœuvre d'évasion, cap deux-zéro-zéro, huit cents pieds, reçu… Commandant, les machines sont réglées en avant toute.

– Deux contre-mesures lancées, annonça Kearns après avoir activé à distance le lancement des contre-mesures internes.

– Commandant, le cap deux-zéro-zéro nous place sur la trajectoire d'interception du *Belgorod*, déclara Adkins.

– Oui, je sais, sonar.

– Mais l'autre torpille a pour cible le *Belgorod*.

– Oui… dit Houston. Coordinateur, informez-moi quand on passera à mille yards de Master 1. »

Knepper accusa réception. Il devinait l'idée de Houston : dévier la torpille qui fonçait sur le *Blackfish* vers une cible plus importante. Si elle ne se laissait pas tromper par cette première série de contre-mesures, Houston en lancerait certainement une autre au dernier moment avant d'ordonner de redresser la barre toute d'un bord, espérant que la torpille exploserait ou oublierait sa route en les franchissant et, une fois de l'autre côté, acquerrait le *Belgorod* au lieu de réacquérir le *Blackfish*.

C'est ce que j'aurais fait.

Il se retourna vers Ryan et la regarda pour la première fois depuis qu'il était revenu dans le central. D'une pâleur de fantôme dans son ARI, elle lui fit un sourire pincé qui le surprit.

On va s'en sortir, articula-t-il silencieusement.

Nouveau sourire pincé. Elle ne paraissait pas très rassurée.

« Ici sonar, les deux contre-mesures sont actives et elles passent dans notre baffle.

– Bien, dit Houston.

– Commandant, on maintient un cap de deux-zéro-zéro et une immersion de deux cent cinquante mètres comme ordonné, dit le pilote.

– Bien.

– Ici sonar, le bruit de raie et les taux de relèvement indiquent que Master 1 a engagé des manœuvres d'évasion de la torpille », lança Adkins d'une voix tendue.

Houston se tourna vers Knepper.

« Coordinateur, calculez leur route d'évasion. Notre survie en dépend.

– Bien, commandant, répondit Knepper en se penchant sur le terminal de Smallbrock tandis que celui-ci s'efforçait d'actualiser la trajectoire et la vitesse de Master 1.

– Ici sonar, la torpille Sierra 1-0-4 a franchi les contre-mesures.

– Coordinateur, vite !

– Voilà ce que j'ai, dit Smallbrock en présentant à Knepper une solution identique en tout point à la trajectoire que le commandant du sous-marin russe avait choisie dans ses prévisions. Master 1 a viré vers le sud, cap un-huit-zéro !

– Ici sonar, torpille Sierra 1-0-4 en autoguidage terminal.

– Commandant, CPA franchi sur Master 1, cria Knepper en vérifiant le point de cheminement le plus proche calculé par l'ordinateur, actualisé compte tenu du changement de route du *Belgorod*. Mille deux cents yards en éloignement. »

C'est maintenant ou jamais, commandant ! songea Knepper en serrant si fort le dossier de Smallbrock que ses articulations blanchirent.

« À droite toute, cria Houston d'une voix ferme, mais maîtrisée. Lancez les contre-mesures externes !

– À droite toute, reçu, dit le pilote.

– Contre-mesures externes lancées, dit Kearns.

– Manœuvre, poussez jusqu'à cent pour cent de la puissance du réacteur, ordonna Houston sur le 7MC. KR, mettez toute la puissance.

– Ici manœuvre, reçu, commandant. »

Knepper savait qu'au moment où il prenait le commandement, un commandant de sous-marin avait reçu certaines informations confidentielles sur les capacités des sous-marins en situation d'urgence. Au bout de douze ans dans la Navy, c'était la première fois qu'il voyait un SSN de la classe Virginia fonctionner à cent pour cent de sa puissance ou même entendait parler de cette possibilité. Mais, s'il y avait un bon moment pour prendre ce risque, ce moment était arrivé.

Il sentit que Katie le regardait, mais il n'eut pas le courage de se tourner vers elle et il garda les yeux rivés sur l'écran large bande en priant pour que la torpille défile droite. Il expira lentement dans son SCBA.

Ça va être drôlement serré.

70

LE *BELGOROD* (K-329)
PEU DE TEMPS AVANT

Conscient que le moment était venu, le capitaine de frégate Stepanov, premier officier et commandant en second du K-329, regardait son ami, mentor et commandant. Trempé de sueur, Konstantin délirait sous le coup de la fièvre. Le pourtour intérieur de ses lèvres était teinté de sang. Il luttait pour tenir debout, il tenait des propos désordonnés et il semblait avoir des hallucinations. Stepanov n'avait pas été témoin de la scène, mais il était convaincu que c'était Gorov qui, sans le consulter, avait fait assassiner l'officier armes dans la salle des torpilles avant de lancer les deux Poseidon.

Il est temps, dit la voix dans sa tête, *ou nous mourrons tous.*

« Commandant, je crois qu'il est temps que vous vous retiriez dans vos quartiers, dit Stepanov en posant une main sur son épaule. Je vais tenir le central à votre place pendant que vous vous reposerez. »

Konstantin répondit par un haussement d'épaules et, tel un comédien, il s'exclama, citant Dostoïevski :

« La vie est souffrance, la vie est peur, et l'homme est malheureux. L'homme aime la vie parce qu'il aime la souffrance et la peur. La vie se donne au prix de la souffrance et de la peur, et toute la duperie est là… Mais qui surmonte la douleur et la peur sera Dieu. Et ce Dieu ne sera pas ! »

Stepanov se tourna vers Tarassov.

« Conduisez-le dans sa cabine et fermez la porte à clé. Restez avec lui jusqu'à l'arrivée du médecin du bord. »

Tarassov hésita.

« Lieutenant, ceci est un ordre ! »

Tarassov hocha la tête, puis passa son bras sous l'aisselle de Konstantin, qui trébuchait, pour le sortir du central.

« Alerte central, le commandant est souffrant et je prends temporairement la manœuvre. Lieutenant Blok, vous êtes relevé de vos fonctions. Vous êtes mon auxiliaire de quart.

– Commandant, je suis relevé de mes fonctions, répéta Blok.

– Messager, envoyez le médecin du bord à la cabine du commandant, dit Stepanov.

– Bien », répondit le messager avant de filer.

À peine eut-il soupiré de soulagement à l'idée d'avoir mis fin à ce cirque qu'avait été le central que le haut-parleur annonça :

« Salve de torpilles dans l'eau ! Relèvement zéro-zéro-cinq. »

Stepanov savait que le chasseur-tueur américain SSN 787 n'était pas très loin, car le spécialiste en cryptologie du *Belgorod* avait décodé le message sonar codé. Malheureusement, le sous-marin de la classe Virginia était si discret et son commandant était un tacticien si redoutable qu'ils n'avaient pas pu le détecter, et encore moins le traquer. Les Américains avaient déjà lancé deux torpilles pour tenter de détruire les Poseidon du *Belgorod*, mais ils venaient manifestement de faire demi-tour pour terminer le travail.

« Sonar, combien de torpilles ?

– Deux, classifiées... russes. Futlyar. »

Stepanov sentit le sang refluer de ses joues à l'annonce de cette nouvelle. La torpille Futlyar était le modèle filoguidé le plus récent et le plus avancé de la flotte russe, mais le stock était limité. Un seul sous-marin de la flotte du Nord en transportait, et c'était le chasseur-tueur le plus efficace de toute la flotte russe : le K-560 *Severodvinsk*.

« Le Président nous a envoyé des renforts pour nous aider à tuer les Américains », lança une voix dans le central, propos qui furent acclamés par les autres hommes de quart.

Stepanov cependant savait que ce n'était pas le cas – il le sentait au plus profond de lui-même. L'ambiance optimiste et festive qui régnait dans le central changea du fait qu'il ne confirma pas cette hypothèse. Les hommes virent à son expression que les torpilles n'étaient pas dirigées contre leur adversaire américain, mais contre eux-mêmes.

« Conduite de tir, traquez ces torpilles. Donnez-moi leur cap, leur vitesse et leur distance, et dites-moi où elles se dirigent.

– Oui, commandant », dit le chef opérateur conduite de tir.

Il vient de m'appeler commandant, songea Stepanov, le coin de ses lèvres rebiquant fièrement.

Le *Belgorod* possédait deux gros réacteurs à eau pressurisée ainsi que deux puissantes turbines de propulsion et deux hélices. Malgré toute cette puissance, c'était un sous-marin énorme, avec un déplacement de trente mille tonnes, lent aux départs comme aux manœuvres. Ni vitesse ni virage ne permettraient à Stepanov d'éviter une torpille Futlyar, encore moins deux. Leur meilleur espoir de survie était de ne pas faire de bruit pour éviter de se faire détecter. Si le commandant du *Severodvinsk* avait tiré la salve aux coordonnées où se trouvait le *Belgorod* au moment où les deux Poseidon avaient été lancés, il y avait une probabilité pour que les deux nouvelles torpilles traquent les Poseidon sans détecter le *Belgorod*.

Et si le destin nous sourit, qui sait si les Futlyar n'acquerront pas le SSN américain à notre place !

Malheureusement pour l'équipage du *Belgorod*, Stepanov comprit vite que le destin voyait les choses d'un œil très différent. La situation tactique se dégrada avec les manœuvres d'évitement et les contre-mesures lancées par les deux sous-marins. Dans une arène océanique tourbillonnante et agitée, les bruiteurs et les boucliers à bulles tentèrent de distraire et de tromper les chasseurs-tueurs tandis que deux léviathans aveugles se battaient pour leur survie. Finalement, les deux torpilles optèrent pour la cible la plus grosse.

« Ici sonar, les contre-mesures ont échoué. Les torpilles Futlyar 1 et 2 sont en autoguidage terminal sur le *Belgorod*. Impact dans trente secondes. »

La mort ne semblait plus faire aucun doute, mais Stepanov avait encore une carte à jouer. Comme tous ses frères de la classe Oscar II, le *Belgorod* avait été construit selon un plan à double coque : une coque de pression interne robuste était entièrement enveloppée dans une coque externe hydrodynamique. Le grand intervalle entre les deux coques lui donnait une formidable réserve de flottabilité et servait d'amortisseur à l'impact des torpilles. De fait, contrairement à ses homologues américains qui ne disposaient que de deux compartiments étanches – un à l'avant, l'autre à l'arrière –, le *Belgorod* en avait dix… Dix compartiments pour isoler et pour contenir les voies d'eau, ce qui augmentait considérablement la capacité de survie en cas de brèche. Enfin, comme le *Belgorod* avait été conçu comme un sous-marin de missions spéciales pour les opérations en profondeur, le chantier naval avait utilisé un acier plus coûteux avec une résistance à la traction plus élevée. Des renforts et des contreventements avaient aussi été nécessaires pour la soute UUV et pour les stations d'accueil dans la section médiane. S'il y avait dans la flotte un sous-marin qui pouvait survivre à ce genre d'attaque, c'était bien le K-329.

« Officier de plongée, dit Stepanov. Assiette +20, parez à chasser partout à mon signal.

– Assiette +20, reçu », dit le pilote, qui ordonna aux barreurs de plongée d'incliner les barres d'arrière et d'avant.

Dès que l'avant eut commencé à remonter, l'officier de plongée se leva pour placer ses mains à hauteur des leviers d'activation de la chasse d'urgence sur le tableau de sécurité plongée.

« Chasse rapide à votre signal.

– Quinze secondes avant l'impact. »

Remonter à la surface était leur unique chance de survie. En cas de brèche en profondeur, la pression de l'eau suffirait à remplir un compartiment en quelques secondes et empêcherait toute tentative de fuite. À la surface, son équipage aurait encore une chance.

Si je m'y prends au bon moment, un rideau séparera les torpilles et le bas de la coque.

Ses études en ingénierie lui avaient appris que la force d'une explosion diminuait de façon exponentielle avec l'accroissement de la distance par rapport au point de détonation. L'onde de choc pourrait même contribuer à propulser le sous-marin à la surface.

Le sous-marin avait maintenant vingt degrés de pointe, l'angle le plus élevé autorisé par la norme, et Stepanov sentit ses mollets se raidir lorsqu'il se pencha tout en s'agrippant à la rambarde qui entourait le pied du périscope.

« Dix secondes avant l'impact… Neuf… Huit…

– Chassez aux ballasts ! » cria-t-il en espérant avoir calculé une latence optimale à la fois pour le temps de réaction et pour la chasse des centaines de milliers de litres d'eau des ballasts par le système d'air comprimé.

L'officier de plongée actionna les leviers en criant :

« Chassez aux ballasts, reçu ! »

Le rugissement de l'air comprimé résonna dans tout le bateau, et Stepanov sentit la remontée de cette énorme bouée sous-marine. Et, quelque part, très loin, il entendit la voix de l'opérateur sonar dans le haut-parleur du central.

« Détonation dans trois… deux… un… »

71

USS *WASHINGTON*, SSN 787, « *BLACKFISH* »

Ce n'était arrivé qu'une seule fois à Katie, le jour où, toute petite, elle avait fait l'objet d'une tentative d'enlèvement par des terroristes. Et voilà que ça se reproduisait. Prise dans le tourbillon de chaos et de mort imminente, elle fit un pas de retrait. En esprit. Elle eut le sentiment de s'être détachée de son corps, comme si une sorte de quatrième mur métaphysique venait de se briser et qu'elle pouvait ainsi être l'observatrice de la pièce de théâtre qu'était sa vie. Son personnage était en danger de mort, mais la peur qui l'avait saisie quelques instants plus tôt lui parut soudain bien lointaine.

Dans cet état, sa vision du temps s'altéra. La cadence mesurée et prévisible, le battement de tambour universel avec lequel le présent se précipitait vers le futur, changea de tempo. Comme dans la musique… *presto* et *lento.*

Vite et lent, songea-t-elle.

Elle voyait sans cesse des endroits différents dans le central, telle une réalisatrice ordonnant différentes prises de vues.

Knepper : « Commandant, Sierra 1-0-4 à droite, traçant à droite. Taux de relèvement élevé. »

Juggernaut : « Elle a mordu à l'hameçon. »

Adkins : « Ici sonar, les deux torpilles se dirigent sur Master 1… Master 1 vient de lancer des contre-mesures. »

Pilote : « Commandant, le manœuvre rend compte d'une poussée maximale à cent dix pour cent de la puissance du réacteur. »

Houston : « Coordinateur, distance par rapport à Master 1 ? »

Knepper : « Deux mille yards en éloignement… »

Elle cligna des yeux et tout redevint immobile.

Lento…

Puis ce fut la tempête.

Le bateau fut violemment secoué, comme ébranlé par un séisme océanique. Une réplique suivit, presque aussi violente que le premier choc.

Elle cligna de nouveau des yeux et autour d'elle c'était le chaos.

Presto…

Des alarmes retentirent, des ordres furent donnés, mais cette fois le retour à la normale fut plus rapide. Pas d'incendie. Pas de mise à l'arrêt du réacteur. Il y eut un déluge de signalements concernant des dégâts ou des blessures, mais le commandant et l'équipe de quart purent les traiter. Une voix rendit compte d'un changement de système électrique et de régime de propulsion – *pardon ?* – en usant de termes et de configurations qui ne voulaient rien dire pour elle. Mais le sous-marin ne coulait pas. Pas cette fois-ci. Les lumières étaient restées allumées et l'océan était toujours à l'extérieur de la coque de pression, là où il devait être.

Et, tout du long, le régulateur de son masque respiratoire de secours avait sifflé comme Dark Vador…

« Lieutenant Ryan ? cria une voix. Lieutenant Ryan ! »

Katie revint en elle-même et le temps reprit son cours normal.

« Quoi ? demanda-t-elle à Knepper, qui se tenait maintenant devant elle.

– Je vous demandais si ça allait.

– Oui. Et le navire ?

– C'est un bateau.

– Quoi ? dit-elle, confuse.

– Les navires, c'est à la surface. Les sous-marins sont des bateaux, dit-il en lui souriant dans son uniforme de pompier.

– Vous êtes vraiment en train de faire des blagues dans un moment pareil ? Dites-moi juste si le danger est passé.

– Désolé. Pendant une minute, ça a été la panique mais tout va bien. Le danger est passé.

– Bien, dit-elle en fermant lentement, momentanément, les yeux.

– Euh, vous n'aviez pas l'air d'être avec nous, là, tout à l'heure…

– Je me suis dit que le mieux était de ne rien dire et de rester en retrait.

– Euh… pas bête, en réalité…

– Et le *Belgorod* ? » demanda-t-elle en se retournant vers le poste de conduite de tir comme un officier de sous-marin chevronné.

Ces choses qui jusque-là avaient été de l'araméen pour elle commençaient à lui devenir familières.

« Il est sans doute à la surface. D'après le sonar, il est gravement endommagé mais il a survécu à cette attaque. Une sacrée bête, on dirait, ce *Belgorod* ! On se prépare à remonter à l'immersion périscopique pour que le commandant puisse voir ce qu'il en est. »

Ce dernier commentaire lui fit l'effet d'un massage cardiaque au cerveau et elle écarquilla les yeux.

« Dennis, le deuxième Status-6, on l'a fait exploser ? Celui qui se dirigeait vers l'ouest et dont vous m'avez dit que notre ADCAP ne pourrait probablement pas le rattraper ? »

Knepper changea totalement d'expression.

« Merde, avec tout ce chaos et tous ces problèmes à régler, je crois qu'on n'a pas confirmé…

– Il faut prévenir la Maison Blanche, dit-elle sans le laisser finir. Il faut leur dire qu'on n'a pas pu l'arrêter et qu'il file vers la côte Est ! »

Knepper se tourna vers Houston.

« Commandant, il faut informer le SUBLANT que le Status-6 qui file vers l'ouest est sans doute intact et qu'il se dirige vers sa cible.

– Radio, ici le commandant, vous avez entendu ? dit Houston d'une voix forte dans l'interphone.

– Ici radio, reçu, répondit aussitôt le haut-parleur du central. Je prépare un message. »

Houston adressa à Ryan un hochement de tête solennel en guise de reconnaissance.

« Merci pour le soutien, Katie, dit Knepper.

– Il y a une chose que j'ai apprise pendant les six heures que j'ai passées à bord de ce sous-marin : ce qui rend un équipage aussi formidable, c'est que tout le monde se soutient. Pas d'ego. Tout le monde réfléchit, travaille et contribue.

– Je crois que maintenant, vous faites partie des nôtres, répondit-il en posant une main sur son épaule.

– Merci, dit-elle, mais une nouvelle pensée affreuse lui traversa l'esprit.

– Quoi ?

– Et l'autre sous-marin russe ? Celui qui a lancé ces torpilles sur le *Belgorod* qui ont failli nous tuer ?

– Il est toujours là, dit Knepper. Mais, comme le commandant, je pense que sa cible, ce n'est pas nous mais le *Belgorod*. On restera très à l'écart du K-329 tant qu'on sera à l'immersion périscopique, juste au cas où ce type déciderait de remettre ça.

– Super, dit-elle tout bas.

– Dites, je dois aller à la salle radio pour veiller à ce que ce message dise tout ce qu'il y a à dire et le signer. Vous restez ici ? »

Avec un sourire en coin, elle souleva le tuyau en caoutchouc noir qui lui permettait de respirer.

« Où est-ce que je pourrais aller d'autre ? »

Après le départ de Knepper, elle regarda non sans admiration le commandant Houston, qui s'apprêtait à engager la remontée à l'immersion périscopique. Il préparait son équipage et son sous-marin, éprouvés quoique endurcis, pour une nouvelle opération périlleuse. N'était-ce pas la mission pour laquelle ils s'étaient tous engagés ? Le *Blackfish* était véritablement un fer de lance, le prédateur suprême. Maintenant qu'ils avaient sauvé le groupe aéronaval, ils allaient devoir passer le flambeau à son père pour sauver le pays.

J'ai fait de mon mieux, papa, songea-t-elle avec un sourire las alors que le sous-marin commençait à remonter. *J'espère que ça te suffira.*

72

SITUATION ROOM
LA MAISON BLANCHE

Ryan laissa d'abord toute cette profonde intelligence réunie dans la salle de crise bouillonner un petit moment. Plus jeune, il avait appris que le chaos, s'il était canalisé et contenu intelligemment, n'avait pas de quoi faire peur.

Il regarda l'horloge analogique au mur et laissa encore passer quinze secondes. Le chaos en question venait du message d'urgence reçu de l'USS *Washington* et de la relativement bonne nouvelle qu'il contenait. Le *Belgorod*, endommagé, avait dû remonter à la surface. Le *Washington* était quant à lui pleinement opérationnel et les Russes semblaient bel et bien avoir tiré sur un de leurs bâtiments, comme l'avait promis Yermilov. Le groupe aéronaval 12 était aussi sain et sauf, une torpille Poseidon ayant été détruite par le commandant Houston.

Ça, c'était pour la bonne nouvelle.

La mauvaise, c'était qu'un autre Status-6 filait vers la côte Est des États-Unis.

« Bien, dit sèchement Ryan. Où en sommes-nous ?

– Monsieur le Président, le *Belgorod* a beau être endommagé et en surface, je recommande fortement de l'achever avant qu'il ne lance d'autres Poseidon », déclara Kudryk.

Ryan se pinça les lèvres.

« A-t-on des images ?

– Connexion en cours, monsieur le Président, annonça Mary Pat en tapant sur un ordinateur depuis son fauteuil. En direct de la NSA. »

Les images qui apparurent sur l'écran géant auraient pu venir d'un pilote juste au-dessus du sous-marin tellement elles étaient claires et nettes. L'immense sous-marin russe, à fleur d'eau, gîtait à près de vingt degrés sur bâbord. Le pont était rempli de marins équipés de gilets de flottaison aux couleurs vives qui étaient en train de préparer de grands radeaux orange.

« Ils abandonnent le bateau », dit l'amiral Kent.

Il enfonçait une porte ouverte, mais Ryan savait que c'était peut-être une ruse. Lui-même n'en avait-il pas orchestré une de ce genre avec le commandant Marko Ramius une quarantaine d'années plus tôt ? L'équipe de Mary Pat avait cependant annoncé que le *Belgorod* ne transportait que deux Status-6 à ogive nucléaire. Les deux avaient été tirées. La menace, selon lui, avait été neutralisée. La plupart des marins à bord du *Belgorod* ignoraient sans doute tout des événements. Ils en étaient, à bien des égards, des victimes.

Ils ne méritaient pas de mourir.

« Le *Belgorod* est manifestement inapte aux opérations militaires, dit-il. Et le *Washington* est prêt à intervenir. S'il essaye de tirer d'autres torpilles, on l'envoie en enfer, sinon, on embraye une phase de sauvetage.

– Bien, monsieur le Président », répondit Kudryk avec un ton et une expression indéchiffrables.

Éprouvait-il du soulagement ou de la déception ? Ryan s'en fichait bien.

« Notre seule priorité désormais est de trouver le deuxième Status-6. On a combien de temps ?

– Eh bien, répondit Kent en faisant un calcul mental, à en juger par la vitesse réelle du Status-6 et par l'heure à laquelle il a été lancé, si sa cible est bien Hampton Roads, on a entre sept et douze heures. »

Ryan serra les dents. Il savait que le plus gros problème n'était pas de localiser le Status-6. Ce ne serait sans doute pas une mince affaire : même une grosse torpille dont la trajectoire probable était connue n'était qu'une minuscule aiguille dans la botte de foin de l'Atlantique. Mais le plus grand défi serait de le neutraliser.

« Monsieur le Président, on a une liaison vidéo avec le Bahreïn, dit l'assistant de son secrétaire à la Défense.

– Montrez-la-nous », dit-il.

Le visage du lieutenant Tucker remplit soudain l'écran, les traits marqués par l'inquiétude mais le regard fixe.

« Monsieur le Président, comme je sais que le temps presse, je vais aller à l'essentiel. On est un peu largués, mais pas encore hors-jeu. On pense pouvoir trouver le Status-6. »

La salle poussa un grand soupir de soulagement, soulagement tout éphémère cependant car dans l'équipe tout le monde savait que localiser ne voulait pas dire neutraliser.

« On connaît l'heure et les coordonnées de lancement. Si vous nous fournissez une liste de cibles probables classées par ordre d'importance, notre IA pourra facilement calculer une estimation de trajectoire jusqu'à chacune d'entre elles. On pourra alors attribuer des fenêtres de détection à nos drones de surface et sous-marins – ainsi qu'à tous les autres moyens de recherche présents dans la zone, dit le jeune homme d'une voix qui suggérait que le système était plus complexe qu'il ne l'avait dit précédemment. Pour chaque alerte, si on en reçoit, notre IA rapportera les données réelles à ces fenêtres de détection et mènera une analyse optimale pour identifier la cible. On pourra affiner la zone de recherche et se concentrer sur sa localisation. Le COMUNDERSEASURV recevra toutes les données générées en temps réel via l'IUSS, ajouta-t-il en faisant référence au Commandement de la surveillance sous-marine et au Système intégré de surveillance sous-marine.

– Très beau travail, lieutenant Tucker, déclara Kent.

– Et, avec toute cette belle technologie, quelle est la probabilité de localiser le Status-6 ? demanda Kudryk, détendant légèrement l'atmosphère.

– Soixante-dix-huit pour cent, général Kudryk », répondit Tucker.

Kudryk regarda le Président d'un air renfrogné.

Ryan comprit ce qu'il voulait dire. Soixante-dix-huit pour cent, c'était bien, mais le Poseidon avait encore vingt-deux pour cent de chances de déjouer le réseau de surveillance qui cherchait à le localiser.

« Tenez-nous informés en temps réel, lieutenant Tucker.

– Bien, monsieur le Président, répondit le jeune officier à l'autre bout du monde, après quoi l'écran redevint bleu.

– Si on le trouve, comment est-ce qu'on le détruit ? demanda Ryan.

– Monsieur le Président, répondit Kent, le *Washington* a prouvé qu'une ADCAP pouvait détruire un Status-6, mais même à pleine vitesse elle n'a aucune chance de le rattraper si elle n'est pas lancée en géométrie rapprochée. L'*Indiana* est en position d'intercepter le Status-6 si la cible est Norfolk. Mais si c'est New York, Charleston ou un autre port que le commandant Gorov a visé, alors tout est perdu. »

Ryan, submergé par le flot des hypothèses, essayait d'anticiper les problèmes et les obstacles et de mettre en place des solutions en temps réel.

« La logique veut qu'il ait visé Norfolk, mais il nous faut un plan de secours en cas d'erreur, dit-il.

– Monsieur le Président, je propose d'intervenir dès que la torpille aura été localisée. Il ne faut pas attendre l'*Indiana*. Il faut déployer immédiatement tous les moyens aériens et de surface dont on dispose à une portée permettant de lancer des torpilles Mark 46 et 54 en direction de la cible, répondit Kent avec une expression qui suggérait que son esprit vif était déjà en train de calculer une solution. Soixante-quinze nœuds, pour une torpille, c'est vraiment très rapide mais pas au point de nous empêcher de positionner des ressources.

– Faites, dit Ryan.

– Les Mark 46 et 54 sont des torpilles légères, fit remarquer Kudryk. Ont-elles la charge utile nécessaire pour détruire un Status-6 ? »

Kent serra les dents.

« On va vérifier ça auprès de nos experts en sécurité, mais je pense qu'elles ont au moins la puissance nécessaire pour neutraliser le Status-6. Franchement, je m'inquiète moins de la charge utile que de limitations comme la portée, la profondeur d'utilisation maximale, et les capacités du sonar remorqué ou même du traitement des données.

– Comment ça ? demanda Ryan d'un ton peu enthousiaste.

– L'avantage des torpilles légères, monsieur le Président, c'est qu'on peut les déployer aussi bien depuis des navires de surface que depuis des hélicoptères, mais elles sont moins performantes qu'une ADCAP à tous points de vue. La profondeur m'inquiète tout particulièrement. On peut faire descendre des Mark 46 et 54 jusqu'à mille cinq cents pieds, mais il se peut tout à fait que le Status-6 soit opérationnel à une profondeur deux fois supérieure. Si j'étais Gorov, je l'aurais programmé pour qu'il descende le plus profond possible le plus longtemps possible. La vérité, c'est qu'à part la propagande débile du Kremlin, on n'en sait pas assez sur cette foutue torpille.

– Eh bien, répondit Ryan d'une voix tendue, la guerre, on la fait avec la marine qu'on a, et non avec celle qu'on souhaiterait avoir. Si on pouvait lancer des ADCAP depuis des hélicoptères, on le ferait, mais on ne le peut pas. Il faut espérer que l'*Indiana* soit au bon endroit au bon moment, mais mieux vaut ne pas compter là-dessus. Amiral Kent, je veux que la flotte se tienne prête à lancer des centaines de Mark 46 et 54 contre le Status-6 dès qu'il aura été localisé.

– Bien, monsieur le Président.

– Mais tenez-vous prêts à tirer une seconde salve quand la profondeur ne sera plus une contrainte.

– Ça veut dire assez près de la côte, monsieur le Président. Et si l'ogive est déclenchée ? »

Ryan soupira.

« On n'aura peut-être pas le choix si elle passe en profondeur, dit-il, et là-dessus l'amiral hocha la tête pour marquer sa compréhension. Notre dernière ligne de défense sera au maximum de distance de la côte, là où la profondeur est de cinq cents mètres.

– Bien, monsieur le Président. »

Parmi les derniers espoirs d'arrêter l'attaque nucléaire sur le territoire, le meilleur semblait finalement résider dans l'USS

Indiana et dans ses torpilles lourdes ADCAP. Or, étant donné la vitesse de déplacement de ces torpilles, ils n'auraient qu'une seule chance.

Si tant est qu'on puisse trouver ce foutu Status-6 à temps…

Prévenir l'équipage à temps…

Et qu'il puisse arriver sur les lieux…

73

LE *BELGOROD* (K-329)
ATLANTIQUE NORD

Konstantin les entendait parler de lui… Stepanov et le médecin du bord.

Malgré toutes ses protestations, le médecin lui avait fait une piqûre. Les contorsions, les gémissements l'avaient sans doute poussé à bout. Maintenant que la morphine coulait dans ses veines et que sa douleur diminuait, Konstantin était heureux de ce soulagement.

« Merci, docteur. Vous avez fait tout ce que vous pouviez, dit Stepanov. Maintenant, dépêchez-vous de remonter, on n'a plus que quelques minutes avant que le sous-marin ne coule.

– Et le… ? balbutia le médecin.

– Je m'occupe de lui. »

Konstantin regarda le médecin quitter sa cabine, tandis que Stepanov, son fidèle ami en même temps que premier officier, tirait une chaise pour s'asseoir à son chevet.

« On est remontés à la surface ? demanda-t-il, sentant la coque tanguer doucement.

– *Da*, commandant.

– Quels sont les dégâts ?

– Le sous-marin est irréparable. On a des voies d'eau dans plusieurs compartiments. Les réacteurs sont en panne. On ne peut pas évacuer l'eau assez vite pour rester à flot. »

Konstantin, guère surpris par la nouvelle, hocha la tête.

« Et l'équipage ?

– On évacue vers des radeaux de sauvetage en ce moment même.

– Combien de survivants ?

– On en compte quatre-vingt-huit sur cent quinze. »

Konstantin toussa, puis avala un paquet de mucus sanguinolent.

« La faute des Américains, *da* ? Ils nous ont tiré dessus…

– *Niet*, c'était le K-560.

– Quoi ? » s'étrangla Konstantin tout en essayant de se redresser.

Le brouillard de morphine s'était tout à coup dissipé.

« C'est Denikine qui nous a tiré dessus ? Comment le savez-vous ?

– C'étaient des torpilles de la classe Futlyar.

– Ah, je vois, dit-il en se renfonçant sur son oreiller. Il n'y a que le K-560 qui en transporte… Bon, mais je suppose que c'est mieux comme ça… »

Stepanov ne fit pas de commentaire.

« Et la mission ? Est-ce qu'on a réussi ? »

Stepanov hésita un court instant, puis dit :

« Les Américains ont détruit le Poseidon qui se dirigeait vers leur groupe aéronaval. On pense que l'autre a franchi leur torpille Mark 48 et qu'elle se dirige vers sa cible.

– Bien, c'est une bonne nouvelle…

– Vous êtes sûr, commandant ? Moi, plus tant que ça. Si le Status-6 explose, je ne pense pas que l'équilibre des forces en sera modifié comme nous l'espérions. Je pense que Morozov avait raison. Cette mission était une erreur.

– Calina le pensait très certainement, dit Konstantin en fermant les paupières. Elle a essayé de m'arrêter, mais il était trop tard.

– Calina ? demanda Stepanov d'une voix pleine de compassion. Votre femme est morte, mon ami.

– Je sais », lui répondit Konstantin le cœur brisé.

Il ouvrit les yeux et chercha la main de son premier officier.

« Je vous lègue le *Belgorod*, Youri. Vous en êtes désormais le commandant.

– Merci, je ferai de mon mieux. »

Stepanov retourna la main de Konstantin pour y déposer quelque chose avant de se lever. Sur le seuil, il marqua une pause, puis dit :

« Poka my ne vstretimsia snova, Kapitan. »

« Ce n'est qu'un au revoir. »

Konstantin regarda la porte de sa cabine se refermer. Quand il leva sa main et qu'il ouvrit ses doigts, il vit dans sa paume l'insigne d'un commandant de sous-marin de l'ère soviétique : un sous-marin en laiton avec une étoile rouge en son centre. Un sourire étira ses lèvres alors qu'il serrait fermement l'insigne, ses paupières se fermèrent et son esprit bascula dans un sommeil froid, sans rêves.

74

CABINE DU P-8A POSEIDON DE LA FLOTTILLE VP-5, « *MAD FOXES* »
27 000 PIEDS AU-DESSUS DE L'ATLANTIQUE
387 NAUTIQUES À L'EST-NORD-EST DE LA CÔTE DE VIRGINIE

Le maître principal Levi Prescott s'étira le dos et la nuque avec un léger soupir et quelques clignements d'yeux. Cette mission n'avait rien de nouveau pour lui : il faisait de longues patrouilles sur le P8 depuis sa formation à l'école de l'air et il était au VP-5 depuis les mises à niveau de bloc 2. Mais cette fois, l'enjeu n'avait rien à voir. Ses amis l'avaient bien tanné quand il avait rejoint une flottille que beaucoup trouvaient d'une autre époque. Après plus de vingt ans à traquer des terroristes au Moyen-Orient, aller chasser des sous-marins, ça faisait un peu « marine de papy » – d'ailleurs son grand-père avait fait partie de la flotte sous-marine.

Prescott n'avait pas tous les éléments, mais il savait que, cette fois, l'opération était différente. Il y avait une forte tension dans la cabine du P-8A, l'avion de patrouille maritime le plus perfectionné de la Navy, et le capitaine de corvette Brenner, normalement décontracté et farceur, paraissait calme et impassible. Installé à son poste, il travaillait même tout autant que les autres afin de trouver le mystérieux objet recherché.

« C'est quel genre de sous-marin qui fait soixante-quinze nœuds ? » demanda tout bas le spécialiste de la guerre aérienne à sa droite, un jeune de Hoboken qui s'appelait Tony Gallo.

Il plaisait à Prescott, et pas uniquement parce qu'il venait du New Jersey comme lui, raison pour laquelle le reste de l'équipage les appelait les « Jersey Boys ».

« Aucune idée, répondit-il. En tout cas, si on s'en approche, on devrait bien le trouver. Il doit faire un sacré boucan à cette vitesse.

– Oui », répondit Gallo en regardant d'un air d'envie le poste de Prescott.

Il travaillait sur les bouées sonar actives. À une distance pareille, il recevait très peu de données, et elles venaient principalement de bancs de poissons ou autres organismes biologiques, ou bien des contours du plancher océanique. Prescott, lui, travaillait sur les sonars passifs. Son travail consistait uniquement à écouter l'océan, et il se trouvait que l'océan faisait beaucoup de bruit. D'habitude, il paramétrait ses filtres pour éliminer les organismes biologiques ainsi que l'action des vagues. Mais ce jour-là, on lui avait donné ordre de les élargir, et il recevait ainsi des paquets de données, ce qui avait au moins l'avantage de faire passer le temps. Grâce à la possibilité de se faire ravitailler en vol, qu'ils avaient déjà exploitée une fois, la version militaire du Boeing 737-800 ERX pouvait rester en mission sinon indéfiniment, du moins pendant vingt-quatre heures d'affilée. Alors tant mieux s'il y avait de quoi s'occuper…

« Hé, Prescott ! lui lança Brenner.

– Oui, chef ? »

Prescott était content de pouvoir travailler dans la décontraction. Il lui était arrivé plus d'une fois de travailler avec des officiers qui étaient de vrais connards. Mais, tant que l'équipage faisait ce qu'il avait à faire, Brenner aimait se mêler à l'équipe.

« Vous recevez toujours les données de la passe 7 ? »

Il vérifia son écran, puis ouvrit une boîte de dialogue pour réintégrer la passe, déjà assez ancienne, dans son ensemble de données.

« Maintenant, oui, répondit-il.

– Ils veulent qu'on écoute dans cette zone.

– C'est qui, ce "ils" dont on parle depuis tout à l'heure ? grommela Gallo.

– Aucune idée, Gallo. Tout passe par l'UNSEA, répondit Brenner, usant d'un raccourci pour COMUNDERSEASURV, qui était lui-même un raccourci pour *Commander, Undersea Surveillance*, le Commandement de la surveillance sous-marine. En tout cas, l'ambiance a changé. C'est comme si quelqu'un d'autre venait de prendre la barre. En tout cas, c'est une mission hyper importante. Ça, je peux vous le dire, les gars… »

Prescott leva la main en se penchant, et tout le monde se tut. Il appuya sur son casque afin de mieux faire abstraction du bruit de la cabine, et augmenta le gain audio. Puis il tendit la main vers l'emplacement de la bouée acoustique 47, avec son antenne qui pointait au-dessus des vagues pour lui envoyer les données qu'elle collectait.

« C'est quoi ce truc ?

– Qu'est-ce qui se passe, Jersey ? demanda Brenner.

– Pilote, virez à gauche cap un-trois-cinq et filez sur la SB47.

– Reçu », dit la voix du copilote, le lieutenant Derek Hines, de Floride.

L'appareil fila vers la bouée acoustique par l'est, et le signal intermittent devint constant lorsqu'il paramétra son gain audio puis ses filtres.

« Putain… dit-il en regardant Brenner.

– Quoi ? »

Il écouta un instant, les yeux fermés, puis rouvrit les paupières en souriant.

« Ça y est, chef ! dit-il à Brenner. On a un truc qui fonce avec une cavitation de dingue, et un taux de relèvement indiquant qu'il va vers l'ouest. »

Il ajouta le contact à son écran avec sa souris, ce qui le fit apparaître immédiatement sur les autres postes.

« Activez-moi quelque chose et triangulez, dit Brenner.

– Merde, dit Gallo. Maintenant, ça hurle sur ma ligne active et… »

Il regarda l'écran en plissant les yeux.

« Ce n'est pas un grand requin blanc, chef. Ça se déplace à soixante-dix-huit nœuds.

– Je le suis, dit le lieutenant Sarah Beach depuis le terminal à côté de Brenner. C'est sûrement ce qu'on cherche. »

Brenner sourit, mais d'un sourire lugubre.

« Je fais remonter ça tout de suite, dit-il. Ne le perdez pas, les gars. »

Prescott regarda Gallo, qui sourit.

« On n'a pas trop à s'inquiéter de ce point de vue, dit Prescott. Il fait un vrai boucan, ce truc. Et maintenant qu'on a sa signature dans le système, on peut le suivre à la trace.

– À votre avis, c'est quoi ? demanda Gallo. Une espèce de sous-marin expérimental à grande vitesse ? C'est bien un truc à nous, hein ? C'est un test ? »

Prescott remarqua l'inquiétude sur le visage de son coéquipier. Il regarda la carte et dézooma pour prolonger la trace du contact vers l'ouest. La ligne magenta filait tout droit vers la base navale de Norfolk.

« Non, je ne crois pas, mon gars, répondit-il, l'estomac noué. Ne perds pas de vue cette saloperie. »

75

USS *INDIANA*, SSN 789, « *BATTLE BASS* »
À 202 MILLES DE LA CÔTE DE VIRGINIE

Harris se concentrait sur l'écoute des bruits de l'océan comme si l'avenir du monde en dépendait, car, eh bien, c'était le cas.

Sur ordre du président Ryan, le *Battle Bass* avait traversé l'océan Atlantique à pleine vitesse jusqu'à cette zone particulière où une intelligence artificielle sur un serveur au Bahreïn avait prédit – grâce aux données d'une centaine de drones, de dizaines de bouées acoustiques et de Dieu savait quelles autres ressources encore – le passage d'une torpille à ogive nucléaire. Un message Flash reçu à l'immersion périscopique avait signalé la localisation de la cible, la mission de l'*Indiana* étant de la détruire. Selon le commandant Bresnahan, qui avait présenté les détails de l'opération à toute la section de quart, ce revirement était très ironique. La torpille qui filait droit sur Norfolk avait été tirée par le K-329 *Belgorod*, ce foutu sous-marin russe qui avait trompé leur vigilance dans la mer de Barents.

À la grande surprise de Harris, Bresnahan avait fait son éloge devant tout le monde en soulignant que s'il n'avait pas percé la ruse des Russes, le groupe aéronaval 12 aurait été pulvérisé et qu'ils n'auraient pas eu cette chance d'intercepter la torpille nucléaire qui filait maintenant vers Norfolk.

Il n'y a pas eu que moi, avait songé Harris. *Le gars de l'ACINT aussi mérite des félicitations.*

Harris et Torvik étaient devenus amis. Torvik avait même cherché à convaincre Harris de postuler au programme de l'ACINT.

Il lui avait dit qu'il était doué en tant que sonar. Harris n'en était pas si sûr, mais se l'entendre dire lui avait fait plaisir.

Un tonal sourd, à peine audible, le tira de ses pensées.

Harris ferma les yeux pour l'écouter et, quand il fut certain que ce n'était pas un signal imaginaire – comme ça arrivait parfois –, il les rouvrit pour étudier le diagramme large bande, cherchant un motif dans les parasites. D'habitude, il captait d'abord les fréquences à l'oreille, avant que le signal n'ait franchi le seuil à partir duquel l'ordinateur pouvait isoler le bruit tonal dans le bruit de fond. Dix secondes plus tard, une ligne commença à se dessiner en haut du diagramme.

« Chef, dit Harris en agitant la main. J'ai quelque chose, relèvement un-un-deux. Un gémissement dans les aigus. »

Schonauer s'approcha, suivi de Torvik, qui, nerveux, faisait les cent pas dans le coin.

Schonauer regarda, puis annonça :

« Alerte sonar, nouveau contact sonar, désigné Sierra 7, cap un-un-deux, possible drone Status-6 en approche.

– Reçu, dit Yu, le chef de quart, avant de se tourner vers Bresnahan, à côté de lui au poste de commande. Je crois que c'est ça, commandant. Relèvement à l'est, route conforme à la prévision du COMUNDERSEASURV, et on est dans la fenêtre horaire.

– Je suis du même avis, lieutenant, dit Bresnahan. Conduite de tir, trouvez une solution de tir sur Sierra 7.

– Bien, commandant, dit le second, le capitaine de corvette Pifer, qui était de quart en tant que coordinateur conduite de tir.

– ACINT, passez ce signal sur l'analyseur bande étroite, dit Schonauer.

– Bien, chef, répondit Torvik avant de partir s'installer à la console.

– J'ai l'impression d'un hurlement dans l'eau », dit Harris en tendant son casque à Schonauer.

Schonauer écouta vite fait, les yeux fermés.

« J'entends l'hélice. Le bruit de raie est hors norme. »

Il rouvrit les yeux, puis rendit le casque à Harris.

« Mais je n'entends pas de moteur à combustion comme sur une torpille typique, dit Harris en le remettant sur ses oreilles.

– Et tu ne risques pas, répondit Torvik, car le Status-6 a un petit réacteur nucléaire. Propulsion par turbine… En regardant l'analyseur, je dirais que le profil acoustique correspond à ce qu'on cherche. Commandant, je recommande de classer Sierra 7 comme torpille-drone Status-6 en approche. »

Schonauer relaya.

« Ici sonar, Sierra 7 est classé comme torpille-drone nucléaire Status-6.

– Bien, dit Yu.

– Alerte central, annonça Bresnahan. Il semblerait que notre technicien sonar Harris, avec son ouïe fine et son exceptionnelle perspicacité, ait encore trouvé notre cible. Sierra 7 est désormais Master 1. »

Tous les postes accusèrent réception.

« Chef de quart, Master 1 relèvement un-un-cinq, distance vingt-quatre mille mètres, cap deux-sept-un, vitesse soixante-seize nœuds, dit Pifer, annonçant la solution de tir qu'ils avaient conçue pour la cible. Je recommande de préparer une solution de tir.

– Bien, coordinateur, répondit Yu. Commandant, je vous laisse la manœuvre ?

– Vous pourriez, répondit Bresnahan, mais je peux aussi vous laisser tirer. Ça ne vous dirait pas d'être celui qui a sauvé un million de vies et empêché une Troisième Guerre mondiale ? C'est le genre de chose qui passe bien sur un FITREP. J'imagine qu'avec ça vous deviendriez vite second.

– Euh… sauf s'il rate son coup », dit Rucker, le midship de quart.

Au début, Harris fut très étonné par la proposition de Bresnahan. Laisser la manœuvre à Yu était une décision sans précédent qui ne correspondait à aucun des protocoles en application. Le commandant était le pilote et le combattant de guerre le plus expérimenté du bateau. Mais il n'en avait plus que pour deux mois avant de finir sa mission d'état-major. Ce n'était ni de la légèreté ni de l'insouciance. C'était un parrainage. C'était un passage de flambeau à la nouvelle génération. Bresnahan se tiendrait aux côtés de Yu, prêt à intervenir à tout moment si nécessaire.

Ça, c'est du leadership !

Yu parut réfléchir à la question, puis répondit :

« Je vais procéder au tir, commandant.

– Bien, lieutenant. Coulons ce salaud, répondit Bresnahan.

– Alerte central, préparez une solution de tir sur Master 1, dit Yu. Préparez deux salves de torpilles. Tubes 1 et 2 pour la première salve, 3 et 4 pour la deuxième.

– Nos renseignements suggèrent que le Status-6 est rapide et profond, ajouta Bresnahan. Suivez les préréglages d'immersion et cherchez la profondeur dès la première salve.

– Coordinateur, reçu », dit Pifer.

Harris brûlait d'envie de se retourner pour observer la scène, mais comme il avait lui aussi une tâche à accomplir, il ne pouvait pas faire davantage que guetter l'écho des préparatifs du côté de la conduite de tir et de la salle des torpilles. Moins d'une minute plus tard, Pifer annonçait qu'ils étaient prêts.

« Commandant ?

– Allez-y.

– Coordinateur, feu première salve ! » ordonna Yu.

Le tube 1 s'ébranla et le bateau trembla. Le tube 2 suivit trois secondes plus tard. Harris força un bâillement en remuant la mâchoire pour se déboucher les oreilles après les variations de pression, tout en suivant sur son écran large bande la trace naissante des deux ADCAP Mark 48 qui filaient à plus de soixante nœuds vers leur cible.

« Central, ici coordinateur, la télémétrie est bonne. Les deux torpilles sont en recherche passive, annonça Pifer.

– La torpille 1 vient de ralentir et elle est en recherche active », dit Harris.

Trois secondes plus tard, il ajouta :

« La torpille 2 vient de ralentir et elle est en recherche active.

– Ici sonar, les deux torpilles sont en guidage actif et elles se dirigent vers la cible. »

Harris ferma les yeux et écouta, imaginant le duel de torpilles qui était en train de se jouer dans le noir à plus de mille pieds au-dessous de la surface de l'océan. Il entendit le changement de profil caractéristique qui indiquait que le sonar actif ne cherchait plus la cible et venait de l'acquérir.

« Chef, la torpille 1 vient d'acquérir la cible, dit-il.

– Ici sonar, la torpille 1 vient d'acquérir la cible, relaya Schonauer.

– Bien, dit Yu.

– Chef, la torpille 2 vient d'acquérir la cible et la torpille 1 est en autoguidage terminal », annonça Harris.

Schonauer relaya.

« Torpille 1, trente secondes avant l'impact, dit Pifer.

– Bien, coordinateur.

– La torpille 2 est en autoguidage terminal, annonça Harris, et Schonauer relaya.

– Vingt secondes avant l'impact… Quinze secondes… Dix secondes… Cinq, quatre, trois, deux, un… »

Harris n'entendit pas de détonation.

« Chef, la torpille 1 a raté la cible.

– La torpille 1 a raté la cible, annonça Pifer.

– Ici sonar, confirmation, la torpille 1 a raté la cible.

– Allez, numéro 2, fous-lui une bonne raclée ! dit Harris tout bas.

– Torpille 2, dix secondes avant l'impact. »

Harris croisa les doigts et ferma les yeux.

« Cinq… Quatre… Trois… Deux… Un… »

L'explosion secoua ses oreilles, mais c'était bien le cadet de ses soucis.

« Torpille 2, détonation ! » cria-t-il, mais ça ne voulait pas dire que le Status-6 était détruit.

Il fallait encore confirmer que sa signature sonar avait disparu, ainsi que sa trace.

« Chef, je n'ai rien sur Sierra 7 – je veux dire Master 1. Pas de large bande, pas de bruit de raie, pas de bande étroite. Je pense qu'on l'a coulé.

– Ici sonar, contact perdu sur Master 1, je crois qu'il a été détruit », confirma Schonauer.

Ce fut un déluge de cris, de hurlements et de hourras dans le central.

Harris vit le commandant embrasser le chef de quart. Il vit même des larmes de victoire dans les yeux de Schonauer. Il sentit une tape sur son épaule et, en se retournant, il vit Torvik la main levée pour lui faire un poing contre poing. Il bondit pour serrer dans ses bras son ami opérateur sonar en lui faisant des tapes dans le dos.

« Ça fait quoi d'être celui qui a sauvé le monde ? lui demanda Torvik.

– Je dois dire, compagnon, que ça fait un bien fou », répondit-il en sentant des larmes de joie et de soulagement lui monter aux yeux.

76

BAR-RESTAURANT GLAVPIVTORG
BOLCHAÏA LOUBIANKA OULITSA 5
MOSCOU
21:31 HEURE LOCALE

Le colonel général Nikolaï Iline était furieux.

L'échec de l'opération *Belgorod* était une catastrophe – comme la mort du capitaine de vaisseau Gorov – mais ce n'était pas sa seule inquiétude. Il était irrité. L'amiral Boldyrev n'avait pas été dans son rôle en le convoquant, quelles qu'aient pu être ses raisons. Son message était resté sibyllin, laissant seulement entendre qu'il avait des nouvelles qu'il voulait annoncer de vive voix à ses camarades. Boldyrev était un ami, mais dans cette Nouvelle Russie qu'ils avaient commencé à construire, il était aussi un subordonné. Ce n'était tout simplement pas une façon de faire. Et pour couronner le tout, il était irrité d'être en retard. Jamais, au grand jamais le colonel général Nikolaï Iline n'avait été en retard. Or non seulement la fermeture de la rue Kouznetski l'avait obligé à faire un détour, mais un accident de la circulation dans la rue Bolchaïa Loubianka avait encore aggravé la situation, et il serait très certainement le dernier arrivé.

Devant la porte d'entrée, il s'arrêta, la main figée juste au-dessus de la poignée. Devait-il craindre une trahison ? Boldyrev, bouleversé d'avoir perdu Gorov et le *Belgorod*, aurait-il avoué ses véritables plans à Yermilov ?

Non – impossible.

Je suis en train de devenir parano.

Il poussa la porte et, d'un mouvement d'épaules, retira son pardessus.

Une silhouette apparut, de quelqu'un qu'il ne s'était pas attendu à voir là. Il sursauta, mais se ressaisit vite, affichant un sourire apaisant.

« Pardon, Nadia, je ne t'avais pas vue, dit-il à la femme de son ami de toujours, ancien agent du KGB. Où est Anatoly ? »

Elle lui sourit aussi, mais d'un sourire qui semblait de marbre. Elle avait toujours marqué une certaine froideur vis-à-vis de lui, mais il croyait qu'elle était ainsi par défaut. Beaucoup de femmes de sa génération affichaient une froideur amère. Mais elle était fidèle à son mari et elle cédait à ses caprices, notamment à celui qui consistait à fermer le restaurant pour les réunions secrètes du club des anciens.

« Il est en cuisine », dit-elle d'une voix monocorde.

Peut-être les mauvaises nouvelles avaient-elles généré une atmosphère maussade. Peut-être voulait-elle que son mari se détache de toute cette histoire, sentant qu'il allait droit dans le mur.

« Il prépare votre repas habituel. Notre cuisinier est malade, alors il s'en charge lui-même.

– Voilà qui lui ressemble bien. Anatoly a bon cœur, c'est un bon ami.

– Oui, répondit-elle simplement. Et parfois, c'est un bon mari aussi. »

Elle se tourna vers la cuisine et lui lança :

« Vous êtes le dernier arrivé. Tout le monde vous attend en haut. »

Il monta l'escalier après un hochement de tête, trouvant réconfortant le craquement du vieux bois. Là était la Russie d'antan, une Russie qui – il devait continuer d'y croire – pouvait encore renaître.

L'obscurité au balcon du deuxième étage était épaisse et suffocante. Baignés dans l'ombre à leur table habituelle, ses camarades le regardaient approcher avec impatience.

« Je sais que c'est une déception… », commença-t-il à dire, mais sa voix s'éteignit.

Quelque chose clochait.

Une silhouette solitaire émergea du coin le plus obscur de la salle, le visage dans l'ombre mais une arme clairement visible au milieu des filets de fumée.

« Anatoly ? Qu'est-ce que… ? »

Ça ne pouvait pas être Anatoly. Cet homme était trop mince. Trop svelte.

Puis tout devint clair. Les corps immobiles autour de la table devinrent nets à mesure que ses yeux se faisaient à l'obscurité. Ils étaient affalés dans leurs fauteuils, la tête renversée en arrière. Ils avaient été mis en scène pour faire illusion quand il arriverait, mais ils étaient tous morts. Il aperçut un filet de sang sur le visage de Rodionov, que la lumière ténue faisait paraître noir et qui, sortant d'un trou au-dessus de son œil gauche, coulait le long de son nez pour finir en une goutte coagulée sur son menton.

Il se tourna vers l'homme et reconnut dans sa main un SR-1 Vektor, arme favorite du FSB et du GRU.

« *Prezident Yermilov bol'ché né noujdaïetsia v vachikh ouslougakh*, dit l'homme.

– Impossible », répondit-il en russe, même s'il était sûr que cet homme n'était pas russe.

Sur un pressentiment, il passa à l'anglais.

« Le président Yermilov ne fait preuve ni de courage ni d'audace en vous envoyant ici. Discutons et trouvons un arrangement qui servira nos intérêts à tous les deux. »

Iline fit un pas en avant, mais l'homme, levant le Vektor plus haut, visa son visage.

« Dans ce cas, le président Ryan vous adresse ses salutations. »

À ces mots, Iline sentit son cœur se figer.

Il essaya de trouver une réponse intelligente, de gagner du temps pour pouvoir réfléchir à une proposition qui sauverait sa peau, mais le pistolet partit en rafale.

L'espace d'une milliseconde, son crâne fut envahi de douleur, mais bientôt il ne ressentit plus rien, le monde devenant noir, impitoyablement noir.

77

RUE POUCHETCHNAÏA
EN FACE DU BAR-GRILL ATMOSPHERE
DISTRICT DE TVERSKOÏ
MOSCOU
21:56 HEURE LOCALE

Clark marchait sur le trottoir d'un pas lent tout en regardant la foule qui attendait de pouvoir entrer dans la boîte branchée en face. Il parlait en anglais dans son téléphone, qu'il tenait vissé à son oreille gauche, mais ne s'adressait à personne. Un passant aurait vu un étranger en communication avec sa femme ou avec sa petite amie, un touriste à Moscou comme tant d'autres en cette saison. Une remarque fictive de son interlocuteur tout aussi fictif le fit éclater de rire, la main droite dans la poche de sa veste serrant toujours le Vektor enveloppé dans le sac en papier dans lequel il avait emporté son sandwich. Nadia l'avait aidé à orchestrer le coup dans le dos de son mari, et il la soupçonnait d'avoir agi ainsi pour elle-même autant que pour sauver le monde.

Toujours en parlant, il partit vers une poubelle et, sortant le sac en papier, il le jeta dedans au passage. Le pistolet atterrit avec un bruit sourd, le paquet de serviettes en papier autour atténuant le bruit du choc.

« Je m'amuse bien, mais j'ai hâte de rentrer, dit-il sans s'arrêter de marcher.

– J'espère que ce n'est pas censé être un code, Viking 1, glissa Ding dans son oreillette. Sinon, j'ai dû rater quelque chose dans la phase de prep. »

Clark regarda la foule qui se pressait devant l'Atmosphere, une boîte comme on en aurait trouvé à Los Angeles, à New York ou à Miami. Des jeunes gens parlaient et riaient, tous sur leurs iPhone, avec des AirPods. Ce n'était pas la Russie de son passé, ni la Russie du Glavpivtorg aux boiseries sombres où il avait laissé les corps d'hommes enchaînés à ce passé. À ce moment-là, il s'était senti jeune. Il avait encore de belles années devant lui, mais lorsqu'il regarda cette *nouvelle* jeunesse russe en face, il se sentit, pas vieux, non, pas encore, mais fatigué.

« Effectivement, dit-il en faisant toujours mine de parler au téléphone tout en s'éloignant vers l'ouest. J'ai promis à ma femme de passer une semaine chez nous avec nos petits-enfants. »

Clark se représentait Ding dans sa chambre d'hôtel au Marriott Royal Aurora, à quelques rues de là, devant son ordinateur.

« Tout n'est pas perdu. Viking, c'est Jackpot, c'est ça ? demanda Ding pour faire en sorte que Clark lui donne le mot de passe pour confirmer la mission, ce qu'il n'avait pas encore fait.

– Jackpot », répondit Clark tout bas.

En arrivant au coin de la rue, il glissa son téléphone dans la poche de sa veste. Il en avait assez de toutes ces ruses. Il ne savait pas quel accord le président Ryan avait conclu avec ce voyou incompétent qui dirigeait la Russie, mais lui et son équipe étaient restés en dehors de tout ça. Cette opération ne pourrait être reconnue par aucun des deux pays. Il n'avait d'ailleurs pas cherché à obtenir d'approbation. Il appréciait et il admirait Jack Ryan, qu'il tenait pour un véritable ami. Mais il n'entrait pas dans la nature de Ryan – ni dans son travail, à ses yeux – de fluctuer dans l'amoralité du gris. Ryan était un homme en noir et blanc. Il n'y avait que deux possibilités : le bien et le mal.

Clark ne savait pas quelles informations Ryan avait transmises à Yermilov par ses canaux secrets sur la cabale qui s'était montée contre lui, mais il savait que le monde ne pouvait pas se permettre de laisser une seconde chance à son éminence grise, le colonel général Iline, ni à ses autres membres. Il savait au fond de lui que tôt ou tard ils retenteraient leur chance, et il refusait de prendre le risque de les laisser mettre en place un nouveau plan de continuité. Sa mission était de régler les derniers détails. Sa mission était de donner à la

Maison Blanche de quoi se couvrir et démentir les accusations. Sa mission était de préserver la conscience du président Ryan afin qu'il sauve le monde le jour tout en dormant la nuit.

Sauf preuve du contraire, le président Ryan supposerait que la cabale avait été éliminée sur ordre de Yermilov. La trahison était une faute impardonnable, et se faire justice à la russe était encore ce que Yermilov savait faire de mieux. Loin de remercier Clark pour ce service, le dictateur serait sans doute furieux d'avoir été privé de l'occasion de se venger lui-même. Les Russes étaient un peu bizarres, de ce point de vue…

Clark et son équipe ne seraient en sécurité qu'une fois dans l'avion, hors de l'espace aérien russe.

« Viking 1 est prêt à migrer, dit-il tout bas.

– *Roger*, Viking 1. Vous retournez au nid ? »

Clark réfléchit.

« Non, répondit-il au bout d'un moment. Inutile de faire prendre des risques à toute la nuée au cas où je serais suivi. Donnez-moi le temps de vérifier si je n'ai pas des tiques et je vous retrouve devant le Bolchoï.

– Reçu. On bouge. On s'arrêtera au service voiturier de l'Ararat Park Hotel, à une rue du Bolchoï vers l'est. Notre appareil est prêt, le plan de vol a été déposé et les autorisations ont été données.

– Reçu, dit Clark. Quinze minutes. »

Il n'avait pas vraiment besoin de quinze minutes. Il était à deux pas du point de ramassage et il avait déjà procédé à toutes les vérifications sur les éventuelles filatures. Il avait juste besoin… d'un peu de temps.

D'un moment pour lui.

Il sortit de l'ombre portée des bâtiments de la rue Pouchetchnaïa pour marcher vers le Bolchoï, au sud, dans les lumières de l'artère principale. Il voulait s'asseoir un instant pour profiter du cœur battant de Moscou. Il doutait que l'occasion se représente. Avec un sourire pincé, il trouva un banc libre et s'y installa.

Le monde changeait à un rythme effréné.

Mais, tant qu'il resterait en vie, il ferait des choix difficiles et des choses difficiles pour que le monde change pour le mieux.

78

USS *WASHINGTON*, SSN 787, « *BLACKFISH* »
GOLFE DE NAPLES
9 NAUTIQUES AU SUD DE LA BASE AVANT DU GROUPE DE SOUS-MARINS 8
NSA NAPLES
06:10 HEURE LOCALE

Katie avait hâte de rentrer.

Elle s'en était aperçue de manière inattendue au petit déjeuner.

Sans doute parce que le *Blackfish* arriverait à Naples dans la matinée et qu'elle prendrait un avion pour Washington dans l'après-midi. C'était une sensation difficile à décrire, mais qui lui rappelait la fin d'une longue journée de travail, lorsqu'elle était pressée de retirer son uniforme et d'enfiler des vêtements confortables. Son aventure sur le *Ford* et sur le *Blackfish* avait été formidable, mais elle avait hâte de retourner à sa vie normale.

En attendant, elle ne savait pas trop quoi faire.

Après la fin de la situation de combat, après dissipation de l'adrénaline, elle avait dormi d'un sommeil profond – comme si elle était restée douze heures dans le coma. Et depuis, elle était en proie à une étrange dissonance cognitive. La traumatisante bataille de torpilles avec le *Belgorod* lui semblait à certains moments terminée depuis cinq minutes à peine tandis qu'à d'autres elle lui paraissait remonter à une vie antérieure.

Ça fait vraiment bizarre...

Après le petit déjeuner, elle était allée au central, car c'était là que tout se passait. Mais, pour le coup, elle avait eu l'impression de gêner. Pour un sous-marin, la navigation en surface était bien plus compliquée que la navigation en plongée. Katie comprit pourquoi les sous-mariniers étaient aussi impatients de « plonger » après avoir quitté le port.

Quelqu'un s'excusa de l'avoir bousculée.

Une minute plus tard, ce fut quelqu'un d'autre.

Je devrais plutôt aller dans le carré, prendre un café et rester à l'écart...

« Lieutenant Ryan ? » lança Houston.

Levant les yeux, elle vit le vénérable commandant du *Washington* qui lui souriait depuis le poste du chef de quart au milieu du central.

« Oui, commandant ?

– Le lieutenant Knepper vous demande dans la baignoire. »

Elle haussa un sourcil.

« Dans la baignoire ? »

Houston rit sous cape.

« Sur le kiosque, lieutenant Ryan. Vous vous souvenez de votre arrivée à bord ? »

Sur le moment, le transfert de l'Osprey jusqu'au kiosque du *Washington* avait été l'opération la plus terrifiante de toute sa carrière. Bien sûr, il s'était passé beaucoup de choses depuis.

« Ah, ça oui, commandant.

– Par ici, lieutenant Ryan, dit un jeune matelot derrière elle en lui tendant un harnais et un gilet de sauvetage. La mer est plutôt calme aujourd'hui, mais là-haut ça risque d'être un peu mouillé.

– Merci », dit-elle en se laissant aider à enfiler le harnais.

Lorsqu'elle mit le gilet de sauvetage, la chaleur la réconforta. *Brrr, qu'est-ce qu'il fait froid dans ces sous-marins...* Knepper lui avait expliqué pourquoi, mais elle avait tout oublié de ses explications. Elle suivit le matelot dans la coursive de commandement en direction de l'arrière, monta une échappée, puis franchit le caisson de recompression jusqu'au sas passerelle.

« Faites bien attention en montant, lieutenant Ryan, dit-il en lui montrant le conduit. Parfois, c'est mouillé et glissant.

– Merci ».

Elle gravit méthodiquement l'échappée sur deux étages en tenant fermement la rampe de sécurité quand le sous-marin tanguait.

Lorsqu'elle arriva tout en haut, la grille fut soulevée et elle vit deux pieds bottés. C'était Knepper, qui lui tendit la main pour lui faciliter la montée des derniers barreaux. Elle poussa un soupir de soulagement et se hissa dans la minuscule passerelle, dont le dépouillement semblait ridicule. Apercevant deux autres bottes dans son dos, elle se retourna : Juggernaut était assise tout en haut du kiosque et ses jambes pendaient. Une troisième personne se tenait derrière Jackie, le veilleur, qui, dos au bastingage, scrutait l'horizon avec des jumelles.

« Lieutenant Ryan, comme je vous l'ai dit le jour de votre arrivée, l'espace, dans un sous-marin, c'est un luxe, dit Knepper, qui semblait avoir lu dans ses pensées. »

Il rabaissa la grille pour que Katie puisse se tenir debout.

« Je n'ai pas oublié. »

Il détacha un bout de la longue chaîne de sécurité accroché à l'anneau en D de sa sangle d'épaule et le raccorda à un support métallique.

« Merci, dit-elle.

– Après tout ce que vous avez fait pour nous et pour notre mission, je me suis dit que ce serait une bonne chose de vous inviter ici. Monter sur la passerelle – en surface quand le soleil brille et que le vent souffle –, c'est ce que je préfère quand je suis en patrouille. »

Le second de cette machine de guerre lui montra l'horizon et elle admira la vue.

Devant elle, les flots bleus se fracassaient sur l'immense dôme sonar du sous-marin avant de se disperser en écume d'une irrésistible blancheur puis en un sillage turbulent qui ondulait sur les flancs bâbord et tribord. À sa droite, l'horizon faisait un ruban rouge et orange éclatant, et le ciel, une toile infinie sur laquelle le soleil pouvait exercer son talent. L'air était frais et sentait le sel, lui rappelant ainsi son pays – la maison de famille des Ryan dans la baie de Chesapeake. Elle huma la fraîche brise marine, mais ce plaisir fut brusquement interrompu par une odeur désagréable qui remonta de la grille sous ses pieds. Knepper lui avait expliqué que ce mélange malodorant était composé d'amine, d'huile lubrifiante, d'odeurs corporelles et de déchets.

Ça fait du bien, songea-t-elle en regardant le ciel comme si elle attendait sa bénédiction, et elle ne put s'empêcher de se demander si elle dégageait elle-même l'odeur authentique du sous-marinier. En se dressant sur la pointe des pieds, elle vit le mouvement apaisant de l'avant qui plongeait et qui remontait au gré de la propulsion silencieuse de ce sous-marin nucléaire. À sa droite, un albatros effleurait la crête des vagues, coupant par-ci par-là comme un pilote qui ferait une démonstration de vol de précision.

Savourant ce moment, elle regarda Knepper, qui plissait légèrement les yeux face à la brise marine avec un léger sourire de satisfaction.

Il sentit qu'elle le regardait et se tourna vers elle.

« Qu'est-ce que j'aime ce boulot… dit-il.

– Et je comprends pourquoi, dit-elle avec sincérité.

– Moi, j'aime tout faire péter ! » dit Juggernaut, et ils rirent tous les trois.

Knepper sortit une main de sa poche et la tendit à Katie. Lorsque Katie la lui serra, elle sentit le métal froid d'un médaillon pressé entre leurs deux paumes.

« Merci pour tout, Katie », dit-il.

Lorsqu'elle rompit la poignée de main, elle réprima une envie de regarder le médaillon comme l'eût fait un touriste, et elle le glissa dans sa poche.

« Et merci à vous d'avoir sauvé le monde, répondit-elle.

– J'ai aussi quelque chose pour vous, Ryan », dit Juggernaut.

Katie se retourna et le génie fougueux qu'était cet officier armes lui tendit une casquette. À l'intérieur, elle vit un patch Velcro identique à ceux que portait l'équipage du bateau : une orque de style dessin animé qui souriait au milieu d'un drapeau vert MultiCam. Dans le coin supérieur gauche était brodé le numéro SSN 787, et en bas, en lettres attachées, *« Fear the Blackfish »*.

Katie mit le patch dans sa poche et enfila la casquette.

« Ce n'est pas fini, lieutenant Ryan », dit Knepper en lui glissant autre chose dans la main.

Katie regarda avec admiration.

L'insigne du sous-marinier – connu dans le milieu sous le nom de *dauphins* – représentait un sous-marin de la classe O en surface, flanqué de deux dauphins qui se faisaient face. Mais au lieu de la finition argentée des engagés ou dorée des officiers, celui de Katie était noir.

Blackfish..., songea-t-elle.

« Gardez-le précieusement, Katie, dit Knepper. Vous ferez toujours partie de l'équipage du *Blackfish*.

– Je n'y manquerai pas », dit Katie, horrifiée de voir que les larmes lui montaient aux yeux.

Il fallait espérer qu'ils ne le remarqueraient pas.

« Qui sait, lieutenant Ryan, dit Juggernaut en se penchant de son perchoir pour lui donner une tape dans le dos. Peut-être qu'un jour vous aurez le courage de changer de corps pour nous rejoindre une fois pour toutes.

– Qui sait », répondit-elle en la regardant.

Elle contempla au loin les lumières de Naples qui grossissaient à l'horizon. Elle aurait eu pas mal de choses à dire, mais le moment exigeait le silence. Et c'est pourquoi, sur le kiosque de l'imposant USS *Washington*, à côté de ses compagnons de bord elle regarda le soleil se lever à l'horizon d'un jour nouveau.

ÉPILOGUE

MAISON DE FAMILLE DES RYAN
BAIE DE CHESAPEAKE, MARYLAND
DIMANCHE 21 AVRIL
19:15 HEURE LOCALE

Installé en bout de table, Jack Ryan, époux, père de famille et président des États-Unis, regardait tranquillement ses enfants qui souriaient, qui plaisantaient et qui partageaient le dîner comme si le temps s'était arrêté, rien n'ayant changé et chacun vivant toujours en paix sur ce bout de terre qui surplombait la baie de Chesapeake. En *paix* malgré ces chamailleries qui lui avaient jadis paru bruyantes et qui maintenant le réchauffaient comme l'aurait fait un plaid – oui, c'était le mot juste. Ici régnait la paix d'une famille intimement unie. Mais là-bas, loin, chacun menait un combat qui n'avait rien de paisible. Là-bas, chacun prenait sur ses épaules une partie de ce poids qu'était la sécurité de trois cent quarante millions d'Américains.

Il était fier.

Un peu triste également. Mais surtout fier.

« Je n'arrive pas à croire que tu aies fait tous ces kilomètres uniquement pour dîner, .dit Katie à son frère jumeau qui était installé à côté d'elle en lui donnant un coup de coude dans les côtes.

– Aïe ! fit Kyle, amusé, en se frottant les côtes. Je ne suis pas rentré uniquement pour dîner, je suis en permission. Et surtout ne me dis pas merci de t'avoir mise en lien avec le lieutenant Tucker et la Task Force 59 pour que tu puisses t'en sortir honorablement.

– Pour qu'on puisse tous s'en sortir honorablement », dit Ryan en souriant à son cadet.

Kyle, qui prenait toujours tout un peu au sérieux, rougit.

« Je plaisantais, papa.

– Je sais. Moi, non.

– Merci, dit Katie, qui, sous l'œil de son père, regarda soudain son frère jumeau d'un air interrogateur. Au fait, je ne sais toujours pas exactement ce que tu fais au Bahreïn.

– Je pourrais te le dire, chère sœur, répondit Kyle d'un air sérieux, mais ensuite je serais obligé de te tuer. »

Il éclata de rire, et tout le monde se joignit à lui.

« Eh bien, dit Jack Jr en pliant sa serviette avant de la poser sur la table, puisque pour une fois je ne suis au courant de *rien* de ce qui s'est passé, je vais débarrasser. »

Il se leva et entreprit de prendre les assiettes et les couverts.

« Et moi, puisque je ne suis *jamais* au courant de rien – d'ailleurs je ne sais même pas de quoi il est question –, je vais t'aider », dit Sally en embrassant son mari, Davi, sur la joue avant de se lever.

Elle prit les verres et rejoignit son frère dans la cuisine.

C'est le bon moment, songea Ryan.

« Et si tout le monde leur donnait un coup de main ? dit-il en savourant le regard entendu et le sourire affectueux de Cathy à l'autre bout de la table. Sauf toi, Katie. Tu veux me suivre dans mon bureau une minute ? »

Katie haussa un sourcil curieux, mais fit ce qu'il lui avait suggéré.

« Oh-oh, dit Kyle avant de chantonner d'un air enfantin : Il y en a une qui a des ennuis… »

Elle sourit et, lui lançant sa serviette à la figure, suivit Ryan dans le salon puis dans son bureau. Au cours des récents événements, elle avait mis ses pas dans ceux de son père à un point qu'elle ignorait certainement.

Et j'ai bien l'intention d'y remédier…

Bien que certifié SCIF, le bureau de Ryan avait tout d'un repaire de magnat des affaires des années 1980 : canapé de cuir moelleux et fauteuils assortis, grand bureau en noyer avec fauteuil à haut dossier, et même petit bar dans un coin. Le bureau était dépourvu de fenêtres et les murs cachaient un matériau insonorisant ainsi qu'une technologie qui faisait office de cage de Faraday, bloquant toute écoute physique et électronique.

Katie s'installa dans le canapé, perpendiculairement au bureau plutôt qu'en face de lui.

« Ça va comme ça ? » demanda-t-elle.

Son visage suggérait qu'elle voulait être « sa Katie », mais qu'elle était prête à s'asseoir en face de lui, sur la sellette, si c'était la direction que prenait la discussion.

« Parfait », lui répondit-il sincèrement.

C'était un moment père-fille, pas un échange entre le commandant en chef et l'analyste principale de l'ONI.

Enfin, peut-être un peu des deux quand même...

Il prit un coffret de présentation en bois orné dont il ouvrit le couvercle, révélant ainsi un profondimètre en laiton poli posé sur un support doublé de velours. Il tapota du doigt le cadran vitré de l'objet, piquant la curiosité de Katie.

Elle se pencha pour le regarder de plus près, avec la moue de quelqu'un qui cherche à comprendre.

« J'ai toujours vu ce truc sur ton bureau... Quand j'étais petite, pour moi c'était une drôle de petite horloge. Mais en le regardant maintenant... »

Sa voix s'étrangla, et il vit son esprit galoper. Son brillant cerveau ne s'arrêtait jamais... Toujours en train d'analyser, de disséquer, de résoudre des problèmes et, surtout, de s'interroger.

« Ce n'est pas une petite horloge, ça, je peux te l'assurer, dit-il avec un sourire ironique.

– Il y a des inscriptions en cyrillique. Comment ai-je pu ne jamais le remarquer avant ?

– Je vais y venir, dit-il en repensant au moment où il avait regardé le cadran de cet indicateur de profondeur avec des nœuds dans l'estomac, installé dans le fauteuil de barreur d'*Octobre rouge*. Pourquoi j'ai cet objet et comment il m'est venu, c'est justement ce dont je veux te parler, ma petite.

– Ma petite ? dit-elle dans un éclat de rire chaleureux. Je suppose que je dois te passer ça, toi qui es mon père et mon commandant en chef...

– Je veux te raconter une histoire, Katie.

– D'aaaccooord, dit-elle le visage rayonnant de curiosité.

– C'est une vieille histoire, qui remonte à la vie que j'avais avant tout ça, dit-il en désignant l'espace de son bureau d'un geste. Je veux te la raconter parce que tu es ma fille, mais aussi parce que tu es prête. Et je ne veux plus tarder, parce que tu es la seule dans la famille à avoir à la fois l'expérience personnelle et l'autorisation nécessaire pour l'entendre et pour l'apprécier.

– D'accord, dit-elle. Je suis tout ouïe.

– Cette histoire, Katie – *mon* histoire – pourra te paraître d'une autre génération, mais il est temps que la génération des futurs dirigeants l'entende, ainsi que d'autres du même type.

– "Ceux qui ne peuvent se rappeler le passé sont condamnés à le répéter" – George Santayana, dit-elle d'une voix douce et respectueuse.

– Exactement, dit-il, pris d'un élan d'amour et de fierté pour sa fille. »

Elle se pencha, les coudes sur les genoux, prête à l'écouter.

« Ce que tu vas entendre, dit-il, c'est la véritable histoire de la poursuite d'*Octobre rouge*… »

Composition
PRESS·PROD

Imprimé en France par
CPI Brodard & Taupin
en octobre 2025

Dépôt légal : novembre 2025
N° d'impression : 3062673
ISBN : 978-2-7499-6303-7
LAF : 3641A